Jojo Moyes

NOS CŒURS À L'HORIZON

Traduit de l'anglais (Grande-Bretagne) par Sabine Boulongne

Hauteville

Hauteville est un label des éditions Bragelonne

Titre original : *Foreign Fruit*

Le présent ouvrage a fait l'objet d'une première publication en France aux éditions Jean-Claude Lattès sous le titre : *Arcadia Hotel*

ISBN : 978-2-38122-112-0

Bragelonne – Hauteville
60-62, rue d'Hauteville – 75010 Paris

E-mail : info@editions-hauteville.fr
Site Internet : www.hauteville.fr

Jojo Moyes est romancière et journaliste. Elle vit en Angleterre, dans l'Essex. Après avoir travaillé pendant dix ans à la rédaction de l'*Independent*, elle décide de se consacrer à l'écriture. Ses romans, traduits dans le monde entier, ont été salués unanimement par la critique et lui ont déjà valu de nombreuses récompenses littéraires. *Avant toi* a créé l'événement et marqué un tournant dans sa carrière d'écrivain. Ce best-seller a rencontré un succès retentissant qui lui a valu d'être adapté au grand écran, comme le seront prochainement deux autres de ses romans, *La Dernière Lettre de son amant* et *Le vent nous portera*.

De la même autrice :

Avant toi
Après toi
Après tout

La Dernière Lettre de son amant
Jamais deux sans toi
Sous le même toit
Les Yeux de Sophie
Paris est à nous
Une douce odeur de pluie
Où tu iras j'irai
Les Fiancées du Pacifique
Le vent nous portera
Nos cœurs à l'horizon

CE LIVRE EST ÉGALEMENT DISPONIBLE AU FORMAT NUMÉRIQUE

www.editions-hauteville.fr

À Charles Arthur
et Cathy Runciman.

« Chacun de nous a son passé renfermé en lui comme les pages d'un vieux livre qu'il connaît par cœur, mais dont ses amis pourront seulement lire le titre. »

Virginia Woolf

Partie I

Prologue

Ma mère m'avait dit, un jour, que l'on pouvait déterminer l'identité de son futur époux en pelant une pomme et en jetant l'épluchure en un seul morceau par-dessus son épaule. Cela formait une lettre, voyez-vous.

Quelquefois, à tout le moins. Maman tenait tellement à ce que les choses aillent bien qu'elle refusait tout bonnement d'admettre que cela puisse davantage ressembler à un sept ou à un deux, et dénichait toutes sortes de B et de D, Dieu sait comment. Même si je ne connaissais personne dont le prénom commençait par un B ou un D.

Pour Guy, les pommes n'étaient pas nécessaires. Je sus, dès l'instant où mon regard se posa sur lui. Je connaissais son visage presque aussi bien que mon nom. C'était celui de l'être qui m'éloignerait de ma famille, qui m'aimerait, m'adorerait et aurait avec moi de magnifiques petits bébés. C'était celui que je contemplerais sans un mot le jour de notre mariage. C'était la première chose que je verrais le matin et la dernière, dans le doux souffle de la nuit.

Le savait-il ? Bien évidemment. Il me sauva, vous comprenez. Tel un chevalier avec des habits maculés de boue à la place d'une armure étincelante. Un chevalier surgi de l'obscurité pour me conduire à la lumière.

Dans la salle d'attente de la gare, en tout cas. Des soldats m'embêtaient tandis que je guettais le dernier train. J'étais allée à un bal avec mon patron et sa femme, et j'avais raté ma correspondance. Ils avaient beaucoup bu et n'arrêtaient pas de me parler. Ils ne voulaient pas me laisser tranquille. Je savais pertinemment qu'il ne fallait pas adresser la parole aux bidasses. Aussi, je m'écartai d'eux autant que possible en m'asseyant sur un banc, dans un coin.

Ils ne cessèrent de se rapprocher de moi encore et encore, jusqu'au moment où l'un d'entre eux se mit à me peloter comme s'il s'agissait d'une farce quelconque. J'avais terriblement peur parce qu'il était tard et que je ne voyais pas de porteur ou qui que ce fût dans les environs. Je n'arrêtais pas de leur dire de me laisser tranquille. Rien à faire. Ils ne voulaient rien entendre. Vraiment rien. C'est alors que le plus grand, qui avait l'air d'une brute, se serra contre moi avec son visage horriblement piquant et son haleine fétide en me disant qu'il allait coucher avec moi, que cela me plaise ou non. Bien évidemment, j'avais envie de hurler, mais je ne le pouvais pas : la peur me paralysait.

Et puis Guy arriva. Il entra en trombe dans la salle d'attente, exigeant que mon agresseur s'expliquât et lui signifiant qu'il allait lui faire regretter son attitude. Après quoi, il se posta face aux trois gaillards. Ils l'injurièrent un peu, et l'un d'eux brandit ses poings. Mais, au bout de quelques minutes, lâches comme ils étaient, ils se bornèrent à marmonner quelques jurons de plus avant de battre en retraite.

Je tremblais comme une feuille et pleurais à chaudes larmes. Il me fit asseoir sur une chaise et proposa d'aller me chercher un verre d'eau pour que je me sente un peu mieux.

Il était tellement gentil. Si doux. Ensuite, il me dit qu'il allait attendre avec moi l'arrivée du train. Ce qu'il fit.

Ce fut là, sous les lumières jaunes de la gare, que je contemplai pour la première fois son visage. Et je sus que c'était lui. Vraiment lui.

Après l'avoir raconté à maman, je pelai une pomme, rien que pour voir, et jetai l'épluchure par-dessus mon épaule. À mon avis, on aurait dit un D. Maman me jura que c'était un G. Mais, ce jour-là, nous avions amplement dépassé le stade des pommes.

Chapitre premier

Freddie avait de nouveau vomi. De l'herbe cette fois-ci, apparemment, qui stagnait dans une mare écumeuse, couleur émeraude, près de la commode ; certains brins étaient encore intacts.

— Combien de fois faudra-t-il que je te le répète, nigaud ? s'écria Celia, qui venait de marcher dedans avec ses sandalettes d'été. Tu n'es pas un cheval.

— Ni une vache, ajouta Sylvia avec zèle, depuis la cuisine, où elle était en train de coller laborieusement des images d'appareils ménagers dans un album.

— Ni un animal quelconque, bon sang de bonsoir ! Tu devrais manger du pain, et pas de l'herbe. Du gâteau. Des choses normales.

Celia enleva son soulier et le tint entre le pouce et l'index au-dessus de l'évier de la cuisine.

— Beurk ! Tu es dégoûtant. Pourquoi est-ce que tu fais ça tout le temps ? Maman, dis-le-lui. Il devrait au moins nettoyer.

— Essuie, veux-tu, mon petit Frederick.

Assise dans un fauteuil à haut dossier, près du feu, Mrs Holden feuilletait le journal à la recherche de l'heure de la prochaine diffusion de *Dixon of Dock Green*. Cela avait été l'une des rares compensations depuis la démission de Mr Churchill. Et les derniers démêlés avec son mari. Bien qu'elle se bornât à mentionner Mr Churchill, bien entendu. Elle avait expliqué à Lottie que Mrs Antrobus et elle avaient vu tous les épisodes jusqu'à maintenant et trouvaient ce feuilleton absolument merveilleux. Certes, elles étaient les seules personnes à posséder un téléviseur dans Woodbridge Avenue et prenaient un certain plaisir à dire à leurs voisins que presque tous les programmes étaient absolument merveilleux.

— Nettoie, Freddie. Beurk. Pourquoi a-t-il fallu que j'aie un frère qui mange de la nourriture pour les bêtes ?

Freddie était assis par terre, près du feu éteint, et poussait d'avant en arrière un petit camion bleu sur le tapis, dont il relevait les coins.

— Ce n'est pas de la nourriture pour les bêtes, marmonna-t-il d'un air satisfait. Dieu a dit qu'il fallait en manger. Dieu a dit d'en manger.

— Voilà qu'il invoque le nom de Dieu. Il n'a pas le droit.

— Tu ne devrais pas mentionner Dieu, renchérit Sylvia d'un ton ferme tout en collant un mixeur sur du papier d'un mauve suave. Il va te foudroyer.

— Je suis sûre que Dieu n'a pas vraiment dit « herbe », mon petit Frederick, lança distraitement Mrs Holden. Celia, ma chérie, pourrais-tu me passer mes lunettes avant de partir ? Je suis persuadée que les caractères des journaux sont devenus plus petits.

Lottie attendait patiemment près de la porte. L'après-midi avait été fatigant et elle était pressée de sortir. Mrs Holden avait tenu à ce que Celia et elle l'aident à préparer des meringues pour la vente au bénéfice de l'Église – bien qu'elles eussent horreur de la pâtisserie l'une et l'autre –, et Celia avait réussi à se défiler au bout de dix minutes à peine en prétextant un mal de tête. De sorte que Lottie avait dû écouter les jérémiades de Mrs Holden à propos des blancs d'œuf et du sucre, en feignant de ne pas remarquer qu'elle agitait anxieusement les mains selon son habitude et que ses yeux s'emplissaient de larmes. À présent, ces maudites choses étaient finalement cuites et en sécurité dans leurs boîtes en fer-blanc, enveloppées de papier sulfurisé, et le mal de tête de Celia avait disparu comme par enchantement.

Celia se rechaussa et fit signe à Lottie que le moment était venu de partir. Elle posa son cardigan sur ses épaules et se recoiffa à la hâte devant la glace.

— Alors, où allez-vous, les filles ?

— Au café.

— Au parc.

Elles avaient parlé en même temps et se dévisagèrent en silence, d'un air à la fois accusateur et alarmé.

— Les deux, ajouta Celia d'un ton ferme. Au parc d'abord, puis prendre un café.

— Elles vont embrasser des garçons, décréta Sylvia, toujours absorbée par ses collages.

Elle avait glissé dans sa bouche l'extrémité de l'une de ses tresses, qui en émergeait périodiquement, humide et soyeuse.

— Smack. Smack. Mmmmmmum. Bisous. Bisous.

— N'en buvez pas trop. Vous savez pertinemment que ça vous rend nerveuses. Lottie, ma chérie, assure-toi que Celia n'en boive pas trop. Deux tasses maximum. Et soyez de retour à six heures et demie.

— Au catéchisme, on nous apprend que le Seigneur a dit : « La Terre subviendra à vos besoins », déclara Freddie en levant les yeux.

— Tu as vu comme tu as été malade après avoir mangé ça ! lança Celia. Je n'arrive pas à croire que tu ne l'obliges pas à nettoyer, maman. Il n'en fait qu'à sa tête.

Mrs Holden prit les lunettes qu'on lui tendait et les chaussa avec des gestes lents. Elle donnait l'impression d'être tout juste à même de flotter sur une mer agitée en soutenant, contre toute évidence, qu'elle se trouvait en réalité sur le plancher des vaches.

— Freddie, va demander à Virginia qu'elle apporte un chiffon, veux-tu ? C'est bien, mon garçon. Et Celia, ma chérie, ne sois pas désagréable. Lottie, tire sur ta blouse, ma petite. Je te trouve bizarre en ce moment. Bon, les filles, n'allez pas épier notre nouvelle arrivante, entendu ? Il ne faudrait pas qu'elle pense que les gens de Merham sont des bouseux qui restent plantés à la regarder bouche bée.

Il y eut un bref silence, durant lequel Lottie vit les oreilles de Celia rosir légèrement. Les siennes n'étaient même pas chaudes. Au fil des années, elle avait perfectionné l'art du déni face aux interrogateurs les plus coriaces.

— Nous rentrerons directement après le café, madame Holden, répondit Lottie d'un ton assuré.

Ce qui, naturellement, signifiait tout et son contraire.

C'était le jour du grand chamboulement, entre les gens qui venaient de la gare de Liverpool Street, par les trains du samedi, et ceux, à peine moins blêmes, qui s'en retournaient à contrecœur en ville. Ces jours-là, de petits garçons tirant des chariots faits de bric et de broc, qui croulaient sous le poids de valises pleines à craquer, s'entrecroisaient sur les trottoirs. Derrière eux, des hommes éreintés, dans leur plus beau costume d'été, marchaient bras dessus bras dessous avec leurs épouses, heureux d'entamer leur congé annuel en se faisant traiter comme des rois contre quelques centimes. Tout au moins sans avoir à transporter leurs bagages jusqu'à leur lieu de séjour.

Si bien que la nouvelle arrivante, discrète, passa inaperçue, sans que quiconque fasse de remarques. Sauf pour Celia Holden et Lottie Swift, bien entendu. Elles prirent place sur le banc du parc municipal qui donnait sur le front de mer de Merham, long de quatre kilomètres, et regardèrent, fascinées, le camion de déménagement dont le capot vert foncé, à peine visible sous les pins d'Écosse, étincelait dans le soleil de l'après-midi.

En contrebas, les brise-lames s'étendaient vers la gauche, pareils aux dents d'un peigne foncé, la marée reculant en douceur sur le sable humide, émaillé de minuscules silhouettes bravant les vents violents, qui n'étaient pas de saison. L'arrivée d'Adeline Armand, comme les filles en conclurent par la suite, avait été un événement digne de la venue de la reine de Saba. Enfin, si tant est que la reine de Saba eût décidé de venir un samedi, durant la semaine la plus agitée de la saison estivale à Merham. Ce qui signifiait que tous ces gens – les Mrs Colquhoun, les Alderman Elliott, ces dames de la Parade et leurs homologues, sur lesquels on pouvait compter d'ordinaire pour émettre un jugement péremptoire sur les mœurs extravagantes des nouveaux arrivants qui débarquaient avec des camions entiers de malles, de grandes toiles représentant non pas des portraits de famille ou des scènes de chevaux au galop, mais d'immenses taches de couleurs, un nombre incroyable de livres et des objets à l'évidence importés de lointains pays – ne restaient plus plantés en silence près de leur portail à observer la procession régulière disparaissant dans la demeure Art déco sur le front de mer, inoccupée depuis belle lurette. À la place, ils faisaient la queue chez le boucher Price, dans Marchant Street, ou se hâtaient de se rendre à la réunion de l'Association des propriétaires de pension.

— Mrs Hodge affirme qu'elle appartient à une famille royale. Hongroise, ou quelque chose dans ce goût-là.

— Foutaises !

Celia regarda son amie en écarquillant les yeux.

— C'est vrai. Mrs Hodge a parlé avec Mrs Ansty, qui connaît l'avoué ou je ne sais qui, responsable de la maison. C'est une princesse hongroise, je t'assure.

Sous leurs yeux, un essaim de familles s'étaient approprié les petites étendues de plage qui les séparaient. On les voyait prendre refuge, en s'asseyant derrière les brise-lames à rayures, ou s'abriter des rafales dans les cabines de plage.

— Armand, ce n'est pas un nom hongrois.

Lottie leva la main pour empêcher ses cheveux de lui fouetter la bouche.

— Ah bon ? Et comment le sais-tu ?

— Tu racontes n'importe quoi, n'est-ce pas ? Qu'est-ce qu'une princesse hongroise pourrait bien faire à Merham ? Elle serait à Londres, cela ne fait aucun doute. Ou bien au château de Windsor. Pas dans un trou perdu où il ne se passe jamais rien.

— Pas dans le quartier de Londres d'où tu viens, en tout cas, fit Celia d'un ton à la limite du méprisant.

— Non, reconnut Lottie. Tu as raison.

Personne d'exotique ne venait du faubourg d'où Lottie était originaire, situé à l'est de la capitale, truffé de fabriques bâties à la hâte, bordé d'usines à gaz d'un côté et de marécages sans attrait de l'autre. La première fois qu'on l'avait évacuée à Merham, au début de la guerre, elle avait dû dissimuler son incrédulité quand des villageois compatissants lui avaient demandé si la ville lui manquait. Elle avait paru tout aussi déconcertée lorsqu'on lui avait posé la même question à propos de sa famille. En règle générale, ils avaient cessé de l'interroger après cela. En définitive, Lottie était rentrée chez elle pour les deux dernières années de la guerre. Et puis, après une série de missives fébriles entre Celia et elle – et avec la conviction maintes fois réitérée de Mrs Holden selon laquelle non seulement c'était agréable pour Celia d'avoir une amie de son âge, mais qu'en plus, il fallait à tout prix apporter son Tribut à la Société, n'est-ce pas ? –, on l'avait invitée à revenir à Merham, au départ pour les vacances, qui, peu à peu, avaient empiété sur l'année scolaire, jusqu'au moment où elle était restée pour de bon. À présent, Lottie était acceptée comme un membre à part entière de la famille Holden. Pas du même sang, certes. Pas vraiment leur égale sur le plan social – elle ne se débarrasserait jamais vraiment de cet accent de l'East End –, mais c'était quelqu'un dont la présence, au sein du village, ne faisait plus jaser. En outre, Merham avait l'habitude de gens qui débarquaient et ne repartaient jamais. La mer avait le don de vous mettre le grappin dessus.

— Devrions-nous apporter quelque chose ? Des fleurs ? Histoire d'avoir un prétexte pour entrer ?

Lottie voyait bien que Celia était gênée des commentaires qu'elle venait de faire. Elle la gratifiait à présent de ce qu'elle considérait comme son sourire à la Moira Shearer, qui découvrait uniquement les dents du bas.

— Je n'ai pas d'argent.

— On n'est pas obligées de les acheter. Tu sais où aller pour faire de jolis bouquets de fleurs des champs. Tu en donnes assez à maman.

Lottie ne manqua pas de constater une vague nuance de rancœur dans cette ultime remarque. Les deux filles se levèrent du banc et s'acheminèrent vers la bordure du parc, où une simple balustrade en fer forgé marquait le début du sentier qui montait vers la falaise. Lottie empruntait souvent ce chemin-là les soirs d'été, quand elle ne supportait plus le bruit et l'hystérie réprimée qui régnait chez les Holden. Elle prenait plaisir à écouter les mouettes et les râles des genêts qui sillonnaient le ciel au-dessus d'elle, tout en se rappelant qui elle était. Mrs Holden aurait trouvé ce genre d'introspection singulière, à tout le moins complaisante, et le fait que Lottie ramassât des fleurs pour composer de petits bouquets avait l'avantage de la rassurer. Cependant, dix années à vivre sous le toit de quelqu'un d'autre, peu s'en fallait, lui avaient aussi inculqué une certaine circonspection, une sensibilité aux turbulences domestiques en puissance qui démentaient sa jeunesse. Il était important, après tout, que Celia n'en vînt jamais à la considérer comme une rivale.

— As-tu vu les cartons à chapeau qu'on a apportés ? Il y en avait au moins sept ! s'exclama Celia en s'accroupissant. Que penses-tu de ces fleurs-là ?

— Non. Elles se fanent en un rien de temps. Prends quelques violettes. Là. Près du gros rocher.

— Elle doit avoir un paquet d'argent. D'après maman, il y a des tonnes de réparations à faire. Elle a parlé aux décorateurs, et ils lui ont dit que c'était un immense chantier. Personne n'a vécu là depuis que les MacPherson ont déménagé dans le Hampshire. Cela fait quoi ? Neuf ans ?

— Je ne sais pas. Je ne les ai jamais connus.

— Barbants à mourir l'un et l'autre. Elle chaussait du quarante. Selon Mrs Ansty, il n'y a pas une seule cheminée correcte. Elles ont toutes été pillées.

— Les jardins sont envahis de mauvaises herbes…

Célia se figea.

— Comment le sais-tu ?

— Je suis montée là-haut quelques fois. Pendant mes promenades.

— Petite sournoise. Pourquoi ne m'as-tu jamais emmenée ?

— Tu ne voulais jamais m'accompagner.

Lottie regarda le camion de déménagement par-dessus l'épaule de Celia, saisie d'une excitation soudaine, qu'elle garda pour elle. Ils étaient tous habitués aux nouvelles arrivées. Merham était une ville saisonnière. Les visiteurs affluaient et refluaient telles les vagues en fonction des saisons. Si ce n'était que la perspective de revoir la grande maison habitée avait ajouté une note d'expectative fébrile aux quinze derniers jours.

Celia reporta son attention sur les fleurs. Tandis qu'elle les disposait dans sa main, le vent souleva ses cheveux tel un rideau doré.

— Je pense que je déteste mon père, lança-t-elle à haute voix, les larmes aux yeux.

Lottie s'immobilisa. Les dîners de Mr Holden avec sa secrétaire n'étaient pas quelque chose qu'elle se sentait à même de juger.

— Maman est tellement bête. Elle fait comme si de rien n'était.

Il y eut un bref silence, bientôt interrompu par les cris grossiers des mouettes qui planaient au-dessus d'elles.

— Seigneur, je suis tellement impatiente de quitter cet endroit, ajouta-t-elle.

— Moi, je m'y sens bien.

— Sauf que, toi, tu n'es pas obligée de regarder ton père se ridiculiser.

Celia se retourna vers son amie et tendit la main vers elle.

— Voilà. Tu penses que ça suffit ?

Lottie considéra le bouquet.

— Tu tiens vraiment à aller là-haut ? Juste pour jeter un coup d'œil à ses affaires ?

— Oh, et toi, ça ne te dit rien, madame la mère supérieure ?

Elles échangèrent un sourire complice avant de regagner le parc d'un bon pas, leurs jupes et leurs cardigans flottant dans leur sillage.

L'allée menant à Arcadia House était circulaire jadis. Les voisins qui habitaient toujours là se souvenaient encore du ballet incessant de longues voitures basses qui s'arrêtaient en mordant le gravier dans un crissement de pneus, devant la porte d'entrée, avant de poursuivre leur chemin le long de sa courbe gracieuse pour rejoindre la sortie. La maison avait joué un rôle essentiel. Elle se situait à l'intérieur de la voie ferrée, comme on le disait. (La distinction avait tellement d'importance qu'à Merham qu'on parlait des maisons en disant qu'elles se trouvaient « à l'intérieur » ou « à l'extérieur » du chemin de fer.) Elle avait été construite par Anthony Gresham, fils aîné des Walton Gresham, à son retour d'Amérique, après qu'il eut fait fortune en inventant une pièce de moteur quelconque que General Motors avait achetée. Il voulait que l'endroit ressemble à la demeure d'une vedette de cinéma, avait-il précisé avec emphase. À Santa Monica, il avait visité la maison d'une grande star du cinéma muet. Une résidence basse, tout en longueur, immaculée, avec de vastes pelouses et des fenêtres plus petites que des hublots. Cela évoquait pour lui la splendeur, des univers inédits, un avenir audacieux et brillant (un avenir qui, paradoxalement, n'avait pas été le sien, puisqu'il avait trouvé la mort à quarante-deux ans, renversé par une voiture – une Rover). Une fois la maison terminée, certains habitants de Merham avaient été choqués par sa modernité. Ils s'étaient plaints, en privé, qu'elle « faisait tache ». De sorte que, lorsque les nouveaux propriétaires, les MacPherson, avaient quitté les lieux, quelques années plus tard, la maison restant vide, certains doyens de la communauté locale s'étaient sentis étrangement soulagés, même s'ils ne l'avaient pas exprimé à haute voix. À présent, la partie exposée au nord de l'allée était envahie par les mauvaises herbes, un enchevêtrement de ronces et de hêtres l'interrompant prématurément près du portail donnant accès au sentier qui conduisait à la plage. De telle manière que les conducteurs des camions de livraison se répandirent en jurons et malmenèrent leur levier de vitesses lorsque, après avoir déposé leur ultime cargaison, ils tentèrent de faire marche arrière en s'évitant les uns les autres pour regagner l'allée, au demeurant partiellement bloquée par un véhicule qui s'y était engagé derrière eux.

Lottie et Celia observèrent les visages grisâtres et les efforts des hommes en sueur qui portaient encore des meubles, jusqu'à ce qu'une femme de haute taille, les cheveux longs, châtains, relevés en un chignon sévère, sorte en courant, agitant un trousseau de clés.

— Attendez un instant, implora-t-elle. Soyez patients. Je vais ranger la voiture plus près du potager.

— Tu crois que c'est elle ? chuchota Celia, qui, pour une raison inexplicable, venait de se cacher derrière un arbre.

— Comment veux-tu que je le sache ?

Lottie retint son souffle. La soudaine réticence de Celia avait éveillé chez elle un sentiment de gêne. Elles se pressèrent l'une contre l'autre, guignant la scène derrière le tronc, serrant leurs jupes amples pour les empêcher de gonfler dans le vent.

La femme prit place au volant et considéra les manettes comme si elle se demandait laquelle elle devait choisir. Puis, en se mordant la lèvre inférieure d'un air angoissé, elle mit le contact, se débattit avec le levier de vitesses, prit une inspiration profonde… et recula en heurtant de plein fouet la calandre d'un camion de déménagement.

Il y eut un bref silence, suivi d'un juron lancé d'une voix forte par l'un des hommes, puis d'un coup de Klaxon prolongé. La femme releva la tête, et les filles se demandèrent si elle ne s'était pas cassé le nez. Il y avait du sang partout – sur son chemisier vert pâle, ses mains, le volant. Elle était assise, toute droite, visiblement sous le choc. Après avoir baissé les yeux, elle se mit en quête de quelque chose pour essuyer le sang.

Lottie traversa à toutes jambes les hautes herbes de la pelouse, son mouchoir déjà à la main.

— Tenez, dit-elle au moment où elle arriva près de la conductrice.

Plusieurs personnes s'attroupèrent autour du véhicule en poussant de hauts cris.

— Prenez ça. Penchez la tête en arrière.

Celia, qui s'était hâtée de la rattraper, fixait d'un œil hébété le visage maculé de sang de la jeune femme.

— Vous avez reçu un bon coup, dit-elle.

La jeune accidentée accepta le mouchoir.

— Je suis navrée, dit-elle au conducteur de la camionnette. J'ai du mal à changer les vitesses.

— Vous ne devriez pas conduire, répliqua l'homme, dont le tablier vert foncé contenait à peine son embonpoint.

Il tenait, serré dans sa main, ce qui restait de son phare avant.

— Vous n'avez même pas jeté un coup d'œil dans le rétroviseur.

— Je pensais avoir passé la première. Elle est vraiment proche de la marche arrière.

— Votre pare-chocs est tombé, lança Celia non sans excitation.

— La voiture ne m'appartient même pas. Oh, mon Dieu !

— Regardez mon phare. Il va falloir que je le change. Ça va me faire perdre du temps et me coûter une fortune.

— Bien sûr, dit-elle en hochant tristement la tête.

— Écoutez, laissez-la tranquille. Elle est déjà très secouée.

Un homme brun, vêtu d'un costume en lin de couleur claire, avait surgi près de la portière de la voiture.

— Dites-moi juste quelles sont les réparations nécessaires. Je réglerai ça. Frances, est-ce que ça va ? Avez-vous besoin de voir un médecin ?

— Elle ne devrait pas conduire, répéta l'homme en secouant la tête.

— Vous n'auriez pas dû être si près, riposta Lottie, agacée par son manque de sollicitude.

Le conducteur l'ignora.

— Je suis vraiment désolée, marmonna la femme. Oh, mon Dieu ! Regardez ma jupe.

— Alors ! Combien ? Quinze shillings ? Une livre ?

Le jeune homme en costume de lin était déjà en train de compter des billets de banque, qu'il prélevait d'une liasse sortie de sa poche.

— Tenez. Prenez ça. Et cinq de plus pour les soucis que nous vous avons causés.

Le chauffeur parut apaisé. La camionnette n'était probablement même pas à lui, pensa Lottie.

— Bon, dit-il. Eh bien, je suppose que je devrai me contenter de ça.

Il s'empressa d'empocher l'argent, son martyre apparemment tempéré par une détermination judicieuse à ne pas tenter la chance.

— Finissons ce que nous avons à faire. Venez, les gars.

— Tu as vu sa jupe ? chuchota Celia en donnant un coup de coude à sa compagne.

La jupe de Frances lui descendait presque jusqu'aux chevilles. Taillée dans un tissu imprimé représentant des saules aux tons criards, elle était curieusement démodée.

Lottie passa en revue le reste de sa tenue, ses souliers dans le style édouardien, son long collier de perles d'ambre.

— Des bohémiens, souffla-t-elle, tout excitée.

— Venez, Frances. Rentrons avant que vous ne couvriez tout l'intérieur de la voiture de sang.

Le jeune homme glissa une cigarette au coin de ses lèvres, prit délicatement le coude de la jeune femme et l'aida à s'extirper du véhicule.

— Oh, votre joli mouchoir ! Il est couvert de sang.

Comme ils gagnaient la maison, elle s'arrêta pour l'examiner et se retourna.

— Vous demeurez près d'ici ? Venez prendre le thé. Je vais demander à Mamie de le mettre à tremper. C'est la moindre des choses. George, ayez la gentillesse d'appeler Mamie pour moi, je vous prie. J'ai peur de bredouiller.

Celia et Lottie échangèrent un regard.

— Cela nous ferait très plaisir, répondit Celia.

Ce fut seulement après qu'ils eurent fermé la porte derrière eux que Lottie se rendit compte qu'elles avaient laissé leur bouquet de fleurs dans l'allée.

Celia paraissait moins sûre d'elle lorsqu'elles pénétrèrent dans le grand hall. De fait, elle s'arrêta si brusquement que Lottie, qui pensait à autre chose, s'écrasa le nez contre le crâne de son amie. Cela tenait moins à la propension qu'elle avait naturellement à hésiter qu'à la vision de la grande toile appuyée contre la rampe de l'escalier en courbe, face à la porte d'entrée. Exécutée en empâtements de peinture à l'huile, elle représentait une femme nue, allongée. La position des bras et des jambes n'avait rien de pudique, nota Lottie.

— Mamie, Mamie, où êtes-vous ?

George ouvrait la marche, se frayant un passage entre les valises, à grandes enjambées, sur les dalles.

— Mamie, pourriez-vous nous apporter de l'eau chaude ? Frances s'est fait une bosse. Et nous préparer un thé tant que vous y êtes ? Nous avons de la visite.

Une réponse étouffée leur parvint d'une pièce voisine, puis on entendit une porte se fermer. L'absence de meubles et de tapis amplifiait les bruits, qui se répercutaient sur les sols en pierre et dans l'espace quasi vide. Celia serra le bras de Lottie.

— Es-tu sûre que nous faisons bien de rester ? Je les trouve un peu… bizarres.

Lottie regardait autour d'elle – les rangées de tableaux immenses, les tapis roulés, empilés contre les murs, pareils à des vieillards avachis, la sculpture africaine représentant le ventre arrondi d'une femme. Cela ressemblait si peu aux maisons qu'elle connaissait. Celle de sa mère, exiguë, sombre, remplie de meubles en chêne et de bibelots en porcelaine bon marché, imprégnée d'odeurs de poussière de charbon et de légumes bouillis, où l'on était constamment interrompu par le bruit de la circulation ou les enfants des voisins qui jouaient dehors. Celle des Holden, une demeure familiale dans un faux style Tudor, vaste, confortable, qui paraissait être estimée autant pour ce qu'elle dégageait que pour ceux qu'elle abritait. Le mobilier, reçu en héritage, devait être traité avec déférence – davantage, semblait-il, que les occupants des lieux. Pas question de poser une tasse dessus. Les enfants ne devaient en aucun cas s'y cogner. Tout devait être « transmis », selon la formule de Mrs Holden, comme s'ils étaient essentiellement les gardiens de ces meubles. La maison était perpétuellement prête pour recevoir, agréable pour ces « dames », rangée pour le Dr Holden quand il rentrait à la maison – son épouse, un petit roi Canut fragile, s'efforçant désespérément de venir à bout de la poussière et des détritus inévitables.

Et puis il y avait cet endroit – tout blanc, très clair, étrange. Un édifice angulaire bizarre avec de longues fenêtres basses, opaques, et des hublots à travers lesquels on voyait la mer, sans parler de son butin disparate d'objets exotiques disposés d'une manière chaotique. Un endroit dont le moindre élément de décoration racontait une histoire, évoquait sa provenance de contrées lointaines.

Lottie huma l'odeur de la maison – l'air salé qui avait imprégné les murs au fil des années –, à laquelle se mêlait maintenant celle de la peinture fraîche.

Étonnamment enivrante…

— Un thé ne peut pas nous faire du mal, si ?

Celia marqua un temps d'arrêt en scrutant son visage

— N'en parle pas à maman, c'est tout. Elle ne serait pas contente.

Elles suivirent une Frances lugubre dans le grand salon, baigné de lumière grâce aux quatre fenêtres qui donnaient sur la baie, les deux du centre incurvées sur un mur semi-circulaire. Près de la fenêtre la plus éloignée sur la droite, deux hommes se démenaient avec une tringle et de lourds rideaux tandis qu'à gauche, une jeune femme, agenouillée dans un coin, rangeait des piles de livres dans une bibliothèque vitrée.

— C'est la nouvelle voiture de Julian. Il va être fou de rage. J'aurais dû te demander de la déplacer.

Frances se laissa tomber dans un fauteuil en se tapotant le nez avec le mouchoir pour vérifier si elle saignait encore.

George était en train de lui servir un grand verre de cognac.

— Je me charge de le mettre au courant. Comment va votre nez ? On croirait voir un Picasso, ma chère. Pensez-vous qu'il nous faille un médecin ? Adeline ? Connaissez-vous un médecin ?

— Mon père est docteur, intervint Celia. Je peux lui demander de venir si vous le souhaitez.

Plusieurs secondes s'écoulèrent avant que Lottie ne se rende compte de la présence de la troisième femme.

Elle était assise parfaitement droite au milieu d'un petit sofa, les chevilles croisées, les mains serrées devant elle comme si elle était à mille lieues des efforts déployés dans la pièce. Ses cheveux, de ce noir bleuté propre aux plumes de corbeau, la coiffaient en vagues bien nettes. Elle portait une robe rouge en soie orientale, longue et moulante, démodée, agrémentée d'une veste brodée sur laquelle des paons faisaient la roue, exhibant leur plumage iridescent. Elle avait d'immenses yeux soulignés de khôl et de minuscules mains d'enfants. Elle était tellement immobile que, lorsqu'elle inclina la tête pour les saluer, Lottie faillit sursauter.

— Vous êtes vraiment merveilleuses ! Vraiment, George. Vous nous avez déjà déniché de petits scouts.

Elle sourit de ce sourire doux et discret des éternels charmés. Son accent était insondable. Peut-être français. Étranger, à coup sûr. Sa voix était rauque. Une voix de fumeuse, où l'on décelait une pointe d'amusement irrépressible. Quant à sa tenue et à son maquillage, ils étaient tout bonnement impossibles. Elle dépassait largement le registre des expériences, même pour quelqu'un dont l'éducation allait au-delà des pôles jumeaux de Merham et de Walton-on-the-Naze. Lottie était sidérée. Elle regarda Celia et vit, reproduit sur son visage, son propre ahurissement.

—Adeline. Je vous présente… Oh, mon Dieu, je ne vous ai même pas demandé vos noms.

Frances porta la main à sa bouche.

—Celia Holden. Et Lottie Swift, dit Celia, qui faisait quelque chose de bizarre avec ses pieds. Nous habitons de l'autre côté du parc. Sur l'avenue Woodbridge.

—Ces jeunes filles ont eu la bonté de me prêter leur mouchoir, ajouta Frances. Je l'ai maculé de sang.

—Pauvre chérie.

Adeline prit la main de Frances.

S'attendant à une pression réconfortante, un tapotement rassurant, Lottie les observa. À la place, tout en la caressant tendrement, Adeline la porta à ses lèvres rouge vermeil, puis, devant tout le monde, sans en rougir le moins du monde, elle se pencha légèrement et y déposa un baiser.

—C'est terrible, ce qui vous arrive.

Il y eut un court silence.

—Oh, Adeline, fit Frances d'un ton triste, avant de retirer sa main.

Estomaquée par cette bizarre manifestation d'intimité, Lottie n'osa plus regarder Celia.

Puis, après un bref temps d'arrêt, Adeline se tourna à nouveau vers la pièce et son sourire se fit rayonnant.

— George, je ne vous l'ai pas dit. N'est-ce pas adorable ? Sébastian nous a fait envoyer des artichauts et des œufs de caille du Suffolk. Nous les mangerons au dîner.

— Dieu merci.

George s'était approché des deux hommes près de la fenêtre et les aidait à soutenir la tringle.

— Je n'étais pas d'humeur à manger des *fish and chips*.

— Cessez d'être aussi snob, chéri. Je suis sûre que les *fish and chips* d'ici sont absolument délicieux. N'est-ce pas, mesdemoiselles ?

— Nous ne saurions le dire, s'empressa de répondre Celia. Nous ne fréquentons que les vrais restaurants.

Lottie se mordit la langue en se souvenant du samedi précédent où, installées sur la digue en compagnie des frères Westerhouse, elles avaient mangé de la raie enveloppée de papier gras.

— Bien évidemment, répliqua Adeline d'une voix basse, langoureuse, nuancée d'un vague accent. Vous êtes des jeunes filles comme il faut. À présent, dites-nous en quoi est-ce agréable de vivre à Merham.

Celia et Lottie se dévisagèrent.

— Il n'y a pas grand-chose d'intéressant, commença Celia. En fait, on s'y ennuie. Il y a le club de tennis, mais il est fermé en hiver. Un cinéma, mais le projectionniste est souvent malade et personne d'autre n'est capable de faire marcher les machines. Si vous voulez aller dans quelque endroit élégant, il faut vous rendre à Londres. C'est ce que font la plupart d'entre nous, en tout cas. Si l'on souhaite vraiment passer une bonne soirée, voir une pièce de théâtre, manger dans un bon restaurant…

Elle parlait trop vite, s'efforçant d'avoir un air insouciant tout en s'empêtrant dans ses mensonges.

Lottie dévisagea Adeline, dont le sourire captivé devenait peu à peu indifférent, et se sentit soudain terrorisée à l'idée que cette femme fût sur le point de faire une croix sur elles.

— La mer, déclara-t-elle brusquement.

Adeline tourna son attention vers elle en levant légèrement les sourcils.

— La mer, répéta-t-elle en essayant d'ignorer la mine furibonde de Celia. Sa proximité je veux dire. C'est ce qu'il y a de mieux ici. L'entendre tout le temps en fond sonore, humer les embruns, marcher sur la plage et apercevoir la courbe de la terre... tout en sachant que, partout où notre regard se pose, il se passe une foule de choses que nous ne verrons et ne connaîtrons jamais. C'est comme un mystère à portée de soi... Et puis les tempêtes. Quand les vagues montent à l'assaut de la digue et que le vent souffle dans les arbres si fort qu'ils plient comme des brins d'herbe et qu'on admire ce spectacle bien au chaud, au sec...

Elle laissa sa phrase en suspens en surprenant l'expression mutine de son amie.

— C'est ce qui me plaît le plus, en tout cas.

Son souffle lui paraissait bizarrement audible dans le silence.

— Ça me semble parfait, dit Adeline en s'attardant sur le dernier mot, le regard rivé sur Lottie, qui piqua un fard.

— La camionnette est-elle très amochée ? Pensez-vous qu'ils l'amèneront au garage de mon père ?

Joe fit glisser sa tasse de café vide sur le comptoir en Formica d'un air sérieux, comme toujours. Son regard grave, toujours orienté vers le haut, comme par déférence, paraissait déplacé dans ce visage grossier, parsemé de taches de rousseur.

— Je n'en sais rien, Joe. C'était juste le phare, je crois.

Derrière lui, parfois engloutie par le raclement des chaises ou le cliquetis d'ustensiles bon marché, Alma Cogan chantait son *Dreamboat*. Lottie considéra les traits sans charme de son compagnon, regrettant d'avoir mentionné leur visite chez Adeline Armand. Joe posait toujours les questions qu'il ne fallait pas. Et s'arrangeait immanquablement pour orienter la conversation sur le garage de son père. Comme il était fils unique, Joe hériterait un jour de cette affaire peu rentable, et ce legs pesait déjà lourd sur ses épaules, telle la succession d'un prince régent. Elle avait espéré qu'en le mettant dans la confidence à propos de cette extraordinaire visite, il serait, lui aussi, transporté par les personnages curieux, exotiques, et l'énorme maison qui faisait penser à un paquebot. Qu'il se serait senti loin du petit monde étriqué de la société de Merham.

Or, il s'était borné à concentrer son attention sur les trivialités, son imagination se restreignant aux considérations domestiques. Comment la bonne avait-elle pu servir le thé alors que l'on venait à peine de livrer leurs bagages ? Quel phare précisément avait été endommagé ? N'avaient-ils pas mal à la tête avec cette odeur de peinture fraîche ? Et Lottie s'aperçut qu'elle s'en voulait de lui avoir dévoilé son secret et qu'elle était sérieusement tentée de lui décrire le tableau de la femme nue rien que pour le faire rougir. C'était tellement facile de le faire rougir.

Elle aurait pu discuter de tout ça avec Celia. Seulement, cette dernière ne lui adressait plus la parole. Elle ne lui avait plus reparlé depuis le trajet du retour, au cours duquel son amie avait maugréé.

— As-tu fait exprès de me couvrir de honte devant ces gens ? Lottie ! Je n'arrive pas à croire que tu leur aies sorti tout ce baratin à propos de la mer. Comme si tu en avais quelque chose à faire des poissons qui nagent dedans. Tu ne sais même pas nager !

Lottie avait eu envie de lui parler de la provenance des princesses hongroises, du baiser déposé sur la main de Frances, tel un prétendant, de la relation que George avait avec l'une et l'autre – il ne se comportait pas comme un mari et avait porté beaucoup trop d'attention aux deux femmes.

Elle souhaitait lui faire remarquer qu'en dépit de tout le travail à abattre et de l'état chaotique de la maison, Adeline était restée assise sur le sofa comme si elle n'avait rien d'autre à faire que d'attendre que la journée se passât.

Sauf que Celia était en pleine conversation avec Betty Croft à propos de l'éventualité d'une excursion à Londres avant la fin de l'été. Lottie demeura donc assise là, à attendre que cet orage estival d'un genre particulier se calme.

Mais Celia avait été plus contrariée par l'interruption de son amie qu'elle ne l'avait admis. Comme l'après-midi touchait à sa fin, tandis que les gros nuages chargés de pluie assombrissaient le ciel et que le café se remplissait d'enfants récalcitrants en compagnie de leurs parents exaspérés, tenant serrée contre eux leur serviette de plage humide et couverte de sable, elle ignora les efforts déployés par Lottie pour se joindre à la conversation ainsi que la tranche de gâteau qu'elle lui tendait. À telle enseigne que Betty elle-même, qui appréciait d'ordinaire une bonne querelle entre amies, commençait manifestement à se sentir mal à l'aise.

Oh, mon Dieu, pensa Lottie, résignée. *Je vais payer ce que j'ai fait.*

— Je crois que je vais rentrer, déclara-t-elle à haute voix en regardant les dernières gouttes de café soluble au fond de sa tasse. Le temps se gâte.

Joe se leva.

— Tu veux que je te raccompagne ? J'ai un parapluie.

— Si tu en as envie.

Adeline Armand avait un portrait d'elle adossé au mur dans ce qui devait être le bureau. Ce n'était pas vraiment un tableau : une image hachée et floue, comme si l'artiste voyait mal et avait dû deviner où donner des coups de pinceau. Curieusement, toutefois, on la reconnaissait. En raison des cheveux noir de jais et du demi-sourire.

— Il y a eu une tempête de neige à Clacton, samedi. De la neige en avril, tu te rends compte ?

Cela lui avait été égal pour la voiture. Elle n'avait même pas voulu y jeter un coup d'œil pour mesurer l'étendue des dégâts. Et puis cet homme, George, s'était borné à compter ses billets de banque comme s'il s'agissait de vieux tickets de bus.

— Le temps était doux et ensoleillé et, en l'espace de deux heures, il s'est mis à tomber de la grêle. Il y avait des gens sur la plage, en plus, et même quelques-uns dans l'eau. Tu vas être mouillée, Lottie. Allons, prends mon bras.

Tout en glissant son bras sous celui de Joe, Lottie se retourna, tendant le cou pour apercevoir la façade d'Arcadia House. C'était la première fois de sa vie qu'elle voyait une maison aussi magnifique devant comme derrière. À croire que l'architecte n'avait pas pu supporter qu'une vue fût moins belle que les autres.

— Ça ne te plairait pas de vivre dans une maison comme celle-là, Joe ?

Elle s'arrêta sans se soucier de la pluie. Elle avait un peu le vertige, à croire que les événements de l'après-midi l'avaient ébranlée.

Joe la dévisagea, puis reporta son attention sur la maison en se penchant légèrement pour s'assurer que le parapluie la protégeait bien.

— Ressemble un peu trop à un paquebot.

— Justement. C'est fait exprès, ne vois-tu pas ? Elle est près de la mer.

Joe paraissait inquiet, comme s'il y avait quelque chose qu'il n'avait pas compris.

— Imagine. Tu pourrais faire semblant d'être sur un paquebot. Voguant sur l'océan.

Elle ferma les yeux, oubliant un instant sa dispute avec Celia, s'imaginant dans les étages de la maison. Quelle chance avait cette femme de posséder tout cet espace pour elle seule, tant d'endroits où s'asseoir et rêver !

— Si cette maison m'appartenait, je pense que je serais la jeune fille la plus heureuse du monde.

— J'aimerais bien une maison qui donne sur la baie.

Lottie lui jeta un coup d'œil, surprise. Joe n'exprimait jamais le moindre souhait. C'était l'une des choses qui faisaient de lui un compagnon aussi agréable, même s'il manquait de répartie.

— Vraiment ? Eh bien, moi, je voudrais une maison donnant sur la baie qui aurait des fenêtres en forme de hublots et un grand jardin…

Il esquissa un sourire, conscient d'une certaine nuance dans sa voix.

— Et puis une grande mare où vivraient des cygnes, ajouta-t-elle d'un ton enthousiaste.

— Sans oublier l'araucaria, dit-il.

— Ah oui, acquiesça-t-elle, un araucaria. Et six chambres, avec des dressing-rooms.

Ils marchaient plus lentement à présent, le visage rosi par l'ondée fine qui venait de la mer.

Joe fronça les sourcils d'un air pensif.

— Et des dépendances où l'on pourrait garer trois voitures.

— Oh, toi et tes voitures ! J'aimerais un grand balcon attenant à la chambre à coucher et donnant directement sur la mer.

— Et une piscine juste en dessous. Pour pouvoir sauter dedans quand l'envie te prendrait de te baigner.

Lottie éclata de rire.

— En me levant le matin. En chemise de nuit. Oh oui ! Et une cuisine en bas, aussi, pour que la bonne puisse m'apporter mon petit déjeuner dès que j'aurais fini.

— Et une table près de la piscine pour que je puisse m'asseoir et te contempler.

— Et l'un de ces parasols… Qu'est-ce que…

Lottie ralentit le pas. Son sourire s'effaça et elle regarda Joe d'un air prudent. Peut-être était-ce son imagination qui lui jouait des tours, mais elle avait l'impression qu'il lui serrait le bras moins fort, comme s'il s'attendait déjà à ce qu'elle se libère.

— Oh, Joe, soupira-t-elle.

Ils continuèrent à grimper en silence le sentier qui menait à la falaise. Une mouette solitaire volait au-dessus d'eux, en s'arrêtant de temps à autre sur la rambarde, convaincue contre toute évidence de l'apparition prochaine de nourriture.

Lottie agita la main pour qu'elle s'en aille, soudain en proie à la colère.

— Je te l'ai déjà dit, Joe. Tu ne m'intéresses pas à ce niveau-là.

Joe regarda droit devant lui en s'empourprant légèrement.

— Je t'aime beaucoup. Vraiment. Mais pas comme ça. Je voudrais bien que tu abandonnes la partie.

— Je pensais juste… lorsque tu t'es mise à parler de la maison…

— C'était un jeu, Joe. Un jeu idiot. On ne sera jamais en mesure de posséder une maison à moitié aussi grande que celle-ci, ni toi ni moi. Allons. Cesse de bouder, s'il te plaît. Sinon, je serai forcée de faire le reste du chemin toute seule.

Joe s'arrêta, lui lâcha le bras et lui fit face. Il paraissait très jeune, et une sombre détermination se lisait sur son visage.

— Je te promets de ne plus te harceler. Mais, si tu m'épouses, Lottie, tu ne seras jamais obligée de retourner à Londres.

Elle leva les yeux vers le parapluie, puis le repoussa vers lui, laissant les embruns et la pluie lui couvrir le visage d'une fine brume.

— Je ne me marierai pas, Joe. Et, comme je te l'ai dit, il est hors de question que je retourne à Londres. Hors de question.

Chapitre 2

Mrs Colquhoun prit une grande inspiration, lissa le devant de sa jupe et fit un signe de tête à l'adresse du pianiste. Sa voix flûtée de soprano s'éleva tel un oisillon prenant son premier envol hésitant dans le salon bondé. Avant de s'écraser comme un gros faisan qu'on vient d'abattre, incitant Sylvia et Freddie, qui avaient trouvé refuge derrière la porte de la cuisine, à se laisser glisser à terre en plaquant une main sur leur bouche tout en se cramponnant l'un à l'autre pour empêcher leurs éclats de rire d'exploser.

Lottie essaya de réprimer le sourire qui étirait ses lèvres.

— Je ne rirais pas trop si j'étais vous, chuchota-t-elle, non sans une certaine jouissance. Vous êtes censés chanter en duo avec elle pour les veuves et les orphelins.

Au cours des six brefs mois depuis leur création, les « salons » matinaux de Mrs Holden avaient acquis une certaine réputation (ou notoriété – personne n'aurait su le dire vraiment) au sein des milieux les plus policés de la société de Merham… Presque tous ceux qui estimaient être quelqu'un prenaient part à ces réunions bimensuelles du samedi après-midi, que Mrs Holden avait instaurées avec l'espoir d'insuffler, selon sa propre formule, « un petit parfum culturel » dans cette bourgade du bord de mer.

Les dames étaient invitées à lire un passage de leur livre préféré (les œuvres complètes de George Herbert étaient le choix du mois), à jouer du piano et, pour les plus courageuses, à pousser la chansonnette. Il n'y avait pas de raison, après tout, pour que leurs amies citadines puissent laisser entendre qu'elles vivaient dans un vide, si ?

Si l'on décelait une vague nuance plaintive dans la voix de Mrs Holden lorsqu'elle posait cette question – ce qui lui arrivait fréquemment –, il fallait l'attribuer à sa cousine, Angela, qui vivait à Kensington et qui avait suggéré un jour, en riant, que la vie culturelle à Merham serait sans doute grandement améliorée par la construction d'un ponton. Après quoi, le sempiternel sourire de Mrs Holden avait visiblement chancelé aux commissures de ses lèvres, et plusieurs mois s'étaient écoulés avant qu'elle se décidât à réinviter Angela.

Quoi qu'il en soit, la participation de ces dames n'était pas garante de qualité, comme le prouvaient les efforts vocaux déployés par Mrs Colquhoun. Plusieurs femmes de l'assistance cillèrent ostensiblement des yeux, avalèrent leur salive ou burent davantage de gorgées de thé que nécessaire. Tandis que la cantatrice s'acheminait péniblement vers la fin de sa prestation, certaines échangèrent des regards discrets. Il était si difficile de déterminer dans quelle mesure il convenait d'être honnête.

— Eh bien, je ne peux pas dire que je l'ai rencontrée personnellement, mais elle affirme qu'elle est actrice, dit Mrs Ansty lorsque les ébauches d'applaudissements se furent tues. Elle a parlé avec mon Arthur, hier, quand elle est venue chercher de la pommade pour les mains. Elle s'est montrée très loquace.

Elle parvint à teinter cet adjectif d'une mesure de désapprobation. C'était la véritable raison pour laquelle elles étaient toutes présentes. Les papotages se dissipèrent et plusieurs de ces dames s'inclinèrent vers leur tasse de thé.

— Est-elle hongroise ?

— Elle ne l'a pas précisé, répondit Mrs Ansty, ravie du rôle de sage qu'on lui avait attribué. De fait, mon Arthur m'a dit que, pour une femme aussi bavarde, elle parlait peu d'elle.

Ces dames échangèrent des regards en levant les sourcils, comme si cela suffisait à éveiller leurs soupçons.

— Elle est censée avoir un mari. Mais il n'a pas encore fait son apparition, commenta Mrs Chilton.

— Un homme est souvent là, intervint Mrs Colquhoun, les joues encore enflammées par ses exercices vocaux.

Quoiqu'elle eût assez fréquemment le teint rubicond naturellement. Elle n'était plus la même depuis que son mari était rentré de Corée.

— Ma Judy a demandé à la bonne qui c'était, et cette dernière s'est bornée à lui répondre : « Oh, ça, c'est Mr George. » Comme si cela suffisait à tout expliquer.

— Il porte des habits en lin. Tout le temps.

Aux yeux de Mrs Chilton, c'était incontestablement extravagant. Veuve, elle était la propriétaire des Uplands, l'une des principales pensions sur la Parade. Cela aurait dû l'exclure de cette assemblée, mais tout le monde savait, comme Mrs Holden l'avait expliqué à Lottie, que Sarah Chilton avait fait une mésalliance et que, depuis le décès de son mari, elle s'était donné beaucoup de peine pour redevenir une femme bien. En outre, son établissement était des plus respectable.

— Voudriez-vous une autre tasse de thé, mesdames ?

Mrs Holden était déjà penchée en direction de la porte de la cuisine en essayant de ne pas trop se courber à cause de sa gaine. Elle aurait dû prendre la taille au-dessus, avait décrété Celia à Lottie d'un ton plein de mépris. Celle qu'elle portait laissait de grandes zébrures rouges autour de ses cuisses.

— Où est passée cette fille ? Elle n'a pas arrêté de s'agiter ce matin.

— Elle a dit à ma Judy qu'elle ne voulait pas venir vivre ici. Ils étaient à Londres auparavant. Ils en sont partis précipitamment, d'après ce que j'ai compris.

— Eh bien, ça ne m'étonne pas qu'elle soit actrice. Elle s'habille de manière si excentrique.

— C'est tout à fait le mot qui convient, railla Mrs Chilton. On a l'impression d'une gamine qui s'amuse à se déguiser.

De vagues rires fusèrent ici et là.

— L'avez-vous vue ? Tous ces atours et cette soie à 11 heures ! Elle portait un feutre, l'autre jour, lorsqu'elle est allée à la boulangerie. Un chapeau d'homme ! Mrs Hatton, de la Promenade, était tellement choquée qu'elle est sortie du magasin avec une demi-douzaine de cornets fourrés à la crème qu'elle n'avait pas commandés.

— Allons, mesdames, reprit Mrs Holden, qui n'aimait pas les commérages. (Lottie avait toujours pensé, à bon escient, qu'elle redoutait trop d'en être l'objet.) À qui le tour ? Sarah, ma chère, n'étiez-vous pas censée nous lire un joli passage de Wordsworth ? À moins que nous n'en revenions à Mr Herbert ? L'histoire à propos du balai ?

Mrs Ansty reposa avec soin sa tasse sur sa soucoupe.

— Eh bien, tout ce que je peux dire, c'est qu'elle manque de conformisme à mon goût… Vous me trouverez peut-être vieux jeu, mais j'aime que les choses soient bien ordonnées. Un mari. Des enfants. Pas de départs précipités.

Il y eut moult hochements de tête depuis les fauteuils capitonnés.

— Optons pour George Herbert. « Je frappai la planche et cessai de pleurer. » C'est bien ça ?

Mrs Holden jeta un coup d'œil sur la table basse en quête du livre.

— Je ne me souviens jamais des mots exacts. Deirdre, en avez-vous un exemplaire ?

— Elle n'invite personne à venir voir la maison, bien que toutes sortes de gens s'y rendent, d'après ce que j'ai entendu dire.

— Ce serait normal d'organiser une petite réception. Même les MacPherson en ont organisé une. C'est la moindre des choses.

— Du Byron, peut-être ? suggéra désespérément Mrs Holden. Shelley ? Je n'arrive plus à me souvenir de ce que vous aviez proposé. Mais où est donc passée cette fille ? Virginia ? Virginia ?

Lottie se glissa subrepticement derrière la porte en s'assurant que Mrs Holden ne la remarque pas, après s'être vu reprocher à maintes reprises d'être « trop curieuse ». Elle avait une manière bizarre de regarder les gens, lui avait récemment déclaré celle-ci. Cela les troublait. Lottie avait riposté que c'était plus fort qu'elle. On pouvait tout aussi bien l'accuser d'avoir les cheveux raides ou des mains de la mauvaise forme.

Secrètement, elle pensait que c'était plutôt Mrs Holden que cela gênait. Mais tout l'embarrassait ces derniers temps.

Elle cherchait à les empêcher de parler de l'actrice pour la bonne raison que, comme Lottie le savait pertinemment,

Adeline Armand mettait mal à l'aise. En apprenant que son époux était passé là-bas pour jeter un coup d'œil au nez de Frances, un tic nerveux avait ébranlé sa mâchoire, comme lorsque son mari lui annonçait qu'il serait « un peu en retard pour le dîner ».

Virginia émergea dans la pièce par la porte du couloir et prit le plateau. Sa présence fit taire momentanément les visiteuses. Mrs Holden, poussant un soupir de soulagement presque audible, s'affaira tout à coup, l'entraînant vers chacune de ses invitées à tour de rôle.

— L'Association des gérantes de pensions de famille organise une petite réunion demain, annonça Mrs Chilton, une fois que la bonne fut partie, en essuyant des miettes inexistantes des commissures de ses lèvres. Il semblerait que nous devrions toutes augmenter nos tarifs.

On en oublia temporairement Adeline Armand. Si ces dames ne faisaient pas partie de ceux qui dépendaient du commerce des vacances – Mrs Chilton était, du reste, la seule d'entre elles à exercer un métier –, rares étaient celles qui ne bénéficiaient pas de la venue des touristes à Merham chaque été. La pharmacie de Mr Ansty, Mr Burton, dont la boutique de tailleur se trouvait juste derrière la Parade, et même Mr Colquhoun, qui louait l'un de ses champs du bas à des campeurs… Tous faisaient de meilleures affaires durant les mois d'été. En conséquence de quoi, elles prêtaient une grande attention aux opinions et décisions de l'Association des gérantes de pensions de famille, immensément puissante, et composée exclusivement de femmes.

— Certains envisagent dix livres par jour. C'est le prix que l'on demande à Frinton.

— Dix livres !

L'exclamation chuchotée se répercuta dans la pièce.

— Ils iront à Walton à la place, on peut en être sûres.

Mrs Colquhoun avait blêmi.

— Il y a des attractions là-bas, après tout.

— Eh bien, Deirdre, je partage votre point de vue, dit Sarah Chilton. Personnellement, je ne pense pas qu'ils marcheront. Et avec le printemps venteux que nous avons eu jusqu'à présent, j'estime que nous ne devrions pas prendre de risques. Au regard de l'Association, il semblerait que je fasse partie de la minorité.

— Mais tout de même. Dix livres ! Les gens qui viennent ici ne sont pas là pour les attractions, mais pour passer des vacances plus… tranquilles.

— Et ce sont ceux qui peuvent se l'offrir.

— Personne ne peut se l'offrir à l'heure qu'il est, Alice. Qui connaissez-vous qui soit apte à jeter l'argent par les fenêtres ?

— Cessons de parler d'argent, protesta Mrs Holden au moment où Virginia réapparaissait avec la théière pleine. C'est un peu… vulgaire. Laissons ces braves dames de l'Association régler le problème entre elles. Je suis sûre qu'elles savent ce qu'elles font. Alors, Deirdre, dites-moi, qu'avez-vous fait de vos carnets de rationnement ? Sarah, vous devez être soulagée que vos clients ne soient plus obligés de les apporter. Je voulais jeter les nôtres dans la poubelle de la cuisine, mais ma fille m'a dit que nous devrions les encadrer. Les encadrer ! Vous vous imaginez ?

Lottie Swift avait les yeux sombres, presque noirs, et des cheveux bruns et lisses comme on en trouve le plus souvent chez les gens originaires du sous-continent asiatique. L'été, sa peau brunissait juste un peu trop vite, et l'hiver, elle avait tendance à avoir le teint cireux. L'importunité de cette carnation foncée, bien que délicate, était l'une des rares choses sur lesquelles sa mère et Mrs Holden seraient tombées d'accord, si tant est qu'elles se fussent connues. Si Celia, à l'âme généreuse, voyait en elle une Vivien Leigh ou une Jean Simmons à la peau sombre, la mère de Lottie n'y avait jamais détecté autre chose qu'une « goutte de goudron », selon sa formule, ou encore un rappel omniprésent du marin portugais qu'elle avait connu alors qu'elle fêtait son dix-huitième anniversaire, près des chantiers navals situés à l'est de Tilbury, même si cette rencontre, si brève fût-elle, avait eu des conséquences à long terme.

— Tu as le sang de ton père, avait-elle l'habitude de marmonner d'un ton accusateur tout le temps que Lottie grandissait. Il aurait mieux valu pour moi que tu disparaisses avec lui.

Après quoi, elle attirait sa fille farouchement contre elle, en une étreinte qui l'étranglait à moitié, avant de l'écarter tout aussi brusquement, comme si les contacts si étroits n'étaient conseillés qu'à petite dose.

Mrs Holden, nettement moins directe, se demandait si Lottie ne ferait pas bien de s'épiler un peu plus les sourcils. Quant au temps qu'elle passait au soleil… était-ce recommandé ? « Sachant que tu fonces beaucoup. Il ne faudrait pas que les gens te prennent pour… tu vois ce que je veux dire. Une romanichelle… » Elle avait sombré dans le silence après cela, comme si elle redoutait d'en avoir trop dit, d'une voix teintée de compassion. Lottie ne s'était pas vexée pour autant. Il aurait été difficile de réagir autrement face à une personne que l'on prenait soi-même en pitié.

Selon Adeline Armand, toutefois, le teint de Lottie n'était non pas la preuve de l'infériorité de son statut ou de son manque d'éducation, mais la manifestation d'un exotisme que la jeune fille n'avait pas encore reconnu. L'illustration d'une beauté aussi unique qu'étrange.

— Frances devrait vous prendre comme modèle. Frances, il faut que vous fassiez son portrait. Pas dans ces vêtements affreux, en serge et en coton. Des couleurs vives. Une étoffe soyeuse. Sinon, ma chère Lottie, vous éclipsez les vêtements que vous portez. Vous êtes un feu qui couve.

Son accent était si fort que Lottie avait dû lutter pour se convaincre qu'on ne l'insultait pas.

— Éteint, plutôt, intervint Celia, moins que ravie par les commentaires d'Adeline.

Elle avait l'habitude d'être le centre de l'attention. Or, tout ce que leur hôtesse avait trouvé à dire à propos d'elle, c'était qu'elle était « charmante, si typiquement anglaise ». Le « typiquement » l'avait piquée au vif.

— Elle ressemble à Frida Kahlo. Vous ne trouvez pas, Frances ? Les yeux ? Vous est-il jamais arrivé de poser pour quelqu'un ?

Lottie considéra Adeline d'un air ahuri. « Poser comment ? » avait-elle envie de demander. Son interlocutrice attendit.

— Non, coupa Celia. Mais à moi, si. Nous nous sommes fait faire un portrait de famille quand nous étions plus jeunes. Il est chez nous, dans le salon.

— Ah ! un portrait de famille. Très… respectable, j'en suis sûre. Et vous, Lottie : votre famille n'a jamais posé ?

Lottie jeta un coup d'œil à Celia tout en imaginant sa mère, les doigts écorchés et tachés à force de coudre le cuir de chaussures à l'usine, posant comme Susan Holden sur le portrait qui trônait au-dessus de la cheminée. Au lieu de prendre une pose élégante, les mains jointes sur ses genoux, elle aurait la mine renfrognée, la bouche réduite en une fine ligne par l'insatisfaction, ses cheveux teints, rares, tirés en arrière par deux barrettes qui la désavantageaient et enroulés sans succès autour de bigoudis.

Lottie serait près d'elle, dénuée de toute expression, ses yeux noirs apparemment plus attentifs que jamais. Là où le Dr Holden se tenait derrière les siens, il y aurait un grand vide.

— Lottie n'a pas vu sa famille depuis un moment, n'est-ce pas, Lot ? déclara Celia d'un ton protecteur. Elle ne se souvient probablement pas s'il existe ou non un portrait de famille.

Celia savait pertinemment que l'unique « portrait » de la mère de Lottie n'était qu'une photo publiée dans le journal local, où on la voyait parmi une rangée d'ouvrières d'usine, au moment où Leather Emporium avait ouvert ses portes, juste à la fin de la guerre. Sa mère l'avait découpée, et Lottie l'avait conservée longtemps après qu'elle eut jauni et qu'elle fut devenue friable, bien que le visage de sa mère fût si petit et indistinct qu'il était impossible de déterminer s'il s'agissait bien d'elle.

— Je ne vais plus vraiment à Londres, dit-elle en articulant.

Adeline se pencha vers elle.

— Dans ce cas, il faut absolument que l'on fasse votre portrait ici. Vous pourrez le donner à votre famille quand vous la verrez.

Elle effleura la main de la jeune fille, et Lottie, fascinée par le maquillage minutieux de ses yeux, sursauta, redoutant à moitié qu'Adeline n'essayât de l'embrasser.

C'était leur cinquième visite à Arcadia. À la longue, leur réserve initiale vis-à-vis de la bande étrange – et sans doute libertine – qui semblait loger là s'était peu à peu dissipée. Elle avait été remplacée par de la curiosité et la certitude de plus en plus affermie que, quoi qu'il se déroulât entre ces quatre murs, et malgré les toiles de nus et les situations domestiques les plus improbables, c'était nettement plus intéressant que leurs occupations traditionnelles consistant à aller en ville et à en revenir, à jouer les arbitres entre les petits ou à s'offrir des glaces ou un café.

Comme s'il s'agissait de quelque pièce de théâtre, il se passait toujours quelque chose à Arcadia. D'étranges frises peintes apparaissaient autour des portes ou au-dessus du fourneau. De petits mots gribouillés – concernant généralement le travail des artistes ou des acteurs – étaient épinglés sur les murs au petit bonheur la chance. Des denrées exotiques, expédiées par les propriétaires de différents grands domaines disséminés dans le pays, faisaient leur apparition. Les nouveaux visiteurs se métamorphosaient et s'en retournaient comme ils étaient venus, s'attardant rarement assez longtemps pour se présenter, mis à part le noyau de base.

Les filles étaient toujours les bienvenues. Un jour, en arrivant, elles trouvèrent Adeline en train d'habiller Frances en princesse indienne, la drapant dans des soies foncées rehaussées de fils d'or et lui peignant des dessins complexes sur les mains et les pieds. Elle portait, pour sa part, une tenue de prince et un turban qui, avec ses riches ornements en plumes de paon et ses étoffes admirablement tissées, paraissait des plus authentique.

Mamie, la bonne, était restée là à observer Adeline d'un air rebelle pendant qu'elle peignait la peau de Frances avec du thé froid, avant de s'en aller fort indignée quand on l'avait priée d'aller chercher de la farine pour blanchir les cheveux d'Adeline. Puis, tandis que les visiteuses assistaient silencieusement à la scène, les deux femmes avaient pris une succession de poses alors qu'un jeune homme mince, qui s'était présenté assez pompeusement comme « École de Modotti », les photographiait.

— Il faut que nous allions quelque part habillées comme ça. À Londres, peut-être, avait piaillé Adeline, après coup, en examinant son reflet méconnaissable dans la glace. Ce serait tellement drôle.

— Comme le canular de *Dreadnought*.

— Le quoi ?

Celia avait momentanément oublié les bonnes manières. Cela lui arrivait souvent à Arcadia.

— Une très bonne blague imaginée par Virginia Woolf. Il y a des années.

George s'était levé pour assister à la scène. Il donnait toujours l'impression de regarder simplement sans participer.

— Ses amis et elle se sont noirci le visage et rendus à Weymouth en se faisant passer pour l'empereur d'Abyssinie et son entourage « impérial ». Un lieutenant, ou quelqu'un de cet acabit, a fini par les gratifier d'un salut royal et les a escortés pour une visite du navire *Dreadnought* en en faisant tout un foin.

— Ce qu'ils ont dû s'amuser ! s'exclama Adeline en joignant ses mains. Merveilleux ! Nous pourrions feindre d'être le raja du Rajasthan. Et nous rendre à Walton-on-the-Naze.

Elle pivota sur elle-même en riant, faisant tournoyer autour d'elle son élégante veste. Il lui arrivait parfois d'être ainsi, puérile, exubérante, comme si elle n'était pas une adulte, croulant sous le poids des responsabilités et des soucis que le statut de femme semblait provoquer.

— Oh, Adeline… Ne faisons rien de trop audacieux, répondit Frances, qui paraissait inquiète. Souvenez-vous de Calthorpe Street.

C'était sa manière d'être. La moitié du temps, comme Celia le reconnut par la suite, elle comprenait à peine un mot de ce qui se disait. Pas seulement à cause de l'accent. Ils ne parlaient pas de sujets normaux – ce qui se passait dans le village, le prix des choses, le temps. Ils prenaient verbalement la tangente et évoquaient des écrivains et des gens dont Lottie et elle n'avaient jamais entendu parler, en s'étreignant les uns les autres d'une façon que Mrs Holden aurait trouvée scandaleuse, à n'en point douter. Et puis ils se querellaient. Et comment, mon Dieu ! À propos de Bertrand Russell, décrétant qu'il fallait proscrire la bombe. De poésie. De tout et de rien. La première fois que Lottie entendit Frances et George « en pleine discussion » concernant un certain Giacometti, leurs tons étaient si féroces et si passionnés qu'elle en vint à redouter que la jeune femme ne reçût des coups. C'était l'inévitable conclusion chez elle quand sa mère se disputait avec ses amis en haussant la voix à ce point. Chez les Holden, il n'y avait jamais de disputes. Seulement, Frances, normalement paisible – Frances la mélancolique –, avait laminé chaque critique de ce Giacometti que ce George avait avancée, et, pour finir, elle lui avait déclaré que son problème était qu'il avait besoin de « réagir avec l'instinct, et non l'intellect ». Après quoi, elle avait quitté la pièce. Pour y revenir une demi-heure plus tard, comme si de rien n'était, afin de le prier de la conduire en ville.

Ils ne se soumettaient apparemment à aucune règle sociale normale. La fois où Lottie était venue toute seule, Adeline lui avait fait faire le tour du propriétaire, lui désignant les dimensions et les angles uniques de chaque pièce, ignorant les piles de livres et les tapis poussiéreux qui attendaient toujours leur place dans divers coins. Mrs Holden n'aurait jamais laissé quelqu'un visiter sa maison dans un tel état de négligence, voire de malpropreté, mais Adeline ne semblait pas s'en rendre compte. Quand Lottie lui avait indiqué, d'un geste hésitant, l'absence de balustrade dans l'un des escaliers, Adeline avait paru légèrement surprise. Puis elle avait déclaré, avec son accent énigmatique, qu'ils en informeraient Mamie, qui s'en occuperait. « Et votre mari ? » avait eu envie de demander Lottie, mais Adeline s'était déjà glissée dans la pièce suivante.

Et puis il y avait la manière dont elle se comportait avec Frances : moins comme des sœurs (elles ne se chamaillaient jamais) que comme une sorte de vieux couple, finissant mutuellement leurs phrases, riant de blagues que personne d'autre ne comprenait, s'interrompant au milieu d'anecdotes à moitié racontées à propos d'endroits où elles étaient allées. Adeline disait tout sans rien révéler. Lorsque Lottie repensait à tout ça, après chaque visite – ce qu'elle ne manquait pas de faire – peuplée de tant de couleurs et de sensations qu'il lui fallait un bout de temps pour digérer, elle se rendait compte qu'elle n'en savait pas plus sur la jeune actrice qu'au début. Son mari, dont elle n'avait toujours pas mentionné le nom, travaillait « à l'étranger ».

Ce « cher George » était une sommité dans le domaine de l'économie, « un esprit si brillant ».

Un dandy si brillant, aussi, je suis prête à le parier, pensait Celia, elle-même en train de s'amouracher de l'homme aux costumes de lin.

On n'expliqua jamais comment Frances pouvait détenir la maison, bien qu'à l'inverse d'Adeline, elle ne portât pas d'alliance, comme les filles ne manquèrent pas de le remarquer. Adeline ne s'était pas davantage donné la peine de poser des questions à Lottie à son sujet. Ayant déterminé les détails qu'elle avait besoin de connaître – si elle avait déjà posé, si elle s'intéressait à certaines choses –, elle ne manifesta pas le moindre intérêt vis-à-vis de son passé, de ses parents, de sa place dans le monde.

C'était des plus étrange pour Lottie, qui avait grandi au sein de deux foyers où, en dépit d'une multitude de différences, les antécédents de chacun avaient toutes les chances de définir son avenir. À Merham, son passé chez les Holden signifiait qu'elle bénéficiait de tous les avantages octroyés de droit à Celia – l'éducation, la nourriture, les vêtements –, même si l'une et l'autre étaient subtilement conscientes que ces largesses n'étaient pas vraiment inconditionnelles, surtout depuis que Lottie s'approchait de l'âge adulte. Quant aux Mrs Ansty, Chilton et Colquhoun, elles jugeaient d'emblée toute personne selon son histoire et ses relations, lui attribuant toutes sortes de caractéristiques exclusivement sur la base de ces vertus. « C'est un Thompson. Ils sont tous enclins à la paresse. »

Les gens d'Arcadia étaient indifférents aux intérêts et aux convictions d'autrui. Celia ferait à jamais partie de leur chaleureux petit cercle parce qu'elle était la fille du docteur et appartenait à l'une des meilleures familles de Merham, bien qu'elle fût officiellement devenue « difficile ». Mais si Lottie avait demandé à Mrs Chilton, comme Adeline Armand l'avait fait : « Si vous pouviez vous réveiller dans la peau d'un autre, ne serait-ce qu'une seule fois, qui aimeriez-vous être ? », Mrs Chilton aurait suggéré de l'expédier dans cette bonne institution de Braintree, où il y avait des médecins pour soigner les gens comme elle… Comme cette pauvre Mrs Grath, qui y était depuis que ses cycles lui avaient quelque peu ébranlé l'esprit.

Des bohémiens, à n'en point douter, décida Lottie, qui venait de découvrir la signification de ce qualificatif. Et il fallait escompter ça de leur part.

— Je me fiche de ce qu'ils sont, décréta Celia. En attendant, ils sont autrement plus intéressants que les vieux rabat-joie qui sévissent par ici.

C'était rare que Joe Bernard se trouve être au centre de l'attention non d'une, mais de deux jeunes filles parmi les plus jolies de Merham. Plus le séjour d'Adeline Armand au village se prolongeait, plus son mode de vie excentrique suscitait d'inquiétudes, de sorte que Lottie et Celia avaient dû faire preuve de plus en plus d'inventivité pour cacher leurs visites à Arcadia.

Et le samedi après-midi de la garden-party, elles n'eurent pas d'autre solution que de faire appel à Joe. Étant donné la présence de la plupart des mères de leurs amies, elles ne pouvaient pas prétexter une petite visite de courtoisie, sans compter que Sylvia, d'humeur rebelle après que Celia fut revenue sur la promesse de la laisser utiliser son tourne-disque flambant neuf, menaçait de les suivre et de rapporter si elles s'approchaient de près ou de loin des limites autorisées. Joe, en congé pour l'après-midi, s'était donc engagé à venir les chercher en voiture et à feindre de les emmener pique-niquer à Bardness Point. Il n'y tenait guère (il n'aimait pas mentir, cela le faisait rougir plus encore qu'à l'habitude), mais Lottie avait eu recours à ce que Celia décrivait, non sans sarcasme, comme son « regard de braise ». Et Joe avait cédé.

Hors de la pénombre filtrée du salon de Mrs Holden, c'était un magnifique après-midi, le genre de samedi de mai annonçant les chaudes journées d'été à venir, qui empliraient les rues de Merham de familles baguenaudant et couvriraient les trottoirs d'étals vendant ballons de plage et cartes postales.

L'air vibrait de cris d'enfants surexcités et fleurait la barbe à papa mélangée à l'huile solaire. Les vents déchaînés, qui n'avaient sévi jusque-là que sur la côte est, étaient tombés ces derniers jours, faisant remonter le thermomètre ainsi que les humeurs. On avait prématurément l'impression d'être au premier vrai jour de l'été. Lottie se pencha par la fenêtre et leva le nez vers la lumière. Même après tant d'années, elle éprouvait encore un léger frisson d'excitation à la pensée d'être au bord de la mer.

—Alors, qu'est-ce que tu vas faire, Joe, pendant qu'on sera à la garden-party ? demanda Celia, assise sur la banquette arrière, en train de se mettre du rouge à lèvres.

Joe franchit le passage à niveau qui divisait la ville en deux. Bien qu'Arcadia se trouve à moins d'un kilomètre de Woodbridge Avenue à vol d'oiseau, pour s'y rendre par la route, il fallait plonger au cœur du centre-ville, dépasser le parc municipal et ressortir sur le chemin de la côte tout en méandres.

—J'irai à Bardness Point.

—Comment ça ? Tout seul ?

Elle referma son poudrier d'un geste brusque. Elle portait de petits gants blancs et une robe rouge vif à jupe arrondie, serrée à la taille au point que ça lui faisait presque mal. Elle n'avait pas besoin d'une gaine, bien que sa mère tentât perpétuellement de la convaincre d'en porter une. Afin qu'elle soit maintenue « convenablement ».

—C'est juste que, si Mrs Holden m'interroge sur le temps quand je vous ramènerai, j'aurai besoin de savoir comment c'était, là-haut, pour pouvoir lui répondre sans m'emmêler les pinceaux.

Lottie sentit une pointe de mauvaise conscience à l'idée de se servir de lui ainsi.

— Je suis sûre que ça ne sera pas nécessaire, Joe, dit-elle. Il te suffira de nous déposer devant la porte au retour. Ainsi, elle n'aura pas l'occasion de te demander quoi que ce soit.

La mâchoire de Joe se figea et il mit son clignotant à droite pour s'engager dans la grand-rue.

— Certes, mais si je fais ça, ma mère voudra savoir pourquoi je ne lui ai pas dit bonjour de sa part et elle se fâchera.

— Tu as raison, Joe, lança Celia. Et je suis certaine que maman souhaitera transmettre ses salutations à ta mère.

Lottie était assez sûre que Mrs Holden n'avait pas envie de faire quoi que ce soit de la sorte.

— Alors, que se passe-t-il dans cette maison, à la fin ? Et à quelle heure faut-il venir vous chercher ?

— C'est une garden-party. Je suppose que nous prendrons le thé. Qu'en penses-tu, Lot ?

Lottie avait de la peine à s'imaginer des scones et des génoises servis aux convives à Arcadia. Mais elle ne voyait pas bien comment une garden-party pouvait se dérouler autrement.

— Probablement, répondit-elle.

— Que diriez-vous de cinq heures et demie ? Six heures ?

— Plutôt cinq heures et demie, répliqua Celia, en saluant d'un geste quelqu'un qui passait dans la rue, avant de se souvenir qu'elle était dans la voiture de Joe et de se baisser doucement en glissant sur la banquette.

— De cette façon, nous serons rentrées avant que maman commence à nous faire des histoires.

— Nous te revaudrons ça, Joe.

Il n'y avait que deux voitures dans l'allée quand ils arrivèrent. Un nombre dérisoire, comme Joe ne manqua pas d'en faire l'observation, ce qui incita Celia, déjà cassante sous l'effet de la surexcitation, à souligner :

— C'est tout aussi bien qu'on ne t'ait pas invité.

Il s'abstint de riposter – il ne ripostait jamais. Il ne sourit pas non plus, même lorsque Lottie lui pressa le bras en guise d'excuses, autant qu'elle en était capable, lorsqu'ils sortirent de la voiture. Il repartit sans leur faire un signe de la main.

— J'ai horreur des hommes qui boudent, lança Celia d'un ton enjoué alors qu'elles attendaient sur le seuil qu'on vienne leur ouvrir. J'espère qu'ils ne serviront pas de gâteau à la noix de coco. Je déteste la noix de coco.

Lottie ne se sentait pas tout à fait dans son assiette. Elle n'avait pas ce goût pour des réceptions que Celia manifestait, pour la bonne raison que cela la rendait mal à l'aise de parler d'elle à des gens qui ne la connaissaient pas. Ils n'étaient jamais satisfaits quand elle leur disait qu'elle vivait chez les Holden.

Ils voulaient savoir pourquoi, pour combien de temps, si sa mère lui manquait. À l'occasion de la dernière garden-party de Mrs Holden (pour les enfants africains démunis), elle avait commis l'erreur d'admettre que cela faisait plus d'un an qu'elles s'étaient vues et s'était, par conséquent, retrouvée dans la position des plus inconfortable de faire l'objet de compassion.

— Ils sont dehors, les informa Mamie, encore plus sinistre que d'habitude, si tant est que cela fût possible, lorsqu'elle vint leur ouvrir. Vous n'avez pas besoin de vos gants, marmonna-t-elle tandis qu'elle leur emboîtait le pas dans le couloir en désignant la direction du jardin.

— On les met ou on ne les met pas ? chuchota Celia alors qu'elles approchaient de la lumière.

L'ouïe déjà accoutumée aux éclats de voix dehors, Lottie ne répondit pas. Cela n'avait rien à voir avec une garden-party ordinaire. Une évidence dès le premier coup d'œil. Il n'y avait pas de tente (Mrs Holden y tenait à cause du risque de pluie) ni de tables à tréteaux.

Où vont-ils mettre les plats? pensa distraitement Lottie.

Puis elle se maudit en songeant qu'on aurait dit Joe.

Elles traversèrent le patio et Mamie leur désigna les marches menant à une petite plage privée qui descendait jusqu'à la mer. C'était là, éparpillés sur des couvertures, que les invités de la garden-party étaient installés, certains allongés, pieds nus, d'autres sur leur séant, en pleine conversation. Adeline Armand était assise sur une étoffe vert menthe, brillante et satinée. Elle portait une robe d'été en crêpe de Chine rose coquillage et un grand chapeau blanc mou à large bord, la tenue la plus conventionnelle que Lottie lui avait jamais vue. Trois hommes l'entouraient, dont George, en train d'ôter les feuilles de quelque plante non identifiable (un artichaut, expliquerait Adeline par la suite) avant de les lui tendre une par une, sous l'abri relatif d'un grand parasol. Frances était en maillot de bain, révélant de cette façon un corps étonnamment svelte et tonique. Elle paraissait plus à son aise ainsi qu'habillée. Les épaules en arrière, elle riait à gorge déployée de ce qu'un voisin venait de dire. Il y avait au moins quatre bouteilles de vin rouge ouvertes. Lottie ne reconnut personne d'autre. Elle resta plantée là, se sentant ridicule et trop élégante avec ses gants blancs. Celia, près d'elle, s'efforçait d'ôter les siens derrière son dos.

En levant brusquement les yeux, George les aperçut.

— Bienvenue à notre petit déjeuner sur l'herbe, mes demoiselles! s'écria-t-il. Venez vous asseoir.

Celia s'était déjà débarrassée de ses souliers. Elle avançait prudemment sur le sable jusqu'à l'endroit où George était assis, en oscillant des hanches comme Lottie l'avait vue s'exercer à le faire à la maison quand elle pensait que personne ne la regardait.

— Avez-vous faim ? demanda Frances, qui semblait étonnamment joviale. Il y a de la truite et une délicieuse salade aux herbes. Ainsi que du canard froid. Je crois bien qu'il en reste.

— Nous avons mangé. Merci, répondit Celia en s'asseyant.

En se dissimulant derrière elle, Lottie se prit à regretter que si peu de gens fussent debout afin qu'elle puisse passer plus inaperçue.

— Des fruits ? Nous avons de superbes fraises. Mamie les a-t-elle déjà rentrées ?

— Elles ne veulent pas manger. Elles veulent boire un verre, intervint George, qui se chargeait déjà de leur servir de grandes timbales de vin rouge. Tenez, dit-il en en levant une vers la lumière. Un pour le Petit Chaperon rouge.

Celia jeta un rapide coup d'œil à sa jupe, puis releva les yeux, ravie d'être le centre d'attention.

— À l'épanouissement fragile de la jeunesse !

— Oh, George !

Une femme blonde, affublée d'immenses lunettes de soleil, se pencha pour lui tapoter le bras d'une manière qui hérissa Celia.

— Eh bien, autant qu'elles en profitent pendant qu'elles sont jeunes.

Il avait le regard alangui et le parler indistinct de quelqu'un qui avait bu toute la journée.

— Dieu sait ! Elles n'auront pas cette allure bien longtemps.

Lottie la dévisagea.

— Frances est bien placée pour le savoir. Donnez-leur cinq ans et ce seront des matrones aux hanches larges avec des marmots pendus à leurs jupes. Ce seront les championnes de la majorité morale de Merham.

—Je ne vois pas pourquoi je serais bien placée pour le savoir, riposta Frances, tout sourire, en pliant ses longs membres sur la couverture de pique-nique.

Quelque chose dans le ton de George mit Lottie mal à l'aise. En attendant, Celia prit le verre qu'il lui tendait et en engloutit la moitié comme s'il s'agissait de relever un défi.

—Pas moi, dit-elle en souriant. Je ne serai plus ici dans cinq ans.

—Non ? Et où serez-vous ?

Il était difficile de voir le visage d'Adeline sous son chapeau. Seule sa petite bouche bien dessinée était visible, retroussée aux commissures par un sourire poli et inquisiteur.

—Oh, je ne sais pas. Londres, peut-être. Cambridge. Voire Paris.

—Pas si ta mère a le dernier mot.

Quelque chose dans l'aisance déterminée de Celia en cette compagnie agaçait Lottie.

—Elle veut que tu restes ici.

—Elle finira par l'accepter.

—C'est ce que tu crois.

—Que se passe-t-il ? demanda George en inclinant sa belle tête vers celle de Celia. Mater s'inquiète-t-elle pour votre bien-être moral ?

Celia et George échangèrent un regard, et la jeune fille sentit sa poitrine se serrer.

—Eh bien…, lança Celia d'un ton espiègle, un éclair prometteur dans les yeux, c'est qu'il y a des tas de gros méchants loups autour de nous.

Lottie finit par s'installer sur le bord du pagne d'Adeline, en luttant, alors même qu'elle s'asseyait, contre l'envie de chasser le sable des plis de l'étoffe. Elle avait la sensation d'être trop habillée, en vraie petite-bourgeoise, et elle avait toutes les peines du monde à suivre les conversations qui se déroulaient autour d'elle, ce qui lui donnait l'impression d'être idiote. Adeline, qui tâchait généralement de la mettre à l'aise, était absorbée par les propos d'un homme que Lottie voyait pour la première fois.

Elle buvait son verre à petites gorgées, en s'efforçant de ne pas faire la grimace, tout en prenant de temps en temps une cerise dans un grand plat creux.

— Superbe maison, Adeline chérie. Plus moderne qu'Art déco, ne trouvez-vous pas ?

— Bien évidemment, Russell est un idiot. Et s'il s'imagine qu'Eden va lui prêter la moindre attention, à lui ainsi qu'à ses fichus scientifiques. C'est un fieffé imbécile.

— Vous ai-je dit qu'Archie a finalement réussi à placer une toile à l'Exposition d'été ? Elle est suspendue de telle manière qu'on dirait un timbre-poste, mais on ne peut pas tout avoir…

L'après-midi fut long. Il n'y eut pas de gâteaux à la noix de coco. Lottie, qui avait gardé son cardigan sur ses épaules pour éviter de brunir, regarda la mer se retirer petit à petit, agrandissant la plage et changeant un château de sable magnifique, sans doute construit dans la matinée, en un gros bouton enflé. Elle entendait Celia ricaner hystériquement derrière elle et savait qu'elle était en train de s'enivrer. Elles n'avaient droit au vin qu'à Noël, et même le petit verre de sherry qu'elles avaient eu la permission de boire avant le déjeuner, l'année précédente, l'avait fait rosir. Sa voix était montée de deux tons. Lottie avait bu la moitié de sa timbale avant d'en déverser discrètement le contenu dans le sable derrière elle.

Cela avait pourtant suffi à lui donner mal à la tête et sa cervelle lui paraissait tout embrouillée.

Quand Mamie vint chercher les dernières assiettes, Lottie pivota un peu sur elle-même afin d'apercevoir Celia. Elle parlait à George de la dernière fois où elle était allée à Paris. Le fait qu'elle ne s'y fût jamais rendue ne semblait guère avoir d'incidence sur son récit alambiqué. Mais Lottie, ayant remarqué le rapport légèrement belliqueux entre la femme blonde et elle, songea que ce serait déloyal de la rabaisser à cet instant. Sous ses lunettes de soleil, le sourire de la blonde s'était changé en un rictus et, sentant la victoire proche, Celia était devenue exubérante.

— Certes, la prochaine fois que j'y vais, je dînerai à La Coupole. Cela vous est-il arrivé ? J'ai entendu dire qu'on y servait un homard succulent.

Elle tendit les jambes devant elle en laissant sa robe remonter au-delà de ses genoux.

— J'ai terriblement chaud, lança soudain la blonde. Si nous rentrions ?

Oh, Celia ! pensa Lottie. *Tu as trouvé chaussure à ton pied.*

Celia jeta un coup d'œil à George, qui fumait un cigare, le visage tourné vers le soleil. Une lueur orageuse passa sur ses traits.

— C'est vrai qu'il fait plutôt chaud, reconnut-il.

Il se leva en chassant les grains de sable sur ses manches. Frances se mit debout à son tour.

— Moi aussi, j'en ai assez de la chaleur. Il est temps d'aller se baigner, dit-elle. Vous venez, Adeline ? Qui m'accompagne ?

Adeline refusa.

— J'ai trop sommeil, ma chérie. Je vais vous regarder.

Mais George, secouant ses cheveux noirs tel un grand chien à poils longs s'ébrouant, avait commencé à défaire sa chemise, comme s'il avait soudain repris vie.

— C'est exactement ce qu'il nous faut, lança-t-il en éteignant son cigare. Un bon plongeon rafraîchissant. Irene ?

La blonde plissa le nez.

— Je n'ai pas mes affaires.

— Vous n'avez besoin de rien, voyons. Baignez-vous en jupon.

— Non, George. Vraiment. Je vous regarderai d'ici.

Les autres hommes s'étaient mis à se dévêtir à leur tour, ne gardant que leur pantalon ou leur short. Lottie, qui s'était demandé si elle n'était pas sur le point de s'endormir, fut brusquement tirée de sa torpeur et entreprit de regarder ce déshabillage collectif avec une anxiété discrète.

— Allons, les filles ! Lottie ? Je parie que vous savez nager.

— Oh, elle ne va jamais dans l'eau.

Lottie se rendit compte alors que Celia avait vraiment trop bu. Eût-elle été sobre, elle n'aurait jamais évoqué avec autant de désinvolture l'inaptitude de son amie à nager (une terrible honte pour quelqu'un vivant au bord de la mer). Elle jeta un regard furibond à Celia, mais celle-ci n'y prêta pas attention. Elle était trop occupée à se débattre avec sa fermeture Éclair.

— Qu'est-ce que tu fais ?

— Je vais me baigner, répondit-elle avec un grand sourire. Ne me regarde pas comme ça, Lot. J'ai mis mon jupon. C'est la même chose qu'un maillot de bain, en fait.

Sur ce, elle s'élança en poussant des cris perçants dans le sillage de George et d'une poignée d'autres. Frances entra dans l'eau, se propulsant en s'aidant des mains, jusqu'à ce que les vagues lui arrivassent à la taille. Puis elle plongea comme un dauphin, son maillot humide, tout luisant, pareil à la peau d'un phoque. Une fois près de l'eau, Celia s'y engagea jusqu'aux genoux. Elle hésita un instant, jusqu'au moment où George la fît pivoter sur elle-même de sorte qu'elle bascula dans l'eau. Les autres invités autour d'eux se dressaient et se laissaient retomber tumultueusement dans les vagues, en se poussant et en s'éclaboussant les uns les autres, les hommes nus jusqu'à la ceinture, les femmes dans leurs sous-vêtements en dentelle.

Aucune d'elles ne portait une gaine, remarqua Lottie.

Quand Celia se tourna la première fois pour lui faire un signe, cependant, Lottie regretta que Mrs Holden n'eût pas réussi à la persuader d'en porter une. Une fois son jupon et sa culotte trempés, rares étaient les parties de son anatomie protégées des regards. *Reste dans l'eau*, essaya-t-elle de lui faire comprendre par gestes. En vain. Celia, riant à gorge déployée, ne paraissait se rendre compte de rien.

— Ne vous faites pas de souci, chérie, dit Adeline derrière elle d'une voix basse, intime. Personne ne le remarquera. En France, nous nous baignons généralement torse nu.

En s'efforçant de ne pas trop penser à ce que ces vacances en France pouvaient comporter d'autre, Lottie ébaucha un faible sourire et tendit la main vers la bouteille de vin. Elle éprouvait le besoin de se fortifier.

— C'est juste à cause de Mrs Holden, dit-elle à voix basse. Je pense qu'elle ne serait pas très contente.

— Dans ce cas, tenez, répondit Adeline en lui tendant un grand tissu aux motifs colorés. Donnez-lui ça. Expliquez-lui que c'est un sarong et que je vous ai dit que les gens les plus raffinés en portent toujours.

Lottie aurait pu l'embrasser. Elle prit le sarong et descendit vers la mer, en attachant son cardigan autour de la taille. L'après-midi était déjà bien avancé ; le risque de bronzer était minime.

— Tiens, cria-t-elle tandis que la marée descendante lui léchait les pieds. Celia, essaie ça.

Celia ne l'entendit pas. À moins qu'elle ne fît la sourde oreille. Elle poussait des cris stridents tandis que George plongeait pour la saisir par la taille, la soulevant dans les airs avant de la reposer dans l'eau peu profonde.

— Celia ?

C'était sans espoir. Elle se faisait l'effet d'une vieille tante acariâtre. Pour finir, George l'aperçut. Il la rejoignit en pataugeant entre les vagues, ses cheveux plaqués sur son crâne, ses jambes de pantalon roulées lui collant aux cuisses.

Lottie s'efforça de maintenir son regard au-dessus de sa taille.

— Pourriez-vous donner ça à Celia ? Adeline dit que c'est un sarong, ou quelque chose comme ça.

— Un sarong. Ah bon ?

George le lui prit des mains et jeta un coup d'œil par-dessus son épaule à Celia, en train de se laisser tomber en arrière dans les vagues.

— Vous pensez qu'elle a besoin de se couvrir, c'est ça ?

Celia lui rendit son regard sans se départir de son calme.

— Je ne pense pas qu'elle se rende compte qu'elle est découverte à ce point.

— Oh, Lottie. Lottie. Petit ange gardien de la morale… Regardez-vous, mourant de chaud et soucieuse pour votre amie.

Il reporta son attention sur le tissu, un sourire espiègle s'épanouissant sur son visage.

— J'ai une meilleure solution, dit-il. Je pense que c'est vous qui avez besoin de vous rafraîchir.

Sur ce, sans avertissement, il la saisit par la taille et la jeta par-dessus son épaule humide.

Lottie se sentit secouée quand il se mit à courir à petits pas. Prise de panique, elle tenta de glisser un bras derrière elle pour s'assurer que sa jupe couvrait encore ses sous-vêtements. Puis elle tomba. Une énorme vague d'eau salée lui balaya le visage, et ce fut en toussant et en bredouillant qu'elle se démena pour tâcher d'avoir à nouveau pied. Elle entendait des rires étouffés autour d'elle. Puis, suffoquant à demi, elle s'aperçut qu'elle avait de nouveau la tête sous l'eau.

Elle parvint à se tenir debout et à s'immobiliser l'espace d'une seconde, des picotements dans les yeux, le sel lui brûlant le fond de la gorge. Après quelques haut-le-cœur, elle se dirigea à l'aveuglette vers le rivage. Une fois sur le sable, elle se pencha en avant, le souffle court. Sa robe lui collait aux jambes, les épaisseurs de son jupon se mêlant les unes aux autres. Son haut en coton de couleur pâle était devenu presque transparent, laissant clairement voir le contour de son soutien-gorge. En portant la main à ses cheveux, elle s'aperçut qu'ils s'étaient détachés et que la barrette en écaille de tortue, qui les maintenait à l'écart de son visage, avait disparu.

En levant les yeux, elle vit George, les mains sur les hanches, ricanant. Le visage de Celia, derrière lui, manifesta son amusement mêlé d'horreur.

— Sale monstre ! s'exclama Lottie sans pouvoir se retenir. Vous n'aviez pas le droit de faire ça.

George eut l'air abasourdi l'espace d'un instant. Derrière elle, le brouhaha des conversations, qui s'était déjà calmé aux abords des couvertures de pique-nique, s'interrompit pour de bon.

— Ah, vous trouvez ça drôle ! hurla-t-elle, consciente de la grosse boule au fond de sa gorge, prouvant qu'elle était sur le point d'éclater en sanglots. Vous et vos liasses de billets, vos fichus costumes en lin ! Vous n'en avez rien à faire si vos habits sont abîmés. Regardez ma robe d'été ! Regardez donc ! C'est ma plus jolie. Mrs Holden va me tuer. Et j'ai perdu mon peigne à cheveux !

À son grand dam, les larmes se mirent alors à couler, des larmes chaudes d'humiliation et de frustration.

— Calme-toi, Lot.

Le visage de Celia s'était décomposé. Lottie savait qu'elle était gênée à cause d'elle, mais elle s'en fichait.

— Allons, Lottie, ce n'était qu'une plaisanterie.

George fit mine de s'approcher d'elle d'un air mêlant l'exaspération et l'embarras.

— Une plaisanterie complètement idiote.

En regardant autour d'elle, Lottie vit Adeline à ses côtés. Elle tenait son pagne, prête à le poser sur les épaules de la jeune fille. Elle affichait un vague air de reproche. Lottie huma les effluves de son parfum épicé au jasmin quand l'actrice la couvrit.

— Vous devez vous excuser, George. Lottie est notre invitée et vous n'aviez pas le droit de lui faire ça. Je suis vraiment navrée, Lottie. Je suis sûre que Mamie sera disposée à prendre soin de votre jolie robe afin que tout s'arrange pour vous.

Mais comment vais-je rentrer à la maison ? songea Lottie, désespérée, s'imaginant déjà marchant sur la route à petits pas pressés avec le boa d'Adeline autour du cou et ses pantoufles chinoises. Elle fut interrompue dans ses pensées par une voix provenant du sentier qui menait à la plage.

— Celia Jane Holden. Que faites-vous, pour l'amour du ciel !

Lottie fit volte-face pour se retrouver devant les visages horrifiés de Mrs Chilton et de Mrs Colquhoun, qui avaient pris la route pittoresque pour regagner leur demeure depuis Woodbridge Avenue. La vue était apparemment encore plus pittoresque qu'elles ne l'avaient imaginé.

— Sortez de l'eau et remettez vos vêtements sur-le-champ. Que faites-vous de la décence et de la bienséance ?

Celia avait blêmi. Elle porta les mains à sa poitrine, semblant se rendre compte, tout à coup, qu'elle était en petite tenue. George leva les bras en un geste apaisant, mais Mrs Chilton s'était dressée du haut de son mètre soixante, donnant l'impression que son buste était suspendu sous son menton, manifestant ainsi qu'elle n'allait pas se laisser pacifier si aisément.

— J'ignore qui vous êtes, mais vous, jeune homme, êtes assez grand pour savoir ce qu'il convient de faire et de ne pas faire. Persuader des jeunes filles respectables de se déshabiller en plein jour… Quelle honte !

Elle aperçut les bouteilles de vin sur le sable.

— Celia Holden, j'espère que vous n'avez pas bu. Pour l'amour du ciel ! Cherchez-vous à vous déshonorer ? Votre maman sera épouvantée lorsqu'elle apprendra ça.

En attendant, Mrs Colquhoun avait porté ses deux mains à sa bouche sans piper mot, aussi choquée que si elle avait assisté à un sacrifice humain.

— Mrs Chilton, je…

— Lottie, est-ce bien toi ?

Le menton de Mrs Chilton était tellement enfoncé dans son cou qu'ils ne formaient plus qu'une immense trompe vibrante de désapprobation. Le fait que Lottie fût habillée n'eut pas l'air de la calmer le moins du monde.

— Venez ici tout de suite. Allons, les filles, venez toutes les deux avant que quelqu'un d'autre vous voie.

Elle cala son sac à main sous sa poitrine en s'agrippant des deux mains au fermoir.

— Ne me regarde pas comme ça, Celia. Je refuse de vous laisser là avec cette faune. Je vais vous ramener toutes les deux chez vous, moi-même, en personne. Doux Jésus, que va penser votre mère de tout ça ?

Trois semaines plus tard, jour pour jour, Celia partit faire des études de secrétariat à Londres. C'était censé être une punition, et Mrs Holden fut un peu déconcertée que sa fille n'éprouve apparemment aucun regret, et semble même insolemment contente de s'en aller. Elle devait loger chez la cousine de sa mère, à Kensington. Si elle se débrouillait bien, elle aurait l'occasion de travailler dans le bureau de son mari, à Bayswater. « Londres, Lot ! Plus de matinées passées à servir des cafés au profit d'œuvres de charité ni d'horribles frère et sœur en vue. » Celia avait affiché une bonne humeur inhabituelle durant toute la période qui avait précédé son départ.

En attendant, Lottie avait entendu Celia se faire passer un savon par son père, et, dans le sanctuaire silencieux de leur chambre, elle s'était demandé ce que cela allait signifier pour elle. Il n'avait pas été question qu'elle parte pour Londres. Elle n'avait pas envie d'y aller. Mais lorsqu'elle les entendit marmonner à mots couverts quelque chose à propos de « mauvaises influences », elle sut qu'ils ne parlaient pas de Celia.

Chapitre 3

Force était de reconnaître que ce n'était pas le genre de fille pour laquelle on se prenait de sympathie, bien qu'elle fît tout pour cela. On ne pouvait rien lui reprocher précisément. Elle était toujours prête à donner un coup de main, ordonnée et généralement polie (contrairement à Celia, elle n'était pas sujette à ce que Mr Holden qualifiait d'« accès d'hystérie »), mais elle se montrait parfois affreusement cassante avec les gens. Suffisamment sèche, en tout cas, pour passer pour grossière.

Lorsque Mrs Chilton les avait ramenées toutes les deux à la maison, ce terrible samedi après-midi (elle avait encore des cauchemars à cet égard), Celia avait au moins eu la décence d'avoir l'air honteuse. Elle avait enlacé la taille de sa mère en la suppliant : « Oh, maman ! Je sais que j'ai commis une bêtise impardonnable, mais je suis vraiment, vraiment désolée. Je le jure. »

En dépit de sa fureur, Mrs Holden avait été désarçonnée. Même l'expression dure comme la pierre de Mrs Chilton s'était adoucie. Il était parfois très difficile de résister à Célia.

Quant à Lottie, elle ne s'était même pas donné la peine de lui présenter ses excuses. Elle avait eu l'air fâchée quand on l'avait priée de demander pardon pour son attitude et avait rétorqué que, non seulement elle avait gardé ses vêtements, mais qu'en plus elle ne serait jamais entrée dans l'eau de son plein gré, comme ils le savaient tous. Sauf qu'elle avait dit « bon sang » juste après, ce qui avait hérissé Mrs Holden. Cette fille s'obstinait à avoir un comportement de « poissonnière », en dépit de tous ses efforts.

Non, avait insisté Lottie. Elle ne demanderait pas pardon. Oui, elle regrettait qu'elles n'eussent pas été plus franches à propos de leur destination. Oui, elle était là lorsque Celia s'était mise en petite tenue, et elle n'était pas intervenue. Mais on lui avait fait plus de mal personnellement qu'elle n'en avait fait elle-même.

Sur ce, Mrs Holden s'était mise en colère et lui avait ordonné d'aller dans sa chambre. Elle avait horreur de perdre son sang-froid. Du coup, elle lui en voulait encore plus. Puis Sylvia était apparue et avait déclaré – devant Mrs Chilton, s'il vous plaît – qu'elle avait vu Celia s'exercer à embrasser sur le dos de sa main et que celle-ci lui avait affirmé avoir embrassé « des tas » de gentils garçons, en lui précisant qu'elle savait comment s'y prendre sans tomber enceinte. Bien qu'il eût été évident aux yeux de Mrs Holden que Sylvia s'était laissé happer par son imagination et qu'elle racontait des histoires, elle savait pertinemment que Sarah Chilton serait incapable de garder pour elle les commentaires de la petite. En conséquence de quoi, elle en avait voulu plus que jamais à Lottie. Il fallait que ce fût Lottie – il n'y avait personne d'autre contre qui s'emporter.

— Je ne veux plus que tu mettes les pieds dans cette maison, tu m'entends, Lottie ? avait-elle dit en montant l'escalier, après le départ de Sarah. Je suis furieuse contre vous.

Vraiment furieuse. Il est hors de question que vous nous embarrassiez à nouveau ainsi. Dieu sait ce que le Dr Holden va dire quand il rentrera.

— Évitez de lui en parler, dans ce cas, avait lancé Lottie, en sortant de la chambre, la mine sérieuse. Il n'en a que faire des ragots féminins de toute façon.

— Ragots féminins ? Est-ce ainsi que tu qualifies cela ?

Susan Holden s'était cramponnée à la rampe de l'escalier.

— Vous m'avez toutes les deux humiliée devant la bonne société et vous estimez qu'il s'agit ni plus ni moins de ragots ?

Elle avait entendu Celia, dans la chambre, marmonner quelque chose.

— Comment ? Que dis-tu ?

Au bout d'un moment, Celia avait passé la tête par l'entrebâillement de la porte.

— J'ai dit que nous étions vraiment désolées, maman, et que, bien évidemment, nous resterons à l'écart de cette « faune », selon l'éloquente formule de Mrs Chilton.

Mrs Holden les avait gratifiées, toutes les deux, de son regard le plus appuyé et le plus dur. Elle aurait juré qu'elle avait vu un vague sourire flotter sur les lèvres de Lottie. Puis, consciente qu'elle avait peu de chance de tirer d'elles grand-chose de plus, elle avait rassemblé le peu de dignité qui lui restait et avait redescendu lentement l'escalier. Elle avait trouvé Freddie en train de se construire une cage à lapins avec de vieilles caisses. Au milieu du salon. Dans l'intention d'y vivre.

À présent, Celia était partie. Et bien qu'elle prît la peine d'accomplir toutes ses besognes, qu'elle fît preuve d'une politesse irréprochable et aidât Sylvia à faire ses devoirs, Lottie se traînait depuis des semaines comme un chiot malade lorsqu'elle pensait que tout le monde avait le dos tourné.

C'était assez exténuant. En un sens, la présence de Lottie dans la maison mettait Susan Holden plus mal à l'aise que cela n'avait été le cas auparavant. Elle ne l'aurait certainement pas reconnu. Pas après le mal qu'elle s'était donné, au vu de tous, pour l'élever. Seulement, tant qu'elles avaient été deux, elle les avait nourries ensemble, leur avait acheté des vêtements ensemble, les avait grondées ensemble. Il lui était plus facile alors de considérer Lottie comme faisant partie de la famille. Maintenant que Celia n'était plus là, elle ne parvenait plus à la traiter de manière identique. Elle lui en voulait inexplicablement, même si elle n'était pas toujours prête à l'admettre. Lottie paraissait en être consciente et son attitude n'en avait été que plus irréprochable, ce qui avait le don d'agacer Mrs Holden.

Pis encore, elle avait la nette impression qu'en dépit de ses recommandations, Lottie continuait à fréquenter la maison de l'actrice. Elle proposait d'aider Virginia à faire les courses, ce qu'elle n'avait jamais fait auparavant, et il lui fallait des heures rien que pour acheter quelques maquereaux. Voire une demi-journée pour aller chercher le journal du Dr Holden. À deux reprises, à son retour, Mrs Holden avait senti des odeurs émanant d'elle qui ne provenaient certainement pas de la boutique de Mr Ansty. Quand on l'interrogeait à ce sujet, elle vous fixait de ce regard par trop direct et vous répondait de ce ton qu'honnêtement Mrs Holden trouvait passablement agressif : non, elle n'était pas allée chez l'actrice. Mrs Holden ne le lui avait-elle pas interdit ? Elle dépassait franchement les bornes quelquefois.

Elle aurait dû s'en douter, au fond. Une foule de gens l'avaient mise en garde sur le fait d'héberger une « évacuée ». Elle avait ignoré ceux qui lui avaient affirmé que tous les enfants de Londres avaient des puces et des poux – bien qu'elle eût pris soin d'examiner de près les cheveux de Lottie lorsqu'elle était arrivée. Ainsi que ceux qui prédisaient qu'elle volerait ou encore que ses parents la suivraient, qu'ils camperaient chez eux et qu'elle ne pourrait plus jamais s'en débarrasser.

Il n'y avait que la mère, qui ne leur avait rendu qu'une seule visite. Elle ne lui avait écrit que deux lettres : une fois après le premier long séjour de Lottie pour la remercier, de son effroyable écriture ; la deuxième fois, un an plus tard, lorsque Susan avait invité l'enfant à revenir. Elle avait paru somme toute assez soulagée d'en être débarrassée.

Lottie n'avait jamais rien volé. Elle n'avait pas fait de fugues ni cherché à aguicher les garçons. À dire vrai, c'était Celia qui s'était montrée un peu trop en avance sur son âge. Lottie faisait ce qu'on lui demandait de faire. Elle s'occupait des petits et s'arrangeait pour être toujours bien nette et présentable.

Susan Holden se sentit coupable, tout à coup, en revoyant en esprit la petite Lottie à huit ans, à la gare de Merham, serrant contre elle son baluchon enveloppé de papier d'emballage en un geste protecteur. Au milieu de tout le chaos, elle l'avait regardée en silence de ses immenses yeux sombres et, tandis que Mrs Holden balbutiait une formule de bienvenue – dès l'abord, la petite avait eu quelque chose d'assez agaçant –, elle avait lentement levé la main pour prendre la sienne. Un geste curieusement émouvant. Assez déconcertant, aussi, symptomatique de tout ce qu'elle avait été depuis lors : polie, réservée, attentive, affectueuse, non sans une certaine retenue. Il était sans doute injuste de se montrer aussi intransigeante à son égard. Elle n'avait rien fait de mal, en réalité. C'était juste qu'il allait falloir s'adapter à l'absence de Celia. Quoi qu'il en soit, Lottie ne tarderait pas à s'en aller à son tour, dès qu'elle aurait trouvé un emploi. Susan Holden se flattait de son sens de la charité chrétienne. Puis elle pensa à la manière dont Henry avait regardé Lottie, plusieurs semaines auparavant, lorsqu'elle avait relevé un peu sa jupe pour patauger dans la mare avec Frederick. Ce qui l'incita à se poser à nouveau des questions à propos de sa pensionnaire.

Celia avait un petit ami. Il ne lui avait guère fallu de temps pour en dénicher un, pensa ironiquement Lottie. Il s'était écoulé un bon moment entre deux missives, après quoi elle lui avait adressé un compte rendu passionné d'un terrible incident dont elle avait été victime dans une gare.

Elle lui avait raconté la manière dont cet homme, qu'elle fréquentait à présent, l'avait « sauvée ». Lottie n'en avait pas fait grand cas au début – Celia avait toujours eu tendance à exagérer. Et ce n'était pas la première fois qu'elle jurait avoir trouvé la perle rare. Y compris au cours de la brève période qu'elle avait passée à Londres. Il y avait eu l'homme qu'elle avait rencontré dans le train entre Bishops Stortford et Broxfoume. Celui qui la servait au café de Baker Street et qui lui donnait toujours une tasse supplémentaire quand le patron n'était pas là. Et puis Mr Grisham, son professeur de sténographie, qui avait assurément examiné ses boucles et ses abréviations avec un intérêt dépassant son rôle pédagogique. Après quoi, Celia avait cessé petit à petit de faire allusion à ces hommes, aux soirées censément interminables avec tante Angela et sa redoutable progéniture, aux filles à l'école de secrétariat, pour ne plus évoquer que leurs dîners dans des restaurants à la mode, les promenades qu'ils avaient faites ensemble à Hampstead Heath, et la supériorité générale de Guy en tout, de son éloquence à son aptitude à embrasser (« Pour l'amour du ciel, brûle cette lettre avant que maman ne tombe dessus ! »).

Lottie s'efforçait de lire entre les lignes. Pour « familles fortunées », décida-t-elle, il fallait comprendre « propriétaires d'une maison équipée de toilettes ». « Beau à tomber à la renverse » signifiait « ne ressemble pas à un bouledogue enragé ». Quant à « fou de moi », cela voulait sans doute dire que Guy était tout bonnement venu aux rendez-vous fixés. Il était difficile de ne pas faire preuve d'un certain cynisme. Lottie avait vécu de nombreuses années avec Celia. Elle avait appris que son amie et la vérité ne faisaient pas forcément bon ménage. Ainsi, Lottie l'avait entendue raconter, à son sujet, qu'elle avait été sauvée d'un immeuble en feu pendant le Blitz. Elle la décrivait comme une mystérieuse émigrée originaire de l'est de l'Europe, une orpheline dont les parents avaient été tués par une bombe flottante alors qu'ils célébraient leur anniversaire de mariage en dégustant du saumon fumé et de la vodka achetés au marché noir. Lottie n'avait jamais contesté ces affirmations, tout en prenant de plus en plus conscience de leur provenance. Personne ne mettait jamais en doute les propos de Celia ; c'était l'une des choses que Lottie avait apprises chez les Holden. On avait l'impression qu'en le faisant, on ouvrirait la boîte de Pandore. Personne n'était prêt à admettre que Celia fabulait. L'unique fois où elle avait fait allusion à l'un de ses mensonges à Mrs Holden, celle-ci avait pris la mouche. Elle avait décrété qu'il devait y avoir une erreur et que Lottie manquait décidément de savoir-vivre en insistant de la sorte. Peut-être Celia n'avait-elle même pas d'ami, pensa Lottie. Si cela se trouvait, tous ces hommes étaient le fruit de son imagination. En réalité, elle passait ses soirées à faire de la tapisserie et des gammes avec les enfants de tante Angela.

Cette pensée la fit sourire. Rien que pour mettre Celia en boule, elle s'était abstenue de mentionner Guy dans sa nouvelle lettre. En revanche, elle avait posé une foule de questions au sujet des enfants de tante Angela.

Les quelques derniers mois avaient été étranges. Lottie commençait tout juste à s'habituer à l'absence de Celia. Si elle se sentait rassérénée, elle prenait conscience d'une tension croissante dans la maison, à croire que l'absence de son amie avait éliminé un point de ralliement qui, telle une colle invisible, maintenait le tout ensemble. Le Dr Holden se faisait de plus en plus rare, ce qui amoindrissait l'emprise, déjà fragile, que son épouse avait sur le quotidien. Comme s'ils répondaient à l'appel de quelque sirène dissimulée, Freddie et Sylvia avaient choisi ce moment-là pour se montrer plus nerveux et excités que jamais, mettant à mal ce qui restait des « nerfs » de leur mère et donnant au Dr Holden une raison, maintes fois réitérée, de ne pas rentrer chez lui. « Est-ce donc impossible d'avoir un moment de paix dans cette maison ? » demandait-il de sa voix grave aux intonations mesurées. Et Mrs Holden de sursauter tel un chien sur le point d'être jeté dehors, dans la nuit froide.

Lottie observait le docteur en silence lorsqu'il se retirait dans son étude ou ressortait à la suite de quelque appel nocturne, lui rendant son bonsoir avec la même politesse. Il ne se montrait jamais grossier à son égard et ne lui avait jamais fait sentir qu'elle pouvait être une usurpatrice. Il est vrai que, la moitié du temps, il semblait à peine se rendre compte de sa présence.

Lorsqu'elle était arrivée, tout au début, il avait manifesté moins de réserve envers elle. Il était plus aimable, souriait davantage. À moins que ce ne fût uniquement dans son souvenir.

La première nuit qu'elle avait passée dans la maison, quand elle avait pleuré en silence, sans trop savoir pourquoi, redoutant paradoxalement que ses hôtes ne l'entendissent et ne la renvoyassent chez elle, il s'était glissé discrètement dans sa chambre et s'était assis près d'elle sur son lit.

— Tu ne dois pas avoir peur, Lottie, lui avait-il dit en posant sa main chaude et sèche sur sa tête. J'imagine que la vie a été difficile pour toi à Londres. Tu es en sécurité maintenant.

Le désarroi l'avait rendue muette. Aucun adulte ne lui avait jamais parlé ainsi. D'un ton solennel. Soucieux. Sans traces de menace ou de dénigrement.

La plupart d'entre eux ne s'étaient même pas souvenus de son nom.

— Tant que tu seras ici, Lottie, nous ferons tout ce que nous pourrons pour assurer ton bonheur. Et, lorsque tu seras prête à partir, nous espérons que tu te rappelleras ton séjour chez nous avec émotion. Car nous sommes tous certains que nous nous attacherons à toi.

Sur ces mots, il lui avait tapoté la tête et il était parti, emportant avec lui son éternelle gratitude et ce qui passait pour de la dévotion dans le petit cœur d'une fillette de huit ans. Eût-il su que jamais auparavant elle n'avait connu ne serait-ce qu'un modèle de père, sans parler de mots tendres venant d'un tel individu, il aurait peut-être tempéré cette ébauche d'affection. Mais non. Le Dr Holden avait souri, il lui avait tapoté la tête pour la rassurer, et la petite Lottie avait cessé de pleurer. Elle était restée couchée dans son lit douillet, en s'interrogeant sur l'existence magique et imprévue d'hommes qui ne juraient pas, qui n'exigeaient pas qu'elle aille faire des courses pour eux à la boutique du coin et ne sentaient pas l'Old Holborn.

En grandissant, elle avait acquis une vision moins flatteuse du Dr Holden. Il pouvait difficilement en être autrement lorsque l'on était témoin de la cruauté infligée par un homme qui refusait d'entretenir des relations avec sa femme. Le matin, il se réfugiait derrière son journal, émergeant de son rideau d'encre dans l'unique but de réprimander Freddie ou Sylvia, en conséquence de quelque inconduite rapportée, ou encore pour prendre sa tasse de café. Le soir, il rentrait tard, distrait, déclarant qu'il lui était impossible de parler tant qu'il n'aurait pas bu un verre et eu « quelques instants de paix », qui se prolongeaient généralement bien après le dîner. En attendant, Mrs Holden, qui semblait incapable d'interpréter ces indices à bon escient, tournait anxieusement autour de lui en jacassant, s'efforçant d'anticiper ses besoins, d'engager la conversation, de lui faire remarquer son cardigan neuf, son vernis à ongles, sa nouvelle coiffure, sans avoir l'impudence de lui en parler directement.

C'était dans ces moments-là que Lottie se sentait vaguement fâchée contre lui. Elle se rendait bien compte que cela ne devait pas être facile d'être marié à quelqu'un comme Mrs Holden. Mais elle trouvait d'une vaine cruauté le fait de l'ignorer de cette façon, d'autant plus qu'elle se donnait tant de mal pour tâcher d'améliorer l'existence de son époux. D'après ce que Lottie pouvait en juger, il ne faisait rien pour essayer d'améliorer la sienne. Au fil des années, Mrs Holden était devenue de plus en plus anxieuse, jacassant continuellement à tort et à travers. Et Lottie n'avait pas manqué de remarquer que le docteur cherchait de moins en moins à dissimuler son irritation face à cette fébrilité accrue et que ses absences se prolongeaient.

Entre l'exemple de sa mère d'une part, et celui du Dr Holden et sa femme d'autre part, elle en avait conclu que le mariage était incontestablement une *mauvaise affaire* qu'il convenait à tout prix d'éviter, un peu comme les bouches d'égout ou la varicelle.

— Ici, je dirais. Qu'en pensez-vous ? C'est trop blanc pour le moment. Trop vide. Trop… dépouillé.

Lottie plissa les yeux pour essayer de deviner ce qu'Adeline voyait elle-même apparemment. Cela lui faisait tout bonnement l'effet d'un mur. Elle comprenait mal comment un mur pouvait être dépouillé. Elle hocha néanmoins la tête, en tentant de prendre un air intelligent, et haussa un sourcil comme si elle saisissait ce qu'Adeline voulait dire quand elle annonça que Frances projetait de peindre « quelque chose de figuratif ».

— J'ai une idée, précisa Adeline. Pour une fresque. Je ne veux pas d'images de forêts ou de lacs…

— Ni de paysages palladiens, ajouta Frances, qui venait de surgir derrière elles. J'ai horreur des temples et des piliers. Ainsi que des cerfs. Je ne supporte pas ces horribles cervidés.

— J'ai une idée, répéta Adeline.

Elle marqua une pause en faisant glisser le bout de son doigt sur le mur.

— Ce sera un paysage humain. Nous en ferons tous partie. Tous les gens d'Arcadia House.

— Un peu comme la Cène. Mais sans la religion.

— Ni symbolisme.

— Oh, il faut qu'il y ait une part de symbolisme. Pas de bonnes toiles sans une nuance de symbolisme.

Lottie ne comprenait plus rien de ce qu'elles disaient. Elle regardait fixement le mur, la lumière qui s'y reflétait, presque aveuglante sous le soleil de l'après-midi. La plage s'étendait en contrebas, isolée par ses brise-lames, envahie par les vacanciers en dépit de l'approche de l'automne. Si la décision lui avait appartenu, elle aurait probablement disposé quelques pots de fleurs devant. Ou un treillage.

— … et vous, Lottie. Nous avons dit que nous ferions votre portrait, non ? Vous y figurerez. Celia aussi, malgré son absence.

Lottie essaya d'imaginer comment elle apparaîtrait sur le mur. Mais tout ce qui lui venait à l'esprit, c'était l'un de ces dessins gribouillés qui avaient surgi un peu partout pendant la guerre. « Quoi, pas de bananes ? »

— Faudra-t-il que je pose ? demanda-t-elle.

— Non, répondit Frances en souriant.

Elle souriait beaucoup ces derniers temps. Un sourire étrange qui faisait remonter les côtés longs de son visage comme de vieux pantalons bouffants tendus sur un fin élastique.

— Nous vous connaissons à présent. Je préférerais quelque chose d'un peu plus… impressionniste.

— Ses cheveux. Il faut montrer ses cheveux. Vous arrive-t-il de les lâcher, Lottie ? demanda Adeline en tendant un bras mince pour les caresser.

Lottie tressaillit. Sans pouvoir s'en empêcher.

— Ils s'emmêlent parfois. Ils sont trop fins.

Elle leva la main pour les lisser en s'écartant inconsciemment d'Adeline.

— Cessez de vous sous-estimer, Lottie. Les hommes trouvent cela barbant.

Les hommes ? Lottie se vit soudain sous un autre angle : comme quelqu'un à qui les *hommes* pouvaient s'intéresser. Jusqu'à présent, il n'avait été question que de *garçons*. Ou plus particulièrement de Joe, qui ne comptait pas vraiment.

— On ne devrait jamais faire référence qu'à nos côtés positifs. Si l'on attire exclusivement l'attention sur les bons aspects de notre personnalité, les gens remarquent difficilement les mauvais.

Elle n'avait jamais été aussi près de lui faire des révélations. Mais Lottie s'en rendit à peine compte.

— Nous pourrions lui enseigner la peinture, suggéra Frances.

— Oh oui ! Quelle riche idée, Frances ! Cela vous plairait-il, Lottie ? Frances est la plus fabuleuse des professeurs.

Lottie se mit à danser d'un pied sur l'autre.

— Je ne suis pas très douée en art. Mes corbeilles de fruits finissent généralement par donner l'impression d'être sur le point de basculer.

— Des corbeilles de fruits…

Frances secoua la tête.

— Comment peut-on faire naître une passion pour l'art avec des corbeilles de fruits ? Allons, Lottie. Dessinez ce que vous avez dans la tête, dans votre cœur.

Lottie recula d'un pas, à la fois réticente et gênée. Les doigts d'Adeline dans son dos la poussèrent doucement en avant.

— Il vous faut apprendre à rêver, Lottie. À vous exprimer.

— Mais je n'ai plus dessiné depuis que j'ai fini l'école. Mrs Holden dit que je devrais apprendre la comptabilité pour dénicher un bon emploi dans une boutique.

— Au diable les boutiques, Lottie ! Écoutez, il n'est pas nécessaire que cela représente quoi que ce soit. Jouissez simplement de la sensation que vous procurent les pastels. Les pastels sont un vrai bonheur. Regardez…

Frances commença à tracer des lignes sur le mur, étalant les couleurs de ses doigts tachés de peinture avec des gestes sûrs et déterminés. Lottie l'observa, s'oubliant elle-même un bref instant.

— N'omettez pas de vous inclure, Frances, ma chérie, fit Adeline en posant une main sur son épaule. Vous négligez toujours de le faire.

Frances ne quittait pas le mur des yeux.

— J'ai du mal à me peindre moi-même.

Mamie surgit à la porte de derrière. Son tablier était maculé de sang et de plumes. Elle tenait par le cou, dans sa main gauche, une oie à moitié plumée.

— Je vous prie de m'excuser, madame. Mr Armand est arrivé.

Lottie regardait fixement les marques faites au pastel. Elle jeta un coup d'œil à Adeline, qui souriait gentiment et hochait la tête pour faire signe à Mamie de retourner en cuisine. Lottie s'attendait à ce qu'elle se précipite à la porte, rajuste sa tenue ou file en haut se remaquiller, comme Mrs Holden l'aurait fait immanquablement. Elle se sentait rougir d'excitation à la perspective de faire enfin la connaissance de l'insaisissable époux d'Adeline.

Mais l'actrice, apparemment indifférente à l'arrivée de son mari, reporta son attention sur le mur blanc.

— Dans ce cas, il faudra que nous demandions à quelqu'un d'autre de vous peindre, Frances. Vous êtes un élément essentiel de notre tableau après tout.

Le visage de Mamie réapparut dans l'embrasure de la porte.

— Monsieur est dans le salon.

Frances s'écarta du mur et fixa Adeline d'une manière qui donna à Lottie l'envie de se dérober.

— Je crois que je suis plus efficace en restant invisible, dit-elle en détachant ses mots.

Adeline haussa les épaules comme si elle cédait à un argument souvent débattu. Elle leva légèrement la main, puis elle tourna les talons et se dirigea vers la maison.

Lottie ne savait pas trop à quoi elle s'était attendue, mais Julian Armand était si loin de tout ce qu'elle aurait pu envisager qu'elle le regarda à deux reprises avant de comprendre qu'il s'agissait bien de l'homme à qui Adeline la présentait.

— Enchanté, dit-il en lui prenant la main et en y déposant un baiser. Adeline m'a beaucoup parlé de vous.

Lottie s'abstint de répondre, dévisageant, d'une manière que Mrs Holden aurait trouvée démente, le petit homme tiré à quatre épingles, aux cheveux lissés en arrière et à l'extraordinaire moustache en guidon de vélo comme quelque œuvre en fer forgé sur son visage.

— Lottie, chuchota-t-elle.

Et il hocha la tête, comme si c'était bien assez courtois.

On devinait sans peine d'où venaient les goûts extravagants d'Adeline. Il portait une tenue qui aurait pu convenir plusieurs décennies auparavant – et encore, dans certains cercles ésotériques seulement : des knickers avec gilet et veste assortis. Il arborait aussi une cravate vert émeraude et des lunettes rondes en écaille de tortue. Une montre de gousset très ouvragée pendait de sa poche-poitrine, et il tenait dans sa main gauche une canne à pommeau d'argent. Ses chaussures basses, ornées de petits clous, impeccablement cirées, étaient le seul élément conventionnel de son accoutrement, même si elles ne s'apparentaient guère à celles que Lottie connaissait – les paires à 10 shillings qu'on achetait sur la grand-rue.

— Voici donc à quoi ressemble Merham, dit-il en regardant la vue de la fenêtre. Voilà l'endroit où tu as décidé d'établir notre base.

— Écoute, Julian, n'émets aucun jugement tant que tu n'auras pas vécu ici au moins toute une semaine.

Adeline lui prit la main en souriant.

— Pourquoi ? Tu as des projets pour moi ?

— J'en ai toujours, mon très cher. Mais je ne veux pas que tu prennes de décisions avant de t'être réveillé au son de la mer ou d'avoir bu du bon vin en regardant le coucher du soleil. Notre nouveau logis est un petit paradis, et ses charmes cachés sont d'autant plus agréables qu'ils s'apprécient petit à petit.

— Et je suis expert en la matière, comme tu le sais.

— Certes, mon cher Julian, mais je sais aussi que tu es séduit par la nouveauté. Or, cette maison et moi ne le sommes ni l'une ni l'autre. Nous devons donc nous assurer que tu nous considères du bon œil. N'est-ce pas, Lottie ?

Lottie se borna à hocher la tête bêtement. Elle avait du mal à se concentrer. Elle n'avait jamais vu qui que ce soit se comporter vis-à-vis de son mari comme Adeline. Cette courtoisie excessive.

— Dans ce cas, je promets de ne pas dire un mot. Alors, qui va me faire visiter les lieux ? Frances ? Comment allez-vous ? On dirait que l'air de la mer vous convient.

— Bien. Merci, Julian.

— Qui d'autre est ici ?

— George. Irene. Minette vient de partir. Elle s'est remise à écrire. Stephen arrive à la fin de la semaine. Je lui ai dit que tu serais de retour.

— Merveilleux, s'exclama Julian en tapotant la main de sa femme. Je suis déjà chez moi. Il ne me reste plus qu'à m'installer au milieu de tout cela en faisant comme si j'avais toujours été là.

Il se retourna lentement en pivotant sur sa canne, examinant la pièce.

— Et cette maison ? Quelle est son histoire ?

—Nous savons un certain nombre de choses grâce à Lottie et à son amie. Elle a été bâtie par le fils d'une famille de la région. Après sa mort, elle a appartenu à un couple… Comment s'appelaient-ils, déjà ?

—Les MacPherson, intervint Lottie.

Il portait une grosse bague au petit doigt. Un bijou de femme, pensa-t-elle.

—C'est cela. Les MacPherson. Mais elle est de style art moderne, comme tu peux le voir. Tout à fait inhabituel, me semble-t-il. Et la lumière est merveilleuse, *non*? C'est ce que dit Frances.

Julian se tourna vers Frances.

—Incontestablement, ma chère Frances. Vos goûts et vos jugements sont comme toujours irréprochables.

Frances le gratifia d'un petit sourire presque peiné.

—Comptez-vous retourner prochainement à Cadogan Gardens ? demanda-t-elle.

Julian soupira.

—Non, j'ai bien peur que nous n'ayons quelque peu brûlé nos ponts à cet égard. Un petit malentendu à propos d'argent. Mais nous passerons un agréable moment ici jusqu'à ce que les choses soient tout à fait résolues. Je resterai jusqu'à la Biennale. Si cela ne pose pas de problèmes.

Il sourit en disant cela, apparemment convaincu que sa présence ne dérangeait jamais.

—Dans ce cas, faisons en sorte que tu te sentes pleinement chez toi, lança Adeline. Je vais te faire faire le tour du propriétaire.

Reprenant vie tout à coup, Lottie se rappela ses bonnes manières.

—Je ferais mieux de partir, dit-elle en reculant, à petits pas, vers le seuil de la pièce. Il est tard et j'ai dit que j'allais juste chercher du lait. C'était un plaisir… de faire votre connaissance.

Elle agita la main et se dirigea vers la porte. Adeline, qui leva le bras pour lui dire adieu, avait déjà gagné la terrasse en enlaçant la taille gainée de tweed de son mari. En se retournant pour fermer la porte, Lottie aperçut Frances. Oublieuse de sa présence, et aussi inerte que l'une de ses compositions, elle les regardait s'éloigner d'un œil fixe.

Lottie s'était préparée à ressentir une relative tristesse pour Frances ; celle-ci paraissait se sentir de trop. Cela devait être difficile pour elle maintenant que Julian était de retour. Lottie savait à quel point il était aisé d'éprouver un sentiment d'exclusion. Et George, à l'évidence, n'était pas attiré par elle – sinon, il n'aurait pas tant fait les yeux doux à Celia et à l'affreuse Irene. Deux soirs plus tard, elle la revit.

Il était près de neuf heures et demie, et Lottie avait proposé de promener Mr Beans, le vieux terrier irascible des Holden. En réalité, cette tâche incombait au Dr Holden, mais il avait été retenu à son travail, et Mrs Holden, qui s'était remise à trembler en apprenant la nouvelle, avait toutes les peines du monde à convaincre Freddie et Sylvia de rester dans leurs lits.

Freddie prétendait avoir mangé son bégonia et n'arrêtait pas de courir aux toilettes, en feignant d'être malade, tandis que Sylvia, réapparaissant en haut de l'escalier en chaussons, affublée d'un vieux masque à gaz, avait réclamé son onzième verre d'eau. Joe était là ; il jouait au Scrabble. Lorsque Lottie avait proposé d'emmener le chien faire sa promenade nocturne, Mrs Holden avait été reconnaissante et avait dit que, tant que Joe l'accompagnait, elle n'y voyait pas d'inconvénient. Mais ils ne devaient pas trop traîner. Et rester sur les routes. Lottie et Joe coupèrent à travers le parc municipal en regardant les derniers rayons du soleil disparaître derrière le *Riviera*, ainsi que les réverbères clignotant, crachotant peu à peu leur éclairage au sodium.

À quelques pas de là, Mr Beans grogna en reniflant des odeurs inconnues, titubant tel un ivrogne le long de la bordure du gazon. Lottie n'avait pas pris le bras de Joe. En marchant près d'elle, il ne cessait de heurter doucement son coude, comme s'il l'incitait tacitement à le faire.

— As-tu des nouvelles de ta mère ?

— Non. Elle m'écrira au moment de Noël, je suppose.

— N'est-ce pas un peu étrange ? De ne jamais lui parler. La mienne me manquerait.

— Nos mères n'appartiennent pas à la même espèce.

Il essaya de rire, par précaution, au cas où il se serait agi d'une plaisanterie.

Ils continuèrent à marcher en silence, attentifs aux quelques silhouettes sombres qui s'acheminaient, en chuchotant, le long du front de mer, vers les maisons où les attendaient un bain et un lit.

— Quand Celia rentre-t-elle à la maison ? Samedi, as-tu dit ?

C'était une partie du problème. Mrs Holden avait voulu en informer son mari personnellement. Elle aimait bien être porteuse de bonnes nouvelles.

Elle était prête à se donner un mal fou pour qu'il la gratifie d'un sourire.

— Elle prend le train de l'après-midi. Je dois emmener Freddie chez le coiffeur dans la matinée.

— On n'a pas l'impression que cela fait déjà huit semaines, si ? J'emmènerai Freddie chez le coiffeur si tu veux. Il faut que je me fasse couper les cheveux. Papa dit que je commence à ressembler à un voyou.

— Écoute, fit Lottie en se redressant.

Joe leva le nez comme s'il humait l'air. En contrebas, la ruée et les chuintements réguliers de la mer évoquaient la marée montante. Un chien aboya, interrompant la rêverie olfactive de Mr Beans. Puis elle l'entendit à nouveau. Un air de jazz : étrange, arythmique, presque discordant. De la trompette. Quelque chose d'autre en fond sonore. Et des éclats de rire.

— Tu entends ?

Elle prit le bras de Joe, s'oubliant un instant. Cela venait d'Arcadia House.

— Qu'est-ce que c'est ? Quelqu'un en train d'étrangler un chat ?

— Écoute, Joe.

Elle marqua une pause, tendant l'oreille pour capter le son mélancolique. Il flotta jusqu'à eux dans l'air avant de s'éloigner à nouveau.

— Rapprochons-nous.

— Will Buford a trois nouveaux disques rock'n'roll américains chez lui. Je vais y aller dans la semaine pour les écouter. Tu m'accompagnerais ?

Son cardigan autour de ses épaules, Lottie courait à présent, trébuchant sur les marches pour gagner le meilleur point de vue. Mr Beans galopait joyeusement derrière, ses griffes raclant le béton.

— Mrs Holden a dit que nous devions rester sur les routes, cria Joe à l'adresse de la silhouette qui s'éclipsait.

Au bout d'un moment, il s'élança à sa poursuite.

Lottie était accoudée à la balustrade face à Arcadia. Dans la quasi-obscurité, les fenêtres brillaient intensément, projetant des pans de lumière sur la terrasse dallée. La clarté illuminait un petit groupe de gens. En plissant les yeux, Lottie distinguait tout juste Julian Armand, assis sur le vieux banc en fer, les pieds posés sur une table. À l'autre bout de la terrasse, quelqu'un de plus grand fumait. George, probablement. Il y avait aussi un autre homme, que Lottie ne reconnut pas, en pleine conversation avec lui.

Et, baignées de lumière, Frances et Adeline dansaient ensemble en se tenant par les épaules. Adeline, la tête inclinée en arrière, riait paresseusement de ce que Frances était en train de dire. Elles oscillaient à l'unisson, s'interrompant brièvement de temps à autre pour prendre leur verre de vin ou interpeller les hommes.

Lottie s'étonna du frisson d'excitation qui la parcourut face à cette scène.

Frances n'avait plus l'air triste. Même à cette distance, elle semblait sûre d'elle, radieuse dans la pénombre. Comme si elle contrôlait quelque chose, bien que Lottie ne fût pas à même de déterminer quoi.

Qu'est-ce qui peut transformer les gens à ce point? se demanda-t-elle.

Comment imaginer que cela pût être Frances ? La dernière fois qu'elle était allée les voir, Frances avait fait tapisserie. Une présence beige, morne par rapport au petit phare scintillant qu'était Adeline. Voilà qu'elle la dominait : elle paraissait plus grande, débordante de vie. Une exagération d'elle-même.

Clouée sur place, Lottie arrivait tout juste à respirer. Arcadia avait immanquablement cet effet sur elle. Elle se sentait attirée par cet endroit, comme transportée par le souffle envoûtant des accords mineurs qui flottaient vers elle dans la brise marine. Ils chuchotaient leurs secrets, évoquaient des lieux insolites, de nouveaux comportements à acquérir. « Il faut apprendre à rêver », lui avait dit Adeline.

— Je crois que Mr Beans a fait ce qu'il avait à faire, à présent, dit Joe, sa voix brisant l'obscurité. Nous devrions rentrer.

Ma très chère Lot,

Tu as été vraiment méchante de ne pas me poser une foule de questions à propos de Guy, mais je sais que c'est parce que tu es follement jalouse. Alors, je te pardonne. Les hommes de Merham n'arrivent pas à la cheville de ceux de Londres, après tout !!! Sérieusement, Lot, tu me manques beaucoup. Les filles de ma classe sont des peaux de vache. Elles se sont toutes regroupées avant mon arrivée et passent leur temps à chuchoter derrière leurs mains pendant les récréations. Ça m'a agacée, au début, mais maintenant que j'ai Guy, je les trouve tout bonnement sottes et je me dis qu'elles doivent avoir des vies bien ennuyeuses et vides pour éprouver le besoin de se prêter à ces jeux d'écolières (c'est en tout cas ce que dit Guy). Il m'emmène dîner au Mirabel pour fêter la fin de mes examens de sténographie et de dactylographie. Ne le dis pas à maman, mais ce serait un miracle si je réussissais celui de sténographie. Ma sténo ressemble à des caractères chinois. Guy trouve aussi (il a voyagé dans le monde entier et a vu des tas de choses pour de vrai). J'allais t'envoyer une photo de nous deux aux courses à Kempton Park, mais je n'en ai qu'une et j'ai peur de la perdre. Il va falloir que tu l'imagines. Figure-toi Montgomery Clift avec des cheveux plus clairs, un teint hâlé, et tu ne seras pas loin de la réalité…

C'était la troisième missive qui *devait* inclure une photo de « Guy ». Lottie n'était pas surprise outre mesure que ce ne fût pas le cas.

Elle resta plantée en silence tandis que Mrs Holden s'attaquait à elle avec sa brosse à habits par coups brusques vers le bas, éliminant des peluches non existantes de sa veste ajustée.

— Tu devrais mettre ton bandeau. Où est-il passé ?

— Il est en haut. Je vais le chercher ?

Mrs Holden fronça les sourcils en regardant les cheveux de Lottie.

— Ce serait probablement une bonne idée. Tes cheveux ont tendance à voler dans tous les sens. Frederick, qu'as-tu fait à tes souliers, pour l'amour du ciel ?

— Il les a cirés avec du cirage noir et non brun, lança Sylvia, non sans satisfaction. Il prétend qu'ils ont l'air plus vrais comme ça.

— Plus vrais que quoi ?

— Que des pieds. Ce sont des sabots, dit Freddie en remuant les orteils avec fierté. Des sabots de vache.

— Vraiment, Frederick. Je ne peux pas te laisser seul une minute ?

— Les vaches n'ont pas de sabots. Elles ont des pieds.

— Pas du tout.

— Bien sûr que si. Les vaches ont des pieds fendus.

— Tu as des pieds de vache, alors. De grosse vache. Beurk !

— Sylvia, Frederick, arrêtez de vous donner des coups de pied. Ce n'est pas gentil. Lottie, va chercher Virginia, et nous verrons si nous parvenons à les rendre présentables dans les cinq minutes qui restent avant notre départ. Sylvia, où est ton manteau ? Je t'ai demandé de le mettre il y a dix minutes.

Il fait froid aujourd'hui. Et puis qu'as-tu fait à tes ongles ? On pourrait y faire pousser des pommes de terre.

— C'est parce qu'elle se cure le nez.

— Eh ! Tu as des pieds de vache. De vilains gros pieds de vache.

— Sylvia, je te l'ai déjà dit. Ne donne pas de coups de pied à ton frère. Nous allons te trouver une brosse à ongles. Où est passée la brosse à ongles ? Seigneur, que va dire votre sœur quand elle vous verra tous dans cet état ?

— Oh, pour l'amour du ciel, cesse de faire tant d'histoires. Ce n'est que Celia. Peu lui importe si nous allons la chercher en costumes de bain.

Mrs Holden tressaillit en évitant le regard de son mari, assis dans l'escalier, en train de lacer ses chaussures. Seule Lottie remarqua ses yeux remplis de larmes et sa tentative discrète pour les essuyer avec sa manche. Après quoi, elle s'élança dans le couloir à la recherche de Virginia.

Si compatissante fût-elle, Lottie avait d'autres soucis en tête. Joe et elle ne se parlaient plus. Après avoir promené Mr Beans, sur le chemin du retour, il lui avait dit qu'il n'était pas sûr qu'elle devrait passer tant de temps à Arcadia. Cette bande avait une drôle de réputation.

Et si l'on voyait Lottie là-bas trop souvent, eh bien, cela risquait de déteindre sur elle, non ? Parce qu'il tenait à elle, qu'il était son ami, il s'estimait en droit de le lui dire. Lottie, déjà furieuse qu'il l'eût interrompue, avait exigé de savoir, sur un ton méprisant qui l'avait surprise elle-même, de quoi il se mêlait. Elle pouvait passer son temps avec Dickie Valentine si cela lui chantait.

Joe avait rougi. Elle s'en était aperçue même dans l'obscurité. Du coup, elle s'était sentie coupable et agacée à la fois. Après un bref silence, il avait ajouté d'un ton solennel que, si elle ne l'avait pas encore compris, elle ne comprendrait jamais, mais personne ne l'aimerait comme il l'aimait et que, même si elle ne lui rendait pas son amour, il n'en éprouvait pas moins le besoin de prendre soin d'elle.

Lottie, folle de rage, lui avait fait face.

— Je t'ai dit que je ne voulais plus jamais t'entendre parler de ça, Joe. Tu as tout gâché. Tout. Nous ne pouvons plus être amis. Si tu ne peux pas taire tes fichus sentiments pour toi, c'est impossible. Nous ne pouvons plus être amis. Pourquoi ne rentres-tu pas chez ta mère en gardant pour toi tes inquiétudes au sujet de ma réputation ?

Sur ce, elle avait regagné la maison, furibonde, laissant Joe planté là, en silence, près du portail du parc.

En temps normal, il serait déjà venu la voir. Il serait apparu à la porte pour lui demander si elle voulait aller boire un café, jouer à un jeu de société, ou bien il aurait fait une plaisanterie à propos de leur querelle. Et Lottie, secrètement contente de le voir, aurait été ravie d'oublier leur brouille et de redevenir son amie. Il avait pris davantage d'importance dans sa vie maintenant que Celia était partie. Si agaçant fût-il, il était le seul autre véritable ami qu'elle avait. Elle avait toujours su qu'elle était trop foncée de peau, trop maladroite pour les Betty Croft et ses semblables à l'école. Si elles l'avaient tolérée dans leur bande, c'était uniquement grâce à Celia.

Cette fois-ci, néanmoins, Joe était sûrement vexé. Quatre jours s'étaient écoulés et il n'était toujours pas revenu. En repensant à la dureté de son ton lorsqu'elle s'était adressée à lui, Lottie se demandait si elle devait aller le trouver pour lui présenter ses excuses et si, dans ce cas, Joe se persuaderait qu'elle l'incitait à l'aimer de nouveau.

La voix de Mrs Holden retentit dans le hall d'entrée.

— Lottie, dépêche-toi. Le train arrive à quatre heures et quart. Il ne faut pas que nous soyons en retard.

Le Dr Holden la frôla au passage.

— Va la calmer, Lottie. Sois gentille. Sinon, Celia jettera à peine un coup d'œil à notre petit groupe sur le quai et s'en retournera aussitôt à Londres.

Il lui sourit. Un sourire mêlant l'exaspération et une compréhension tacite. Et Lottie lui rendit la pareille, non sans éprouver un vague sentiment de honte.

Redoutant peut-être une autre rebuffade, Mrs Holden n'ouvrit pas la bouche au cours des dix minutes de trajet jusqu'à la gare. Son époux non plus, mais cela n'avait rien d'inhabituel. Sylvia et Freddie, en revanche, surexcités à la perspective d'être en voiture, se battaient sauvagement et pressaient leur nez contre la vitre en poussant des cris à l'adresse des passants. Lottie, à qui l'on avait donné l'ordre de s'asseoir entre eux, forçait l'un à se tenir tranquille ou grondait l'autre, bien que le problème de Joe continuât à la préoccuper. Elle irait le voir ce soir, décida-t-elle. Elle lui ferait ses excuses. Elle pouvait s'y prendre d'une manière qui lui montrerait clairement qu'elle ne voulait pas de ces jérémiades romantiques. Joe comprendrait. Il comprenait toujours, non ?

Le train arriva à 4 h 16 min 38 s. Freddie, qui surveillait de près l'horloge de la gare, les informa d'un ton tonitruant de son manque de ponctualité. Pour une fois, Mrs Holden s'abstint de le réprimander. Elle était trop occupée à tendre le cou pour tâcher d'apercevoir sa fille au-delà des têtes des autres passagers qui débarquaient, sa voix faible couverte par le claquement des portes des wagons.

— Elle est là-bas ! La troisième voiture !

Sylvia avait échappé à sa mère et courait le long du quai. Lottie la suivit des yeux, puis elle s'élança à son tour, courant à moitié, talonnée par les Holden, qui semblaient avoir momentanément oublié leur réserve.

— Celia ! Celia !

Sylvia se jeta dans les bras de sa sœur aînée, lui faisant presque perdre l'équilibre alors qu'elle mettait pied à terre.

— J'ai des nouvelles chaussures ! Regarde !

— Moi aussi ! mentit Freddie en tirant sur la main de Celia. Le train roulait-il très vite ? Y avait-il des espions à Londres ? Es-tu montée dans un bus à impériale ?

Lottie resta un peu à l'écart, se sentant inexplicablement gauche, tandis que Mrs Holden enlaçait sans retenue les épaules de sa fille, le visage rayonnant de fierté maternelle.

— Oh, tu m'as tant manqué. Tu nous as manqué à tous ! s'exclamait-elle.

— C'est certain, dit le Dr Holden, attendant que sa femme ait libéré Celia avant de la serrer dans ses bras avec vigueur. C'est un bonheur de te revoir à la maison, ma chérie.

Ce n'était pas seulement le sentiment de ne pas vraiment faire partie de la famille qui mettait Lottie mal à l'aise, mais Celia elle-même. Quelques mois à peine s'étaient écoulés, pourtant elle était métamorphosée. Elle s'était fait couper les cheveux et arborait désormais des ondulations brillantes. Un rouge à lèvres audacieux, pour ne pas dire saisissant, ourlait le pourtour de sa bouche. Elle portait un manteau en laine, vert et ceinturé, que Lottie ne lui avait jamais vu, et des souliers vernis assortis à son sac à main. Ses chaussures avaient des talons aiguilles d'au moins six centimètres. On aurait dit qu'elle sortait tout droit d'une revue de mode. Elle était superbe.

Lottie lissa ses cheveux sous son bandeau et jeta un coup d'œil à ses chaussures de marche à boucle et semelle épaisse. Elle portait des chaussettes en coton, et non des bas comme Celia ; elles lui tenaient déjà trop chaud.

— Mon Dieu, ce que ça fait plaisir de vous voir, vous tous ! s'exclama Celia, son regard passant de l'un à l'autre.

Et Mrs Holden était tellement ravie de la retrouver qu'elle ne songea même pas à la réprimander.

— Lot ? Lottie ? Ne reste pas à l'écart. Je te vois à peine.

Lottie s'avança et se laissa embrasser. Un doux parfum flottait encore dans l'air quand Celia s'écarta d'elle. Lottie lutta contre la tentation de frotter le rouge sur sa joue.

— Je t'ai apporté des tonnes de choses de Londres. Je suis impatiente de te les montrer. J'ai un peu perdu la tête avec l'argent que tante Angela m'a donné. Oh, Lot, je meurs d'envie de te faire voir ce que j'ai pour toi ! Ça me plaît tellement que j'avais presque décidé de le garder pour moi.

— Eh bien, nous n'allons pas rester plantés là toute la journée, dit le Dr Holden, qui avait commencé à regarder sa montre. Éloigne-toi du train, Celia, ma chérie.

— Oui. Tu dois être épuisée. Je dois dire que l'idée que tu fasses tout ce trajet toute seule ne me plaisait guère. J'ai dit à ton père qu'il aurait dû aller te chercher.

— Je n'étais pas seule, maman.

Le Dr Holden, qui avait attrapé sa valise, s'arrêta net à mi-chemin du guichet et se retourna.

Derrière Celia, un homme descendit du train en se penchant légèrement avant de se redresser près d'elle. Il serrait deux énormes ananas sous l'un de ses bras.

Le sourire de Celia était éblouissant.

— Maman, papa, je voudrais vous présenter Guy. Et vous ne devinerez jamais… Nous sommes fiancés !

Mrs Holden était assise devant sa coiffeuse, en train de retirer soigneusement ses épingles à cheveux, le regard fixé sans le voir sur son reflet. Elle avait toujours su que ce serait difficile pour Lottie quand Celia commencerait à s'épanouir. Il était inévitable que sa fille manifestât ses origines à un moment ou à un autre. Et force était de reconnaître qu'à Londres, elle s'était développée comme elle-même ne l'aurait jamais imaginé. Sa petite fille était revenue à la maison avec des allures de gravure de mode.

Elle déposa soigneusement les épingles dans un petit pot en porcelaine et remit le couvercle en place. Elle avait du mal à admettre à quel point elle était soulagée que Celia fût fiancée. À un jeune homme d'une certaine classe, qui plus est. Que ce fût en raison du bonheur de Celia ou du sentiment de gratitude à l'idée qu'elle fût désormais « prise en charge », toute la famille avait, chacun à sa manière, éprouvé le besoin de fêter l'événement. Henry lui avait déposé un baiser tout à fait inhabituel sur la joue. Elle sentait encore une vague de chaleur lui monter au visage rien qu'en y pensant.

La réaction de Lottie avait été des plus singulière. Lorsque le jeune homme avait surgi du train, elle l'avait dévisagé d'une façon presque grossière. Oh, ils l'avaient tous dévisagé ! Celia les avait pris par surprise, après tout. Mrs Holden devait reconnaître qu'elle-même en avait probablement fait autant. Il y avait des années qu'elle n'avait pas vu un ananas. Mais Lottie n'avait pas quitté le jeune homme des yeux. Mrs Holden n'avait pas pu s'empêcher de le remarquer parce que la jeune fille se trouvait juste dans son angle de vision. Cela l'avait agacée.

Puis, lorsque Celia avait annoncé ses fiançailles, Lottie avait blêmi, perdant brusquement ses couleurs au point qu'on aurait presque pu les voir s'estomper. Elle était restée toute pâle ensuite. À croire qu'elle allait s'évanouir.

Celia ne s'était rendu compte de rien. Elle était trop occupée à exhiber sa bague et à jacasser à propos de mariage. Au milieu de toute cette excitation, Mrs Holden n'avait pas manqué de constater l'étrange réaction de Lottie, qui l'avait quelque peu troublée. Alors même qu'elle digérait la nouvelle de sa fille avec un mélange de choc et de joie, elle s'était aperçue qu'elle considérait sa fille d'adoption avec inquiétude.

Peut-être n'était-ce pas si surprenant, au fond. Après tout, personne d'autre que Joe ne s'intéresserait jamais à elle, pensa Mrs Holden, en proie à un sentiment singulier de compassion, mêlé de fierté vis-à-vis de sa propre fille. Pas avec cette couleur de peau. Et ce passé.

Elle tendit la main vers sa crème hydratante et entreprit d'ôter méthodiquement son rouge à joues.

Peut-être avons-nous été injustes de la prendre chez nous, en définitive, pensa-t-elle. *Nous aurions sans doute mieux fait de la laisser tranquille, auprès de sa famille, à Londres. Il est possible que nous lui ayons donné de faux espoirs.*

Chapitre 4

— Ils étaient complètement nus ! s'exclama Mrs Colquhoun. Je vous le dis, mesdames, j'ai failli m'évanouir.

Mrs Colquhoun porta la main à sa bouche comme si ce souvenir la peinait.

— Tout près du sentier qui longe la mer, de surcroît. N'importe qui aurait pu les voir.

C'était possible, reconnurent ces dames du cercle, tout en notant, en leur for intérieur, qu'il n'était pas certain que quiconque, hormis Deirdre Colquhoun, eût pu tomber sur George Bern et Julian Armand en train de prendre un bain matinal ravigotant. De fait, la plupart d'entre elles étaient bien conscientes que Mrs Colquhoun avait fait un nombre inhabituel de promenades le long de la mer au cours des derniers mois, y compris par mauvais temps. Bien évidemment, aucune d'entre elles ne se serait hasardée à suggérer que cela pût tenir à autre chose qu'au désir de voir flotter les bannières de Merham dans le vent.

— N'était-ce pas un peu imprudent, dans cette eau ?

— J'imagine qu'ils avaient le visage tout bleui, souligna Mrs Ansty, le sourire aux lèvres.

Elle s'interrompit dès qu'elle s'aperçut que personne d'autre ne trouvait cela drôle.

— Et il m'a fait un signe ! Vous vous rendez compte ? Le plus jeune ! Planté là, il a agité la main… À croire… je voyais…

Sa phrase resta en suspens, sa main toujours posée sur sa bouche, comme si elle se rappelait quelque vision d'horreur.

— Il chantait la semaine dernière, ce monsieur Armand. Debout sur la terrasse, il braillait une sorte d'opéra. En plein milieu de la journée.

Ces dames poussèrent des exclamations désapprobatrices.

— Quelque chose en allemand, me semble-t-il, nota Margaret Carew, qui avait une véritable passion pour Gilbert et Sullivan.

Il y eut une courte pause.

— Eh bien, reprit Mrs Ansty, mesdames, je pense vraiment que les occupants de cette maison commencent à porter préjudice à l'honneur de notre ville.

Mrs Chilton reposa sa tasse et sa soucoupe.

— Je me fais de plus en plus de soucis à propos de nos visiteurs de l'été prochain. Et si l'on venait à cancaner au sujet de toutes ces extravagances ? Nous devons préserver notre réputation. Et nous ne voulons pas qu'ils influencent notre jeunesse. Dieu sait ce qui pourrait se passer !

Il y eut, à nouveau, une brève accalmie dans la conversation. Personne ne tenait à faire allusion à l'incident concernant Lottie et Celia sur la plage. Quoi qu'il en soit, Susan Holden était bien trop excitée par les fiançailles de Celia pour continuer à se sentir intimidée pour si peu.

— Quelqu'un voudrait-il un autre morceau d'ananas ? Une tranche de melon ?

Elle surgit dans la pièce, qu'elle parcourut en tous sens, se penchant pour proposer de petites portions de fruits qu'elle avait soigneusement disposées en jolis cercles sur des piques à cocktail (la revue *Good Housekeeping* insistait sur la présentation des plats).

— C'est étonnant lorsqu'on songe à tout le voyage que ce fruit a fait rien que pour être ici, n'est-ce pas ? Comme je l'ai dit à Henri hier soir : « Il y a probablement davantage d'ananas que de gens dans les avions de nos jours. »

Elle rit, ravie de sa petite plaisanterie.

— Allez. Goûtez donc.

— Ça n'a rien à voir avec les ananas en boîte, nota Mrs Ansty en mâchonnant d'un air pensif. C'est presque trop acide pour mon goût.

— Dans ce cas, prenez du melon, ma chère, dit Mrs Holden. Le melon a une saveur agréablement douce. Le père de Guy importe des fruits de toutes sortes d'endroits étonnants, vous savez. Le Honduras, le Guatemala, Jérusalem. Hier soir, il a évoqué des fruits dont nous n'avions jamais entendu parler. Saviez-vous qu'il en existe un en forme d'étoile ?

La fierté la faisait rosir.

Mrs Ansty déglutit, puis elle fit une grimace de plaisir.

— Oh ! Ce melon est délicieux.

— Il faut que vous en emportiez un morceau à la maison pour votre Arthur. Guy nous a dit qu'il s'arrangerait pour que son père nous en envoie encore de Londres. Il est à la tête d'une entreprise considérable. Et Guy est fils unique, de sorte qu'il aura une bonne affaire à reprendre en main un jour. Encore un peu d'ananas, Sarah ? Il y a des serviettes ici, mesdames, si vous en avez besoin.

Mrs Chilton esquissa un sourire affecté en refusant une deuxième tranche. Elles étaient toutes contentes pour Susan que Celia fût promise, mais ce n'était pas une raison pour s'enorgueillir.

— Vous devez vous sentir si soulagée, dit-elle d'un ton prudent.

Susan Holden releva brusquement la tête.

— Eh bien… les filles peuvent vous causer tant de tracas, n'est-ce pas ? Nous sommes toutes ravies que le sort de Celia soit scellé. Et nous croiserons les doigts pour la petite Lottie. Même si elle n'a jamais été un aussi gros souci pour vous, n'est-ce pas, ma chère ?

Elle accepta un biscuit de Nice offert par Virginia, qui venait d'entrer avec le plateau de thé.

Le sourire de Mrs Holden était de nouveau tremblotant.

Mrs Chilton s'adossa à son fauteuil et lui adressa, pour sa part, un sourire encourageant.

— À présent, mesdames, qu'allons-nous faire au sujet d'Arcadia ? J'ai réfléchi… Quelqu'un devrait peut-être leur toucher un mot. Quelqu'un de poids, comme Alderman Elliott. Je pense qu'il faudrait parler à ces… *bohémiens*. Il semble qu'ils n'aient pas une idée très précise de la manière dont on doit se comporter à Merham.

Lottie, couchée sur son lit, feignait de lire tout en s'efforçant de ne pas prêter l'oreille aux éclats de rire qui lui parvenaient du dehors, où Celia et Guy jouaient au tennis sur la pelouse, indifférents, semblait-il, aux rafales et au zèle excessif de Freddie en ramasseur de balles.

Elle regardait la page d'un air accusateur, consciente qu'il y avait près de quarante minutes qu'elle fixait le même paragraphe. Si on lui avait demandé de quoi il était question, elle n'aurait pas su répondre. Il est vrai que, si on l'avait interrogée sur quoi que ce soit d'autre à cet instant, elle se serait trouvée dans la même situation. Pour la bonne raison que plus rien n'avait de sens. L'univers avait explosé, il s'était fragmenté, et tous les morceaux étaient retombés pêle-mêle. Sauf qu'elle était la seule à l'avoir remarqué. Elle entendit Celia s'époumoner d'un ton de reproche, son cri se dissolvant en des ricanements bruyants, et, en fond sonore, la voix de Guy, plus mesurée, lui donnant des instructions. Son intonation contenait, elle aussi, comme une bulle de rire, mais il l'avait réprimée.

Lottie ferma les yeux et essaya de respirer. D'un instant à l'autre, Celia allait envoyer quelqu'un en haut pour voir si elle voulait se joindre à eux.

Peut-être pour jouer la comédie à quatre si Freddie réclamait qu'on le laisse participer. Comment pourrait-elle expliquer sa soudaine aversion pour le tennis ? Son manque d'enthousiasme à l'idée de sortir ? Combien de temps s'écoulerait avant que quelqu'un ne comprenne que ce n'était pas qu'elle devenait « sauvage », comme Celia l'en avait accusée en riant ? Que cette soudaine répugnance à passer du temps avec sa meilleure amie n'était pas non plus une autre de ses failles ?

Elle considéra longuement le chemisier neuf pendu à la poignée de la porte. Mrs Holden l'avait gratifiée de l'un de ses « regards noirs » lorsqu'elle avait remercié Celia de ce cadeau. Elle savait qu'elle la trouvait ingrate. Elle aurait dû se montrer plus reconnaissante. Il était très joli.

Pourtant, Lottie n'avait pas dit grand-chose. Pour la bonne raison qu'elle ne le pouvait pas. Comment l'aurait-elle pu ? Comment expliquer que, dès l'instant où elle avait posé les yeux sur Guy, tout ce qu'elle savait, toutes ses convictions avaient disparu comme si l'on avait retiré un tapis de dessous ses pieds ? Comment expliquer la douleur fulgurante suscitée par la familiarité de son visage, l'amère joie de la reconnaissance, la certitude profonde que son corps connaissait déjà cet homme ? Forcément. N'étaient-ils pas moulés dans la même porcelaine humaine que la sienne ? Comment dire à Celia qu'elle ne pouvait pas épouser ce fiancé qu'elle avait amené à la maison ?

Parce qu'il lui appartenait, à elle.

— Lottie ! Lot !

La voix flotta vers le haut, porté par l'air. Comme elle l'avait prévu.

Elle attendit le deuxième appel avant d'ouvrir la fenêtre. Jeta un coup d'œil en bas. S'efforça de maintenir son regard sur le visage de Celia, levé vers elle.

— Tu es assommante à la fin, Lot ! Ce n'est pas comme si tu avais des examens à préparer.

— J'ai un peu mal à la tête. Je descendrai plus tard, répondit-elle.

Même sa voix lui semblait différente.

— Elle est restée enfermée toute la journée, commenta Freddie, qui expédiait des balles de tennis contre le côté de la maison.

— Viens donc. Nous allons nous promener à Bardness Point. Tu pourrais aller chercher Joe. Comme ça, nous serions quatre. Allez, Lot. Je t'ai à peine vue.

Elle était étonnée que Celia ne se soit pas aperçue que son sourire était faux. Au point qu'elle avait mal aux commissures des lèvres.

— Allez-y. J'attends juste que mon mal de tête passe. Nous ferons quelque chose ensemble demain.

—Assommante à mourir. Et moi qui ai dit à Guy que tu avais une si mauvaise influence sur moi… Tu vas croire que je raconte des bobards, n'est-ce pas, chéri ?

—Demain. Promis.

Lottie rentra la tête pour ne pas voir leur étreinte. Elle se coucha à plat ventre sur le lit. Et essaya de se souvenir de la manière dont il fallait s'y prendre pour respirer.

Guy Parnell Olivier Bancroft était né à Winchester, ce qui faisait théoriquement de lui un Anglais. Mais il n'y avait rien d'autre d'anglais chez lui. De sa peau hâlée, contrastant tellement avec le teint pâle de la plupart des Britanniques qui l'entouraient, à ses manières à la fois désinvoltes et timides, tout le distinguait des jeunes gens que Lottie et Celia avaient connus. Ceux de Merham, en tout cas. C'était un jeune homme réservé, courtois, ce qui ne l'empêchait pas d'afficher la mine effrontée et hautaine de l'héritier présomptif que peu de choses étonnaient, prêt à tout moment à ce qu'il se produise des événements propices. Il ne semblait pas victime des introspections tourmentées dont souffrait Joe, pas plus qu'il n'était aiguillonné par l'esprit de compétition enthousiaste des autres garçons. Il jetait des regards autour de lui, les yeux écarquillés, comme perpétuellement amusé par quelque plaisanterie inattendue, partant de temps à autre dans des éclats de rire sincères et joyeux. C'était le genre d'homme auquel on ne pouvait pas s'empêcher de sourire, comme Mrs Holden le confia à son mari. Mais il est vrai que Guy la faisait beaucoup sourire. Une fois remise du choc des fiançailles éclair de sa fille, elle l'avait considéré avec autant d'indulgence qu'un premier enfant. Guy paraissait aussi peu impressionné qu'un homme faisant la queue à une station de taxis à la perspective de demander officiellement la main de sa fille au Dr Holden. Il ne l'avait pas encore fait, mais il n'était là que depuis quelques jours, et le Dr Holden avait été extrêmement occupé. S'il se montrait quelque peu passif, un peu moins bavard que ses hôtes ne l'auraient souhaité, ils n'allaient pas le juger pour autant. À cheval donné, etc.

En attendant, rien de tout cela n'aurait dû les surprendre. Pour la bonne raison que Guy Bancroft avait passé l'essentiel de sa vie affranchi des conventions sociales rigides propres aux écoles privées de garçons et aux cercles sociaux des banlieues. Enfant unique, il avait toujours été la véritable prunelle des yeux de son père. Après un bref séjour, sans succès, dans un pensionnat britannique, il avait regagné le giron familial et avait été transporté, avec les bagages, de tropique en tropique, à mesure que Guy Bertrand Bancroft Senior, discernant astucieusement l'appétit des Britanniques pour les fruits exotiques, édifiait rapidement son commerce d'importation en trouvant toutes sortes de créneaux pour satisfaire cette passion croissante.

Par la suite, Guy avait passé son enfance à parcourir les vastes exploitations fruitières des Caraïbes, où son père s'était initialement installé, explorant les plages désertes et se liant d'amitié avec les enfants des travailleurs noirs, sporadiquement éduqué par des tuteurs lorsque son père se souvenait d'en engager. Guy n'avait pas besoin d'une éducation à proprement parler, s'exclamait-il. (Il aimait beaucoup s'exclamer. Cela expliquait peut-être que Guy fût aussi discret.) À quoi 1066, date de la bataille de Hastings, et tout ça lui auraient-ils servi ? Qui se souciait du nombre d'épouses qu'avait eues Henry VIII ? Le roi en personne avait dû avoir de la peine à faire le compte. Lui-même avait tout appris à l'École des

Coups durs. Il était diplômé (sa mère avait l'habitude de lever les sourcils comiquement à ce stade) de l'Université de la Vie. Non, l'enfant en apprendrait beaucoup plus en liberté dans la nature. Beaucoup plus en matière de géographie – en comparant les champs en terrasses du centre de la Chine aux vastes zones agricoles du Honduras. Davantage à propos de politique, des gens tels qu'ils étaient, de leurs cultures, de leurs croyances.

Quant aux mathématiques, il n'avait qu'à se plonger dans les comptes. La biologie – eh bien, qu'il observe la vie des insectes !

En attendant, tout le monde connaissait la véritable raison de cette attitude. Guy Senior appréciait la compagnie de son fils. Né tardivement et longtemps espéré, le garçon était tout ce qu'il avait jamais désiré dans la vie. Il ne comprenait pas ces parents qui expédiaient leur progéniture dans d'étouffantes vieilles écoles privées, où ils apprenaient à être snobs, flegmatiques, et avaient toutes les chances d'être violés.

—Oui, mon chéri, coupait alors la mère de Guy d'un ton ferme. Je crois que nous avons compris ce que tu voulais dire.

Guy leur avait raconté tout cela au fil d'une succession de repas en famille. Il avait omis le plus croustillant à propos du viol, mais Celia avait comblé les lacunes lorsque, couchées dans leurs lits, elles avaient parlé dans le noir.

Enfin, Celia parlait. Lottie avait feint de dormir, sans succès, persuadée que son unique espoir de ne pas perdre la tête consistait à s'empêcher de donner à la vision de Guy une réalité humaine, quelle qu'elle fût.

Elles n'étaient pas les seules à évoquer Guy. Mrs Holden avait été passablement déconcertée lorsqu'il avait mentionné, au passage, qu'il avait des amis noirs. Elle avait demandé à plusieurs reprises au Dr Holden s'il pensait que c'était acceptable.

— Que redoutes-tu, ma chère ? lui avait-il répondu d'un ton agacé. Que ça déteigne sur lui ? Les choses sont différentes là-bas, avait-il ajouté, voyant que son épouse avait gardé une expression pincée et meurtrie au-delà du laps de temps généralement imparti à ce genre de situation. Et il n'avait sans doute guère l'occasion de rencontrer des garçons de son rang. En outre, Susan, les temps changent. Regarde l'immigration.

Il avait envie de lire son journal en paix.

— Eh bien, je me demande juste si cela ne témoigne pas d'un certain… laxisme de la part de ses parents. Comment un enfant est-il supposé grandir en sachant ce qu'il faut savoir s'il ne se mêle qu'au… personnel ?

— Dans ce cas, rappelle-moi de congédier Virginia.

— Comment ?

— Eh bien, nous ne pouvons pas admettre que Freddie et Sylvia parlent avec cette fille, si ?

— Henry, tu fais exprès de ne pas comprendre. Je suis sûre que la famille de Guy est on ne peut plus correcte. Simplement… son éducation me paraît… un peu singulière, voilà tout.

— C'est un jeune homme bien, Susan. Il n'a ni tics ni déformations manifestes. Son père est extrêmement fortuné et il veut nous soulager de notre jeune tête de linotte, qui nous cause tant de soucis. En ce qui me concerne, peu m'importe s'il a grandi en jouant du bongo et en mangeant des têtes humaines.

Mrs Holden ne savait pas trop s'il fallait rire ou être épouvantée. Il était parfois si difficile de juger le sens de l'humour de son époux.

Lottie ne savait rien de tout cela. Pendant les repas, elle avait passé l'essentiel de son temps à se concentrer sur sa soupe ou à prier pour que personne ne l'inclût dans la conversation. Non qu'elle eût véritablement à s'en soucier. Mrs Holden était trop occupée à cuisiner Guy sur sa famille et ce que sa mère pensait de la vie en Angleterre maintenant qu'elle était de retour. Quant à son époux, il se bornait à poser une question de temps en temps. Si son père risquait d'être importuné par tous les problèmes suscités par les réformes agraires au Guatemala, si la guerre froide allait vraiment changer quelque chose pour les négociants d'outre-mer.

Parce qu'il était trop difficile d'être près de lui. Trop pénible d'entendre sa voix. Quand l'avait-elle entendue auparavant ? Elle était certaine que c'était le cas. Son timbre était gravé dans son âme. Sa proximité lui embrouillait l'esprit au point qu'elle redoutait de se trahir. Son odeur, cette douceur à peine perceptible, comme s'il portait les tropiques sur lui, la faisait buter sur des mots naguère familiers. De sorte qu'il était plus prudent de ne pas le regarder. De ne pas voir son beau visage. Plus prudent de ne pas voir Celia poser une main possessive sur son épaule ou lui caresser distraitement les cheveux. Plus prudent de rester à l'écart.

— Lottie ? Lottie ? C'est la troisième fois que je te demande si tu veux encore des haricots. Aurais-tu besoin qu'on te fasse déboucher les oreilles ?

— Non merci, chuchota-t-elle en s'efforçant d'empêcher son cœur de bondir hors de sa poitrine.

Il l'avait regardée une fois. Une fois seulement, lorsqu'elle avait été paralysée, sur le quai, à deux doigts de s'évanouir sous le choc face à sa propre réaction en le voyant. Ses yeux, quand ils avaient rencontré les siens, l'avaient transpercée telles deux balles jumelles.

— C'est un D.

— Non, non, tu regardes sous le mauvais angle. Ça pourrait être un G.

— Oh, maman, s'il te plaît ! Tu n'as pas le droit de tricher comme ça.

— Honnêtement, ma chérie. Regarde. C'est un G, incontestablement. N'est-ce pas charmant ?

Lottie était entrée dans la cuisine pour chercher un verre de lait. Il y avait plusieurs jours qu'elle n'avait pas mangé convenablement et, se sentant nauséeuse, elle espérait que le lait apaiserait son estomac. Elle ne s'était pas attendue à trouver Celia et sa mère en train de scruter les carreaux de la cuisine. Mrs Holden avait un air hilare qui ne lui ressemblait pas. En entendant les bruits de pas de Lottie, elle leva les yeux et la gratifia d'un grand sourire enjoué pour le moins inhabituel.

— Je… je suis juste venue me servir un verre de lait.

— Regarde, Lottie. Viens ici. C'est vraiment un G depuis cet angle, n'est-ce pas ?

— Oh, maman !

Celia riait à gorge déployée maintenant. Sa chevelure s'était détachée en rubans dorés, dont un lui barrait la joue.

Lottie jeta un coup d'œil au sol de la cuisine. Il y avait là une pelure de pomme, soigneusement taillée en une spirale allongée formant une courbe irrégulière.

— C'est un G, à n'en point douter.

— Je ne comprends pas, dit Lottie en fronçant les sourcils.

Mrs Holden réprimandait Virginia si elle laissait traîner des morceaux de nourriture par terre. Cela attirait apparemment les insectes nuisibles.

— C'est un G comme Guy. Je n'en ai jamais vu un aussi évident, affirma Mrs Holden avant de se pencher pour ramasser la pelure.

Elle fit légèrement la grimace – elle s'obstinait à acheter des gaines trop ajustées.

— Je vais dire à Guy que c'était un D. Il sera affreusement jaloux. Qui connaissons-nous dont le prénom commence par un D, Lot ?

Elle ne voyait pour ainsi dire jamais Celia et sa mère rire ensemble. Celia disait toujours que Mrs Holden était la femme la plus agaçante de la terre. Du coup, elle avait l'impression que son amie avait rallié quelque nouveau club, comme si elles avaient progressé toutes les deux en la laissant à la traîne.

— Je vais prendre mon lait.

— Elvis le pelvis, lança Freddie, qui venait d'entrer en brandissant les intérieurs disséqués d'une vieille montre.

— J'ai dit D, petit idiot, répondit Celia d'un ton affectueux.

Pas étonnant qu'elle soit gentille avec tout le monde, pensa Lottie. *Moi aussi, je serais gentille à sa place.*

— Tu sais quoi, maman ? Guy dit que mes lèvres ressemblent à des pétales.

— Pédales de bicyclettes, lança Freddie en hurlant de rire. Ouah !

— D comme « délectable ». D comme « dans les nuages ». Il est un peu rêveur, n'est-ce pas, maman ? Je me demande parfois où il est. Voudrais-tu qu'on essaie pour toi, Lottie ? On obtiendra peut-être un J, on ne sait jamais…

— J'ignore quelle mouche l'a piquée, commenta Mrs Holden en suivant des yeux le dos crispé de Lottie qui s'en allait.

— Oh, elle est comme ça. Elle s'en remettra. Elle est contrariée pour Dieu sait quelle raison.

Celia lissa ses cheveux en arrière et jeta un coup d'œil à son reflet dans la glace au-dessus de la cheminée.

— Écoute, recommence, veux-tu ? Avec cette pomme verte. Nous utiliserons un couteau mieux aiguisé cette fois-ci.

On lui avait proposé une place chez le chausseur Shelford, tout au bout du front de mer. Elle l'avait acceptée, non parce qu'elle y était obligée (le Dr Holden lui avait dit qu'elle pouvait attendre un peu avant de décider ce qu'elle avait envie de faire), mais parce qu'il était nettement plus facile d'être au magasin trois jours par semaine que de rester chez les Holden. En outre, il était presque impossible d'aller à Arcadia. Il y avait des espions partout en ville, toujours prêts à déconseiller à quiconque de s'aventurer aux abords de la Maison du Péché.

Guy était parti pendant presque une semaine, et, durant cette brève période, elle avait pu respirer, parvenant presque à paraître normale. Heureusement, Celia était à tel point enfermée dans sa petite bulle d'amour qu'elle ne s'était pas vraiment posé de questions à propos de ce que Mrs Holden appelait désormais les « crises de Lottie ». Puis Guy était revenu en disant que son père lui avait suggéré de « s'amuser un peu, de prendre des vacances » avant d'entamer sa carrière au sein de l'entreprise familiale.

Et Lottie, qui ployait désormais physiquement sous le poids du désir qu'elle portait en elle, s'était armée de courage face à un nouvel assaut. Pis encore, il vivait dorénavant chez eux. Il s'était mis en quête d'un logement. Il avait demandé aux Holden s'ils recommandaient un endroit en particulier – la pension de Mrs Chilton, par exemple. Mais Mrs Holden n'avait pas voulu en entendre parler. Elle lui avait préparé une chambre donnant sur la Woodbridge Avenue. À l'extrémité de la maison, vous comprenez. Avec des water-closets pour lui tout seul. De sorte qu'il n'aurait pas à déambuler dans les couloirs, au milieu de la nuit, n'est-ce pas? («Très sage, ma chère, avait commenté Mrs Chilton. On ne sait jamais à quoi s'en tenir avec les hormones.») Il était hors de question qu'il ne logeât pas là. Mr Bancroft Senior se rendrait compte qu'ils étaient une famille accueillante. Dotée d'une grande maison. Le genre de famille avec laquelle on aspirait, sans l'ombre d'un doute, à se lier par le mariage. Et l'énorme caisse de fruits exotiques qu'il expédiait chaque semaine à la place d'argent était la bienvenue, il fallait en convenir. Il n'y avait pas de raison pour que Sarah Chilton en soit la bénéficiaire.

En attendant, trois jours par semaine, Lottie descendait la colline avec résignation et traversait le parc municipal, s'armant de courage à la perspective de faire entrer les pieds de Mary Janes, qui chaussait du 39, dans un 38, tout en se demandant combien de temps elle supporterait de vivre avec une telle intensité de souffrance et de désir. Joe n'était toujours pas revenu.

Lottie avait mis près de dix jours à le réaliser.

Elles optèrent pour une lettre. Une invitation. Il y avait toujours des manières d'obtenir que les gens fissent ce que l'on souhaitait sans affrontement, de l'avis de Mrs Holden. Et elle tenait à éviter tout affrontement. Ces dames du salon écrivirent une lettre courtoise à Mrs Julian Armand, lui demandant si cela lui ferait plaisir de se joindre à elles, de partager quelques rafraîchissements et de frayer quelque peu avec la société locale. Elles seraient ravies d'accueillir une amatrice des arts.

Les habitants d'Arcadia avaient toujours joué un rôle dans la vie sociale et culturelle de la ville. (Ce dernier élément n'était pas strictement vrai, mais, comme Mrs Chilton le fit remarquer, toute femme qui se respectait se sentirait contrainte de venir.)

— Bien tourné, nota Mrs Colquhoun.

— Il y a bien des moyens d'arriver à ses fins, commenta Mrs Chilton.

Lottie était sur le point de sortir quand Mrs Holden la retint au passage.

Elle avait résolu d'aller chez Joe. Trop de temps s'était écoulé et, enfermée dans son propre purgatoire, elle avait décidé que toute diversion serait la bienvenue, même les déclarations enflammées de Joe.

Elle éprouvait peut-être un peu plus de compassion à son égard maintenant. N'avait-elle pas découvert, à son tour, d'une manière aussi brutale qu'inattendue, la douleur que suscite l'amour sans retour ?

— Lottie, est-ce toi ?

Elle s'arrêta net dans le couloir en poussant un soupir. Elle était prête à presque tout pour éviter de se voir exhibée devant ces dames du cercle. Elle avait horreur de la commisération qu'elle lisait sur leurs visages parce qu'elle occupait une place de plus en plus précaire au sein de la famille Holden. Elle aimerait peut-être trouver sans tarder quelque chose de plus permanent, avait dit Mrs Holden à plusieurs reprises. Pourquoi ne pas travailler dans un grand magasin ? Il y en avait un très joli à Colchester.

— Oui, Mrs Holden.

— Pourrais-tu venir ici, ma chère ? J'ai un service à te demander.

Lottie entra à pas lents dans le salon, souriant vaguement et hypocritement face à l'attente que manifestaient les visages tournés vers elle. La pièce, où la température était anormalement élevée par un appareil de chauffage au gaz installé depuis peu, semblait envahie par les effluves surchauffés de poudres légèrement périmées et de crème Coty.

— J'allais juste faire un tour en ville, dit-elle.

— Oui, ma chère. Mais j'aimerais que tu déposes une lettre en cours de route pour moi.

C'était donc ça. Elle se détendit, fit volte-face, prête à partir.

— Chez l'actrice. Tu vois qui je veux dire.

Lottie se retourna.

— À Arcadia ?

— Oui, ma chère. C'est une invitation.

— Mais vous nous aviez dit que nous ne devions pas y aller. Que c'était plein de…

Elle s'interrompit en s'efforçant de retrouver l'expression exacte employée par Mrs Holden.

— Oui, oui. J'en suis consciente. Mais les choses ont évolué. Et nous avons décidé de faire appel au bon jugement de Mrs Armand.

— Très bien, dit Lottie en prenant l'enveloppe qu'on lui tendait. À tout à l'heure.

— Vous n'allez pas la laisser y aller toute seule, lança Deirdre Colquhoun.

Susan Holden jeta des coups d'œil à la ronde. Il y eut un bref silence tandis que ces dames échangeaient des regards.

— Il ne faut pas qu'elle s'y rende toute seule.

— Elle a probablement raison, ma chérie. Après… tout ce qui s'est passé. Il vaudrait mieux qu'elle soit accompagnée.

— Je ne crains rien, j'en suis sûre, dit Lottie, non sans agacement.

— Certes, ma petite. Mais tu dois accepter que, dans certains domaines, tes aînées en sachent plus long que toi. Où est Celia, Susan ?

— Elle se fait faire une permanente, répondit Mrs Holden, l'air troublé. Ensuite, elle doit consulter des ouvrages sur les mariages. Il est préférable de se préparer à ce genre de choses…

— En attendant, elle ne peut pas y aller toute seule, insista Mrs Colquhoun.

— On pourrait demander à Guy, suggéra Mrs Holden.

— Dans ce cas, envoyez le garçon avec elle. Elle sera en sécurité avec lui.

Mrs Chilton paraissait satisfaite.

— G-Guy ? bredouilla Lottie en rougissant.

— Il est dans l'étude. Va le chercher, ma chérie. Plus tu iras tôt, plus tu rentreras de bonne heure. En outre, cela fera du bien à Guy de sortir un peu. Il est resté enfermé toute la matinée avec Freddie. Le pauvre garçon est très patient, ajouta-t-elle en guise d'explication.

— Je me débrouillerai très bien toute seule.

— Je te trouve terriblement sauvage en ce moment, commenta Mrs Holden. Honnêtement, c'est tout ce que je peux faire pour la tirer hors de sa chambre. Elle ne voit plus son ami Joe et cette pauvre Celia a toutes les peines du monde à l'inciter à sortir… Allons, Lottie. Essaie d'être un peu aimable, veux-tu ?

Sur ce, Mrs Holden quitta la pièce pour aller chercher Guy.

— Comment va le travail, ma chère ? Ça se passe bien ?

Mrs Chilton dut poser la question à deux reprises.

— Très bien, répondit Lottie.

Elle se fit violence pour prêter attention à ce qu'on lui disait, consciente que sa distraction risquait d'être une preuve supplémentaire de son humeur grincheuse.

— Il faut que je vienne m'acheter des bottes pour l'hiver. J'en ai vraiment besoin. En avez-vous déjà reçu de jolies, Lottie ? Avec de la peau de mouton en doublure ?

Oh, mon Dieu ! Il allait entrer dans la pièce. Et elle allait devoir lui parler...

— Lottie ?

— Je crois que nous n'avons encore que des sandales, marmonna-t-elle.

Mrs Chilton leva un sourcil à l'adresse de Mrs Ansty.

— Alors, je viendrai plus tard dans la semaine.

Elle avait réussi à sortir de la pièce sans le regarder. Elle avait ébauché un signe de tête en réponse à son « bonjour », avant de fixer résolument son attention sur le sol, ignorant les regards d'exaspération vacillants échangés par ces dames. Maintenant qu'ils avaient quitté la maison et qu'ils marchaient d'un bon pas sur la route, Lottie se trouvait toutefois en proie à un sérieux dilemme, écartelée entre la volonté désespérée de prendre la fuite et la pensée affreusement douloureuse qu'il la considérait comme ignare et grossière.

Enfonçant ses mains dans ses poches, la tête baissée pour se protéger du vent, elle concentra ses efforts sur la régularité de sa respiration. C'était presque au-dessus de ses forces d'envisager quoi que ce fût d'autre.

Il sera bientôt parti, se répétait-elle comme un mantra. *Et alors, par la force, je pourrai faire en sorte que tout redevienne normal.*

Elle était tellement absorbée par la tâche qu'elle s'était fixée qu'il lui fallut plusieurs minutes avant de l'entendre.

— Lottie ? Lottie, hé, ralentissez...

Elle s'arrêta et jeta un coup d'œil derrière elle, avec l'espoir que le vent qui fouettait ses cheveux dissimulerait la rougeur qui se propageait rapidement sur son visage.

Il tendit le bras, comme pour l'obliger à ralentir le pas.

— Sommes-nous pressés ?

Il avait un léger accent, comme si les pays au parler fluide et délié de son enfance avaient émoussé les angles de sa personnalité. Il se mouvait avec souplesse, à croire que le simple fait de bouger lui procurait du plaisir et qu'il ne connaissait aucune limite physique.

Lottie chercha une réponse.

— Non, dit-elle. Désolée.

Ils se remirent en route, plus lentement cette fois-ci, en silence. Lottie hocha la tête pour saluer un voisin qui leva son chapeau à leur adresse tout en les observant.

— Ça souffle.

— Oui était-ce ?

— Mr Hillguard.

— Celui qui a un chien ?

— Non, ça, c'est Mr Atkinson.

Ses joues la piquaient.

— Il a une moustache, lui aussi.

Une moustache. *Une moustache!* se maudit-elle. Qui remarque une moustache, pour l'amour du ciel ?

Elle accéléra l'allure lorsqu'ils atteignirent la colline en direction d'Arcadia.

Mon Dieu, faites que cette épreuve soit bientôt finie, pria-t-elle. *Faites qu'il se souvienne d'une course qu'il a à faire en ville. S'il vous plaît, laissez-moi tranquille.*

— Lottie ?

Elle s'arrêta en ravalant ses larmes. Elle se sentait au bord de l'hystérie.

— Lottie, je vous en prie, attendez.

Elle se retourna et le dévisagea pour la deuxième fois. Il se tenait devant elle. D'immenses yeux bruns dans un visage trop beau. Perplexe. Souriant à demi.

— Vous ai-je offensée ?

— Comment ?

— Je ne comprends pas trop ce que j'ai fait, mais j'aimerais le savoir.

Comment peux-tu ne pas le savoir ? pensa-t-elle. *Ne pas comprendre ? Ne vois-tu pas en moi ce que je vois en toi ?*

Elle attendit, un bref instant, avant de répondre. Juste au cas où. Elle eut envie de pleurer d'exaspération quand il manqua de réagir.

— Rien, finit-elle par dire, se remettant à marcher pour qu'il ne puisse pas voir avec quelle vigueur elle se mordait les joues.

— Eh… eh !

Il l'avait attrapée par la manche.

Elle se libéra comme s'il l'avait brûlée.

— Depuis que je suis arrivé, vous m'évitez. Serait-ce dû à quelque bizarrerie à cause de Celia et de moi ? Je sais que vous avez toujours été proches.

— Bien sûr que non, rétorqua-t-elle d'un ton courroucé. Continuons notre chemin, s'il vous plaît. J'ai des tas de choses à faire aujourd'hui.

— Je ne vois pas comment cela pourrait être possible, lança-t-il derrière elle. Vous avez l'air de passer le plus clair de votre temps enfermée dans votre chambre.

Une grosse boule non identifiable s'était calée dans le fond de sa gorge. Elle l'empêchait de respirer. Les larmes lui piquaient les yeux.

Faites qu'il disparaisse, mon Dieu. S'il vous plaît. Ce n'est pas juste de me faire ça.

Mais Guy revint à sa hauteur.

— Vous me rappelez quelqu'un, vous savez.

Il s'abstint de la regarder cette fois-ci, se bornant à marcher près d'elle.

— Je ne sais pas encore qui. Mais je trouverai. C'est ici ?

À l'abri du vent, le soleil imprégnait son dos de sa chaleur. D'un pas moins vif, elle remonta l'allée ; le gravier crissait. Elle était à mi-chemin de la maison quand elle se rendit compte qu'elle ne l'entendait plus.

— Ouah !

Il s'était planté quelques mètres derrière elle, une main en visière sur son front, plissant les yeux dans la clarté du soleil.

— Qui demeure ici ?

— Adeline. Et son mari, Julian. Ainsi que quelques-uns de leurs amis.

— Cela ne ressemble pas à une maison anglaise. On dirait plutôt celles dans lesquelles j'ai grandi. Eh ben !

Il arborait un large sourire alors qu'ils se rapprochaient de la bâtisse. La tête inclinée de côté, il contemplait les fenêtres cubiques, la façade d'un blanc immaculé.

— Je n'aime guère les maisons anglaises, vous savez. Le style victorien traditionnel ou tout ce faux Tudor. Je les trouve sombres et exiguës. Même celle des parents de Celia. Je préfère de loin ce genre-là.

— Moi aussi, répondit Lottie.

— Je ne pensais pas qu'il y avait des maisons comme celles-ci dans ce pays.

— Depuis combien de temps vivez-vous en Angleterre ?

Il fronça les sourcils d'un air pensif.

— Une vingtaine d'années. J'avais six ans environ la première fois que nous avons quitté le pays. On entre ?

Lottie regarda l'enveloppe qu'elle tenait à la main.

— Je ne sais pas, murmura-t-elle. Je suppose que nous pourrions nous contenter de la glisser dans la boîte aux lettres...

Elle fixa la porte d'un air de regret. Il y avait près de deux semaines qu'elle n'avait pas rendu visite à Adeline. Celia n'avait pas souhaité l'accompagner. « Oh, cette bande ! avait-elle dit d'un ton dédaigneux. Des marginaux sans intérêt. Il faut que tu viennes à Londres, Lot. Si tu veux vraiment t'amuser. Tu rencontrerais peut-être quelqu'un. »

— Je ne suis pas censée les apprécier, expliqua-t-elle. Les gens qui vivent ici. Mais c'est pourtant le cas.

Guy la dévisagea.

— Alors, entrons, dit-il.

Ce fut Frances, et non pas Mamie, qui leur ouvrit la porte.

— Elle est partie, précisa-t-elle en retournant dans le couloir tout en essuyant ses mains, couvertes d'écailles de poisson, sur son tablier blanc mal ajusté. Elle nous a quittés. C'est enquiquinant, à vrai dire. Aucun d'entre nous ne brille particulièrement dans le domaine des tâches domestiques. Je suis supposée préparer du poisson pour le dîner. J'ai mis la cuisine sens dessus dessous.

— Je vous présente Guy, dit Lottie, mais Frances se borna à agiter la main.

Les visiteurs étaient trop nombreux à Arcadia pour que les présentations formelles soient dignes d'intérêt.

— Adeline est sur la terrasse. Elle est censée faire des projets pour notre fresque.

Pendant que Guy jetait des coups d'œil autour de lui, Lottie observait furtivement son profil.

Dis quelque chose de terrible, pria-t-elle. *Montre-toi méprisant à l'égard de Frances. Fais que je cesse de m'intéresser à toi. Je t'en conjure.*

— De quel poisson s'agit-il ? demanda-t-il.

— De truites. Affreusement visqueuses, ces choses-là. Elles ont volé partout dans la cuisine.

— Voulez-vous que je vous donne un coup de main ? Je suis assez doué pour vider les poissons.

Le soulagement de Frances était presque palpable.

— Oh ! Auriez-vous cette gentillesse ? dit-elle.

Et elle l'entraîna dans la cuisine, où deux truites arc-en-ciel déversaient leur sang, telle de la soie, sur la table en bois blanchi.

— J'ignore pourquoi elle a décampé. Mais elle était toujours fâchée contre nous pour une chose ou une autre. Je la redoutais passablement à la fin, à cause de ses sautes d'humeur.

— Elle désapprouvait notre mode de vie.

Adeline était apparue dans l'embrasure de la porte. Elle était vêtue d'une longue jupe noire à petits plis, d'une blouse blanche et d'une cravate noire.

Elle sourit, les yeux posés sur Guy.

— Je crois qu'elle aurait été plus à l'aise au sein d'un foyer… un peu plus conventionnel. Nous as-tu amené un nouvel invité, Lottie ?

— Je vous présente Guy. Le fiancé de Celia, se força-t-elle à ajouter.

Le regard d'Adeline passa rapidement de Guy à Lottie, puis inversement. Elle marqua une pause, comme si elle réfléchissait à quelque chose, avant de lever la main en guise de salut.

— Ravie de faire votre connaissance, Guy. Et je devrais vous féliciter.

Il y eut un bref silence.

— Il semble que nous soyons incapables de garder nos bonnes bien longtemps. Ce couteau vous convient-il ? Il n'est pas très bien aiguisé.

Frances brandit le couteau tout ensanglanté. Guy en testa le tranchant sur son pouce.

— Pas étonnant que vous ayez de la peine. Cette lame est à peu près aussi acérée que celle d'un couteau à beurre. Avez-vous un fusil ? Je vais vous l'affûter.

— Nous devrions faire appel à quelqu'un d'autre, je suppose, dit Frances. Nous ne pensons jamais à aiguiser les couteaux, ce genre de choses.

Elle se frotta distraitement la joue, y laissant involontairement une traînée ensanglantée.

— C'est tellement la barbe de trouver du personnel.

Adeline parut de mauvaise humeur un bref instant. Elle porta la main à son front en un geste théâtral.

— Je ne sais jamais quelles questions leur poser. Et je ne vérifie jamais leur travail. Du reste, j'ignore ce qu'elles sont censées faire.

— Et elles finissent toujours par nous en vouloir, ajouta Frances.

— Il vous faut du personnel pour gérer votre personnel, commenta Guy, qui, avec de grands gestes habiles, aiguisait le couteau sur le fusil brandi à la verticale.

— Vous avez tout à fait raison, dit Adeline.

Elle devait bien l'aimer, observa Lottie. Adeline réservait ce sourire aux gens avec lesquels elle se sentait détendue. Elle la connaissait depuis suffisamment longtemps pour reconnaître son autre sourire, lorsque les commissures de ses lèvres se plissaient, mais pas ses yeux. En attendant, Lottie se bornait à regarder Guy, hypnotisée par le glissement régulier, métronomique, du métal contre le métal, la vision de son bras hâlé sous sa chemise. Il était si beau ! Sa peau donnait presque l'impression d'avoir été cirée. La lumière provenant des fenêtres se reflétait sur les angles de ses pommettes. Ses cheveux, d'une longueur démodée et qui tombaient en boucles d'un blond foncé, s'obscurcissaient près de son col comme s'ils dissimulaient de riches secrets. Plusieurs poils de son sourcil gauche, à la jonction avec l'arête du nez, étaient blancs, peut-être à la suite de quelque accident.

Je parie que Celia ne l'a pas remarqué, pensa-t-elle distraitement. *Je parie qu'elle ne voit pas la moitié des choses que je vois.*

Adeline, elle, voyait tout.

Perdue dans sa rêverie, Lottie sentit la chaleur de plus en plus intense de ses yeux posés sur elle et, se tournant pour rencontrer son regard, elle s'aperçut qu'elle rougissait, comme surprise en pleine transgression.

— Où est donc Celia aujourd'hui ?

— Chez le coiffeur. Mrs Holden a prié Guy de m'accompagner.

Elle n'avait pas voulu prendre un ton aussi défensif. Mais Adeline s'était contentée de hocher la tête.

— Voilà !

Guy brandit l'une des truites : rincée, vidée, elle pendait sinistrement par la queue.

— Voulez-vous que je vous montre comment faire l'autre ?

— Je préférerais que vous vous en occupiez à ma place, répondit Frances. Cela vous prend dix fois moins de temps.

— Avec plaisir, dit Guy.

Comme elle le regardait fendre avec soin le ventre scintillant, de la tête à la queue, Lottie s'aperçut qu'elle s'était mise à pleurer.

Ils prirent le thé, préparé par Lottie, sur la terrasse. Frances n'y entendait vraiment rien en matière de tâches domestiques. Elle avait oublié de filtrer le contenu de la première théière, si bien que le lait était tacheté de feuilles de thé noires. La deuxième fois, elle omit carrément de mettre le thé et parut sur le point d'éclater en sanglots lorsqu'on le lui fit gentiment remarquer.

Adeline trouva cela amusant et leur proposa du vin à la place. Mais Lottie, redoutant que Guy n'eût une mauvaise opinion d'elles, refusa et prit les choses en main. Elle était contente d'avoir un moment pour elle. Elle avait l'impression d'être la proie d'un courant électrique sans pouvoir en contrôler la direction.

Lorsqu'elle revint, chargée du plateau et de son assortiment bizarroïde de vaisselle, Adeline montrait à Guy les prémices de leur fresque. Depuis la dernière visite de Lottie, d'étranges lignes avaient fait leur apparition sur la surface blanche, des silhouettes blotties les unes contre les autres, le long du mur. Guy, qui lui tournait le dos, suivait l'une des lignes d'un doigt à l'extrémité carrée. Son col ouvert s'était écarté de son cou, révélant une nuque très brunie.

— Vous êtes ici, Lottie, dit Adeline. Regardez, je vous ai mise loin de George, car je ne voulais pas qu'il vous offense. C'est un homme qui manque d'égards. Il ne pense qu'à l'économie russe et à ce genre de choses. Il semble qu'il n'accorde pas d'importance à la sensibilité.

Son avant-bras était couvert de petits poils blonds, aussi fins que le duvet sur une aile de papillon. Lottie pouvait tous les distinguer.

— Je veux que vous portiez quelque chose, Lottie. Un panier, peut-être. Une posture légèrement inclinée mettra votre grâce en valeur. Et puis il faut que vos cheveux soient détachés et tombent en un rideau.

Frances regardait fixement l'ébauche, comme si elle n'avait strictement rien à voir avec la vraie Lottie.

— Et nous vous parerons de couleurs exotiques. Quelque chose d'éclatant. Pas du tout anglais.

— Un sari, par exemple, suggéra Frances.

— Les filles d'ici s'habillent dans des tons beaucoup plus tristes que celles des endroits où j'ai grandi, commenta Guy en se tournant pour l'inclure dans la conversation. Ici, tout le monde semble porter du noir ou du marron. Dans les Caraïbes, les gens mettent du rouge, du bleu vif, du jaune. Même moi. (Il sourit.) Ma chemise préférée arborait un soleil ardent dans le dos. Immense, avec des rayons s'étendant jusqu'aux épaules.

Il croisa les bras sur sa poitrine, comme pour en faire la démonstration.

Lottie déposa le plateau sur la table avec soin en s'efforçant d'empêcher la vaisselle de cliqueter.

— Je pense que nous devrions habiller Lottie en rouge. Ou peut-être en vert émeraude, dit Adeline. Elle est si ravissante, notre petite Lottie, et toujours en train de se cacher. De se rendre invisible. J'ai une mission, confia-t-elle à Guy en soufflant presque intimement dans son oreille. Montrer à cette ville que Lottie est l'un de ses plus précieux joyaux.

Lottie sentit sa colère monter à l'encontre d'Adeline, en proie à un soupçon, tel un picotement, qu'on se moquait d'elle. Mais personne n'en avait l'air.

Guy ne semblait même pas perturbé par le comportement d'Adeline. Il lui avait rendu son sourire avant de se tourner lentement vers Lottie. Il la dévisagea alors comme s'il la voyait vraiment pour la première fois.

Leurs deux regards, le sien et celui d'Adeline rivés sur elle, la décontenancèrent au point qu'elle ne put plus se contenir.

— Pas étonnant que vous n'arriviez pas à trouver du personnel. Cet endroit est une vraie porcherie ! Il faut ranger. Personne ne viendra si vous ne rangez pas.

Elle bondit et entreprit de ramasser les bouteilles d'alcool vides et les journaux éparpillés sur la terrasse, recueillant des verres à vin abandonnés depuis longtemps, refusant de croiser le regard de quiconque.

— Lottie !

Elle entendit la douce exclamation d'Adeline.

— Rien ne vous oblige à faire ça, Lottie, dit Frances. Asseyez-vous, mon petit. Vous venez de préparer le thé.

Lottie passa rapidement devant elle en repoussant sa main tendue.

— Mais c'est sale. À certains endroits, c'est vraiment sale. Écoutez, vous avez besoin de savon de Marseille. Ou de quelque chose comme ça.

Les mots sortaient tout seuls, se heurtant les uns aux autres. Elle entra dans la maison et, en proie à un accès de maniaquerie, elle se mit à enlever les piles de journaux entassés sur les tables, à tirer sur les rideaux.

— Vous ne trouverez jamais une nouvelle bonne autrement. Personne ne viendra. Vous ne pouvez pas vivre comme ça. Vous ne pouvez pas *vivre* comme ça !

Sa voix se brisa et elle s'élança subitement dans le couloir, franchit la porte d'entrée en trombe et surgit dans la vive clarté de l'après-midi sans se préoccuper des cris perplexes des autres derrière elle.

Guy la trouva dans le jardin. Assise à côté de la petite mare, elle jetait tristement de minuscules bouts de pain dans ses eaux troubles, le dos tourné aux briques de la maison, patinées par le temps. En l'entendant approcher, elle jeta un coup d'œil derrière elle, gémit et enfouit son visage dans ses bras trop hâlés. Mais il s'abstint de dire quoi que ce soit. Il s'assit près d'elle, lui tendit une assiette et, comme elle levait furtivement les yeux vers lui sous le rideau de ses cheveux, il extirpa un gros fruit rouge du creux de son coude.

Tandis qu'elle examinait sa forme inhabituelle, la curiosité prenant le pas sur son embarras, il sortit un canif de sa poche et entreprit d'en entailler la chair dans le sens de la longueur. Absorbé par sa tâche, il pela quatre sections de peau régulières en faisant glisser le couteau avec soin le long des entrailles du fruit, de manière à détacher la chair du noyau.

— C'est une mangue, dit-il en lui en tendant un morceau. Elle est arrivée aujourd'hui. Essayez.

Elle regarda la chair humide et brillante sous ses yeux.

— Où est Celia ?

— Toujours chez le coiffeur.

En haut, Freddie pleurait. Ses sanglots puérils, courroucés, leur parvenaient, ponctués de protestations étouffées.

Elle scruta son visage.

— Quel goût est-ce que ça a ?

Elle sentait l'odeur du fruit sur ses doigts.

— Le goût des bonnes choses.

Il approcha le morceau de ses lèvres.

— Allez.

Elle marqua un temps d'arrêt. Se rendit compte qu'elle avait déjà la bouche ouverte. La chair était lisse et douce. Elle avait un goût parfumé. Elle la laissa fondre lentement sur sa langue, se perdant dans sa succulence, fermant les yeux pour mieux imaginer des climats chauds, étrangers, où les gens s'habillaient en rouge, en jaune, en bleu vif, et portaient le soleil sur leur dos.

Quand elle rouvrit les yeux, il la regardait toujours. Mais il ne souriait plus.

—Je les ai trouvées sympathiques.

Elle fut la première à détourner le regard. Au bout d'un moment. Elle se leva, époussetant en vain la terre de sa jupe. Puis elle fit volte-face et se dirigea vers la maison, sentant grandir la première accalmie d'un orage qui y faisait rage depuis longtemps.

Elle se retourna avant d'arriver à la porte de derrière.

—J'en étais sûre, dit-elle.

Chapitre 5

Peut-être était-ce simplement une manière de conserver un semblant de santé mentale, mais Lottie aimait à croire qu'il y eut dès lors une sorte d'inévitabilité dans tout cela. De même qu'elle sut d'emblée, après avoir retrouvé l'invitation du « salon » de Merham, close, dans sa poche, que Guy suggérerait d'y retourner sous prétexte qu'il y avait là un gentleman qui souhaitait l'entretenir des affaires de son père. (Mrs Holden n'oserait jamais opposer la moindre objection à quoi que ce fût lié aux affaires.) Elle savait aussi que Guy choisirait un moment où Celia se serait lancée dans quelque nouvelle entreprise destinée à parfaire son apparence : aller examiner des chaussures à Colchester ou acheter de nouveaux bas à Manningtree. Le genre de missions que l'on ne pouvait attendre d'un homme, même d'un fiancé.

En outre, elle comprit qu'il la voyait désormais d'un autre œil. Elle ne s'habillait peut-être pas en vert émeraude, mais elle avait acquis certaines qualités propres au précieux joyau évoqué par Adeline ; et, en retour, elle étincelait de l'intérieur et attirait son attention tel un brillant reflétant la lumière.

Rien de tout cela n'était admis ouvertement, bien sûr. De la même manière qu'elle avait trouvé des moyens d'éviter Guy, elle s'apercevait qu'il marchait près d'elle en direction du parc municipal. Où tenait le panier à linge tandis qu'elle étendait les draps. Ou encore se portait volontaire pour promener Mr Beans après une course qu'elle allait faire à la Parade.

Et plus rapidement qu'elle n'aurait pu le prédire, elle cessa d'être timide en sa présence. Elle s'aperçut qu'à la douleur exquise qu'elle suscitait se substituait une lueur d'attente, le désir inouï de lui parler, la conviction profonde qu'elle occupait la place qui lui était depuis toujours attribuée.

— Elle est moins maussade, nota Mrs Holden. Moins entêtée.

— Ça doit être de famille, Susan, commenta Mrs Chilton. Je parie que sa mère est une rabat-joie de première.

Lottie s'efforçait de ne pas penser à Celia. C'était facile lorsqu'elle était avec lui. Elle se sentait entourée par des murs invisibles, protégée par la certitude qu'elle était en droit d'être là. Quand elle était seule avec Celia, toutefois, elle avait l'impression d'être nue, ses agissements étant comme éclairés par une lumière nettement trouble. Pour la bonne raison qu'elle ne pouvait plus la considérer comme avant.

Jadis son alliée, elle était devenue sa rivale. Celia n'était plus Celia. Elle était désormais un amalgame d'éléments auxquels Lottie devait se confronter : un casque de cheveux blonds coupés avec chic, comparé à sa natte d'écolière raide et foncée ; un teint de pêche étincelant face à sa peau couleur de miel ; de longues jambes de danseuse contrastant avec les siennes. Plus courtes ? Plus dodues ? Moins bien galbées ?

Et puis il y avait la culpabilité. La nuit, elle se bouchait les oreilles pour ne pas entendre Celia respirer. Elle pleurait en silence, sous l'emprise du désir intense de trahir la fille qu'elle considérait comme sa sœur. Elle n'avait jamais été aussi proche de quelqu'un. Personne ne s'était montré aussi gentil avec elle. Et cette maudite sensation de duplicité l'incitait à en vouloir encore plus à Celia.

De temps à autre, elle entrevoyait leur relation d'antan, tels des nuages s'écartant pour révéler un pan de ciel bleu avant de se regrouper, de sorte que Lottie ne pouvait plus penser à elle sans faire référence à Guy. Si Celia envoyait un baiser à son fiancé, elle luttait contre l'envie de s'interposer irrationnellement entre eux – un bloc humain l'empêchant de le recevoir.

Son bras lui enlaçant les épaules avec désinvolture l'emplissait de pensées quasi meurtrières. Elle oscillait entre la culpabilité et une jalousie insoutenable, le balancier s'immobilisant le plus souvent à un point de dépression entre les deux.

Celia ne semblait s'apercevoir de rien. Mrs Holden, dans tous ses états à la perspective des noces, ayant décidé que les tenues de sa fille n'étaient pas dignes de la place qu'elle était appelée à occuper dans la société, était déterminée à refaire entièrement sa garde-robe. Après avoir confié à Lottie qu'elle n'était pas certaine de glisser un habit neuf pour elle en catimini dans le lot, Celia s'était jetée à corps perdu dans cette entreprise, avec un vague regard en arrière à son amie, moins bien vêtue qu'elle.

— Je vais aller chercher quelques brochures pour notre lune de miel cet après-midi, lui avait-elle dit. Une croisière me paraît idéale. Qu'en penses-tu, Lottie ? Imagine-toi assise sur le pont-promenade, arborant l'un de ces bikinis. Guy rêve de me voir en bikini. À son avis, cela devrait m'aller à merveille. Toutes les stars d'Hollywood font des croisières de nos jours. À Londres, j'ai entendu dire… Lot ? Oh, pardonne-moi. Je manque de délicatesse. Écoute, je suis sûre que, lorsque tu te marieras, tu feras une croisière, toi aussi. Je garderai même les brochures pour toi, si tu veux.

Mais Lottie ne l'enviait pas. Enchantée de pouvoir passer davantage de temps avec Guy, elle essayait de se convaincre, alors qu'ils prenaient une nouvelle fois la direction d'Arcadia, apparemment par hasard, que Guy en était aussi heureux qu'elle.

Les enfants virent Joe avant qu'il ne les aperçût lui-même. Ce n'était pas étonnant : il était plongé sous le capot d'une Austin Healey et se démenait avec une tête de Delco. En arrivant à sa hauteur alors qu'il revenait des courses avec Sylvia et Virginia, Freddie courut jusqu'à lui et glissa une main encore poisseuse d'une friandise quelconque sous sa chemise.

— Celia va avoir un bébé.

Joe émergea de dessous le capot, en se frottant la tête là où il s'était cogné.

— Freddie !

Virginia jeta un coup d'œil anxieux en direction de la route, puis elle plongea dans le garage ouvert et entreprit de se décharger de son fardeau.

— C'est vrai. J'ai entendu maman et elle parler de la manière dont on fait les bébés hier soir. Et maman lui a dit qu'il fallait qu'elle s'arrange pour que Guy prenne des précautions. Comme ça, elle ne sera pas obligée d'avoir un nouveau bébé chaque année.

— Freddie, je vais dire à ta mère que tu débites des sornettes. Désolée, marmonna Virginia à l'adresse de Joe tandis que Freddie se libérait en se tortillant de sa poigne d'ordinaire de fer.

— Pourquoi est-ce que tu ne viens plus ?

Sylvia s'était plantée devant lui, la tête inclinée de côté.

— Tu devais m'apprendre à jouer au Monopoly et tu n'es pas venu le lendemain, comme tu me l'avais promis.

Joe s'essuya les mains avec un chiffon.

— Désolé, dit-il. J'ai été occupé.

— Lottie dit que c'est parce que tu es fâché contre elle.

Joe cessa de se frotter les mains.

— Elle a dit ça ?

— Elle dit que tu as arrêté de venir parce qu'elle fréquente Dickie Valentine.

Joe gloussa malgré lui.

— Lottie va-t-elle avoir un bébé, elle aussi ?

Freddie explorait le moteur en y plongeant un bras rose et potelé.

— Sylvia, Freddie, allons…

— Si Lottie a un bébé, lui apprendras-tu à jouer au Monopoly ?

— Si tu as une gomme, tu n'es pas forcé d'avoir plus d'un bébé.

Joe récupéra la main de Freddie en secouant la tête. À côté de lui, Virginia riait.

Sentant leur hilarité, Freddie en rajouta.

— Lottie va avoir un bébé avec Dickie Valentine. Il va chanter une chanson sur lui à la télévision.

— Tu ferais bien de faire attention à ce que tu dis, Freddie. Quelqu'un pourrait te croire.

Virginia se tourna vers Joe en pouffant de rire. Elle aimait bien Joe. Il perdait manifestement son temps à soupirer pour Lottie. À l'évidence, cette sotte se trouvait trop bien pour lui sous prétexte qu'elle vivait chez les Holden et qu'elle faisait partie intégrante de la famille. Elle ne valait pas plus qu'elle-même. Elle avait eu de la chance, voilà tout.

— Si l'on en croit ces deux-là, c'est Elvis Presley qu'elle fréquentera ensuite.

Elle lissa ses cheveux en arrière, regrettant de ne pas avoir mis un peu de rouge à lèvres ce matin, comme elle en avait eu l'intention.

Mais Joe ne semblait pas avoir remarqué. Il n'avait même pas l'air de penser que la mention d'Elvis Presley fût drôle. Il avait retrouvé son sérieux.

— Tu sors beaucoup ces temps-ci, Joe ? Es-tu allé à Clacton ?

Virginia se rapprocha un peu de lui et changea de position de manière que ses jambes minces soient dans son angle de vision.

Joe baissa les yeux en oscillant d'un pied sur l'autre.

— Non. J'étais occupé.

— Freddie a raison. On ne t'a pas beaucoup vu ces derniers temps.

— Non. C'est comme ça.

— J'ai un désir. Regarde, dit Freddie en mettant sa main sous le nez de Joe.

— Une envie, Freddie. Je te l'ai déjà dit. Ça partira bientôt. Cesse de l'exhiber à tout le monde.

— Je peux fabriquer une bombe à hydrogène. On peut acheter de l'hydrogène chez le pharmacien. J'ai entendu Mr Ansty le dire.

Joe jeta un coup d'œil à la pendule, comme s'il attendait qu'ils partent. Mais Virginia poursuivit sur sa lancée.

— Il veut parler d'eau oxygénée. Écoute, Joe, nous sommes plusieurs à aller au nouveau dancing, samedi, à Colchester Road. Si tu souhaites venir, je suis sûre que nous pourrions t'avoir un billet. (Elle marqua une pause.) Il y aura un orchestre de Londres. Il paraît qu'il est excellent. Il joue tous les morceaux de rock'n'roll. On s'amusera bien.

Joe la regarda en essorant son chiffon.

— Penses-y, d'accord ?

— Merci, Virginia. Merci. Je… euh, te ferai savoir si je viens ou non.

— En l'an 1870, un capitaine de la marine marchande américaine du nom de Lorenzo Dow Baker accosta à Port Antonio. En faisant une petite balade dans l'un des marchés locaux, il s'aperçut que les indigènes appréciaient particulièrement un fruit jaune de forme étrange. Le capitaine Baker, une âme entreprenante, trouva que ce fruit avait une odeur et un aspect alléchants. Il en acheta cent soixante régimes à un shilling chacun et les stocka dans la cale de son navire. Lorsqu'il revint à bon port dans le New Jersey, en Amérique, onze jours plus tard, les marchands de fruits de la région se ruèrent sur sa cargaison en payant la somme colossale de deux dollars le régime.

— Un profit honorable, commenta Julian Armand.

— Pour quelques bananes. Les gens du pays raffolèrent de ce nouveau fruit. Ceux qui étaient à même d'apprécier sa douceur en dépit de son apparence étrange furent… récompensés. Ainsi débuta l'importation fruitière. L'Old Baker devint la Boston Fruit Company. Et l'entreprise qui se développa à partir de là est aujourd'hui l'une des plus grosses affaires d'exportation. Papa me racontait toujours ça avant que je m'endorme. (Il sourit à Lottie.) Il n'aime plus trop en parler parce que la firme en question est bien plus importante que la sienne.

— Un homme qui a l'esprit de compétition, lança Julian, dont les pieds nus reposaient sur un amoncellement de livres.

Il avait une pile de lithographies sur les genoux, qu'il triait en deux tas de part et d'autre de lui, sur les coussins du sofa. À ses côtés, Stephen, un jeune homme pâle au visage criblé de taches de rousseur et qui n'ouvrait, semblait-il, jamais la bouche, prenait celles rejetées et les examinait de près, lui aussi, comme s'il s'agissait d'une question de courtoisie. Il était auteur dramatique, apparemment. Lottie avait ajouté le « apparemment » à la manière de Mrs Holden, car elle s'était rendu compte depuis peu qu'aucun d'entre eux, hormis Frances, ne paraissait faire quoi que ce soit.

— Et ses affaires marchent bien ?

— Maintenant, oui. Enfin, j'ignore combien d'argent il gagne. En revanche, je sais que, depuis mon enfance, nos maisons n'ont pas cessé de s'agrandir. Ainsi que nos voitures.

— L'esprit de compétition porte ses fruits. Et votre père me fait l'effet d'être très déterminé.

— Il ne supporte pas de perdre. Même avec moi.

— Jouez-vous aux échecs, Guy ?

— Ça fait un moment que je n'ai pas joué. Avez-vous envie de faire une partie, monsieur Armand ?

— Non. Pas moi. Je suis un mauvais tacticien. Si vous êtes doué, vous devriez jouer avec George.

— L'esprit de George est pétri de mathématiques. De logique pure. Je pense souvent qu'il est mi-homme, mi-machine, commenta Adeline.

— Vous voulez dire qu'il est froid.

— Pas vraiment. Il est certes capable de gentillesse, mais ce n'est pas un homme à aimer.

La conversation de bon aloi démentait le fait qu'il y avait une certaine tension dans l'air, cet après-midi-là, qui n'avait pas grand-chose à voir avec l'arrivée imminente de l'automne. Lottie ne l'avait pas sentie tout de suite : une vibration à peine perceptible entre les gens présents dans la pièce, comme une charge.

Adeline releva l'une des mèches de cheveux de Lottie.

— Pas un homme dont il conviendrait de tomber amoureuse.

Assise en silence aux pieds d'Adeline, Lottie, s'extrayant d'une rêverie peuplée de cargos et de fruits exotiques, essaya de ne pas rougir à ce mot.

Adeline ornait sa chevelure de minuscules roses brodées qu'elle avait redécouvertes dans une boîte capitonnée.

— Je les avais fait coudre sur ma robe de mariée, lui avait-elle dit.

Lottie avait été horrifiée.

— Ce n'était qu'une simple robe, Lottie. J'aime ne conserver du passé que le meilleur.

Elle avait tenu à en parsemer les cheveux de Lottie, « rien que pour voir ». Lottie s'y était opposée au début. Qu'allait donc « voir » Adeline quand elle aurait tout un tas de bourgeons en tissu sur la tête ? Seulement, Guy avait dit qu'elle devait accepter. Elle devait laisser Adeline défaire sa longue tresse et rester tranquillement assise tandis qu'on lui brossait les cheveux et qu'on leur prodiguait des soins. Et la pensée du regard de Guy posé sur elle, quel que soit le laps de temps, était si délicieuse que Lottie, après les protestations de rigueur, avait finalement capitulé.

— Je serai obligée de les enlever avant de partir. Mrs H. risquerait de se trouver mal.

Adeline marqua une pause lorsque Frances, qui était sur la terrasse, traversa la pièce ; Lottie sentit les mains de l'actrice s'immobiliser dans ses cheveux et sa faible inspiration au moment où elle passa devant elles. Frances n'avait pas dit un mot depuis une heure et demie qu'ils étaient là. Lottie ne s'en était pas aperçue tout de suite : tous ses sens étaient accaparés par Guy, et Frances était souvent dehors, ces temps-ci, occupée par sa fresque. Et puis elle avait pris conscience d'une certaine froideur, à la manière dont Frances avait refusé de répondre aux demandes répétées d'Adeline, qui s'inquiétait de savoir si elle voulait boire un verre, si elle avait besoin d'un nouveau pinceau, si les délicieux fruits de Guy lui faisaient envie.

En levant les yeux un bref instant, au moment où Frances passait, Lottie avait vu sa longue mâchoire crispée, à croire qu'elle réprimait avec peine quelque réaction violente. Ses épaules carrées, osseuses, étaient raides, et elle était penchée en avant sur sa palette comme si elle mettait qui que ce fût au défi de lui barrer le passage. Son attitude aurait paru presque agressive sans la douceur vague de son regard et la façon dont ses cils humides s'étaient séparés en pointes pareilles à de petites étoiles.

Julian l'a contrariée, pensa Lottie.

Elle n'était jamais comme ça avant son arrivée. Pour une raison ou pour une autre, la présence de Julian avait suffi à altérer son comportement. Sa déconfiture était flagrante.

— Puis-je vous aider à peindre, Frances ? demanda-t-elle.

Mais Frances disparut dans la cuisine sans répondre.

Il restait quatre jours avant que les parents de Guy viennent rencontrer les Holden, et Lottie, sachant que cela mettrait probablement un terme aux moments qu'ils passaient ensemble, mémorisait minutieusement chacun des instants qu'ils partageaient à Arcadia, tel un petit enfant faisant des provisions de bonbons. C'était une tâche problématique, car, souvent, elle était tellement déterminée à tout imprimer dans sa mémoire qu'elle paraissait distraite et niaise aux yeux de son entourage.

— Lottie nous a de nouveau quittés, disait alors Adeline.

Quelques minutes plus tard, Lottie tressaillait, soudain consciente d'être le centre d'attention.

Guy se gardait de tout commentaire. Il semblait accepter ces facettes de son caractère, sur lesquelles d'autres éprouvaient le besoin de faire des remarques. Il ne les contestait pas, en tout cas, et Lottie, ulcérée à l'idée que l'on pût mettre sa nature en cause, lui en était reconnaissante.

Les Bancroft devaient arriver le samedi et loger au Riviera Hôtel, où ils avaient réservé la meilleure chambre, dotée d'une immense terrasse privée donnant sur la baie. (« Un peu m'as-tu-vu », avait fait observer Mrs Chilton, passablement vexée que l'on n'eût pas logé les visiteurs aux Uplands. « Mais il est vrai que ce sont pour ainsi dire des étrangers. ») Depuis que Guy avait annoncé leur arrivée imminente, Mrs Holden avait été prise d'une frénésie domestique, et la pauvre Virginia, furieuse, était surchargée de travail.

— Je serai contente de rencontrer vos parents, Guy. Votre père me fait l'effet d'un homme passionnant.

— Il… je dirais qu'on l'apprécie avec le temps, répondit Guy. Certains Britanniques n'ont pas l'habitude de gens aussi directs. Je crois qu'ils lui trouvent un côté un peu américain. Légèrement impudent. En outre, il ne s'intéresse qu'aux affaires. Tout le reste l'ennuie.

— Et votre mère ? Comment supporte-t-elle de vivre avec une telle force de la nature ?

— Elle se moque beaucoup de lui. De fait, je pense qu'elle est la seule personne qui se rie de lui. Il a une personnalité un peu explosive, voyez-vous. On est facilement… intimidé par lui.

— Mais vous, vous ne l'êtes pas.

— Non. (Il jeta un coup d'œil en coulisse à Lottie.) Il est vrai que je n'ai jamais rien fait pour le mettre en colère.

Un « jusqu'à maintenant » tacite resta suspendu dans l'air. Lottie le perçut, et cela la refroidit quelque peu. Pour détourner son attention de Guy, elle baissa les yeux sur ses chaussures, tout éraflées à force de courir sur la plage avec Mr Beans. Le Dr Holden avait remarqué qu'on n'avait jamais autant promené le chien. Adeline se leva et quitta la pièce, apparemment à la recherche de Frances. Il y eut un silence tandis que Julian continuait à trier ses lithographies, en en brandissant une de temps à autre dans la lumière, grommelant une exclamation tantôt approbatrice, tantôt désapprobatrice.

Stephen, à côté de lui, s'était étiré de tout son long, sa fine chemise en coton se soulevant pour révéler un ventre pâle alors qu'il tendait les bras vers le plafond.

Lottie jeta un coup d'œil à Guy et rougit en croisant son regard. Chaque fois qu'il était dans la pièce (parfois même hors de la pièce), elle était intensément consciente de sa présence, comme si elle captait d'infimes vibrations dans l'air ; elle s'apercevait alors qu'elle se mettait à trembler.

Lorsqu'elle baissa de nouveau les yeux, laissant le poids des boutons de rose tirer ses cheveux en un rideau pour dissimuler son visage, elle sentit son regard toujours posé sur elle.

Ils sursautèrent tous les deux en entendant des cris. C'était la voix de Frances, étouffée, de sorte qu'on ne pouvait pas comprendre ce qu'elle disait ; les intonations de ténor étaient néanmoins reconnaissables. On percevait la voix d'Adeline, en fond sonore, plus douce, raisonnant Frances avant que celle-ci explosât à nouveau. Une exclamation au sujet de quelque chose d'« impossible », suivie d'un fracas retentissant, celui d'un ustensile de cuisine heurtant les dalles.

Lottie glissa un regard furtif à Julian, mais il semblait étonnamment indifférent. Il leva la tête un instant, comme pour réaffirmer quelque chose qu'il soupçonnait déjà, puis se replongea dans l'étude de ses lithographies en marmonnant dans sa barbe à propos de la qualité de l'impression. Stephen jeta un coup d'œil, désigna un élément sur la surface du papier, et ils hochèrent la tête de concert.

— Non, tu n'en fais rien, parce que tu en as décidé ainsi. Tu as le choix, Adeline, le choix. Même si c'est plus facile pour toi de prétendre le contraire.

On aurait dit qu'ils n'entendaient rien. Lottie était mortifiée. Elle détestait entendre les gens se disputer : cela lui mettait les nerfs à cran. Elle avait l'impression d'avoir cinq ans ; elle se sentait de nouveau vulnérable, impuissante.

— Je ne peux pas l'accepter, Adeline. Je ne peux pas. Je te l'ai dit cent fois. Je t'ai suppliée…

Que quelqu'un aille les arrêter, pria Lottie. *Quelqu'un.*

Mais Julian ne leva même pas les yeux.

— Vous voulez qu'on rentre ? lui demanda Guy à voix basse lorsqu'elle s'enhardit à plonger son regard dans le sien.

Julian leur tendit aimablement la main pour prendre congé. Il gloussait de rire à propos de quelque chose que Stephen venait de dire. Dans la cuisine, tout était silencieux.

Il lui prit la main alors qu'ils descendaient l'allée de gravier. Ce contact la brûlant tout le long du chemin jusqu'en haut de Woodbridge Avenue, Lottie en oublia les éclats de voix et les bourgeons de rose toujours tissés dans ses cheveux…

— Que t'es-tu fait, Lottie, pour l'amour du ciel ? s'exclama Mrs Holden. On dirait que des mouettes t'ont attaquée en piqué !

Mais Lottie s'en moquait. Après avoir lâché sa main, il avait levé le bras pour effleurer un bourgeon.

— Une force de la nature, avait-il murmuré.

Il y avait une conduite à tenir ; des règles de bienséance à respecter. Et la réaction d'Adeline aux dames du « cercle » de Merham laissait, semblait-il, beaucoup à désirer.

— Elle est désolée de ne pouvoir se joindre à nous pour le moment ? Pour quelle raison ? Est-elle si affairée ? S'occupe-t-elle d'enfants ? Aurait-elle posé sa candidature pour le poste de Premier ministre ?

Mrs Chilton l'avait particulièrement mal pris.

— Mais elle espère que nous trouverons le temps de passer un de ces jours, ajouta Mrs Colquhoun, lisant la missive écrite sur du papier à lettres ivoire. Ce « un de ces jours » n'est guère spécifique, qu'en dites-vous ?

— Pas le moins du monde, renchérit Mrs Chilton en refusant d'un geste un morceau de melon. Non merci, ma chère Susan. Ce fruit m'a ravagé les intérieurs la semaine dernière. Je trouve sa réponse inappropriée. On ne peut plus inappropriée.

— Elle vous a *invitées* à passer la voir, souligna Celia, qui feuilletait une revue sur le canapé, les jambes repliées sous elle.

— La question n'est pas là, ma chérie. Nous ne voulions pas aller chez elle. Nous l'avons conviée de sorte qu'elle aurait dû accepter. Elle ne peut pas tout bonnement retourner la situation en nous invitant à la place.

— Pourquoi pas ? s'enquit Celia.

Mrs Chilton regarda Mrs Holden.

— Eh bien, ça ne se fait pas, n'est-ce pas ?

— On ne peut pas dire qu'elle soit grossière, si ? Puisqu'elle vous invite ?

Ces dames paraissaient exaspérées. Lottie, assise par terre, en train de faire un puzzle avec Sylvia, pensa en son for intérieur qu'Adeline s'était montrée assez astucieuse. Elle n'avait pas voulu rendre visite au « cercle » selon les termes qu'on lui imposait, et elle avait perçu qu'individuellement, ces dames ne se sentiraient pas suffisamment sûres d'elles pour se rendre à Arcadia. Elle s'était dérobée tout en leur laissant l'entière responsabilité.

— Je ne vois pas en quoi elle serait aussi discourtoise que vous le pensez, lança Celia d'un ton désinvolte. Du reste, je ne comprends pas pourquoi vous vous êtes donné la peine de la convier, puisque vous passez la moitié de votre temps à déblatérer sur son compte pour que les gens l'évitent.

— La question est précisément là, dit Mrs Holden d'un ton courroucé.

— Oui, renchérit Mrs Colquhoun.

Elle baissa les yeux.

— Enfin, je pense.

Mrs Chilton étudiait le reste de la lettre en plissant les yeux derrière ses demi-lunes.

— Elle nous souhaite bonne chance dans nos entreprises artistiques. Et espère que cette citation du grand poète Rainer

Maria Rilke nous donnera quelque inspiration : « L'art est aussi un mode de vie et, quelle que soit la manière dont on vit, on peut, sans le savoir, s'y préparer. Dans tout ce qui est vrai, on s'en approche de plus près. »

Elle cessa de lire et jeta des coups d'œil à la ronde.

— Qu'est-ce que cela peut bien pouvoir dire, pour l'amour du ciel ?

Guy était d'humeur un peu sombre depuis quelques jours, avait pensé Mrs Holden. Il semblait préoccupé et sérieux. Si bien qu'elle ne sut pas si elle devait être soulagée ou déconfite quand elle le vit, assis près du chauffage à gaz, dans le bon fauteuil de son époux, rire sous cape derrière son journal.

Le premier orage de l'hiver s'était abattu sur Walton, arrachant toutes les jardinières mal fixées sur les rebords de fenêtres le long du front de mer et les déposant, avec leurs fleurs restantes, en petits tas de terre cuite sur la chaussée. Il atteindrait Merham d'ici à une heure, annonça Mrs Holden en raccrochant le téléphone. Il vaudrait mieux attacher les volets.

— Virginia !

— Je vais vite emmener Mr Beans jusqu'au bout de la rue avant qu'il se mette à pleuvoir, avait dit Lottie.

Mrs Holden lui avait décoché un regard appuyé, apparemment plus déconcertée que jamais par ses oscillations diamétralement opposées entre la mauvaise humeur et la serviabilité.

Celia était en haut, en train de prendre un bain, et Guy avait proposé de l'accompagner parce qu'il avait, semblait-il, besoin d'un peu d'air frais.

Seulement, ils étaient sortis depuis près de dix minutes, et Lottie se rendit compte qu'il ne lui avait pas dit un seul mot.

Il n'avait pas adressé la parole à qui que ce soit de la journée, mais Lottie, consciente que c'était leur dernière promenade avant l'arrivée de ses parents, tenait absolument à tisser un fil entre eux, à établir un canal de communication, si ténu fût-il.

La pluie se mit à tomber en grosses gouttes lourdes lorsqu'ils atteignirent l'autre extrémité du parc municipal. Le vent dans les oreilles, Lottie courut alors en direction des cabines de bain, dont les teintes chaotiques vibraient encore sous un ciel couleur charbon. Elle fit signe à Guy de la suivre. Elle longea, en sautillant, les cabines numérotées de quatre-vingts à quatre-vingt-dix, se souvenant que certaines d'entre elles, abandonnées, avaient des serrures rouillées qui se détachaient du bois. Elle ouvrit une porte brusquement et plongea à l'intérieur au moment où le déluge commençait pour de bon. Guy s'y engouffra derrière elle, sa chemise déjà mouillée, haletant et riant tout à la fois en tirant sur le tissu. Lottie, consciente de sa proximité dans l'espace confiné, entreprit de sécher un Mr Beans indifférent avec application à l'aide d'un chiffon.

Personne n'avait pris soin de cette cabine depuis longtemps. À travers les fentes du toit, on apercevait les nuages, qui filaient dans le ciel. Mis à part une tasse ébréchée et un banc en bois bancal, rien n'indiquait qu'elle eût jamais abrité des vacanciers heureux. La plupart des autres cabines avaient un nom – Kennora (ou autres vilains hybrides du nom de leurs propriétaires), ou encore Brise marine, Hissé haut! Des transats et des coussins humides avaient apparemment été abandonnés dehors durant tout l'été. Pendant la guerre, parties intégrantes des défenses côtières, les cabines avaient toutes été réquisitionnées et enfouies dans le sable. Lorsqu'elles avaient été ressuscitées en une rangée aux couleurs éclatantes,

Lottie, qui n'avait jamais vu de cabine de bain de sa vie, s'en était entichée : elle passait des heures à les longer dans un sens, puis dans l'autre, en déchiffrant leurs noms tout en imaginant qu'elle faisait partie de l'une de ces familles.

Mr Beans était sec, à n'en point douter. Lottie s'assit au bord du banc en repoussant des mèches de cheveux mouillées de son visage.

— Sacré orage, commenta Guy en regardant, par la porte ouverte, les nuages noirs qui couraient à l'horizon, obscurcissant la mer au loin.

Au-dessus d'eux, les mouettes se laissaient flotter dans le vent en piaillant, leurs appels couvrant le vacarme de la pluie. En levant les yeux vers lui, Lottie pensa tout à coup à Joe, qui aurait commencé par lui faire remarquer qu'ils auraient dû emporter un parapluie.

— Dans les tropiques, vous savez, les orages sont très violents. On est assis là, au soleil, et l'instant d'après, on les voit approcher dans le ciel à la vitesse d'un train.

Il fit planer sa main dans l'air, les yeux rivés dessus.

— Et puis, tout à coup, une pluie incroyable se met à tomber. On a les pieds trempés et elle se déverse dans la rue comme une rivière. Et les éclairs ! Des éclairs fourchus qui illuminent tout le ciel.

Satisfaite de l'entendre parler, Lottie hocha bêtement la tête.

— Un jour, j'ai vu un âne se faire foudroyer. On l'avait laissé dans le champ quand l'orage a éclaté. Personne n'avait songé à le rentrer. Je venais d'arriver à la maison. Je me suis retourné en entendant un énorme craquement. C'est alors que la foudre l'a frappé. Il n'a même pas bougé. Il a juste sursauté, comme si quelque chose lui avait fait perdre l'équilibre, et puis il a atterri sur le côté, les pattes toutes raides. Il avait toujours sa carriole. Je doute qu'il ait compris ce qui lui arrivait.

Elle ne savait pas si cela avait quoi que ce soit à voir avec l'âne, mais toujours était-il qu'elle était à nouveau au bord des larmes. Elle frotta les poils de Mr Beans en clignant furieusement des paupières. Lorsqu'elle se redressa, Guy contemplait toujours la mer. Au loin, à sa gauche, elle apercevait un pan de bleu, la fin de l'orage.

Ils restèrent un moment en silence. Elle remarqua que Guy ne regarda pas une seule fois sa montre.

— Que se passera-t-il lorsque vous devrez faire votre service militaire ?

Guy donna un coup de pied au plancher.

— Je ne vais pas le faire.

Lottie fronça les sourcils.

— Je ne pensais pas qu'on pouvait y échapper. D'autant plus que vous êtes fils unique.

— J'invoquerai des raisons de santé.

— Vous n'êtes pas malade, que je sache.

Elle n'était pas parvenue à dissimuler son anxiété. Il lui semblait qu'il s'était légèrement empourpré.

— Non… J'ai… j'ai les pieds plats. Ma mère dit que c'est parce que j'ai passé toute ma vie à me promener pieds nus.

Lottie s'aperçut qu'elle regardait ses pieds, se félicitant, au demeurant, qu'il eût quelques imperfections. Cela le rendait plus humain, d'une certaine manière, plus accessible.

— Pas aussi prestigieux qu'un « vieil éclat d'obus », hein ?

Il sourit d'un air sournois en donnant un nouveau coup de pied au plancher sableux. Témoignage nerveux de son embarras.

Lottie ne savait pas quoi répondre. Joe était la seule personne qu'elle connaissait qui avait été sous les drapeaux, et les deux années où il était resté planqué au service de comptabilité de l'armée avaient gêné sa famille à telle enseigne que personne en ville n'en parlait jamais. Pas devant eux, en tout cas. Elle regarda les rideaux de pluie tomber, la mer écumeuse se soulevant comme pour menacer la digue.

— Vous ne riez pas, dit-il en la gratifiant d'un grand sourire.

— Je suis désolée, répondit-elle d'un ton solennel. J'ai bien peur de n'avoir guère le sens de l'humour.

Il haussa un sourcil et elle sourit malgré elle.

— Qu'est-ce qui vous manque d'autre ?

— Comment ?

— Qu'est-ce qui vous manque d'autre ? Quoi d'autre vous fait défaut à part le sens de l'humour !

Elle leva les yeux vers lui.

— Des pieds plats ?

Ils rirent tous les deux, nerveusement. Lottie eut l'impression qu'elle allait se mettre à ricaner sans pouvoir se contrôler. Si ce n'était que ces ricanements seraient trop près de la surface – trop près d'autre chose.

— Une famille ? En avez-vous une ?

— Pas une famille digne de ce nom. J'ai une mère. Quoiqu'elle contesterait sans doute ce qualificatif.

Il ne l'avait pas quittée des yeux.

— Ma pauvre.

— Pas du tout. J'ai eu beaucoup de chance de vivre chez les Holden.

Elle l'avait si souvent répété.

— La famille parfaite.

— La mère parfaite.

— Seigneur ! Je ne sais pas comment vous avez survécu à *ça* pendant dix ans.

— Vous ne connaissez pas ma mère.

Sans savoir pourquoi, ils trouvèrent cela incroyablement drôle tous les deux.

— Nous devrions nous montrer très compréhensifs envers elle. Elle a beaucoup de croix à porter.

Guy suivait un pétrolier des yeux. Il traversait l'horizon à l'endroit précis où la mer et le ciel se rejoignaient. Il poussa un long soupir et hissa ses jambes sur le banc. Ainsi allongées, elles atteignaient la porte. Lottie entrevoyait l'une de ses chevilles, brune, exactement du même ton que l'intérieur de ses poignets.

— Comment l'avez-vous rencontrée ? demanda-t-elle finalement.

— Celia ?

— Oui.

Il remua les pieds, tendit le bras pour frotter des marques humides sur son pantalon clair.

— Par hasard, je suppose. Nous avons un appartement à Londres. J'y logeais avec ma mère pendant que mon père était aux Caraïbes pour visiter des fermes. Ma mère aime bien séjourner à Londres de temps en temps pour renouer des liens avec ma tante, faire des courses. Vous voyez ce que je veux dire.

Lottie hocha la tête comme si c'était le cas. Sous ses pieds, Mr Beans tirait sur sa laisse, avide de continuer sa promenade.

— Je n'aime pas beaucoup la ville. Je suis donc allé passer quelques jours chez mon cousin, dans le Sussex. Mon oncle a une ferme. J'y ai toujours séjourné depuis mon enfance parce que mon cousin et moi… Enfin, nous avons presque le même âge, et c'est sans doute mon meilleur ami. Bref, j'étais censé revenir à Londres, mais Rob et moi sommes allés au pub du coin. Et, de fil en aiguille, le temps est passé et il était un peu plus tard que prévu. Je me suis retrouvé assis à la gare, à attendre, parce qu'il ne restait plus qu'un seul train pour rentrer à Londres. Et j'ai vu cette fille passer.

Lottie sentit sa poitrine se serrer. Elle n'était pas certaine d'avoir envie d'entendre la suite, mais il semblait qu'il n'y eût aucun moyen de l'arrêter.

— Et vous l'avez trouvée très jolie.

Guy regarda ses pieds et émit un petit rire.

— Jolie. Oui, j'ai trouvé qu'elle était jolie. Mais j'ai surtout trouvé qu'elle avait l'air ivre.

Lottie releva brusquement la tête. Guy s'assit à côté d'elle sur le banc en bois et porta un doigt à ses lèvres.

— J'ai promis de ne pas le dire… Vous devez le promettre aussi, Lottie. Elle était complètement saoule. Je l'ai vue se faufiler devant le guichet où je me trouvais. Elle ricanait toute seule. Je voyais bien qu'elle était allée à une fête parce qu'elle était sur son trente-et-un. Mais elle avait perdu une chaussure et elle tenait l'autre à la main avec son petit sac.

Au-dessus d'eux, la pluie tambourinait violemment sur le toit. Là où les gouttes atteignaient le sol, elles éclaboussaient l'intérieur de la cabine, faisant sursauter Mr Beans.

— Alors, j'ai pensé que je ferais bien d'avoir un œil sur elle. Ensuite, elle est allée dans la salle d'attente. Il y avait là des gars en uniforme. Elle s'est assise au milieu d'eux et s'est mise à bavarder. Ils avaient l'air d'apprécier, et j'ai cru qu'ils ne lui étaient peut-être pas étrangers. Ils semblaient tous se connaître. Je me suis dit qu'ils avaient peut-être été au bal ensemble.

L'esprit de Lottie vacilla à la pensée de ce que Mrs Holden dirait de sa fille ivre, adressant sans vergogne la parole à des soldats. Cela expliquait aussi pourquoi elle n'avait pas rapporté ses souliers en satin à talons découverts : elle avait raconté à sa mère que l'une des filles de l'école de secrétariat les lui avait volés.

— À un moment donné, elle s'est assise sur les genoux de l'un d'entre eux et s'est mise à rire. À rire de sorte que j'ai supposé qu'elle devait vraiment le connaître. Je me suis donc éloigné et j'ai regagné le guichet. Cinq minutes plus tard environ, j'ai entendu un cri, et puis la voix stridente d'une femme. Et, au bout de quelques minutes encore, j'ai pensé qu'il valait mieux aller voir ce qui se passait.

— Ils étaient en train de s'en prendre à elle, enchaîna Lottie, à qui cette histoire disait quelque chose.

— S'en prendre à elle ? (Guy paraissait perplexe.) Pas du tout. Ils s'étaient emparés de son soulier.

— Comment ?

— Son soulier. Ils lui avaient pris son soulier rose pâle et ils dansaient autour en le brandissant pour qu'elle ne puisse pas l'attraper.

— Son soulier ?

— Oui. Et elle était tellement saoule qu'elle n'arrêtait pas de se cogner partout et de tomber. J'ai observé la scène une minute, et puis je me suis dit que c'était injuste puisque, de toute évidence, elle ne savait pas ce qu'elle faisait. Alors, je suis intervenu et je les ai priés de lui rendre sa chaussure.

Lottie le dévisagea.

— Et qu'ont-ils fait ?

— Oh, ils se sont montrés assez sarcastiques au début. L'un d'eux m'a demandé si j'avais envie de me mesurer à lui. Ironique, à vrai dire, étant donné le résultat final. Mais, entre nous, Lottie, j'ai été assez poli pour la bonne raison que je n'avais aucun désir de me battre avec eux trois. Ils ont été corrects, en fait. Pour finir, ils lui ont jeté sa chaussure et ils sont allés sur le quai.

— Alors, ils n'ont même pas essayé de la toucher ?

— La toucher ? Non. Enfin, peut-être un petit peu quand elle était assise sur les genoux du gars. Mais pas au point de la fâcher.

— Que s'est-il passé ensuite ?

— Eh bien, j'ai pensé qu'il fallait la ramener chez elle. Je trouvais qu'elle s'en était bien tirée, mais elle était dans un tel état qu'elle aurait pu s'endormir dans le train. J'ai estimé que ce n'était pas une bonne idée de la laisser seule… avec l'allure qu'elle avait.

— Non…

Il haussa les épaules.

— Alors, je l'ai ramenée chez sa tante. Celle-ci s'est montrée assez soupçonneuse envers moi au début, mais je lui ai laissé mon nom et mon numéro de téléphone afin qu'elle puisse appeler ma mère et s'assurer que j'étais… enfin, vous voyez ce que je veux dire. Celia m'a appelé le lendemain pour s'excuser et me remercier. Et nous avons pris rendez-vous pour prendre un café. Enfin, voilà…

Lottie était toujours trop sidérée par cette version des événements pour mesurer les implications de ces derniers mots. Elle secoua la tête.

— Elle était ivre ? Vous vous êtes occupé d'elle parce qu'elle était ivre.

— Oui. Elle m'a dit la vérité à ce sujet. Elle avait pensé boire seulement une boisson gazeuse, mais à l'évidence, quelqu'un y avait ajouté subrepticement de la vodka ou quelque chose, de sorte que, très vite, elle ne savait plus où elle en était. Pas très gentil, ma foi !

— Elle vous a dit ça.

Guy fronça les sourcils.

— Oui, et pour être honnête, elle m'a fait de la peine.

Il y eut un long silence. Dehors, le ciel se scindait nettement en zones bleues et noires, et le soleil se reflétait déjà sur la route humide. Lottie brisa cette accalmie. Elle se leva. Mr Beans bondit joyeusement sur le sentier, les oreilles tendues vers l'orage qui s'éloignait.

— Je crois qu'il vaut mieux que je rentre, dit-elle d'un ton brusque avant de se mettre en route.

— C'est une gentille fille.

Sa voix flotta dans le vent derrière elle.

Lottie se retourna un bref instant, les traits crispés par la fureur.

— Vous n'avez pas besoin de me le dire.

Les autres dames avaient pris de grands airs lorsqu'elle leur avait rapporté ses promenades matinales, si bien que Deirdre Colquhoun ne se sentait guère disposée à leur faire part de sa dernière découverte, si fascinante soit-elle.

Sarah Chilton s'était montrée assez cassante quand elle avait mentionné Mr Armand, le mardi. De sorte qu'il n'y avait aucune raison pour qu'elle leur confie que, deux matins de suite, elle avait vu quelque chose qu'elle considérait comme tout aussi insolite. Les hommes ne venaient plus, apparemment, si bien que cela avait été un choc de la voir, elle. Deirdre Colquhoun avait dû sortir ses petites jumelles de théâtre de son sac pour s'assurer que c'était bien la même femme. Avançant dans les vagues, sans se soucier du froid ou de quoi que ce soit d'autre, dans son maillot de bain noir qui moulait ses formes, ses cheveux relevés en un chignon démodé. Alors même qu'elle marchait dans l'eau d'une manière que Deirdre Colquhoun trouvait honnêtement un peu masculine, on voyait clairement qu'elle sanglotait. Oui, elle sanglotait, bruyamment, en plein jour, comme si son cœur était sur le point de se briser.

Chapitre 6

Ce n'était pas l'accueil que Mrs Holden avait prévu. Elle s'était imaginé se présentant, impeccable dans sa nouvelle robe en laine à ceinture assortie, ses deux cadets devant elle, alors qu'elle ouvrait les portes pour aller à la rencontre de leurs visiteurs, cette famille fortunée, cosmopolite, à laquelle ils allaient désormais être liés par le mariage. Selon cette version-là, les Bancroft descendaient de leur étincelante berline Rover 90 quatre portes (elle savait qu'il s'agissait de ce modèle, car Mrs Ansty l'avait entendu de la bouche de Jim Farrelly, qui travaillait à la réception du Riviera Hôtel) alors qu'elle s'élançait à petits pas légers au-delà de la pelouse immaculée pour les accueillir comme des amis perdus de vue depuis longtemps – peut-être même au moment où Sarah Chilton ou une autre de ces dames passerait par hasard.

Selon cette version, sa préférée, son mari apparaissait derrière elle, posant peut-être une main possessive sur son épaule, le genre de geste simple qui en disait long sur un couple. En attendant, les enfants souriaient gentiment, gardaient leurs habits bien propres et tendaient la main pour serrer celle des Bancroft d'une manière tout à fait charmante avant de leur proposer de les conduire à l'intérieur.

Deux minutes avant l'arrivée présumée de leurs visiteurs, Sylvia et Freddie annoncèrent que, non seulement ils avaient découvert un renard mort sur la route, près de l'église méthodiste, mais qu'en plus, ils l'avaient lavé dans un seau d'eau de mer et étalé sur le parquet du salon avec l'intention d'en faire une fourrure avec l'aide des meilleurs ciseaux de leur mère.

Dans sa version idéale, le Dr Holden ne lui signalait pas qu'il avait été appelé auprès d'un patient et qu'il ne s'attendait pas à être de retour avant l'heure du thé, en dépit du fait que ce fût un samedi et que presque toute la population de Merham fût au courant que sa secrétaire, cette rousse qui s'arrangeait toujours pour adopter un ton supérieur quand Mrs Holden appelait son mari au bureau, quittait la ville le lendemain pour prendre de nouvelles fonctions à Colchester. Elle ferma les yeux un bref instant et imagina sa roseraie. C'était ce qu'elle faisait lorsqu'elle ne voulait pas penser trop intensément à cette femme. Il était important d'évoquer des choses agréables.

Peut-être plus important, dans sa version préférée, elle n'avait pas en face d'elle trois des jeunes gens les plus tristes qu'elle ait eu le malheur de rencontrer. Celia et Guy, loin de baigner dans la béatitude des jeunes fiancés, s'étaient montrés résolument maussades et avaient à peine échangé un mot de toute la matinée. Quant à Lottie, elle avait rôdé silencieusement en arrière-plan, ruminant des pensées sombres comme à son habitude ; cela la rendait des plus rebutante. Aucun d'entre eux n'avait l'air de se soucier des efforts qu'elle avait déployés pour que l'après-midi se déroule sans anicroche : chaque fois qu'elle essayait de les égayer un peu, de les inciter à afficher un visage moins morose ou, au moins, à lui donner un coup de main pour contrôler les petits, ils haussaient les épaules, regardaient par terre. Celia, elle, fusillait Guy du regard, les yeux brillants de larmes, en décrétant qu'on ne pouvait pas s'attendre à ce qu'elle soit de bonne humeur tous les jours.

— J'en ai vraiment assez, mes chers. Vraiment. On se croirait dans une morgue. Lottie, va dire aux enfants qu'ils retirent ce fichu animal. Demande à Virginia de t'aider. Guy, allez dehors attendre l'arrivée de la voiture. Celia, monte te maquiller un peu. Tâche d'avoir une mine plus avenante. Tu vas rencontrer tes beaux-parents, pour l'amour du ciel ! C'est ton mariage.

— Si tant est que le mariage ait lieu, dit Celia d'un ton si pitoyable que Lottie tourna brusquement la tête vers elle.

— Ne sois pas ridicule. Bien sûr qu'il va avoir lieu. Va te maquiller. Tu peux emprunter un peu de mon parfum. Pour te remonter le moral.

— Le Chanel ?

— Si tu veux.

Momentanément ragaillardie, Celia monta les marches quatre à quatre. L'air rebelle, Lottie gagna le salon en traînant les pieds. Depuis sa découverte de la carcasse du renard, Virginia ne cessait de trembler. Quant à Freddie, allongé sur le sofa, il serrait les bras autour de lui en un geste théâtral, se plaignant de ce qu'il ne pourrait plus jamais, jamais s'asseoir à cause de sa mère.

Lottie savait pourquoi Celia était si malheureuse, et cela lui inspirait un mélange de joie et de dégoût d'elle-même. Tard, la veille au soir, alors que l'orage s'en allait, Celia lui avait demandé de monter dans leur chambre. Une fois là, assise au bord de son lit, elle lui avait confié qu'il fallait absolument qu'elle lui parle. Lottie s'était sentie rougir. Elle était restée immobile.

Plus encore quand Celia lui avait dit :

— C'est à cause de Guy. Il se désintéresse de moi depuis quelques jours, Lot. Il n'est plus lui-même.

Lottie n'avait pas trouvé le moyen de parler. On aurait dit que sa langue avait enflé, remplissant toute sa bouche.

Celia avait examiné ses ongles, et puis, brusquement, elle avait porté sa main à ses lèvres pour la mordre.

— Quand il est arrivé ici, il était comme à Londres, tu comprends. Si gentil, me demandant à tout instant si tout allait bien, si j'avais besoin de quelque chose. Si affectueux. Il m'emmenait sur la terrasse de derrière pendant que vous débarrassiez le plateau de thé et m'embrassait jusqu'à ce que j'aie l'impression de perdre la tête…

Lottie avait toussoté. Elle avait cessé de respirer.

Celia, qui ne s'était rendu compte de rien, avait regardé fixement sa main, puis elle avait levé vers elle ses yeux bleus débordants de larmes.

— Il ne m'a pas vraiment embrassée depuis quatre jours ! J'ai essayé de l'inciter à le faire hier soir, mais il m'a repoussée en marmonnant quelque chose à propos de tout le temps que nous aurions plus tard. Comment peut-il éprouver cela, Lot ? Comment peut-il se ficher de m'embrasser ou non ? C'est le genre de comportement auquel on s'attend chez les hommes *mariés*.

Lottie s'était fait violence pour contenir quelque chose qui ressemblait fort à une vague d'excitation grandissant en elle. Puis elle avait tressailli quand Celia s'était tournée dans sa direction. En un mouvement rapide, elle lui avait jeté les bras autour du cou en éclatant en sanglots.

— Je ne comprends pas ce que j'ai fait, Lot. J'ai peut-être dit quelque chose dont il refuse de me parler. C'est possible.

Tu sais que j'ai tendance à jacasser à propos de tout et de rien, et je ne pense pas toujours à ce que je dis. À moins qu'il ne m'ait pas trouvée jolie ces temps-ci. Je fais de mon mieux. J'ai porté toutes sortes d'élégantes tenues que maman m'avait achetées, mais il… il n'a plus l'air de m'aimer comme avant.

Sa poitrine s'était soulevée contre celle de Lottie, qui lui avait caressé le dos d'un geste machinal, se sentant perfidement soulagée que Celia ne puisse voir son visage.

—Je ne comprends pas. Que lui arrive-t-il, Lot? Tu as passé assez de temps avec lui pour savoir comment il est.

Lottie s'était efforcée d'empêcher sa voix de vaciller.

—Je suis sûre que c'est ton imagination qui te joue des tours.

—Oh, ne sois pas si froide, Lottie! Tu sais très bien que je t'aiderais si tu me le demandais. Allons, dis-moi, qu'a-t-il en tête, à ton avis?

—Je ne pense pas être à même de te le dire.

—Tu dois bien avoir une idée. Que puis-je faire? Que suis-je censée faire?

Lottie avait fermé les yeux.

—Ce sont peut-être juste ses nerfs, avait-elle fini par suggérer. Si ça se trouve, les hommes deviennent nerveux, tout comme nous. Avec l'arrivée de ses parents et tout ça. C'est un grand événement, non? Présenter ses parents à sa future belle-famille?

Celia s'était écartée d'elle et l'avait regardée intensément.

—Cela le rend peut-être plus anxieux que tu ne le penses.

—Tu as sans doute raison. Je n'avais pas du tout imaginé ça. C'est vrai qu'il est peut-être nerveux.

Elle avait lissé ses cheveux en arrière en jetant un coup d'œil par la fenêtre.

— Aucun homme ne serait prêt à reconnaître qu'il est nerveux, si ? Ce n'est pas de bon aloi chez la gent masculine.

Lottie s'était prise à espérer, avec une sinistre ferveur, que Celia s'en aille. Elle était disposée à dire n'importe quoi, à faire n'importe quoi, si seulement Celia voulait bien la laisser tranquille.

Mais Celia s'était rapprochée de nouveau et l'avait serrée étroitement contre elle.

— Oh, Lot, tu es si intelligente ! Je suis sûre que tu as raison. Et je suis désolée de m'être montrée un peu… distante avec toi ces derniers temps. C'est juste que j'ai été tellement obnubilée par Guy, le mariage et tout ça. Ça n'a pas dû être très drôle pour toi.

Lottie avait fait la grimace.

— Ne t'inquiète pas pour moi, avait-elle croassé.

— Bon, je vais descendre voir si je peux persuader ce saligaud de m'accorder un peu d'attention.

Elle avait ri. Un rire proche du sanglot.

Lottie l'avait regardée partir, puis elle s'était laissée tomber lentement sur le lit.

Tout était devenu réel alors. Que Guy et Celia allaient se marier. Que Lottie était amoureuse d'un homme qui ne lui appartiendrait jamais. Un homme, surtout, qui n'avait rien fait pour lui laisser supposer que ses sentiments étaient réciproques, mis à part l'accompagner de temps en temps dans une maison qu'il appréciait et admirer quelques fleurs puérilement fichées dans ses cheveux. Parce que cela n'allait pas plus loin que ça, n'est-ce pas ? Si l'on résumait les choses à l'essentiel, rien n'indiquait que Guy l'aimait plus qu'il n'aimait Freddie, par exemple. Il passait aussi beaucoup de temps avec Freddie. Et même s'il l'aimait bien, cela ne changeait rien.

Songe à l'état dans lequel Celia s'est mise uniquement parce qu'il lui a prêté un peu moins d'attention ces derniers jours. Mon Dieu, pourquoi a-t-il fallu que tu viennes ici ? avait gémi Lottie en posant son front sur ses genoux. *Tout allait bien jusqu'à ce que tu arrives.*

Et puis Mrs Holden l'avait appelée pour lui dire de descendre donner un coup de main à Virginia afin de réorganiser l'argenterie.

En dépit de ses bonnes intentions, Celia n'avait pas pu se débarrasser de son sentiment de rejet. Peut-être à juste titre. Lottie la regarda s'exhiber devant Guy dans sa toute nouvelle robe, pinçant son bras d'un air taquin, posant sa tête avec coquetterie sur son épaule. Lottie observa Guy tandis qu'il la tapotait avec le détachement désinvolte d'un homme flattant un chien, et elle vit le sourire tendu de Celia. Elle lutta pour contrôler les émotions qui bouillonnaient en elle comme dans un chaudron. Et puis elle alla aider Sylvia à lacer ses souliers du dimanche.

Pour un homme qui n'avait pas vu ses parents depuis près d'un mois, qui disait adorer sa mère et pensait que son père était l'un des êtres les plus raffinés qu'il connût, Guy avait paru moins que ravi à la perspective de leur arrivée imminente. Au départ, Lottie avait attribué ses allées et venues incessantes à l'impatience. Puis, en y regardant de plus près, elle s'était rendu compte qu'il parlait tout seul en marmonnant dans sa barbe, comme la folle du parc, qui agitait une culotte à l'adresse de quiconque osait s'aventurer sur ce qu'elle considérait comme son terrain de pétanque. Guy n'avait pas l'air impatient. Il semblait troublé et de mauvaise humeur. Lorsqu'il repoussa, avec un juron qui ne lui ressemblait guère, les demandes répétées de Freddie, qui voulait jouer au tennis, Lottie le regarda en silence de la fenêtre du salon, en priant intensément la divinité dans le ciel, quelle qu'elle fût, qu'elle était elle-même la cause – et le remède – de sa détresse.

Susan Holden observa ces trois jeunes gens malheureux et soupira. Pas une once de cran ou de flegme chez eux. Si elle-même, avec tous les ennuis qu'elle avait – entre les insupportables absences d'Henry, les obsessions de Freddie et les commentaires appuyés que Sarah Chilton continuait à lui faire au sujet de la chance qu'ils avaient d'avoir casé Celia, « étant donné les circonstances » –, parvenait à affronter le monde avec le sourire, on pourrait penser que ces fichus enfants pourraient se ressaisir et s'égayer un peu.

Elle pinça les lèvres face à son reflet dans la glace et tendit la main vers son sac pour en sortir son rouge à lèvres. Il était d'une teinte audacieuse qu'elle n'aurait jamais mise en présence de ces dames du « cercle ». Mais, alors qu'elle l'appliquait soigneusement (en faisant la grimace, penchée en avant), elle se dit que, certains jours, on avait besoin de mettre tous les atouts de son côté.

Cette rousse se badigeonnait du rouge à lèvres de la couleur des bougies de Noël.

La première fois qu'elle était allée dans le bureau d'Henry et qu'elle l'avait vue là, elle n'avait pas pu détacher son regard de sa bouche. Peut-être était-ce l'objectif recherché.

Virginia appela du bas de l'escalier :

— Madame Holden, vos visiteurs sont arrivés.

Elle jeta un dernier regard à son reflet dans la glace et prit une profonde inspiration.

Mon Dieu, faites que Henry rentre à la maison de bonne humeur, pria-t-elle.

— Faites-les entrer. Je descends.

— Freddie refuse de lâcher cette… chose morte. Il dit qu'il veut la garder dans sa chambre. Le tapis empeste.

Mrs Holden pensa, non sans une pointe de désespoir, à ses roses.

— Quel magnifique jardin ! Comme vous êtes habile !

Des mots doux aux oreilles d'une belle-mère en puissance, nerveuse et mésestimée. Susan Holden, encore désarçonnée par le fort accent américain de Dee Dee Bancroft (Guy n'en avait rien dit), s'aperçut qu'elle tremblait de gratitude.

— Ce sont des « Albertine », n'est-ce pas ? Ni plus ni moins mes préférées, le savez-vous ? Impossible de les faire pousser dans ce qui veut se faire passer pour un jardin chez nous, à Port Antonio. La terre ne convient pas, apparemment. À moins qu'elles ne soient trop près d'autre chose. Les roses sont parfois très difficiles, n'est-ce pas ? Épineuses à plus d'un égard.

— Absolument, répondit Susan Holden en s'efforçant de ne pas fixer les longues jambes brunes de Dee Dee Bancroft.

Elle aurait juré qu'elle ne portait pas de bas.

— Oh, vous n'avez pas idée à quel point j'envie votre jardin ! Regarde, Guy chéri, ils ont des hostas. Pas la moindre trace de limaces. Je ne sais pas comment vous faites !

« Guy chéri », comme son épouse appelait apparemment Mr Bancroft Senior, se détourna du portail de derrière, qui donnait sur les terrains de sport, et rejoignit ces dames, en train de boire du thé chaud à petites gorgées sous un parasol qui claquait au vent.

— Dans quelle direction est l'océan ?

Guy, assis dans l'herbe, se leva et se dirigea vers son père. Il indiqua l'est, ses mots portés par le vent.

— J'espère que cela ne vous ennuie pas d'être dehors. Je sais bien que ça souffle un peu, mais c'est peut-être le dernier bel après-midi de l'année, et j'ai plaisir à admirer les roses.

Mrs Holden faisait des gestes frénétiques derrière son dos afin que Virginia apportât d'autres chaises.

— Oh, nous adorons être dehors.

Mrs Bancroft porta la main à ses cheveux pour les empêcher de fouetter sa bouche tandis qu'elle buvait son thé.

— Oui, oui. Cela nous manque l'hiver.

— Et Freddie a mis un renard mort sur le tapis du salon, lança Sylvia.

— Sylvia !

— C'est vrai. Ce n'était même pas moi. Et maman a dit qu'elle ne nous laisserait plus jamais rentrer. C'est pour ça qu'on est là, dans le jardin, à se geler.

— Ce n'est pas vrai, Sylvia. Je suis navrée, madame Bancroft. Nous avons effectivement eu… euh… un petit incident dans le salon, juste avant votre arrivée, mais nous avions toujours eu l'intention de prendre le thé ici.

— Appelez-moi Dee Dee, s'il vous plaît. Ne vous faites pas de souci pour nous. Nous sommes très bien ici. Et je suis sûr que Freddie n'est pas un aussi mauvais garnement que notre fils. Guy Junior était un enfant impossible.

Dee Dee adressa un sourire rayonnant à Susan Holden en réaction à son air choqué.

— Impossible. Il rapportait toujours des insectes qu'il mettait dans des boîtes ou des bocaux, après quoi il les oubliait. J'ai découvert des araignées de la taille de mon poing dans mon bocal à farine. Beurk !

— Je ne sais pas comment vous faites, là-bas, pour supporter tous ces insectes. Je suis sûre que je serais terrifiée la moitié de mon temps.

— Ça me plairait bien, intervint Freddie, qui avait passé les dix dernières minutes à inspecter l'intérieur en cuir frais et en noyer de la Rover flambant neuve de Mr Bancroft. J'aimerais bien avoir une araignée de la taille de mon poing. Je l'appellerais Harold.

Mrs Holden frissonna. Il était plus difficile de penser à sa roseraie lorsqu'on était assis dedans.

— C'est vrai. J'en ferais mon amie.

— Ta seule amie, répondit Celia, qui, comme sa mère le nota, avait recouvré un peu de sa causticité.

Elle était assise au bord de la couverture de pique-nique, les jambes orientées vers Lottie, et grignotait des biscuits d'un air misérable.

Lottie, serrant ses genoux contre elle, regardait au-delà de tout le monde, en direction du portail, comme si elle attendait un signal pour partir. Elle n'avait pas proposé de passer les scones à la ronde, comme Mrs Holden le lui avait demandé avant l'arrivée des Bancroft. Elle n'avait même pas mis une jolie robe.

— Alors, où se trouve cette maison dont tu nous as parlé, Junior ? Je parie qu'elle est loin d'être aussi jolie que celle de Susan.

Mr Bancroft s'approcha de la table à grandes enjambées, agitant sa cigarette comme pour souligner ses propos. Son accent, bien que britannique, n'en était pas moins d'une origine indéterminée, avec des intonations résolument transatlantiques, que Susan Holden trouvait très originales. Cela dit, il n'y avait pas grand-chose de conventionnel chez lui.

Imposant, il portait une chemise rouge vif, une teinte qu'on se serait plutôt attendu à voir arborée par un artiste de cabaret, et il parlait très fort, comme si tout le monde se situait à cinquante mètres de lui. Lorsqu'il était arrivé, il avait déposé de gros baisers humides sur ses joues, à la française. Bien qu'il fût évident qu'il n'était pas français.

— C'est par là. À l'autre bout du parc municipal.

Guy orienta à nouveau son père vers la côte et pointa le doigt.

Dans des circonstances normales, on aurait pu le trouver assez… ordinaire. Il n'y avait strictement aucun raffinement dans ses manières. Sa tenue, sa voix forte, tout témoignait d'un certain manque d'éducation. Il avait juré à deux reprises en sa présence, et Dee Dee s'était contentée de rire. Il émanait néanmoins de lui une certaine prestance : celle de l'argent. Cela se voyait à sa montre-bracelet, à ses chaussures faites main étincelantes, au très joli sac à main en crocodile qu'ils avaient acheté pour elle à Londres. Lorsqu'elle l'avait extrait de son papier de soie, elle avait lutté contre l'envie impérieuse de baisser le nez pour respirer cette délicieuse odeur propre aux objets coûteux.

Elle s'arracha à la pensée du sac à main pour jeter un nouveau coup d'œil à sa montre. Il était presque quatre heures moins le quart. Henri aurait dû appeler à cette heure pour dire s'il rentrait dîner ou non. Elle ne savait pas pour combien de personnes elle devait préparer le repas. Les Bancroft pensaient-ils rester ? L'idée de faire en sorte que ses poulets à rôtir conviennent à un dîner pour sept convives lui donnait… la chair de poule.

— Comment ? Près de notre hôtel ?

— Oui. Mais elle se trouve sur un promontoire. On ne la voit pas depuis la route côtière.

Elle pouvait demander à Virginia d'aller vite chercher un rôti de porc. Au cas où. Il ne serait pas perdu s'ils ne restaient pas. Les enfants pourraient le manger en rissoles.

Dee Dee se pencha vers elle en plaquant ses cheveux blonds sur sa tête.

— Notre fils nous a beaucoup parlé de vos fascinants voisins. Ce doit être agréable d'avoir tant d'artistes si près de chez vous.

Susan Holden se redressa un peu sur sa chaise en faisant signe à Virginia par la fenêtre.

— Eh bien, oui, c'est assez agréable. Certains pensent qu'une ville du bord de mer n'a rien à offrir en matière de culture. Mais nous faisons de notre mieux.

— Je vous envie cela aussi, vous savez. Dans les plantations de fruits, pour ce qui est de la culture, c'est le désert. À part la radio. Quelques livres. Un journal de temps à autre.

— Eh bien, nous avons plaisir à cultiver nous-mêmes l'esprit des arts.

— Et puis la maison semble être fantastique.

— Quelle maison ?

Susan Holden la regarda d'un air absent.

— Oui, madame Holden ?

Virginia se tenait devant elle, cramponnée à un plateau.

— Désolée. Vous avez bien dit « maison » ?

— La maison Art déco. Guy Junior affirme que c'est l'une des plus belles qu'il ait jamais vues de sa vie. Je dois avouer que, rien qu'à travers ses lettres, nous étions fascinés.

Virginia la dévisageait. Mrs Holden secoua la tête.

— Euh… ne vous inquiétez pas, Virginia. J'arrive pour vous parler dans une minute… Désolée, madame Bancroft, pourriez-vous répéter ce que vous venez de dire ?

Virginia partit en bougonnant.

—Appelez-moi Dee Dee, je vous en prie. Nous sommes de grands amateurs de l'architecture moderne. Cela dit, où j'ai grandi, dans le Midwest, tout est moderne, vous savez? Nous considérons qu'une maison est ancienne si elle a été construite avant la guerre!

Elle éclata de rire. Mr Bancroft éteignit sa cigarette dans un parterre de fleurs.

—Nous devrions aller y faire un tour plus tard, cet après-midi. Pour y jeter un coup d'œil.

—À Arcadia?

Lottie tourna brusquement la tête.

—Elle s'appelle comme ça? Magnifique!

Dee Dee accepta une autre tasse de thé.

—Vous voulez aller à Arcadia?

La voix de Mrs Holden était montée de plusieurs décibels. Lottie et Celia échangèrent des regards.

—J'ai cru comprendre que c'était un endroit fabuleux, plein de gens plus exotiques les uns que les autres.

—C'est tout à fait ça, dit Celia, qui souriait pour la première fois de la journée.

Dee Dee lui jeta un coup d'œil, puis reporta son attention sur sa mère.

—Oh, c'est peut-être un peu compliqué. Je suis sûre qu'ils n'ont aucune envie que nous allions les espionner. Guy, mon chéri, laissons cela pour un autre jour.

—Mais c'est à cinq minutes d'ici.

—Chéri…

Mrs Holden surprit le regard que Dee Dee décocha à son mari. Elle se redressa un peu sur sa chaise. En ignorant délibérément les enfants.

— Certes, je suis invitée à rendre visite à Mrs Armand… La semaine dernière, j'ai reçu une lettre…

Mr Bancroft éteignit sa cigarette et engloutit goulûment le reste de son thé.

— Dans ce cas, allons-y. Allons, Guy, montre-nous ce dont tu nous as tant parlé.

Mrs Holden allait regretter d'avoir mis ces chaussures-là. Lottie l'observa alors que, pour la quinzième fois au cours du bref trajet, elle se tordait la cheville sur la surface irrégulière du sentier qui longeait la mer, en jetant des regards anxieux derrière elle pour voir si ses visiteurs s'en étaient rendu compte. Elle n'avait aucun souci à se faire en l'occurrence : Mr et Mrs Bancroft, bras dessus bras dessous, l'esprit ailleurs, bavardaient gaiement en désignant tour à tour des bateaux lointains, en pleine mer, ou la flore tardive au-dessus d'eux. Guy et Celia étaient devant, Celia tenant son fiancé par le bras, bien qu'ils fussent loin de converser aimablement comme les parents du jeune homme. Celia parlait et Guy marchait, tête baissée, la mâchoire serrée, si bien qu'il était impossible de déterminer s'il écoutait ou non. Lottie fermait la marche, regrettant à demi qu'on eût interdit à Freddie et à Sylvia de venir, en dépit de leurs protestations farouches, ne serait-ce que pour lui donner autre chose – que ces deux têtes blondes – sur laquelle concentrer son attention et pour servir de paratonnerre à la tension de plus en plus palpable qui émanait de Mrs Holden.

Lottie ne savait pas pourquoi elle leur avait suggéré d'y aller. En revanche, elle savait que Mrs Holden devait déjà regretter d'être venue, plus encore que d'avoir mis des souliers à talons. Plus ils approchaient d'Arcadia House, plus elle multipliait les coups d'œil anxieux autour d'elle, comme si elle redoutait de rencontrer quelqu'un qu'elle connaissait. Elle avait adopté le pas hésitant, irrégulier du criminel incompétent et évitait le regard de Lottie, comme si elle craignait d'être mise au défi, compte tenu de son revirement. Lottie ne se serait pas donné cette peine. Elle était trop malheureuse à la perspective d'être confrontée, une heure de plus, à cette radieuse fierté parentale face aux futurs jeunes mariés, d'avoir à regarder une nouvelle fois le visage de l'homme qui ne lui appartiendrait jamais, sans parler de l'idée qu'ils étaient sur le point d'infliger tout cela à Adeline, qui ne saurait pas servir le thé même si elle était enfouie jusqu'au cou dans du darjeeling.

La mère de Guy appela de nouveau Celia. Celle-ci s'était considérablement égayée. En partie à cause de toute l'attention que lui prodiguait Dee Dee, mais aussi, comme le soupçonnait Lottie, parce que la pensée de sa mère dans la maison de l'actrice l'emplissait d'une joie mesquine. Lottie était contente qu'elle fût un peu plus heureuse tout en éprouvant une envie féroce de réprimer ce bonheur.

Les parents de Guy n'avaient même pas semblé remarquer sa présence.

Ils seront tous partis bientôt, se dit-elle en fermant les yeux. *Et je travaillerai davantage au magasin de chaussures. Je me réconcilierai avec Joe. Je ferai en sorte d'avoir l'esprit occupé. Si empli que je ne trouverai plus aucune place pour penser à lui.*

Guy choisit ce moment pour se retourner et croiser son regard, comme si son existence, à elle seule, suffisait à ôter toute crédibilité à sa moindre tentative de contrôler ses sentiments.

— Est-ce là ?

Mr Bancroft se dressait sur ses talons, tout comme son fils quelques semaines auparavant.

Guy s'arrêta en contemplant la maison basse et toute blanche devant eux.

— C'est bien là.

— Jolie maison, ma foi !

— C'est un mélange entre l'Art déco et l'art moderne. Le style s'inspire de l'Exposition internationale des Arts décoratifs de Paris, en 1925. C'est ce qui a lancé l'Art déco. Les dessins géométriques sur les bâtiments sont censés faire écho à l'ère de la machine.

Il y eut un bref silence. Toute la petite bande se tourna vers Guy et le dévisagea.

— Eh bien, ma parole, c'est la plus longue phrase que je t'ai entendu prononcer depuis que nous sommes arrivés !

Guy baissa les yeux.

— Ça m'intéressait. Je suis allé me documenter à la bibliothèque.

— Tu t'es documenté à la bibliothèque, hein ? C'est bien, mon fils.

Mr Bancroft alluma une autre cigarette en protégeant la flamme de son briquet d'une main large et dodue.

— Tu vois, Dee Dee ? lança-t-il en aspirant une bouffée avec bonheur. Je t'avais bien dit que notre fils s'en tirerait sans professeurs et tout le bataclan. Quand il a besoin de savoir quelque chose, il va se renseigner lui-même. À la bibliothèque !

— Eh bien, je trouve cela absolument fascinant, chéri. Parle-moi encore de cette maison.

— Oh, je ne pense pas que ce soit à moi de le faire. Adeline vous dira tout ce qu'il y a à savoir.

Lottie vit Mrs Holden tressaillir en entendant Guy appeler Adeline par son prénom. Il y aurait un interrogatoire ce soir, sans aucun doute.

Elle se rendit compte aussi que Mrs Holden était gênée lorsqu'il fallut un temps infini pour que l'on vienne leur ouvrir. Déjà sur les nerfs, elle restait plantée devant l'immense porte d'entrée blanche en serrant son sac à main contre elle, le soulevant et l'abaissant tour à tour, apparemment indécise quant à la nécessité de frapper une deuxième fois au cas où personne n'aurait entendu. Il y avait incontestablement des gens à l'intérieur – trois voitures étaient garées dans l'allée. En attendant, personne n'avait l'air de répondre.

— Ils sont peut-être sur la terrasse, dit Guy. Je pourrais escalader le portail sur le côté et jeter un coup d'œil.

— Non, répondirent simultanément Dee Dee et Susan Holden.

— Nous ne voulons pas nous imposer, ajouta Mrs Holden. Ils sont peut-être… peut-être en train de faire du jardinage.

Lottie préféra ne pas mentionner que ce qui ressemblait le plus à de la verdure, sur la terrasse d'Adeline, n'était autre que du pain laissé là à moisir, près des grands pots de fleurs.

— Nous aurions peut-être dû téléphoner avant de venir, souligna Dee Dee.

Alors que le silence devenait insoutenable, la porte s'ouvrit soudain à toute volée. C'était George, qui resta là une seconde, avant de passer lentement en revue chaque membre du petit groupe. Après avoir adressé un sourire rayonnant à Celia, il fit un grand geste extravagant de la main en disant :

— Si ce n'est pas Celia et Lottie, accompagnées d'une bande de joyeux lurons ! Entrez donc. Joignez-vous à notre petite sauterie.

— Guy Bancroft Senior, dit Mr Bancroft en tendant son énorme main.

Main que George regarda en calant sa cigarette entre ses dents.

—George Bern. Enchanté. J'ignore qui vous êtes, mais enchanté.

Il était assez ivre, comme Lottie ne manqua pas de le remarquer.

Contrairement à Mrs Holden, qui restait nerveusement plantée sur le seuil comme si elle hésitait à s'aventurer à l'intérieur, Mr Bancroft ne parut pas le moins du monde troublé par l'étrange accueil de George.

—Je vous présente ma femme, Dee Dee, et mon fils, Guy Junior.

George se pencha théâtralement pour regarder Guy de plus près.

—Ah ! Le fameux roi de l'ananas. J'ai entendu dire que vous aviez eu un fort effet sur ces dames.

Lottie se sentit rougir. Elle s'engagea d'un pas vif dans le couloir.

—Mrs Armand est-elle là ?

—Absolument, madame. Et vous devez être la sœur de Celia. Sa mère ? Non, je ne le crois pas. Celia, vous ne me l'aviez jamais dit.

Il y avait une pointe de raillerie à peine perceptible dans la voix de George, et Lottie n'osa pas regarder Mrs Holden. Elle gagna à pas feutrés le grand salon, d'où provenaient les accords discordants d'un concerto pour piano. Le vent se levait. Dans une partie lointaine de la maison, une porte grinça à plusieurs reprises avant de claquer.

Derrière elle, elle entendit Dee Dee pousser des exclamations en réaction à une œuvre d'art, et Mrs Holden, sur un ton quelque peu anxieux, demander si Mrs Armand ne s'offusquerait pas de cette visite impromptue, même si *elle avait dit…*

— Non, non. Entrez tous. Venez vous joindre à nous.

Lottie ne put s'empêcher de dévisager Adeline. Elle était assise au milieu du sofa, comme la première fois qu'elle l'avait vue. Aujourd'hui, pourtant, son air raffiné et son exotisme étaient estompés : elle avait pleuré à l'évidence et se tenait là, en silence, les joues pâles, marbrées, les yeux baissés, les mains entortillées devant elle.

Julian était assis à côté d'elle tandis que Stephen, absorbé par la lecture d'un journal, occupait le fauteuil. En les voyant approcher, Julian se leva et gagna le seuil de la pièce à grandes enjambées.

— Lottie, je suis ravi de vous revoir. Un plaisir des plus inattendu ! Et qui nous avez-vous amenés ?

— Je vous présente M. et Mrs Bancroft, les parents de Guy, murmura Lottie. Et Mrs Holden, la mère de Celia.

Julian ne parut pas remarquer Susan Holden. Il faillit se heurter à la main de Mr Bancroft dans son empressement à la serrer.

— Mr Bancroft ! Guy nous a tant parlé de vous !

Lottie ne manqua pas de noter le froncement de sourcils de Celia lorsqu'elle leva les yeux vers Guy. Mrs Holden ne serait pas la seule à poser des questions ce soir.

— Asseyez-vous, asseyez-vous, je vous en prie. Nous allons préparer le thé.

— Nous ne voulons pas vous déranger, dit Mrs Holden, qui avait blêmi en voyant une série de nus sur le mur.

— Vous ne nous dérangez pas, pas du tout. Asseyez-vous ! Asseyez-vous ! Nous allons prendre le thé.

Il jeta un coup d'œil à Adeline, qui n'avait pour ainsi dire pas bougé depuis leur arrivée, hormis pour gratifier ses invités d'un faible sourire.

— Je suis enchanté de vous rencontrer. J'ai totalement négligé de faire connaissance avec mes voisins. Vous devrez nous excuser. Nous ne fonctionnons pas très bien sur le plan domestique en ce moment. Nous venons de perdre notre bonne.

— Oh, j'en suis désolée pour vous, fit Dee Dee en s'asseyant dans un fauteuil Lloyd Loom. Rien de pire que de se retrouver sans aide, même si je dis toujours à Guy qu'avoir du personnel est parfois plus ennuyeux et que cela n'en vaut pas la peine.

— Nous vivons aux Caraïbes, précisa Mr Bancroft. Il faut vingt employés pour faire le travail de dix.

— Vingt employés ! s'exclama Julian. Adeline serait contente d'en avoir un à son service. Il semble que nous ayons des problèmes à garder nos domestiques.

— Vous devriez essayer de les payer de temps en temps, Julian, dit George, qui s'était servi un autre verre de vin rouge.

Adeline ébaucha de nouveau un sourire. Lottie se rendit compte que, Frances étant apparemment absente, personne n'allait préparer le thé.

— Je vais faire le thé, dit-elle. Ça ne m'ennuie pas.

— Vraiment ? Merveilleux. Vous êtes une fille si délicieuse, Lottie.

— Délicieuse, répéta George d'un air niais.

Lottie se rendit dans la cuisine, heureuse d'échapper à l'atmosphère tendue qui régnait dans le salon. Tandis qu'elle jetait des coups d'œil autour d'elle à la recherche de tasses et de soucoupes propres, elle entendit Julian interroger Mr Bancroft à propos de ses affaires et lui parler des siennes avec, peut-être, davantage d'enthousiasme. Il vendait des œuvres d'art, expliquait-il au père de Guy. Il possédait des galeries dans le centre de Londres et se spécialisait dans les peintres contemporains.

— Est-ce que ça marche bien, ces trucs-là ?

Elle entendait Mr Bancroft déambuler dans la pièce.

— De mieux en mieux. Les prix que certains artistes obtiennent dans les ventes aux enchères chez Sotheby's ou chez Christie's triplent, dans certains cas, d'une année sur l'autre.

— Tu entends ça, Dee Dee ? Ce ne serait pas un mauvais investissement, hein ?

— Si tant est qu'on sache ce qu'il faut acheter.

— Ah ! vous avez raison, madame Bancroft. Si l'on est mal conseillé, on risque d'acheter quelque chose qui, même si cela peut avoir une valeur artistique, n'en a en définitive aucune sur le plan financier.

— Nous n'avons jamais vraiment investi dans les tableaux, n'est-ce pas, Guy chéri ? Ceux que nous possédons, je les ai achetés parce qu'ils me plaisaient.

— Une raison tout à fait valable pour acheter quelque chose. Si vous ne les aimez pas, peu importe leur valeur.

Il y avait des factures sur la table de la cuisine, dont plusieurs importantes pour le chauffage, l'électricité et des réparations effectuées sur le toit. Lottie, qui ne put s'empêcher d'y jeter un coup d'œil, fut choquée par les sommes. Et par le fait qu'il s'agissait apparemment d'ultimes rappels.

— Qu'est-ce que celle-là ?

— C'est un Kline. Oui. Dans le travail de ce peintre, la toile en elle-même est aussi importante que les coups de pinceau.

— Je suppose que c'est une manière comme une autre de faire des économies de peinture. On dirait que cela pourrait être l'œuvre d'un enfant !

— Elle vaut probablement plusieurs milliers de livres.

— Plusieurs milliers de livres ? Dee Dee ? Nous pourrions commencer à en faire à la maison. Qu'en penses-tu ? Ça te ferait un petit passe-temps.

Dee Dee éclata de rire.

— Sérieusement, monsieur Armand ? Ces trucs-là valent autant d'argent ? Rien que pour ça ?

— L'Art, comme tout le reste, vaut ce qu'on est prêt à payer.

— Bien dit !

Lottie apparut avec le plateau. Adeline s'était levée et contemplait la vue devant l'une des immenses fenêtres. Dehors, le vent, qui soufflait en rafales, avait redoublé de force et ployait les herbes et les buissons en une supplication tremblante. En contrebas, le long de la plage, Lottie distinguait tout juste plusieurs silhouettes minuscules qui remontaient tant bien que mal le sentier, s'étant finalement déclarées vaincues face au temps qui ne faisait qu'empirer.

— Qui veut du thé ?

— Je vais m'en occuper, ma chère Lottie, dit Adeline, signalant ainsi qu'elle la libérait de ses devoirs domestiques.

Lottie, qui ne savait plus trop quoi faire de sa personne, choisit de se planter près de la table. Celia et Guy se tenaient gauchement à proximité du seuil, jusqu'à ce que Mr Bancroft réprimandât son fils en lui suggérant de s'asseoir et de cesser de paraître avoir avalé un parapluie. À ces mots, Celia étouffa un rire narquois, et Lottie, dont les craintes s'étaient dissipées l'espace d'un instant, s'aperçut de nouveau qu'elle n'osait pas regarder le visage de Mrs Holden.

— Vous vivez ici depuis longtemps, madame Armand ? demanda Dee Dee, qui, tout comme son mari, ne semblait pas affectée par les comportements insolites de ses hôtes.

— Depuis le début de l'été.

— Et où habitiez-vous avant cela ?

— À Londres. Dans le centre de Londres. Tout près de Sloane Square.

— Ah, vraiment ! Où cela ? J'ai une amie à Cliveden Place.

— Cadogan Gardens, répondit Adeline. C'était une maison assez agréable.

— Dans ce cas, pourquoi avez-vous décidé de venir ici ?

— Allons, allons, interrompit Julian. Les Bancroft ne veulent pas entendre parler de notre ennuyeuse histoire domestique. Maintenant, monsieur Bancroft, ou Guy, si je puis me permettre, parlez-moi de vos affaires. D'où vous est venue l'idée d'importer des fruits ?

Lottie regarda Adeline, qui avait fermé la bouche et était redevenue impassible. Cela lui arrivait lorsqu'elle était mécontente. Elle prenait alors l'apparence d'un petit masque oriental – ravissant, aimable en surface, sans rien dévoiler pour autant.

Pourquoi ne la laisse-t-il pas parler ? se demanda Lottie, qui éprouva un mauvais pressentiment, sans rapport avec le temps qui se gâtait.

Les grandes baies vitrées le leur révélaient à l'avance, en leur montrant la pleine magnificence du ciel, qui s'assombrissait à mesure que des nuages chargés de pluie envahissaient peu à peu l'horizon lointain. De temps à autre, un sac en papier vide ou une feuille solitaire apparaissaient avant de disparaître. En haut, la porte claquait encore et encore, selon une cadence arythmique. Chaque fois, Lottie grinçait des dents. La musique s'était arrêtée depuis longtemps.

Julian et Mr Bancroft continuaient de parler.

— Alors, combien de temps comptez-vous loger au Riviera, Guy ? Assez pour que je rassemble quelques œuvres que je pense à votre goût ?

— Eh bien, j'avais prévu de rentrer dans un jour ou deux. Mais Dee Dee insiste toujours pour que je prenne un petit congé avec elle. Nous avons donc pensé prolonger notre visite chez les Holden et descendre peut-être un peu le long de la côte. Voire, faire un petit saut en France.

— Je ne suis jamais allée à Paris, dit Dee Dee.

— Vous aimez beaucoup Paris, n'est-ce pas, Celia ?

Affalé dans le rocking-chair, George la gratifia d'un grand sourire.

— Comment ?

— Vous aimez beaucoup Paris. Paris, en France, je veux dire.

Il savait, pensa Lottie. Il savait depuis le début.

— Oui, oui, Paris, dit Celia en s'empourprant.

— C'est merveilleux de voyager quand on est jeune.

George alluma une autre cigarette et exhala paresseusement la fumée.

— Rares sont les jeunes qui semblent en avoir l'opportunité.

Il faisait cela délibérément. Celia commença à bredouiller une réponse. Incapable de supporter son malaise, Lottie intervint.

— Guy a plus voyagé que quiconque, n'est-ce pas, Guy ? Il nous a dit qu'il avait vécu un peu partout dans le monde. Dans les Caraïbes, au Guatemala, au Honduras. Des endroits dont je n'avais jamais entendu parler. C'est passionnant de l'écouter. Il fait naître dans nos esprits des images merveilleuses… les gens et tout ça. Les lieux…

Consciente qu'elle bavardait à tort et à travers, Lottie s'interrompit.

— Oui, oui, effectivement, dit Celia, pleine de reconnaissance. Lot et moi étions fascinées. Ainsi que maman et papa. Je crois qu'il a donné à toute la famille une furieuse envie de voyager.

— Et vous, madame Armand, intervint Dee Dee, vous avez un léger accent. D'où êtes-vous ?

La porte qui cognait en haut claqua soudain nettement plus fort. Lottie sursauta, et tout le monde leva les yeux. Frances se tenait sur le seuil. Elle portait un long manteau en velours et une écharpe à rayures, et son visage était aussi blanc que les murs. Elle était immobile, comme si elle ne s'était pas attendue à trouver autant de gens dans la pièce. Pour finir, elle se tourna vers Adeline et ce fut à elle qu'elle s'adressa.

— Je vous prie de m'excuser, dit-elle. J'étais sur le point de partir.

— Frances… (Adeline se leva et tendit la main.) S'il vous plaît…

— Ne bougez pas. Vraiment. George, auriez-vous la gentillesse de me conduire à la gare ?

George éteignit sa cigarette et s'extirpa de son fauteuil.

— Comme vous voulez, ma chère…

— Asseyez-vous, George, dit Adeline.

Elle avait retrouvé un peu de couleurs et lui faisait signe de se rasseoir d'un geste presque impérieux.

— Adeline…

— Frances, vous ne pouvez pas partir comme ça.

Frances serrait son fourre-tout si fort que ses jointures avaient blanchi.

— George, s'il vous plaît…

Le silence régnait dans la pièce.

George, qui s'était départi de son habituel air suffisant, regarda tour à tour les deux femmes, puis Julian. Il haussa les épaules. Lottie prit conscience des gens autour d'elle.

Mrs Holden et Dee Dee, assises l'une à côté de l'autre, serrant leurs tasses de thé dans leurs mains, étaient toutes les deux abasourdies, à telle enseigne que Mrs Holden n'essayait même pas de feindre de ne pas écouter. Mr Bancroft, les sourcils froncés, fut rapidement pris en main par Julian, qui, en s'exclamant qu'il tenait tout particulièrement à lui montrer quelque chose dans l'étude, l'arracha promptement à la scène. Celia et Guy étaient assis près de la porte, leurs gestes et leurs visages mornes se reflétant l'un l'autre sans qu'ils en soient conscients. Seul Stephen, qui lisait toujours le journal, paraissait véritablement absent. Lottie remarqua que l'hebdomadaire en question datait de la semaine précédente.

—Je vous en prie, George, venez. J'aimerais attraper le train du quart, si possible.

La voix d'Adeline s'éleva à un diapason discordant.

—Non ! Frances, vous ne pouvez pas partir comme ça ! C'est ridicule. Ridicule.

—Ridicule, hein ? Tout est ridicule à vos yeux, Adeline. Tout ce qui est honnête, vrai, sincère. C'est ridicule parce que cela vous met mal à l'aise.

—C'est faux !

—Vous êtes pitoyable, vous savez ? Vous vous croyez courageuse et originale. Mais vous n'êtes qu'un artifice. Un artifice fait de chair.

Frances luttait contre les larmes, ses traits allongés déformés par une frustration puérile.

—Eh bien, fit Mrs Holden, qui s'était levée pour partir. Je pense que nous devrions peut-être…

Elle jeta des coups d'œil autour d'elle et se rendit compte que l'unique voie pour quitter la pièce était bloquée par George et les deux femmes.

— Il semble que nous…

— Je vous l'ai dit cent fois, Frances… vous demandez trop… Je ne peux pas…

La voix d'Adeline se brisa.

George, entre les deux femmes, baissa la tête.

— Oui. Je sais que vous ne pouvez pas. C'est la raison pour laquelle je m'en vais.

Frances fit volte-face et Adeline tendit la main vers elle, le visage tordu par l'angoisse.

George rattrapa sa main au vol, quand elle manqua d'atteindre Frances, et lui enlaça la taille. Il était impossible de déterminer si son geste se voulait rassurant ou restreignant.

— Je suis désolée, Frances ! cria Adeline. Vraiment désolée ! S'il vous plaît…

Lottie sentit son estomac se serrer. Le monde autour d'elle échappait à tout contrôle comme si toutes ses limites naturelles avaient été dissipées. Le claquement de la porte en haut, irrégulier, parut augmenter de volume, jusqu'au moment où elle n'entendit plus que la respiration saccadée d'Adeline et le choc de la porte contre le chambranle.

Soudain, Guy se planta au milieu de la pièce.

— Allons dehors. Quelqu'un a-t-il vu la fresque ? Elle est finie apparemment. J'adorerais la voir terminée. Mère ? Voudriez-vous venir jeter un coup d'œil avec moi ? Mrs Holden ?

Dee Dee se leva d'un bond en posant une main sur l'épaule de Susan Holden.

— C'est une merveilleuse idée, chéri. Vraiment merveilleuse. Je suis sûre que nous serons très contentes d'admirer la fresque, n'est-ce pas, Susan ?

— Oui, oui, dit Mrs Holden d'un ton plein de reconnaissance. La fresque.

Lottie et Celia leur emboîtèrent le pas, le choc de la scène qui venait de se dérouler sous leurs yeux les réunissant un court instant. Incapables de prononcer un mot, elles se regardèrent en haussant les sourcils et secouèrent la tête, leurs cheveux se déployant en étoile de mer dans le vent déchaîné lorsqu'elles sortirent.

— Que s'est-il passé ? chuchota Celia en se penchant vers Lottie pour être sûre de se faire entendre.

— Je n'en ai pas la moindre idée, répondit Lottie.

— Dieu sait ce que les parents de Guy ont dû penser. Je n'arrive pas à le croire, Lot. Deux femmes qui pleurnichent en plein jour.

Lottie frissonna. En contrebas, la mer, prise d'une frénésie furieuse, fouettait et écumait, les douces brises de l'été apparemment oubliées en l'espace de quelques heures. Un orage éclaterait ce soir, sans l'ombre d'un doute.

— Nous devrions y aller, dit-elle en sentant les premières gouttes d'un crachin sur son visage.

Celia ne parut pas l'entendre. Elle s'approchait de l'endroit où Guy se tenait avec les deux femmes, en train de contempler l'œuvre de Frances.

Elles regardaient fixement l'un des personnages centraux en s'exclamant à mots couverts.

Oh ! mon Dieu, c'est Julian, pensa Lottie. *Elle lui a fait quelque chose d'horrible.*

Mais ce n'était pas Julian qu'ils fixaient intensément.

— Fascinant, dit Dee Dee en criant pour se faire entendre en dépit du vent. C'est elle, à n'en point douter. Ça se voit à ses cheveux.

— Comment ? Qui ça ? demanda Celia en rabattant sa jupe autour de ses jambes.

— C'est Laodamia. Laodamia. Oh, tu me connais, moi et mes mythes grecs, Guy. Nous n'avons guère de bonne littérature là où nous habitons, expliqua-t-elle à Mrs Holden, alors je me suis prise d'intérêt pour les Grecs. Ils ont des histoires étonnantes.

— Oui. Oui. Nous avons un peu étudié Homère au sein de notre cercle, répondit Mrs Holden.

— Le peintre. Il l'a représentée sous les traits de…

— C'est une femme, mère. C'est l'œuvre de la femme qui… qui s'en va.

— Ah bon! C'est assez étrange, dans ce cas. Mais elle a représenté Mrs Armand sous les traits de l'une des femmes de Troie. Laodamia était obnubilée par une effigie en cire de son époux disparu. Comment s'appelait-il, déjà… Ah oui, j'y suis : Protesilaus. Regardez, vous voyez, elle l'a représenté, lui aussi, ici.

Lottie contemplait intensément la fresque. Apparemment indifférente aux gens qui l'entouraient, Dee Dee, fascinée, considérait le modèle en cire grossier.

— Pas mal, madame Bancroft. Pas mal du tout. Ces références étaient loin d'être évidentes à mon avis.

George était apparu derrière eux, un verre de vin plein à la main, les cheveux hérissés par le vent, comme s'il était en état de choc.

— Adeline sous les traits de Laodamia, effectivement. « *Crede mihi, plus est, quam quod videatur, imago.* »

Il marqua une pause, peut-être pour que sa citation ait davantage d'impact.

— « Crois-moi, l'image est plus qu'il n'y paraît. »

— Mais le mari de Mrs Armand est là…

Mrs Holden examina la fresque, en plissant les yeux, tout en serrant son sac à main encore plus fort contre elle.

— Julian Armand est là.

Elle fit face à Dee Dee.

George regarda l'image, puis se détourna.

— Ils sont mariés, oui, dit-il, avant de revenir à l'intérieur en vacillant légèrement sur ses jambes.

Dee Dee leva un sourcil à l'adresse de Mrs Holden.

— Guy Junior nous avait bien mis en garde à propos de ces artistes…

Elle regarda le salon à travers les portes de la terrasse en portant sa main à ses cheveux comme si elle redoutait qu'ils ne s'envolent.

— Pensez-vous que nous puissions rentrer à présent ?

Elles se retournèrent, prêtes à entrer. Celia, qui ne portait qu'un mince cardigan, serrait les bras contre sa poitrine tout en trépignant impatiemment près de la porte.

— Cette pluie est glaciale. Et je n'ai pas pris de manteau.

— C'est le cas de nous tous, ma chère. Venez, Dee Dee. Allons voir ce qu'ils ont fait de votre époux.

Seule Lottie resta plantée là, immobile, les yeux rivés sur la fresque, dissimulant le brusque tremblement de ses mains en les enfonçant profondément dans ses poches.

Guy se tenait à quelques mètres d'elle. Comme elle arrachait son regard des images qu'elle avait sous les yeux, elle se rendit compte que, de l'angle où il se trouvait, il avait dû la voir lui aussi. À l'extrême gauche, légèrement à l'écart de la quinzaine d'autres personnages, peut-être inachevée en matière de tons et de coups de pinceau. Une fille vêtue d'une longue robe émeraude avec des boutons de rose dans les cheveux. Elle se penchait en avant, une expression empreinte de secrets sur le visage, pour accepter une pomme que lui tendait un homme arborant un soleil dans le dos.

Lottie regarda l'image, puis reporta son attention sur Guy. Il avait blêmi tout à coup.

Lottie s'était hâtée de rentrer à la maison avant les autres, sous le prétexte d'aider Virginia à préparer le dîner, bien qu'en réalité, elle fût la proie d'un désir irrépressible de prendre la fuite. Elle ne pouvait plus s'obliger à faire poliment la conversation, ni regarder Celia en dissimulant l'envie qui s'affichait dans ses yeux, ni être près de lui. L'entendre. Le voir. Elle avait couru tout du long, la poitrine oppressée, l'air lui malmenant les poumons, son souffle lui emplissant les oreilles. Indifférente au froid, au vent, à l'humidité sur son visage, et au fait que sa natte s'était défaite et que ses cheveux emmêlés formaient des ficelles salées.

C'est insoutenable, se dit-elle. *Absolument insoutenable.*

Elle était en haut, en sécurité, en train de faire couler le bain de Freddie et de Sylvia, quand ils rentrèrent. Ravie d'être déchargée de cette tâche, Virginia prenait leurs manteaux, et elle entendit Mrs Holden s'exclamer qu'elle n'avait jamais été aussi gênée de sa vie. Dee Dee riait. La singularité des habitants d'Arcadia avait apparemment créé des liens entre elles. Tandis que la vapeur s'élevait de la baignoire, emplissant la pièce, Lottie prit sa tête à deux mains. Elle se sentait fiévreuse ; elle avait la gorge sèche.

Je suis peut-être en train de mourir, pensa-t-elle, non sans mélodrame.

Mourir serait sans doute plus facile.

— Puis-je apporter ma vache dans la baignoire ?

Freddie apparut à la porte de la salle de bains, déjà nu et serrant contre lui un animal de ferme. Ses bras étaient maculés de graisse et du sang séché du renard mort.

Lottie hocha la tête. Elle était trop fatiguée pour lutter.

—J'ai besoin de faire pipi. Sylvia dit qu'elle ne prend pas de bain ce soir.

—Bien sûr que si, répondit Lottie d'un ton las. Sylvia, viens ici, s'il te plaît.

—Je n'arrive pas à attraper mon gant de toilette. Peux-tu me donner mon gant de toilette ?

Elle allait devoir partir. Elle avait toujours su qu'elle ne pourrait pas rester ici éternellement, mais la présence de Guy avait précipité les choses. Il était hors de question qu'elle reste là une fois qu'ils seraient mariés. Ils viendraient constamment et ce serait trop cruel de les voir ensemble. En outre, elle allait devoir trouver une très bonne raison pour ne pas assister au mariage.

Oh, mon Dieu, le mariage !

—J'ai besoin d'un gant de toilette propre. Celui-ci sent mauvais.

—Oh, Freddie…

—C'est vrai. Il sent. Beurk ! L'eau est trop chaude. Regarde, ma vache est morte. Tu as mis de l'eau trop chaude et ma vache est morte.

—*Sylvia.*

Lottie ajouta de l'eau froide dans le bain.

—Est-ce que je peux me laver les cheveux tout seul ? Virginia me laisse me laver les cheveux tout seul.

—Ce n'est pas vrai. *Sylvia.*

—Est-ce que je suis jolie ?

Sylvia avait fouillé dans la trousse à maquillage de Mrs Holden. Elle avait les joues toutes rouges, comme si elle se remettait de quelque maladie médiévale, et deux blocs bleus, scintillants et dégoulinants, lui auréolaient les yeux.

— Seigneur ! Ta mère va te donner une correction. Enlève ça tout de suite.

Sylvia croisa les bras.

— Mais ça me plaît.

— Veux-tu que ta mère t'enferme dans ta chambre demain ? Parce que je t'assure, Sylvia, si elle te voit comme ça, c'est ce qu'elle va faire.

Lottie avait du mal à ne pas perdre son sang-froid. Les traits de Sylvia se tordirent et elle porta une main couverte de rouge à lèvres à son visage.

— Mais je veux…

— Puis-je entrer ?

Lottie, qui se démenait pour enlever les chaussures de Sylvia, leva les yeux et se sentit rougir. Il était incliné sur le seuil, hésitant à demi, comme s'il n'était pas sûr de pouvoir approcher. L'air marin, frais et salé, couvrait la vapeur et les effluves de savon.

— J'ai tué un ours aujourd'hui, Guy. Regarde ! Regarde tout ce sang !

— Lottie, j'ai besoin de vous voir.

— Je me suis bagarré avec lui à mains nues. Je protégeais ma vache, tu comprends. As-tu vu ma vache ?

— Est-ce que tu me trouves jolie, Guy ?

Lottie n'osait pas bouger tant elle redoutait de se briser ; tous les morceaux s'émietteraient alors en un rien de temps. Elle avait tellement chaud.

— C'est à cause de Frances, dit-il.

Et son cœur, qui s'était autorisé un petit frémissement, chavira.

Il était venu l'informer de quelque dispute domestique qui se déroulait en bas. Peut-être allait-il chercher Frances à la gare.

À moins que Mr Bancroft n'eût décidé d'acheter quelques œuvres de Frances.

Elle regarda ses mains, qui tremblaient presque imperceptiblement.

— Oh ! fit-elle.

— J'ai mis du rouge à lèvres. Regarde ! Guy, regarde !

— Oui, répondit-il distraitement. Superbe, ta vache, Freddie. Vraiment.

Il n'avait pas l'air de vouloir entrer dans la pièce. Il leva les yeux vers le plafond, puis les baissa, comme s'il se débattait avec quelque chose. Il y eut un long silence, durant lequel Sylvia essuya son maquillage avec le gant de toilette propre de Mrs Holden sans que personne prête attention à elle.

— Oh, c'est impossible. Écoutez, je voulais vous dire… (il se frotta les cheveux) qu'elle avait vu juste. Sur le tableau. La fresque, je veux dire.

Lottie leva les yeux vers lui.

— Frances s'en est rendu compte. Elle s'en est rendu compte avant moi.

— Rendu compte de quoi ?

Freddie avait fait tomber sa vache hors de la baignoire et se penchait dangereusement sur le côté.

— Je crois que je suis probablement le dernier à le voir.

Il était nerveux et jetait des coups d'œil exaspérés aux deux enfants.

— Mais elle a raison, n'est-ce pas ?

Lottie cessa d'avoir chaud ; elle ne sentait plus ses mains trembler. Elle poussa un long soupir vacillant. Puis elle sourit. Un doux sourire lent, s'offrant pour la première fois le luxe de le regarder sans redouter ce qu'il risquait de voir.

— Dites-moi qu'elle a raison, Lottie.

Sa voix, un murmure, s'apparentait curieusement à une excuse.

Lottie tendit à Freddie un gant de toilette propre. Essaya de transmettre tout un monde dans le plus vague des coups d'œil.

— Je m'en suis rendu compte bien avant la fresque, dit-elle.

Chapitre 7

Ses joues brillaient incontestablement ce matin – à son avis, en tout cas. En se penchant pour mettre un peu de mascara (pas trop, c'était la messe du dimanche), elle pouvait même se laisser aller à penser qu'elle paraissait un peu plus jeune que d'habitude. Son front semblait un peu moins plissé, et peut-être y avait-il moins de rides d'anxiété autour de ses yeux. Ce rajeunissement était partiellement dû, force était de le reconnaître, au succès de la visite des Bancroft. En dépit de la dispute mortifiante entre l'actrice et son amie, Dee Dee (quels noms extraordinaires ces Américains se donnaient !) avait trouvé tout cela des plus amusant, comme s'il s'était agi d'une attraction touristique organisée tout spécialement pour eux. Guy Senior s'était déclaré plus que ravi des toiles qu'il avait achetées à Mr Armand. Elles devraient se révéler être un bon petit investissement, avait-il affirmé après le souper, tandis qu'ils rangeaient soigneusement les tableaux dans sa voiture. Il avait décidé que tous ces trucs modernes lui plaisaient assez. En son for intérieur, Mrs Holden pensa qu'elle aurait préféré mourir plutôt que d'en avoir un sur le mur de son salon – on aurait dit quelque chose que Mr Beans aurait vomi.

Mais Dee Dee s'était bornée à la gratifier d'un grand sourire de connivence toute féminine en disant :

— Si ça peut te faire plaisir, mon chéri.

Après quoi, ils étaient partis en promettant d'autres fruits et d'autres visites avant le mariage.

Et puis il y avait Celia : elle semblait un peu moins soupe au lait qu'elle ne l'avait été ces derniers temps. Elle faisait davantage d'efforts. Mrs Holden s'était demandé (à voix haute) si elle n'avait pas négligé Guy quelque peu.

Trop accaparée par le mariage, elle en avait oublié son fiancé. Mrs Holden avait éprouvé un soupçon de culpabilité à l'idée qu'elle y était peut-être pour quelque chose. On ne pouvait pas s'empêcher d'être terriblement absorbé par les préparatifs d'un tel événement. Mais Guy s'était montré un peu plus prévenant vis-à-vis de sa fille, et Celia, en retour, faisait à l'évidence de son mieux pour paraître à son avantage, lui faire du charme et l'intéresser par ses propos. Pour mettre tous ses atouts de son côté, Mrs Holden lui avait donné des revues féminines qui insistaient sur la nécessité de demeurer séduisante aux yeux de son mari… et sur d'autres sujets encore qu'elle n'aurait pu aborder avec sa fille sans être mal à l'aise.

Elle se sentait néanmoins plus capable qu'à l'ordinaire de prodiguer des conseils matrimoniaux. Au cours des derniers jours, Henry Holden s'était montré étonnamment agréable à son égard. Il était rentré à l'heure deux jours de suite et s'était débrouillé pour éviter les rendez-vous tardifs. Il avait proposé d'emmener toute la famille déjeuner au Riviera pour se faire pardonner d'avoir été absent durant presque tout le séjour des Bancroft.

Plus important, la veille au soir (là, elle se sentit rosir légèrement), il lui avait même fait une petite visite dans son lit pour la première fois depuis le retour de Celia, quelque six semaines auparavant. Henry n'était certainement pas un romantique. Mais c'était agréable d'être l'objet de son attention.

Mrs Holden lança un coup d'œil derrière elle aux lits jumeaux, dont les dessus-de-lit en chenille de coton impeccables jetaient des dais discrets sur les secrets de la nuit. Ce cher Henry. Cette horrible rousse était enfin partie.

Presque inconsciemment, elle posa son rouge à lèvres et tapota la surface en noyer verni de sa coiffeuse. Oui, les choses allaient très bien en ce moment.

Couchée dans son lit, à l'étage, Lottie écoutait Celia et les enfants, en bas, en train de rassembler leurs manteaux en vue de la marche jusqu'à l'église.

Dans le cas de Freddie, cela impliquait diverses exclamations et menaces marmonnées, suivies de vives protestations d'innocence, clôturées par un claquement de portes. Pour finir, accompagnée par les cris exaspérés de sa mère, la fermeture de la porte d'entrée signifiait qu'à part elle, la maison était désormais vide. Elle demeura immobile, l'écoutant remuer, attentive aux sons le plus souvent noyés par les piaillements des enfants : le tic-tac de l'horloge dans l'entrée, le doux grondement intestinal et le sifflement du chauffe-eau, et le claquement lointain des portières de la voiture, dehors. Elle resta là, sentant ces bruits s'insinuer dans sa tête chaude en espérant pouvoir jouir de ce moment de solitude par trop rare.

Elle était malade depuis presque une semaine. Cela remontait précisément au lendemain du Grand Aveu, ou le Dernier Jour qu'elle l'avait vu, ces deux événements étant d'une importance telle qu'ils requéraient des capitales. La nuit après que Guy lui eut révélé ses sentiments, elle était restée éveillée jusqu'aux petites heures du matin, brûlante, fiévreuse, agitée, tremblant de tous ses membres. Au début, elle s'était dit que ses pensées chaotiques et délirantes étaient dues au terrible sentiment de culpabilité qu'elle éprouvait.

Mais, le matin venu, après avoir examiné sa gorge, le Dr Holden avait attribué ses troubles plus prosaïquement à un simple refroidissement, et lui avait prescrit une semaine de repos au lit et autant de liquide qu'elle arriverait à boire.

Celia, bien que compatissante, avait aussitôt déménagé dans la chambre de Sylvia (« Désolée, Lot, mais il est hors de question que je tombe malade avec la cérémonie du mariage à organiser. »), et Lottie s'était retrouvée toute seule avec, pour unique visiteuse régulière, une Virginia d'humeur ronchonne, il fallait le reconnaître, lui apportant des plateaux garnis de bols de soupe et de verres de jus de fruits, outre les occasionnelles apparitions de Freddie « pour voir si elle était déjà morte ».

À certains moments, Lottie regrettait de ne pas être morte. Elle s'était entendue marmonner dans la nuit, terrifiée à la pensée de se trahir dans son délire. Elle ne supportait pas qu'après qu'il eut finalement fait écho à ses sentiments, elle fût bannie loin de sa présence aussi sûrement que si elle avait été Rapunzel enfermée dans une tour, les cheveux coupés court. Car, s'ils trouvaient d'ordinaire une dizaine de raisons de tomber l'un sur l'autre dans la maison, sans parler d'aller promener le chien, on ne voyait pas pourquoi un jeune homme, de surcroît fiancé à la jeune fille de la maison, entrerait dans la chambre d'une autre.

Au bout de deux jours, incapable de supporter son absence plus longtemps, elle s'était forcée à descendre chercher de l'eau, rien que pour l'apercevoir. Mais elle avait failli s'effondrer dans le couloir. Mrs Holden et Virginia, avec moult grognements et réprimandes, l'avaient ramenée à l'étage, ses bras pâles appuyés faiblement sur leurs épaules. Durant une fraction de seconde, seulement, elle avait croisé son regard, mais ce bref échange avait suffi à la convaincre qu'il y avait une compréhension entre eux, et cela avait alimenté sa foi pendant une longue journée et une longue nuit.

Elle avait senti sa présence. Pour elle, il avait fait venir des raisins d'Afrique du Sud, dont la peau douce et tendue laissait exploser leur saveur. Il lui avait fait porter des citrons d'Espagne, à ajouter à de l'eau bouillante et à du miel pour soulager sa gorge, et des figues charnues et meurtries pour l'inciter à manger. Mrs Holden avait remarqué, sur un ton admiratif, combien sa famille était généreuse et en avait, à coup sûr, gardé quelques-unes pour elle.

Ce n'était pas suffisant cependant. Et comme quelqu'un en train de mourir de soif à qui l'on offre une goutte d'eau, Lottie ne tarda pas à se rendre compte que ces petits goûts de lui ne faisaient qu'aggraver les choses. Elle se torturait à présent en l'imaginant, en son absence, redécouvrant les multiples charmes parfumés de Celia. Comment pourrait-il en être autrement alors que Celia passait son temps à trouver de nouveaux moyens de le séduire? «Que penses-tu de cette robe, Lot? disait-elle en se pavanant devant elle dans la chambre. Tu crois qu'elle me donne l'air d'avoir davantage de poitrine?» Et Lottie de sourire faiblement et de s'excuser, prétextant le besoin d'une sieste.

La porte d'entrée en bas se rouvrit. Réveillée, Lottie écouta les pas montant l'escalier.

Mrs Holden se tenait sur le seuil.

—Lottie, ma chère, j'ai oublié de te dire. Il y a des sandwichs pour toi dans le réfrigérateur. Nous irons sans doute directement de l'église à l'hôtel pour déjeuner. Il y en a un aux œufs et au cresson, quelques-uns au jambon, puis j'ai laissé un pot d'orge au citron. Henry dit que tu devrais essayer de tout boire aujourd'hui. Tu ne bois toujours pas assez.

Lottie parvint à ébaucher un sourire reconnaissant.

Mrs Holden tirailla sur ses gants, en regardant le lit, ignorant Lottie, comme si elle réfléchissait à quelque chose. Puis, spontanément, elle s'approcha d'un pas vif, remonta les couvertures et les cala avec soin sous le matelas. Cela fait, elle tâta le front de Lottie.

— Tu es encore un peu chaude, dit-elle. Ma pauvre petite. Tu as eu une semaine difficile, n'est-ce pas ?

Lottie avait rarement perçu une telle douceur dans sa voix. Quand Mrs Holden, après avoir lissé en arrière ses cheveux, qui avaient besoin d'un shampoing, lui pressa la main, elle la lui pressa en retour.

— Est-ce que ça ira toute seule ?

— Très bien, merci, croassa-t-elle. Je crois que je vais probablement dormir.

— Bonne idée.

Mrs Holden se tourna, prête à quitter la pièce, tout en tapotant ses propres cheveux.

— Nous serons de retour vers 14 heures, je suppose. Nous mangerons de bonne heure à cause des enfants. Dieu sait comment Freddie va se comporter au restaurant. Je devrais sûrement baisser la tête de honte avant l'arrivée du chariot à desserts…

Elle jeta un coup d'œil dans son sac.

— Voilà deux aspirines. N'oublie pas ce que Henry t'a dit. Bois autant que tu le peux.

Lottie se sentait déjà happée par le sommeil.

La porte se referma doucement.

Elle était peut-être endormie depuis quelques minutes, voire des heures, mais elle s'aperçut que le tambourinement était passé sans transition du rêve à l'état de veille, et que, tandis qu'elle regardait fixement la porte, il se faisait de plus en plus persistant. Et même insistant.

— Lottie ?

Elle devait délirer à nouveau. Comme la fois où elle était persuadée que tous les rebords de fenêtres regorgeaient de truites.

Elle ferma les yeux. Elle avait l'impression d'avoir la tête si chaude.

— Puis-je entrer ?

Elle rouvrit les yeux. Il était là, jetant des coups d'œil furtifs derrière lui tout en entrant dans la pièce, sa chemise bleue parsemée de minuscules gouttes de pluie. Un distant grondement de tonnerre lui parvint de dehors.

La pièce s'était obscurcie, la lumière du jour étant comme tachetée et atténuée par les nuages de pluie, de sorte qu'on se serait cru à la tombée de la nuit. Elle se mit sur son séant, le regard voilé par le sommeil, en se demandant si elle ne rêvait pas encore.

— Je pensais que vous étiez allé à la gare.

Il avait dit qu'il allait chercher une caisse de fruits.

— Un mensonge. Le seul que j'ai pu trouver.

La pièce continuait à s'assombrir progressivement et elle discernait à peine son visage. Seuls ses yeux brillaient, la fixant avec une intensité si brûlante qu'elle songea qu'il devait être malade, comme elle. Elle ferma elle-même les paupières un bref instant pour voir s'il serait encore là lorsqu'elle les rouvrirait.

— C'est trop pénible, Lottie. J'ai l'impression… que je suis en train de perdre l'esprit.

La joie. La joie qu'il incarnait. Elle reposa la tête sur l'oreiller en tendant un bras, qui brilla dans la demi-clarté.

— Lottie.

— Venez ici.

Il bondit près d'elle, s'agenouillant sur le sol, et posa la tête sur sa poitrine.

Elle en sentit le poids sur sa chemise de nuit humide, leva la main et s'autorisa à toucher ses cheveux. Ils étaient plus doux qu'elle ne l'aurait pensé, plus doux que ceux de Freddie.

— Vous m'emplissez l'esprit. Je n'arrive plus à y voir clair.

Il leva la tête pour qu'elle puisse voir ses yeux, couleur ambre, en dépit de la pénombre. Elle ne parvenait pas à penser de manière cohérente : son esprit était flou, vague. Rivée sous son poids, elle songea un bref instant que, sans lui, elle risquerait de flotter et de s'envoler par la fenêtre, dans l'infini obscur et humide.

— Oh, mon Dieu ! Vos vêtements sont trempés… Vous êtes malade. Vous êtes malade. Lottie, je suis désolé. Je n'aurais pas dû…

Elle tendit les bras lorsqu'il s'écarta, l'attirant de nouveau vers elle. Il ne lui vint pas à l'esprit de s'excuser de son apparence, de ses cheveux négligés, humides, des odeurs de la maladie : ses sens, sa sensibilité s'étaient perdus dans le désir. Elle tint son visage entre ses mains, ses lèvres si proches des siennes qu'elle sentait son souffle. Marqua une pause une fraction de seconde, consciente, en dépit de son inexpérience, qu'il y avait quelque chose de plus précieux dans l'attente – ce désir. Et puis, avec un gémissement apparenté à l'angoisse, il fut sur elle. Aussi doux qu'un fruit défendu.

Richard Newsome mangeait de nouveau des bonbons. Elle le voyait les engouffrer l'un après l'autre – un culot pas possible, comme s'il était assis au dernier rang d'un cinéma –, sans même tenter de dissimuler le bruissement des emballages. Cela dénotait un manque de respect et c'était incontestablement une preuve de laxisme de la part de sa mère, assise à côté de lui, comme s'il n'avait rien à voir avec elle. Certes, comme Sarah Chilton l'avait souvent fait observer, tous les Newsome étaient comme ça : ils ne se souciaient jamais des bonnes manières, de la bienséance, tant que tout allait bien pour eux.

Mrs Holden lui décocha un regard noir durant le Psaume 109, mais il ne lui prêta pas la moindre attention. Il se borna à déballer méthodiquement un bonbon violet, qu'il regarda de l'air absorbé et dégagé d'une vache en train de mâchonner, avant de l'engloutir.

C'était très fâcheux d'être à ce point distraite par le fils Newsome et ses emballages de bonbons. Elle avait eu l'intention de concentrer son attention sur Lottie et ce qu'elle allait faire d'elle après le mariage de Celia. C'était vraiment problématique : elle devait se douter qu'elle ne pourrait pas rester indéfiniment chez les Holden, qu'elle devrait décider de ce qu'elle allait faire de sa vie. Elle lui aurait bien proposé de l'inscrire dans un cours de secrétariat, mais Lottie insistait sur le fait qu'elle ne voulait pas retourner à Londres. Elle lui avait suggéré l'enseignement – elle était douée avec les enfants, après tout –, mais la jeune fille avait accueilli cette idée avec un air de dégoût, comme si elle lui avait conseillé d'aller gagner sa vie dans les rues.

L'idéal serait de la marier : Joe était très attaché à elle, à en croire Celia, mais elle avait l'esprit si contrariant que cela ne l'étonnait guère qu'ils fussent en froid ces derniers temps.

Henry ne l'aidait pas beaucoup. Les rares fois où elle lui avait fait part de ses inquiétudes au sujet de Lottie, il s'était énervé en disant que la pauvre fille avait déjà assez de soucis comme ça, qu'elle ne posait pas de problèmes et qu'elle finirait bien par dénicher un travail convenable. Mrs Holden ne voyait pas trop quels soucis Lottie pouvait bien avoir : elle était nourrie, logée et blanchie depuis une bonne dizaine d'années. Mais elle n'aimait pas se quereller avec Henry (surtout en ce moment). Aussi avait-elle laissé tomber.

— Bien sûr qu'elle doit rester avec nous aussi longtemps qu'elle le souhaite, avait-elle affirmé à Deirdre Colquhoun. Nous l'aimons comme si elle était notre propre fille.

Quelquefois, comme lorsqu'elle l'avait vue couchée, malade et vulnérable dans ce lit d'enfant, elle le pensait sincèrement. Lottie était beaucoup plus facile à aimer quand elle était vulnérable, lorsque ses piquants de hérisson se dissolvaient en sueur et en larmes. Mais quelque chose d'infime et des plus malaisé en Susan Holden lui disait que ce n'était pas vrai.

Elle donna un petit coup de coude à Henry lorsque la corbeille de la quête approcha d'eux, dans leur rangée. En soupirant, il plongea la main dans sa poche intérieure, en tira un billet non identifié et le déposa dans le petit panier.

En tenant son nouveau sac bien en évidence devant elle, Mrs Holden le lui prit des mains et le fit passer, satisfaite à l'idée qu'on les eût vus faire ce qu'il convenait.

— Joe ? Hé, Joe.

Celia saisit le bras de Joe alors qu'il sortait de l'église sous un ciel qui s'éclaircissait, la brise puissante ayant chassé les derniers nuages de l'orage en direction de l'horizon. Les trottoirs étaient luisants de pluie et elle jura entre ses dents quand une flaque, qui avait échappé à son attention, expédia une giclée d'eau sale jusqu'à son tibia.

Joe se retourna, surpris par la nature physique du salut de Celia. Il portait une chemise bleu pâle et un chandail sans manches, et ses cheveux, généralement striés d'huile de moteur, avaient été lissés en arrière dans un esprit de révérence à la hauteur des circonstances.

— Oh… Bonjour, Celia.

— As-tu vu Lottie ?

— Tu sais bien que non.

— Elle n'est pas très bien.

Elle continua de marcher à sa hauteur, consciente du regard de sa mère, qui l'observait depuis le portail de l'église. Ce serait une bonne chose de les réconcilier, lui avait-elle dit. Lottie allait se sentir terriblement seule après le départ de Celia.

— Elle est vraiment malade, avec de la fièvre et tout ça. Elle a carrément eu des hallucinations.

Joe s'arrêta net.

— Qu'est-ce qu'elle a ? demanda-t-il.

— Un mauvais refroidissement. Vraiment mauvais. Elle a failli mourir.

Joe blêmit. Il s'immobilisa et lui fit face.

— Mourir ?

— Enfin, elle va mieux maintenant, mais oui, ça a été tragique. Papa s'est fait un sang d'encre pour elle. C'est tellement triste…, acheva-t-elle d'un ton théâtral.

Joe attendit.

— Qu'est-ce qui est triste ? finit-il par demander.

— Cette dispute. Avec toi. Et ses appels…

Elle s'interrompit brusquement, comme si elle en avait trop dévoilé.

Joe fronça les sourcils.

—Quels appels ?

—Oh ! rien, rien, Joe. Oublie ce que je t'ai raconté.

—Allons, Celia. Qu'étais-tu sur le point de dire ?

—Je ne peux pas, Joe. Ce serait déloyal.

—Comment cela pourrait-il être déloyal si nous sommes, tous les deux, ses amis ?

Celia inclina la tête de côté d'un air songeur.

—Bon. Mais tu ne dois pas lui dire que je t'en ai parlé. Elle t'a appelé dans son délire. Enfin, quand elle était au pire. J'étais là, à lui essuyer le front, et elle murmurait : « Joe… oh, Joe… » Je ne pouvais pas la rassurer, puisque vous vous étiez disputés.

Joe la regarda d'un air soupçonneux.

—Elle m'a appelé par mon nom ?

—À n'en plus finir. Enfin, assez souvent. Quand elle était vraiment malade.

Il y eut un long silence.

—Tu ne serais pas en train de me conter des salades, hein ?

Un éclair passa dans le regard de Celia. Elle croisa les bras, offensée.

—À propos de ma propre sœur? Pour ainsi dire? Joe Bernard, je ne t'ai jamais entendu dire une chose aussi méchante. Je t'annonce que cette pauvre Lottie t'a réclamé, et tu me réponds que je dois relater des mensonges. Eh bien, je regrette de t'avoir révélé quoi que ce soit.

Sur ce, elle pivota sur ses talons aiguilles et s'éloigna de lui d'un pas vif.

Ce fut au tour de Joe de la saisir par le bras.

—Celia. Celia, je suis désolé. S'il te plaît. Arrête-toi.

Il était tout essoufflé.

— C'est juste que j'ai un peu de peine à croire que Lottie puisse me réclamer… Mais, si elle est vraiment malade, c'est terrible. Je suis désolé de ne pas avoir été là.

Il paraissait abattu.

— Je ne le lui ai pas encore dit, tu sais, reprit Celia en le regardant dans le blanc des yeux.

— Quoi donc ?

— Que tu fréquentais Virginia.

Joe s'empourpra. La rougeur monta depuis son cou, comme si son visage était une éponge rose s'imprégnant d'eau.

— Tu ne pouvais pas t'imaginer que cela resterait secret bien longtemps, si ? Elle travaille chez nous, après tout.

Joe baissa les yeux en donnant un coup de pied au bord du trottoir.

— Ce n'est pas comme si nous nous fréquentions vraiment. Nous avons juste été à quelques bals ensemble. Il n'y a… enfin, il n'y a rien de sérieux entre nous.

Celia s'abstint de tout commentaire.

— Ce n'est pas comme avec Lottie. Si je pensais avoir une chance avec elle…

Il laissa sa phrase en suspens, se mordit la lèvre, détourna les yeux.

Celia posa une main amicale sur son bras.

— Écoute, Joe, je la connais depuis plus longtemps que quiconque, et tout ce que je peux dire, c'est qu'elle est étrange, notre petite Lot. Quelquefois, elle ne sait pas ce qu'elle veut. Mais je sais que, lorsqu'elle parlait avec son cœur, quand elle était véritablement aux portes de la mort, c'était toi qu'elle réclamait. Alors, voilà. C'est à toi de décider ce que tu souhaites faire à présent.

À l'évidence, Joe réfléchissait très fort. L'effort avait accéléré sa respiration.

— Penses-tu que je devrais aller la voir ? demanda-t-il d'un ton plein d'espoir, au point que c'en était pénible.

— Si je le pense ? Je crois qu'elle en serait enchantée.

— Quand ?

Celia jeta un coup d'œil à sa mère, qui tapotait sa montre.

— Écoute. Mieux vaut tenir que courir. Laisse-moi juste aller prévenir maman que je serai un peu en retard à l'hôtel. Et puis je t'accompagne. Je te laisserais bien y aller tout seul, expliqua-t-elle en riant, tandis qu'elle rejoignait sa mère en courant à demi par petits bonds, mais je ne pense pas que Lottie apprécierait si je te permets de la surprendre en chemise de nuit.

Le bras de Lottie était presque paralysé. Peu lui importait : elle aurait préféré qu'il se détache plutôt que Guy interrompe son étreinte, plutôt que d'extraire son visage paisible au teint de pêche de son repos, plutôt que de couper court au trajet invisible de son souffle. Elle contempla ses yeux clos alors qu'il s'était assoupi un bref instant, le vague lustre de sa sueur séchant sur sa peau, et pensa qu'elle ne s'était jamais sentie aussi reposée de sa vie qu'à cet instant. Comme s'il n'y avait plus aucune tension à éprouver : elle était comme du beurre fondu, adouci.

Il remua dans son sommeil, et elle pencha la tête pour pouvoir déposer un doux baiser sur son front. Il répondit par un murmure, et Lottie sentit son cœur se serrer de gratitude.

Merci, dit-elle à l'adresse de sa divinité. *Merci de m'avoir donné cela. Si je meurs maintenant, je n'éprouverai que de la reconnaissance.*

Elle avait la tête claire à présent. Sa fièvre s'était évaporée aussi rapidement que son désir inassouvi.

Peut-être m'a-t-il guérie, pensa-t-elle.

Peut-être se mourait-elle de son absence. Elle rit en silence.

L'amour m'a rendue fantasque et stupide.

Mais elle ne regrettait rien. Elle ne regrettait rien.

Elle leva les yeux en détournant son attention de lui. Dehors, la pluie crachotait méchamment contre la fenêtre, le vent ébranlant sporadiquement les vitres, là où Mrs Holden avait oublié de caler des bouts de feutre. Ils étaient gouvernés par le temps, ici, sur la côte. Cela changeait tout à la journée – son humeur, ses possibilités. Pour les vacanciers, le temps engendrait et brisait des rêves. À présent, Lottie le considérait avec indifférence. Qu'est-ce qui pouvait bien avoir de l'importance, maintenant ?

La terre pouvait s'ouvrir, et de cette fente jaillir des feux volcaniques. Elle n'en avait que faire tant que ses membres chauds continuaient à l'enlacer, qu'elle sentait sa bouche contre la sienne, l'étrange union désespérée de leurs deux corps. Des sensations à des lieues du peu que Mrs Holden leur avait révélé à propos de l'amour conjugal.

Je t'aime, lui dit-elle en silence. *Je n'aimerai jamais que toi.*

Et tandis que la pluie tombait, ses yeux se remplirent de larmes.

Il bougea et ses paupières s'entrouvrirent. L'espace d'une seconde, il eut un air hagard, comme s'il ne comprenait pas. Puis ses yeux se plissèrent, le souvenir rendant son regard infiniment chaleureux.

— Bonjour.

— Bonjour, toi.

Il concentra son regard, scruta son visage de plus près.

— Tu pleures ?

Lottie secoua la tête en souriant.

— Viens ici.

Il l'attira contre lui et lui déposa une volée de baisers dans le cou. Elle s'abandonna à cette sensation, son cœur vacillant dans sa poitrine.

— Oh, Lottie…

Elle le fit taire en posant un doigt sur ses lèvres. Plongea son regard dans le sien comme si cela pouvait suffire à l'absorber tout entier. Elle ne voulait pas de mots : elle voulait s'imprégner de lui dans ses os, le prendre sous sa peau.

Un peu plus tard, il nicha sa tête dans le creux de son cou. Ils restèrent allongés là, en silence, en écoutant au loin les timbales tonitruantes du vent et de l'orage qui s'éloignait.

— Il pleut.

— Il pleut depuis longtemps.

— Me suis-je endormi ?

— Ce n'est pas grave. Il est encore tôt.

— Désolé, dit-il après une courte pause.

— Pourquoi ?

Elle fit glisser sa main sur le côté de son visage et il serra la mâchoire pour qu'elle la sente bouger.

— Tu étais malade. Et je t'ai attaquée…

— Quelle attaque ! gloussa-t-elle.

— Tu vas bien, dis-moi ? Enfin, je ne t'ai pas fait mal ou quoi que ce soit ?

Lottie ferma les yeux.

— Oh non.

— Es-tu encore malade ? Tu es toute fraîche.

— Je me sens bien.

Elle se tourna pour lui faire face.

— À vrai dire, je me sens mieux.

Il sourit.

— C'était donc ce dont tu avais besoin. Rien à voir avec un refroidissement en définitive.

— Merveilleux remède.

— Mon sang chante ! Crois-tu que nous devrions en parler au Dr Holden ?

Lottie rit. On aurait dit un hoquet, qui n'attendait qu'à se manifester, trop près de la surface.

— Oh, je pense que le Dr Holden a sa version personnelle de ce remède.

Guy leva un sourcil.

— Vraiment ? Mr Holden Parfait Époux ?

Lottie hocha la tête…

— Vraiment ? (Guy tourna son attention vers la fenêtre.) Seigneur ! Pauvre Mrs H.

La mention de son nom les fit taire l'un et l'autre. Lottie finit par bouger le bras, sentant l'invasion incontrôlée de fourmis monter à l'assaut de son épaule. Guy déplaça sa tête complaisamment et ils fixèrent le plafond.

— Qu'allons-nous faire, Lottie ?

C'était la question qui l'avait submergée tout entière. Et lui seul connaissait la réponse.

— Nous ne pouvons pas retourner en arrière, si ?

Il cherchait son réconfort.

— Moi, je ne peux pas. Comment serait-ce possible ?

Il se dressa sur un coude, se frotta les yeux. Ses cheveux étaient collés sur le côté de sa tête.

— Non… mais c'est la catastrophe.

Lottie se mordit la lèvre.

— Il va falloir que je le lui dise tôt ou tard.

Lottie poussa un soupir. Elle avait eu besoin de l'entendre, il fallait qu'il l'avoue sans qu'elle l'y incite. Puis elle pensa aux implications de ce qu'il venait de dire et son estomac se crispa.

— Ça va être terrible, dit-elle en frissonnant. Vraiment terrible.

Elle se mit sur son séant.

— Je vais devoir partir moi aussi.

— Comment ?

— Eh bien, il est hors de question que je reste. Je doute que Celia ait envie de me voir ici.

— Je suppose que non. Où vas-tu aller ?

Elle le regarda.

— Je ne sais pas. Je n'y ai pas pensé.

— Eh bien, il va falloir que tu viennes avec moi. Nous retournerons chez mes parents.

— Mais ils me détesteront.

— Mais non ! Il faudra bien qu'ils s'y habituent et ils finiront par t'adorer.

— Je ne sais même pas où ils habitent. Où tu habites. Je connais si peu de choses.

— Nous en savons assez.

Il prit son visage en coupe.

— Lottie, ma chérie, je n'ai strictement rien de plus à découvrir à ton sujet. En dehors de ce que tu représentes pour moi. Nous allons ensemble, n'est-ce pas ? Comme une paire de gants.

Elle sentit les larmes venir à nouveau. Baissa les yeux, redoutant presque de le regarder étant donné la force des sentiments qu'elle éprouvait.

— Est-ce que ça va ?

Elle hocha de nouveau la tête.

— Voudrais-tu un mouchoir ?

— À vrai dire, je voudrais boire quelque chose. Mrs Holden m'a préparé un pot de jus de citron. Je vais aller le chercher.

Elle glissa les pieds à terre en tendant la main vers sa chemise de nuit.

— Reste là. Je vais y aller.

Il marcha dans la pièce à pas feutrés tout en récupérant ses vêtements.

Lottie le regarda évoluer, sans gêne, s'émerveillant de sa beauté, de la manière dont ses muscles remuaient sous sa peau.

— Ne bouge pas, lui ordonna-t-il.

Puis, après avoir enfilé sa chemise par-dessus sa tête, il disparut.

Lottie resta là, sentant son odeur de sel marin sur sa chemise de nuit humide tout en écoutant le bruit distant du réfrigérateur s'ouvrant en bas, le cliquetis des glaçons dans le verre. Combien de temps pouvait-on écouter le bruit de l'être aimé s'agiter ainsi avant de s'habituer à sa familiarité ? Avant que cela cesse de vous loger une boule dans la gorge, de faire palpiter brièvement votre cœur ?

Elle l'entendit gravir l'escalier, puis il y eut un temps d'arrêt tandis qu'il ajustait sa position de manière à pousser la porte avec sa hanche.

— Me revoilà, dit-il en souriant. Je m'imaginais en train de faire la même chose pour toi dans les Caraïbes. Nous pressons des citrons frais là-bas. Directement de…

Il se figea à l'instant où ils entendirent la clé tourner dans la serrure de la porte d'entrée.

Ils échangèrent un regard épouvanté. Puis, galvanisé, Guy bondit vers ses chaussures et les enfila tout en enfonçant ses chaussettes dans ses poches.

Lottie, frappée d'horreur, se borna à tirer les couvertures autour d'elle.

— Bonjour ! Lot ?

Le bruit de la porte d'entrée se refermant, de pas dans l'escalier. Celia n'était pas seule.

En rougissant, Guy tendit les bras vers le plateau.

— Es-tu décente ?

Le ton chantonnant de Celia était léger, railleur.

— Celia ?

On aurait dit un croassement.

— J'ai un visiteur pour toi.

Le sourire de Celia disparut quand elle ouvrit la porte. Elle les dévisagea tous les deux, sidérée.

— Qu'est-ce que tu fais ici ?

Oh, mon Dieu, c'était Joe derrière elle ! Elle apercevait juste sa tête, qu'il baissait tant il était gêné.

Guy tendit le plateau à Celia.

— J'apportais juste quelque chose à boire à Lottie. Tu peux prendre la relève maintenant que tu es là. Je n'ai jamais été très doué pour jouer les infirmières.

Celia regarda le plateau. Les deux verres.

— J'ai amené Joe, dit-elle, toujours décontenancée. Pour qu'il voie Lottie.

Derrière elle, Joe toussota dans sa main.

— Comme c'est… gentil, dit Lottie. Mais je ne suis pas… j'ai vraiment besoin de me rafraîchir.

— Je vais y aller…, dit Joe.

— C'est inutile, lança Lottie. J'ai… juste besoin de me rafraîchir.

— Non. Vraiment. Je ne veux pas te gêner. Je reviendrai quand tu seras debout.

— Euh… ça me ferait plaisir, Joe.

Celia posa le plateau avec soin sur la table de nuit de Lottie. Puis elle glissa un regard en coulisse à Guy. Elle se lissa les cheveux en un geste inconscient.

— Tu es tout rouge.

Guy porta la main à sa joue comme s'il était surpris. Sur le point de parler, il se ravisa et secoua la tête sans dire un mot.

Il y eut un long silence embarrassé, durant lequel Lottie remonta encore les couvertures sous son menton.

— Je suppose que nous ferions mieux de te laisser en paix, dit Celia en ouvrant la porte à Guy.

Sa voix était basse, saccadée. Elle s'abstint de regarder Lottie.

— Tu es sûr que tu ne veux pas rester, Joe ?

Lottie entendit sa confirmation étouffée. Il devait parler dans sa barbe.

Guy sortit de la pièce en passant devant elle. Lottie remarqua anxieusement que sa chemise dépassait de son pantalon à l'arrière.

— Au revoir, Lottie. J'espère que tu te sentiras mieux.

Cela détonnait, cet enjouement feint.

— Merci. Merci pour le jus de citron.

Celia, qui tenait la porte pour lui, se retourna et s'immobilisa.

— Où sont les fruits ?

— Comment ?

— Les fruits ? Tu devais aller chercher des fruits à la gare. Ils ne sont pas dans l'entrée. Où sont-ils ?

Guy parut désemparé un bref instant, puis il releva la tête d'un air convenu.

— Ils ne sont pas arrivés. J'ai attendu plus d'une demi-heure. Ils n'étaient pas dans le train. Ils arriveront probablement par celui de 14 h 30.

— J'ai entendu dire que vous avez reçu des noix de coco fraîches, dit Joe, trébuchant en haut de l'escalier. Elles ont un drôle d'aspect, ces noix de coco. On dirait des têtes humaines. Sans les yeux.

Celia resta immobile un instant. Puis, le regard rivé au sol, elle passa devant Guy et dévala l'escalier.

Près de quarante-huit heures plus tard, Lottie, toute frissonnante, se trouvait dans la cabine de bain numéro quatre-vingt-sept – qui, à en croire une plaque détachée, avait été connue jadis sous le nom de Saranda. Elle resserra son manteau autour d'elle en tirant la laisse d'un Mr Beans récalcitrant. Il faisait presque nuit et, sans éclairage, la cabine s'assombrissait et devenait de moins en moins accueillante à chaque instant.

Elle avait attendu près de quinze minutes. Quelques minutes de plus, et elle serait forcée de rentrer. Mrs Holden n'aimait pas qu'elle sorte en ce moment. Elle lui avait tâté le front à deux reprises avant de l'autoriser à partir, à contrecœur. Si elle n'avait pas eu envie de passer un quart d'heure seule avec le Dr Holden, Lottie doutait qu'elle l'eût laissée sortir.

Elle entendit le sifflement de pneus de bicyclette sur le sentier. La porte s'ouvrit avec hésitation et elle le vit descendre à la hâte de son vélo, qu'il expédia sans ménagement contre le battant. Ils s'embrassèrent à la va-vite, leurs bouches se scellant maladroitement.

— Je n'ai pas beaucoup de temps. Celia me colle. J'ai juste réussi à m'éclipser parce qu'elle était dans son bain.

— A-t-elle des soupçons ?

— Je ne pense pas. Elle n'a jamais rien dit à propos… Enfin, tu vois.

Il se pencha et tapota Mr Beans, qui lui reniflait les pieds.

— Oh, mon Dieu, c'est horrible. J'ai horreur de raconter des mensonges.

Il l'attira contre lui et déposa un baiser au sommet de sa tête. Elle l'enlaça, humant son odeur, en s'efforçant de graver dans sa mémoire la sensation de ses mains sur sa taille.

— Nous n'avons même pas besoin de leur dire quoi que ce soit. Il nous suffit de partir. En laissant une lettre.

Il parlait dans ses cheveux, comme s'il avait envie de l'inhaler, lui aussi.

— Je ne peux pas faire ça. Ils ont été bons avec moi. Je leur dois au moins des explications.

— Je ne suis pas certain que tu puisses le leur expliquer.

Lottie s'écarta un peu de lui et leva les yeux.

— Ils comprendront, n'est-ce pas Guy ? Il faudra bien qu'ils comprennent. Que nous ne leur voulons pas de mal. Que ce n'est pas notre faute. Parce que nous n'avons pas pu nous en empêcher, n'est-ce pas ?

Elle se mit à pleurer.

— Ce n'est la faute de personne. Certaines choses sont censées se passer. On ne peut pas lutter contre.

— Je tolère mal que notre bonheur doive s'édifier sur tant de malheur. Pauvre Celia. Pauvre, pauvre Celia !

Elle pouvait se permettre d'être généreuse maintenant qu'il lui appartenait. Elle avait été ébranlée elle-même par l'ampleur de sa compassion envers son amie.

Elle s'essuya le nez du revers de la manche.

— Celia s'en sortira. Elle trouvera quelqu'un d'autre.

Lottie éprouva un vague pincement de cœur en entendant le détachement de son ton.

— Parfois, je pense qu'elle n'est même pas amoureuse de moi, mais du fait d'être amoureuse.

Lottie le dévisagea.

— J'ai l'impression, de temps à autre, qu'il n'est pas absolument nécessaire que ce soit moi. Tu comprends ce que je veux dire ?

Lottie pensa à George Bern. Puis elle se sentit singulièrement déloyale.

— Je suis sûre qu'elle t'aime, dit-elle à contrecœur, d'une petite voix.

— Ne parlons pas de ça. Écoute, Lot, il faut que nous élaborions un plan. Nous devons déterminer le moment où nous allons le leur dire. Je ne peux pas continuer à mentir à tout le monde. Cela me met terriblement mal à l'aise.

— Donne-moi jusqu'au week-end. Je verrai si Adeline veut bien de moi. Maintenant que Frances est partie, ils vont avoir besoin d'aide pour la maison. Ça ne me gênerait pas.

— Vraiment ? Je suppose que ça ne serait que temporaire. Je dois simplement éclaircir la situation avec mes parents.

Lottie pressa son visage contre sa poitrine.

— J'aimerais tellement que tout soit réglé. Je voudrais être dans trois mois.

Elle ferma les yeux.

— J'ai l'impression d'attendre une mort ou quelque chose comme ça.

Guy jeta un coup d'œil dehors par la porte.

— Nous ferions mieux de rentrer. Je vais y aller le premier.

Il baissa la tête et l'embrassa sur les lèvres. Elle garda les yeux ouverts pour ne pas manquer ce moment. Derrière lui, les lumières clignotantes d'un navire traversaient le port.

— Sois courageuse, Lottie chérie. Ça ne sera pas éternellement comme ça.

Puis, après avoir passé une main dans ses cheveux, il s'en alla et remonta à toute allure le sentier obscur en direction de la maison.

Celia s'était réinstallée dans sa chambre. Lottie avait gémi intérieurement en voyant sa chemise de nuit posée sur son dessus-de-lit. Elle mentait très bien jadis. À présent, avec toutes ses émotions aussi à vif que si on l'avait retournée comme une peau de bête, elle se rendait compte désormais qu'elle était incompétente en la matière, rougissant à tout bout de champ, usant de faux-fuyants.

Elle était restée à l'écart de son amie dans la mesure du possible, ce qui avait été grandement facilité par la propension que manifestait Celia à un niveau d'activité presque frénétique. Si elle n'était pas sortie pour dépenser l'argent de son père avec une ferveur quasi religieuse (« Regarde ! Ces chaussures ! Il me les fallait absolument ! »), elle triait ses affaires, mettant de côté tout ce qu'elle jugeait « trop jeune » ou « pas suffisamment londonien ». Pendant le dîner, en sécurité grâce à la compagnie des autres, Lottie pouvait se réfugier en elle-même, s'efforçant de concentrer son attention sur son assiette, attirée à contrecœur dans la conversation par le Dr Holden, qui paraissait lui-même étrangement distrait. Mrs Holden, quant à elle, était déterminée à faire parler Guy, le bombardant de questions à propos de ses parents, de leur vie à l'étranger, lui souriant et battant des paupières aussi coquettement que si elle avait été Celia elle-même. Celia et Lottie, au grand soulagement de cette dernière, ne s'étaient heurtées qu'une seule fois, la veille au soir, quand Lottie avait admiré la nouvelle coupe de cheveux (en dégradé) de Celia, avant de supplier qu'elle pût, elle aussi, se retirer pour prendre un long bain chaud.

Ce fut donc un choc pour Lottie lorsqu'en revenant de sa promenade, haletante et soucieuse, avec Mr Beans, elle trouva Celia allongée sur son lit, enveloppée dans une serviette de bain et apparemment absorbée par une revue sur les mariages.

On aurait dit que la chambre avait rétréci.

— Bonjour, dit-elle en ôtant ses chaussures. J'étais... sur le point de prendre un bain.

— Maman est dans la salle de bains, répondit Celia en tournant une page. Il va falloir que tu attendes un moment. Il n'y aura plus d'eau chaude.

Ses jambes étaient longues et pâles. Elle avait du vernis rose sur les doigts de pied.

— Oh !

Lottie s'assit, ses souliers à la main, le dos tourné à Celia, en pensant furieusement aux endroits où elle pourrait aller. Jadis, elles passaient un temps infini couchées sur leurs lits, à développer les sujets les plus triviaux pendant des heures. À présent, Lottie ne supportait plus l'idée d'être seule avec Celia, même quelques minutes. Freddie et Sylvia étaient couchés, et il y avait peu de chances que le Dr Holden eût envie de parler.

Je pourrais toujours appeler Joe, pensa-t-elle. *Je demanderai au Dr Holden si je peux téléphoner.*

Elle entendit le bruit sec de la revue se refermant derrière elle. Celia se tourna dans sa direction.

— En fait, Lot, j'ai besoin de te parler.

Lottie ferma les yeux.

Oh, mon Dieu, s'il vous plaît...

— Lot ?

Elle lui fit face, se forçant à sourire, et posa ses chaussures avec soin près de son lit.

— Oui ?

Celia la dévisageait sans ciller. Ses yeux étaient d'un bleu presque étrange, remarqua Lottie.

— C'est un peu… difficile.

Il y eut un bref silence, durant lequel Lottie glissa ses mains subrepticement sous son séant. Elles s'étaient mises à trembler.

S'il te plaît, ne me pose pas la question, supplia-t-elle en pensée. *Je serai incapable de te mentir. Mon Dieu, faites qu'elle ne me pose pas la question.*

— Qu'est-ce qu'il y a ?

— Je ne sais pas vraiment comment te le dire… Écoute. Ce que je suis sur le point de t'avouer doit absolument rester entre nous.

Le souffle de Lottie s'était logé haut dans sa poitrine. L'espace d'un instant, elle crut qu'elle allait s'évanouir.

— Que se passe-t-il ? chuchota-t-elle.

Le regard de Celia était imperturbable. Lottie se rendit compte qu'elle ne pouvait pas détourner les yeux des siens.

— Je suis enceinte.

Chapitre 8

En principe, c'était prévu pour les cas d'urgence. Comme l'après-midi où l'on avait trouvé la petite fille de cinq ans qui s'était noyée dans le port, à Mer Point. Ou lorsqu'il devait annoncer une nouvelle qui requérait d'abord que l'on s'assît – quelquefois, une bonne rasade de whisky les aidait à supporter un peu mieux les choses. Mais en lorgnant la bouteille de malt quinze ans d'âge dans son tiroir du haut, le Dr Holden songea qu'il y avait des jours où une goutte ou deux pouvaient, en toute justice, être considérées comme un remède. Pas seulement un remède. Une nécessité.

Parce que, s'il se laissait aller à y penser, ses réserves ne se limitaient pas à celles d'un père conduisant sa fille bien-aimée à l'autel. Ces sentiments d'anxiété et de solitude imminente étaient liés au sort qui lui serait désormais réservé : une union stérile, sans amour, avec une femme malheureuse et agitée. Une vie sans même la diversion de Gillian, maintenant qu'elle était partie pour Colchester. Elle s'était montrée un peu trop directe, sans jamais lui laisser croire qu'il pût être autre chose qu'un point de relais sur sa route, mais elle était drôle, agréablement irrespectueuse, et elle avait une peau comme l'albâtre de ces fresques en marbre – lisse, parfaite, mais chaude. Oh, mon Dieu, oui ! Chaude. Seulement, elle était partie à présent. Et Celia, l'unique autre objet de beauté dans sa vie, s'apprêtait à faire la même chose. Quel espoir lui restait-il ? Rien qu'un lent acheminement vers l'âge mûr, avec d'interminables jérémiades, et ses après-midi, de temps en temps, au bar du club de golf, en compagnie d'Alderman Elliott et de ses compères, lui tapant dans le dos et l'informant joyeusement que ses meilleures années étaient loin derrière lui.

Henry Holden tendit le bras vers le petit verre médical à mesurer posé sur l'étagère derrière lui, puis il s'assit et se versa lentement quelques doigts de whisky. Il n'était qu'un peu plus de 10 heures. Le passage brûlant du whisky dans sa gorge provoqua une sensation d'abrasion, presque étouffante. Mais ce petit acte de rébellion avait quelque chose de rassurant.

Elle le remarquerait, bien évidemment. Elle tendrait les bras pour redresser sa cravate ou exécuter quelque autre tripotage possessif qui lui viendrait à l'esprit, et puis, humant son haleine, elle reculerait d'un pas et le dévisagerait, manifestant une vague pointe de dégoût. Mais elle ne dirait rien. Elle afficherait juste cet air légèrement meurtri qu'il ne supportait pas, celui qui évoquait toutes les croix portées et les interminables journées de martyre. Et, sans en parler directement, elle trouverait un moyen subtil de lui faire savoir qu'il l'avait déçue, qu'il l'avait laissée tomber une fois de plus.

Il remplit à nouveau son verre à mesurer et engloutit deux autres doigts de whisky. Ce fut facile cette fois-ci, et il savoura la brûlure qui se prolongeait à l'intérieur de sa bouche.

Maîtres de leur domaine, les appelait-on. Rois de leurs châteaux.

Foutaises ! Les désirs, les besoins, les malheurs de Susan Holden dominaient leur mariage aussi sûrement que si elle les avait écrits noir sur blanc et marqués sur sa peau au fer rouge. Rien n'échappait à son regard ; rien n'éveillait non plus en elle un sentiment de bonheur spontané. Il ne restait rien de la fille d'un avoué jolie et insolente qu'elle était lorsqu'ils s'étaient rencontrés, avec une taille qu'il pouvait enserrer de ses deux mains et une lueur dans les yeux qui lui faisait chavirer l'estomac. Cette Susan-là s'était fait lentement dévorer par cette pitoyable matrone, cet être anxieux, tourmenté, obnubilé par la manière dont les choses devaient paraître, et non point être.

Regarde-nous ! avait-il envie de crier quelquefois. *Regarde ce que nous sommes devenus ! Je ne veux pas mes chaussons ! Peu m'importe si Virginia n'a pas acheté le poisson qu'il fallait ! Je veux retrouver ma vie d'antan – celle où nous restions cachés des jours entiers, où nous pouvions faire l'amour jusqu'à l'aube, où nous parlions vraiment. Pas seulement ce jacassement interminable qui, dans ton monde, veut se faire passer pour de la conversation.*

Il avait été tenté, une ou deux fois, de le faire, mais il savait qu'elle ne comprendrait pas : elle se bornerait à le dévisager, les yeux écarquillés d'horreur. Et puis, avec un frisson à peine réprimé, elle se ressaisirait et lui proposerait une tasse de thé. Ou peut-être un biscuit. « Quelque chose pour te remonter un peu. »

D'autres jours, il pensait que la vie n'avait peut-être jamais été telle qu'il se l'imaginait. De même qu'on se souvenait des étés de son enfance, chauds, interminables, on se remémorait aussi les nuits d'amour jamais vécues, une passion sans complication jamais vraiment éprouvée. Aussi Henry Holden battait-il toujours un peu plus en retraite. Il fermait son esprit à ce qu'il avait perdu. Telle une souris sur sa roue, se bornant à continuer à aller de l'avant tout en essayant de ne pas regarder autour. Et, la plupart du temps, ça marchait.

La plupart du temps.

Seulement, à la fin de cette journée, Celia, ses espiègleries, ses sautes d'humeur et son rire seraient partis.

S'il vous plaît, mon Dieu, pensa-t-il, *faites qu'elle ne finisse pas comme sa mère. Qu'elles échappent toutes les deux à notre sort.*

Au départ, il n'avait pas compris pourquoi Celia était tellement pressée de se marier, sa détermination à faire avancer les choses. Il ne la croyait pas vraiment quand elle disait que les mariages en octobre étaient à la mode. Mais il avait noté sa panique et son irritation lorsque Susan avait commencé à faire tout un tas d'histoires en repoussant la date à l'été suivant, et il avait compris. Elle mourait d'envie de s'en aller. De se soustraire à l'atmosphère étouffante de la maison. Qui l'en blâmerait ? Secrètement, il rêvait d'en faire autant.

Et puis il y avait Lottie, dont la tristesse à la perspective du départ imminent de Celia l'avait fait souffrir pour elle en silence. Cette étrange Lottie, indéchiffrable, attentive, qui lui réchauffait encore le cœur à l'occasion par ses sourires spontanés. Elle avait toujours eu un sourire spécial pour lui, même si elle n'en était pas consciente. Elle lui avait fait confiance, l'avait aimé comme une petite fille, plus que quiconque. Jadis, elle le suivait à la trace, plaçant sa petite main dans la sienne. Il y avait toujours un lien entre eux, il le sentait. Elle comprenait à propos de Susan. Il s'en rendait compte à la manière dont elle les observait.

Mais elle ne serait plus là bien longtemps. Susan faisait déjà moult allusions à des projets d'avenir, à ce qui serait censément le mieux pour elle.

Et puis, après le départ de Lottie, celui des petits, ils ne seraient plus que tous les deux, à tourner l'un autour de l'autre. Enfermés dans leur malheur respectif.

Il faut que je me ressaisisse, se dit le Dr Holden. *Mieux vaut ne pas trop penser à ces choses-là.*

Il ferma le tiroir. Il resta assis là une minute, à regarder dehors par la fenêtre de son cabinet, au-delà du schéma de la circulation sanguine et des brochures qu'un représentant pharmaceutique avait laissées la veille. Au-delà de la photographie encadrée du docteur si respecté de Merham avec sa jolie femme et ses enfants. Puis, presque sans se rendre compte de ce qu'il faisait, il rouvrit le tiroir.

Joe donna un dernier coup de peau de chamois avec panache sur le capot de la Daimler bleu nuit, puis il prit du recul, sans pouvoir réprimer un sourire de satisfaction.

— On voit son reflet dedans, dit-il.

Assise en silence sur la banquette arrière, en attendant qu'il ait fini, Lottie essaya de sourire. En vain. Elle ne pouvait détacher son regard des sièges en cuir pâle, consciente du statut des prochains passagers du véhicule.

N'y pense pas, se dit-elle. *N'y pense pas.*

— Elle avait peur que je sois en retard, c'est ça ? Mrs Holden je veux dire.

Lottie s'était portée volontaire pour échapper à l'hystérie qui ne cessait de croître au sein de la maisonnée.

— Tu sais comment elle est.

Joe s'essuya les mains avec un chiffon propre.

— Je parie que Celia est tout excitée de partir.

Lottie hocha la tête en s'efforçant de garder une expression neutre.

— Ils vont déménager tout de suite ? Où cela ? À Londres ?

— Pour commencer.

— Et puis à l'étranger, dans un endroit chic. Où il fait chaud. Celia va adorer. Je ne peux pas dire que je l'envie. Et toi ?

Elle pouvait soutenir à peu près n'importe quelle conversation. Au bout d'un mois de pratique, elle arborait désormais un visage de joueur de poker professionnel. Ne révélant rien, ne signifiant rien. Elle pensa au masque d'Adeline, une apparence aimable, ne dévoilant pas le moindre sentiment.

Plus que quelques heures. Plus que quelques heures.

— Comment ?

Elle avait dû l'exprimer à haute voix. Cela lui arrivait de temps en temps.

— Oh, rien.

— Comment Freddie s'en sort-il dans son costume de page ? Mrs H. a-t-elle réussi à le lui faire enfiler ? Je l'ai vu samedi, sur la grand-rue : il m'a dit qu'il allait se couper les jambes pour qu'on ne le force pas à mettre ce pantalon.

— Il l'a mis.

— Nom de Dieu ! Pardon, Lottie.

— Le Dr Holden a promis de lui donner 2 shillings s'il gardait sa tenue jusqu'à la fin de la réception.

— Et Sylvia ?

— Elle se prend pour un membre de la famille royale. Elle attend que la reine Elizabeth vienne la réclamer comme sa sœur disparue.

— Elle ne changera pas.

Si, elle changera, pensa Lottie. *Elle sera heureuse, gaie, insouciante, et puis un homme fera son apparition et, comme une arme de destruction, il réduira sa vie en miettes.*

Comme son propre père l'avait vraisemblablement fait dans le cas de sa mère. Comme Mr Holden avec Susan Holden. Le bonheur durable n'existait pas.

Elle pensa à Adeline, qu'elle avait vue la veille, pour la première fois depuis la visite des Bancroft. Adeline, elle aussi, était désemparée, privée de sa vivacité coutumière. Elle avait déambulé dans les pièces claires, remplies d'échos, comme si rien de ce qu'elles contenaient ne l'intéressait, comme si elle ne voyait plus les toiles audacieuses, les sculptures bizarres, les piles de livres. Julian était parti à Venise avec Stephen. George avait décroché une bourse à Oxford pour faire des recherches en économie. Lottie s'était abstenue de l'interroger à propos de Frances. Et bientôt, Adeline, elle aussi, serait partie. Elle ne supportait pas l'Angleterre l'hiver, ne cessait-elle de répéter, comme pour s'en convaincre elle-même. Elle allait rejoindre le sud de la France, dans la villa d'une amie, en Provence. Elle boirait du vin bon marché en se tournant les pouces. Elle passerait de merveilleuses vacances, disait-elle. Mais, à l'entendre, cela n'avait rien de merveilleux, ni rien à voir avec des vacances.

— Il faut que tu viennes, avait-elle dit à Lottie, qui faisait semblant d'être désintéressée. Je serai toute seule, Lottie. Il faut que tu viennes me rendre visite.

Elles étaient sorties à pas lents sur la terrasse, jusqu'à la fresque. Là, elle avait tendu la main pour prendre celle de Lottie avec une infinie douceur.

Cette fois-ci, la jeune fille n'avait pas tressailli. Elle avait été à tel point assourdie par le bourdonnement dans ses oreilles qu'elle avait à peine entendu ce qu'Adeline lui avait dit ensuite :

— Les choses s'amélioreront, ma très chère fille. Il faut avoir la foi.

— Je ne crois pas en Dieu.

Elle avait regretté d'avoir eu un ton aussi amer.

— Je ne parle pas de Dieu. Je pense simplement que le sort nous réserve parfois un avenir auquel nous ne nous attendons pas. Et pour que ces bonnes choses surviennent, nous devons juste continuer à croire qu'elles se produiront.

La détermination inébranlable de Lottie avait quelque peu fléchi alors, et elle avait dégluti en détournant résolument les yeux du regard intense d'Adeline. Du coup, son attention s'était reportée sur la fresque, et sur ces deux personnages compromettants. La frustration et la colère lui avaient plissé les traits.

— Je ne crois pas au destin. Je ne crois en rien. Comment le sort pourrait-il prendre soin de nous, alors qu'il… alors qu'il déforme délibérément les choses d'une manière horrible ? Ce ne sont que des balivernes, Adeline. Des balivernes. Les choses ne sont pas prédéterminées. Les gens, les événements se heurtent les uns aux autres accidentellement, et puis l'histoire s'emballe, et nous, laissés-pour-compte, devons nous dépatouiller pour nous en sortir tout seuls.

Adeline était restée immobile. Elle avait levé légèrement la tête et tendu le bras pour caresser lentement les cheveux de Lottie sur le côté. Elle avait marqué une pause, comme si elle hésitait à parler.

— S'il t'est destiné, il te reviendra.

Lottie s'était écartée d'elle en haussant faiblement les épaules.

— On croirait entendre Mrs Holden avec ses fichues épluchures de pomme.

— Il faut juste être sincère avec soi-même.

— Et si mes sentiments sont ce qui importe le moins dans tout ça ?

Adeline avait froncé les sourcils, l'air perplexe.

— Tes sentiments ne sont jamais ce qui importe le moins, Lottie.

— Oh, je dois m'en aller. Il faut que je parte.

En ravalant ses larmes, elle s'était emparée de son manteau et, ignorant la femme qu'elle laissait derrière elle, elle avait traversé la maison d'un pas alerte et remonté l'allée.

Le lendemain, alors qu'elle regrettait son emportement, elle avait reçu une lettre. Adeline n'y faisait même pas allusion à sa réaction ; elle lui indiquait une adresse où elle pourrait la joindre en France. Elle la priait de rester en contact et lui précisait que l'unique véritable péché consistait à essayer d'être ce que l'on n'était pas. « Il y a un certain réconfort dans le fait de savoir que l'on a été sincère avec soi-même, Lottie. Crois-moi. » Elle avait bizarrement signé : « Une amie ».

Lottie tâta la lettre dans sa poche tout en regardant Joe orner le devant de la Daimler de petits rubans blancs. Elle ne savait pas pourquoi elle continuait à l'emporter partout avec elle. Peut-être le simple fait d'avoir une alliée la rassurait-il. Sans Adeline, elle n'avait plus personne à qui parler. Elle écoutait Joe comme on prête l'oreille à une mouche bourdonnant dans la pièce : avec indifférence et, à l'occasion, un léger agacement. Celia se montrait plutôt aimable à son égard, mais ni l'une ni l'autre n'avaient cherché à entretenir les liens entre elles.

Et puis il y avait Guy, dont le visage triste, déconcerté, la hantait ; dont les mains, la peau, le souffle parfumé peuplaient ses rêves. Elle ne supportait pas d'être près de lui et ne lui avait pas adressé la parole depuis leur ultime tête-à-tête, dans la cabine de plage, plusieurs semaines auparavant. Non pas qu'elle lui en voulût, quoiqu'elle ne pût nier éprouver de la colère. Elle redoutait plutôt que, s'il se mettait à lui parler, à la supplier, cela n'affaiblît sa détermination. Car, s'il souhaitait encore être avec elle, après tout ça, elle ne pourrait plus l'aimer de la même façon. Comment aimer un homme prêt à quitter Celia dans l'état où elle était ?

Il n'était pas au courant lorsque Celia avait partagé son secret avec elle, mais il devait le connaître à présent. Il avait cessé de la suivre partout, de lui laisser de petits mots dans des endroits où il savait qu'elle les trouverait, de petits gribouillages hurlant sa détresse – « PARLE-MOI » –, rédigés avec un crayon à papier mal taillé. Elle n'avait eu aucune peine à rester près de Mrs Holden afin de s'assurer qu'ils ne soient jamais seuls. Il n'avait pas compris au début. Il devait avoir saisi maintenant : Celia avait dit qu'elle allait lui avouer la vérité. Il ne regardait même plus Lottie, se détournant légèrement d'elle lorsqu'ils étaient plusieurs, le visage fermé, sans joie, afin d'éviter que l'un ne remarque le chagrin de l'autre.

Elle s'efforçait de ne pas penser à ce qui aurait pu se passer. Car, si douloureux que cela eût été, elle aurait pu imposer une telle cruauté à Celia tant que cette dernière avait encore la possibilité de trouver quelqu'un d'autre. Comment pouvait-elle la faire tomber dans la disgrâce maintenant ?

Comment pouvait-elle déshonorer la famille qui, précisément, l'en avait sauvée ? D'autres jours, elle en voulait terriblement à Guy : elle n'arrivait pas à croire qu'il avait partagé une telle intimité avec Celia, éprouvé ces choses-là avec elle. Ils étaient censés être les deux seules personnes au monde à avoir ressenti ça, à avoir entraperçu ces secrets. Ils allaient ensemble. Comme une paire de gants. Il le lui avait affirmé lui-même. À présent, bizarrement, elle se sentait trahie.

— Pourquoi ? lui avait-il chuchoté lorsqu'ils s'étaient trouvés seuls, un bref instant, dans la cuisine. Qu'ai-je *fait* ?

— Ce n'est pas à moi de te le dire, avait-elle répondu en s'écartant de lui, tremblant intérieurement face à la fureur et à l'exaspération qu'elle lisait sur son visage.

Mais elle devait rester de marbre. C'était le seul moyen de supporter la situation. Toute la situation.

— Je te raccompagne en voiture, veux-tu ? Lottie ?

Joe regardait à travers la vitre, une main posée sur le toit de l'automobile. Il semblait animé, joyeux, à l'aise pour une fois dans son environnement.

— Tu ferais mieux de descendre au bout de ta rue. Mrs Holden tient probablement à ce que la voiture arrive vide.

Lottie se força à sourire, puis ferma les yeux, écoutant le claquement sonore de la portière, suivi du vrombissement du moteur bien lubrifié quand Joe mit le contact.

Plus que quelques heures, se dit-elle en serrant la lettre un peu plus fort dans sa main.

Plus que quelques heures.

Toutes les mariées sont belles, disait-on, mais Susan Holden ne doutait pas un instant que sa Celia était la plus jolie que Merham eût vue depuis longtemps. Avec ses trois épaisseurs de voile et sa robe en satin doublée, ajustée à sa silhouette svelte, elle surpassait haut la main tous les efforts déployés par Miriam Ansty et Lucinda Perry l'année précédente. Mrs Chilton elle-même le reconnut, même si elle avait beaucoup admiré l'ensemble violet et crème, assez osé, arboré par Lucinda Perry au moment du départ pour sa lune de miel.

— C'est un plaisir pour les yeux, votre Célia ! avait-elle dit après la cérémonie, sa pochette serrée sous sa poitrine et son chapeau à plumes incliné selon un angle audacieux. Force est de le reconnaître. C'est un plaisir pour les yeux.

En outre, ils formaient un beau couple : Celia, les yeux brillants de larmes comme il convenait, tenant le bras de son jeune et bel époux, la mine grave, un peu nerveux, comme ils l'étaient tous. S'il n'avait pas souri autant qu'elle l'aurait souhaité, Mrs Holden n'en était pas surprise : à son propre mariage, Henry n'avait pas vraiment souri jusqu'à ce qu'ils soient en haut, tout seuls, et encore, uniquement après plusieurs coupes de champagne.

Freddie et Sylvia avaient tenu toute la cérémonie sans se battre. Enfin, il y avait bien eu ce coup de pied à la dérobée durant *Immortal, Invisible*, mais la robe de Sylvia avait camouflé l'essentiel.

Après s'être assise avec précaution sur la chaise au dossier doré, en bout de table, Mrs Holden s'autorisa sa première gorgée de sherry en considérant les occupants des autres tablées : le gratin de la société locale, aimait-elle à penser. Étant donné le laps de temps restreint qu'ils avaient eu pour préparer le mariage, tout s'était plutôt bien déroulé.

— Tout va bien, Susan ?

C'était Guy Bancroft Senior, se penchant vers elle avec des airs de conspirateur, un grand sourire illuminant son visage.

— Je tenais à vous dire que la mère de la mariée est très en beauté cet après-midi.

Mrs Holden protesta avec délicatesse. C'était ce rouge à lèvres « Baies d'automne ». Il lui avait porté chance.

— Eh bien, je pense que Mrs Bancroft et vous êtes particulièrement élégants, vous aussi.

C'était indéniablement le cas de Dee Dee : elle portait un tailleur bleu turquoise en shantung, avec de petits souliers en soie à talons découverts exactement du même ton. Mrs Holden avait rassemblé son courage tout l'après-midi pour s'enhardir à lui demander si elle les avait fait faire spécialement.

— Ah, oui… Dee Dee est toujours très séduisante dans ses plus beaux atours.

— Pardon ?

— Cela dit, elle est tout aussi attirante pieds nus et en short. Ma femme est une vraie fille de la campagne. Mon fils lui ressemble. Ou devrais-je dire *votre gendre…* (Il rit) Je suppose qu'il va nous falloir du temps pour nous habituer à tout ça, hein ?

— Oh, nous vous considérons déjà comme partie intégrante de la famille.

Si seulement Henry pouvait paraître un peu plus heureux ! Il fixait d'un air triste la foule d'amis qui les entourait, mangeant du bout des dents et marmonnant de temps en temps quelque chose à l'adresse de sa fille. Et en remplissant son verre beaucoup plus que de raison.

Mon Dieu, faites que Henry ne boive pas trop, pria-t-elle. *Pas devant tous ces gens. Pas aujourd'hui.*

— J'ai félicité Mr Bancroft pour ses somptueux desserts.

C'était Deirdre Colquhoun, à court de souffle et resplendissante dans une robe-manteau de style Empire en damas rose – Freddie avait soutenu mordicus qu'il connaissait le vieux sofa dont elle avait récupéré le tissu.

Susan Holden jeta un rapide coup d'œil à la ronde pour s'assurer qu'il n'était pas dans les parages, avant de reporter son attention sur les étalages de fruits exotiques à demi écroulés et les coupes de salades de fruits en cristal taillé. Ils se composaient non pas de pommes, de griottes et d'ananas en boîte, mais de kumquats, de papayes, de mangues en tranches, de caramboles disséquées et de litchis opaques. Autant de chairs d'une couleur et d'une texture inconnues de ces convives anglais, qui les bouderaient, s'en tenant à ce qu'ils connaissaient. Aux prunes.

Et aux oranges. « De vrais fruits », comme Sarah Chilton le chuchota subrepticement à l'oreille de Mrs Ansty.

— Quelle merveilleuse présentation ! murmura Mrs Colquhoun d'un ton admiratif.

— Ils sont tout frais. Arrivés par avion hier matin.

Mr Bancroft s'adossa à sa chaise en allumant une cigarette d'un air bienveillant.

— J'ajouterai qu'ils ont été coupés et pelés par des vierges honduriennes.

Mrs Colquhoun rosit.

— Seigneur !

— Qu'est-ce que tu racontes, Guy chéri ? J'espère que tu ne dis pas de sottises…

Dee Dee recula sur son siège pour mieux le voir, révélant, ce faisant, une bonne longueur de cuisse hâlée.

— Elle ne me passe rien, dit Mr Bancroft.

Mais il souriait.

— Tu t'en tires à bon compte bien plus que tu ne le devrais.

— Peux-tu me le reprocher, mon cœur, alors que tu es belle à croquer ?

Il lui envoya un baiser bruyant.

— Enfin… bref. La présentation est magnifique.

Mrs Colquhoun, une main sur ses cheveux, pivota malaisément sur ses talons et regagna sa table.

Mrs Holden se tourna vers son mari. Il en était indéniablement à son troisième cognac. Elle le regarda faire tournoyer l'alcool dans son verre ballon et l'engloutir avec une sinistre détermination. Oh, pourquoi fallait-il qu'il soit dans l'une de ses humeurs aujourd'hui ?

Assise entre Freddie et Sylvia pour faire office d'arbitre, Lottie se rendit compte qu'elle se sentait de nouveau mal. Elle n'était plus elle-même depuis des jours, ce qui n'avait rien d'étonnant, puisqu'elle n'avait qu'une seule envie : se recroqueviller quelque part et mourir paisiblement. Depuis un mois, elle avait l'impression d'être détachée de tout, comme si elle évoluait dans un brouillard, n'entendant et ne voyant les autres qu'à une certaine distance. Cela lui avait procuré une sorte de soulagement. Lorsqu'il lui arrivait d'éprouver des sentiments – quand elle surprenait Celia nouant ses bras autour du cou de Guy ou lorsqu'elle l'entendait ricaner avec sa mère, prenant des airs de conspiratrice à propos de quelque chose qu'il avait fait ou dit –, la douleur qui la transperçait était presque insupportable. Elle était aiguë, soutenue, tel un châtiment.

C'était différent cette fois-ci. Elle se sentait déséquilibrée physiquement, comme si son sang, pareil aux vagues, s'obstinait à déferler loin d'elle quand elle se mouvait. La nourriture, elle la considérait d'un œil soupçonneux. Elle n'avait pas le goût qu'il fallait, ne lui apportait aucun plaisir. Elle n'arrivait même pas à poser les yeux sur les étalages criards de fruits. Leurs tons étaient trop éclatants, comme si la gaieté même qui en émanait était une rebuffade qui lui était directement destinée.

— Regarde, Freddie. Regarde.

Sylvia ouvrit grand la bouche en révélant sa dernière bouchée bien mastiquée.

— Sylvia.

Lottie détourna les yeux. Elle entendit le gloussement ravi de Freddie et le « Gaaah ! » en retour de sa sœur, alors qu'il lui montrait, à son tour, le contenu de sa bouche.

— Ça suffit, vous deux.

Joe était assis à côté de Freddie. Bien qu'il ne fît pas partie de la famille, Mrs Holden avait décidé de le placer à la table d'honneur. Lottie n'avait pas l'énergie de lui en vouloir. Au fil de l'interminable après-midi, elle en était venue à lui en être assez reconnaissante.

— Ça va, Lottie ? Je te trouve un peu pâle.

— Ça va, Joe.

Elle n'avait qu'une seule envie : rentrer à la maison, se coucher dans son lit et rester complètement immobile un long moment. Sauf qu'elle n'avait même plus le sentiment d'être chez elle. Ça n'avait peut-être d'ailleurs jamais été le cas. Elle jeta des regards autour d'elle à la réception, ayant l'impression de ne pas être à sa place.

Mais cette fois, celle-ci menaçait de prendre une dimension inhabituelle et de la submerger.

— Tiens, je vais te servir un peu d'eau. Bois.

— Sylvia, Sylvia ! Combien de raisins à la fois peux-tu engloutir dans ta bouche ?

— Tu n'as vraiment pas bonne mine. J'espère que tu n'as pas attrapé un autre microbe.

— Regarde, je peux en mettre bien plus que toi. Regarde, Sylvia. *Regarde.*

— Tu as à peine touché à ton assiette. Allez, bois. Ça va te faire du bien. Je pourrais demander qu'on te fasse un peu de lait chaud. Il paraît que ça apaise l'estomac.

— N'insiste pas, Joe, s'il te plaît. Ça va. Je t'assure.

Son discours avait été très court. Il avait remercié les Holden pour leur hospitalité, la magnifique réception qu'ils avaient organisée, remercié ses parents pour les merveilleux desserts, et la patience dont ils avaient fait preuve en le supportant vingt-six ans, ainsi que Celia, qui avait accepté de devenir sa femme.

Le fait qu'il l'eût dit sans grand enthousiasme ni envolée romantique n'avait rien de réconfortant. Celia n'en était pas moins son épouse.

Et Celia. Celia était assise là, arborant ce sourire enchanteur qui illuminait tout son visage, son voile mettant en valeur son cou gracieux. Choquée par la profondeur de la haine qu'elle ressentait désormais à son égard, Lottie ne pouvait plus la regarder. Le fait qu'elle avait bien agi ne la soulageait pas le moins du monde. Être sincère avec elle-même, selon la formule d'Adeline, encore moins. Si seulement elle pouvait se persuader qu'elle n'avait pas éprouvé ce qu'elle avait vécu, elle pourrait aller de l'avant. Mais elle l'avait bel et bien ressenti.

Oh, mon Dieu, je veux juste m'allonger. Dans un endroit sombre.

— Voudrais-tu que je te serve un autre morceau de gâteau ? demanda Joe.

Les invités commençaient à s'agiter. Mrs Holden estima que le moment du départ des jeunes mariés était arrivé afin que certaines de ces dames, parmi les plus âgées, puissent rentrer chez elles avant qu'il ne soit trop tard.

Mrs Charteris et Mrs Godwin paraissaient lasses, et tous les convives de la table du fond avaient déjà mis leur manteau.

Elle décida que cette tâche incombait à Henry. Il n'avait pas fait grand-chose tout au long de la réception ; son discours lui-même avait été assez sommaire. Elle ne voulait pas que qui que ce soit fasse des commentaires désobligeants. Aussi se leva-t-elle en s'excusant et s'achemina-t-elle le long de la grande table jusqu'à son mari. Il considérait sa tablée, apparemment indifférent aux conversations joyeuses qui allaient bon train autour de lui.

Mrs Holden sentit l'odeur d'alcool qu'il exhalait avant même d'être proche de lui.

— Henry, mon cher, puis-je te dire un petit mot ?

La froideur de son regard, lorsqu'il leva la tête, la fit frémir. Il la dévisagea durant un moment qui lui parut une éternité : le genre de regard qui vous désarçonne totalement.

— Qu'ai-je encore fait, ma chérie ? dit-il.

Le « ma chérie » avait été craché comme quelque chose qui aurait mauvais goût.

Susan Holden jeta des coups d'œil autour d'elle pour voir si quelqu'un d'autre s'en était aperçu.

— Tu n'as rien fait de particulier, mon cher. Je voulais juste t'accaparer une minute.

Elle posa une main sur son bras en lançant un regard en direction des Bancroft, en pleine conversation.

— Je n'ai rien fait.

Il baissa les yeux et plaqua les deux paumes sur la table, comme pour se redresser.

— Eh bien, ça change, n'est-ce pas, ma chère Susan ?

Oh, mais elle ne l'avait jamais vu dans un état pareil ! Elle réfléchit à toute vitesse pour tâcher d'évaluer ses chances de l'emmener loin de là sans provoquer un scandale.

— Ça change que, pour une fois, tout te semble satisfaisant.

— Henry, fit-elle d'une voix étouffée, implorante.

— Eh bien, il est rare que nous parvenions à être à la hauteur, n'est-ce pas ? Il est rare que nous satisfassions aux normes exigeantes imposées par l'Hôtesse de Merham par excellence.

Il se leva et se mit à rire. Un rire sec, amer.

— Chéri. Chéri, s'il te plaît, pourrions-nous…

Il se tourna vers elle d'un air faussement surpris.

— Oh ! Je suis ton *chéri* maintenant, hein ? N'est-ce pas charmant ? Me voilà ton chéri. Seigneur, Susan. Encore un peu, et je serai ton *amant.*

— Henry !

— Maman ?

Celia était apparue à côté d'elle. Son regard passa de son père à sa mère.

— Tout va bien ?

— Tout va bien, répondit Mrs Holden d'un ton rassurant en essayant de l'écarter gentiment. Allez vous préparer, Guy et toi. Vous devriez partir sans tarder.

— Tout va bien. Oui, Celia, ma chérie. *Tout va bien.*

Le Dr Holden posa ses mains lourdement sur les épaules de sa fille.

— Vas-y maintenant et aie une belle vie avec ton charmant mari.

— Papa…

Celia paraissait incertaine à présent.

— Vas-y et reste toujours aussi jolie, drôle et gentille que tu l'es. Fais de ton mieux pour tâcher de ne pas le harceler à propos de choses sans importance. Essaie de ne pas le regarder comme s'il était un chien galeux s'il lui arrive de faire quelque chose qu'il a envie de faire… en dehors de rester assis à boire du thé à petites gorgées en se tourmentant à propos de ce *que tout le monde pense.*

— Henry !

Les yeux de Susan Holden s'étaient emplis de larmes. Elle porta une main à sa bouche.

Guy avait rejoint Celia et s'efforçait d'évaluer la situation.

— Oh, épargne-moi les larmes, Susan. Épargne-moi une dose supplémentaire de ces fichues larmes. Si quelqu'un doit pleurer ici, c'est moi.

Celia éclata en sanglots bruyants. Les conversations aux tables voisines s'étaient tues. Les gens les regardaient en échangeant des coups d'œil, confus, leur verre figé dans leur main.

— Papa… pourquoi es-tu si désagréable ? S'il te plaît, c'est un jour spécial pour moi.

Celia essaya de l'attirer loin de la table.

— Mais ce n'est pas seulement aujourd'hui, Celia. Pas seulement le jour de ton fichu mariage. Il est question de tous les autres jours ensuite. Chaque fichue interminable journée jusqu'à ce que la mort vous sépare.

Il hurla la fin de sa phrase. Susan Holden s'aperçut, non sans horreur, qu'ils étaient le centre d'attention à présent.

— Tout va bien ? cria Mr Bancroft.

Guy enlaça la taille de sa belle-mère.

— Très bien, papa. Euh… pourquoi ne venez-vous pas vous asseoir, Mrs Holden ?

— Oh, ne vous inquiétez pas. Je m'en vais. Vous pouvez terminer votre merveilleuse réception sans moi. Excusez-moi, mesdames, messieurs, le spectacle est fini. Votre brave docteur est sur le point de s'en aller.

— Tu es méchant, papa, sanglota Celia alors qu'il se frayait un passage en titubant entre les tables de la salle à manger du Riviera Hôtel. Je ne te pardonnerai jamais. Jamais.

— Le cognac a parfois cet effet, commenta Mr Bancroft.

— Ressaisis-toi, Celia, dit Mrs Holden tout en buvant une gorgée réconfortante de sherry.

Seules ses mains tremblantes révélaient son émoi.

— Les gens te regardent.

Il y avait trois lumières vacillantes à l'entrée du port. Des bateaux de pêche, avait décidé Lottie. Elles étaient trop petites pour appartenir à des embarcations plus importantes. Tirant leurs trésors issus du fond de la mer, de cette obscurité noire d'encre, glaciale, en haletant silencieusement dans la nuit étouffante. Lottie resserra son cardigan autour d'elle pour se protéger de l'air frais de l'automne, écoutant la ruée et les sifflements de la marée, qui traînait les galets dans son étreinte souple. C'était supposé être la mort la plus agréable. La noyade. Un pêcheur le lui avait dit. Apparemment, une fois que l'on arrêtait de se débattre et que l'on ouvrait la bouche, la panique cessait et l'eau vous emportait, vous enveloppant dans son obscurité douce et accueillante. Un moyen paisible de partir, avait-il dit. Curieusement, il ne savait pas nager lui non plus. Elle avait ri lorsqu'il le lui avait dit. Mais c'était à l'époque où elle riait facilement.

Lottie remua sur sa chaise, humant l'air marin en se demandant si c'était si différent de l'eau. Elle avala plusieurs fois sa salive comme pour tester, mais cela ne lui parut pas un substitut convaincant. Les seules fois où elle avait englouti de l'eau de mer, cela lui avait brûlé le fond de la gorge et le sel l'avait fait suffoquer, de sorte qu'elle avait eu des haut-le-cœur et qu'elle avait bavé. Rien qu'en y pensant, elle se sentit de nouveau nauséeuse.

Non, le seul moyen de le savoir serait d'essayer. De se laisser submerger tout entière, de s'abandonner de son plein gré à son étreinte obscure. Elle cligna des paupières, puis ferma les yeux, attentive au cheminement inattendu de ses pensées.

Ce n'est pas tant la douleur d'aujourd'hui que je ne peux pas supporter, se dit-elle en enfouissant son visage dans ses mains. *C'est la pensée de tous les jours à venir : l'interminable répétition de la souffrance, les chocs de découvertes inopportunes. Car il faudra que je sache tout sur eux : sur leur maison, leur enfant, leur bonheur. Même si je pars vivre loin d'ici, je serai forcée de le savoir. Je devrai admettre qu'il oublie que nous avons été proches, qu'il m'a appartenu. Et j'en mourrai un peu plus chaque jour.*

Que valait une mort comparée à des milliers ?

Elle se leva en laissant le vent tirailler sa jupe et ses cheveux. Une brève distance séparait la terrasse du Riviera et la plage. Personne ne saurait qu'elle était partie.

Elle regarda ses pieds, les yeux secs. Ils bougeaient avec hésitation, l'un après l'autre, comme s'ils échappaient à son contrôle. Elle existait à peine de toute façon ; elle ne faisait que de tout petits pas.

À l'entrée du port, les trois lumières clignotaient dans l'obscurité.

— Qui est là ?

Lottie tressaillit, se retourna.

Une grande silhouette voûtée s'approchait d'elle tout en essayant maladroitement de frotter une allumette.

— Oh, c'est toi… Dieu merci. Je croyais que c'était l'un des acolytes de Susan.

Le Dr Holden s'assit pesamment au bout du banc et parvint finalement à allumer son allumette. Il la porta à la cigarette qu'il avait dans la bouche, puis exhala en laissant la flamme s'éteindre dans la brise.

— Toi aussi, tu t'es échappée ?

Lottie regarda les lumières un instant, puis se tourna vers lui.

— Non, pas vraiment.

Elle voyait son visage, à présent, dans la lueur provenant des chambres de l'étage. Même contre le vent, elle sentait son haleine chargée d'alcool.

— Terribles choses que les mariages.

— Oui.

— Ça fait ressortir le pire côté de ma personnalité. Désolé, Lottie. J'ai un peu trop bu.

Lottie croisa les bras sur sa poitrine en se demandant s'il avait envie qu'elle prenne place à côté de lui. Elle finit par s'asseoir à l'autre bout du banc.

— Tu en veux une ?

Il sourit en lui offrant une cigarette. C'était peut-être une plaisanterie. Elle secoua la tête en lui rendant faiblement son sourire.

— Pourquoi pas ? Tu n'es plus une enfant. Même si ma femme s'obstine à te traiter comme telle.

Lottie reporta son attention sur ses chaussures.

Ils restèrent un moment silencieux en écoutant le son lointain de la musique et des éclats de rire flottant dans l'air de la nuit.

— Qu'allons-nous faire, Lottie ? Tu es sur le point de te lancer à l'assaut du grand monde, et moi, je rêve de m'y échapper à nouveau.

Elle s'immobilisa, consciente d'une nouvelle intonation dans sa voix.

— On est dans le pétrin, ça ne fait aucun doute.

— Aucun doute.

Il se tourna vers elle en se rapprochant un peu sur le banc. Elle entendait des applaudissements étouffés provenant de l'hôtel, auxquels se mêlait la voix de Ruby Murray évoquant des jours heureux et des nuits solitaires.

— Pauvre Lottie, te voilà contrainte d'écouter les divagations d'un vieil ivrogne.

Elle ne sut pas quoi répondre.

— Car c'est bien ce que je suis. Je ne me fais pas d'illusions. J'ai gâché le mariage de ma fille, offensé ma femme, et maintenant je suis là à t'ennuyer.

— Vous ne m'ennuyez pas.

Il prit une autre bouffée de sa cigarette, lui lança un coup d'œil.

— Vraiment ?

— Je ne vous ai jamais trouvé ennuyeux. Vous avez toujours été gentil avec moi.

— Gentil. Comment aurait-il pu en être autrement ? La vie ne t'a pas réservé un sort facile, Lottie. Et tu es venue ici et tu t'es épanouie malgré tout. J'ai toujours été aussi fier de toi que de Celia.

Lottie sentit les larmes lui picoter les yeux. Elle trouvait la gentillesse tellement plus difficile à supporter.

— À certains égards, tu as été plus ma fille que Celia. Tu es plus intelligente, cela ne fait aucun doute. Tu n'as pas la tête remplie de toutes ces niaiseries romantiques, de ces revues ridicules.

Lottie déglutit avec peine. Reporta son attention sur la mer.

— Oh, je suis capable d'avoir des rêves romantiques comme tout le monde, j'en suis sûre.

— Vraiment ?

Il y avait une vraie tendresse dans sa voix.

— Oui, dit-elle. Même si cela ne m'a rien valu de bon.

— Oh, Lottie…

Elle se mit brusquement à pleurer.

L'instant d'après, il était près d'elle, la prenant dans ses bras, l'attirant contre lui. Elle sentait l'odeur de fumée de pipe qui émanait de sa veste, les effluves familiers et chaleureux de son enfance. Et elle se laissa aller, enfouissant son visage contre son épaule, se soulageant du chagrin qu'elle avait si longtemps caché. Sa main lui caressait le dos comme si elle avait été un bébé. Et elle l'entendait susurrer :

— Oh, Lottie, ma pauvre enfant. Je comprends. Je comprends vraiment.

Et puis il changea de position. En levant les yeux vers lui, elle vit, dans la pénombre, une tristesse infinie sur son visage, le poids du malheur longtemps supporté, et elle frémit parce qu'elle avait l'impression de se voir elle-même.

— Ma pauvre petite Lottie, murmura-t-il.

Elle eut un mouvement de recul quand il baissa la tête vers elle. Car, lorsqu'il prit son visage entre ses deux mains, sa bouche rencontra la sienne et il l'embrassa avidement, désespérément, leurs larmes se mêlant sur leurs joues. Elle sentit le goût désagréable de l'alcool sur ses lèvres. Abasourdie, Lottie essaya de se dégager, mais il la serra encore plus fort en gémissant.

— Docteur Holden, s'il vous plaît…

Cela n'avait pris qu'une minute. Mais, lorsqu'elle se libéra enfin, en jetant un coup d'œil derrière elle, elle aperçut la silhouette de Mrs Holden dans l'embrasure de la porte de l'hôtel, figée, sous le choc. Elle sut alors que c'était la plus longue minute de sa vie.

— Henry…, fit celle-ci d'une voix basse, tremblotante.

Et comme elle tendait la main pour prendre appui contre le mur, Lottie s'enfuit dans l'obscurité.

Tout bien considéré, les choses s'étaient relativement bien passées. Le Dr Holden, de retour à la maison avant qu'elle eût bouclé sa valise, lui avait assuré qu'elle n'avait pas à partir comme ça, en dépit de ce que Susan avait dit. Ils avaient néanmoins décidé, d'un commun accord, que ce serait la meilleure solution, dès que des arrangements convenables pourraient être pris. Il avait un ami à Cambridge qui avait besoin d'aide pour s'occuper de ses enfants. Il savait que Lottie serait heureuse là-bas. Il avait paru presque soulagé lorsqu'elle l'avait informé qu'elle avait déjà des projets.

Et il s'était abstenu de l'interroger à ce sujet.

Elle partit peu après 11 heures, le lendemain matin, serrant étroitement dans sa main l'adresse d'Adeline en France, ainsi qu'une courte lettre à l'attention de Joe. Celia et Guy étaient déjà loin. Virginia paraissait indifférente. Freddie et Sylvia ne pleurèrent ni l'un ni l'autre ; on ne leur avait pas précisé qu'elle s'en allait pour de bon. Le Dr Holden, mal à l'aise, en proie à la gueule de bois, lui donna discrètement trente livres en lui indiquant que c'était pour son avenir. Mrs Holden, pâle, raide, la regarda à peine en lui disant au revoir.

Le Dr Holden ne s'était pas excusé. Personne ne sembla triste de la voir partir en dépit des dix années qu'elle avait vécues au sein de la famille.

Mais le baiser du Dr Holden n'avait pas été la pire chose qui lui fût arrivée. Non, se rendit-elle compte, alors qu'elle fixait le calendrier de son agenda de poche, en refaisant le calcul mental pour la énième fois, dans le train qui la conduisait à Londres. Non, le Sort évoqué par Adeline avait un sens de l'humour bien plus cruel qu'elle ne l'avait imaginé.

Partie II

Chapitre 9

« Les trois voies sont désormais rouvertes sur la M11, mais méfiez-vous de la circulation à contresens à l'embranchement avec la M25. Nous venons de recevoir un rapport faisant état d'un important bouchon, les véhicules étant à l'arrêt aux abords de Hammersmith Broadway, avec des répercussions en direction de la M4 et de Fulham Palace Road. Il semblerait qu'une voiture en panne soit en cause. Nous vous fournirons davantage d'informations dès que nous en aurons. À présent, il est presque 9 h 13 et nous repassons l'antenne à Chris… »

Les cygnes s'accouplaient pour la vie. Elle était à peu près sûre que c'étaient les cygnes. À moins que ce ne fût les canards. Ou les faisans. Daisy Parsons était assise, immobile, contemplant par la fenêtre les volatiles qui flottaient paisiblement sous le pont, l'eau scintillant autour d'eux dans la clarté printanière. C'étaient sûrement les cygnes. Personne n'en aurait que faire que les faisans s'accouplent pour la vie.

Elle jeta un coup d'œil à l'horloge sur son tableau de bord. Il y avait près de dix-sept minutes qu'elle était bloquée là. Non que le temps parût avoir beaucoup d'importance en ce moment. Soit il passait à toute vitesse, comme si elle avait le hoquet et avalait des heures à la fois, soit, le plus souvent, il s'éternisait, s'allongeant tel un élastique bon marché, les minutes se changeant en heures, les heures en journées. Et Daisy restait les bras ballants au milieu de tout ça, sans trop savoir quelle direction prendre.

À côté d'elle, sur le siège du passager, Ellie bâilla dans son sommeil, agitant ses doigts, pareils à des étoiles de mer, en un salut invisible. Daisy sentit l'habituel élan d'anxiété à l'idée qu'elle était peut-être sur le point de se réveiller et se pencha pour baisser la radio. Il était important de ne pas réveiller Ellie. Il était toujours important de ne pas réveiller Ellie.

Elle évalua mentalement le grondement de la circulation autour d'elle, le vrombissement des moteurs, surveillant distraitement leur volume sonore.

Trop fort, et le bébé se réveillerait à nouveau. Trop faible, et le bruit amplifié d'une chute d'épingle la tirerait de son sommeil. C'était la raison pour laquelle ces cris, dehors, étaient franchement assez agaçants.

Daisy posa sa tête sur le volant. Lorsque les tambourinements contre la vitre se firent trop bruyants, elle la releva, soupira et ouvrit sa portière.

Il portait un casque de motard, qu'il enleva pour parler. Derrière lui, elle entrevoyait vaguement plusieurs personnes à la mine renfrognée. Certains conducteurs avaient laissé leur portière ouverte. Il ne fallait jamais laisser sa portière ouverte. Pas à Londres. C'était l'une des règles en vigueur.

— Êtes-vous en panne, madame ?

Elle aurait bien voulu qu'il s'abstienne de crier. Il allait réveiller Ellie.

Le policier leva les yeux vers son collègue, qui venait de s'approcher de l'autre côté de la voiture. Ils la dévisageaient tous.

— Êtes-vous en panne ? Nous devons dégager la voie. Vous bloquez le pont.

Les cygnes étaient réapparus. Ils étaient là, flottant sereinement en direction de Richmond.

— Madame ? Est-ce que vous m'entendez ?

— Écoutez, monsieur, pourriez-vous juste déplacer sa voiture ? Je ne peux pas rester là toute la journée.

Il aurait eu l'air fâché dans le meilleur des cas. Grosses joues rouges, bedaine, costume coûteux et voiture assortie.

— Regardez-la. Elle n'a pas toute sa tête, c'est évident.

— Regagnez votre véhicule, monsieur, s'il vous plaît. Nous allons tous nous remettre en route dans une minute. Madame ?

Ils étaient des centaines. Des milliers. Daisy regarda derrière elle en clignant des yeux : les voitures à l'arrêt se déployaient en un éventail multicolore. Essayant toutes d'accéder au pont. Et toutes incapables de le faire pour la bonne raison que sa petite Ford Fiesta rouge leur en bloquait l'accès.

— Quel est le problème ?

Il lui avait posé la question à deux reprises. Elle aurait bien voulu qu'il arrête de crier. Il allait vraiment réveiller Ellie dans une minute.

— Je ne peux pas…

— Souhaiteriez-vous que je jette un coup d'œil sous le capot ? Écoutez, il faut juste que nous poussions votre voiture sur le bas-côté. Jason, enlève le frein à main, veux-tu ? Nous devons dégager le passage.

— Vous allez réveiller le bébé.

Elle se raidit en imaginant cet homme dans son véhicule, le visage d'Ellie si vulnérable dans son sommeil. Soudain, elle se mit à trembler, la panique désormais familière s'étendant progressivement à tout son être à partir de la poitrine.

—Nous allons juste écarter votre voiture de la chaussée. Ensuite, nous nous occuperons de faire redémarrer votre moteur.

—Non. S'il vous plaît. Laissez-moi…

—Écoutez, desserrez le frein à main. Je peux me pencher si vous voulez et…

—J'allais chez ma sœur. Mais je ne peux pas.

—Pardon ?

—Je ne peux pas traverser le pont.

Le policier se figea. Elle le vit échanger un regard plein de sous-entendus avec son collègue.

—*Bougez-vous !*

—*Quelle gourde !*

Quelqu'un klaxonnait avec insistance.

Elle essaya de respirer. De dissiper le bruit dans sa tête.

—Quel est le problème, à votre avis, madame ?

Elle ne voyait plus les cygnes. Ils avaient disparu au tournant quand elle ne regardait pas.

—S'il vous plaît… je ne peux pas. Je ne peux pas traverser le pont.

Elle considéra les deux hommes, les yeux écarquillés, en s'efforçant de leur faire comprendre. Se rendit compte, au moment où elle prononça sa phrase, qu'ils ne comprendraient jamais.

—C'est… c'est là qu'il m'a dit qu'il m'aimait pour la première fois.

Sa sœur portait son manteau londonien. Un vêtement net, cossu, en laine bleu marine avec des boutons navals. Une armure pour se protéger au sein d'une ville fébrile et peu fiable. Elle vit le manteau avant de la voir, l'aperçut dans l'entrebâillement de la porte, par laquelle la policière, indifférente, arborant un air de compréhension toute professionnelle et porteuse d'un café soluble au goût exécrable, était entrée pour ressortir aussitôt. Un café qu'elle avait bu, sans en sentir la saveur, avant de se souvenir qu'elle n'avait pas droit à la caféine. Pas tant qu'elle allaitait. Cela faisait partie des règles en vigueur.

— Elle est là, fit une voix étouffée.

— Mais est-ce que ça va ?

— Elle va bien. Elles vont bien toutes les deux.

Ellie dormait sans se plaindre, à ses pieds, dans son baby-cosy. Il était rare qu'elle dorme aussi longtemps, mais il était vrai qu'elle aimait son siège de voiture. Cette sensation d'être entourée, en sécurité, comme le lui avait expliqué l'infirmière visiteuse. Daisy considéra le siège en question d'un œil envieux.

— Daisy ?

Elle leva la tête.

Sa sœur avait l'air hésitante. On aurait dit qu'elle redoutait de se faire mordre.

— Puis-je… entrer ?

Elle jeta un coup d'œil à Ellie, puis détourna le regard, comme si elle cherchait à se rassurer. Après quoi, elle s'assit sur la chaise à côté de Daisy et posa la main sur son épaule.

— Que s'est-il passé, ma chérie ?

Elle avait l'impression de se réveiller en plein rêve. Le visage de sa sœur. Son casque de cheveux auburn qui, mystérieusement, ne paraissaient jamais avoir besoin d'être coupés. Son regard, intense, anxieux. Sa main. Aucun adulte ne l'avait touchée depuis près de quatre semaines. Elle ouvrit la bouche pour parler, mais rien ne vint.

— Daisy ? Ma chérie ?

— Il est parti, Julia, chuchota-t-elle.

— Qui est parti ?

— Daniel. Il est… parti.

Julia fronça les sourcils, puis regarda Ellie.

— Où ça ?

— Il m'a quittée. Il nous a quittées. Et je ne sais pas quoi faire…

Julia la serra contre elle de longues minutes, Daisy enfouissant ses sanglots dans le manteau en laine foncé, essayant de retarder, dans cette étreinte, le moment où elle devrait redevenir une adulte. Elle était vaguement consciente de bruits de pas sur du linoléum, de l'odeur âcre d'un désinfectant. Ellie gémit dans son sommeil.

— Pourquoi ne m'as-tu rien dit ? murmura Julia en lui caressant la tête.

Daisy ferma les yeux.

— J'ai pensé… j'ai pensé que, si je ne le disais à personne, il reviendrait peut-être.

— Oh, Daisy…

La policière passa la tête dans l'embrasure de la porte.

— Vos clés de voiture sont à la réception. Nous n'allons pas mettre votre véhicule à la fourrière. Si vous êtes d'accord pour ramener votre fille chez elle, madame, nous en resterons là.

Elles ne réagirent ni l'une ni l'autre. Elles avaient l'habitude. Vingt ans d'écart les séparaient. Depuis la mort de leur mère, cette erreur était courante, mais il est vrai qu'elles se comportaient plus comme une maman et sa fille que comme des sœurs.

— C'est très gentil à vous, dit Julia en faisant mine de se lever. Je vous prie de nous excuser si nous vous avons causé du souci.

— Prenez votre temps. Nous n'avons pas besoin de cette pièce pour le moment. Quand vous serez prêtes, demandez à quelqu'un de la réception de vous indiquer la direction du parking. Ce n'est pas loin.

Après un sourire morne, compatissant, elle disparut.

Julia se tourna vers sa sœur.

— Oh, chérie. Mais pourquoi ? Où est-il parti ?

— Je l'ignore. Il m'a juste dit qu'il ne pouvait pas faire face. Que ce n'était pas ce à quoi il s'était attendu et que, maintenant, il n'était même pas sûr que c'était ce qu'il voulait.

Elle sanglotait à nouveau.

— Daniel a dit ça ?

— Oui. Ce fichu Daniel. Et je lui ai répondu que ce n'était pas non plus ce à quoi je m'attendais, mais mes sentiments ne semblaient pas compter. Il m'a dit qu'il pensait avoir une sorte de dépression et qu'il avait besoin d'air. Un point c'est tout. Cela fait plus de trois semaines que je n'ai pas de nouvelles de lui. Il n'a même pas pris son portable.

Elle avait retrouvé sa voix.

Sa sœur secoua la tête en regardant fixement un point invisible.

— Que t'a-t-il dit exactement ?

— Qu'il ne pouvait pas faire face. À ce chamboulement. Au chaos.

— C'est toujours un peu difficile après un premier bébé. Et elle n'a que… quoi, quatre mois ?

— Inutile de me le rappeler.

— Ça s'arrange avec le temps. Tout le monde le sait.

— Sauf Daniel.

Julia fronça les sourcils et baissa les yeux sur ses escarpins immaculés.

— Est-ce que vous avez continué à… Certaines femmes cessent de prêter la moindre attention à leur partenaire après la naissance d'un bébé. Est-ce que vous…

Daisy la dévisagea d'un air incrédule.

Il y eut un bref silence. Julia reposa son sac sur ses genoux et regarda par la petite fenêtre en hauteur.

— Je savais que vous auriez dû vous marier.

— *Comment?*

— Vous auriez dû vous marier.

— Ça ne l'aurait pas dissuadé de partir. Le divorce, ça existe.

— Certes, Daisy, mais au moins, il aurait eu certaines obligations financières vis-à-vis de toi. Dans l'état actuel des choses, rien ne l'empêche de se volatiliser purement et simplement.

— Pour l'amour du ciel, Julia ! Il m'a laissé l'appartement. Il n'a pour ainsi dire rien retiré sur notre compte commun. On ne peut pas prétendre qu'il m'ait abandonnée telle une jeune fille en disgrâce de l'ère victorienne.

— Eh bien, je suis désolée, mais s'il t'a vraiment quittée, il faut que tu considères la situation sur le plan pratique. Comment vas-tu subvenir à tes besoins ? Que vas-tu faire pour le loyer ?

Daisy secoua la tête, furibonde.

— Je n'arrive pas à croire que tu me fasses ce coup-là. L'amour de ma vie m'a quittée. Je suis en pleine dépression nerveuse et tu ne penses qu'à une seule chose : le foutu loyer.

Ses cris réveillèrent Ellie, qui se mit à pleurer, les yeux hermétiquement clos pour se protéger du tohu-bohu qui avait interrompu ses rêves.

— Oh, regarde ce que tu as fait.

Elle détacha la petite de son siège et la serra contre elle.

— Inutile de te mettre dans un état pareil, ma chérie. Il faut bien que quelqu'un ait le sens pratique. Est-il d'accord pour payer le loyer ?

— Nous ne sommes pas allés jusque-là dans la conversation, répliqua Daisy d'un ton glacial.

— Et votre boîte ? Qu'en est-il de cet important projet dont vous deviez vous charger ?

Daisy cala Ellie contre son sein en se détournant de la porte. Elle avait oublié cette histoire d'hôtel.

— Je ne sais pas. Je ne peux pas penser à ça maintenant, Ju. Je parviens tout juste à vivre au jour le jour.

— Eh bien, je crois qu'il est temps que je vienne chez toi pour que nous mettions un peu d'ordre dans tes affaires. Ensuite, nous aurons une petite conversation afin de déterminer ce que nous allons faire pour ton avenir et celui de ma petite nièce. En attendant, je vais passer un coup de fil à Marjorie Wiener pour lui dire précisément ce que je pense de son fils adoré.

Daisy se cramponna à sa fille tandis que la lassitude l'envahissait par ondes. Quand Ellie eut fini, repoussant grossièrement le mamelon de sa mère hors de sa bouche, Daisy se leva et tira sur son pull-over.

Sa sœur la regardait avec de grands yeux.

— Seigneur, tu as du mal à te débarrasser de tes rondeurs, n'est-ce pas, ma chérie ? Écoute, quand nous aurons réglé tes problèmes domestiques, je t'inscrirai dans l'un de ces programmes de cure d'amaigrissement. À mes frais. Si tu avais l'air un peu plus en forme, tu te sentirais beaucoup mieux, crois-moi.

Daniel Wiener et Daisy Parsons avaient vécu dans un grand deux pièces à Primrose Hill, durant près de cinq années, au cours desquelles le quartier était devenu presque intolérablement à la mode (le loyer augmentant de manière tout aussi intolérable). Daisy n'aurait pas été contre l'idée de déménager : à mesure que leur entreprise de décoration intérieure prenait de l'ampleur, elle en venait à rêver de plafonds hauts, de portes-fenêtres, de buanderies et de celliers. D'un jardin. Mais Daniel tenait à rester à Primrose Hill. L'adresse faisait meilleur effet pour leur clientèle que d'autres endroits plus spacieux, à Hackney ou Islington. « Songe à notre qualité de vie », soulignait-il. Les élégantes maisons géorgiennes, les pubs gastronomiques et les restaurants, Primrose Hill en tant que quartier pour les pique-niques l'été. Et puis leur appartement était magnifique. Au-dessus d'un chausseur branché, il comportait un immense salon de style Régence et une chambre dotée d'un minuscule balcon donnant sur les jardins clos et infestés d'escargots. Ils avaient fait quelques modifications astucieuses : une machine à laver logée dans une armoire, une douche installée dans une alcôve en angle. Une cuisine minimaliste avec une mini-cuisinière ultrachic et une gigantesque hotte aspirante. L'été, ils avaient souvent calé deux chaises sur le balcon et bu du vin à petites gorgées, baignés dans le soleil couchant, en se félicitant d'être là, d'avoir parcouru tout ce chemin, satisfaits que leur foyer et son environnement soient un reflet d'eux-mêmes.

Et puis Ellie était arrivée et, inexplicablement, le charme s'était dissipé à mesure que l'appartement rétrécissait, ses murs se resserrant, l'espace restant étant de plus en plus encombré par des piles de babygros humides, des paquets de lingettes à moitié vides et des jouets mous aux couleurs criardes. Tout avait commencé avec les fleurs, arrivant inlassablement, bouquet après bouquet, remplissant les étagères, jusqu'au moment où, ayant épuisé leur stock de vases, ils les avaient mises dans la baignoire. Le parfum des fleurs épanouies était devenu oppressant, la puanteur de l'eau stagnante imprégnant l'appartement. Daisy était trop exténuée et trop accablée pour s'en occuper. De sorte que, subrepticement, l'espace s'était réduit inexorablement. Ils marchaient précautionneusement dans l'appartement, se frayant un passage entre les piles d'habits à repasser et les paquets de couches sous film plastique. La chaise haute envoyée par ses cousins était restée inutilisée dans son emballage, occupant ce qu'ils avaient jadis considéré comme le coin-bibliothèque. Une mini-baignoire était adossée au mur de l'entrée, appuyée contre la poussette, qui ne se pliait jamais suffisamment, tandis que le petit lit d'Ellie trônait dans leur chambre, à côté du leur, coincé contre le mur. Si Daisy avait besoin de se lever dans la nuit, elle devait soit grimper par-dessus Daniel, soit se glisser jusqu'au bout du matelas. Invariablement, le bruit de la chasse d'eau réveillait Ellie, et Daniel enfouissait sa tête sous son oreiller en fulminant contre l'injustice de son existence.

Elle n'avait pas fait le ménage depuis qu'il était parti. Elle en avait eu l'intention, mais les jours et les nuits s'étaient inexplicablement confondus. Elle avait passé le plus clair de son temps scotchée sur le sofa en lin beige, jadis immaculé, Ellie dans ses bras, à regarder sans rien voir les programmes de télévision insipides de la journée ou pleurant face à la photographie d'eux trois, entrelacés, qui trônait sur le manteau de la cheminée. Et, lentement, sans Daniel pour faire la vaisselle le soir ou sortir la poubelle (comment était-elle censée descendre deux étages avec un sac-poubelle et un bébé dans les bras dans un escalier aussi raide ?), tout s'était accumulé, et les tas de brassières blanches et de salopettes souillées avaient acquis une sorte de qualité inapprochable, devenant ni plus ni moins trop envahissants pour qu'elle puisse y faire face. Peu à peu, les détritus avaient pris le dessus, devenus parties intégrantes du mobilier, au point qu'elle en était venue à ne plus les voir. Devant pareil chaos, elle avait porté le même pantalon de survêtement et le même sweat-shirt jour après jour, parce qu'ils étaient jetés sur le fauteuil. Et elle avait mangé des chips ou des paquets de biscuits au chocolat provenant de la supérette pour la bonne raison que, pour faire la cuisine, il aurait fallu qu'elle commence par faire la vaisselle.

— Bon, maintenant, je suis vraiment inquiète.

Sa sœur, incrédule, secouait la tête, les frais effluves de son *Anaïs* presque noyés dans la puanteur âcre et insalubre de couches usagées, dont plusieurs traînaient toujours par terre, à l'endroit où elles avaient été retirées, exposant leurs contenus.

— Pour l'amour du ciel, Daisy, qu'as-tu fait ? Comment as-tu pu laisser les choses se dégrader à ce point ?

Daisy n'aurait pas su répondre. Elle avait l'impression d'être chez quelqu'un d'autre.

— Oh, mon Dieu ! Oh, mon Dieu !

Elles étaient toutes les trois sur le seuil, Ellie gigotant dans les bras de sa mère, ragaillardie, regardant avidement autour d'elle.

— Il va falloir que je téléphone à Don. Pour lui dire que je vais passer la nuit ici. Je ne peux pas te laisser comme ça.

Elle se mit à évoluer rapidement dans la pièce, ramassant de la vaisselle sale, entassant les habits de bébé près de la table basse.

— Je lui ai dit que je faisais juste un saut en ville afin d'acheter de nouvelles housses de couette pour la grange.

— Ne lui raconte pas, Ju.

Sa sœur se figea et la regarda dans le blanc des yeux.

— Le fait que Don soit au courant ne changera rien à la situation, ma douce. J'ai la nette impression que tu as un peu trop joué la politique de l'autruche.

Elle avait fini par l'envoyer promener Ellie dans le parc. Lorsqu'elle lui avait dit qu'elle était dans ses jambes, Daisy avait compris que ce n'était pas simplement une manière de parler. Du coup, elle avait eu un moment pour respirer. Pour la première fois depuis des semaines, elle avait le sentiment de savoir ce qu'elle faisait. Non que cela l'aidât particulièrement – la souffrance s'intensifia d'autant plus.

— Faites qu'il revienne à la maison, supplia-t-elle en murmurant ces mots, si bien que les passants la dévisageaient en coulisse d'un regard insistant. Faites qu'il me revienne.

Quand elle rentra, sa sœur s'était débrouillée pour remettre l'appartement en état, comme par magie. Elle avait même rempli un vase de fleurs fraîches, qu'elle avait posé sur le manteau de la cheminée.

— S'il reprend ses esprits, dit-elle en guise d'explication, il faut qu'il pense que tu es capable de t'en sortir toute seule. Que tu lui donnes l'impression de tenir le coup. (Elle marqua une pause.) Quel saligaud !

Mais je ne tiens pas le coup, avait-elle envie de crier. *Je ne mange pas, je ne dors pas. Je ne peux même pas suivre une émission à la télévision parce que je suis trop occupée à regarder par la fenêtre, au cas où il viendrait à passer. Sans lui, je ne sais pas ce que je suis censée être.*

Mais ce n'était pas à Julia Warren que l'on pouvait apprendre quoi que ce soit à propos de la nécessité de se ressaisir. Après la mort de son premier mari, elle avait observé une période de deuil décente, avant de se lancer à l'assaut d'une sélection de clubs de rencontres (les dîners intimes étant leur spécialité). Après quelques faux départs, elle avait cultivé l'amitié et gagné le cœur de Don Warren, un homme d'affaires de Weybridge, doté de son propre pavillon, d'une imprimerie en plein essor, d'une épaisse chevelure noire et d'une taille fine, ce qui, aux yeux de Julia, faisait de lui une prise digne d'intérêt (« Ils sont tous chauves à cet âge, tu comprends, mon cœur. Ou affreusement bedonnants. Je ne peux pas supporter ça. ») La Julia Bartlett d'alors était elle-même une bonne prise : vivant de sa fortune personnelle, toujours sur son trente-et-un (on ne l'avait jamais vue sans son maquillage, aimait-elle à dire : avec l'un et l'autre de ses époux, elle s'était toujours levée vingt minutes avant eux pour être sûre d'être « prête ») et une affaire de *bed and breakfast* dans la grange attenante à sa maison, à laquelle elle refusait de renoncer, même si elle n'avait pas besoin d'argent, parce qu'on ne savait jamais.

Comme sa sœur venait de le prouver.

— J'ai jeté un coup d'œil à tes relevés bancaires, Daise. Il va falloir que tu trouves une solution.

— Comment ? Mais tu n'avais pas le droit. Ce sont des documents privés.

— S'ils sont privés, ma chérie, ils auraient dû être rangés dans des chemises au lieu de traîner sur la table basse, où tout le monde peut les voir. Bref. Étant donné tes frais, il te reste à peu près trois semaines avant de consommer toutes tes économies, me semble-t-il. J'ai pris la liberté d'ouvrir quelques-unes de ces lettres, et j'ai bien peur que ton propriétaire – qui me fait l'effet d'un rapace – n'ait l'intention d'augmenter ton loyer en mai. Il va falloir que tu voies si tu peux te permettre de rester ici. Cela me paraît terriblement cher pour ce que c'est, je dois le dire.

Daisy passa Ellie à sa sœur. Elle sentait la moutarde lui monter au nez.

— On est à Primrose Hill.

— Eh bien, tu vas devoir envisager de réduire ton train de vie. Ou contacter les responsables de l'organisme chargé des pensions alimentaires. Celui qui fait cracher l'argent aux gens.

— Je doute qu'il faille en arriver là.

— Comment vas-tu subvenir à tes besoins autrement ? Les Wiener sont riches comme Crésus. Quelques milliers de livres ne leur feront pas défaut, hein ?

Elle s'assit, balayant des miettes imaginaires du sofa tout en contemplant sa nièce avec admiration.

— Écoute, ma chérie, j'ai réfléchi pendant que tu étais sortie. Si Daniel ne revient pas dans le courant de cette semaine, tu devrais vraiment venir chez nous. Je te donnerai le petit appartement indépendant, dans la grange, jusqu'à ce que tu te remettes sur pied. Tu auras ta vie privée, mais Don et moi serons juste au bout du jardin. Et il y a des tas de décorateurs d'intérieur à Weybridge. Je suis sûre que Don peut demander à certains de ses collègues de travail si quelqu'un n'aurait pas une affaire à te proposer.

Weybridge. Daisy s'imaginait confinée à jamais parmi des demeures en faux Tudor, ornées de rideaux à fleurs, peuplées de comédiens en chaussures de golf.

— Ce n'est pas vraiment ma tasse de thé, Ju. Mon inspiration est un peu plus… citadine.

— Ton inspiration est surtout l'aide sociale, pour le moment, Daisy. Enfin, c'est toi qui décides. Je vais prendre le train de ce soir, en définitive, parce que nous avons un dîner. Mais je reviendrai demain matin et j'emmènerai Ellie en promenade quelques heures. Le coiffeur d'en face est très sympathique : il a accepté de s'occuper de toi demain, entre deux rendez-vous, pour une coupe et un brushing. Nous allons te refaire une beauté en un rien de temps.

Elle se tourna vers Daisy, tout en nouant son écharpe autour de son cou, déjà prête à partir.

— Il faut que tu voies les choses en face, ma chérie. Je sais que c'est douloureux, mais tu n'es plus seule en cause désormais.

L'une de ses amies avait dit qu'on avait l'impression de se réveiller dans le corps de sa génitrice. En considérant, dans la grande glace, les rondeurs qu'elle n'avait pas perdues depuis l'accouchement, Daisy pensa avec nostalgie aux formes sveltes de sa mère.

Je déborde de partout, se dit-elle, pitoyable, en regardant sa culotte de cheval, la peau depuis peu fripée pendant de son ventre. *Je suis allée me coucher et je me suis réveillée avec le corps de ma grand-mère.*

Il lui avait dit une fois que, dès l'instant où il l'avait vue, il avait su qu'il ne pourrait se détendre tant qu'il ne l'aurait pas eue. Elle avait aimé ce « eue », avec ses suggestions sexuelles et possessives. Mais c'était à l'époque où elle faisait du trente-huit et portait des vêtements en cuir moulants, des hauts ajustés qui mettaient en valeur sa taille sculpturale et sa poitrine insolente. C'était du temps où elle était blonde, dorée, insouciante, lorsqu'elle méprisait les femmes à qui il fallait une taille au-dessus du quarante-deux, en alléguant leur manque de maîtrise de soi. À présent, ces seins impertinents avaient l'air gonflés et avachis à la fois, striés de veines bleues, contrits. Des saillies couleur chair laissant parfois couler quelques gouttes de lait aux moments les plus inopportuns. Ses yeux étaient de petits points de ponctuation rosés au-dessus d'ombres bleutées, tachetées. Elle ne pouvait pas dormir. Elle n'avait pas dormi plus de deux heures d'affilée depuis qu'Ellie était née. Et maintenant, elle gisait là, réveillée, agitée, alors même que sa fille était dans les bras de Morphée. Elle avait les cheveux gras, remontés par un vieux chouchou, de sorte que trois bons centimètres de racines plus foncées étaient visibles. Ses pores étaient tellement ouverts qu'elle était surprise de ne pas entendre le vent siffler à travers.

Elle s'examina froidement, avec le regard intransigeant de sa sœur. Pas étonnant qu'il n'ait plus voulu d'elle. Elle laissa une grosse larme chaude s'échapper et se frayer un passage salé le long de sa joue. On était censé retrouver rapidement la forme après la naissance d'un bébé.

Activer les muscles pelviens aux feux rouges, monter et descendre les escaliers en courant pour tonifier les cuisses. Telles étaient les règles. Elle repensa, comme elle l'avait fait à de multiples reprises, aux rares fois où il avait tenté de lui faire l'amour depuis la naissance d'Ellie, et à ses refus larmoyants de femme éreintée. Il lui donnait l'impression d'être un morceau de viande, lui avait-elle reproché à une occasion. Ellie la tripotait toute la journée, et maintenant il voulait faire de même. Elle revit son expression choquée, meurtrie, et regretta amèrement de ne pas pouvoir remonter le temps.

— Je veux juste récupérer ma Daisy, avait-il dit tristement.

Elle aussi, écartelée entre l'amour féroce, irrésistible qu'elle éprouvait pour son enfant et un regret désespéré pour la fille qu'elle était jadis, pour la vie qu'elle avait eue auparavant.

Pour Daniel.

Elle tressaillit quand le téléphone sonna dans le salon, tout son être se raidissant à la perspective de ce qui risquait de réveiller le bébé. Elle s'empara d'un cardigan, le jeta sur ses épaules et décrocha juste avant que le répondeur ne s'enclenchât.

— Mr Wiener ?

Ce n'était pas lui. Elle poussa un petit soupir de déception, s'armant de courage pour une autre conversation.

— Non. Il n'est pas là.

— Vous êtes Daisy Parsons ? Jones, à l'appareil, des Red Rooms. Nous nous sommes rencontrés il y a quelques semaines à propos de mon hôtel. Enfin, j'ai rencontré votre partenaire, en tout cas.

— Oh… Oui.

— Vous deviez me confirmer par écrit la date de démarrage des travaux. Et il ne semble pas que j'aie reçu quoi que ce soit.

— Oh !

Il y eut un bref silence.

— Vous ai-je appelée au mauvais moment ?

Sa voix était rauque, vieillie par l'alcool ou le tabac.

— Non. Désolée… (Elle inspira une longue goulée d'air.) J'ai eu… une journée difficile.

— Oui. Bon. Vous serait-il possible de me fournir une date par écrit ?

— Pour l'hôtel ?

Il paraissait sur le point de perdre patience.

— *Oui.* Celui pour lequel vous avez soumis un projet.

— C'est juste… les choses ont un peu changé depuis notre dernier entretien.

— Je vous l'ai dit… Ce prix était absolument limite.

— Non, non… je ne parle pas du coût. Euh…

Elle se demanda si elle allait arriver à le dire sans pleurer. Elle prit une grande inspiration lente.

— C'est juste mon partenaire… Eh bien, il est… parti.

Il y eut un autre silence.

— Je vois. Et qu'est-ce que cela signifie ? L'affaire se fait-elle toujours ? Honorez-vous toujours vos contrats ?

— Oui, répondit-elle.

Mais elle était sur pilote automatique. Il ignorait qu'il était le seul à avoir passé un contrat avec eux.

Il réfléchit une minute.

— Eh bien, si vous pouvez garantir le même travail, je ne vois pas où est le problème. Vous faites des projets assez détaillés… (Il marqua une pause.) J'ai perdu l'un de mes partenaires, une fois, au début de ma carrière. Je ne me suis pas rendu compte, jusqu'à son départ, que c'était la clé de ma réussite.

Il se tut, comme si cette révélation l'avait mis mal à l'aise.

— Quoi qu'il en soit, le job tient toujours si vous en voulez. Ce que vous m'avez proposé me plaisait.

Daisy fut sur le point de l'interrompre, puis elle se ravisa. Elle regarda autour d'elle l'appartement qui ne lui donnait plus l'impression d'être chez elle. L'appartement qui risquait de ne plus être bien longtemps le sien.

— Mademoiselle Parsons ?

— Oui, dit-elle lentement. Oui, je le prends.

— Bon.

— Il y a juste une chose.

— Laquelle ?

— Eh bien, j'aime vivre sur place quand je travaille. Cela poserait-il un problème ?

— C'est assez rudimentaire… Mais non. Je suppose que non. Vous venez d'avoir un bébé, n'est-ce pas ?

— Oui.

— Vous feriez bien de vous assurer que le chauffage fonctionne d'abord. Il risque de faire encore un peu frais là-bas. Pendant un mois ou deux.

— J'aurais aussi besoin d'une avance. Cinq pour cent, cela vous semble-t-il acceptable ?

— Je n'en mourrai pas.

— Monsieur Jones, je vous envoie une lettre par le courrier de ce soir.

— Jones. Juste Jones. Je vous verrai sur place.

Daisy s'émerveilla de la folie de sa décision. Elle pensa à Hammersmith Bridge, à Weybridge, aux amis de Don lui serrant la main avec de grands sourires, en l'enveloppant d'un regard compatissant. La pauvre vieille Daisy.

Pas si surprenant, cela dit, quand on voyait la manière dont elle s'était laissée aller. Elle pensa à sa sœur, « de passage » dans la grange pour s'assurer qu'elle avait mangé un autre paquet de biscuits pour se remonter le moral.

Elle pensa à la ville du bord de mer au nom non identifié, à l'air salé, aux cieux clairs et au fait qu'elle n'aurait plus à se réveiller chaque matin dans ce qui avait été leur lit commun. L'occasion de respirer, loin de tout ce pétrin et du passé.

Elle ne savait pas comment elle allait réussir à abattre tout ce travail toute seule. Mais cela lui paraissait le cadet de ses soucis.

Dans la pièce voisine, Ellie se remit à pleurer, sa douce plainte augmentant rapidement en crescendo. Tandis qu'elle se rendait auprès d'elle, Daisy ne tressaillit même pas. Pour la première fois depuis des semaines, elle éprouvait quelque chose proche du soulagement.

Chapitre 10

— Vous savez, je n'avais jamais vu de sous-vêtements pareils de ma vie. Des dessous chic en dentelle. Eh bien, si je porte ça, me suis-je dit, j'aurai l'air de jouer les jeunesses.

Evie Newcomb rit, et Camille s'interrompit pour ne pas risquer de lui mettre de la crème dans les yeux.

— Vous devriez voir certains articles qu'ils présentent dans les catalogues. Je vais vous dire une chose, ma petite Camille, vous ne voudriez pas les revêtir par temps froid. Ce n'est même pas le tissu – bien que, comme vous le savez, j'aie travaillé dans la confection, et franchement, la qualité laissait un peu à désirer. Ce sont ces fichus trous qu'ils mettent partout ! Vous ne me croiriez pas si je vous disais où. Il y avait un slip. Impossible de déterminer où passer les jambes, je vous assure.

Camille lissa les cheveux d'Evie en arrière sous le bandeau de coton blanc et commença à faire glisser doucement ses mains sur son front.

— Quant aux accessoires, ou quoi que ce soit, eh bien, je les ai regardés un bon moment sans parvenir à définir ce à quoi la moitié d'entre eux pouvait servir. Et il ne faudrait pas se tromper d'usage. Je veux dire par là qu'on ne souhaiterait pas se retrouver à l'hôpital en train d'expliquer à un docteur sa petite affaire. Non, j'ai préféré ne pas y toucher.

— Alors, ça n'a pas été un succès, en définitive ? demanda Camille, une fois que le masque fut totalement appliqué.

— Oh si ! J'ai suivi votre conseil, ma chérie. Pour finir, j'ai acheté deux ensembles, haut et bas. (Elle baissa la voix.) Je n'ai jamais vu une telle expression à Léonard depuis trente-deux ans que nous sommes mariés. Il pensait que c'était le plus beau jour de sa vie. (Elle glousssa de rire.) Je me suis dit que je l'avais eu après coup.

— Mais il ne parle plus de s'abonner au câble. Celui avec les chaînes hollandaises.

— Non, ni de se mettre à jouer aux boules. Vous m'avez rendu un fier service, Camille. Un fier service. Pourrais-je avoir ces tampons pour les yeux ? Ça m'a fait un bien fou la dernière fois.

Camille s'approcha du placard et tendit le bras vers la quatrième étagère, où elle rangeait ses tampons rafraîchissants. Elle avait été très occupée ce matin. D'ordinaire, elle n'avait pas tant de rendez-vous, à moins qu'il n'y eût un mariage ou un bal au Riviera Hôtel. Mais l'été s'annonçait et, partout en ville, les femmes prenaient soin d'elles en vue de l'arrivée annuelle des visiteurs.

— Voulez-vous ceux au thé ou au concombre ? demanda-t-elle en tâtonnant parmi les boîtes.

— Oh, au thé, s'il vous plaît. À propos, Tess pourrait-elle me préparer une tasse de thé ? Je meurs de soif.

— Pas de problème, dit Camille, qui appela sa jeune assistante.

— Il y a une chose qui m'a fait rire, tout de même. Entre vous et moi. Venez ici. Je ne veux pas le beugler dans tout le salon. Vous ai-je parlé des plumes ?

L'approche des mois d'été semblait inciter les gens à se confier davantage. À croire que les vents de mars qui soufflaient plus fort de la mer dissipaient imperceptiblement la stagnation hivernale, rappelant à tout un chacun les possibilités de changement. En plus du nouvel afflux de revues féminines, dans le cas de ces dames.

Lorsque sa patronne, Kay, avait ouvert le salon de beauté, près de neuf ans plus tôt, ces dames s'étaient montrées réticentes. Elles avaient hésité à essayer les traitements, redoutant de paraître par trop complaisantes d'une certaine manière. Elles restaient assises, silencieuses, raides comme des piquets, tandis qu'elle leur lissait le visage et l'enduisait de crème, comme si elles s'attendaient à être ridiculisées ou victimes de quelque terrible erreur.

Puis, petit à petit, elles étaient venues plus régulièrement. Et, à peu près à l'époque où les adventistes du septième jour avaient repris en main l'ancienne église méthodiste, elles avaient commencé à parler.

À présent, elles racontaient tout à Camille : à propos de leurs époux infidèles, de leur progéniture récalcitrante. À propos des chagrins provoqués par les fausses couches, des joies suscitées par la venue de bébés en pleine santé. Elles lui confiaient des choses qu'elles n'auraient pas dites à un prêtre, plaisantaient-elles, au sujet de désir, d'amour, de libidos ravivées, comme celle de Léonard. Et Camille n'en parlait jamais à personne. Elle n'émettait jamais de jugements, ne riait jamais, pas plus qu'elle ne condamnait qui que ce soit.

Elle se bornait à écouter tout en travaillant, s'efforçant, de temps à autre, de faire une suggestion, histoire qu'elles aient une meilleure opinion d'elles-mêmes. « Ta paroisse », avait commenté Hal en blaguant. Mais c'était à l'époque où Hal blaguait encore.

Elle se pencha sur le visage d'Evie, sentant le masque hydratant durcir sous ses doigts. Le bord de mer était un environnement rude pour le teint. Le sel et le vent dessinaient prématurément de fines rides sur les visages des femmes, les vieillissaient et les tachetaient, absorbant inexorablement toute lotion hydratante appliquée. Camille en avait un flacon dans son sac à main ; elle en remettait tout au long de la journée. Elle ne supportait pas la peau sèche ; cela lui donnait des frissons.

— Je vais vous enlever ce masque dans une minute, dit-elle en tapotant la joue d'Evie. Mais d'abord, je vous laisse boire votre thé. Tess arrive.

— Oh, je me sens vraiment mieux, mon cœur.

Evie s'adossa contre le siège en faisant grincer le cuir sous son poids considérable.

— Je suis une nouvelle femme lorsque je sors d'ici.

— C'est en tout cas l'avis de votre Léonard, on dirait.

— Voici votre thé. Vous ne prenez pas de sucre, n'est-ce pas, madame Newcomb ?

Tess avait une mémoire phénoménale pour les exigences de chacun en matière de thé et de café. C'était un atout inestimable dans un salon de beauté.

— Oh, non. Comme c'est gentil à vous.

— Téléphone, Camille. Je crois que c'est l'école de votre fille.

C'était effectivement la secrétaire de l'école. Elle s'exprimait du ton ferme mais onctueux de ces gens habitués, grâce à une main de fer dans un gant de velours, à avoir gain de cause.

— Madame Hatton ? Bonjour, ici Margaret Way. Nous avons eu un petit problème avec Katie et nous nous demandions si vous pourriez venir la chercher.

— Est-elle blessée ?

— Non, pas blessée. C'est juste qu'elle ne va pas très bien.

Rien ne vous serrait le cœur comme un appel d'urgence de l'école, pensa Camille. Pour les mères qui travaillaient, cela suscitait un mélange de soulagement quand on vous apprenait que l'enfant n'était pas blessé, et d'agacement à l'idée qu'on puisse mettre sa journée de travail en péril.

— Elle dit qu'elle ne se sent pas bien depuis plusieurs jours.

Cette remarque, censément désinvolte, n'en contenait pas moins une légère rebuffade. « N'envoyez pas vos enfants malades à l'école », sous-entendait-elle.

Camille pensa à son carnet de rendez-vous.

— Je suppose que vous n'avez pas appelé son père ?

— Non, nous préférons téléphoner à la mère d'abord. C'est elle que les enfants ont tendance à réclamer en premier.

Eh bien, voilà qui est clair, se dit-elle.

— Bon, j'arrive dès que possible. Tess, ajouta-t-elle en raccrochant le combiné contre le mur, je dois aller chercher Katie à l'école. Elle ne se sent pas bien, apparemment. Je vais tâcher de trouver une solution, mais vous serez peut-être obligée d'annuler certains rendez-vous de l'après-midi. Je suis vraiment désolée.

Rares étaient ces dames qui se satisferaient d'être soignées par Tess à sa place. Elles n'avaient pas le sentiment de pouvoir se confier à elle, avaient-elles expliqué à Camille. Elle était… trop jeune. Trop… Camille comprenait ce qu'elles voulaient dire, en réalité.

— Des tas de gens ne se sentent pas bien en ce moment, dit Evie sous son masque. Sheila, du café, est suivie par le médecin depuis dix jours maintenant. Je présume qu'il n'a pas fait assez froid cet hiver. Les microbes ont proliféré.

— Nous en avons presque fini, Evie. Cela vous ennuie-t-il si je m'en vais ? Tess se chargera de vous mettre une crème hydratante régénératrice.

— Allez-y, mon cœur. Je ne vais pas tarder de toute façon. J'ai promis à Léonard de préparer du poisson pour le dîner et je n'ai plus de frites à cuire au four.

Katie s'était endormie sous sa couverture. Elle s'était excusée – avec cette maturité propre à une gamine de huit ans – d'avoir interrompu la journée de travail de sa mère, juste avant de décréter qu'elle avait envie de dormir.

Aussi Camille était-elle restée assise près d'elle un moment, sa main reposant sur les bras couverts de sa fille, se sentant à la fois impuissante, anxieuse et vaguement agacée. L'infirmière de l'école avait dit qu'elle lui avait paru très pâle et s'était enquise de savoir si les cernes sous ses yeux signifiaient qu'elle veillait trop tard. Camille avait été offusquée par son ton, par cette allusion tacite à ce qu'on appelait poliment « sa situation », susceptible d'expliquer qu'elle n'était pas toujours consciente de l'heure tardive à laquelle sa fille se couchait.

— Elle n'a pas la télévision dans sa chambre, si c'est ce que vous voulez dire, avait-elle répondu d'un ton brusque. Elle se couche à huit heures et demie, et je lui lis une histoire.

Pourtant, avait insisté l'infirmière, à deux reprises cette semaine, Katie s'était endormie pendant les cours ; elle semblait léthargique, amorphe. Elle lui avait aussi rappelé qu'elle avait été malade moins de deux semaines plus tôt.

— Elle souffre peut-être d'un peu d'anémie, avait-elle suggéré.

Et, du fait de sa gentillesse, Camille, inexplicablement, s'était sentie encore plus mal.

Lors du lent trajet de retour à pied, Camille avait demandé à Katie si cela avait quelque chose à voir avec son père et elle, mais Katie avait riposté d'un ton irrité qu'elle était « juste malade », laissant entendre que le sujet était clos. Camille n'avait pas insisté. Elle s'était bien tirée d'affaire, de l'avis de tout le monde. Peut-être trop bien.

Elle se pencha et déposa un baiser sur la forme endormie de sa fille, puis caressa le museau soyeux de Rollo, leur labrador. Il s'était installé à ses pieds en soupirant, son nez humide frôlant sa jambe nue. Elle resta assise un moment à écouter le tic-tac régulier de la pendule sur le manteau de la cheminée et le grondement lointain de la circulation dehors. Il allait falloir qu'elle l'appelle. Elle prit une profonde inspiration.

— Hal ?

— Camille ?

Elle ne l'appelait plus jamais au travail.

— Je suis désolée de te déranger. J'avais juste besoin de te parler à propos de ce soir. Je me demandais… cela t'ennuierait-il de rentrer un peu plus tôt ?

— Pourquoi ?

— J'ai dû aller chercher Katie à l'école de bonne heure parce qu'elle ne se sentait pas très bien et j'ai besoin de rattraper quelques rendez-vous que j'ai annulés cet après-midi. Voir si je peux les déplacer.

En fond sonore, elle n'entendait rien que le son distant d'une radio. Pas de martèlements, de bruits de serre-joints ou de voix, jadis indicateurs d'un atelier en pleine activité.

— Juste un virus. Elle est un peu fatiguée, mais je ne crois pas que ça soit bien grave.

— Ah bon. Tant mieux.

— L'infirmière de l'école pense qu'elle souffre peut-être d'un peu d'anémie. Je vais lui faire prendre du fer.

— Bon. C'est vrai que je l'ai trouvée un peu pâlotte ces temps-ci, dit-il d'un ton désinvolte. Alors, qui vas-tu voir ?

Elle s'attendait à cette question.

— Je n'ai rien organisé encore. Je voulais juste savoir si c'était possible.

Elle sentait qu'il avait du mal à s'exprimer.

— Eh bien, je suppose que, vu ce que j'ai à faire, je peux aussi bien être à la maison.

— Es-tu occupé ?

— Non. Ça a été mort toute la semaine. J'ai déterminé comment faire des économies sur le papier de toilette et les ampoules.

— Eh bien, comme je te l'ai dit, je n'ai rien de fixé. Si personne n'est disponible, je n'aurai pas besoin que tu rentres de bonne heure.

Ils étaient si polis. Si prévenants.

— Pas de problème, dit-il. Il ne faudrait pas que tu négliges tes clientes. Inutile de mettre en péril la seule affaire qui marche dans la famille. Appelle-moi si tu as besoin que je vienne te chercher quelque part. Je peux toujours demander à ta mère de s'occuper de Katie pendant cinq minutes.

— Merci, mon chéri, c'est très gentil à toi.

— Pas de problème. Il vaut mieux que j'y aille.

Camille et Hal Hatton étaient mariés depuis précisément onze années et un jour lorsqu'elle lui avait révélé que ses soupçons à propos de Michael, l'agent immobilier de Londres, étaient fondés. Elle avait mal choisi son moment, c'était le moins que l'on puisse dire. Ils venaient de se réveiller, le lendemain du jour où ils avaient célébré leur anniversaire de mariage. Mais il est vrai que Camille avait son franc-parler – c'était, tout au moins, ce qu'elle avait pensé jusqu'à l'épisode avec Michael. Si elle avait le don de garder pour elle les secrets des autres, ce n'était pas le cas des siens.

Ils étaient heureux en mariage ; tout le monde s'accordait à le dire. (Elle aussi, les fois où elle disait quelque chose.) Elle n'était pas franchement romantique. Mais elle avait aimé Hal avec une passion farouche qui ne s'était pas dissipée peu à peu en quelque chose de plus « désinvolte », contrairement à ses amies (leur euphémisme, disait sa mère, pour une relation sans sexe). Ils formaient un beau couple. Hal était svelte, de l'avis de tout le monde ; Camille était grande, robuste, avec une épaisse chevelure blonde et une poitrine digne d'une serveuse de dessins animés. Avec son diplôme universitaire, ses perspectives et son talent pour restaurer les meubles anciens, Hal avait été prêt à la prendre à sa charge. Tout le monde ne l'aurait pas fait en dépit des charmes évidents de Camille. Et peut-être, précisément, à cause de toutes ces choses-là, la passion incontestable qu'ils éprouvaient l'un pour l'autre avait été si dévorante et durable qu'elle avait fini par faire l'objet d'une sorte de plaisanterie parmi leurs amis. (Lorsqu'ils blaguaient ainsi, toutefois, Camille avait toujours perçu une nuance dans leurs voix qui s'apparentait à de l'envie.) C'était le meilleur moyen qu'ils avaient de communiquer. Quand il était silencieux, qu'il se renfermait sur lui-même et qu'elle se sentait incapable de combler le fossé qui les séparait, au moment où ils s'étaient disputés et qu'elle ne savait pas comment s'y prendre pour se réconcilier avec lui, ils n'en avaient pas moins continué à faire l'amour. Un amour profond, joyeux, vivifiant. Que l'arrivée de Katie n'avait en rien diminué. Tout au contraire, elle avait eu de plus en plus envie de lui au fil du temps.

Et cela faisait partie du problème. Quand Hal avait lancé sa propre entreprise, en s'installant dans de nouveaux locaux, près de Harwich, ses affaires lui avaient pris de plus en plus de temps. Il devait y rester tard le soir, lui expliquait-il lors de ses appels téléphoniques. La première année était cruciale lorsqu'on mettait une affaire sur pied. Elle avait essayé de comprendre, mais son désir physique ainsi que les complications d'ordre pratique que supposaient ses longues absences n'avaient cessé de croître.

Et puis la récession avait frappé, et dès lors, la restauration de meubles anciens était loin de faire partie des priorités des gens. Hal était devenu de plus en plus tendu, distant. Certaines nuits, il ne rentrait même plus à la maison. La vague odeur de transpiration qui émanait de ses vêtements et son menton mal rasé témoignaient d'une autre nuit passée sur le sofa de son bureau – sa mine sombre de personnel licencié, de factures impayées. Et puis il ne voulait plus faire l'amour avec elle. Trop fatigué. Trop abattu par tout ce qui lui tombait dessus. Il n'avait pas l'habitude de l'échec. Et Camille, qui n'avait jamais connu le rejet en trente-cinq ans, avait paniqué.

C'était à ce moment-là que Michael avait fait son apparition. Michael Bryant, tout nouveau en ville depuis Londres afin de tirer parti de la demande accrue pour les cabanes de plage et les bungalows du bord de mer.

Il l'avait voulue dès le départ et n'avait pas hésité à le lui signifier. Et pour finir, dévastée de chagrin à l'idée d'avoir perdu son mari, privée de l'amour physique qui la soutenait, elle avait succombé.

L'avait regretté aussitôt après.

Et avait commis l'erreur de le dire à Hal.

Il avait commencé par piquer une crise de rage, puis il avait pleuré. Et elle avait pensé, pleine d'espoir, qu'une telle manifestation de passion était peut-être un bon signe, prouvant qu'il tenait encore à elle. Après quoi, il était redevenu froid et distant. Il avait pris ses quartiers dans la chambre d'amis, pour aller finalement s'installer au bout de la rue, à Kirby-le-Soken.

Trois mois plus tard, il était revenu. Il l'aimait encore, lui avait-il dit, parlant furieusement dans sa barbe. Il ne cesserait jamais de l'aimer. Mais il allait lui falloir un bout de temps avant d'avoir à nouveau confiance en elle.

Elle avait hoché la tête, en silence, reconnaissante qu'il lui laissât une deuxième chance. Reconnaissante aussi à l'idée que Katie n'en vînt pas à faire partie d'une longue liste de statistiques déprimantes. Pleine d'espoir qu'ils reconstruiraient l'amour qu'ils avaient connu jadis.

Un an plus tard, ils marchaient encore à tâtons sur un terrain miné.

— Se sent-elle mieux ?

Dans le salon, hors de portée de voix, Katie était assise, les yeux vitreux, face à une rafale explosive de dessins animés.

— Elle affirme que oui. Je l'ai bourrée de comprimés au fer. Je n'ose pas penser à l'effet que cela va avoir sur son système digestif.

La mère de Camille grommela quelque chose, puis elle posa une autre pile d'assiettes sur l'une des étagères de la cuisine.

— On dirait qu'elle a repris un peu de couleurs, en tout cas. Je la trouvais un peu pâlichonne.

— Toi aussi ! Pourquoi ne m'en as-tu rien dit ?

— Tu sais bien que je n'aime pas m'immiscer dans tes affaires.

Camille eut un sourire ironique.

— Comment allez-vous faire pour demain ? Je pensais que Hal devait aller passer le week-end à Derby.

— Il va à une foire aux antiquités, mais c'est juste pour la journée. Il rentrera par le dernier train du soir. Cela dit, à moins qu'elle n'aille à l'école, je serai obligée d'annuler à nouveau mes rendez-vous. Pourrais-tu voir si l'œuf de Katie est prêt, maman ? J'ai les mains mouillées.

— Encore une minute, je crois… Ça fait une sacrée trotte dans la journée.

— Je sais.

Il y eut un bref silence. Camille savait que sa mère était parfaitement consciente de la raison pour laquelle Hal ne voulait pas passer la nuit loin de la maison. Elle plongea les mains plus en profondeur dans l'eau de vaisselle en quête de couverts égarés.

— Je ne pense pas que vous devriez la renvoyer à l'école rien que pour une journée. Accordez-lui un long week-end pour se rétablir. Si tu souhaites que je la prenne, je suis libre à partir du milieu de la matinée. Et je m'en occuperai aussi samedi soir, si vous voulez sortir.

Camille acheva la vaisselle en posant soigneusement la dernière assiette sur l'égouttoir. Elle fronça les sourcils et se tourna légèrement.

— Tu ne vas pas chez Doreen ?

— Non. Je dois aller accueillir cette décoratrice d'intérieur. Lui remettre les clés. Et récupérer le reste de mes affaires.

Camille se figea.

— Elle est vraiment vendue ?

— Bien sûr qu'elle est vendue, répondit sa mère d'un ton dédaigneux. Ça fait des siècles.

— C'est… cela paraît tellement soudain.

— Pas du tout. Je t'avais dit que j'allais le faire. L'acheteur n'a pas besoin d'obtenir un prêt ou quoi que ce soit, de sorte qu'il était inutile de faire traîner les choses.

— Mais c'était ta maison.

— Et maintenant, c'est la sienne. Voudra-t-elle du ketchup ?

Camille savait qu'il aurait été vain d'insister quand sa mère prenait ce ton. Elle enleva ses gants en caoutchouc et entreprit de se passer une crème hydratante sur les mains en pensant à la maison qui avait, d'une certaine manière, dominé son enfance.

— Que va-t-il en faire ?

— Un hôtel de luxe, apparemment. Un endroit chic réservé aux gens créatifs. Il est propriétaire d'un club à Londres, fréquenté exclusivement par des écrivains, des artistes et des comédiens. Il souhaite recréer une atmosphère semblable au bord de la mer. Un lieu d'escapade pour eux. Ça sera très moderne, m'a-t-il dit. Très *provocateur.*

— Les habitants de Merham vont adorer !

— Qu'est-ce que ça peut leur faire ? Il ne va rien changer à l'aspect extérieur de la maison. Alors, je ne vois pas en quoi ça les regarde.

— Depuis quand les habitants de Merham baissent-ils les bras sous prétexte que ce ne sont pas leurs affaires ? Les gens du Riviera vont faire toute une histoire. Ils risquent de perdre une partie de leur clientèle.

Mrs Bernard passa derrière sa fille et brancha la bouilloire.

— Le Riviera arrive tout juste à avoir assez de clients pour tenir le coup. Je ne vois pas pourquoi un hôtel pour Londoniens branchés y changera grand-chose. Ça fera du bien à la ville, au contraire. C'est de plus en plus mort ici. Cela contribuera peut-être à redonner un peu de vie à Merham.

— La maison va manquer à Katie.

— Elle pourra toujours y aller. De fait, il a précisé qu'il tenait à maintenir les liens de la maison avec son passé. C'est ce qui lui a plu au départ : son histoire. Il m'a même demandé de le conseiller pour certains travaux de restauration, ajouta-t-elle, non sans une pointe de satisfaction dans la voix.

— Comment ?

— Parce que je sais à quoi elle ressemblait avant. J'ai encore des photos, des lettres… Le nouveau propriétaire ne manque pas de jugeote. Il tient à conserver le caractère des lieux.

— Tu l'aimes bien, on dirait.

— C'est vrai, je l'aime bien. Il appelle un chat un chat. Et puis il est curieux. Il est rare que les hommes de son espèce soient curieux.

— Comme papa.

Camille n'avait pas pu se retenir.

— Il est plus jeune que ton père. Mais non. Tu sais très bien que ton père ne s'est jamais intéressé à cette maison.

Camille secoua la tête.

— Je ne comprends pas, maman. Je ne comprends vraiment pas pourquoi… après toutes ces années. C'était la seule chose à laquelle tu tenais vraiment, même quand papa en a eu assez.

Sa mère l'interrompit.

— Ah, vous, les enfants ! Vous vous imaginez toujours que le monde vous doit une explication. C'est mon affaire. Ma maison, mon affaire. Cela n'affectera aucun d'entre vous. Alors, inutile de s'appesantir sur le sujet.

Camille but une gorgée de thé tout en réfléchissant.

— Que vas-tu faire de l'argent ? Tu as dû en toucher pas mal.

— Ça ne te regarde pas.

— L'as-tu dit à papa ?

— Il a réagi tout aussi sottement que toi.

— Et il t'a dit qu'il avait une super idée pour le dépenser.

Sa mère émit un ricanement.

— Tu n'en rates pas une, hein ?

Camille baissa la tête en affectant un air innocent.

— Tu pourrais emmener papa en croisière. Rien que vous deux.

— Je pourrais aussi faire don de l'argent à la Nasa pour déterminer s'il y a des petits hommes verts sur Mars. Bon, je vais boire mon thé. Ensuite, j'irai faire un tour dans les magasins. As-tu besoin de quelque chose ? J'emmènerai ton nigaud de chien pendant que j'y suis. J'ai l'impression qu'il engraisse.

— Tu es très jolie. J'aime beaucoup ta coiffure.

— Merci.

— Tu étais coiffée comme ça quand tu travaillais à la banque.

Camille porta la main à ses cheveux en tâtonnant le chignon bien lisse que Tess lui avait fait avant qu'elle partît. Elle avait un don pour les coiffures, Tess. Camille soupçonnait qu'elle s'en irait d'ici un an – trop de talent à son actif pour un institut de beauté endormi en bord de mer.

— Oui. Tu as raison.

C'était devenu une habitude maintenant : sortir le samedi soir sans se préoccuper de savoir s'ils en avaient les moyens ou s'ils étaient trop fatigués.

La mère de Camille prenait Katie – ce qu'elle adorait –, et ils faisaient un effort l'un envers l'autre. Ils s'habillaient de façon chic, comme du temps où ils commençaient à se fréquenter, tel que le conseiller conjugal le leur avait suggéré. Et ils parlaient ensemble, loin de la télévision sédative, des distractions de la vie domestique. Camille se disait parfois que ni l'un ni l'autre ne pouvait vraiment faire face, que Hal se donnait de la peine pour dénicher le compliment requis afin de prouver qu'il avait remarqué son apparence. C'était difficile de trouver de quoi alimenter deux heures de conversation soutenue en compagnie de quelqu'un avec qui l'on avait parlé toute la semaine. Surtout quand on n'avait pas le droit de passer tout ce temps à évoquer son enfant ou son chien. Quelquefois, pourtant, comme ce soir, elle percevait une nuance d'honnêteté dans ses commentaires, et la routine même de ce rituel – depuis le moment où elle s'attardait dans son bain jusqu'à celui où Hal tirait sa chaise au restaurant avant qu'elle s'asseye – la rassurait. Et ils faisaient parfois l'amour à la fin de la soirée. Il fallait se ménager du temps l'un pour l'autre, selon leur conseiller. Cultiver ces routines. Ils avaient tant de choses à reconstruire.

Hal commanda du vin. Elle savait lequel il avait choisi avant même qu'il ouvre la bouche. Un chiraz. Probablement australien. Sous la table, elle posa délicatement sa jambe contre la sienne et sentit une pression en retour.

—Maman a fini par vendre la maison.

—La maison blanche ?

—Oui. Pas celle de papa.

—Elle s'est finalement décidée. Je me demande pourquoi.

—Je n'en sais rien. Elle ne veut pas me le dire.

—Pourquoi cela ne me surprend-il pas ?

Ses antennes lui permettaient de détecter la moindre remarque désobligeante, mais Camille ne perçut là qu'une admission de la nature secrète de sa mère.

— À qui a-t-elle vendu ?

— À un hôtelier. Il compte en faire une retraite de luxe.

Hal siffla entre ses dents.

— Il a du pain sur la planche. Elle n'a pas effectué de travaux depuis des siècles.

— Elle a fait réparer une partie du toit, il y a quelques années. Quoi qu'il en soit, je ne crois pas que l'argent pose un problème.

— Que veux-tu dire ? Il est riche comme Crésus ?

— C'est l'impression que j'ai eue.

— Je me demande combien elle en a tiré. C'est une superbe maison. Avec des vues magnifiques.

— Je pense que le fait qu'elle soit restée telle quelle a joué en sa faveur. Les maisons « de caractère » sont très en vogue de nos jours, non ? Et puis je crois qu'elle lui a également vendu une partie du mobilier.

Hal marmonna en guise d'assentiment.

— J'aurais bien voulu vivre dans cette maison, dit-il.

— Pas moi. Elle est trop près du bord de la falaise.

— Oui. Je suppose que tu as raison.

Ils réussissaient parfois à avoir toute une conversation sans que ni l'un ni l'autre y fît référence ou même y pensât en son for intérieur. Elle lutta contre l'envie d'ajouter quelque chose sur la maison, juste pour prolonger le moment. C'était ce que l'on ne vous disait jamais à propos des ruptures : on perdait la personne sur laquelle on se déchargeait d'ordinaire de toutes ces observations plus ou moins intéressantes qu'on avait accumulées tout au long de la journée. Des choses qui n'étaient pas suffisamment captivantes pour mériter un coup de fil à une vague amie ou connaissance, juste des futilités que l'on avait envie de faire remarquer à quelqu'un. Hal avait toujours été parfait à cet égard. Ils n'avaient jamais été à court de sujets. Et elle lui en était reconnaissante.

Elle sentit l'odeur du canard avant que l'on posât l'assiette devant elle : chaud, graisseux, succulent, avec une sauce citronnée. Elle n'avait rien mangé depuis le petit déjeuner. C'était souvent le cas le samedi.

— Rends-tu visite à ta mère demain ?

— Non.

— Alors, où vas-tu ? s'enquit-elle.

Elle se rendit compte, à peine ces mots prononcés, qu'elle aurait mieux fait de s'en abstenir. Une légère inflexion dans sa voix leur avait donné une tonalité dont elle se serait bien passée. Elle fit marche arrière.

— Je me demandais seulement si tu avais des projets particuliers.

Hal soupira, comme s'il réfléchissait à la réponse à apporter à sa question.

— Eh bien, je ne sais pas si c'est un « projet particulier », mais l'un de mes voisins à Kirby organise une fête, demain, à l'heure du déjeuner, et Katie et moi sommes invités. Il a une petite fille. Elle a un an de moins que Katie, ajouta-t-il. Si tu n'y vois pas d'inconvénient, j'ai pensé que nous pourrions y aller. Katie et elle s'entendent bien.

Camille sourit en s'efforçant de dissimuler le malaise qui l'avait envahie brusquement. L'idée qu'ils puissent être invités quelque part, tous les deux, sans elle, lui était douloureuse – la pensée que Katie ait pu se faire des amies, qu'elle se soit enracinée à l'endroit où il avait vécu…

— Est-ce que ça te va ?

— Bien sûr. Je voulais juste savoir.

— Tu peux venir si tu veux. Je suis sûr qu'ils te plairont. Je te l'aurais proposé, de toute façon, mais en général, le dimanche, tu aimes être tranquille.

— Non… non… Vous devriez y aller. C'est juste… Je sais si peu de choses sur ta vie là-bas. J'ai de la peine à t'imaginer… À l'imaginer, elle.

Hal posa son couteau et sa fourchette, réfléchissant apparemment à tout ça.

— Je comprends, dit-il finalement. Voudrais-tu que je t'y emmène un jour en voiture ? Pour que tu puisses te faire une idée ?

Elle n'en avait aucune envie.

— Non, non… Je ne suis pas sûre de…

— Écoute, nous n'irons pas. Ça te met mal à l'aise. Je ne veux pas que tu te sentes mal à l'aise.

— Pas du tout. Allez-y. Cela fait partie de notre passé, et il est bon qu'il en soit sorti des éléments positifs. Allez-y.

Il fallait avoir l'esprit ouvert sur ce qui s'était produit au sein de la relation, faire face au passé de manière à aller de l'avant. C'était ce que le conseiller conjugal avait dit.

Ils mangèrent un moment en silence. Sur leur droite, un couple avait commencé à se disputer, d'un ton pressant, à mots couverts. Camille garda la tête bien droite, attentive à la tension dans la voix de la femme. Le serveur s'approcha et lui resservit du vin.

— Le canard a l'air délicieux, commenta Hal.

Il remua légèrement de sorte qu'il augmenta la pression contre sa jambe. Une pression délicate, certes, mais tout de même.

— Oui, dit-elle. C'est délicieux.

Kate était réveillée quand son père alla jeter un coup d'œil dans sa chambre. Elle était plongée dans un livre de poche aux pages cornées qu'elle avait déjà lu à deux reprises, comme il le savait. Elle refusait de lire quoi que ce soit de nouveau ces temps-ci et se bornait à redécouvrir quatre ou cinq fois ses livres préférés à tour de rôle, bien qu'elle connût la fin, et même certains passages par cœur.

—Salut, toi, dit-il d'une voix douce.

Elle leva les yeux, son visage à demi éclairé, limpide, candide. Face à sa beauté de huit ans, son cœur chavira en perspective des chagrins et des tourments futurs.

—Tu devrais dormir.

—Vous avez passé une bonne soirée ?

—Très bonne.

Elle parut rassurée, ferma son livre et se laissa border.

—Est-ce qu'on va à Kirby demain ?

—Oui. Si tu en as toujours envie.

—Maman viendra-t-elle aussi ?

—Non. Elle tient à ce que nous passions du temps rien que tous les deux.

—Mais ça ne l'ennuie pas ?

—Bien sûr que non. Cela lui fait plaisir que tu te fasses de nouveaux amis.

Katie resta allongée en silence pendant que son père lui caressait les cheveux. Cela lui arrivait souvent ces jours-ci, satisfait de pouvoir le faire maintenant, chaque soir où il en avait envie.

Katie remua pour se tourner vers lui, les sourcils froncés.

—Papa…

—Oui.

— Tu sais, quand tu es parti…

Sa poitrine se serra.

— Oui.

— En avais-tu assez de maman parce qu'elle était aveugle ?

Hal regarda fixement le duvet avec ses motifs roses représentant des chats comiques et des pots de fleurs. Puis il posa sa main sur celle de sa fille. Elle retourna la sienne pour qu'il puisse la serrer.

— En quelque sorte, ma chérie.

Il marqua un temps d'arrêt, prit une grande inspiration.

— Mais cela n'avait rien à voir avec les yeux de ta maman. Rien à voir avec les yeux de ta maman.

Chapitre 11

Les stations balnéaires traditionnelles étaient de nouveau « en vogue ». Elle l'avait lu dans un supplément en couleurs d'un journal, dans plusieurs revues de décoration intérieure, ainsi que dans un article paru dans l'*Independent*. Après plusieurs longues décennies – au cours desquelles les plaisirs associés aux coupe-vent, aux sandwichs sableux et aux jambes bleuies et tachetées avaient cédé le pas aux bronzages Coppertone et aux voyages organisés bon marché –, la tendance avait commencé à s'inverser. Les jeunes parents, en particulier, revenaient dans les villes de bord de mer avec leur progéniture en s'efforçant de retrouver l'innocence mythique de leur enfance. Les plus riches jetaient leur dévolu sur les villas de vacances ou les bungalows à retaper, les autres achetant les cabanes de plage, dont la valeur s'élevait, en conséquence, à des niveaux dignes de faire les gros titres des journaux. Sidmouth, et non plus Saint-Tropez. Alicante supplanté par Aldeburgh. Quiconque avait un tant soit peu de réputation flânait désormais dans quelque ville de bord de mer soi-disant intacte, mangeant du poisson dans les restaurants de famille et vantant les mérites des bons vieux seaux et pelles.

Sauf que personne ne semblait en avoir informé Merham. Tout en conduisant lentement dans la petite ville, sa visibilité compromise par le lit de voyage, la chaise haute et les sacs-poubelles remplis de vêtements qu'elle avait réussi bon an mal an à faire entrer dans le coffre de la voiture, Daisy considéra tour à tour la boutique de tricots poussiéreuse, le supermarché discount et l'église adventiste du septième jour, et fut prise tout à coup d'un mauvais pressentiment. Elle était à des lieues de Primrose Hill. Même baigné dans la lumière vive et laiteuse d'un après-midi de printemps, Merham paraissait fané, fatigué, figé dans une époque où tout ce qui pouvait être audacieux ou beau passait pour tape-à-l'œil et malvenu.

Elle s'arrêta à un croisement. Deux vieilles dames traversèrent la rue en traînant les pieds, l'une s'appuyant lourdement sur son panier du marché, l'autre reniflant d'un air furibond dans un mouchoir à motifs, ses cheveux plaqués sur son crâne par un casque en plastique transparent.

Elle avait tourné en rond près de quinze minutes pour essayer de trouver la maison et, durant tout ce temps, elle n'avait vu que deux personnes qui n'étaient pas des retraités. La devanture du concessionnaire auto arborait une bannière proposant des dispositifs de « maniabilité accrue » pour les handicapés, et le seul restaurant visible se situait entre un magasin d'appareils acoustiques et non moins de trois boutiques de bienfaisance en rang d'oignon, chacune présentant un triste assortiment de vaisselle démodée, de pantalons pour hommes trop grands et de peluches que personne n'avait envie de serrer dans ses bras. Le seul intérêt de la ville, d'après ce qu'elle avait pu en voir, était sa plage interminable, entrecoupée de brise-lames pourrissants, et la splendeur post-palladienne de son parc municipal parfaitement entretenu.

En repérant un homme accompagné d'une petite fille, elle baissa sa vitre.

— Excusez-moi ?

Il leva les yeux. Sa tenue témoignait de sa relative jeunesse, mais son visage, barré par des lunettes à fine monture, était prématurément vieilli et paraissait las.

— Vous habitez ici ?

Il jeta un coup d'œil à la petite fille, qui tenait un paquet de piles en s'efforçant énergiquement d'en extraire une.

— Oui.

— Pourriez-vous m'indiquer la direction d'Arcadia House ?

Il redressa brusquement la tête et la considéra d'un regard un peu plus appuyé.

— Vous êtes la décoratrice d'intérieur, n'est-ce pas ?

Oh, mon Dieu ! Ce que l'on disait sur ces endroits était vrai. Elle parvint à ébaucher un sourire.

— Oui. Enfin, si je la trouve.

— Ce n'est pas loin. Tournez à droite et allez jusqu'au rond-point, puis longez le parc municipal. La maison se situe en haut de la falaise. C'est la toute dernière.

— Merci.

La petite fille tira sur la main de son père.

— Papa, dit-elle d'un ton impatient.

— Je pense que vous y trouverez l'ancienne propriétaire en train de vous attendre. Bonne chance, ajouta-t-il en souriant tout à coup.

Puis il se détourna avant qu'elle pût lui demander comment il pouvait bien être au courant.

La maison valait certainement le coup. Elle le sut dès qu'elle l'aperçut, ressentit ce frisson d'excitation, pareil au plaisir que procure une toile vierge, dès qu'elle apparut sous ses yeux – large, blanche, angulaire, au sommet d'une allée en courbe. Elle était plus grande qu'elle ne se l'était imaginé, plus longue aussi, plus basse, avec des rangées de fenêtres cubiques et des hublots s'ouvrant tels des yeux écarquillés sur la mer scintillante. Ellie dormait encore, fatiguée par le voyage. Alors, elle avait ouvert la portière, s'était extraite du siège et s'était élancée sur le gravier, sa raideur et sa transpiration se dissipant tandis qu'elle prenait la mesure des lignes modernes, des angles brutaux, audacieux, tout en inspirant des goulées d'air frais et salé. Elle n'avait même pas besoin de jeter un coup d'œil à l'intérieur : posé tel un grand affleurement rocheux sur la vaste courbe de l'océan, sous l'ampleur du ciel, l'édifice se composait d'immenses pièces inondées de lumière. Elle le savait. Daniel avait pris des photos, qu'il avait rapportées à la maison pendant qu'elle s'occupait d'Ellie nouveau-née.

La nuit, elle avait dessiné des ébauches à partir de ces documents, développant ses idées. Cela dit, les photos ne rendaient pas vraiment justice à la maison, n'offrant aucun indice de sa beauté minimaliste, de son charme austère. Les plans qu'ils avaient élaborés lui paraissaient déjà trop banals, trop étriqués.

Elle lança un coup d'œil derrière elle pour s'assurer qu'Ellie dormait encore, puis courut d'un pas léger vers le portail, qui s'ouvrait sur un jardin en gradins. Il y avait une terrasse dallée, blanchie à la chaux, usée et tapissée de lichen. En bas d'une volée de marches, surplombées de lilas, un sentier menait à la plage entre deux murs envahis de mauvaises herbes. Au-dessus d'elle, la brise murmurait d'un ton méditatif à travers les branches de deux pins d'Écosse tandis qu'une colonie de moineaux surexcités plongeaient et resurgissaient tour à tour d'une haie d'aubépine qui avait besoin d'un bon élagage.

Daisy regarda autour d'elle, son esprit fourmillant déjà d'idées, chacune rapidement élaborée, puis écartée dès qu'elle prenait la mesure d'un nouvel élément, d'un mariage insolite d'espace et de lignes. Elle avait brièvement pensé à Daniel, au fait que cela aurait dû être leur projet commun, mais elle s'était empressée de chasser son image de son esprit. La seule solution pour elle, si elle voulait mener ce projet à bien, consistait à y voir un nouveau départ. Comme si elle s'était ressaisie, selon le conseil que Julia lui avait donné. La maison lui facilitait les choses. Elle dévala les marches, guignant l'intérieur par les fenêtres, se retournant pour considérer la construction sous différents angles, évaluant les innombrables possibilités, toute cette beauté latente. Oh, mon Dieu, elle pouvait transformer ce lieu en un endroit magique ! Il promettait davantage que tous les chantiers qu'elle avait entrepris jusqu'à présent. Elle avait les moyens d'en faire la une des revues de décoration les plus prisées, un havre qui attirerait quiconque avait la moindre notion de ce que le mot « style » signifiait vraiment.

Cela se fera tout seul, pensa-t-elle. *L'endroit me parle déjà.*

— Vous tenez tant à ce qu'elle développe ses poumons ?

En faisant volte-face, Daisy découvrit Ellie, hoquetant, le visage inondé de larmes, dans les bras d'une femme âgée, de petite taille, aux cheveux gris métallique calés derrière ses oreilles en une coupe au carré sévère.

— Pardon ?

Elle remonta les marches.

La femme, plusieurs épais bracelets se heurtant les uns les autres sur ses bras, lui tendit Ellie.

— Je pensais que vous vouliez en faire une chanteuse d'opéra, vu la manière dont vous l'avez laissée hurler.

Daisy passa délicatement la main sur les joues d'Ellie pour sécher ses larmes. Sa fille se pencha en avant et cala son visage contre la poitrine de sa mère.

— Je ne l'ai pas entendue, dit-elle, mal à l'aise. Je ne pouvais rien entendre.

La femme s'avança et regarda la mer par-dessus l'épaule de Daisy.

— Je pensais que vous étiez toutes censées avoir une peur paranoïaque des voleurs d'enfants de nos jours. Que vous redoutiez de les laisser seuls ne serait-ce qu'une minute.

Elle contempla Ellie, impassible. La petite lui souriait à présent.

— Quel âge a-t-elle ? Quatre, cinq mois ? Vous faites tout de travers, à mon avis. Si vous ne vous tracassez pas à propos de ce que vous leur faites ingurgiter, si vous ne les embarquez pas dans une voiture pour un trajet de dix mètres, si vous les laissez hurler à des kilomètres de tout. Ça n'est pas logique.

— On ne peut pas dire que l'on soit à des kilomètres de tout.

— Vous les confiez à des baby-sitters, et puis vous vous plaignez lorsqu'ils s'attachent à eux.

— Je n'ai pas de baby-sitter. Je ne l'ai pas abandonnée délibérément. Elle dormait.

Daisy perçut le trémolo désagréable des sanglots dans sa voix. Ils semblaient perpétuellement là, ces derniers temps, attendant sous la surface, prêts à éclater.

— Bref. Il vous faut les clés. Jones, ou je ne sais qui, ne peut pas venir avant le milieu de la semaine. Il m'a demandé de vous installer. Je vous ai laissé l'ancien berceau de ma petite-fille. Il y a quelques marques de morsure, mais ça fera l'affaire. Il reste encore des meubles, des ustensiles de cuisine, mais je vous ai apporté des draps et des serviettes de toilette, parce qu'il ne m'a pas dit ce que vous prendriez avec vous. Et il y a une caisse de provisions dans la cuisine. Je me suis dit que vous n'amèneriez sans doute pas grand-chose.

Elle jeta un coup d'œil derrière elle.

— Mon mari va vous apporter un micro-ondes plus tard. Impossible de faire marcher la cuisinière. Afin que vous ayez ce qu'il faut pour les biberons, il sera là vers six heures et demie.

Daisy ne savait pas trop comment réagir face à ce brusque changement d'attitude, de la réprobation à la générosité.

— Merci.

— Je passerai de temps en temps. Je ne vous gênerai pas. Mais j'ai encore des choses à récupérer. Jones m'a dit que je pouvais prendre mon temps.

— Oui… je suis désolée. Je n'ai pas saisi votre nom.

— C'est parce que je ne vous l'ai pas précisé. Je suis Mrs Bernard.

— Et moi, je m'appelle Daisy. Daisy Parsons.

— Je sais.

Comme Daisy lui tendait la main en déplaçant le poids d'Ellie sur sa hanche, elle remarqua le regard rapide que la femme porta à son annulaire.

— Vous allez loger ici toute seule ?

Daisy effleura sa main du regard sans en avoir conscience.

— Oui.

Mrs Bernard hocha la tête. Comme s'il fallait s'y attendre.

— Je vais aller m'assurer que le chauffage fonctionne. Ensuite, je vous laisserai vous en occuper. Vous n'en avez pas besoin maintenant, mais on annonce du gel ce soir.

En atteignant la porte s'ouvrant sur le côté de la maison, elle se retourna et s'écria :

— Des tas de gens sont déjà sens dessus dessous à propos de cette maison. Ils viendront sans tarder et ne manqueront pas de vous dire ce que vous faites de travers.

— Je suis impatiente de les rencontrer, répondit Daisy d'une voix faible.

— Je n'en ferais pas cas si j'étais vous. Cette maison les a toujours tracassés d'une manière ou d'une autre. Je ne vois pas pourquoi ce serait différent maintenant.

Ce fut seulement une fois Ellie apaisée, confortablement calée dans le grand lit à l'aide d'un amoncellement de coussins, que les larmes vinrent.

Daisy s'assit dans la maison à demi meublée, fatiguée, esseulée, et sans la distraction que lui procurait d'ordinaire sa fille, incapable d'échapper mentalement à la tâche colossale qu'elle avait prise sur elle – seule, qui plus est !

Elle avait à peine touché à son repas réchauffé au micro-ondes, avait allumé une cigarette – une habitude qu'elle avait reprise récemment – et déambulé dans les pièces décrépies qui sentaient les tissus moisis et la cire d'abeille.

Lentement, les visions de pages de revues glacées et de murs modernistes, dépouillés, avaient été supplantées par d'autres images : d'elle-même, serrant contre elle un bébé hurlant, confrontée à des ouvriers récalcitrants et à un propriétaire furibard tandis que, dehors, une foule de gens du coin exigeaient qu'on la chasse de là.

Qu'ai-je fait ? pensa-t-elle pitoyablement. *Cet endroit est trop grand ; il me dépasse. Je pourrais travailler un mois rien que dans une pièce.*

Seulement, il n'y avait pas moyen de faire marche arrière. L'appartement de Primrose Hill était vide, le reste de ses meubles ayant été transférés dans la grange de sa sœur. Elle avait laissé une demi-douzaine de messages explicatifs à Daniel, apparemment en vain, sur le répondeur de sa mère. (Troublée, ne cessant de s'excuser, elle lui avait dit qu'elle ne savait pas non plus où il était.) S'il en prenait connaissance, il ne saurait pas où les trouver. Si tant est qu'il eût envie de les trouver.

Elle pensa à Ellie, paisiblement endormie, ignorant que son père l'avait abandonnée. Comment admettrait-elle qu'il ne l'avait pas suffisamment aimée pour rester ? Comment pouvait-il ne pas l'aimer assez ?

Elle pleura en silence, par égard pour Ellie, pendant près de vingt minutes, redoutant toujours, même dans ce vaste espace, de déranger l'enfant. Et puis, finalement, sous l'effet de la fatigue conjuguée au chuintement distant de la mer, elle s'endormit.

À son réveil, elle trouva une autre caisse devant la porte. Elle contenait deux litres de lait entier, une carte d'état-major de Merham et de ses environs, et une petite sélection de jouets pour bébés, anciens, mais dans un état impeccable.

Pour un bébé qui considérait généralement le fait d'être assis à un angle différent sur le canapé comme un traumatisme suffisant pour provoquer une longue crise de larmes, Ellie s'adapta remarquablement vite à sa nouvelle demeure. Couchée au milieu de sa couverture au crochet, elle contemplait la vue par l'immense fenêtre et croassait à l'adresse des mouettes qui descendaient en piqué dans le ciel au-dessus d'elle tout en poussant grossièrement des cris stridents. Rehaussée par des coussins, elle observait sa mère, qui évoluait dans la pièce, tandis que ses petites mains s'efforçaient maladroitement de placer tout objet proche d'elle dans sa bouche. La nuit, elle dormait souvent quatre à cinq heures d'affilée – pour la première fois de sa brève existence.

Son apparente satisfaction face à son nouvel environnement signifiait qu'au cours de ces quelques premiers jours, Daisy fut à même de brosser une série de nouveaux designs en s'inspirant des dessins encore visibles sur certains murs, des gribouillages presque lisibles, restés intacts depuis plusieurs décennies. Elle avait interrogé Mrs Bernard à ce sujet, curieuse de connaître l'identité de leurs auteurs, mais cette dernière s'était bornée à dire qu'elle n'en savait rien, qu'ils avaient toujours été là et que, lorsqu'en les voyant, l'amie de sa fille avait griffonné à son tour sur le mur étant petite, elle l'avait tapée avec un manche à balai.

Mrs Bernard venait tous les jours. Daisy n'en connaissait toujours pas la raison : elle ne semblait tirer aucun plaisir de sa compagnie et reniflait d'un air désapprobateur en réaction à la plupart de ses suggestions.

— J'ne sais pas pourquoi vous m'en parlez à moi, avait-elle dit à une occasion, quand Daisy avait paru déçue de sa réaction.

— Parce que c'était votre maison ! avait répliqué Daisy, perturbée par son ton.

— Mais ce n'est plus le cas. Inutile de se tourner vers le passé. Si vous savez ce que vous voulez en faire, allez-y. Vous n'avez pas besoin de mon approbation.

Daisy soupçonnait que cette réponse paraissait plus revêche qu'elle n'était censée l'être.

L'appât, pensait-elle, n'était autre qu'Ellie. Mrs Bernard s'approchait du bébé timidement, presque avec prudence, comme si elle s'attendait à ce qu'on lui dise que ce n'était pas son affaire. Puis, tout en gardant un œil sur Daisy, elle prenait Ellie dans ses bras et, acquérant peu à peu confiance en elle, elle la portait de pièce en pièce, lui désignant des objets, lui parlant comme si elle avait déjà dix ans de plus, savourant visiblement les réactions du bébé. Puis elle annonçait « elle aime bien regarder les pins » ou « sa couleur préférée est le bleu » avec une vague nuance de défi dans la voix.

Daisy n'y voyait pas d'inconvénient : elle lui était reconnaissante de prendre soin d'Ellie. Cela lui permettait de se concentrer sur son travail, car elle avait déjà compris qu'essayer de refaire cet hôtel à neuf en composant avec les exigences d'un bébé de cinq mois à la traîne serait pour ainsi dire impossible.

Mrs Bernard ne s'étendait guère sur le rôle qu'elle avait joué dans l'histoire de cette maison, et bien que la curiosité de Daisy allât croissant, quelque chose dans le comportement de sa visiteuse la dissuadait de l'interroger plus avant. Elle lui avait dit brièvement, dans le courant de la conversation, qu'elle en était propriétaire « depuis des lustres », que son mari ne venait jamais et que, s'il y avait toujours un lit et une commode dans l'une des grandes chambres, c'était parce qu'elle lui avait servi de refuge durant l'essentiel de sa vie conjugale. Elle ne précisa rien d'autre à propos de sa famille. Daisy s'abstint de tout commentaire au sujet de la sienne. Elles existaient dans une sorte de *modus vivendi* peu évident, Daisy étant reconnaissante de l'intérêt que Mrs Bernard portait à Ellie tout en étant consciente d'une désapprobation latente, tant vis-à-vis de sa situation personnelle que de ses projets pour l'hôtel. Elle avait un peu le sentiment d'être une future belle-fille qui ne serait pas à la hauteur, d'une manière ou d'une autre, même si personne n'allait lui expliquer pourquoi.

Le mercredi, toutefois, le comportement miraculeusement accommodant d'Ellie prit fin brutalement. Elle se réveilla à cinq heures moins le quart et refusa de se rendormir, de sorte qu'à 9 heures, Daisy louchait déjà de fatigue, sans la moindre idée de la manière dont elle pouvait amadouer son enfant. Il pleuvait. Des nuages sombres et pesants couraient dans le ciel, les laissant confinées dans la maison. Dehors, les buissons s'inclinaient sous la charge du vent. La mer agitée, d'un gris obscur, bouillonnait, vision menaçante à même de réprimer toute illusion romantique que pourrait inspirer le littoral britannique. Mrs Bernard choisit ce jour-là pour ne pas venir. Daisy se retrouva à faire interminablement les cent pas, tout en berçant son enfant contre sa poitrine, tandis qu'elle s'efforçait de libérer un espace dans son esprit sirupeux pour le décapage des parquets et le polissage des poignées de porte en acier.

—Allons, Ellie, *s'il te plaît*, ma chérie, murmurait-elle en vain.

Et le bébé de se mettre à brailler de plus belle, comme si sa requête en elle-même constituait un affront.

Jones arriva sur le coup de onze heures moins le quart, deux minutes et demie précisément après que Daisy eut finalement couché Ellie et trente secondes après qu'elle eut allumé sa première cigarette de la journée. Elle regarda autour d'elle la pièce jonchée de débris, encombrée de tasses de café à moitié vides et des reliefs du dîner de la veille au soir réchauffé au micro-ondes, en se demandant quel endroit elle aurait le courage d'attaquer en premier. Il claqua la porte derrière lui, bien évidemment, ce qui signifia qu'aussitôt, à l'étage, Ellie poussa un cri d'outrage. Daisy se trouva assujettie à la présence vénéneuse de son nouveau patron, qui considérait, pour sa part, d'un air incrédule son salon moins que minimaliste.

— Jones, annonça-t-il en levant les yeux vers le plafond, à travers lequel leur parvenaient les braillements étouffés d'Ellie. Je suppose que vous aviez oublié que je venais.

Il était plus jeune qu'elle ne l'avait pensé, à l'approche de l'âge mûr plutôt qu'en fin de course. Il avait un air courroucé, deux sourcils sombres et froncés barrant l'arête d'un nez jadis cassé. Il était grand, aussi, et présentait un léger embonpoint, ce qui lui donnait l'apparence peu raffinée d'un attaquant de rugby, bien que cela fût compensé par un pantalon en laine vert sauge et une chemise coûteuse d'un gris doux. La tenue discrète des gens cossus.

Daisy s'efforça d'oublier les cris de l'enfant. Elle lui tendit brusquement la main, luttant contre l'envie de lui reprocher son irruption bruyante.

— Daisy, dit-elle. Mais vous le savez déjà. Elle est… un peu difficile ce matin. Elle n'est pas comme cela d'habitude. Voudriez-vous un café ?

Son regard se porta sur les tasses posées à même le sol.

— J'étais sur le point d'ouvrir quelques fenêtres.

— J'aimerais autant que vous ne fumiez pas dans la maison. Si c'est possible. Vous souvenez-vous de la raison pour laquelle je suis ici ?

Daisy jeta désespérément des regards autour d'elle tout en fouillant sa mémoire en quête de quelque information qui y serait stockée. Elle avait l'impression d'essayer de percevoir son environnement à travers de la ouate.

— La responsable de l'urbanisme. Elle est censée passer ce matin pour voir les projets concernant les salles de bains. Et la transformation du garage. Pour les appartements des employés.

Daisy avait le vague souvenir d'avoir reçu un courrier mentionnant quelque chose d'approchant et qu'elle avait fourré dans un sac en plastique avec d'autres archives.

— Oui, dit-elle. Bien sûr.

Il ne se laissa pas duper.

— Vous aimeriez peut-être que j'aille chercher ma copie des plans dans la voiture afin que nous ayons au moins l'air à peu près préparés ?

À l'étage, les cris d'Ellie atteignaient de nouveaux crescendo.

— Je suis prête. Je sais que tout cela semble un peu chaotique, mais je n'ai pas eu le temps de ranger ce matin.

Daisy avait arrêté d'allaiter Ellie près de trois semaines plus tôt, mais elle se rendit compte avec effroi que les pleurs prolongés du bébé avaient des effets des plus déplorable sur ses seins.

— Je vais aller chercher mon dossier, s'empressa-t-elle de dire. Il est en haut.

— Je suppose que je ferais mieux d'essayer de ranger un peu ici. Il serait souhaitable qu'elle nous *prenne* au moins pour des pros.

Daisy se força à sourire, puis elle gagna l'escalier à grandes enjambées tout en marmonnant des jurons. Une fois dans la chambre qu'elle partageait avec Ellie, elle calma l'enfant au visage cramoisi avant de passer en revue le contenu de son fourre-tout à la recherche d'une tenue un peu plus professionnelle. Tout au moins quelque chose d'autre qu'un sweat-shirt tacheté de vomissures de bébé. Elle finit par dénicher un pull à col roulé et une longue jupe noirs, qu'elle enfila en se tortillant sans omettre de bourrer les bonnets de son soutien-gorge de mouchoirs en papier pour absorber toute émission embarrassante en puissance. Puis, après s'être fait une queue de cheval à la hâte (au moins, grâce à sa sœur, sa coloration était récente), elle redescendit l'escalier, une Ellie apaisée sur sa hanche, la chemise contenant les plans pour les salles de bains sous son autre bras.

— Qu'est-ce que c'est, ça ?

Il lui brandit sous le nez une liasse de feuilles composée de ses nouveaux designs.

— Juste quelques idées qui me sont venues. J'allais vous en parler…

— Je croyais que nous nous étions mis d'accord. Sur chaque chambre. Sur les frais.

— Je le sais. C'est juste qu'en arrivant ici, l'espace m'a paru tellement incroyable… J'ai eu de l'inspiration. Du coup, j'ai pensé à d'autres choses…

— Restons-en à nos plans, voulez-vous ? Le délai est déjà court. Je ne peux pas me permettre de prendre la tangente, acheva-t-il en jetant les papiers sur le vieux sofa.

Quelque chose dans la manière dont ses dessins voltigèrent à terre hérissa Daisy.

— Je n'avais pas l'intention de vous demander plus d'argent, dit-elle d'un ton obstiné. Je pensais simplement que vous aimeriez les meilleurs designs compte tenu de l'espace dont nous disposons.

— J'avais cru comprendre que c'était précisément ce que je vous avais commandé.

Elle lutta pour soutenir son regard impénétrable, bien déterminée, après avoir cédé partout ailleurs sur toute la ligne, à ne pas se laisser marcher sur les pieds par cet homme. Il ne la considérait pas comme étant à la hauteur. C'était évident dans son attitude, à la manière dont il soupirait sans arrêt en faisant les cent pas, dont il l'interrompait continuellement et dont il la toisait, comme s'il avait affaire à quelque chose de rebutant qui venait de faire irruption dans la pièce.

Elle pensa brièvement à Weybridge. Puis Ellie éternua, grogna distinctement et expédia le contenu nauséabond de ses intestins dans sa grenouillère toute propre.

Il partit après le déjeuner, partiellement apaisé, les plans ayant été approuvés par la responsable de l'urbanisme, qui, de l'avis de Daisy, avait été si distraite et entichée d'une Ellie toute propre et charmante qu'à certaines conditions près, elle aurait avalisé la construction d'une autoroute à trois voies menant de la buanderie au jardin.

— Vous savez, c'est un vrai bonheur de voir cette maison reprendre vie après toutes ces années, dit-elle alors qu'ils achevaient d'en faire le tour. Et, pour ma part, je suis enchantée que vous envisagiez des changements aussi ambitieux. En règle générale, j'ai droit aux doubles garages et aux jardins d'hiver. Non, je pense que ce sera merveilleux et, dès lors que vous vous en tenez à vos projets, je doute que vous ayez le moindre problème avec le conseil municipal.

— Je me suis laissé dire que certains de vos concitoyens ne sont pas très emballés à la perspective de voir cette maison rénovée.

Daisy intercepta le regard furibond de Jones au moment où elle prononça ces mots. Mais la jeune femme se borna à hausser les épaules.

— Entre vous et moi, les gens d'ici sont très rétrogrades. Et ils l'ont payé. Les autres petites stations balnéaires ont admis l'apparition d'un pub ou d'un restaurant le long de leur littoral, et maintenant elles prospèrent d'un bout à l'autre de l'année. Ce pauvre vieux Merham s'est tellement préoccupé de tout garder intact qu'à mon avis, on a fini par y perdre de vue ce que cela représentait en réalité.

Elle fit un geste en direction de la fenêtre, le long de la côte.

— Il faut reconnaître que tout est passablement délabré. Il n'y a rien pour les jeunes. Personnellement, je pense que cela nous donnerait un bon coup de fouet si nous pouvions attirer une poignée de visiteurs supplémentaires. Mais ne racontez surtout pas que je vous ai dit ça.

Elle chatouilla une fois de plus, avec tendresse, la joue d'Ellie, et puis elle s'en fut, non sans avoir promis de rester en contact.

— Eh bien, ça s'est plutôt bien passé, semble-t-il, déclara Daisy en remontant le couloir, déterminée à ce qu'on admît qu'elle y était pour quelque chose.

— Comme elle l'a dit, la ville a besoin de développer ses affaires.

— Certes, mais elle a approuvé nos plans.

— Si vous avez fait votre travail correctement, il n'y a pas de raisons pour qu'il en soit autrement. À présent, je dois retourner à Londres. J'ai un rendez-vous à 17 heures. Quand les ouvriers sont-ils censés démarrer ?

Il y avait quelque chose d'imposant dans sa stature même. Daisy se recroquevilla lorsqu'il la dépassa pour gagner la porte.

— Les plombiers viennent mardi et les maçons doivent commencer à abattre le mur de la cuisine deux jours après.

— Bon. Tenez-moi au courant. Je reviendrai la semaine prochaine. En attendant, il faut que vous trouviez un baby-sitter. Vous ne pouvez pas vous trimbaler partout avec un bébé alors que vous êtes censée travailler. Oh, fit-il en jetant un coup d'œil derrière lui, vous avez du papier de toilette pendu à votre pull-over.

Il s'abstint de dire au revoir. Mais il eut la décence de refermer discrètement la porte derrière lui en partant.

Il y avait toujours un lit pour elle à Weybridge. Elle ne devait pas l'oublier, comme sa sœur le lui avait précisé au téléphone.

Au moins trois fois. Elle pensait à l'évidence que Daisy devait avoir perdu la raison pour entraîner sa petite fille dans cette vieille épave pleine de courants d'air, en bordure de mer, alors qu'elle aurait pu vivre dans un univers splendide, bénéficiant du chauffage central, et occuper la meilleure chambre de la grange de Julia, avec un baby-sitter familial en prime. Mais elle devait affronter les choses à sa manière. Au moins, ça, Julia le comprenait.

— Je ne suis plus à ramasser à la petite cuillère. Ça va bien.

Daisy paraissait plus convaincante qu'elle ne l'était en réalité.

— Fais-tu attention aux calories ?

— Non. Et je ne fais pas de gym non plus. Pas plus que je me lisse les cheveux. Je suis trop occupée.

— C'est bien. Il est bon d'avoir l'esprit occupé. Et le Mouron rouge ? As-tu des nouvelles ?

— Non.

Elle avait renoncé à téléphoner à sa mère. C'était devenu gênant, à la fin.

— Écoute, je sais que tu ne tenais pas particulièrement à l'avoir, mais j'ai trouvé le numéro de téléphone de l'organisme responsable des pensions alimentaires. Quand tu seras prête.

— Julia…

— S'il voulait jouer dans la cour des grands, il fallait qu'il prévoie les conséquences. Écoute, je ne t'oblige à rien. Je te dis juste que j'ai le numéro. Pour quand tu seras prête. Tout comme la grange. Tout est là, à t'attendre.

Daisy poussait Ellie le long du sentier de la côte dans son buggy tout-terrain, en tirant sur sa quatrième cigarette de la matinée. Sa sœur ne pensait pas qu'elle allait s'en sortir. Julia était persuadée qu'elle allait développer le projet Arcadia jusqu'à un certain point, avant de reconnaître que tout cela la dépassait, de renoncer et de rentrer au bercail. Elle ne pouvait pas le lui reprocher, étant donné l'état dans lequel elle l'avait trouvée. Et force était de constater qu'au cours des derniers jours, Weybridge avait commencé à paraître étrangement attirant. Les plombiers n'étaient pas venus le mardi, malgré leur promesse, pris par toute une série d'urgences, apparemment. Les maçons avaient entrepris d'abattre le mur de la cuisine, mais la poutre en acier de soutien n'avait pas été livrée. Ils avaient dû arrêter les frais, alors que la trouée avait déjà la taille d'une voiture, de manière « à ne pas prendre de risques ». À l'heure qu'il était, ils étaient assis sur la terrasse, profitant du soleil printanier tout en faisant des paris sur la Cheltenham Gold Cup. Quand elle leur avait demandé s'il n'y avait pas autre chose qu'ils pouvaient faire en attendant, ils avaient tempêté à propos de règles de sécurité et de solives.

Elle avait serré les dents pour ne pas pleurer, s'efforçant de ne pas penser à quel point les choses auraient été différentes si Daniel avait été là pour traiter avec eux à sa place. Pour finir, après avoir passé l'essentiel de sa matinée au téléphone à discuter avec divers fournisseurs, elle s'était aventurée dehors pour prendre un peu l'air. Et aller acheter du thé. Étant donné qu'elle était censée être responsable du projet, elle avait entendu la formule « avec du lait et deux sucres » plus de fois qu'elle n'était prête à le supporter.

C'était dommage, au fond, parce que, s'il n'y avait pas eu les tensions suscitées par Arcadia, elle se serait sentie d'humeur presque guillerette ce matin. L'environnement semblait concourir à cet effet : la mer, le ciel – une série de bleus de cartes postales –, les jonquilles dodelinant joyeusement de la tête le long des bordures, une douce brise laissant présager les mois d'été à venir. Ellie poussait des cris à l'adresse des mouettes, qui tourbillonnaient devant elles dans l'espoir de récupérer des miettes de biscuits pour bébé dans leur sillage. Avec l'air frais, ses joues avaient pris le luisant des pommes rougissantes. (« Abîmées par le vent », avait commenté Mrs Bernard d'un ton désapprobateur.) La ville aussi semblait plus gaie grâce à la présence d'un semis de stands de marché sur la petite place, leurs tentes à rayures et leurs caisses débordant de denrées apportant une touche de couleur et de vie bienvenue.

— Hé, Ellie, dit-elle, maman pourrait s'offrir une pomme de terre en robe de chambre ce soir.

Elle avait renoncé aux repas réchauffés au micro-ondes et se nourrissait désormais de tranches de pain beurré, à moins qu'elle ne finisse les petits pots d'Ellie. Souvent, elle était trop fatiguée même pour cela et s'endormait sur le sofa pour se réveiller à 5 heures du matin, l'estomac grondant de faim.

Elle s'arrêta un moment devant le stand de fruits et légumes afin de faire provision de carottes, à réduire en purée pour Ellie, et de fruits pour elle-même. Les fruits se mangeaient crus ; c'était plus commode. Alors qu'elle récupérait sa monnaie, elle sentit une petite tape sur son épaule.

— C'est vous, la fille de la maison de l'actrice ?

— Pardon ?

Daisy s'extirpa de ses méditations végétales pour se retrouver face à face avec une dame entre deux âges, arborant l'une de ces vestes vertes et matelassées comme les affectionnent les propriétaires de chevaux, et un feutre bordeaux tiré bas sur son visage. D'une manière plus excentrique, elle portait des jambières rouge foncé et de solides chaussures de marche. Elle se tenait un peu trop près d'elle, de même que son chien miteux.

— C'est bien vous, la fille d'Arcadia House ? Celle qui démolit tout ?

Son ton était suffisamment agressif pour attirer l'attention de plusieurs passants. Ils se tournèrent vers elles, curieux, tenant toujours à la main leurs achats en perspective.

— Je ne « démolis » rien du tout. Mais oui, c'est bien moi, la décoratrice chargée de la rénovation d'Arcadia.

— Est-ce vrai que vous comptez y installer un bar public ? Pour attirer toutes sortes de Londoniens ?

— Il y aura effectivement un bar. Mais je ne peux rien vous dire de la future clientèle puisque je m'occupe exclusivement de la décoration.

Le visage de la femme s'empourprait de minute en minute. Son ton prouvait qu'elle était de ceux qui tiennent à se faire entendre. Quant à son chien, apparemment à son insu, il était en train d'approcher son museau de l'entrejambe de Daisy, ce qui était des plus embarrassant. Elle fit un mouvement imperceptible, comme pour le chasser de là, mais il se borna à la regarder de ses yeux jaunes sans expression et rapprocha encore son nez.

— Je suis Sylvia Rowan. La propriétaire du Riviera. Et je me sens obligée de vous dire que nous ne voulons pas d'un autre hôtel ici. Et encore moins d'un établissement susceptible d'attirer toutes sortes d'indésirables.

— Je ne pense pas que…

— Parce que notre ville n'est pas de cet acabit. Vous n'en avez sans doute aucune idée, mais nous nous donnons beaucoup de mal pour préserver son caractère.

— Elle a peut-être du caractère, mais je doute qu'on lui ait alloué des fonds dignes du Vatican.

Il y avait au moins quatre visages, à présent, qui s'étaient rapprochés du sien, en attente du prochain chapitre de cet échange. Daisy se sentait vulnérable avec sa fille devant elle, ce qui la rendait d'une agressivité inhabituelle.

— Tout ce que nous entreprenons à l'hôtel a reçu l'approbation du département de l'urbanisme. Et le bar, si tant est qu'il existe, recevra à coup sûr l'aval de l'organisme chargé de l'octroi des licences. À présent, si vous voulez bien...

— Vous ne comprenez pas, n'est-ce pas ?

Sylvia Rowan s'était plantée fermement devant la poussette d'Ellie, à telle enseigne que Daisy allait devoir la contourner dans la foule de badauds de plus en plus dense ou lui passer sur le corps. Le chien considérait son entrejambe avec une expression qui pouvait aussi bien être de l'enthousiasme que de la malveillance. Impossible de faire la distinction.

— J'ai vécu toute ma vie dans cette ville, et nous nous sommes tous donné beaucoup de peine pour préserver certaines normes, brailla Sylvia en brandissant son portefeuille dans la direction de la poitrine de Daisy. Nous avons notamment empêché la prolifération de bars et de cafés sur notre front de mer, contrairement à tant d'autres stations balnéaires. De cette façon, les résidents continuent à jouir d'un cadre de vie agréable et nos visiteurs sont ravis de venir séjourner chez nous.

— Ce qui n'a rien à voir avec le fait que notre hôtel ait un bar.

— Le problème n'est pas là. J'ai vécu ici toute ma vie.

— Ce qui explique sans doute que vous ne vous rendiez pas compte à quel point cette ville est délabrée.

— Écoutez, mademoiselle Machin-chose, nous ne voulons pas de gens louches ici. Et nous n'apprécions guère d'être envahis par le trop-plein de soûlards de Soho. Merham n'est pas ce genre de ville.

— Et Arcadia ne sera pas ce genre d'hôtel. Sachez que la clientèle sera très huppée. Des gens prêts à payer deux cents livres pour une nuit. Et ce type d'individus s'attendent à un environnement raffiné, des convenances. Avant toute chose, ils veulent qu'on leur fiche la paix. Alors pourquoi n'essayez-vous pas de vous procurer des renseignements plus précis en me laissant tranquillement faire mon travail ?

Daisy fit pivoter la poussette sur elle-même, sans se soucier des pommes de terre qui s'échappaient de son panier à provisions, et entreprit de traverser la place du marché d'un pas vif tout en clignant furieusement des paupières.

Elle se retourna pour crier dans le vent :

— Et vous devriez mieux éduquer votre chien. Il est extrêmement grossier.

— Quant à vous, jeune dame, vous pourrez dire à votre patron que nous n'avons pas fini d'en découdre.

La voix de Sylvia Rowan lui parvint en retour.

— *Nous sommes le peuple anglais… et nous n'avons pas encore exprimé notre avis !*

— Oh ! qu'elle aille se faire voir, cette vieille bique ! marmonna Daisy.

Puis, à l'abri des regards des passants, elle s'arrêta, alluma sa cinquième cigarette de la journée et inhala profondément avant d'éclater en sanglots.

Chapitre 12

Daisy Parsons était de ces jeunes femmes à propos desquelles les gens plus âgés murmuraient d'un ton approbateur : « Charmante fille. » Et charmante, elle l'était, incontestablement. Elle avait été une délicieuse enfant avec des boucles blondes à l'anglaise, pareille à un modèle de Miss Pear, toujours souriante et avide de faire plaisir. Elle avait reçu une éducation privée. À l'école, tout le monde l'appréciait, et elle avait travaillé avec zèle pour réussir ses examens d'architecture, d'art et de décoration – pour laquelle, à en croire ses professeurs, elle avait indiscutablement « un œil ». Durant son adolescence, mis à part une brève et malencontreuse expérience avec de la teinture végétale pour les cheveux, elle n'avait rien fait qui puisse effrayer ses parents ou les empêcher de dormir, à cran, jusqu'aux premières heures du matin. Elle avait eu peu de petits amis : tous soigneusement triés sur le volet, et généralement sympathiques. Elle les avait laissés partir non sans regret, en versant le plus souvent quelques larmes en guise d'excuse, de sorte que la plupart d'entre eux repensaient à elle sans rancœur avec, en général, le sentiment qu'elle était à l'origine de la séparation.

Et puis Daniel avait fait son apparition dans sa vie. Grand, brun, séduisant.

Des parents respectables (ils étaient tous deux comptables). Une éthique de travail toute protestante, une nature exigeante. Le genre d'homme qui incitait immédiatement les autres filles à se sentir insatisfaites de leur propre compagnon. Daniel était venu la protéger à un moment où elle commençait à en avoir assez de s'occuper d'elle-même, et l'un et l'autre avaient adopté leur rôle respectif au sein de leur relation, avec le contentement d'une poule sur le point de se jucher sur son perchoir. Daniel était le moteur de leur entreprise, le plus fort, le plus direct, le protecteur, donnant ainsi à Daisy toute latitude pour devenir la meilleure version d'elle-même : belle, tendre, sexy, sûre d'elle grâce à l'adoration qu'il lui vouait. Une charmante jeune femme. Chacun voyait se refléter dans le regard de l'autre la vision parfaite d'eux-mêmes, et ce n'était pas pour leur déplaire. Ils se disputaient rarement ; il n'y avait pas de raison à cela. En outre, ni l'un ni l'autre n'appréciait le désordre émotionnel suscité par de telles querelles, à moins qu'il ne s'agisse de préliminaires amoureux.

Ce qui expliquait que rien n'avait préparé Daisy à cette nouvelle vie, qui lui imposait d'être perpétuellement en butte aux désapprobations, presque sans cesse en litige – avec les maçons, les gens de la ville, les parents de Daniel –, à un moment où elle se sentait particulièrement vulnérable, sans même pouvoir compter sur son charme naturel en guise d'armure. Les plombiers, manifestement indifférents à ses supplications, étaient partis travailler sur un autre chantier parce qu'ils ne pouvaient entreprendre d'équiper les salles de bains tant que les maçons n'auraient pas posé la dalle au-dessus de la nouvelle fosse septique. Quant aux maçons, ils ne pouvaient pas s'exécuter tant qu'on n'aurait pas livré certaines pièces. Les fournisseurs avaient apparemment émigré. À en croire les rumeurs, Sylvia Rowan prévoyait d'organiser une réunion publique pour protester contre la profanation d'Arcadia, qui mettait en péril les normes, la morale et le bien-être général des citoyens de Merham si l'on autorisait la poursuite des travaux de rénovation.

Jones l'appela, fou de rage, le lendemain de son altercation avec la propriétaire du Riviera sur la place du marché, et se répandit en un torrent d'invectives à propos des innombrables manières dont elle avait déjà failli à son devoir. Il ne parvenait pas à croire qu'ils étaient déjà en retard sur le programme. Il ne comprenait pas, non plus, pourquoi les solives, lorsqu'elles étaient finalement arrivées, n'étaient pas de la bonne taille. Il doutait fort qu'ils pussent ouvrir en août, comme prévu. Et puis, pour être honnête, il commençait à remettre sérieusement en question le fait que Daisy fût véritablement impliquée dans ce projet et à se demander si elle était à même d'achever les travaux de restauration de manière satisfaisante.

— Vous ne me laissez même pas une chance, lança Daisy en ravalant ses larmes.

— Vous n'avez pas idée à quel point je suis magnanime avec vous, riposta-t-il avant de raccrocher.

Mrs Bernard venait d'apparaître sur le seuil, Ellie dans les bras.

— Vous n'allez pas vous mettre à pleurer, dit-elle en hochant la tête dans la direction de la terrasse. Ils ne vous prennent déjà pas au sérieux dans l'état actuel des choses. Si vous vous mettez à larmoyer pour un rien, ils vous considéreront comme une femmelette.

— Merci beaucoup, madame Bernard. Cela m'est très utile.

— Je veux juste dire que vous n'avez pas intérêt à vous laisser marcher sur les pieds.

— Et moi, je veux juste vous dire que, si j'ai envie d'avoir votre avis, je vous le demanderai.

Daisy s'empara d'un porte-documents rempli de papiers sur la table et sortit d'un pas alerte pour aller passer ses nerfs sur les ouvriers. C'était la deuxième fois qu'elle faisait cela de sa vie (la première occasion ayant eu lieu lorsque Daniel avait reconnu avoir jeté Mr Rabbit à la poubelle sous prétexte qu'il portait préjudice au style de leur chambre). Cette fois-ci, elle cria si fort que sa voix porta jusqu'à l'église – une sélection choisie de menaces et de jurons flottant dans un air plus habitué aux cris de mouettes et d'avocettes.

Quant à la radio, elle prit son envol en suivant une trajectoire rapide au-dessus du sentier de la falaise avant d'aller se fracasser sur les rochers en contrebas. Ce geste fut suivi d'un long silence, puis de bougonnements et de bruits de pas traînants, tandis que six ouvriers récalcitrants s'efforçaient de trouver d'autres moyens de s'occuper.

Daisy regagna la maison d'une démarche assurée, les mains sur les hanches tel un cow-boy prêt à dégainer de nouveau, comme les ouvriers le marmonnèrent par la suite.

Cette fois-ci, elle fut reçue par le silence. Mrs Bernard et Ellie, souriantes l'une et l'autre, avaient disparu dans la cuisine.

— Alors, comment est-ce que ça se passe, là-haut ?

Camille replia la pellicule en plastique sur la crème parfumée, puis glissa les mains de sa mère dans des moufles chauffantes. C'était le seul traitement qu'elle avait accepté : une manucure par semaine. Les soins du visage et les applications de boue étaient une perte de temps à son avis, mais elle avait toujours pris soin de ses mains. Elle avait décidé cela depuis longtemps : si le toucher était l'un des principaux moyens de communication qu'elle aurait avec sa fille, alors il fallait que ce soit toujours agréable.

— Ça va.

— Est-ce pénible pour toi ?

— Pour moi ? (Mrs Bernard ricana.) Non. Peu m'importe ce qu'ils font de cet endroit. Mais je crois que la pauvre petite a un peu de peine.

— Pourquoi ?

Camille s'approcha de la porte pour réclamer une tasse de thé d'une voix forte.

— Tess a entendu dire qu'elle était seule avec un bébé.

— Effectivement. Et elle a un visage long comme un jour sans pain la plupart du temps. Les ouvriers ne la prennent pas au sérieux.

— Penses-tu qu'elle tiendra le coup ?

— Dans l'état actuel des choses ? Probablement pas. C'est une grande timide. Je la vois mal rénover un hôtel. Elle n'a que jusqu'au mois d'août.

— La pauvre.

Camille vint s'asseoir en face de sa mère.

— Nous devrions lui rendre visite. Un peu de compagnie lui ferait sans doute du bien.

Elle tendit un bras derrière elle et, sans tâtonner, trouva une crème, qu'elle entreprit d'appliquer sur ses propres mains.

— J'y vais tout le temps.

— Tu y vas pour le bébé. Moi-même, je le sais.

— Il ne faudrait pas que tu débarques sans t'annoncer. Elle aurait l'impression que nous avons parlé d'elle.

— Mais tu as parlé d'elle. Allons, nous en ferons une petite excursion. Katie sera enchantée. Il y a des siècles qu'elle n'est pas allée là-bas.

— Hal n'est-il pas censé travailler ?

— Il a le droit de prendre son week-end, maman, comme nous tous.

Sa mère renifla.

— Écoute, maman, il ne faut pas qu'elle soit malheureuse. Si elle s'en va, nous nous retrouverons avec un gus qui voudra installer des piédestaux dorés, des Jacuzzi et tout le tintouin. Oh, bonjour, Tess. Avec du lait et sans sucre, quand vous serez prête. On fixera des paraboles sur le côté de la maison et l'on y organisera des conférences pour cadres tous les week-ends.

— Comment allez-vous, madame Bernard ?

— Bien, merci, Tess. Figurez-vous que ma fille a l'intention d'aller fouiner à Arcadia.

Tess sourit.

— Oh, Camille, vous ne devriez pas vous mêler de ça. Cet hôtel va provoquer une bagarre. Sylvia Rowan est venue ici, ce matin, et elle n'a pas arrêté de fulminer. « Cela ne se serait jamais produit du temps de l'Association des pensions de famille », fit-elle en l'imitant.

Camille reposa la crème sur l'étagère derrière elle et ferma la porte du placard.

— Raison de plus pour que quelques-uns d'entre nous réservent à cette fille un accueil agréable. Dieu sait dans quel pétrin elle pense s'être fourrée.

Mrs Bernard secoua la tête d'un air agacé.

— Entendu. Nous irons dimanche. Je lui dirai de se préparer à une invasion.

— Bon. Il faudra que nous emmenions papa aussi. Il est curieux de savoir ce qu'elle est en train de faire.

— Oui. C'est normal, ma foi.

— Pourquoi ?

— Il pense que, maintenant que la maison ne m'appartient plus, je devrais passer tout mon temps chez nous, avec lui.

Ils y allèrent tous en définitive. La famille Bernard, de sortie au grand complet, comme le fit remarquer le père de Camille d'un ton enjoué alors que tout le monde débarquait de sa chère Jaguar dans l'allée de gravier.

— Je vais vous dire une chose, les enfants. Je ne sais plus à quand remonte notre dernière escapade tous ensemble.

Debout sur le seuil, vêtue de son unique chemisier correct, Ellie sur sa hanche, Daisy observait Mr Bernard avec intérêt. Mrs Bernard lui avait fait l'effet d'être d'une nature solitaire, aussi lui était-il difficile de réconcilier cette idée avec cet homme doux et un peu rustre, au regard contrit et aux mains de la taille de jambonneaux. Il portait une chemise et une cravate (c'était le genre d'hommes à s'habiller de la sorte le week-end), et des chaussures impeccablement cirées. On pouvait en dire long sur un homme selon que ses chaussures fussent plus ou moins bien cirées, lui dirait-il par la suite. La première fois qu'il avait rencontré Hal, avec ses chaussures en daim marron, il l'avait pris pour un communiste.

— Le baptême de Katie, lança Camille, qui tenait la portière de la voiture tandis que sa fille et Rollo en déboulaient.

Elle agita la main dans la direction de la maison.

— Bonjour. Je suis Camille Hatton.

— Ça ne compte pas, répondit Hal. Ce n'était pas vraiment une sortie.

— Et je ne m'en souviens pas, ajouta Katie.

— Le jour de la fête des Mères, il y a trois ans, lorsqu'on vous a emmenées, Camille et toi, manger au restaurant à Halstead. Comment ça s'appelait, déjà ?

— *Le Coup de fusil.*

— Merci, chère belle-mère. Un restaurant français, si je ne me trompe pas ?

— La seule chose française dans cet endroit, c'étaient les odeurs d'égouts. J'ai apporté quelques gâteaux. Je ne voulais pas que vous vous donniez trop de mal.

Mrs Bernard tendit à Daisy la boîte qu'elle avait tenue sur ses genoux durant tout le trajet. En échange, elle prit une Ellie docile des bras de sa mère.

— Comme c'est gentil à vous, dit Daisy, qui commençait à se sentir invisible. Merci.

— Nous avons passé un moment très agréable, dit Mr Bernard en serrant chaleureusement la main de Daisy. J'avais commandé un steak au *poivre.* Je m'en souviens encore. Et Katie, des fruits de mer. N'est-ce pas, ma chérie ?

— Je n'en sais rien, répondit Katie. C'est vrai que vous n'avez pas la télé ?

— Non, je ne l'ai plus. C'est à vous que j'ai demandé mon chemin le jour de mon arrivée, dit-elle alors que Hal se rapprochait.

— Hal Hatton. Et vous avez déjà fait la connaissance de Katie.

Son visage paraissait plus jeune, plus détendu que la première fois où ils s'étaient rencontrés.

— C'est gentil à vous de nous inviter. J'ai entendu dire que vous aviez des délais très serrés.

Il recula d'un pas.

— Seigneur ! Il y a des siècles que je n'ai pas vu cet endroit.

— On a abattu quelques cloisons, et une partie des plus petites chambres ont été transformées en salles de bains, expliqua Mrs Bernard, suivant son regard. Tout le monde désire des *suites*, apparemment, de nos jours.

— Voulez-vous entrer ? suggéra Daisy. J'ai déniché quelques chaises, que j'ai installées sur la terrasse, puisqu'il fait si beau temps. Mais nous pouvons rester à l'intérieur si vous préférez. Faites juste attention aux gravats.

Ce fut en leur tenant la porte ouverte qu'elle se rendit compte que la jeune femme blonde était atteinte de cécité. Son chien n'avait pas l'air d'un chien d'aveugle. Il n'avait ni harnais ni armature, mais il jeta un regard derrière lui comme s'il était habitué à ajuster sa vitesse à la sienne. Et puis, au moment où Camille fit un pas vers la porte, la main de son mari apparut à la hauteur de son coude pour se retirer discrètement dès qu'elle eut franchi la marche du seuil.

— C'est tout droit, mais je suppose que vous le savez, dit Daisy, se sentant quelque peu mal à l'aise.

— Oh, mon Dieu, non ! dit Camille en se tournant pour lui faire face.

Elle avait les yeux d'un bleu limpide, peut-être légèrement plus enfoncés dans leurs orbites qu'à la normale.

— Ça a toujours été la maison de maman. Nous n'avons jamais vraiment eu quoi que ce soit à y faire.

Elle ne lui faisait pas l'effet d'une non-voyante. Non que Daisy eût une idée bien précise de ce à quoi une telle personne devait ressembler pour la bonne raison qu'elle n'en avait jamais rencontré. Elle s'imaginait simplement qu'elle aurait pu avoir une apparence plus terne. Peut-être un peu d'embonpoint.

Elle n'était certainement pas censée porter un jean de marque, ni se maquiller, ni avoir un tour de taille probablement équivalent à la moitié de celui de sa poitrine.

— Je pensais que vous veniez ici souvent quand vous étiez petite.

— Hal ? Katie est-elle avec toi ? lança Camille. (Elle marqua un temps d'arrêt.) Nous venions de temps en temps. Je crois que maman était inquiète à l'idée de me voir si près du bord de la falaise.

— Oh !

Daisy ne savait pas quoi dire d'autre. Camille s'immobilisa.

— Elle ne vous a pas dit que j'étais aveugle, n'est-ce pas ?

— Non.

— Elle cache bien son jeu, ma mère. Mais je suppose que vous vous en êtes aperçue.

Daisy resta un moment sans bouger, à regarder la peau lisse, couleur caramel, et l'abondante chevelure blonde de sa visiteuse. Elle porta inconsciemment la main à ses cheveux.

— Souhaiteriez-vous… enfin, je veux dire, souhaiteriez-vous me tâter le visage ou quelque chose… ?

Camille éclata de rire.

— Oh, mon Dieu, non ! Je ne supporte pas de toucher le visage des gens. Hormis dans mon travail, cela va de soi.

Elle tendit la main et effleura le bras de Daisy.

— Vous ne craignez rien, Daisy. Je n'ai pas la moindre envie de passer mes mains sur le visage des autres. Surtout ceux qui portent des barbes. J'ai horreur des barbes, elles me donnent la chair de poule. J'ai toujours l'impression que je vais y trouver des bribes de nourriture. Dites-moi, mon père a-t-il réussi à abandonner sa voiture deux minutes ? Il est obnubilé par sa Jaguar depuis qu'il est à la retraite, ajouta-t-elle sur le ton de la confidence. Et puis par son bridge. Et son golf. Il raffole de ses hobbies.

Ils émergèrent sur la terrasse. Hal guida sa femme jusqu'à un siège, et Daisy observa, non sans envie, cette manifestation désinvolte d'intimité. La présence d'un protecteur lui manquait.

— C'était une magnifique demeure, autrefois, n'est-ce pas, ma chère ?

Mr Bernard enfouit ses clés de voiture dans sa poche et se tourna vers sa femme. Son visage témoignait d'un étrange mélange d'émotions.

— Non que quiconque, par ici, l'ait pensé, répondit Mrs Bernard en haussant les épaules. Jusqu'à ce que les choses commencent à changer.

— J'ai toujours cru que cette maison bénéficierait d'un désespoir des singes.

Daisy saisit le rapide échange de coups d'œil entre les Bernard et fut sensible au silence malaisé qui s'ensuivit.

— Alors, que pensez-vous de Merham ? demanda Hal.

Étant elle-même issue d'une famille non pas tant à problèmes qu'irrévocablement brisée par le deuil, Daisy en était venue à supposer que toutes les autres familles ressemblaient à la sienne. Daniel le lui avait fait remarquer plus d'une fois, lorsqu'ils venaient de prendre part à l'une des réunions de sa belle-famille, qui la laissaient chaque fois ébranlée par les désaccords tumultueux et les rancœurs réprimées qui s'enflammaient aussi régulièrement que le barbecue chez les Walton. En tout état de cause, elle avait de la peine à considérer objectivement les autres familles. Elle s'apercevait qu'inconsciemment, elle faisait des efforts pour s'intégrer, puiser aux sources d'une véritable histoire familiale partagée. Elle refusait d'admettre qu'appartenir à une grande famille puisse procurer autre chose qu'un sentiment de réconfort.

Les Bernard et les Hatton manifestaient, pour leur part, une sorte de jovialité feinte, comme s'ils cherchaient à se rassurer en permanence vis-à-vis de leur statut familial, ce à quoi s'ajoutait une apparente détermination à ne se soucier que du bon côté des choses. Ils s'extasiaient à propos de tout ce qui pouvait être agréable : le temps, leur environnement, leurs tenues respectives, s'adressaient de tendres insultes et échangeaient des blagues qu'ils étaient les seuls à comprendre. À l'exception de Mrs Bernard, qui laminait tout sentiment « waltonesque » avec l'efficacité résolue d'une hygiéniste écrasant une mouche. Tout comme la fête des Mères, trois ans plus tôt, n'était mémorable qu'à cause de la puanteur des égouts, chaque référence devait être atténuée par quelque aparté caustique, partiellement allégé, de temps à autre, par un trait d'esprit. Ainsi, la beauté de l'interminable plage était-elle amoindrie par le fait que les vacanciers ne venaient plus. (Elle ne saurait les en blâmer.) La luxueuse nouvelle voiture familiale était tellement souple que cela lui donnait mal au cœur. La patronne de Camille, au salon de beauté, s'efforçait en vain de jouer les jeunettes. La seule exception à tout cela n'était autre que Katie, qui inspirait une évidente fierté à sa grand-mère, et la maison, dont Mr Bernard, comme par esprit de contradiction, n'avait pas l'air d'avoir envie de parler.

Daisy, qui avait attendu la visite de la famille Bernard avec plus d'impatience qu'elle n'était prête à l'admettre, avait trouvé l'épisode curieusement fatigant. N'ayant jamais côtoyé une personne aveugle auparavant, elle devint maladroite avec Camille, ne sachant pas trop où porter son regard lorsqu'elle lui adressait la parole, hésitant à la servir directement dans son assiette ou à laisser Hal, qui s'était assis près d'elle, s'en charger. Elle s'était heurtée à deux reprises contre le chien, suscitant, la deuxième fois, un jappement de protestation poli.

— Vous n'êtes pas obligée de lui mettre les sandwichs pratiquement dans la bouche, dit brusquement Mrs Bernard. Elle est aveugle, mais pas invalide.

— Chérie…, intervint son mari.

Daisy, rougissante, s'excusa et recula jusque dans le cytise.

— Ne sois pas grossière, maman. Elle essaie juste de m'aider.

— Ne sois pas grossière, mamie, répéta Katie, qui avait déjà englouti la moitié d'un éclair au chocolat.

Elle berçait Ellie dans son maxi-cosy avec le pied.

— Laissez-moi vous faire des excuses pour ma mère, dit Camille. Elle est pourtant assez grande pour savoir.

— Je n'aime pas que les gens fassent des histoires à ton sujet.

— Et moi, je n'aime pas que tu interviennes à ma place. C'est ce qui me donne le sentiment d'être une invalide.

Il y eut un bref silence. Camille, apparemment imperturbable, tendit le bras pour prendre son verre.

— Je suis désolée, dit Daisy. Je me demandais juste comment vous alliez faire la différence entre un sandwich au crabe et un à la pâte à tartiner.

— Oh, je prends simplement beaucoup de tout. De cette façon, j'obtiens généralement ce que je veux.

Camille rit.

— Ou bien, je demande à Hal de me servir.

— Tu es parfaitement capable de te débrouiller toute seule.

— Je le sais, maman.

Cette fois-ci, il y avait une pointe d'agacement dans la voix de Camille.

— Comment fais-tu pour supporter de l'avoir dans les pattes toute la sainte journée ? commenta Hal. Il n'y a pas une langue de vipère pareille sur toute la côte est.

— Maman dit que mamie pourrait couper du papier avec sa langue, lança Katie, provoquant une vague de rires gênés autour de la table.

Mrs Bernard s'était brusquement tue. Elle considéra un instant le contenu de son assiette, puis tourna vers Hal un visage sans expression.

— Comment vont les affaires ?

— Pas terrible. Mais un antiquaire de Wix a promis de m'envoyer du boulot.

— Je suppose que c'est un peu comme mon travail, fit observer Daisy. Quand les gens sont fauchés, ils ne dépensent pas d'argent pour la décoration intérieure de leur maison.

— Il y a des semaines que vous nous parlez de cet antiquaire. Vous ne pouvez pas attendre indéfiniment. Ne feriez-vous pas mieux de mettre la clé sous la porte ? Essayer de trouver un travail ailleurs ?

— Allons, ma chérie… Pas ici, fit Mr Bernard en tendant le bras vers sa femme.

— Il doit bien y avoir des endroits où l'on a besoin d'un charpentier. Des entrepôts de meubles, ce genre de choses.

— Je ne fais pas du mobilier d'usine, Ma, dit Hal, qui se forçait à garder le sourire. Je restaure des meubles anciens. C'est un art. Et cela fait toute la différence.

— Nous avons eu énormément de difficultés à trouver du travail pendant les premières années, s'empressa de dire Daisy.

— Hal a des perspectives en vue, intervint Camille en glissant sa main sous la table en direction de son mari. C'est calme pour tout le monde ces temps-ci.

— Pas tant que ça, riposta sa mère.

— Je prends les choses au jour le jour, Ma, mais je sais faire mon travail. C'est un métier intéressant. Je ne suis pas encore prêt à baisser les bras.

— Oui, et bien, prenez garde à ne pas faire faillite. Ou vous entraînerez tout le monde avec vous. Y compris Camille et Katie.

— Je n'ai pas la moindre intention de faire faillite.

Les traits de Hal s'étaient durcis.

— Personne n'a jamais de telles intentions, Hal.

— Ça suffit, chérie.

Mrs Bernard tourna vers son mari un visage empreint d'une rébellion puérile.

Il y eut un long silence.

— Quelqu'un voudrait-il quelque chose d'autre à manger ? proposa Daisy pour essayer de combler le vide.

Elle avait déniché un saladier ancien moulé à la main, dans l'une des armoires du rez-de-chaussée, et l'avait rempli à ras bord d'une étincelante salade de fruits.

— Auriez-vous de la glace ? demanda Katie.

— Je ne mange pas de fruits, dit Mrs Bernard en se levant pour débarrasser la table. Je vais faire du thé.

— Ne prenez pas les remarques de maman trop à cœur, dit Camille, qui venait d'apparaître auprès d'elle dans la cuisine alors qu'elle rangeait les assiettes. Elle n'est pas vraiment méchante. C'est un air qu'elle se donne.

— Un air froid, plaisanta Hal, qui surgit derrière elle.

Daisy avait remarqué qu'il suivait sa femme partout. Elle se demandait de plus en plus s'il cherchait à la protéger ou si, au contraire, c'était lui qui avait besoin d'elle.

—Elle a bon cœur, dans le fond. C'est juste qu'elle est toujours un peu… cassante, je dirais. Es-tu de mon avis, Hal ?

—La langue de ta mère est plus aiguisée qu'une lame d'acier.

Camille se tourna vers Daisy, qui concentra son attention sur sa bouche.

—En fait, vous n'avez aucun souci à vous faire. Elle vous aime beaucoup.

—Comment ? Elle vous l'a dit ?

—Bien sûr que non. Mais ça se sent.

—En tout cas, elle ne vient pas réclamer votre sang à minuit, ses crocs dégoulinant de salive.

Daisy fronça les sourcils.

—Je n'avais pas l'impression… Vous me surprenez.

Camille gratifia son mari d'un sourire rayonnant.

—C'est elle qui a eu l'idée de nous faire tous venir ici. Elle a cru que vous vous sentiez peut-être un peu seule.

Daisy sourit, le vague plaisir procuré par le fait que Mrs Bernard l'appréciait, en définitive, tempéré par la pensée qu'elle puisse faire l'objet de pitié désormais. Elle avait passé vingt-huit ans à être une fille que tout le monde jalousait. Elle n'avait pas du tout envie qu'on la plaigne.

—C'est gentil de votre part à tous. D'être venus.

—C'était un plaisir, répondit Hal. Pour être honnête, nous étions impatients de voir la maison.

Daisy tressaillit en prenant conscience de son choix de mots, mais Camille ne semblait pas l'avoir remarqué.

— Elle ne tenait pas à avoir des visiteurs ici, expliqua cette dernière en tendant la main vers la tête de Rollo. Ça a toujours été son petit refuge.

— Pas si petit que ça.

— Nous ne venions que de temps en temps. Et puis papa n'a jamais vraiment aimé cet endroit. On ne peut pas dire que ce soit une maison familiale.

— Donc, elle ne vous manquera pas vraiment ?

— Pas vraiment, non. La plupart des maisons que je ne connais pas ne sont pour moi qu'une série d'obstacles.

— Mais est-ce que ça ne vous ennuyait pas ? Qu'elle s'écarte ainsi constamment de vous ?

Camille se tourna vers Hal. Elle haussa les épaules.

— C'est ce que nous avons toujours connu, je suppose. Maman a toujours eu besoin d'avoir son espace à elle.

— Je présume que chaque famille a ses excentricités, conclut Daisy, bien que ce ne fût pas le cas de la sienne.

— Certaines familles plus que d'autres.

Une poignée d'heures plus tard, Hal et Camille rentraient en flânant, à travers les rues de Merham, bras dessus bras dessous, Rollo à quelques pas devant eux, tandis que Katie faisait des glissades d'avant en arrière, apparemment plongée dans quelque négociation compliquée avec les bords des pavés. De temps à autre, elle prenait du recul, puis s'élançait avec bonheur entre eux en exigeant qu'on la balance, bien qu'elle fût trop grande et trop lourde pour ce faire. La ville commençait à s'animer à cette heure-là. Les promeneurs de chiens et les badauds du soir semblaient moins déterminés et malmenés par le vent ; ils marchaient la tête haute au lieu de se protéger de la bourrasque.

Hal salua d'un signe de tête le marchand de journaux, en train de fermer boutique, et ils s'engagèrent dans leur rue. Katie les devança en courant, hurlant quelque chose à l'adresse d'une amie qu'elle avait repérée un peu plus loin.

— Désolée pour maman.

Hal enlaça la taille de sa femme.

— Ça n'a pas d'importance.

— Si, c'est important. Elle sait que tu travailles aussi dur que tu le peux.

— Laisse tomber. Elle se fait du souci pour toi, c'est tout. Ce serait le cas de n'importe quelle mère.

— Pas du tout. Une autre mère ne se montrerait pas aussi grossière, en tout cas.

— C'est vrai.

Hal s'arrêta pour ajuster l'écharpe de Camille, dont l'une des extrémités s'acheminait en direction de ses pieds.

— Elle a peut-être raison, tu sais, dit-il tandis qu'il reboutonnait le col de son manteau. Cet antiquaire me mène peut-être en bateau.

Il soupira, suffisamment fort pour que Camille l'entende.

— Est-ce aussi grave que ça ?

— Nous devons être totalement honnêtes l'un envers l'autre à présent, n'est-ce pas ?

Il se força à sourire, reprenant les mots du conseiller.

— Bon… la situation n'est pas vraiment satisfaisante. À vrai dire, j'ai pensé me mettre à travailler dans le garage. C'est idiot de payer ces ateliers alors que… alors qu'il n'y a rien dedans.

— Mais Daisy a dit qu'elle pourrait trouver…

— C'est ça ou mettre la clé sous la porte.

— Je ne veux pas que tu baisses les bras. C'est important pour toi.

— Tu es ce qui compte le plus pour moi. Katie et toi.

Mais je ne t'aide pas à te sentir dans la peau d'un homme, songea Camille. *Je continue inexplicablement à te diminuer à tes propres yeux. Tes affaires semblent être la seule chose qui contribue à te maintenir.*

— Je pense que tu devrais attendre encore un peu, conclut-elle.

Comme elle s'installait devant un échantillonnage de tissus pour la soirée, Daisy se sentit légèrement mieux. Camille l'avait invitée à venir au salon de beauté pour des soins. « Gratuitement », avait-elle précisé. Si tant est qu'elle eût l'esprit quelque peu aventureux. Mrs Bernard avait promis de s'occuper plus régulièrement d'Ellie, dissimulant son plaisir évident sous une acerbe litanie de conditions. Son mari lui avait dit de ne pas se laisser démonter par ces « casse-pieds » en gratifiant sa femme d'un clin d'œil. Quant à Ellie, contrairement à son habitude, elle s'était endormie sans un murmure, épuisée par tant d'attentions inattendues. Daisy avait pris place sur la terrasse, bien couverte pour se protéger de la brise du soir, et contemplait la mer en fumant une cigarette tout en travaillant. Ne se sentant plus seule un bref instant. Ou, en tout cas, moins seule. Ce sentiment aurait pu se prolonger quelques jours. Aussi cela lui parut-il doublement injuste lorsque le sort, sous la forme de son portable, resté si longtemps muet, retentit, détruisant son équilibre temporaire.

En premier lieu, Jones appela pour l'informer (sans lui demander son avis, remarqua-t-elle) qu'il souhaitait la voir le lendemain soir pour un *entretien*. Des mots qui ne pouvaient manquer de lui serrer le cœur d'une poigne moite. Sept semaines et trois jours plus tôt, Daniel lui avait dit qu'il voulait avoir un *entretien* avec elle.

— Nous irons manger quelque part. Loin de toute… distraction, précisa Jones.

Il faisait allusion à Ellie. Daisy le savait pertinemment.

— Je la garderai, proposa Mrs Bernard, le lendemain, d'un ton approbateur. Ça vous fera du bien de sortir un peu.

— Comme le bourreau le dirait au condamné, marmonna Daisy.

Et puis, le lundi suivant, peu avant l'arrivée de Jones, le téléphone sonna à nouveau. Cette fois-ci, c'était Marjorie Wiener, qui lui annonça, à bout de souffle, qu'elle avait finalement eu des nouvelles de son fils.

— Il logeait chez l'un de ses vieux copains de l'université. Il dit qu'il a eu une sorte de dépression nerveuse.

Elle avait l'air troublée. Mais il est vrai que Marjorie Wiener avait toujours l'air troublée.

Après un bref instant, où elle crut que son cœur s'était arrêté de battre, Daisy sentit monter en elle une colère longtemps réprimée, s'intensifiant progressivement jusqu'au point d'ébullition. Une dépression nerveuse ? À coup sûr, si c'était ce qu'on vivait, on n'avait pas suffisamment sa tête pour en être conscient. N'était-ce pas là le cercle vicieux par excellence ? Facile pour lui de craquer sans enfant à charge. Parce qu'à ses yeux, une dépression nerveuse était un *luxe*. Elle n'avait ni le temps ni l'énergie de s'en offrir une.

— Alors, a-t-il l'intention de revenir ?

Elle avait toutes les peines du monde à garder un ton posé.

— Il a simplement besoin d'un peu de temps pour y voir plus clair, Daisy. Il est dans un sale état. Je me fais du souci pour lui.

— Eh bien, vous pouvez lui dire qu'il sera dans un plus sale état encore s'il s'approche de nous. Comment croit-il que nous survivons sans lui ? Sans même un fichu billet de cinq livres ?

— Oh, Daisy, il fallait le dire, que vous étiez à court d'argent. Je vous en aurais envoyé.

— On se fout de ça, Marjorie. Ce n'est pas votre responsabilité, mais celle de Daniel. Nous étions sa responsabilité, bordel de merde !

— Allons, Daisy. Inutile de recourir à ce genre de vocabulaire…

— Va-t-il me téléphoner ?

— Je n'en sais rien.

— Comment ? Il vous a demandé de m'appeler ? Six années de vie commune et un bébé, et tout à coup il n'est même plus capable de me parler directement ?

— Écoutez, je ne peux pas dire que je sois fière de lui en ce moment, mais il n'est plus lui-même, Daisy. Il est…

— Plus lui-même. Il n'est plus lui-même. Il est père de famille à présent, Marjorie, ou il est censé l'être. Y a-t-il quelqu'un d'autre ? Est-ce ça ? A-t-il une liaison avec une autre femme ?

— Je ne crois pas qu'il y ait quelqu'un d'autre dans sa vie.

— Vous ne le croyez pas ?

— Je le sais. Il ne vous ferait pas ce coup-là.

— Eh bien, il semble qu'il n'ait eu aucun mal à me faire toutes sortes de coups ces derniers temps.

— Je vous en prie. Ne vous mettez pas dans un état pareil, Daisy. Je sais que c'est pénible, mais…

— Non, Marjorie. Ce n'est pas pénible. C'est carrément impossible. J'ai été abandonnée sans un mot d'explication par un homme qui n'a même pas le courage de me parler. J'ai été forcée de quitter notre appartement parce qu'il n'a pas songé un seul instant que notre bébé et moi n'avions pas les moyens de subvenir à nos besoins. Je suis coincée sur un chantier à un million de kilomètres de tout pour la bonne raison que Daniel a accepté un boulot qu'il n'avait pas l'intention d'exécuter...

—Allons. Ce n'est pas juste.

—Juste ? Vous allez me dire ce qui est juste ? Marjorie, sans vouloir vous offenser, je vais raccrocher. Je vais... Non, je n'écoute pas. Je vais raccrocher maintenant, lalala...

—Daisy, Daisy, ma chère, nous aimerions tant voir la petite...

Elle resta là, tremblante, son portable muet dans la main, la faible requête de Marjorie anéantie par le sentiment d'outrage qui l'envahissait. Il n'avait même pas pensé à s'enquérir de la santé de sa fille. Il ne l'avait pas vue depuis plus de sept semaines et il ne se préoccupait même pas de savoir si elle allait bien. Où était passé l'homme qu'elle avait aimé ? Qu'était-il advenu de Daniel ? Ses traits se plissèrent et elle inclina sa tête vers sa poitrine en se demandant comment la douleur pouvait continuer à se manifester d'une manière si physique.

Et alors même qu'elle luttait pour contenir sa colère et le tiraillement de l'injustice, une voix sourde en elle s'inquiétait de savoir si elle avait eu raison de perdre son sang-froid. Elle ne voulait rien faire qui puisse l'inciter à ne pas revenir, si ? Qu'est-ce que Marjorie allait lui dire à présent ?

Consciente, tout à coup, d'une autre présence dans la pièce, elle se retourna pour trouver Mrs Bernard immobile sur le seuil, les habits sales d'Ellie dans le creux de son bras.

—Je vais les emporter chez moi et les passer à la machine. Cela vous évitera de vous rendre à la blanchisserie.

—Merci, dit Daisy en se retenant de renifler.

Mrs Bernard resta plantée là, son regard braqué sur elle. Daisy dut se faire violence pour ne pas la prier de s'en aller.

— Vous savez, il y a des moments dans la vie où il faut juste continuer à aller de l'avant, lui dit la vieille dame.

Daisy la regarda intensément.

— Pour survivre. Parfois, il faut simplement aller de l'avant. C'est la seule solution.

Daisy ouvrit la bouche, sur le point de répliquer.

— Bref, comme je vous l'ai dit, je vais emporter ces habits à la maison. La petite s'est endormie sans problème. Je lui ai mis une couverture supplémentaire parce qu'il fait un peu frisquet avec ce vent d'est.

Que ce fût à cause du vent ou des Wiener, Daisy se trouva la proie d'un brusque sentiment de témérité. Elle courut au premier pour enfiler un pantalon noir – la première fois que cela lui était possible depuis la naissance d'Ellie – et un chemisier en mousseline de soie rouge que Daniel lui avait offert à l'un de ses anniversaires, avant qu'elle ne soit enceinte et doive se limiter aux vêtements amples. L'amalgame du stress et d'un cœur brisé infligeait de terribles dommages à la paix de l'esprit, se dit-elle, les dents serrées. Mais, le moins que l'on pût dire, c'est que cela profitait grandement à la silhouette. Elle compléta sa tenue d'une paire de bottes à talons aiguilles et d'un maquillage nettement plus sophistiqué qu'à l'ordinaire. Le rouge à lèvres pouvait avoir un effet miraculeux sur l'image qu'on avait de soi-même, lui avait dit sa sœur. Mais il est vrai que Julia en portait toujours, même lorsqu'elle était au lit avec la grippe.

— On voit votre soutien-gorge à travers, remarqua Mrs Bernard lorsqu'elle dévala l'escalier.

— Tant mieux, répliqua-t-elle d'un ton impertinent.

Elle n'allait pas se laisser décontenancer par les pitoyables réflexions de la vieille dame.

— Vous pourriez rentrer l'étiquette à l'intérieur de votre col, en tout cas, ajouta Mrs Bernard en souriant pour elle-même. Les gens vont jaser.

Jones se frotta le front tout en engageant la Saab dans la grand-rue de Merham, en direction du parc. Il avait commencé à avoir des élancements dans la tête peu après avoir quitté Canary Wharf et, une fois parvenu à mi-chemin sur l'A12, ces légères pulsations au-dessus de ses yeux s'étaient changées en un vrai mal de crâne. Il avait farfouillé dans la boîte à gants, sous l'effet d'une inspiration, et déniché les comprimés que Sandra, sa secrétaire, y avait logés. Une véritable merveille, cette femme ! Il allait lui donner une augmentation. À moins qu'il ne lui en ait déjà octroyé une trois mois plus tôt.

Cette découverte du paracétamol était l'un des événements les plus positifs au cours d'un mois truffé d'embûches. Ce qui en disait long sur le mois en question. Alex, son ex-femme, lui avait annoncé qu'elle allait se remarier. L'un de ses plus anciens barmen avait failli en venir aux mains avec deux journalistes réputés, qui avaient décidé de jouer au strip-poker sur la table de billard. Ce n'était pas tant la nudité qui l'avait offensé, avait-il expliqué à Jones par la suite, que le fait qu'ils eussent refusé de retirer leurs verres du tapis. En outre, il se passait rarement une journée désormais sans que les chroniqueurs ou la haute société fassent mention des Red Rooms comme d'un lieu « dépassé » ou « en chute libre ». Ses tentatives pour amadouer les journaux à l'aide d'une caisse de bouteilles de whisky étaient tombées à l'eau lorsqu'ils avaient rapporté l'affaire dans leurs pages en la qualifiant de « geste désespéré ».

D'ici à un mois, un club rival – l'Opium Room – ouvrirait ses portes à deux rues de là. (Les membres, l'ambiance et l'esprit du futur lieu en question s'apparentant de manière suspecte à ceux du Red Rooms.) Cet événement provoquait déjà toute une frénésie dans les cercles que Jones considérait comme *les siens.* C'était la raison pour laquelle la retraite de Merham avait pris une telle importance. Il lui fallait trouver de nouveaux moyens de conserver ses ouailles. Il devait s'arranger pour avoir une longueur d'avance.

Et voilà que cette satanée fille allait tout ficher en l'air. Il s'était douté qu'elle n'était pas à la hauteur alors qu'elle ne cessait de se plaindre qu'il appelait « au mauvais moment ». Il aurait dû écouter son instinct. Dans les affaires, il n'y avait jamais de mauvais moment. Si l'on était professionnel, on faisait son travail, un point c'est tout. Pas d'excuses ni de tergiversations.

C'était la raison pour laquelle il n'aimait pas travailler avec des femmes. Elles avaient toujours des douleurs menstruelles ou un petit ami qui les empêchaient de se concentrer sur leur travail. Si vous les mettiez en face du problème, le plus souvent, elles éclataient en sanglots. De fait, en dehors de sa secrétaire, il n'y avait que deux femmes avec lesquelles il se sentait totalement à l'aise, même après toutes ces années. Carol, sa conseillère en communication depuis belle lurette, qui n'avait qu'à lever un sourcil impeccablement épilé pour exprimer sa désapprobation, dont la loyauté était absolue et qui tenait l'alcool dix fois mieux que lui. Et puis il y avait Alex, la seule autre femme qui n'était pas particulièrement impressionnée ou effrayée par lui. Seulement, Alex était sur le point de se marier.

Lorsqu'elle le lui avait annoncé, sa première réaction, puérile, avait été de lui demander de l'épouser à nouveau. Elle avait éclaté de rire.

—Tu es incorrigible, Jones. Ça a été les pires dix-huit mois de nos vies, à l'un comme à l'autre. Et si tu me veux maintenant, c'est uniquement parce que quelqu'un d'autre souhaite m'épouser.

Ce qui était partiellement vrai, force était de l'admettre. Au fil des années, depuis leur rupture, il lui avait fait des avances à l'occasion, qu'elle avait gracieusement refusées (ce dont il se félicitait secrètement), mais ils tenaient tous deux à l'amitié qu'ils étaient parvenus à maintenir (ce qui agaçait le nouveau partenaire d'Alex, il le savait). À présent, toutefois, elle allait de l'avant. La situation allait changer et leur passé serait à jamais scellé.

Non qu'il manquât de distractions. C'était on ne peut plus facile de trouver quelqu'un avec qui avoir une aventure d'un soir lorsque l'on gérait un club. Dans les premiers temps, il couchait fréquemment avec les serveuses, généralement de grandes bringues qui rêvaient de devenir chanteuses ou actrices, et espéraient toutes se frotter à quelque producteur ou metteur en scène tout en leur servant à boire. Cependant, il n'avait pas tardé à découvrir que cela engendrait des rivalités, des demandes d'augmentation larmoyantes, pour déboucher en définitive sur la perte des employés les plus compétents. Au point que, durant la dernière année et demie, il avait mené une existence monacale. Enfin, d'un moine aux mœurs légèrement dissolues. De temps à autre, il rencontrait une fille et la ramenait chez lui, mais cela lui procurait, semblait-il, de moins en moins de satisfaction, et il les offensait toujours parce qu'il n'arrivait jamais à se souvenir de leur nom le lendemain.

Et puis, la moitié du temps, cela ne valait pas le coup.

— Jones. C'est Sandra. Désolée de vous déranger pendant que vous êtes au volant. Mais nous avons la date de votre rendez-vous au tribunal pour l'octroi de votre licence.

— Et alors ?

Il tripota l'écouteur de son portable pour le loger dans son oreille.

— Ça tombe en même temps que votre voyage à Paris.

Il cracha un juron.

— Eh bien, il va falloir que vous les rappeliez. Dites-leur de changer la date.

— Comment ? Paris ?

— Non. Le tribunal. Dites-leur que je ne peux pas me présenter ce jour-là.

Sandra marqua un temps d'arrêt.

— Je vous rappelle, dit-elle.

Jones engagea la Saab sur la colline, puis dans l'allée de gravier qui menait à Arcadia. Problèmes, problèmes, problèmes. Il avait parfois l'impression qu'il passait tout son temps à résoudre les embrouilles des autres plutôt que de faire ce qu'il était le mieux habilité à accomplir.

Il éteignit le moteur et resta assis là une minute, la tête toujours endolorie, son cerveau trop empli de stress et de désordre pour apprécier le silence. Et il n'était pas au bout de ses peines. Il allait devoir se débarrasser de cette fille. Ce serait pour le mieux. Il croyait fermement qu'il fallait mettre fin à une situation avant que les choses ne s'enveniment. Il ferait appel à l'autre entreprise, celle basée à Battersea. Mais, pour l'amour du ciel, qu'elle n'éclate pas en sanglots !

Il tendit la main vers le compartiment à gants et engloutit une autre poignée de comprimés pour les maux de tête, qu'il avala sans eau en faisant la grimace. Il soupira, sortit de la voiture et s'approcha de la porte d'entrée.

Elle fut ouverte, avant qu'il n'eût le temps de sonner, par Mrs Bernard, qui resta plantée là, avec ce regard fixe qui suggérait qu'elle savait tout de vous, merci.

— Monsieur Jones.

Il n'arrivait jamais vraiment à se décider à la corriger.

— Je ne m'attendais pas à vous voir là, dit-il.

Puis il se pencha pour lui déposer un baiser sur la joue.

— C'est parce que vous n'avez jamais eu d'enfants.

— Comment ?

— Il faut bien que quelqu'un garde la petite.

— Oh !

Il entra, jeta un coup d'œil aux murs à moitié décapés, aux tas de gravats.

— Oui.

— Les choses s'accélèrent.

— C'est ce que je vois.

Elle se détourna et remonta le couloir en évitant soigneusement les pots de peinture vides.

— Je vais lui dire que vous êtes là. Elle est au téléphone avec les plombiers.

Jones s'assit au bord d'une chaise et parcourut du regard le salon à demi terminé, humant l'odeur musquée qui émanait du plâtre en cours de séchage et du sol récemment restauré. Dans un coin de la pièce se dressait une pyramide en aluminium de pots de peinture Farrow et Bail tandis que des rouleaux de tissu se déployaient telles des rivières sur le vieux sofa défraîchi. Des rigoles, pareilles à des artères, disséquaient l'espace, révélant les endroits où les fils électriques avaient été ôtés et remplacés.

— C'était McCarthy et son équipe. Demain, ils s'attaquent aux deux salles de bains de devant.

Jones détourna les yeux des piles de catalogues d'accessoires entassés par terre pour voir une femme qu'il ne reconnut pas traverser la pièce, son portable à la main.

— Je lui ai dit que, s'il prenait encore du retard, nous commencerions à déduire de l'argent. Je lui ai précisé que nous avions prévu un pour cent par jour, écrit noir sur blanc en petits caractères dans le contrat.

— Est-ce le cas ? demanda Jones.

— Non, mais je pense qu'il est trop paresseux pour vérifier et ça lui fichera forcément la frousse. Il a dit qu'il interromprait l'autre chantier sur lequel il travaillait et qu'il serait ici à 9 heures tapantes. Alors, on y va ?

Elle prit son portefeuille, ses clés et une grande chemise dans son sac posé par terre.

Jones lutta contre l'envie de fouiller la maison à la recherche de la fille dont il se souvenait, celle à l'allure négligée, portant de vieux vêtements sans forme, un bébé sur la hanche. Celle-ci n'avait rien de loufoque ni de larmoyant. Elle aurait été parfaitement à sa place dans son club. Sa chemise laissait entrevoir un soutien-gorge noir et, en dessous, ce qui donnait l'impression d'une poitrine des plus séduisante.

— Y a-t-il un problème ? demanda-t-elle, attendant qu'il la suive.

De ses yeux brillants émanait quelque chose qu'on aurait pu qualifier de défiant, voire d'agressif.

— Non, dit-il en se décidant finalement à lui emboîter le pas.

Ils optèrent pour le Riviera – en partie, expliqua Jones, pour évaluer la concurrence, mais principalement parce qu'il n'y avait pas de pubs ni de bars à Merham. Ceux qui voulaient boire un verre en société se rendaient à l'hôtel ou dans l'un des deux restaurants de la ville, où l'on servait de l'alcool.

Ou bien ils allaient plus loin. Dans des circonstances normales – si tant est que l'on puisse parler de circonstances normales dans son cas –, Daisy ne se serait pas sentie très à l'aise dans cet établissement. Mais quelque chose dans la manière dont la soirée avait commencé, entre son chemisier en mousseline de soie rouge et le fait qu'elle se rendait compte qu'elle avait déjà décontenancé Jones, en dépit de son bluff et de ses fanfaronnades, la rendait sûre d'elle au point qu'elle marchait d'un pas nonchalant lorsqu'ils pénétrèrent ensemble dans le bar.

— Puis-je voir votre carte des vins ?

Jones inclina son corps imposant contre le comptoir. Un jeune homme pâle et pustuleux, au col de chemise lâche autour d'un cou maigrichon, y officiait. Il interrompit ses chuchotements à l'adresse d'une serveuse ricanante avec un agacement à peine dissimulé. Il y avait deux autres couples dans le bar : deux personnes âgées, satisfaites de contempler la mer en silence, et probablement deux associés, qui se querellaient à propos de chiffres consignés dans un bloc-notes.

Daisy jeta des coups d'œil autour d'elle dans la pièce, dont les portes-fenêtres donnaient sur la mer, tandis que Jones marmonnait en consultant la carte des vins. Le soleil se couchait, mais la douceur de la lumière elle-même n'aurait pu suffire à transformer le bar en un lieu où l'on aurait eu envie de se nicher pour écouter la mer alors qu'elle s'imprégnait de tons d'encre. En fait, la pièce aurait pu être magnifique si la décoration n'avait pas été d'aussi mauvais goût. Le même motif sur le thème de l'abricot garnissait tout : les rideaux, les lambrequins, les sièges, y compris les pots de fleurs. Les tables étaient blanches, en fer forgé très ouvragé. On se serait plutôt cru dans un tea-room que dans un bar. Mais il était vrai qu'à en juger d'après la clientèle, on y servait davantage de thé que d'alcool, se dit Daisy.

— Dix-sept livres pour l'équivalent d'un Blue Nun, murmura Jones lorsqu'elle se tourna vers lui. Pas étonnant que cet endroit ne grouille pas de monde. Désolé, voulez-vous boire du vin ?

— Non, mentit Daisy, mais ça m'ira.

Elle lutta contre l'envie d'allumer une cigarette, estimant que cela donnerait à Jones un avantage moral, d'une certaine manière.

Ils allèrent s'installer à une table dans un coin. Jones s'assit à un angle par rapport à elle, leur servit un verre, puis il entreprit de l'observer du coin de l'œil, comme s'il s'efforçait de déterminer quelque chose.

— Le décor est horrible ici, dit-elle.

— C'est le premier endroit où j'ai atterri quand je suis venu visiter la maison. Je voulais voir ce que proposait la concurrence. Les décorateurs devraient être fusillés.

— On aurait dû les réduire en bouillie pour faire le crépi.

Jones leva un sourcil.

Daisy reporta son attention sur son verre. À l'évidence, il n'était pas d'humeur à plaisanter. Tant pis pour lui. Elle pensa, un bref instant, à Ellie en se demandant si elle dormait de manière à laisser Mrs Bernard tranquille. Puis elle repoussa cette réflexion de son esprit et engloutit une grande gorgée de vin.

— Je suppose que vous savez pourquoi je suis ici, dit-il finalement.

— Non, mentit-elle à nouveau.

Il soupira. Regarda sa main.

— Je ne suis pas très content de la manière dont les choses se déroulent.

— Moi non plus, l'interrompit-elle. De fait, je dirais qu'il y a quelques jours seulement que nous sommes de nouveau sur le bon chemin. À la fin de la semaine, je pense que nous aurons rattrapé le temps perdu.

— Mais ce n'est pas vraiment suffisant…

— Non. Vous avez raison. Et je l'ai dit aux maçons. Je ne suis pas contente.

— Ce ne sont pas uniquement les maçons…

— Non, je sais. Les plombiers aussi sont responsables. Mais le problème est réglé, comme je vous l'ai dit. Et je pense pouvoir déduire une certaine somme de leur facture, de sorte que nous nous en tirerons sans doute mieux que prévu sur le plan du budget.

Jones resta un moment silencieux, la considérant sous ses sourcils sombres d'un air soupçonneux.

— Vous n'allez pas me faciliter la tâche, n'est-ce pas ?

— Non.

Ils se dévisagèrent une minute sans ciller. Daisy resta tout à fait immobile.

Elle n'avait jamais résisté auparavant à qui que ce soit de cette manière, pas même à Daniel. C'était toujours elle qui avait capitulé, qui avait arrangé les choses. Elle était ainsi faite.

— Je ne peux pas me permettre de perdre du temps dans cette affaire, Daisy. Il y a trop d'éléments en jeu.

— Pour moi aussi.

Il se frotta le front d'un air songeur.

— Je ne sais pas, marmonna-t-il.

Il le répéta :

— Je ne sais pas.

Puis, tout à coup, il leva son verre.

— Et puis zut ! Vu que vous avez apparemment fait l'acquisition d'une paire de couilles depuis notre dernière rencontre, je suppose que je dois me cramponner aux miennes. Pour le moment.

Il attendit qu'elle prenne son verre pour trinquer avec elle.

— Bon. Que Dieu nous vienne en aide ! Ne me laissez pas tomber.

Pour de la pisse de chat, comme l'exprima élégamment Jones, le vin semblait descendre remarquablement bien. Dans le cas de Daisy, qui n'avait rien bu de plus fort que de l'Irn-Bru depuis son accouchement, le coup de fouet que lui procurait l'alcool lui fit l'effet d'un retour opportun à ce qu'elle était jadis, la preuve qu'une autre Daisy était sur le point de faire surface.

Du coup, le vin lui monta vite à la tête, de sorte qu'elle en oublia d'être inhibée par la présence de l'homme assis en face d'elle. Elle entreprit de le traiter comme elle aurait traité n'importe quel autre homme avant la naissance d'Ellie. En d'autres termes, elle essaya de flirter avec lui.

— Dites-moi, quel est votre vrai nom ? demanda-t-elle alors qu'il commandait une deuxième bouteille.

— Jones.

— Et votre prénom ?

— Je ne l'utilise jamais.

— Ça fait branché, je suppose.

— Prétentieux, vous voulez dire, grommela-t-il.

— Non. Enfin, oui. C'est un peu prétentieux, incontestablement, de n'avoir qu'un seul nom. Comme Madonna.

— Essayez de grandir dans le pays de Galles avec un nom chrétien tel qu'Inigo, et vous verrez où cela vous mène.

Daisy faillit recracher sa gorgée de vin.

— Vous plaisantez, dit-elle. Inigo Jones ?

— Ma mère était passionnée d'architecture. Elle disait que j'avais été conçu à la Wilton House, dans le West Country... Le problème, c'est que, depuis lors, on a déterminé que ce n'était même pas Inigo Jones qui avait dessiné ce fichu bâtiment, mais son neveu.

— Comment s'appelait-il ?

— Webb. James Webb.

— Webb, essaya-t-elle. Webby. Non, ça ne sonne pas tout à fait pareil.

— Non.

— Enfin ! Cela explique au moins pourquoi vous avez aussi bon goût en matière d'architecture.

Certes, elle ne manquait pas d'audace. Mais quelqu'un allait l'apprécier coûte que coûte. Même si cela devait la tuer !

Il leva les yeux vers elle sous ses sourcils froncés ; l'un d'eux était peut-être légèrement en accent circonflexe.

— Ça va être fabuleux, déclara-t-elle d'un ton déterminé.

— Je l'espère bien.

Jones éclusa son verre.

— Et ça ne sera pas le cas si vous insistez pour que ces nouvelles fenêtres soient faites à la main. J'ai examiné les chiffres de plus près hier. C'est beaucoup trop pour des fenêtres de salles de bains.

Daisy releva brusquement la tête.

— Mais il faut à tout prix qu'elles soient faites à la main.

— Pourquoi ? Qui va regarder une fenêtre de salle de bains ?

— Le problème n'est pas là. C'est une question de style, pour la maison. Elle est particulière. Vous n'allez pas aller les chercher chez Magnet & Southern.

— Je refuse de payer des fenêtres faites main.

— Vous étiez d'accord sur les coûts. Vous m'avez donné votre aval il y a plusieurs semaines.

— Oui, mais je n'avais pas eu le temps de lire les paragraphes en petits caractères.

— À vous entendre, j'ai essayé de vous tromper.

— N'exagérons rien. J'y ai regardé de plus près, c'est tout, et je ne vois pas pourquoi je paierais des fenêtres faites à la main alors que personne n'y prêtera attention de toute façon.

Si la glace était quelque peu rompue entre eux, cela serait de courte durée.

Daisy le savait. Elle savait aussi qu'elle devrait faire machine arrière pour sauver la situation. Mais elle ne put se retenir. Les fenêtres étaient importantes.

— Vous m'avez donné votre accord, insista-t-elle.

— Allons, Daisy. Changez de disque. Nous sommes censés travailler en équipe. Ça ne marchera pas si vous vous mettez à bêler à tout instant pour m'obliger à suivre le contrat au pied de la lettre.

— Non, mais ça ne marchera pas non plus si vous revenez sur toutes les décisions que vous avez prises.

Jones plongea la main sous sa veste et en sortit un paquet de comprimés. Il en engloutit deux.

— Je présume que vous n'étiez pas l'élément le plus divertissant et hospitalier de votre couple.

Daisy fut piquée au vif.

— Peut-être bien, mais vous ne m'avez pas engagée pour mes qualités relationnelles.

Il y eut un long silence.

—Allons. Je ne supporte pas de me chamailler ainsi avec vous. Si nous allions manger quelque chose ? Je n'ai jamais trouvé une femme avec laquelle je puisse me disputer l'estomac vide.

Daisy se mordit la langue.

—OK, Daisy. Vous connaissez le coin. Emmenez-moi dans un endroit agréable. Un endroit que vous jugez à mon goût.

Les terrasses d'Arcadia House se déployaient en gradins, aux contours adoucis par les buissons non taillés tout autour. La douce lumière venant des fenêtres illuminait le sol dallé. En dessous, sur le sentier menant à la mer, des gens flânaient en direction de la plage ou sur le chemin du retour, remarquant à peine la forme abrupte du bâtiment au-dessus d'eux.

—La maison est jolie, vue d'ici, commenta Jones en enfouissant une poignée de frites dans sa bouche. C'est toujours bien de la voir sous un autre angle.

—Oui.

—Pas tout à fait l'angle auquel je m'attendais, je dois le reconnaître.

Ce n'était pas le plus enjoué des hommes, constata-t-elle alors qu'ils étaient assis au bord de la digue. Mais nourri, abreuvé, libéré de son mal de tête, il était de compagnie plus agréable. Elle s'aperçut qu'elle s'efforçait de le faire rire, l'obligeant à l'admirer. Les hommes qui ne révélaient rien d'eux-mêmes avaient toujours cet effet sur elle.

Daniel était aux antipodes : il manifestait tous ses sentiments – ses besoins, sa passion, son tempérament explosif –, et c'était elle qui était sur la réserve. En tout cas, jusqu'à la naissance d'Ellie.

Tout était « jusqu'à la naissance d'Ellie ». Elle regarda la lumière de l'autre côté de la baie, dans la maison où son enfant dormait, tout au moins l'espérait-elle, et elle se demanda, pour la énième fois, ce qui se serait passé si Ellie n'avait jamais vu le jour. Serait-il resté ? Ou quelque chose d'autre l'aurait-il incité à s'en aller ?

Elle se déplaça légèrement, consciente que la pierre de la digue lui glaçait le postérieur. Elle se rendit compte aussi qu'elle était ivre et que la mélancolie la gagnait. Elle se redressa en s'efforçant de se ressaisir.

— Avez-vous des enfants ?

Il acheva ses frites, roula le papier d'emballage en boule et le posa à côté de lui.

— Moi ? Non.

— Vous n'avez jamais été marié ?

— Si, mais nous n'avons pas eu d'enfants, Dieu merci ! C'était déjà suffisamment une catastrophe sans eux. Ce *fish and chips* était délicieux. Cela faisait des années que je n'avais pas mangé de raie.

Daisy garda le silence. Elle observait la mer, se perdant, l'espace d'une seconde, dans le doux clapotement des vagues.

— Et vous, que vous est-il arrivé ? demanda-t-il quelques instants plus tard.

— Comment ?

— Je suppose que tout n'était pas parfait…

— Oh que non ! Toujours la même histoire. Un garçon rencontre une fille, la fille a un bébé, le garçon décide qu'il est gagné de bonne heure par le démon de midi et prend la poudre d'escampette.

Il rit. Daisy ne savait pas si cela devait la satisfaire ou si elle devait s'en vouloir d'avoir réduit la tragédie de sa vie à une comédie à l'emporte-pièce.

— En fait, je ne suis pas très juste envers lui en disant cela, ajouta-t-elle presque inconsciemment. Il passe par un moment difficile. Je ne désire pas… Je veux dire, c'est un homme bon. Je pense qu'il est un peu perdu, c'est tout. C'est difficile pour beaucoup d'hommes, n'est-ce pas ? Toute l'adaptation nécessaire…

Un chien apparut dans l'obscurité et vint renifler l'emballage vide de Jones. Son propriétaire, qui marchait derrière eux le long du sentier de la mer, le rappela à l'ordre.

— C'était l'homme avec qui vous aviez monté votre affaire ? Daniel, n'est-ce pas ?

— C'est bien lui.

Jones haussa les épaules en contemplant la mer.

— C'est dur.

— C'est plus que dur.

L'amertume qui transparaissait dans sa voix la surprit elle-même. Un long silence s'ensuivit.

Daisy frissonna dans l'air du soir et serra ses bras autour d'elle. Son chemisier en mousseline de soie n'était pas des plus chaud.

— Tout de même…, reprit Jones, un tendre sourire illuminant son visage, partiellement visible dans le clair de lune.

Le cœur de Daisy fit un bond dans sa poitrine quand il tendit la main. Et saisit l'une de ses chips intactes.

— … vous vous en sortez bien. En tout cas, c'est l'impression que ça donne.

Il se leva et l'aida à se relever à son tour.

— Venez, Daisy Parsons, allons boire un autre verre.

Mrs Bernard avait déjà enfilé son manteau lorsqu'ils regagnèrent la maison. Jones trébucha sur deux tas de gravats dans le couloir.

— Je vous ai entendus monter l'allée, dit-elle en haussant un sourcil. Vous avez passé un bon moment ?

— Très productif, répondit Jones. Vraiment très productif, n'est-ce pas, Daisy ?

— Je parie qu'à Londres, vous ne mangez pas de *fish and chips* avec vos associés en vous asseyant sur des murets pour discuter.

La deuxième bouteille de vin, qui avait été une très mauvaise idée au départ, avait fini par devenir indispensable.

— Et que vous ne buvez pas d'alcool, ajouta Mrs Bernard en les détaillant tous les deux.

— Détrompez-vous, dit Jones, nous buvons toujours du vin. Mais pas tout à fait… (Là, Daisy et lui échangèrent un regard, et ils se mirent tous deux à ricaner.) Pas tout à fait du même cru.

— Pour quelqu'un qui le trouvait si mauvais, vous en avez passablement bu, nota Daisy.

Jones secoua la tête, comme pour essayer de s'éclaircir les idées.

— Vous savez, pour un vin de mauvaise qualité, il n'en contenait pas moins un bon degré d'alcool. Je me sens un peu éméché, à dire vrai.

— Vous avez l'air éméché, fit remarquer Mrs Bernard d'un ton probablement désapprobateur, mais Daisy en était à un stade où cela ne lui faisait plus ni chaud ni froid.

— Mais je ne suis jamais ivre. Je ne le suis jamais.

— Ah ! fit Daisy en levant un doigt. À moins que vous n'engloutissiez tout un tas de médicaments contre la migraine. Dans ce cas, vous risquez de vous enivrer sérieusement.

— Oh, mon Dieu…

Jones fouilla dans les poches de son pantalon et en sortit une boîte de comprimés.

— « À ne pas prendre avec des boissons alcoolisées. »

Mrs Bernard avait disparu. Daisy s'assit lourdement dans un fauteuil en se demandant si elle était montée jeter un coup d'œil à Ellie. Elle espérait que la petite ne pleurait pas ; elle n'était pas certaine d'être capable d'atteindre le premier étage.

— Je vais aller vous faire un café, dit-elle.

Elle se démena pour s'extirper de son siège.

— Bon, je m'en vais, annonça Mrs Bernard, qui était réapparue sur le seuil. À bientôt, monsieur Jones. Daisy.

— C'est… euh… oui, oui, madame Bernard. Merci encore. Je vais vous raccompagner.

La porte se referma doucement. Un instant plus tard, Jones revint dans la pièce. Daisy fut soudain intensément consciente de sa présence. Elle ne s'était pas trouvée seule avec un homme… depuis que l'officier de police avait conduit sa voiture sur Hammersmith Bridge. Et ça l'avait fait pleurer.

La pièce sentait encore le plâtre humide. Le canapé, qui trônait au milieu, était recouvert d'une bâche et l'unique éclairage provenait d'une ampoule nue. Pour un chantier, l'atmosphère lui parut tout à coup d'une intimité malaisée.

— Ça va ? demanda-t-il d'une voix grave.

— Ça va. Je vais faire un café, dit-elle.

Et, au troisième essai, elle parvint à se mettre debout.

Près d'un tiers de la tasse s'était déversé entre la cuisine et le salon, mais Jones ne parut pas s'apercevoir qu'on ne lui servait qu'un maigre breuvage.

— Je ne trouve plus mes clés de voiture, dit-il en vacillant, tout en tapotant à maintes reprises ses poches, comme si elles allaient réapparaître comme par miracle. J'aurais juré que je les avais laissées sur cette table quand nous sommes rentrés.

Daisy jeta un coup d'œil autour d'elle dans la pièce en s'efforçant d'empêcher les horizontales de fluctuer et de la déséquilibrer. Elle s'était sentie de moins en moins stable quand elle avait quitté le salon, et à l'anxiété provoquée par l'attrait de plus en plus fort que lui inspirait Jones avait succédé celle concernant son aptitude à se tenir debout.

—Je ne les ai pas vues, dit-elle.

Elle avait posé la tasse sur une caisse maculée de peinture.

—Nous n'avons pas pris la voiture pour sortir, si ?

—Vous savez très bien que non. Nous sommes passés à côté, dans l'allée, en rentrant. Vous l'avez caressée, vous vous souvenez ?

—C'est l'âge mûr qui veut ça, marmonna-t-il. On commence par admirer la beauté de sa voiture. Après ça, on passe aux vestes en cuir.

—À la teinture pour les cheveux. Et aux petites amies prépubères.

Ils restèrent silencieux un moment.

Daisy le laissa fouiller la pièce pendant qu'elle s'efforçait de dénicher son portable, qu'elle trouva en train de sonner dans sa veste. Personne n'appellerait si tard. À moins que ce ne soit Daniel. Elle secoua sa veste en tous sens pour tâcher de tomber sur la bonne poche, craignant bizarrement que Daniel ne se doute qu'il y avait un homme dans la maison.

—Allô ?

—C'est moi.

Le visage de Daisy se décomposa.

—Dites à Mr Jones que je lui rapporterai ses clés demain. J'ai pensé que ce ne serait pas une bonne idée qu'il prenne le volant et j'ai estimé que vous n'étiez pas en position de le lui dire dans la mesure où il est votre patron. Étant donné que vous travaillez pour lui et tout ça…

Daisy se laissa glisser contre le mur, le combiné à moitié décollé de son oreille.

— Je viendrai vers 8 heures. Les biberons d'Ellie sont prêts dans le réfrigérateur.

— Mais où va-t-il dormir ?

— Il n'a qu'à aller au *Riviera*. Ou camper sur le canapé. C'est un grand garçon.

Daisy éteignit le téléphone, se força à se relever d'une poussée et retourna dans le salon. Jones avait abandonné ses recherches et s'était vautré sur le sofa bâché, les jambes étendues devant lui.

— Mrs Bernard a pris vos clés, lui annonça-t-elle.

Il lui fallut quelques secondes pour enregistrer le message.

— Pas par erreur, précisa-t-elle.

— Satanée bonne femme ! Oh, mon Dieu, gémit-il en se frottant le crâne. J'ai un rendez-vous à 7 h 45. Comment vais-je faire pour rentrer à Londres maintenant ?

Daisy se sentit soudain très fatiguée : l'atmosphère détendue, conviviale s'était dissipée depuis le coup de téléphone. Et puis il y avait des semaines qu'elle ne s'était pas couchée après 22 heures, et il était presque minuit.

— Elle suggère que vous preniez une chambre au Riviera.

Daisy s'assit sur le bord de la chaise en regardant le canapé en face d'elle.

— Ou vous pouvez rester ici. Ça ne m'ennuie pas de dormir sur le canapé.

Il considéra le meuble en question.

— Je ne pense pas qu'il soit assez grand pour vous, précisa-t-elle. Ellie se réveille de bonne heure. Nous risquons de vous gêner.

Elle bâilla. Il la scruta d'un œil plus sobre, moins vague.

— Il n'est pas question que j'aille frapper à la porte du Riviera à cette heure-ci. Mais je ne peux pas vous chasser de votre lit.

— Je ne peux pas vous laisser dormir sur le sofa. Vous êtes deux fois plus long que lui.

— Vous arrive-t-il de cesser d'ergoter ? Si vous dormez sur le canapé et moi dans votre chambre, que se passera-t-il si le bébé se réveille au milieu de la nuit ?

Elle n'avait pas pensé à ça.

Il se pencha en avant et prit sa tête entre ses mains. Puis il releva les yeux et sourit. Un grand sourire digne d'un pirate.

— Seigneur, Daisy, quels ivrognes nous sommes ! C'est ridicule.

Son sourire métamorphosait son visage : il avait un air espiègle, à l'instar de quelque oncle vaurien. Elle se sentit se détendre de nouveau.

— Merde, je suis venu ici pour vous virer. Et regardez-nous. Deux ivrognes ridicules !

— Vous êtes le patron. Je me suis bornée à suivre les ordres.

— À suivre les ordres, oui…

Il se leva et se dirigea d'une démarche vacillante en direction de l'escalier.

— Écoutez, dit-il en se retournant, dites-moi si je me trompe, mais c'est un lit pour deux personnes, n'est-ce pas ?

— Oui.

— Bon. Vous vous mettez d'un côté et moi de l'autre. Pas de tripotages. Nous restons habillés tous les deux. Et demain matin, on n'en parle plus. De cette façon, nous passerons tous les deux une nuit convenable.

— Entendu, dit Daisy en bâillant de nouveau, ses yeux s'emplissant de larmes.

Elle était tellement fatiguée qu'elle aurait accepté de dormir dans le petit lit d'Ellie.

— Juste une chose, murmura Jones en se laissant tomber sur le lit, envoyant balader ses chaussures et dénouant sa cravate.

Daisy s'était couchée de l'autre côté, consciente que sa présence aurait dû la gêner, la mettre mal à l'aise, mais elle était trop ivre et trop à bout de forces pour s'en soucier.

— Quoi ? marmonna-t-elle dans l'obscurité, se souvenant, sans que cela la préoccupât vraiment, qu'elle avait omis de se démaquiller.

— En tant qu'employée, vous êtes censée préparer le café demain matin.

— Seulement si vous me donnez votre accord pour les fenêtres faites main.

Elle entendit un juron étouffé. Elle sourit, glissa ses mains sous l'oreiller et s'endormit aussitôt.

À un moment donné, elle avait pensé que le retour de Daniel la ferait exploser littéralement ; qu'en le revoyant, elle déborderait de joie et de soulagement, qu'elle crépiterait tel un feu d'artifice, expédiant des fusées scintillantes dans le ciel. Elle savait à présent que ce n'était pas du tout ça : le retour de Daniel dans sa vie lui restituait une paix profonde, apaisant une douleur qui était allée se loger jusque dans ses os. Comme si elle était rentrée à la maison. C'était ainsi que quelqu'un lui avait décrit un jour le fait de tomber amoureux, et Daisy, reposant dans ses bras, comprit que c'était vrai. Elle était rentrée à la maison. Elle bougea, et le bras qui la tenait étroitement serrée, de sorte que les doigts étaient entrelacés aux siens, remua en harmonie. Elle s'était languie de ce poids sur elle. Du temps où elle était enceinte, il lui avait semblé trop lourd – presque une intrusion –, et elle était restée de son côté du lit, soutenue par une pile d'oreillers.

Après la naissance d'Ellie, ce poids l'avait rassurée en lui rappelant qu'il était toujours là.

Seulement, Daniel n'était pas là.

Daisy ouvrit les yeux, laissant les formes floues se définir progressivement et son regard s'accommoder à la lumière froide venant de l'est. Elle avait les yeux secs, sableux, et l'on aurait dit que sa langue lui emplissait la bouche.

C'était bien sa chambre, se dit-elle en déglutissant avec peine. À quelques mètres d'elle, Ellie remua dans son berceau, précipitant le voyage trop court du profond sommeil à l'état d'éveil. La lumière du jour, se faufilant dans l'espace entre les rideaux, se déversait sur ses couvertures. Dehors, une porte claqua et, un peu plus loin dans l'allée, quelqu'un appela. L'un des maçons, probablement. En levant la tête, elle remarqua qu'il était sept heures et quart. La main glissa le long de son flanc et retomba finalement.

Daniel n'était pas là.

Elle se dressa sur son séant, sa cervelle la rejoignant une fraction de seconde plus tard. Près d'elle, une tête sombre reposait sur l'oreiller, ses cheveux tout ébouriffés.

Elle resta assise, immobile, et la regarda fixement, ainsi que la chemise froissée qui allait avec, luttant pour essayer de se souvenir, remettant en ordre le méli-mélo de mots et d'images. Et lentement, avec la force irréductible d'un coup de poing au ralenti, tout lui revint. Ce n'était pas Daniel. Ni le bras de Daniel. Il n'était pas de retour.

La sensation de paix disparut en un clin d'œil.

Et aussi brusquement que bruyamment, elle éclata en sanglots.

Ce qui était arrivé était évident, pensa Mrs Bernard, alors que, dans un jet de gravier rageur, l'arrière de la Saab avait disparu au bout de l'allée pour prendre la direction de Londres. Il n'était pas nécessaire d'être un génie pour le savoir. Ils parvenaient tout juste à se regarder lorsqu'elle était entrée tandis que Daisy se cramponnait à son enfant devant elle, tel un bouclier, toute pâle, le visage strié de larmes. Lui donnait l'impression d'en avoir assez et semblait anxieux de partir. Il avait tout de l'homme souffrant d'une terrible gueule de bois, ce qui, en l'occurrence, avec tous ces remèdes ridicules contre le mal de tête qu'il avait engloutis, était précisément son cas.

Il y avait eu toute cette électricité dans l'air la veille au soir, toutes ces blagues de conspirateurs entre eux, comme s'ils se connaissaient depuis des années, et non des jours. Et personne n'avait dormi sur le sofa, comme elle n'avait pas manqué de le remarquer dès son arrivée.

— Il y a toujours un prix à payer lorsque l'on mélange le travail et le plaisir, lui avait-elle dit en lui tendant ses clés.

Elle pensait à la boisson, mais il l'avait fusillée du regard – le genre de regard auquel il avait probablement recours pour intimider son personnel.

Mrs Bernard s'était bornée à sourire. Elle était bien trop coriace pour craindre les hommes de son espèce.

— À bientôt, monsieur Jones, avait-elle dit.

— Ça m'étonnerait que ce soit bientôt, avait-il répondu.

Et, après avoir jeté un bref coup d'œil dans la direction de Daisy, il était monté dans sa voiture et il avait filé.

En démarrant, il lui avait semblé qu'il avait marmonné pour lui-même quelque chose comme : « Ah, les femmes ! »

— Quelle sotte maman tu as, dit-elle à voix basse à Ellie tandis qu'elles faisaient un petit tour dans le jardin avant de regagner la maison. Je crois qu'elle a pris mes conseils un peu trop au pied de la lettre, non ? Pas étonnant qu'elle soit dans un tel état de confusion.

Dommage, au fond. Car, dans son ivresse, en la raccompagnant à la porte, la veille au soir, Jones lui avait confié que Daisy avait été une sorte de révélation pour lui. Rien à voir avec la pleurnicharde qu'il avait imaginée, ni même la casse-pieds pour laquelle elle avait essayé de se faire passer. C'était simplement, selon sa formule, « une charmante jeune femme ».

Chapitre 13

Camille lissa la mixture à base d'algues sur les formes volumineuses de Mrs Martigny, faisant glisser ses mains le long de son estomac et de son dos pour obtenir une application uniforme. À certains endroits, elle avait déjà commencé à sécher, et elle rajouta de l'onguent boueux comme quelqu'un qui étalerait de la sauce tomate sur une pâte à pizza. Avec dextérité, elle étira une longueur de pellicule plastique, la déposa sur le ventre de Mrs Martigny, puis autour de ses cuisses, avant de la couvrir de deux serviettes chaudes qui sentaient encore l'assouplissant.

Ses mouvements avaient un rythme précis, langoureux ; ses gestes étaient sûrs et habiles. C'était un travail qu'elle aurait pu faire dans son sommeil. Ce qui était tout aussi bien parce qu'elle avait l'esprit ailleurs, encore absorbée par la conversation qu'elle avait eue plusieurs heures auparavant.

— Avez-vous besoin d'aide ? demanda Tess en passant la tête par l'embrasure de la porte, de sorte que le son des chants de baleine en boucle et la musique de relaxation électronique s'infiltrèrent dans l'interstice. Les mèches de Mrs Forster ne seront prêtes que dans dix minutes.

— Non, tout va bien. À moins que vous ne vouliez du thé ou du café ? Quelque chose à boire, Mrs Martigny ?

— Pas pour moi, Camille, ma chère. Je somnole agréablement.

Camille n'avait pas besoin d'aide. Ce dont elle allait avoir besoin, c'était d'un travail. Elle referma la porte, laissant Mrs Martigny avec son application anticellulite, qu'elle lui ôterait dans vingt minutes, tout en s'efforçant de digérer les propos contrits que Kay lui avait adressés plus tôt dans la matinée, sentant les nuages noirs, auxquels elle avait paré si longtemps, se rassembler sinistrement au-dessus de sa tête.

— Je suis vraiment désolée, Camille. Je sais que vous adorez cet endroit et vous êtes l'une des meilleures esthéticiennes que j'aie jamais eue. Mais John a toujours voulu retourner vivre à Chester et, maintenant qu'il est à la retraite, je ne peux plus refuser. Pour être honnête, je pense que le changement nous fera du bien.

— Quand comptez-vous vendre ?

Camille s'était efforcée de rester impassible, de conserver sa bonne humeur en apparence.

— Eh bien, je n'en ai pas encore parlé à Tess ou à qui que ce soit d'autre, mais je pense mettre l'affaire sur le marché cette semaine. Avec un peu de chance, nous devrions en retirer un bon prix. Mais entre nous, Camille, je ne crois pas que Tess restera longtemps par ici. Elle a la bougeotte. Ça se voit.

— Oui.

Camille avait tenté de sourire. Ni l'une ni l'autre n'avaient abordé l'inabordable, à propos de leurs perspectives professionnelles.

— Je suis navrée, mon cœur. Je redoutais tellement de vous le dire.

Kay avait tendu la main pour effleurer le bras de Camille. Un geste d'excuse.

—Ne soyez pas ridicule. Vous devez faire ce qui vous semble juste. Inutile de rester par ici si vous préférez être ailleurs.

—Eh bien, mon fils est là-bas, vous savez.

—C'est bien d'être proche des siens.

—Il me manque. Et maintenant, Deborah attend un enfant. Vous l'ai-je dit?

Camille avait émis les sons d'encouragement adéquats. Elle entendait sa propre voix au loin, comme si elle appartenait à quelqu'un d'autre, approbatrice, exclamative, rassurante, tout en faisant intérieurement des calculs frénétiques à propos de ce que tout cela signifiait.

Cette nouvelle n'aurait pas pu arriver à un pire moment. Hal lui avait confié, la veille au soir, que, s'il n'obtenait pas une commande dans les dix prochains jours, il devrait s'avouer vaincu et mettre la clé sous la porte. Il le lui avait dit d'un ton curieusement neutre, sans émotion. Mais, lorsqu'elle lui avait tendu les bras dans la nuit pour tenter de le réconforter, il l'avait repoussée gentiment. Son dos rigide était une rebuffade tacite. Elle n'avait pas insisté.

Elle ne le faisait plus. Il lui fallait revenir à elle à son propre rythme. C'était ce que le conseiller lui avait dit. Il n'avait pas précisé ce que Camille devait faire s'il ne revenait pas.

Elle resta assise, immobile, devant la salle de soins, n'entendant qu'à demi les sons qui lui procuraient naguère du réconfort: les explosions étouffées du sèche-cheveux, le glissement des souliers aux semelles souples sur le sol en bois, les rythmes rompus des bavardages.

Si elle perdait son emploi, ce ne serait pas sa faute, mais il s'en servirait comme d'un autre bâton pour se flageller, d'un autre outil pour élargir le fossé entre eux.

Je ne peux pas le lui dire maintenant. Je ne peux pas lui faire ça.

— Est-ce que ça va, Camille ?

— Oui, merci, Tess.

— Je viens de prendre un rendez-vous avec Mrs Green pour une aromathérapie faciale mardi. Vous étiez un peu occupée, alors j'ai proposé de m'en charger moi-même. Mais non, ça ne lui convenait pas… Elle a dit qu'elle voulait vous parler de quelque chose.

Elle rit gaiement.

— J'adorerais savoir ce que toutes ces femmes vous racontent. Je suis sûre qu'un jour, vous serez une source d'informations fantastique pour le *News of the World.*

— Comment ?

— Toutes leurs liaisons et tout ça. Je sais que vous êtes très discrète, mais je parie que cette ville est une véritable pépinière de mauvais comportements malgré les apparences.

À trois cents mètres de là, Daisy s'était installée sur un petit affleurement tapissé d'herbes, dominant une crique de galets. Ellie dormait à côté d'elle dans sa poussette. Le ciel était clair et calme. Les vagues dansaient poliment, avançant à tâtons dans un sens, puis dans l'autre sur la plage. Elle tenait la lettre à main.

Tu es probablement furieuse contre moi. Et je ne saurai t'en blâmer. Mais, Daisy, j'ai eu le temps de réfléchir depuis que je suis ici et je me suis rendu compte, entre autres choses, que je n'ai jamais vraiment eu l'occasion de vouloir un bébé. Je me suis retrouvé devant le fait accompli. Et si j'aime Ellie de tout mon cœur, je n'apprécie guère la manière dont elle nous a affectés, nous ainsi que nos vies.

Elle ne pleurait pas. Elle avait trop froid pour pleurer.

Tu me manques. Vraiment. Mais je suis encore dans un tel état de confusion. Je ne sais pas où j'ai la tête en ce moment. Je dors mal. Le médecin m'a prescrit des antidépresseurs et m'a suggéré de consulter quelqu'un pour parler de tout ça, mais j'ai l'impression que ce serait trop pénible. Je suis écartelé entre l'envie de te revoir et la peur. Quoi qu'il en soit, à l'heure qu'il est, je ne suis pas sûr que le fait de nous voir arrangerait les choses.

Il avait joint un chèque de cinq cents livres, tiré sur le compte de sa mère.

Donne-moi encore un peu de temps. Je te donnerai des nouvelles, je te le promets.
Mais il me faut du temps. Je suis vraiment désolé, Daisy.
Je me sens vraiment nul à l'idée de t'avoir fait du mal.
Certains jours, je me hais...

Il n'était question que de lui. De son traumatisme, de son combat. Il n'y avait pas un seul point d'interrogation dans sa lettre. Comment allait sa fille ? Mangeait-elle des aliments solides ? Dormait-elle toute la nuit sans interruption ? Tenait-elle des objets entre ses petits doigts roses ? Et Daisy, comment s'en sortait-elle ? Sa seule référence à Ellie consistait en son propre état de confusion. Son égoïsme n'avait d'égal que son manque de conscience de lui-même, pensa Daisy.

Je voulais que tu aies un père, dit-elle silencieusement à sa fille. *J'aurais voulu, pour toi, l'adoration paternelle qui te revenait de droit. Et, au lieu de ça, tu n'as qu'une méduse obnubilée par sa petite personne.*

Et pourtant, dans ses mots écrits, il y avait comme un écho de la manière dont il parlait, un écho spectral de cette sorte d'urgence émotionnelle qu'elle avait aimée si longtemps chez lui. Et une honnêteté qu'elle n'était pas sûre d'être disposée à accueillir. Il ne se sentait pas prêt à avoir un enfant. Il avait été franc à ce sujet depuis quelque temps. « Quand les affaires rouleront, ma chérie, disait-il, ou quand nous aurons mis un peu d'argent de côté. » Elle supposait qu'il avait été furieux lorsqu'elle lui avait appris qu'elle était enceinte, si ce n'était qu'il l'avait bien caché. Il l'avait soutenue en apparence, il avait été présent à toutes les leçons de préparation à l'accouchement, à toutes les échographies. Il avait dit tout ce qu'il fallait.

Ce n'était pas sa faute, après tout. Il le lui avait répété plus d'une fois. Ils étaient deux dans cette histoire. « On n'est jamais seul dans ces circonstances », avait ajouté Julia. Mais ce n'était pas toujours le cas, si ?

Daisy resta assise sur l'herbe et, pour la première fois, elle se laissa aller, non sans culpabilité, à repenser au passé. Non pas à Ellie. À une plaquette de pilules à laquelle elle avait jeté un coup d'œil avant de la rejeter… Quatorze mois plus tôt.

— Ils ont fini les deux chambres du devant. Vous voulez les voir ?

Mrs Bernard sortit Ellie de sa poussette. La petite venait à peine de se réveiller alors que Daisy revenait en fermant la grande porte blanche derrière elle.

— Les lits arrivent demain. On aura presque l'impression que les chambres sont prêtes. Et le gars a téléphoné à propos des stores. Il va rappeler cet après-midi.

Daisy, transie, fatiguée, ôta son manteau et l'étendit sur ce qui était appelé à devenir le bureau de la réception. C'était un meuble des années trente qu'elle avait trouvé à Camden et conservé dans son emballage protecteur à bulles depuis sa livraison, la semaine précédente. Elle avait eu envie de le montrer à Jones, mais ils ne s'étaient pas parlé directement au cours des dix jours depuis leur dernière rencontre. Mrs Bernard, d'une jovialité inhabituelle, lui fit signe de la suivre.

— Regardez, ils ont commencé à travailler dans les jardins. Je voulais vous appeler, mais j'ai pensé que vous ne tarderiez pas.

Daisy contempla les terrasses en gradins, où l'on était en train de planter toute une variété d'arbres et d'arbustes dans un terrain fraîchement garni de terreau, auquel on avait ajouté du compost. Certaines plantes envahissantes, dont le lilas et la glycine, avaient été taillées diplomatiquement de manière à laisser une impression d'état sauvage et de magie. En revanche, les terrasses, frottées et réparées, se détachaient à présent, nettes et propres, sur l'arrière-plan de formes organiques. L'odeur de la sauge et du thym, provenant du nouveau jardin de plantes aromatiques, se mêlait aux senteurs du buddleia, dont les branches grêles ployaient maintenant sous le poids d'une abondante floraison.

— Ça fait une différence, n'est-ce pas ? interrogea Mrs Bernard, rayonnante, en pointant le doigt ici et là à l'intention d'Ellie.

Elle aimait bien lui désigner les choses, comme Daisy l'avait remarqué. Probablement, se disait-elle, parce qu'elle n'avait pas jamais pu en faire autant avec Camille.

— Ça avance, ajouta-t-elle en regardant tout autour.

Un rare sentiment d'accomplissement et de plaisir grandissait en elle, remplaçant agréablement le trou noir qui semblait absorber tout ce qui se produisait de bien.

Ils étaient encore en retard sur le programme, mais tout commençait à prendre forme. Les chambres où l'on avait dû abattre des cloisons étaient ouvertes et claires. Un store électronique, installé depuis peu, laissait pénétrer la lumière à travers l'immense verrière quand c'était nécessaire, tout en leur épargnant la clarté aveuglante de la mi-journée. Au moins trois des chambres n'attendaient plus désormais que leur mobilier, leurs murs fraîchement replâtrés exhalant une odeur intoxicante de peinture fraîche, tandis que les parquets en chevrons cirés de frais étaient encore recouverts d'une couche de poussière produite par les ouvriers, qui ne disparaîtrait qu'avec leur départ. Des meubles en acier inoxydable avaient été posés dans la cuisine, ainsi que des réfrigérateurs et des congélateurs de format industriel, et toutes les salles de bains, à l'exception d'une seule, possédaient leur équipement sanitaire. Les éléments fondamentaux étant en place ; Daisy pensait à présent aux détails. C'était ce qui lui réussissait le mieux. Elle consacrait allègrement des heures à chercher une étoffe ancienne ou à compulser des ouvrages de référence en quête de tableaux à accrocher ou de livres à stocker.

La semaine suivante, se promit-elle, elle passerait en revue les albums de souvenirs de la maison en possession de Mrs Bernard. Ils constituaient un trésor qu'elle ne s'était pas autorisée à consulter tant que « la facette du travail incombant *a priori* à Daniel », selon son point de vue, ne serait pas achevée.

— Oh, j'ai oublié de vous dire. Ils vont mettre en pièces ce siège d'angle. Le bois est trop pourri apparemment. Mais le charpentier espère pouvoir en reproduire un à l'identique. J'ai pensé que ce n'était pas la peine d'ennuyer les gens de l'urbanisme avec ça. Et puis le jasmin sur le côté de la maison va devoir être élagué pour ne pas étrangler les gouttières. Je leur ai dit que ça ne posait pas de problèmes. Je l'ai planté moi-même quand Camille était petite. En raison de l'odeur, expliqua-t-elle. Elle aimait bien les choses qui sentaient bon.

Daisy scruta la vieille dame en fronçant les sourcils.

— Ça ne vous ennuie pas, tout ça ?

— Quoi donc ?

— Tous ces éléments que l'on démolit. Cette maison a été la vôtre pendant des années, et maintenant, je la démantèle et je la reconstruis telle que je l'imagine. Ça ne ressemblera pas du tout à ce que c'était avant.

Mrs Bernard se renfrogna.

— Pourquoi voulez-vous que ça m'ennuie ? dit-elle d'un ton agacé qui démentait son haussement d'épaules. Inutile de revenir sur le passé, pas vrai ? À quoi bon se cramponner aux choses qui n'existent plus !

— Mais c'est votre histoire.

— Vous préféreriez peut-être que je sois fâchée ? Que je déambule en geignant : « Oh, ce n'était pas comme ça avant » ?

— Bien sûr que non. C'est simplement…

— Que les personnes âgées sont censées ressasser le passé. Eh bien, je ne me teins pas les cheveux en bleu, je n'ai pas de carte senior et peu m'importe si vous peignez les murs en jaune avec des pois bleus… Vous faites ce que vous voulez, comme je ne cesse de vous le répéter. Et arrêtez de demander l'approbation de tout le monde.

Daisy savait quand une conversation était close. Elle se mordit la langue et regagna la maison pour préparer le thé. Aidan, le contremaître, était déjà dans la cuisine, les sons presque inaudibles d'une radio glougloutant derrière lui.

— Elle vous a parlé de la réunion ?

Il serrait le sachet de thé entre ses doigts. Son visage émacié était maculé de taches de peinture claire bleu turquoise.

— Quelle réunion ?

— La femme du *Riviera*. Elle a organisé une réunion à propos de votre hôtel. Elle veut que le conseil municipal interrompe vos travaux.

— Vous plaisantez, n'est-ce pas ?

— Pas le moins du monde.

Il laissa tomber le sachet de thé dans le sac en plastique qui faisait office de poubelle et s'adossa contre les nouveaux meubles en acier inoxydable.

— Il vaudrait mieux que vous alliez y faire un tour ce soir. Je ferais venir le vieux patron aussi, si j'étais vous. Vous savez comment ils sont dans ces bleds. Ces femmes peuvent être terrifiantes.

— J'en ai une peur bleue.

Trevor, le plombier, passa la tête dans l'embrasure de la porte en quête de biscuits.

— La cinquantaine bien avancée avec un clebs, n'est-ce pas ? Elle m'a coincé chez le marchand de journaux alors que j'étais allé chercher des cigarettes, et elle m'est tombée dessus à bras raccourcis. Elle m'a dit que je ne savais pas ce que je faisais, que j'ouvrais une boîte de Pandore ou quelque chose dans ce goût-là.

— C'est à cause du bar, expliqua Aidan. Ils ne veulent pas de bar.

— Mais comment peut-on concevoir un hôtel sans bar ?

— Ne me demandez pas ça à moi, ma petite dame, dit Aidan. Je vous précise juste pourquoi ils râlent tous.

— Bon sang de bonsoir ! Qu'allons-nous faire maintenant ?

La maîtrise de soi de Daisy, déjà mise à mal et à peine reconstituée, se désagrégea de nouveau.

— Que voulez-vous dire par « faire » ?

Mrs Bernard se tenait sur le seuil, Ellie en équilibre sur sa hanche.

— Il n'y a rien à faire. Vous y allez, vous écoutez ce qu'elle a à dire, et puis vous vous levez et vous leur dites qu'ils ne sont qu'un ramassis de réactionnaires.

— Ça va sûrement marcher ! commenta Trevor.

— Alors, décrivez-leur la situation telle qu'elle est. Ralliez-les à votre cause.

— Parler en public ? s'exclama Daisy en écarquillant les yeux. Je m'y vois mal.

— Eh bien, faites venir Mr Jones. Qu'il s'en charge.

Daisy repensa aux deux conversations qu'ils avaient eues depuis qu'il était parti. Il était revenu sur l'opinion qu'il avait d'elle, elle le sentait : il la jugeait loufoque, par trop émotive. Quelqu'un en qui l'on ne pouvait en aucun cas avoir confiance. Quand il s'adressait à elle, il avait une attitude prudente, presque dédaigneuse. Il interrompait leurs entretiens téléphoniques brusquement, prématurément. Lorsque Daisy, se sentant encore gênée à propos de son éclat, s'était enquise, sur un ton qu'elle considérait comme conciliant, de la date de son retour, il lui en avait demandé la raison. Ne pensait-il pas qu'elle pouvait se débrouiller toute seule ?

— Non, dit-elle d'un ton furibard, je ne veux pas qu'il vienne.

— À mon avis, il s'en sortirait mieux que vous.

— Nous n'irons pas. Notre projet se défend tout seul sans que nous ayons à intervenir.

— Oh, ça, c'est courageux ! Laisser Sylvia Rowan dire du mal de vous devant tout le monde.

Il y avait quelque chose de profondément agaçant dans le ton méprisant de Mrs Bernard. Daisy avait le sentiment qu'elle l'avait trop souvent entendu.

— Écoutez, je ne parle pas en public.

— C'est ridicule.

— Comment ?

— Vous refusez de défendre votre travail. Vous ne voulez pas téléphoner à Jones parce que vous vous êtes ridiculisée devant lui. Et maintenant, vous vous laissez marcher dessus par tout le monde. C'est absurde.

Daisy en avait assez.

— Oh, je suppose que vous n'avez jamais rien fait de mal de votre vie ? Vous avez épousé un homme bien, vous avez bâti une famille et vous êtes devenue un membre éminent de cette communauté. Vous n'avez jamais connu un moment de doute. Eh bien, je vous félicite, Mrs Bernard.

— Ce qui prouve que vous ne savez pas grand-chose. J'essaie simplement de vous dire que, dans les circonstances présentes, vous avez besoin de défendre un peu mieux votre cause.

— Lesquelles ? Je ne porte pas une lettre écarlate sur le front, Mrs Bernard. En dehors de Stepford Wives Ville, il y a des gens qui élèvent leurs enfants seuls sans qu'on les juge dans des « circonstances » particulières, comme vous dites.

— Je suis tout à fait consciente que…

— Je n'ai pas choisi la situation dans laquelle je me trouve, sachez-le. Je pensais fonder une famille. Je ne me doutais pas que je deviendrais une mère célibataire. Vous croyez que j'imaginais passer ma vie à vivre sur un chantier de construction avec un bébé, dont le père ne sait même plus à quoi il ressemble ? Avec un paquet de sales mégères sur mon dos ? Vous supposez vraiment que c'était ce que je voulais ?

Trevor et Aidan échangèrent un regard.

— Ce n'est pas la peine de vous mettre dans un état pareil.

— Alors, arrêtez de me harceler, bon sang…

— Ne soyez pas si susceptible.

Il y eut un bref silence.

— Et pourquoi dites-vous que je me suis ridiculisée devant Jones ?

Mrs Bernard jeta un coup d'œil aux deux hommes.

— Je ne suis pas sûre que le moment soit bien choisi.

— Pour dire quoi ?

— Oh, faites comme si nous n'étions pas là.

Aidan s'appuya contre le comptoir, sa tasse de thé à la main.

Pour la première fois, Mrs Bernard parut décontenancée.

— Eh bien, vous pensiez peut-être agir à bon escient… en lui faisant des avances.

— De quoi parlez-vous, pour l'amour du ciel ?

— Lui et vous… l'autre matin.

Daisy fronça les sourcils, attendit.

Les deux ouvriers étaient immobiles, l'oreille à l'affût.

— Je suppose que les jeunes sont différents de nos jours… les choses ne se passent pas de la même manière…

— Oh, mon Dieu, vous pensez que j'ai couché avec lui, n'est-ce pas ? Oh, je n'arrive pas à le croire…

Daisy éclata d'un rire sans joie.

Mrs Bernard passa devant elle et désigna par la fenêtre quelque chose d'extrêmement intéressant à l'attention d'Ellie.

— Pour votre information, Mrs Bernard, non pas que ce soit vos oignons, Mr Jones et moi ne nous sommes pas touchés. Il a dormi ici parce que vous lui aviez pris ses clés de voiture. Il n'y avait aucune autre raison.

— C'est un homme charmant, pourtant, intervint Trevor.

— Charmant. Je sortirais bien avec lui, si j'étais une fille, renchérit Aidan en grimaçant un sourire.

Mrs Bernard fit volte-face et passa devant eux tous.

— Je n'ai rien dit de la sorte, protesta-t-elle. Je trouve juste que vous n'auriez pas dû vous enivrer en sa présence. Vu que c'est votre patron et tout ça. Mais je ne vous donnerai plus mon avis si vous n'y tenez pas.

— Je n'y tiens vraiment pas. À vrai dire, je veux seulement qu'on me laisse tranquille.

— Eh bien, rien de plus facile. Prenez le bébé. Je dois aller faire des courses.

Sur ce, elle tendit son enfant à Daisy sans ménagement et quitta les lieux.

— Daisy ? Tout va bien ?

— Non. Oui. Enfin, je ne sais pas. J'avais envie d'entendre une voix amie.

— Que se passe-t-il, ma chérie ?

— Oh, tu sais, les soucis domestiques habituels. (Elle fit glisser son doigt sur le récepteur.) Et puis Daniel m'a écrit.

— C'est dommage. J'espérais qu'il soit mort. Pour dire quoi ?

— Qu'il était troublé. Malheureux.

— Pauvre Daniel. Quelle âme généreuse ! Que va-t-il faire maintenant ?

Daisy se rendit compte que Julia n'était pas l'interlocutrice idéale.

— Rien. Il… essaie de se trouver.

— Ce qui signifie que tu te retrouves où, toi, dans tout ça ?

— Laisse tomber, Ju. Ne parlons pas de ça. Bref, Ellie va bien. Elle mange des aliments solides sans problème et elle arrive presque à tenir assise toute seule. Elle a un joli teint de bord de mer. Quand je serai moins occupée et qu'il fera un peu plus chaud, j'irai lui tremper les pieds dans l'eau.

— Parfait… Si je venais vous voir, toutes les deux ? Vous me manquez, mes petites choupettes !

C'était vraiment l'expression la plus agaçante qui soit…

— Donne-moi encore cette semaine. Je te rappellerai.

— Il y a une autre solution, Daisy, tu sais ? Tu peux venir à la maison. Quand tu veux. Don m'a dit que je n'aurais jamais dû te laisser partir là-bas toute seule.

— Je m'en sors très bien.

— Mais penses-y. Si ça te pèse trop. Je ne veux pas que tu te sentes seule.

— Je vais y penser, Ju.

— En outre, Daise, c'est l'*Essex*.

La salle communale d'Alderman Kenneth Elliott avait annulé son habituelle soirée de loto, et la poignée de retraitées qui étaient venues pour jouer ne furent guère consolées par la perspective d'une réunion d'urbanisme.

Certaines s'attardèrent dehors pour échanger des propos découragés au-dessus de leurs sacs à main, comme si elles se demandaient s'il fallait rester ou rentrer chez elles, tandis que plusieurs autres avaient pris place à l'intérieur, sur les chaises en plastique moulé, leurs cartons à la main, juste au cas où. Le préposé au loto, un ancien disc-jockey qui rêvait de se trouver une place dans un circuit de croisière, fumait furieusement dehors en pensant aux quinze livres qu'il ne toucherait pas ce soir. Tout cela expliquant sans doute en partie la mauvaise humeur, somme toute prématurée, des habitants de Merham qui avaient bravé les soudaines averses pour venir.

C'était un bâtiment bas de la couleur d'un rein, construit à la fin des années soixante-dix, sans la moindre considération esthétique, que ce soit à l'extérieur ou à l'intérieur. Juste une coquille mal chauffée dont le Club One O'clock de Merham, la Soirée du mardi, le loto et quelques mères avec leurs enfants en bas âge se disputaient courtoisement l'espace pour y disposer des chaises et servir du jus d'orange, des biscuits bon marché et du thé provenant d'une fontaine démesurée, qui fonctionnait quand elle en avait envie.

Sur les murs du hall d'entrée, des photocopies format A4 faisaient de la réclame pour un service d'estafette. Y figuraient aussi un numéro de téléphone confidentiel pour des conseils en matière de drogue et une annonce pour une nouvelle séance de jeux organisée à l'intention des enfants souffrant de handicaps physiques ou mentaux, outre un petit avis, qui avait échappé à l'attention de l'ancien disc-jockey, au sujet de l'annulation du loto du mardi. Dominant le tout trônait une affiche récente, deux fois plus grande, au moins, que les autres, clamant « SOS – Sauvez nos mœurs », écrit à l'encre violette. Elle exhortait les résidents de Merham à mettre un terme au développement préjudiciable de ce qu'on appelait inexplicablement la « maison de l'actrice » afin de préserver la jeunesse locale et le mode de vie traditionnel de la ville.

Daisy en prit connaissance, puis elle porta son regard sur le public, composé principalement de gens d'âge moyen qui lui tournaient le dos, s'agitant sur leur siège, le regard fixé sur l'estrade, dans l'expectative. Elle lutta contre l'envie de tourner les talons pour regagner la relative sécurité d'Arcadia House. Seule l'en empêcha la perspective – tout aussi terrible – que l'opinion de Jones et de Mrs Bernard à son sujet se révélât exacte : à savoir qu'elle était faible, lâche, loufoque. Pas à la hauteur. Elle extirpa Ellie de sa poussette tout en la débarrassant des sempiternelles couches de vêtements que Mrs Bernard lui mettait, rangea la voiturette dans un coin, puis s'assit aussi discrètement que possible tout au fond de la salle. Le maire, un petit homme trapu qui paraissait prendre un plaisir évident à exercer ses fonctions, présentait Sylvia Rowan avec un minimum de simagrées.

— Mesdames, messieurs, je serai bref, car je sais que vous êtes tous pressés de rentrer chez vous.

Mrs Rowan, resplendissante dans une veste rouge ample sur une jupe plissée, se planta devant l'auditoire en serrant ses mains sous sa poitrine.

— Je tiens à vous remercier d'être venus si nombreux. Cela prouve que l'esprit communautaire n'est pas mort dans certaines parties de notre cher pays.

Elle sourit, comme si elle s'attendait à des applaudissements, puis, ne percevant qu'un faible murmure d'assentiment, elle enchaîna.

— J'ai convoqué cette assemblée parce que, comme vous le savez, nous avons passé de nombreuses années à protéger Merham afin d'éviter que notre ville prenne le même chemin que Clacton et Southend… En dépit d'une opposition considérable, nous nous sommes toujours arrangés pour limiter la vente publique d'alcool dans notre ville. Certains trouvent peut-être cela réactionnaire, mais j'aime à penser qu'à Merham, nous sommes parvenus à maintenir un certain esprit familial, des normes adéquates de manière à empêcher que notre petite ville ne devienne une autre rangée de pubs et de night-clubs.

Elle sourit en réaction à une vague d'approbation provenant du fond de la salle. Daisy berça doucement Ellie dans ses bras.

—J'ai le sentiment que Merham est, ni plus ni moins, l'une des stations balnéaires les plus agréables d'Angleterre. Pour ceux qui souhaitent boire un verre, il y a le restaurant tenu par Mr et Mrs Delfino, ici présents, le restaurant indien ainsi que nous-mêmes, au Riviera Hôtel. Cela a toujours été plus que suffisant pour les habitants de notre ville, tout en maintenant à l'écart les éléments *peu recommandables*, traditionnellement attirés par les villes du bord de mer. Mais à présent (elle jeta un regard circulaire dans la pièce), nous subissons une menace.

La salle était plongée dans le silence, en dehors d'un occasionnel raclement de chaussure ou de la sonnerie stridente d'un téléphone portable.

—Nous nous réjouissons tous, j'en suis sûre, de voir l'un de nos plus beaux édifices en cours de rénovation. Et la responsable de l'urbanisme m'a informée que tout ce qui avait été entrepris dans la maison respectait son histoire. Ceux d'entre nous qui connaissent son passé se demanderont ce que cela signifie!

Elle émit un petit rire nerveux, auquel certains membres de l'auditoire, parmi les plus âgés, firent écho.

—Seulement, comme vous le savez, la demeure en question n'est pas destinée à un usage privé. La maison de l'actrice, comme les résidents les plus anciens de notre ville l'appellent, est censée devenir un hôtel pour Londoniens, à l'initiative du propriétaire d'un night-club de Soho, tenez-vous bien, qui souhaite ainsi proposer un refuge loin de la ville à des gens de son acabit. Certains d'entre nous se demandent sans doute si nous avons vraiment besoin que ces énergumènes de Soho affluent ici pour faire de Merham leur terrain de jeux privé. Mais, comme si cela ne suffisait pas, le nouveau propriétaire en question a déposé une requête pour… (elle jeta un coup d'œil à la feuille qu'elle tenait à la main) un héliport ! Imaginez le vacarme si des hélicoptères atterrissent ici à toute heure du jour et de la nuit. Et il y aura non pas un bar, mais *deux*, ouverts le plus clair du temps. Si bien que nous sommes appelés à voir toutes sortes d'individus titubant dans les jardins, sans compter qu'ils apporteront peut-être aussi des drogues et Dieu sait quoi d'autre dans notre petite ville. Eh bien, mesdames, messieurs, personnellement, je ne suis pas prête à l'accepter. Je pense que nous devrions faire pression sur notre député ainsi que sur la responsable de l'urbanisme afin d'obtenir d'eux qu'ils retirent la permission d'établir un hôtel ici. Merham n'en a pas besoin et n'en veut certainement pas !

Elle acheva sa tirade avec panache en agitant la feuille de papier froissée au-dessus de sa tête. Daisy jeta des coups d'œil aux hochements de menton approbateurs, et son cœur chavira.

Le maire se leva, remerciant une Mrs Rowan toute rose pour ses « propos passionnés », et demanda si quelqu'un dans l'assistance souhaitait ajouter quelque chose. Daisy leva la main, et deux cents paires d'yeux, remplis d'expectative, se tournèrent vers elle.

— Euh… je m'appelle Daisy Parsons et je suis la décoratrice chargée…

— Parlez plus fort ! cria quelqu'un au fond de la salle. On ne vous entend pas.

Daisy se plaça dans l'allée, entre les deux rangées de chaises, et prit une profonde inspiration. L'air enfumé charriait un mélange de parfums bon marché.

— Je suis la décoratrice chargée de rénover Arcadia. Et j'ai écouté attentivement ce que Mrs Rowan a dit.

Elle garda le regard fixé juste au-dessus de leurs têtes pour éviter de voir qui que ce fût. Si elle remarquait leurs expressions, elle savait qu'elle s'arrêterait tout net.

— Je comprends que vous soyez profondément attachés à cette maison et c'est admirable. Il s'agit d'un magnifique édifice, et si quelqu'un souhaite venir...

— Plus fort ! On ne vous entend toujours pas.

Daisy continua :

— Si vous voulez venir voir ce que nous faisons, vous êtes les bienvenus. De fait, je serais ravie d'avoir des informations de la bouche de quelqu'un qui connaît l'historique des lieux ou de ses précédents occupants, parce que nous avons la ferme intention d'intégrer les éléments du passé dans le nouveau décor. Même si le bâtiment n'est pas classé, nous sommes extrêmement sensibles à l'esprit sur lequel se fonde le style de la maison.

Sur sa hanche, Ellie remua, ses yeux brillants et ronds comme des boutons en verre.

— Mrs Rowan a raison. Une demande a été faite pour un héliport. Mais il sera à l'abri des regards des habitants de Merham et sera mis en service selon un horaire limité. Pour tout vous dire, je pense qu'en définitive, il ne sera pas construit. Je suis sûre que la plupart des visiteurs viendront en voiture ou en train.

Elle jeta un coup d'œil autour d'elle aux visages impassibles.

— Et oui, effectivement, nous avons demandé une licence pour deux bars, un à l'intérieur et l'autre à l'extérieur. Mais les gens qui viendront à Arcadia n'ont rien de voyous ivrognes. Ils ne vont pas se saouler au cidre bon marché ni se bagarrer sur le front de mer. Ce sont des gens aisés, civilisés, qui veulent juste un gin-tonic et une bonne bouteille de vin avec leur repas.

Vous ne vous rendrez probablement même pas compte de leur présence.

— Le bruit porte depuis la maison, l'interrompit Sylvia Rowan. Si vous installez un bar dehors, il y aura de la musique et tout cela, et si le vent souffle dans la bonne direction, toute la ville en profitera.

— Je suis sûre que nous pouvons régler le problème si vous faites part de votre inquiétude à ce sujet au propriétaire.

— Ce que vous ne comprenez pas, Miss Parsons, c'est que ce n'est pas la première fois que cela nous arrive. Nous avons eu droit à des soirées et à toutes sortes de festivités dans cette maison, et cela ne nous a pas plu.

Un murmure d'assentiment traversa la salle.

— Sans parler de l'impact que cela aura sur les restaurants existants.

— Cela augmentera leur clientèle. Et celle des autres commerces de la ville.

Ellie choisit ce moment pour se mettre à pleurer. Daisy la fit passer sur son autre hanche et essaya de se concentrer sur son argumentation en dépit du bruit abrasif de ses sanglots.

— À moins que cela ne draine la clientèle existante.

Debout au milieu de la salle, Daisy ne s'était jamais sentie aussi seule de sa vie.

— Je ne pense vraiment pas qu'il s'agisse du même type de commerce.

— Ah bon ? Et comment qualifiez-vous notre genre de commerce, dans ce cas ?

— Oh, pour l'amour du ciel, Sylvia, vous savez pertinemment que les gens qui viennent prendre le thé, le dimanche, dans votre cher hôtel, ne vont certainement pas se mettre à jouer de la batterie, de la basse ou Dieu sait quoi d'autre dans quelque bar moderne.

Daisy jeta un coup d'œil sur sa gauche, où Mrs Bernard s'était levée, à quelques rangées d'elle, entre son mari, assis d'un côté, et Camille et Hal, de l'autre. La vieille dame se tourna, embrassant du regard tous ceux qui l'entouraient.

— Cette ville se meurt, dit-elle en détachant ses mots. Cet endroit en est à son dernier souffle et nous le savons tous. L'école est menacée, la moitié des magasins de la grand-rue sont fermés ou ont cédé leur place à des organismes de bienfaisance, et notre marché rétrécit de semaine en semaine parce que nous n'avons pas suffisamment de clients pour maintenir les commerçants à flot. Même les *bed and breakfast* disparaissent les uns après les autres. Nous devons cesser de regarder en arrière, arrêter de nous braquer contre toute perspective de changement et insuffler un peu d'air frais au sein de notre communauté.

Elle considéra Daisy, qui avait enfoui son petit doigt dans la bouche d'Ellie et se balançait d'avant en arrière sur ses talons.

— Nous ne sommes peut-être pas à l'aise à l'idée d'accueillir de nouveaux venus parmi nous, mais il va bien falloir que nous attirions d'autres gens si nous voulons que nos commerces survivent et que nos jeunes puissent bâtir leur avenir ici. Et mieux vaut des gens aisés venus de Londres que personne du tout.

— Cela ne se serait pas produit si l'Association des pensions existait encore, fit remarquer une dame âgée assise au premier rang.

— Et qu'est-il advenu de cette association ? Elle a périclité parce qu'il n'y avait pas suffisamment de pensions pour que cela vaille le coup.

Mrs Bernard se retourna et fixa Sylvia Rowan d'un air méprisant.

— Combien d'entre vous ont-ils vu leurs revenus ou leurs rentrées d'argent augmenter au cours des cinq dernières années ? Allez ! Dites-le-moi.

Un murmure général se fit entendre, accompagné de hochements de tête.

— Exactement. Et tout ça parce que nous sommes devenus réactionnaires et peu accueillants. Demandez à ces dames des pensions de famille. Nous n'avons même plus assez de charme pour les attirer, ces familles, pivot de notre économie. Nous devons accueillir le changement à bras ouverts au lieu de le rejeter. Rentrez chez vous et pensez à tout cela avant de vous mettre à torpiller nos nouveaux commerces.

Quelques vagues applaudissements se firent entendre.

— Oui, eh bien, ça ne m'étonne pas de vous de dire des choses pareilles.

Mrs Bernard se tourna pour faire face à Sylvia Rowan, qui la regardait droit dans les yeux.

— Cet entrepreneur vous a probablement payée royalement pour la maison. Et d'après les ouï-dire, il continue à le faire. On voit mal comment vous pourriez être impartiale.

— Si vous ne me connaissez pas encore suffisamment à ce stade pour comprendre que je sais ce que je fais, Sylvia Holden, c'est que vous êtes encore plus sotte que vous l'étiez petite fille. Et ce n'est pas peu dire.

Quelques éclats de rire discrets s'élevèrent au fond de la salle.

— Oui, nous savons tous quel genre de gamine…

— Mesdames, mesdames, ça suffit.

Le maire, redoutant peut-être quelque bagarre fomentée par la ménopause, s'interposa fermement entre les deux femmes. Daisy fut choquée par l'antipathie flagrante qui émanait de leurs visages.

— Merci, merci. Je suis sûr que vous nous avez donné des tas de sujets de réflexion. Je pense que nous devrions passer au vote à présent…

— Vous ne vous imaginez tout de même pas que nous avons oublié ? Ce n'est pas parce que plus personne n'en parle que cela nous est sorti de l'esprit.

— Mrs Rowan, s'il vous plaît. Nous allons voter et évaluer l'opinion générale avant de passer à autre chose. Levez les mains ceux qui sont contre ou ne soutiennent pas entièrement la rénovation d'Arcadia.

— Vous devez cesser de vivre dans le passé, nigaude, murmura Mrs Bernard avant de reprendre sa place à côté de son mari.

Ce dernier chuchota quelque chose à son adresse et lui tapota la main.

Daisy retint son souffle et jeta des coups d'œil à la ronde dans la salle. Presque un tiers de voix contre, estima-t-elle.

Elle s'approcha de la poussette et y déposa sa fille en dépit de ses protestations. Elle avait fait ce qu'elle avait promis. C'était presque l'heure du coucher d'Ellie, et elle avait envie d'être dans la maison qu'elle considérait désormais comme la sienne, à défaut d'autre chose.

— Vous n'allez pas vous rendre encore plus misérable que vous ne l'êtes, hein ?

Mrs Bernard se tenait à la porte du salon, une pile de dossiers sous le bras.

Allongée sur le sofa, la lettre de Daniel à la main, Daisy écoutait la radio en se sentant, de fait, plus misérable que jamais, selon l'expression de Mrs Bernard. Elle se redressa pour libérer de la place afin que la vieille dame puisse s'asseoir.

— J'ai bien peur que si, dit-elle en esquissant un vague sourire. Je ne pensais pas que l'opposition serait aussi forte.

— Sylvia Rowan est contre.

— Mais il y a beaucoup d'avis défavorables. C'est contrariant…

Elle prit une profonde inspiration.

— Vous vous demandez si tout cela en vaut la peine.

— Oui.

— Vous ne devriez pas vous faire du souci pour ces gens-là, fit Mrs Bernard d'un ton méprisant. N'oubliez pas que seuls sont venus ceux qui aiment se mêler de tout. En plus de ceux qui pensaient jouer au loto. Tous ceux qui n'étaient pas là n'en ont sans doute strictement rien à faire. Et ils auront de la peine à obtenir l'annulation de l'autorisation de rénover une fois qu'elle aura été accordée, quoi qu'en pense cette sotte.

Elle jeta à Daisy un bref coup d'œil interrogateur, voire inquiet. Elle étudia ses mains d'un air méditatif.

— C'était la première fois que j'adressais la parole à cette famille depuis quarante ans. Vous seriez étonnée comme c'est facile, surtout dans une petite ville. Oh, elles parlent toutes à Camille, bien sûr, mais elle sait que cela ne m'intéresse pas, alors elle garde ça pour elle. Bref… (Elle émit un soupir.) Ce que je veux dire, c'est que je ne souhaite pas que vous laissiez tomber. Pas maintenant.

Il y eut un court silence. En haut, Ellie gémit dans son sommeil, le son provoquant une vague de lumières colorées sur l'appareil de surveillance-bébé à distance.

— Peut-être pas. Merci. Et merci de votre intervention. C'était gentil de votre part.

— Pas du tout. C'était juste que je ne voulais pas que cette malheureuse s'imagine qu'elle aurait gain de cause.

— Elle est très soutenue, en tout cas. Ils n'apprécient vraiment pas l'idée que des étrangers puissent venir troubler leur tranquillité.

La vieille dame se mit à glousser. Ses traits s'étaient adoucis. Elle avait un air espiègle.

— Les choses ne changent jamais, dit-elle d'un ton assuré. Elles ne changent jamais.

Elle tendit la main vers l'un des dossiers.

— Écoutez. Allez me chercher un verre de vin et je vous montrerai à quoi ressemblait la maison. Vous comprendrez alors ce que je veux dire.

— Les photos.

— Un vin correct. Français. Si c'est ce Blue Nun ou je ne sais quoi dont Mr Jones et vous parliez l'autre jour, ne vous donnez pas cette peine. Je m'en irai sur-le-champ.

Daisy se leva pour aller chercher un verre. Elle marqua un temps d'arrêt dans le couloir en direction de la cuisine, puis fit volte-face.

— Vous savez, j'espère que vous ne me trouverez pas trop curieuse, mais il faut que je vous pose la question… Comment se fait-il que vous soyez devenue propriétaire de cette maison ? Si cela n'a rien à voir avec votre mari, je veux dire. Rares sont les femmes qui se retrouvent avec un chef-d'œuvre architectural en guise de refuge.

— Oh, nous ne voulons pas parler de tout cela maintenant.

— Moi, si. Je ne vous l'aurais pas demandé, autrement.

Mrs Bernard effleura la couverture du dossier du bout du doigt.

— On me l'a laissée en héritage.

— Laissée en héritage ?

— Oui.

— En héritage.

Il y eut un long silence.

— Et c'est tout ce que vous allez me dire ?

— Qu'avez-vous besoin de savoir d'autre ?

— Je n'ai rien besoin de savoir… Mais êtes-vous obligée de garder tant de choses secrètes ? Allons, Mrs Bernard. Laissez-vous un peu aller. Vous en savez bien plus sur moi que moi sur vous. Rien ne vous contraint à en faire un secret d'État. Je ne dirai rien à personne. Je n'ai personne à qui me confier, pas vrai ?

— Je m'apprête à vous montrer les photos, non ?

— Mais elles concernent la maison, pas vous.

— Il se peut que cela soit du pareil au même.

— J'abandonne.

Daisy disparut dans la cuisine, puis elle revint en haussant les épaules, d'humeur plus guillerette.

— Je sais quand j'ai perdu la partie. Parlons tissus dans ce cas.

Mrs Bernard s'adossa au fauteuil et lui décocha un long regard appuyé. Quelque chose avait changé en elle, ce soir, pensa Daisy. Elle avait un air inhabituel qui semblait vouloir dire : « Eh bien, puisque nous en sommes là… »

Elle attendit, en silence, tandis que la vieille dame se replongeait dans ses dossiers, avant d'en ouvrir finalement un sur ses genoux.

— Bon, si cela vous préoccupe tant, je vais vous dire comment j'ai eu la maison, à condition que vous me promettiez de ne pas aller le raconter à tout le monde. Mais, avant toute chose, j'ai besoin d'un verre. Et cessez de m'appeler Mrs Bernard. C'est ridicule. Si je dois vous confier tous mes « secrets d'État », vous pouvez m'appeler par mon prénom : Lottie.

Chapitre 14

Cher Joe,

Merci de ta lettre et de la photographie de toi avec ta nouvelle voiture. Elle est très élégante, un joli ton de rouge, et tu me fais l'effet d'en être le fier propriétaire. Je l'ai mise sur ma petite table, près de celle de ma mère. Je n'ai pas beaucoup de photos. Aussi cela m'a-t-il fait très plaisir.
Je n'ai pas grand-chose à te raconter. J'ai interrompu mes besognes ménagères pour lire un livre qu'Adeline m'a prêté. J'ai une prédilection pour les livres d'art. Adeline dit qu'elle va faire de moi une lectrice. De la même façon, elle m'incite à m'exercer à la peinture pour que je puisse faire une surprise à Frances quand elle viendra. Je ne suis pas très douée. Mes couleurs d'aquarelle ont tendance à se fondre les unes dans les autres, et j'ai davantage de fusain sur les doigts qu'il n'y en a sur le papier. Mais cela me plaît bien. Ce n'est pas comme ce que nous faisions à l'école. Adeline soutient que je dois apprendre à "m'exprimer". Lorsque Julian vient, il dit que j'"élargis mes vues" et qu'un jour, il encadrera l'une de mes œuvres et qu'il la vendra pour moi. Je pense que c'est une plaisanterie.

Non que l'on plaisante au village, où l'on regarde de travers celle qui ose mettre une broche sur sa robe un autre jour que le dimanche. Il y a une femme, la boulangère (le pain se vend en baguettes longues comme ta jambe), qui est très enjouée et qui bavarde à qui mieux mieux avec nous. Mais Mme Migot, qui est une sorte de docteur, la considère toujours d'un air sévère.
Il est vrai qu'elle regarde tout le monde ainsi. En particulier Adeline et moi.
Je ne me souviens plus si je t'ai précisé où se trouve notre village. Il se situe à mi-flanc d'une montagne, le mont Faron, mais cela n'a rien à voir avec les cimes couronnées de neige décrites dans les livres. Il y fait très chaud et sec, et il y a un fort militaire. Quand George nous a conduites la première fois sur l'étroit sentier qui mène au sommet, j'étais presque malade de peur.
Même tout en haut, j'ai dû me cramponner à un arbre. Savais-tu qu'il y a des pins par ici ? Pas les mêmes que chez nous, mais du coup, je me suis sentie mieux. Adeline t'envoie ses amitiés. Elle est en train de ramasser des herbes au jardin. Elles sont très odorantes ici grâce à la chaleur. Pas du tout comme dans le jardin de Mrs H.
J'espère que tu vas bien, Joe. Et merci de continuer à m'écrire. Parfois, je me sens seule, pour te dire la vérité, et tes lettres sont un réconfort pour moi.
Bien à toi, etc.

Lottie était couchée sur le côté, sur les dalles fraîches, les hanches soutenues par un coussin, un oreiller sous la nuque, attendant le moment où ses os commenceraient à se plaindre de la dureté du sol. Ses articulations ne tenaient pas le coup très longtemps désormais : même sur le doux lit de plumes, en haut, elle ressentait des élancements quelques minutes après qu'elle se fut mise dans quelque position, exigeant qu'elle trouvât de nouveaux points d'appui. Elle reposait là, sentant les premiers picotements d'inconfort remonter le long de sa cuisse gauche, et ferma les yeux sous l'effet de l'agacement. Elle n'avait pas envie de bouger : le sol était l'endroit le plus frais qui soit – de fait, le seul endroit frais de la maison, où régnait une chaleur torride, aux tissus rugueux, où d'énormes créatures volantes et bourdonnantes s'écrasaient contre les meubles et marmonnaient furieusement contre les vitres.

Dehors, elle voyait Adeline, sous un immense chapeau de paille, se déplacer lentement dans le jardin jaunissant et envahi de mauvaises herbes. Elle ramassait des plantes, qu'elle reniflait avant de les déposer dans un petit panier. Comme elle regagnait la maison sans se presser, le bébé donna un bon coup de pied. Lottie bougonna, de mauvaise humeur, en resserrant le kimono de soie autour d'elle pour ne pas avoir à regarder son gros ventre.

— Voudrais-tu boire quelque chose, Lottie, ma douce ?

Adeline l'enjamba et se dirigea vers l'évier. Elle était habituée à voir Lottie allongée par terre. Elle était aussi habituée à sa tristesse.

— Non, merci.

— Oh, quelle barbe ! Nous sommes à court de grenadine. J'espère que cette misérable femme viendra bientôt du village. Nous n'avons presque plus de provisions. Et nous avons besoin de faire une lessive de draps. Julian revient cette semaine.

Lottie se redressa avec peine et lutta contre l'envie de s'excuser. Adeline avait beau l'avoir réprimandée maintes fois à cet égard, elle se sentait toujours coupable d'être si grosse, tellement au ralenti, si inutile durant ces dernières semaines de grossesse. Au cours des premiers mois qui avaient suivi son arrivée, elle avait réussi à s'occuper du ménage et de la cuisine (« Nous avions fait venir une femme du village, mais c'était un vrai désastre ! »), rendant progressivement à la maison française sens dessus dessous un semblant d'ordre, se moulant elle-même en une forme hybride de Mrs Holden et de Virginia, son rôle de ménagère faisant office de rémunération pour l'hospitalité que lui offrait Adeline. Non qu'Adeline eût exigé le moindre paiement, mais Lottie se sentait plus en sécurité ainsi. Dès lors que l'on travaillait pour être nourri et logé, il était plus difficile pour vos hôtes de vous prier de vous en aller.

En attendant, Adeline semblait s'estimer investie de la mission de convaincre Lottie (contre toute évidence, de l'avis de cette dernière) qu'elle avait eu tout intérêt à quitter Merham. Elle s'était changée en une sorte de professeur, l'incitant à donner une vision « courageuse » d'elle-même.

Mal à l'aise au départ, récalcitrante pour quelqu'un qui ne paraissait plus exister où que ce fût, Lottie avait été surprise d'être capable de produire des images concrètes sur une feuille. Les compliments d'Adeline lui procuraient un rare sentiment d'accomplissement (le Dr Holden avait été la seule personne à vanter ses talents dans quelque domaine que ce soit jusqu'à présent). Un sentiment qui lui donnait l'impression qu'il y avait peut-être une autre finalité à son existence. Lentement, pas à pas, elle en était venue à admettre qu'elle éprouvait un intérêt croissant pour ces nouveaux univers. Ils lui offraient, en tout cas, des occasions d'échapper à celui dans lequel elle végétait. Mais, à présent, elle était énorme. Et bonne à rien. Lorsqu'elle restait debout trop longtemps, elle avait le tournis et ses chevilles enflaient. Si elle bougeait outre mesure, elle se mettait à transpirer, et les parties de son corps qui frottaient dorénavant les unes contre les autres devenaient roses, douloureuses, tout irritées. Le bébé s'agitait constamment, donnant à son ventre des formes impossibles, poussant contre ses confins rigides, la laissant éveillée la nuit et épuisée la journée. De sorte qu'elle restait assise ou couchée par terre, abîmée dans son chagrin, en attendant que la chaleur, ou le bébé, la libère.

Adeline, Dieu merci, s'abstenait de tout commentaire sur sa dépression et sa mauvaise humeur. Mrs Holden se serait fâchée ; elle lui aurait dit qu'elle indisposait tout le monde avec son cafard. Mais Adeline ne s'offusquait pas le moins du monde si Lottie ne voulait pas parler ni participer. Elle continuait son petit bonhomme de chemin, imperturbable, fredonnant et s'agitant autour d'elle, lui demandant, sans la moindre rancœur, si elle désirait quelque chose à boire, un autre coussin, ou si elle souhaitait l'aider à rédiger une autre lettre à l'attention de Frances. Adeline écrivait beaucoup de lettres à Frances.

Elle ne recevait apparemment aucune réponse.

Il y avait près de six mois que Lottie avait quitté l'Angleterre ; sept mois s'étaient écoulés depuis son départ de Merham. Au vu de la distance qui les séparait, cela aurait pu faire dix ans ! Dans son état de choc initial, Lottie, naïvement sans doute, était allée trouver sa mère, qui, ses cheveux désormais farouchement laqués en une sorte de casque, la bouche d'un vif ton de mandarine, lui avait clairement signifié qu'elle avait eu tort de s'imaginer qu'elle pouvait amener son bébé à la maison. Elle n'arrivait pas à croire que son propre exemple ne lui eût pas servi de leçon, lui avait-elle dit en agitant une cigarette. Lottie avait gaspillé toutes les chances que Dieu lui avait données, à des lieues de ce à quoi elle avait eu droit elle-même, et elle avait quitté les Holden en leur laissant penser qu'elle ne valait pas plus qu'elle.

En outre – et là, sa mère était devenue curieusement timorée, presque conciliante –, elle s'était fait une nouvelle vie et fréquentait un gentil veuf. Il avait des principes, il ne comprendrait pas. Il n'était pas comme les autres, avait-elle ajouté, jetant à Lottie un coup d'œil qui aurait pu passer pour une sorte d'aveu coupable. C'était un homme convenable. Avant même d'avoir bu la moitié de sa tasse de thé, Lottie avait compris que, non seulement elle n'était pas la bienvenue, mais que, tout comme à Merham, elle ne semblait plus exister.

Sa mère n'avait pas dit à cet homme qu'elle avait une fille. Il existait quelques photos de Lottie dans la maison à l'époque où elle y habitait encore ; ce n'était plus le cas. Sur le manteau de la cheminée, où il y avait jadis une photographie d'elle en compagnie de sa tante Jean, la sœur de sa mère depuis lors disparue, trônait désormais une photo encadrée d'un couple d'âge moyen, bras dessus bras dessous, devant un pub de campagne, les yeux plissés, le crâne chauve de l'homme brillant dans la clarté du soleil.

—Je ne suis pas venue te demander quoi que ce soit. Je suppose que je voulais simplement te voir.

Lottie avait récupéré ses affaires, incapable de rassembler l'énergie nécessaire pour se sentir blessée. Comparé à ce qu'elle avait enduré, le rejet de cette femme lui semblait sans grande importance, si étrange que cela puisse paraître.

Les traits de sa mère étaient crispés, comme si elle retenait ses larmes. Elle s'était tapoté le visage avec la houppe de son poudrier, puis elle avait tendu la main et agrippé le bras de Lottie.

— Tiens-moi au courant de l'endroit où tu te trouves. Et écris-moi.

— Faut-il que je signe « Lottie » ?

Lottie s'était tournée vers la porte d'un air boudeur.

— Ou préfères-tu « ta chère amie » ?

Sa mère, les lèvres pincées, lui avait fourré 10 shillings dans la main au moment où elle partait. Lottie les avait regardés et elle avait failli éclater de rire.

Lottie n'aimait pas la France en dépit de tous les efforts déployés par Adeline pour l'y inciter. Elle n'appréciait guère la nourriture, en dehors du pain. Les riches ragoûts à l'ail et les viandes en sauce lourdes lui faisaient regretter le goût fade et réconfortant du *fish and chips* et des sandwichs au concombre. Au marché, le premier relent de fromage français à la saveur prononcée la faisait vomir au bord de la route. Elle n'aimait pas la chaleur – bien plus intense qu'à Merham, sans le bénéfice de la mer et des brises venant du large – ni les moustiques, qui l'attaquaient impitoyablement la nuit telles des bombes volantes vrombissantes. Elle n'aimait pas non plus le paysage, qui lui semblait aride, hostile, le sol parcheminé et la végétation qui se recroquevillait avec hargne sous l'ardeur du soleil, pas plus que les criquets, qui jacassaient sans cesse en fond sonore.

Elle détestait les Français : ces hommes qui la regardaient fixement, d'un air spéculatif, à mesure que ses courbes s'affirmaient ; les femmes qui faisaient de même, mais avec désapprobation et, dans certains cas, un dégoût avéré.

Mme Migot, qui faisait office de sage-femme au village, était venue la voir à deux reprises à la demande d'Adeline. Lottie la haïssait : elle manipulait son ventre avec vigueur, comme si elle pétrissait de la pâte, puis prenait sa tension avant d'aboyer des instructions à Adeline, qui réagissait inexplicablement avec calme et soumission. Mme Migot n'adressait jamais la parole à Lottie ; c'était tout juste si elle croisait son regard.

— Elle est catholique, murmurait Adeline une fois la vieille dame partie. Cela ne se fait pas. Tu es bien placée pour savoir comment se comportent les gens dans les petites villes.

Tout le problème était là. En dépit de tout, Merham manquait à Lottie. Elle se languissait des odeurs de la bourgade, du mélange de sel marin et de goudron, des bruissements des pins d'Écosse dans la brise, des vastes étendues de verdure bien ordonnées du parc municipal, des brise-lames en décomposition se déployant à l'infini. Elle aimait l'exiguïté de Merham : le fait qu'on en connaissait les limites et qu'il y eût peu de chances qu'on les outrepassât. Elle n'avait jamais eu l'esprit d'aventure que manifestait Celia, ce désir d'explorer de nouveaux horizons. Elle avait été tout bonnement reconnaissante d'avoir sa place dans cette agréable petite ville bien proprette, peut-être parce qu'elle avait le pressentiment que cela risquait de ne pas durer.

Mais Guy, surtout, lui manquait. Durant la journée, elle s'obligeait à ne pas penser à lui. Elle avait érigé une barrière dans son esprit grâce à laquelle, avec une farouche détermination, elle parvenait à forcer son image à se dissiper, comme si elle tirait un rideau sur son visage. La nuit, en revanche, il refusait de la laisser en paix, en dépit de ses supplications, et déambulait dans ses rêves avec son sourire de guingois, ses mains fines et brunes, sa tendresse, l'interpellant et la tentant dans son absence. Il lui arrivait parfois de se réveiller en appelant son nom.

Quelquefois, elle se demandait comment il était possible d'avoir la sensation de se noyer en étant si loin de la mer.

Le printemps se changea en été, et des visiteurs allaient et venaient, s'installant sur la terrasse sous leur chapeau de paille, en buvant du vin rouge et en faisant la sieste dans la chaleur de l'après-midi. Souvent en même temps. Julian vint lui aussi, bien trop poli pour mentionner sa taille épaissie ou pour lui demander comment cela s'était produit. Il était d'une bonne humeur sans égale, dangereusement extravagant. Il gagnait à nouveau de l'argent apparemment. Il offrit à Adeline la maison de Merham et un buste de femme terriblement onéreux, qui donnait l'impression d'avoir été attaquée par des fourmis de l'avis de Lottie. Stephen s'invita aussi, ainsi qu'un poète du nom de Si Qui, avec un fort accent caractéristique des écoles privées, qui leur déclara à maintes reprises qu'il était « fauché », qu'il « traînerait » par là jusqu'à ce qu'il ait déniché un « job » et trouvait Adeline « merveilleuse » de lui « prêter » une chambre. C'était un beatnik passé par Basingstoke, décréta George d'un ton moqueur.

George débarqua, et resta. Ce fut seulement alors qu'Adeline parut reprendre vie, s'engageant dans de véhémentes conversations à mots couverts avec lui tandis que Lottie faisait de son mieux pour se rendre invisible. Elle savait qu'ils parlaient de Frances. Un jour où il était ivre, il regarda son ventre et fit quelque plaisanterie à propos de fruits et de graines, et Adeline le frappa ni plus ni moins.

— Vous savez, je vous admire, ma petite Lottie, lui dit-il une fois Adeline hors de portée. Vous étiez probablement la chose la plus dangereuse qui soit jamais advenue à Merham.

Lottie, se dissimulant sous un très grand chapeau, lui décocha un regard noir.

— J'ai toujours pensé que ce serait votre sœur qui aurait des ennuis.

— Ce n'est… n'était pas ma sœur.

George ne parut pas entendre. Il était couché dans l'herbe et grignotait un bout de salami piquant et quasi moisi, qu'il aimait acheter au marché. Autour d'eux, les criquets poursuivaient leur chœur, interrompant de temps à autre leur bourdonnement dans la chaleur de l'après-midi, comme s'ils étaient le moteur qui faisait avancer la journée.

— Et vous, si sérieuse ! Cela paraît injuste. Étiez-vous simplement curieuse ? Ou vous a-t-il promis qu'il serait à vous pour l'éternité ? La prunelle de ses yeux ? Un morceau de pêche ? Seigneur, Lottie, je doute que Mrs Holden vous ait jamais entendue employer ce genre de langage… Très mûre, je dirais… Bon, bon. Allez-vous manger l'une de ces figues ou puis-je leur faire un sort ?

Que ce soit son chagrin ou son détachement vis-à-vis de sa vie passée, de la vie tout court, Lottie avait de la peine à ressentir de la joie ou une tendre impatience envers le bébé. La plupart du temps, elle avait du mal à penser qu'elle attendait un bébé. Parfois, la nuit, elle éprouvait un terrible sentiment de culpabilité à l'idée qu'elle allait le mettre au monde sans père, dans un endroit où il serait jugé avec dégoût par les Mme Migot, et avec soupçon par tous les autres. À d'autres moments, il lui inspirait une forte rancœur : son existence signifiait qu'elle ne serait jamais libérée de la présence de Guy et de la douleur qui l'accompagnait. Elle ne savait pas ce qui lui faisait le plus peur : la perspective de ne pas l'aimer à cause de Guy, ou de l'aimer pour la même raison.

Elle ne pensait pour ainsi dire jamais à la manière dont elle allait supporter la situation sur le plan pratique. Adeline lui disait de ne pas s'inquiéter.

— Ces choses-là se règlent d'elles-mêmes, lui affirmait-elle en lui tapotant la main. Borne-toi à rester à l'écart des religieuses.

Lottie, énorme, à bout de forces et lasse d'à peu près tout, espérait qu'elle avait raison. Elle ne pleurait pas et ne se mettait pas en colère. Dès les premières semaines, lorsqu'elle avait compris ce qui lui arrivait, il en avait été ainsi. Cela n'aurait rien changé. Et cela lui semblait plus facile de réprimer ses émotions, de les contenir, plutôt qu'elles fussent à vif, comme auparavant. À mesure que sa grossesse avançait, elle somnolait de plus en plus, comme détachée, restant assise des heures dans le jardin envahi de mauvaises herbes, à regarder les libellules et les guêpes planer autour d'elle.

Quand la chaleur devenait trop intense, elle s'allongeait à l'intérieur, sur les dalles fraîches, tel un phoque en kimono se prélassant au soleil sur les rochers. Peut-être mourrait-elle en accouchant, pensait-elle. Et elle se sentait curieusement réconfortée.

Sans doute consciente que la dépression de Lottie s'intensifiait à mesure que la naissance approchait, Adeline commença à la forcer à sortir avec elle lors de ce qu'elle appelait ses « aventures », même si elles comportaient rarement une activité audacieuse. Il s'agissait, le plus souvent, d'aller commander du vin rouge ou du pastis, ou bien d'acheter une tarte aux pommes ou une tropézienne crémeuse et sucrée. Pour éviter la chaleur poisseuse imprégnée des gaz de la circulation aux abords de Toulon, Adeline priait George de les conduire plus loin, le long de la côte, jusqu'à Sanary. La mer manquait à Lottie, raisonnait-elle à voix haute. La ville du littoral, frangée de palmiers avec ses rues pavées, bien ombragées, et ses maisons gaies aux volets couleur pastel, serait un tonifiant bienvenu. Elle était célèbre pour ses artistes et ses artisans, expliqua-t-elle à Lottie alors qu'elle l'installait à la terrasse d'un café, près du glouglou réconfortant d'une fontaine en pierre.

Aldous Huxley avait vécu là lorsqu'il avait écrit *Le Meilleur des mondes.* Toute la côte méditerranéenne avait inspiré les artistes au fil des années. Frances et elle avaient voyagé de Saint-Tropez à Marseille une année, et, à la fin de leur épopée, elles avaient accumulé tellement de toiles dans le coffre de la voiture qu'elles avaient été forcées de tenir leurs bagages sur leurs genoux.

George, prétextant un rendez-vous à l'intérieur du bar, avait chuchoté quelque chose à Adeline et les avait quittées.

Lottie, ignorant la femme à la jupe noire qui avait placé un panier rempli de pain devant elle, ne fit aucun commentaire. En partie parce qu'elle s'était endormie dans la voiture en route et que le fait de s'assoupir, associé à la chaleur, l'avait rendue molle et comme hébétée depuis son réveil, mais aussi parce que le bébé la rendait obnubilée par elle-même. Sa personne s'était peu à peu réduite à quelques symptômes simples : des pieds enflés, un ventre étiré, douloureux, des démangeaisons dans les jambes, le chagrin.

Aussi était-ce un effort d'outrepasser ces choses pour remarquer qui que ce fût d'autre, y compris Adeline, en face d'elle, qui l'avait finalement laissée à ses pensées pour lire une lettre et n'avait pas changé de position depuis un moment.

Lottie but une gorgée d'eau et étudia le visage d'Adeline.

— Est-ce que ça va ?

Adeline ne répondit pas.

Lottie se redressa et jeta des coups d'œil aux gens assis aux tables autour d'elles, qui paraissaient satisfaits de ne rien faire pendant des heures entières. Elle s'efforçait de ne pas passer de temps au soleil ; cela la rendait nauséeuse et lui donnait trop chaud.

— Adeline ?

Elle tenait la lettre à demi ouverte dans sa main.

— Adeline ?

Adeline releva la tête comme si elle venait de se rendre compte de sa présence. Son expression, comme toujours, était indéchiffrable, d'autant plus qu'elle portait des lunettes de soleil. Ses cheveux noir de jais retombaient sur sa joue mouillée.

— Elle m'a demandé de ne plus lui écrire.

— Qui cela ?

— Frances.

— Pourquoi ?

Adeline porta son regard vers la cour pavée. Deux chiens se disputaient quelque chose dans le caniveau en se mordillant l'un l'autre.

— Elle dit… elle dit que je n'ai rien de nouveau à raconter.

— C'est un peu dur, commenta Lottie d'un ton bougon en ajustant son chapeau de soleil. C'est difficile de trouver de nouvelles choses à écrire. Il ne se passe rien ici.

— Frances n'est pas dure. Je ne pense pas qu'elle veuille… Oh, Lottie…

Elles n'avaient jamais parlé de sujets personnels. Quand Lottie était arrivée, elle avait entrepris, en s'excusant et en larmes, d'expliquer la situation avec le bébé, mais Adeline s'était bornée à agiter une main pâle en lui disant qu'elle était toujours la bienvenue. Elle n'avait jamais cherché à en savoir davantage sur les circonstances, pensant sans doute que Lottie lui fournirait d'elle-même toute information qu'elle se sentirait contrainte de partager. De la même façon, elle ne lui avait jamais révélé grand-chose sur elle-même.

Adeline bavardait agréablement, s'assurant que son amie disposait de tout ce dont elle avait besoin. En dehors d'une question de temps à autre à propos de Frances, on aurait pu se croire en présence de parentes distantes, de visiteuses déterminées à profiter de leur séjour.

— Que dois-je faire ?

Elle paraissait si triste, si résignée. Il n'y avait personne d'autre.

— Elle ne devrait pas être seule. Frances n'a jamais supporté la solitude. Elle devient trop… mélancolique. Elle a besoin de moi. Qu'elle le veuille ou non, elle a besoin de moi.

Lottie s'adossa au fauteuil en osier, consciente qu'il laisserait des marques sur ses cuisses en l'espace de quelques minutes. Elle leva la main pour se protéger les yeux du soleil et étudia le visage d'Adeline en se demandant si celle-ci avait bien mesuré la situation.

— Pourquoi vous en veut-elle à ce point ?

Adeline leva les yeux vers elle, puis contempla ses mains, serrant toujours la lettre qui l'avait mise dans tous ses états.

— Parce que… parce que je ne peux pas l'aimer comme elle le voudrait.

Lottie fronça les sourcils.

— Elle ne pense pas que je devrais être avec Julian.

— Mais c'est votre mari. Vous l'aimez.

— Oui, je l'aime… Mais comme une amie.

Il y eut une courte pause.

— Comme une amie ? répéta Lottie en repensant à l'après-midi qu'elle avait passé avec Guy. Seulement comme une amie ?

Elle dévisagea Adeline.

— Mais… comment peut-il le supporter ?

Adeline tendit le bras et alluma une cigarette. Lottie ne l'avait jamais vue fumer, hormis en compagnie de Frances. Elle inhala, détourna le regard.

— Parce que Julian, lui aussi, m'aime en ami. Il n'éprouve pas de passion pour moi, Lottie, pas de passion physique. Mais nous nous convenons, Julian et moi. Il a besoin d'une base, d'un certain… environnement créatif, d'une respectabilité, et j'ai besoin de stabilité, de gens autour de moi qui peuvent… je ne sais pas… me distraire. Nous nous comprenons ainsi.

— Mais… je ne saisis pas. Pourquoi avez-vous épousé Julian si vous ne l'aimiez pas ?

Adeline posa la lettre avec soin et emplit son verre.

— Nous nous sommes esquivées, toi et moi, jusqu'à maintenant. À présent, je vais te raconter une histoire, Lottie. À propos d'une fille qui tomba désespérément amoureuse d'un homme qu'elle ne pouvait pas avoir, un homme qu'elle avait rencontré pendant la guerre, quand elle vivait… une autre vie. C'était la créature la plus séduisante qu'elle ait jamais vue. Des yeux verts de chat, et un visage triste, triste à cause de tout ce qu'il avait enduré. Ils s'adoraient et se jurèrent que, si l'un d'eux mourait, l'autre ne supporterait plus de vivre pour qu'ils puissent se retrouver ailleurs. C'était une passion violente, Lottie. Une chose terrible.

Lottie demeurait assise là, sentant ses membres douloureux, oubliant momentanément la démangeaison croissante que lui causait la chaleur.

— Mais, vois-tu, Lottie, cet homme n'était pas anglais. Et à cause de la guerre, il ne pouvait pas rester. On l'envoya en Russie, et, après deux lettres, cette fille n'en entendit plus jamais parler. Elle était comme folle, ma très chère Lottie, s'arrachant les cheveux, criant toute seule et errant des heures entières dans les rues alors même que les bombes tombaient tout autour d'elle. Pour finir, longtemps plus tard, elle décida qu'elle devait vivre, et que, pour cela, elle devait ressentir un peu moins les choses, souffrir un peu moins. Elle ne pouvait pas mourir, même si elle en avait envie, parce que, quelque part, il vivait peut-être encore. Et elle savait que, si le sort le voulait, cet homme et elle se retrouveraient un jour.

— Cela fut-il le cas ?

Adeline détourna son attention et expira. La fumée, dans l'air immobile, sortit en un long chuchotement régulier.

— Pas encore, Lottie. Pas encore. En tout état de cause, je ne pense pas que cela se produise dans cette vie-là.

Elles restèrent un moment silencieuses, écoutant le fredonnement paresseux des abeilles, les conversations autour d'elles, le tintement morne et distant d'une cloche d'église. Adeline lui avait versé un verre de vin additionné d'eau, et Lottie le buvait à petites gorgées en s'efforçant de ne pas paraître aussi perplexe qu'elle l'était.

— Je ne comprends toujours pas… Pourquoi Frances vous a-t-elle représentée sous les traits de cette femme grecque ?

— Laodamia ? Elle m'accusait de me cramponner à une fausse image de l'amour. Elle savait que je préférais vivre dans la sécurité du mariage avec Julian plutôt que de risquer d'aimer à nouveau. Elle était toujours contrariée quand elle voyait Julian. Elle disait que cela lui rappelait mon aptitude à me mentir à moi-même.

Elle se tourna vers Lottie, les yeux écarquillés, larmoyants. Elle sourit. Un sourire lent et doux.

— Frances est si… Elle pense que j'ai anéanti ma faculté d'aimer, que je trouve plus sécurisant d'être avec Julian et d'aimer quelque chose qui ne peut être. Elle s'estime capable de me ramener à la vie, que la force même de sa volonté, de son amour peut réveiller en moi de l'amour pour elle. Et tu sais, Lottie, j'aime Frances. Je l'aime plus que toute autre femme que je connais, plus que quiconque… à part lui. Un jour où je me sentais très abattue, j'ai… elle était si gentille… mais… ce ne saurait être assez pour elle. Elle n'est pas comme Julian. Elle ne pourrait pas se contenter de vivre avec un demi-amour. En art, dans la vie, elle exige l'honnêteté. Et je ne pourrais jamais aimer qui que ce soit, un homme ou une femme, comme j'ai aimé Konstantin…

Êtes-vous sûre de ne pas l'aimer ? avait envie de demander Lottie en repensant aux innombrables lettres d'Adeline, à cette désespérance qui lui ressemblait si peu face à l'absence prolongée de Frances.

Mais Adeline interrompit le cours de ses pensées.

— C'est la raison pour laquelle j'ai compris, vois-tu, Lottie.

Adeline tendit le bras et lui tint fermement le poignet. Lottie s'aperçut qu'elle s'était mise à trembler en dépit de la chaleur.

— Quand je vous ai vus ensemble, Guy et toi, j'ai compris.

Son regard était rivé sur celui de Lottie.

— Je me suis revue avec Konstantin.

Cher Joe,

Pardonne-moi si cette lettre est courte, mais je suis très fatiguée et je n'ai guère de temps pour écrire. Mon bébé est né hier. C'est une petite fille et elle est très belle. De fait, c'est la chose la plus adorable que je puisse imaginer. Je ferai faire des photos et je t'en enverrai une si cela t'intéresse. Peut-être quand tu m'en voudras moins. Je souhaitais juste te dire que j'étais désolée que tu aies appris mon état par l'intermédiaire de Virginia. Je voulais te le dire moi-même, en réalité, mais tout était un peu compliqué. Et non, ce n'est pas le bébé du Dr Holden, en dépit de ce que cette misérable

peau de vache peut dire. Je t'en prie, crois-le, Joe. Et fais en sorte que tous les autres le sachent aussi. Peu m'importe ce que tu leur diras.
Je prendrai le temps de t'écrire plus longuement,

Lottie

Ce n'était pas une nuit appropriée pour accoucher. Non pas qu'une autre nuit eût mieux convenu, pensa-t-elle par la suite. Elle ignorait qu'on pût endurer pareille souffrance. Elle se sentait corrompue par tant de douleur, comme s'il y avait eu la Lottie l'innocente et la Lottie qui avait survécu à quelque chose de si terrible qu'elle était déformée à jamais.

Elle n'avait pas commencé la soirée ainsi. Elle était simplement irascible, comme Adeline le lui avait tendrement signifié. Lasse de traîner son poids dans la chaleur, avachie, éreintée. Incapable de porter, pour être à son aise, autre chose que les bizarres robes de chambre flottantes et les chemises oubliées par George. Adeline, en revanche, était de meilleure humeur depuis trois jours. Elle avait envoyé George à la recherche de Frances. Pour lui remettre une lettre, mais aussi pour la ramener en France. Adeline pensait avoir trouvé un moyen de leur restituer Frances, une façon de lui permettre de se sentir aimée sans compromettre son amour immuable pour Konstantin.

Mais il faut que tu me parles, lui avait-elle écrit. Tu pourras t'en aller à jamais si tu estimes encore que je n'ai rien à dire, mais il faut que tu me parles.

— George ne se laissera pas envoyer sur les roses, s'était-elle exclamée, satisfaite. Il est capable d'être très persuasif.

En pensant à Celia, Lottie avait marmonné amèrement :

— Je sais.

George n'avait aucune envie de retourner en Angleterre. Il voulait rester pour les fêtes du 14 juillet. Mais, incapable de refuser quoi que ce fût à Adeline, il avait déterminé qu'il devait au moins vivre les célébrations par procuration. Il avait considéré Lottie quelques minutes et, peut-être dissuadé par le fait qu'elle lui avait tiré la langue, il avait demandé à Si, le poète beat, de prendre des photos pour lui avec son nouvel appareil Zeiss Ikon.

— Super, avait dit Si.

— Le jeu en vaut la chandelle, avait ajouté Adeline en embrassant George pour lui dire au revoir.

Lottie avait été légèrement déconcertée en remarquant qu'elle l'avait embrassé sur la bouche.

Cela dit, soixante-douze heures plus tard, elle se disait qu'elle ne serait plus jamais déconcertée par quoi que ce fût dans la vie. Elle gisait à présent dans son lit, vaguement consciente de la chaleur, des moustiques attirés par les odeurs animales du sang et de la douleur qui planaient encore dans la pièce, le regard rivé sur le minuscule visage parfaitement formé devant elle.

Sa fille paraissait dormir – elle avait les yeux fermés, mais sa bouche façonnait de petits secrets dans l'air de la nuit.

Elle n'avait jamais connu quoi que ce fût de tel : cette joie dévorante issue d'une douleur indescriptible, l'incrédulité face à l'idée qu'elle, simple Lottie Swift, une fille qui n'existait même plus, eût pu créer quelque chose d'aussi parfait, d'aussi beau. Une raison de vivre dépassant de loin toutes celles qu'elle avait pu imaginer.

Elle ressemblait à Guy.

Lottie pencha la tête vers sa fille et parla si doucement qu'elle seule pouvait entendre :

— Je serai tout pour toi, dit-elle. Tu ne manqueras de rien. Tu auras tout ce qu'il te faut. Je promets de faire en sorte d'être assez pour toi.

« Sa peau a la couleur des camélias », avait dit Adeline, les yeux pleins de larmes. Et Lottie, qui n'avait jamais aimé le prénom de Jane, ni de Mary, ni aucun autre nom suggéré par les magazines d'Adeline, avait nommé sa fille Camille.

Adeline n'était pas allée se coucher. Mme Migot était partie peu après minuit. George était attendu dans la matinée, peut-être avec Frances, et elle n'arriverait pas à dormir. Elles restèrent assises ensemble, toutes les deux, cette première longue nuit – Lottie, les yeux écarquillés, songeuse, Adeline somnolant paisiblement dans le fauteuil à côté d'elle, se réveillant de temps en temps pour caresser les cheveux incroyablement doux de l'enfant ou le bras de Lottie en guise de félicitations.

Au lever du soleil, Adeline quitta avec raideur son fauteuil en annonçant qu'elle allait faire du thé. Lottie, tenant toujours son bébé dans les bras et rêvant d'une boisson chaude et sucrée, lui en fut reconnaissante.

Chaque fois qu'elle bougeait, elle avait mal partout et saignait. Des douleurs nouvelles, terribles, des crampes la traversant de part en part, tel un écho des terrifiantes heures passées plus tôt. Les yeux larmoyants, heureuse en dépit de tout, elle se dit qu'elle ferait tout aussi bien de rester dans ce lit à jamais.

Adeline ouvrit les volets, laissant entrer l'éclatante lueur bleutée de l'aube, s'étirant devant elle, les bras levés en une manière de salut. La pièce s'emplit soudain des doux sons et des lumières du dehors – les piétinements du bétail grimpant lentement le flanc de la colline, un jeune coq poussant son cocorico, et en deçà de tout cela, les bourdonnements des criquets, pareils à de minuscules jouets mécaniques.

— Il fait plus frais, Lottie. Sens-tu la brise ?

Lottie ferma les yeux et perçut le vent léger lui caresser le visage. L'espace d'un instant, elle se crut à Merham.

— Les choses vont s'arranger maintenant, tu verras.

Adeline se tourna vers elle et, durant un bref moment, peut-être affaiblie par l'accouchement et la fatigue, Lottie songea qu'elle était la chose la plus exquise qu'elle avait vue de sa vie. Le visage d'Adeline était baigné d'un éclat phosphorescent, son regard vert vif adouci et empreint d'une vulnérabilité inhabituelle par ce qu'elle venait de voir. Les yeux de Lottie se remplirent de larmes. Incapable d'exprimer l'amour qu'elle éprouvait tout à coup, elle se borna à tendre une main tremblante. Adeline la prit et y déposa un baiser, avant de la presser contre sa joue fraîche et lisse.

— Tu as de la chance, Lottie chérie. Tu n'as pas eu à attendre toute ta vie.

Lottie jeta un coup d'œil à sa fille endormie en laissant les larmes de chagrin et de gratitude tomber lourdement sur le châle de soie pâle.

Elles furent interrompues par le bruit d'une voiture et relevèrent la tête telles des bêtes sauvages, effarouchées. Adeline était déjà debout, aux aguets, quand la portière claqua.

— Frances, fit-elle.

Oubliant temporairement Lottie, elle fit une brève tentative pour lisser sa robe en soie froissée et ses cheveux ébouriffés.

— Oh, mon Dieu ! Nous n'avons rien à manger, Lottie ! Qu'allons-nous leur donner pour le petit déjeuner ?

— Je suis sûre qu'elle attendra volontiers un peu… une fois qu'elle saura.

Lottie se moquait du petit déjeuner. Son bébé remua, une main minuscule formant une boucle dans l'air.

— Oui, oui, bien sûr. Tu as raison. Nous avons du café et quelques fruits d'hier. Et puis la boulangerie ne tardera pas à ouvrir. J'irai chercher du pain dès qu'ils seront installés. Ils voudront peut-être dormir s'ils ont voyagé toute la nuit…

Lottie regarda Adeline tourbillonner dans la pièce, incapable de rester assise ou de se concentrer sur la moindre activité, son immobilisme habituel cédant le pas à une sorte de nervosité puérile.

— Crois-tu que ce soit juste de ma part de lui demander cela ? dit soudain Adeline. Était-ce égoïste de la faire revenir à moi, à ton avis ?

Déconcertée, Lottie se borna à secouer la tête.

— Adeline ?

La voix tonitruante de George brisa le silence de la maison, tel un coup de fusil. Lottie tressaillit, redoutant déjà de réveiller le bébé.

— Êtes-vous là ?

Il apparut dans l'embrasure de la porte, sombre, mal rasé, son sempiternel pantalon en lin froissé pareil à de vieilles feuilles de chou. En le voyant surgir, Lottie éprouva un sentiment de regret, la douceur et le silence de l'aube nouvelle déjà balayés par sa présence.

Adeline, qui ne s'était rendu compte de rien, courut vers lui.

— George, c'est merveilleux. Merveilleux ! L'avez-vous amenée ? Est-elle avec vous ?

Elle se dressa sur la pointe des pieds pour regarder par-dessus son épaule, immobile, à l'affût d'autres bruits de pas. Puis elle recula, scruta son visage.

— George ?

En voyant la noirceur du regard du jeune homme, Lottie fut saisie de frissons.

— George ?

La voix d'Adeline était plus calme à présent, presque tremblante.

— Elle n'est pas venue, Adeline.

— Mais je lui ai écrit. Vous aviez dit…

George, apparemment indifférent à la présence de Lottie et du nouveau bébé, enlaça la taille d'Adeline et prit sa main dans la sienne.

— Il vous faut vous asseoir, ma chère.

— Mais pourquoi ? Vous m'avez dit que vous la trouveriez. J'étais sûre qu'après cette lettre, elle ne pourrait pas…

— Elle n'est pas venue, Adeline.

Celle-ci s'assit dans le fauteuil près de Lottie. George s'agenouilla et lui prit les deux mains.

Adeline scruta à nouveau le visage de George et y vit peu à peu ce que Lottie, affranchie de besoins aussi désespérés, avait déjà perçu.

Il avala sa salive.

— Il s'est produit un accident, ma chérie.

— De voiture ? Elle conduit si mal, George. Vous savez que vous ne devriez pas la laisser prendre le volant.

Lottie décela la terreur grandissante dans le caquetage d'Adeline, et elle se mit à trembler à l'insu des deux autres.

— À qui appartenait la voiture cette fois-ci ? Vous réglerez le problème, n'est-ce pas, George ? Vous réglez toujours les problèmes. Je demanderai à Julian de vous rembourser à nouveau. A-t-elle été blessée ? A-t-elle besoin de quelque chose ?

George posa la tête sur les genoux d'Adeline.

— Vous n'auriez pas dû revenir, George ! Il ne fallait pas la laisser. Pas toute seule. Vous savez bien qu'elle ne supporte pas la solitude. C'est la raison pour laquelle je vous ai envoyé la chercher.

Sa voix, lorsqu'il parla enfin, était bourrue, cassée.

— Elle… elle est morte.

Il y eut un long silence.

— Non, dit Adeline d'un ton ferme.

Le visage de George était caché, enfoui dans ses genoux, mais ses mains serrèrent plus fort les siennes, comme pour l'empêcher de bouger.

— Non, répéta-t-elle.

Lottie lutta pour réprimer ses larmes, une main pressée contre sa bouche.

— Je suis désolé, croassa George contre la jupe d'Adeline.

— Non, dit Adeline, plus fort. Non, non, non !

Elle avait libéré ses mains de l'emprise de George et elle lui tapait sur la tête à présent, frappant frénétiquement sans rien voir, le visage contorsionné, en un interminable cri déterminé. George pleurait tout en s'excusant, se cramponnant à ses jambes. Lottie, perdue dans ses propres larmes, ses yeux voilés la picotant au point qu'elle voyait à peine, trouva finalement l'énergie de s'extirper du lit avec son bébé, faisant fi de la douleur qui n'était que physique. Laissant derrière elle une traînée silencieuse de sang et de larmes, elle traversa la pièce à pas lents et sortit avant de fermer la porte.

Ce n'était pas un accident. Le garde-côtes le savait parce qu'il avait fait partie de ceux qui l'avaient vue et qui avaient crié. Quelque temps plus tard, il avait été l'un des trois hommes qui l'avaient sortie de là. Mais, avant tout, ils le savaient grâce à Mrs Colquhoun, qui avait assisté à toute la scène et qui souffrait encore de vapeurs près d'une semaine plus tard.

George l'expliqua à Adeline plusieurs heures après son arrivée, quand ils se furent fortifiés l'un et l'autre avec du cognac. Adeline avait dit d'un ton las qu'elle voulait tout savoir, dans les moindres détails. Elle avait demandé à Lottie de s'asseoir avec elle et, bien que celle-ci eût préféré de loin aller se réfugier à l'étage avec son bébé, elle avait obtempéré, les traits crispés et tendus par l'appréhension, tandis qu'Adeline se cramponnait à sa main et tremblait périodiquement avec violence. Contrairement à ce qu'elle était dans la vie, dans la mort Frances s'était montrée assez ordonnée. Elle avait laissé Arcadia House dans un ordre si inhabituel que Mamie, qui l'avait identifiée, n'avait pas eu de mal à dire qu'elle y avait logé. Là, elle avait enfilé sa longue jupe incommode, celle aux motifs de saules, relevé ses longs cheveux noirs en un chignon serré. Son visage long était figé, résigné lorsqu'elle avait pris le sentier qui menait au front de mer. « Je suis vraiment désolée, avait-elle écrit dans sa lettre, mais je ressens un vide insoutenable. Je suis vraiment désolée. » Puis, la tête haute, comme si elle regardait quelque endroit distant à l'horizon, elle était entrée tout habillée dans la mer.

Mrs Colquhoun avait crié, consciente qu'il ne s'agissait pas d'une baignade matinale ordinaire. Elle savait que Frances l'avait entendue, car elle avait levé les yeux un bref instant vers le chemin de la falaise. Mais elle avait tout bonnement accéléré l'allure, comme si elle se rendait compte qu'on risquait de l'empêcher de mener à bien son sinistre projet. Mrs Colquhoun avait couru jusqu'à la maison du capitaine de port, tout en s'efforçant de ne pas la perdre de vue, regardant Frances s'enfoncer dans l'eau jusqu'à la taille, la poitrine. À mesure qu'elle avançait, certaines vagues prenaient de l'ampleur au point que l'une d'elles avait failli lui faire perdre pied et avait défait son chignon en longues mèches humides. Elle n'en continuait pas moins à marcher. Alors que Mrs Colquhoun, un talon cassé, la voix rendue rauque à force de hurler, frappait à la porte du capitaine de port, elle progressait toujours, silhouette lointaine sur une trajectoire invisible dans l'eau.

Le bruit avait alerté deux pêcheurs de homards, qui s'étaient lancés à sa poursuite en bateau. Bientôt, une petite foule, attirée par les clameurs, s'était rassemblée et criait à Frances de s'arrêter. Ils s'étaient inquiétés après coup que, pensant qu'ils étaient fâchés, elle avait encore accéléré le pas, mais le garde-côtes était d'avis qu'elle était déterminée à mettre fin à ses jours. Il en avait vu d'autres auparavant. On pouvait les sortir de là, mais on les retrouvait deux jours plus tard pendus à une poutre.

À ce stade, George pleura et Lottie regarda Adeline tenir son visage à deux mains, comme si elle lui donnait l'absolution. Frances n'avait pas bronché quand l'eau lui avait submergé la tête. Elle avait continué à avancer, et puis une vague était venue, puis deux autres, et elle avait disparu. Lorsque le bateau était parvenu à sa hauteur dans le port, elle avait été emportée par le courant. On avait retrouvé son corps deux jours plus tard, dans l'estuaire de Wrabness, sa jupe à motifs de saules enroulée autour d'elle par des algues.

— J'étais supposé dîner avec elle, voyez-vous, mais j'avais été retenu à Oxford. Je l'ai appelée pour lui dire que j'étais invité par un professeur et elle m'a conseillé d'y aller, Adeline. Elle m'a conseillé d'y aller.

Sa poitrine se souleva, secouée de gros sanglots morveux qui inondaient ses mains serrées.

— J'aurais dû la rejoindre, Adeline. J'aurais dû être là.

— Non, dit Adeline d'une voix distante. C'est *moi* qui aurais dû être là. Oh, George ! Qu'ai-je fait ?

Ce fut seulement par la suite que Lottie se rendit compte que l'accent d'Adeline avait changé au cours du récit de George. Les intonations françaises avaient disparu. De fait, elle ne semblait plus avoir aucun accent.

Peut-être était-ce le choc. Mrs Holden disait que cela arrivait. Elle connaissait une femme dont le frère avait été tué pendant la guerre et qui s'était réveillée avec les cheveux gris (et pas seulement ses cheveux, avait-elle ajouté en rougissant de son audace).

Lottie avait à peine eu le temps de se remettre de son accouchement avant de devenir la mère de deux enfants. Au cours des premières semaines de la vie de sa petite fille, Adeline parut mourir un peu. Au début, elle refusa de manger, de se reposer, et arpentait le jardin en pleurant toutes les heures du jour et de la nuit. Une fois, elle gravit le chemin poussiéreux menant au sommet de la montagne. Le vieil homme qui y tenait la buvette la ramena, tout étourdie et brûlée par le soleil. Elle criait dans son sommeil, les rares moments où elle dormait, et n'était plus que l'ombre d'elle-même, ses cheveux tout emmêlés, son teint de porcelaine terni par le chagrin.

— Pourquoi ne lui ai-je pas fait confiance ? pleurait-elle. Pourquoi ne l'ai-je pas écoutée ? Elle m'a toujours mieux comprise que quiconque.

— Ce n'était pas votre faute. Vous ne pouviez pas savoir, murmurait Lottie, consciente que ses propos étaient inadéquats, des platitudes qui n'effleuraient même pas la surface des sentiments qu'Adeline éprouvait.

La détresse d'Adeline la mettait mal à l'aise : elle ressemblait trop à la sienne.

— Pourquoi a-t-il fallu qu'elle me le prouve de cette façon ? geignait Adeline. Je ne voulais pas l'aimer. Je ne voulais aimer personne. Elle aurait dû se rendre compte que c'était injuste de me le demander.

Ou peut-être Lottie était-elle trop épuisée émotionnellement par les exigences de la petite. C'était un « bébé docile », comme on disait. Mais il ne pouvait en être autrement. En tenant une Adeline désespérée dans ses bras, Lottie ne pouvait pas toujours se lever à temps pour réconforter un nouveau-né en pleurs. Si elle s'efforçait de faire le ménage et la cuisine auprès de son amie accablée de chagrin, il fallait que Camille s'adapte aux tâches qu'elle devait exécuter, les yeux ronds comme des boutons dans son porte-bébé improvisé, ou qu'elle dorme en dépit du bruit des tapis que l'on battait et des sifflements des bouilloires.

À mesure que les semaines passaient, Lottie se sentait de plus en plus fatiguée et désespérée. Julian leur rendit visite, mais ne put supporter une telle charge de désordres émotionnels. Il redonna de l'argent à sa femme, confia à Lottie les clés de sa voiture, puis repartit dans l'intention de se rendre à une exposition d'art à Toulouse en emmenant un Stephen toujours aussi pâle et silencieux. Les autres visiteurs se faisaient rares.

George, qui était resté deux jours et avait bu au point de sombrer dans le coma, partit en promettant de revenir. Une promesse qu'il ne tint pas.

— Prends soin d'elle, Lottie, dit-il, les yeux injectés de sang, le menton assombri par une barbe de deux jours. Empêche-la de faire une bêtise.

Elle ignorait si cette peur évidente tenait plus à la sauvegarde d'Adeline ou à la sienne.

À un moment donné, alors qu'Adeline avait pleuré tout un jour et toute une nuit, Lottie fouilla frénétiquement sa chambre avec l'espoir de trouver quelque référence à sa famille, quelqu'un qui puisse venir l'aider à sortir de sa dépression. Elle passa en revue les rangées de vêtements de couleurs vives, ses narines s'emplissant du parfum d'huile de clou de girofle, plumes, soies et satins lui caressant la peau. C'était comme si, à l'instar de Lottie, elle existait à peine. En dehors d'un programme de théâtre qui indiquait que, quelques années plus tôt, elle avait joué un rôle mineur dans une pièce, à Harrogate, il n'y avait rien : ni photographies ni lettres. À l'exclusion de celles de Frances. Lottie les remit prestement dans leur boîte, tremblant à la pensée de partager les ultimes émotions futiles de Frances. Pour finir, dans une valise rangée dans l'armoire, elle dénicha le passeport d'Adeline. Elle le feuilleta en se disant qu'elle y découvrirait peut-être une adresse ou quelque indice qui l'aiderait à trouver le moyen de soulager son chagrin. À la place, elle tomba sur la photographie d'Adeline.

Elle avait une autre coiffure, mais c'était bien elle, incontestablement. À ceci près que le document indiquait le nom d'Ada Clayton.

La période de deuil dura quatre semaines moins un jour. En se réveillant un beau matin, Lottie trouva Adeline dans la cuisine en train de casser des œufs dans un bol. Elle n'avait pas fait allusion au passeport. Mieux valait ne pas se mêler de trop près à la vie des gens, de même que l'on ne perturbait pas les chiens endormis.

— Je pars en Russie, annonça Adeline sans lever les yeux.

— Oh ! fit Lottie.

Elle avait envie de dire : « Et moi, que vais-je devenir ? »

Elle se borna à répondre :

— Et la bombe atomique ?

Cher Joe,

Non, je suis désolée, je ne rentre pas à la maison. Pas à Merham, en tout cas. C'est un peu compliqué, mais je pense que je vais peut-être retourner à Londres et tâcher de trouver un travail. Je me suis occupée du ménage pour Adeline, comme tu le sais, et elle a des amis artistes qui cherchent quelqu'un comme moi ; ils ne voient pas d'inconvénient à ce que je vienne avec le bébé.

La petite Camille grandira avec leurs enfants, ce qui sera très bien pour elle. Et, en dépit de ce que tu dis, après tout, il n'y a aucune raison pour que je ne sois pas en mesure de subvenir à mes besoins. Je t'informerai quand je serai installée et tu pourras venir me rendre visite.

Merci pour ce que tu as envoyé pour la petite. C'était gentil de la part de Mrs Ansty de faire le choix pour toi. Je peins un portrait de Camille, qui est ravissante, surtout avec le bonnet.

Toute mon affection, etc.

Trois jours avant la date prévue du départ de Lottie et d'Adeline, Mme Migot leur rendit visite pour une ultime séance de massage du ventre de la jeune maman. À moins que ça ne fût pour observer d'un œil manquant de dignité l'état physique de Lottie. Bien qu'elle se sente moins pudique maintenant que son corps avait abrité un autre être, Lottie se sentait tout de même mal à l'aise quand la vieille dame se livrait sur elle à divers pétrissages sans ménagement, comme si elle était un lapin écorché pendu à la devanture d'un boucher. La dernière fois, sous le prétexte de s'assurer que Camille était convenablement nourrie, sans faire référence à Lottie, elle avait plongé la main dans son chemisier ample, s'était emparée de l'un de ses seins et, en faisant prestement rouler un doigt et son pouce, elle avait expédié un jet de lait à l'autre bout de la pièce avant que Lottie ait eu le temps de protester. Apparemment satisfaite, elle avait marmonné quelque chose à l'adresse d'Adeline, après quoi elle était allée vérifier le poids de l'enfant sans autre forme de procès. Cette fois-ci, cependant, elle ne fit que quelques tâtonnements hâtifs sur l'abdomen de Lottie avant de prendre Camille d'une main experte. Elle la tint dans ses bras un moment, gazouillant pour elle en français, vérifia son nombril, ses doigts et ses orteils en s'exclamant à son adresse en des termes bien plus doux que ceux qu'elle avait jamais employés avec Adeline ou Lottie.

— Nous partons, dit Lottie en lui brandissant une carte postale d'Angleterre. Je la ramène à la maison.

En l'ignorant, Mme Migot cessa ses gloussements pour sombrer dans le silence. Ensuite, elle s'approcha de la fenêtre et examina un long moment le visage de Camille. Elle aboya quelque chose à Adeline, qui venait d'entrer dans la pièce, serrant une carte routière entre ses mains.

Toujours apparemment abîmée dans la profondeur de ses pensées, Adeline mit quelques minutes à comprendre. Puis elle secoua la tête.

— Qu'y a-t-il, encore ? demanda Lottie d'un ton agacé, redoutant d'avoir fait quelque chose de mal une fois de plus.

La couleur de ses serviettes en tissu-éponge avait vraisemblablement choqué les gens du village, la manière dont elle les étendait faisant, pour sa part, l'objet d'une hilarité typiquement française.

— Elle veut savoir si tu as été malade, expliqua Adeline en fronçant les sourcils alors qu'elle tentait de prêter attention aux propos de Mme Migot. L'ami de Julian à l'ambassade m'a dit qu'il allait falloir que je me procure un visa pour aller en Russie, et c'est presque impossible sans un appui diplomatique. Il pense que je devrais retourner en Angleterre pour régler le problème. C'est vraiment trop agaçant.

— Bien sûr que je ne suis pas malade. Dites-lui qu'elle aurait cette tête-là, elle aussi, si elle avait un bébé qui la maintenait éveillée la moitié de la nuit.

Adeline répondit quelque chose à Mme Migot en français, puis, après un temps d'arrêt, elle secoua de nouveau la tête.

— Elle demande si tu as eu des démangeaisons.

Lottie était sur le point de répondre une grossièreté, mais l'expression de la Française lui cloua le bec.

— *Non, non*, disait Mme Migot en faisant de grands gestes vers son propre ventre.

— Elle veut dire avant que tu t'arrondisses. Elle demande si tu as eu des démangeaisons avant de… prendre du poids. Au début de ta grossesse.

Captivée à présent, Adeline regardait la sage-femme d'un air perplexe.

— Des démangeaisons dues à la chaleur. (Lottie s'efforça de se souvenir.) J'en ai eu des tas. Je ne supporte pas très bien la canicule.

La sage-femme n'était pas satisfaite. Elle bombarda Adeline d'une foule d'autres questions en français, après quoi elle considéra Lottie, dans l'expectative.

Adeline se tourna vers elle.

— Elle veut savoir si tu t'es sentie mal. Si tu as eu des démangeaisons tout au début de ta grossesse. Elle pense…

Elle adressa quelques mots en français à Mme Migot, qui hocha la tête en réponse.

— Elle croit qu'il est possible que tu aies contracté la rubéole.

— Je ne comprends pas, dit Lottie, luttant contre l'envie de reprendre sa fille et de la serrer dans ses bras, comme pour la protéger. J'ai eu des démangeaisons en arrivant ici. Je n'ai pas pensé une seconde que cela puisse être autre chose.

Les traits de la sage-femme s'adoucirent pour la première fois.

— *Votre bébé*, dit-elle en français en désignant l'enfant. *Ses yeux…*

Elle agita la main devant le visage de Camille, puis regarda Lottie et refit le même geste. Encore et encore.

— Oh, Lottie, s'exclama Adeline, la main plaquée sur sa bouche. Qu'allons-nous faire de toi, à présent ?

Lottie resta immobile, des frissons s'insinuant jusque dans ses os en dépit de la chaleur ambiante. Son bébé gisait paisiblement dans les bras de la sage-femme, ses cheveux formant un halo duveteux, son visage d'ange illuminé par le soleil.

Elle n'avait pas cillé.

— Je suis rentrée à Merham lorsque Camille avait dix ans. Ma famille londonienne n'a plus voulu entendre parler de moi quand ils ont appris la vérité. J'ai écrit à Joe pour l'en informer et il m'a demandé de l'épouser à peine étais-je descendue du train.

Lottie soupira, posa ses mains sur ses genoux.

— Il a dit à tout le monde que le bébé était de lui. Cela a fait scandale. Ses parents étaient fous de rage. Mais il était capable d'être fort quand les circonstances l'exigeaient. Et il leur a dit qu'ils allaient regretter s'ils l'obligeaient à choisir entre eux et moi.

Il ne restait plus de vin depuis longtemps. Daisy demeura assise là, oubliant l'heure tardive, pas même consciente que ses pieds s'étaient endormis sous elle.

— Je pense que sa mère ne m'a jamais pardonné de l'avoir épousé, ajouta Lottie, perdue dans de lointains souvenirs. Elle n'a certainement jamais accepté que son cher et tendre fils se retrouve avec une fille aveugle à cause de moi. Je lui en ai terriblement voulu pour ça. Je ne tolérais pas qu'elle n'aime pas Camille autant que moi. Mais maintenant que je suis une vieille dame, je comprends un peu mieux.

— Elle essayait juste de le protéger.

— Oui. Oui, je sais.

— Camille est-elle au courant ?

Lottie se rembrunit.

— Camille sait que Joe est son père, répondit-elle d'un ton teinté d'une nuance de défi. Ils ont toujours été très proches. C'est la fille chérie de son papa.

Il y eut un bref silence.

— Qu'est-il advenu d'Adeline ? murmura Daisy dans une sorte de terreur, redoutant ce qu'elle risquait d'entendre.

Elle avait pleuré en écoutant le récit du suicide de Frances, se souvenant des jours les plus sombres qu'elle avait vécus après le départ de Daniel.

— Adeline est morte il y a près de vingt ans. Elle n'est jamais revenue à la maison. Je l'entretenais soigneusement, au cas où, mais elle n'est jamais revenue. Au bout d'un moment, elle a même cessé d'écrire. Je pense qu'elle ne supportait rien de ce qui aurait pu lui rappeler Frances. Elle l'aimait, voyez-vous ? Je crois que nous le savions tous, alors qu'elle-même l'ignorait. Elle est morte en Russie, près de Saint-Pétersbourg. Elle était assez riche, même sans les dons de Julian. J'aime à penser qu'elle était là-bas parce qu'elle avait retrouvé Konstantin.

Lottie sourit timidement, comme si le romantisme de ses propos l'embarrassait.

— À sa mort, elle m'a légué Arcadia House. À mon avis, elle supportait mal le fait que j'aie pu épouser Joe.

Lottie s'agita, commençant à rassembler ses affaires autour d'elle en posant son verre par terre, près de son fauteuil.

— Je suppose qu'elle a dû estimer qu'elle m'avait laissée tomber quand elle a disparu comme elle l'a fait.

— Pourquoi ?

Lottie la regarda comme si elle avait affaire à une idiote.

— Si j'avais eu la maison et l'argent à ce moment-là, je n'aurais pas eu besoin de me marier…

J'ai pleuré six jours et six nuits d'affilée pendant ma lune de miel. Singulier, dirait ma mère par la suite, de la part de quelqu'un qui désirait tant quitter la maison, surtout en se mariant. Plus encore si l'on songe à notre merveilleux bateau de croisière, à notre belle cabine de première classe, offerte par les Bancroft.

Mais j'ai été terriblement malade, à tel point que Guy a dû passer des heures à errer tout seul tandis que je gisais misérablement dans notre cabine. Je continue à être affreusement malheureuse à cause de papa. Et, bizarrement, j'ai honte d'avoir abandonné maman et les enfants. Tu vois, j'ai compris que plus rien ne serait jamais comme avant. Et même si c'est ce que l'on croit vouloir, lorsque cela se produit, on a une insoutenable sensation d'irréversible.

Nous ne nous sommes pas comportés comme de jeunes mariés, au fond, quoique je ne l'aurais jamais dit à mes parents ou à quiconque. Mes cartes postales abondaient en descriptions de sites fabuleux. Je parlais des merveilleux repas dansants, des dauphins, des fois où nous prenions place à la table du commandant. Je leur décrivais notre cabine tapissée de bois de noyer, l'immense coiffeuse garnie de lumières tout autour de la glace, des shampoings et des lotions que l'on remplaçait chaque jour.

Cependant, Guy n'était pas lui-même la plupart du temps. Il m'a expliqué qu'il préférait les grands espaces à l'eau. Cela m'a un peu agacée, au début, et je lui ai rétorqué qu'il nous aurait fait gagner du temps s'il me l'avait dit au départ. Mais je ne tenais pas à le pousser à bout. Je ne l'ai jamais fait. Et pour finir, il s'est rangé à mon avis. Et comme cette gentille Mrs Erkhardt l'a dit, celle qui porte toutes ces perles, tous les couples, sans exception, se disputent pendant leur lune de miel. C'est une chose que l'on ne vous révèle jamais. Comme bien d'autres. Mais elle ne m'a rien précisé à ce sujet.

En outre, il y a eu des moments agréables. Lorsqu'ils ont su que nous étions en voyage de noces, l'orchestre s'est mis à entonner Look at That Girl, tu sais, cette chanson de Guy Mitchell, chaque fois que nous entrions dans la salle à manger. Je crois que Guy en a eu assez au bout de la troisième fois.

Mais moi, ça m'a plutôt plu. J'étais heureuse que tout le monde sache qu'il était à moi.

J'ai eu des nouvelles de Joe par Sylvia, un peu plus tard. Maman s'est montrée étonnamment froide à cet égard. Elle ne voulait même pas savoir si le bébé était vraiment le sien, ce qui m'a surprise. Je l'aurais crue bien plus curieuse. De fait, elle a pris la mouche quand j'ai abordé le sujet. Mais je pense qu'elle a déjà assez à faire avec papa, qui boit tout le temps.
Je n'ai rien dit à Guy. Des bavardages de bonne femme, m'a-t-il dit un jour, alors que je commençais à évoquer Merham. Je n'en ai plus jamais parlé.

Partie III

Chapitre 15

Daisy s'inquiétait depuis près de dix jours de la façon dont il convenait de présenter ses excuses à Jones. Comment trouver le moyen de lui faire comprendre que son expression horrifiée, ses larmes pitoyables, ce fameux matin, étaient une réaction non pas vis-à-vis de lui, mais de celui qu'il n'était pas ? Elle avait pensé lui envoyer des fleurs, mais ce n'était pas le genre d'homme avec qui l'on pouvait se le permettre. Et puis elle ignorait ce que les diverses variétés étaient censées signifier. Elle avait songé à téléphoner, tout simplement, en lui disant sans détour, à sa manière à lui : « Jones, je suis désolée, j'ai été ridicule et nulle. » Seulement, elle savait pertinemment qu'elle n'en resterait pas là, qu'elle débiterait des âneries d'un ton bêlant et bafouillerait une explication n'ayant ni queue ni tête qui l'inciterait à la mépriser encore plus. Elle avait aussi songé à lui envoyer des cartes postales, des messages, voire à solliciter Lottie – qu'elle avait désormais le courage d'appeler ainsi – afin qu'elle fasse office d'intermédiaire. Il redoutait Lottie.

En définitive, elle ne fit rien du tout.

Par le plus grand des hasards, sans doute, la fresque lui tira cette épine du pied. Un après-midi, alors qu'elle se débattait avec une liste de spécifications en suçant son stylo, Aidan vint la trouver pour lui annoncer que l'un des peintres avait gratté le lichen qui recouvrait le mur de la terrasse et découvert de la couleur sous la chaux. Par curiosité, ils avaient écaillé une surface un peu plus grande et mis au jour ce qui ressemblait à la représentation de deux visages.

— Nous n'avons pas voulu aller plus loin, de peur de faire des dégâts, lui expliqua-t-il en l'entraînant dehors, dans la clarté du soleil.

Daisy considéra le mur, les visages fraîchement révélés, dont un semblait sourire. Le peintre, un jeune Antillais du nom de Dave, s'était assis sur la terrasse et fumait une cigarette. Il hocha la tête pour manifester l'intérêt que lui inspirait le mur.

— Vous devriez faire venir un restaurateur, suggéra Aidan en prenant du recul. Quelqu'un qui s'y connaît. Cette fresque a peut-être de la valeur.

Il avait prononcé *frisque*.

— Tout dépend qui en est l'auteur, répondit Daisy. C'est joli, en tout cas. Ça fait penser à Braque. Avez-vous une idée de la surface qu'elle recouvre ?

— Eh bien, il y a une tache jaune dans le coin gauche et du bleu par là, en haut. Je ne serais pas surpris qu'elle fasse bien deux mètres de long. Vous devriez demander à votre dame ce qu'elle en pense. Elle était peut-être là lorsque la fresque a été peinte. Elle peut sans doute nous renseigner.

— Elle ne m'en a jamais parlé.

— C'est étonnant, commenta Aidan en frottant du plâtre sec sur son pantalon. Cela dit, elle n'a jamais fait mention de couches-culottes sur le chantier, pas plus qu'elle ne s'est plainte de la perceuse en chantant des berceuses à la petite.

Il sourit d'un air espiègle et s'adossa de nouveau alors que Daisy s'apprêtait à regagner la maison.

— Dites, vous n'auriez pas l'intention de mettre la bouilloire à chauffer, par hasard ?

Lottie était sortie avec Ellie, aussi Daisy téléphona-t-elle à Jones dans le but de lui annoncer la nouvelle, avec l'espoir qu'il l'associerait à quelque chose de positif.

— Quel est le problème ? demanda-t-il d'un ton bourru.

— Il n'y a pas de problème, répondit-elle. Je... euh... voulais juste savoir si vous comptiez toujours venir jeudi.

— Pourquoi jeudi ?

En fond sonore, elle entendait deux sonneries de téléphone ainsi que la voix d'une femme s'exprimant d'un ton pressant.

— Dites-lui que je serai là dans une minute, hurla-t-il. Donnez-lui un verre de vin.

— C'est le jour de la visite des responsables du service d'hygiène et de sécurité pour la cuisine. Vous aviez annoncé que vous teniez à être présent.

— Eh bien, offrez-lui un café. Allô ? Oh, bon sang, j'ai dit que je viendrais, n'est-ce pas ?

Il gémit et elle l'entendit poser sa main sur le combiné et crier quelque chose à ce qu'elle supposait être sa secrétaire.

— À quelle heure viennent-ils ? s'enquit-il un instant plus tard.

— À onze heures et demie. (Elle prit une profonde inspiration.) Écoutez, Jones, restez déjeuner ensuite. J'ai un certain nombre de choses à vous montrer.

— Je ne déjeune jamais, répondit-il.

Après quoi, il raccrocha.

Ensuite, elle appela Camille, se souvenant que Hal avait des talents artistiques, mais se refusant à lui téléphoner directement. C'était le genre d'initiative que l'on ne prenait pas à la légère lorsque l'on vivait seule. Mais Camille se montra enthousiaste : elle lui suggéra de joindre son mari sur-le-champ. Inutile de faire appel à un restaurateur. Hal était tout à fait capable de se charger de ce travail. Il avait suivi tout un tas de cours sur la restauration à l'époque où il avait étudié les beaux-arts, et pas uniquement axés sur le mobilier. Camille en était sûre. Hal, pour sa part, lui parut moins convaincu : il se demandait si ses connaissances en la matière n'étaient pas dépassées.

— Vous pourriez vous informer sur les nouvelles techniques. Il ne s'agit pas d'une toile, simplement d'une fresque.

D'après le ton de Camille, Daisy avait senti à quel point ce travail pouvait être important pour eux deux.

— Cela ne peut pas avoir tant de valeur que cela s'ils ont collé une couche de chaux par-dessus.

Hal avait paru hésitant au départ, puis il avait fait preuve d'un enthousiasme prudent, comme s'il n'arrivait pas à croire qu'on lui jetait une bouée de sauvetage, si petite fût-elle, et même si elle risquait de prendre l'eau.

— J'ai un ami à Ware qui fait encore un peu ce genre de travail. Je pourrais lui demander conseil. Enfin, si vous ne voyez pas d'inconvénients à ce que je ne sois pas professionnel en la matière.

— Si vous faites un boulot convenable, peu m'importe si vous pratiquez le catch dans la boue. En revanche, j'ai besoin qu'on s'y mette tout de suite. Je veux qu'une bonne partie de la fresque soit visible d'ici jeudi.

— Entendu, dit Hal, et elle sentit à sa voix qu'il s'efforçait de dissimuler son emballement. Parfait. Super. Je vais passer quelques coups de fil pour dénicher du matériel et j'arrive.

Je tiens ma chance, pensa Daisy en se rendant dans le jardin.

Cela prouverait à Jones qu'elle était capable de rénover l'intérieur du bâtiment toute seule, mais aussi de s'élever au-dessus de l'image qu'ils semblaient tous avoir d'elle : cette Daisy qui ne leur inspirait que de la pitié et du mépris.

Ce besoin désespéré d'obtenir l'approbation de tout le monde, c'était un trait de caractère ridicule, comme Daniel le lui avait dit une fois, mais elle ne pouvait pas s'en empêcher. Le soir où Jones était venu, elle s'était félicitée de lui avoir montré une nouvelle facette d'elle-même, plus favorable. Pour la bonne raison qu'elle commençait à approuver cette personne-là, reconnaissait-elle, non sans circonspection, au lieu de regretter seulement la bonne vieille Daisy qui n'était plus. Elle était plus forte à présent, moins anéantie par les événements des derniers mois. « Les bébés ont cet effet-là », lui avait dit Lottie lorsqu'elle lui avait demandé comment elle s'était débrouillée toute seule. « Ils vous obligent à rester fort. »

En repensant à Primrose Hill, Daisy avait été d'un avis contraire, mais elle avait compris que, d'une manière presque imperceptible, par l'intermédiaire d'une sorte d'osmose, la résilience de Lottie avait un peu déteint sur elle. Elle avait longuement pensé à la jeune Lottie, donnant naissance à sa fille pour ainsi dire sans soutien, loin de son pays, et à la façon dont elle avait refusé de se laisser humilier lorsque, déshonorée et sans le sou, elle était rentrée chez elle. Elle avait observé la Lottie désormais âgée mordant la vie, s'attirant le respect de ceux qui l'entouraient simplement grâce à sa confiance en elle et à son esprit acerbe. Elle attendait des gens qu'ils lui accordent son dû en espérant que les choses se passeraient comme elle l'entendait. Et qui était-elle réellement, lorsqu'on y songeait ? Une femme au foyer ayant atteint l'âge de la retraite, épouse d'un garagiste d'une petite ville, mère d'une fille handicapée, qui n'avait jamais eu ni carrière ni métier. Même si Daisy n'aurait jamais osé la décrire de la sorte en sa présence. En attendant, elle était toujours la vieille Daisy d'antan (en légèrement arrondie), toujours jolie, intelligente, à peu près solvable et désormais, selon la formule de son comptable, une travailleuse indépendante.

—Je suis une travailleuse indépendante, dit-elle à haute voix après avoir raccroché.

Cela sonnait tellement mieux à ses oreilles que « parent isolé ».

Il lui manquait. Elle pleurait encore de temps en temps. Et continuait à considérer comme un véritable exploit le fait de passer quelques heures sans penser à lui. Il lui arrivait encore de regarder son horoscope à l'occasion, au cas où cela lui donnerait un indice sur son éventuel retour. Maintenant qu'il était parti depuis trois mois, toutefois, elle pouvait enfin envisager une période – d'ici un an peut-être, à un ou deux mois près – où elle finirait par se remettre de cette rupture…

Elle s'efforçait de ne pas penser qu'Ellie éprouverait peut-être un jour les mêmes sentiments.

Vu les heures que Hal passait à travailler à la *frisque*, commenta Aidan, il n'y avait rien d'étonnant à ce que son affaire aille à vau-l'eau. On ne pouvait pas travailler avec un tel acharnement pour un salaire fixe, expliqua-t-il à Daisy alors qu'ils buvaient un thé dans la cuisine tout en observant Hal par la fenêtre, plié en deux devant le mur, en train de brosser péniblement un minuscule fragment de peinture usée. Daisy était bien placée pour le savoir. Les gens qui travaillaient à leur compte ne pouvaient pas se permettre d'être perfectionnistes.

Les petits hommes d'affaires qui se respectaient s'arrangeaient pour que les couloirs des étages soient finis à la date promise, c'est-à-dire jeudi, déclara Daisy à Aidan d'un ton qui en disait long, mais celui-ci parut ne pas entendre.

— Évidemment, si votre patron le payait à l'heure…

— Je crois qu'il prend plaisir à faire ce travail, décréta Daisy, passant outre au fait que, la plupart du temps, Hal donnait l'impression de souffrir le martyre.

— Ça vous paraît bien ? lui demandait-il trois ou quatre fois par jour quand elle sortait admirer les images de plus en plus distinctes. Êtes-vous sûre de ne pas vouloir faire appel à un professionnel ?

Il n'avait jamais l'air très convaincu quand Daisy lui affirmait que non.

Camille, qui venait deux fois par jour lui apporter du thé et des sandwichs, entre deux rendez-vous, soutenait pour sa part que Hal était plein d'entrain lorsqu'il rentrait le soir à la maison.

— Je trouve ça très excitant, dit-elle sans paraître se formaliser des longues absences de son mari. L'idée que la fresque était cachée me plaît, ainsi que le fait que ce soit Hal qui la rende à la vie.

Ils se tenaient par la main quand il pensait que personne ne les voyait.

Daisy, non sans envie, avait surpris Hal en train de décrire les images à sa femme, avant de la prendre dans ses bras et de l'embrasser.

La seule personne à qui la fresque déplaisait, semblait-il, n'était autre que Lottie. Elle était allée faire l'une de ses mystérieuses courses en ville. Elle ne révélait jamais à personne où elle allait ni pour quelle raison. Si on l'interrogeait à ce sujet, elle se tapotait le nez avec un doigt en disant aux gens de « se mêler de leurs affaires ».

Lorsqu'elle aperçut Hal en train de travailler sur les images mises au jour à son retour, elle explosa en exigeant qu'il mette un terme séance tenante à son travail.

— J'ai peint par-dessus. Cette fresque n'était pas censée être visible, dit-elle en faisant de grands gestes à l'adresse de Hal. Recouvrez-la d'une couche de peinture.

Daisy et les ouvriers, qui examinaient des gouttières, s'étaient arrêtés pour voir d'où provenaient ces cris.

— Personne n'est censé la voir !

— Mais c'est une fresque ! s'exclama Hal.

— Je vous l'ai dit. Vous n'auriez pas dû ôter la peinture. Arrêtez-vous, vous m'entendez ? Je vous en aurais parlé si elle était destinée à être vue.

— Qu'y a-t-il là-dessous ? murmura Aidan à l'adresse de Dave. Les plans de l'emplacement où elle a enterré les corps ?

— Je ne peux pas interrompre les travaux de restauration maintenant, déclara Daisy, perplexe. Jones vient exprès pour les voir.

— Ce n'est pas à vous de les lui montrer.

Lottie était dans un état d'agitation qui ne lui ressemblait guère.

Camille, qui avait apporté du thé à Hal au moment où sa mère était arrivée, resta plantée là, sa tasse à la main. L'incompréhension se lisait sur son visage.

— Que se passe-t-il, mère ? Qu'est-ce qui vous fâche à ce point ?

Hal avait posé une main sur l'épaule de Lottie. Elle se dégagea d'un air furibond.

— Je ne suis pas fâchée. Enfin si. Vous perdez votre temps à dévoiler ces absurdités. Voilà ce qui m'agace. Vous feriez mieux de concentrer votre énergie sur vos affaires au lieu de la gaspiller avec ces graffitis sans intérêt. Pourquoi n'entreprenez-vous pas quelque chose d'utile, comme essayer de sauver votre commerce de la faillite, hein ?

— Mais c'est magnifique, Lottie, intervint Daisy. Vous avez bien dû vous en rendre compte.

— C'est sans intérêt, insista Lottie. Et je le dirai à votre crétin de patron. Je suis la conseillère historique de cette maison, ou je ne sais quelle expression vous employez pour me qualifier, et il se rangera à mon avis.

Sur ce, elle partit, hérissée, son dos voûté témoignant de son mécontentement, les laissant tous bouche bée et bras ballants.

Seulement, Jones n'était pas d'accord.

Daisy l'emmena voir la fresque en catimini pendant que Lottie était sortie.

— Fermez les yeux, lui dit-elle alors qu'ils gagnaient la terrasse.

Il leva les yeux au ciel comme s'il avait affaire à une imbécile à laquelle il était forcé d'obéir. Elle lui prit le bras et le conduit en évitant soigneusement les pots de peinture à l'endroit où Hal avait récemment cessé de travailler.

— Ouvrez les yeux maintenant.

Jones obtempéra. Le regard de Daisy ne quitta pas son visage. Sous ses sourcils foncés, broussailleux, il cligna des paupières, surpris.

— C'est une fresque, dit Daisy. Hal est en train de la restaurer. Les ouvriers l'ont découverte sous une couche de chaux.

Jones la dévisagea, oubliant apparemment son agacement. Puis il s'approcha pour y regarder de plus près. Elle remarqua qu'il portait un pantalon en velours particulièrement laid.

— De quoi s'agit-il ? demanda-t-il au bout d'un instant. Une sorte de Cène ?

— Je n'en sais rien, répondit Daisy en jetant un coup d'œil derrière elle, de peur d'entendre le bruit de la poussette. Lottie – Mrs Bernard – refuse de me le dire.

Jones continua d'examiner la fresque, puis il se redressa.

— Que dites-vous ?

— Elle n'est pas très contente que nous l'ayons dévoilée, expliqua Daisy. Elle ne veut pas nous dire pourquoi, mais cela semble l'avoir contrariée.

— Mais c'est très beau, dit Jones. C'est du plus bel effet ici. Cela donne un point de mire à la terrasse.

Il se retourna et traversa la terrasse pour examiner la fresque de loin.

— Nous allons disposer des fauteuils ici, n'est-ce pas ?

Daisy hocha la tête.

— Est-ce ancien ?

— Elle date de ce siècle, incontestablement. Hal pense que cela remonte aux années 1940-1950. Certainement pas avant les années 1930. Elle l'a peut-être recouverte pendant la guerre.

— Je n'aurais jamais imaginé...

Jones parlait pour lui-même à présent, une main posée sur la nuque.

— Euh... puis-je vous demander combien je paie pour ça ? Les travaux de restauration, je veux dire.

— Nettement moins que cela ne le vaut.

Il lui sourit lentement, elle y répondit.

— Vous n'auriez pas trouvé quelques précieuses pièces d'antiquité dans le coin, tant qu'on y est ?

— Non, déclara Dave, apparaissant derrière eux en allumant une autre cigarette. Elle est juste allée chercher du lait pour le bébé.

C'était fini. Assis dans sa voiture, devant Arcadia House, Hal passait en revue la dernière liasse de factures que l'argent rapporté par la fresque ne commencerait même pas à couvrir. Il éprouvait quelque chose qui ressemblait étrangement à du soulagement à la pensée que cela ne soit plus de son ressort, désormais, que cette chose qu'il savait inévitable depuis des semaines, voire des mois, soit devenue une réalité. La dernière facture – il avait attendu la fin du déjeuner pour l'ouvrir – était si colossale qu'elle ne lui offrait plus d'autre choix. Il allait mettre la clé sous la porte. Puis, une fois le travail de restauration terminé, il chercherait un emploi.

Il ferma les yeux une minute, laissant l'espoir et les tensions des dernières semaines s'émousser finalement, remplacés par une sorte de brouillard gris et morne. Ce n'était qu'un commerce, après tout. Il s'était répété ces mots tel un mantra. Et si, en se défaisant de ses biens, il pouvait parer à la faillite, alors au moins ils auraient tous un avenir devant eux. Mais un avenir, ils en avaient un de toute façon, Camille et lui. Au cours des dernières semaines, il s'en était convaincu.

Concentrer son attention sur le positif, n'était-ce pas ce que le conseiller leur avait suggéré lors de leur dernière séance ? « Soyez reconnaissants de ce que vous avez. » Il avait une femme et une fille. La santé. Et un avenir. Son portable brisa le silence et il fouilla dans la boîte à gants, clignant des paupières pour tâcher de chasser ce qui ressemblait étrangement à des larmes.

— C'est moi.

— Bonjour, toi.

Il s'adossa au siège, heureux d'entendre le son de sa voix.

Il n'y avait rien d'urgent. Elle voulait juste savoir à quelle heure il pensait rentrer à la maison, si du poulet lui ferait plaisir pour le dîner, et l'informer que Katie était allée se baigner : les petits détails réconfortants de la vie domestique.

— Est-ce que ça va ? Je ne te trouve pas très loquace.

— Ça va, dit-il. Je rapporterai une bouteille de vin à la maison si tu veux.

Elle n'avait pas l'air convaincue, aussi essaya-t-il de prendre un ton un peu plus enjoué. Il s'abstint de lui dire ce qu'elle avait besoin d'entendre – cela pouvait attendre. À la place, il lui raconta ce qu'elle aimait entendre : les événements qui s'étaient déroulés « au travail » aujourd'hui. Ce qu'il avait décapé. Les derniers bons mots des ouvriers. Il lui expliqua que sa mère lui parlait à peine pendant qu'il œuvrait sur la fresque, alors que, dès qu'ils quittaient Arcadia House, elle se mettait à bavarder avec lui comme si rien ne s'était passé.

— Tu devrais peut-être l'interroger, lui suggéra-t-il. Afin de déterminer ce qui la tracasse à ce sujet.

— Cela ne servirait à rien, Hal. Tu sais qu'il est inutile de lui poser des questions. Elle ne me dira rien, rétorqua Camille, à l'évidence de plus en plus triste et courroucée. J'ignore ce qui ne tourne pas rond chez elle de temps en temps. Sais-tu que c'est leur anniversaire de mariage la semaine prochaine ? Or, elle a dit qu'on aurait besoin d'elle à Arcadia House. Papa est terriblement déçu. Il avait réservé dans un restaurant et...

— Je suppose qu'ils pourraient sortir un autre soir.

— Mais ce n'est pas la même chose, si ?

— Non, dit-il en y réfléchissant. C'est vrai. Ce n'est pas la même chose.

— Il vaut mieux que j'y aille, fit-elle d'un ton plus gai. Mrs Halligan se plaint de démangeaisons.

— Comment ?

Elle rapprocha sa bouche du combiné.

— C'est ce qui arrive après une épilation à la cire. Elle a des picotements au mauvais endroit et elle n'arrive plus à mettre ses collants.

Hal éclata de rire. Il eut l'impression que c'était la première fois que cela lui arrivait depuis des mois.

— Je t'aime, dit-il.

— Je sais, répondit-elle. Moi aussi.

Daisy fit visiter à Jones les pièces destinées à être baptisées « la suite Morrell », mais que les ouvriers désignaient pour l'heure sous le nom de « Brume bleue » en raison de la couleur de la salle de bains. C'était la chambre la plus traditionnelle de la maison, et elle était prête. Le lit, comme tous les autres, provenait d'un contact en Inde spécialisé dans le mobilier colonial ancien. À côté se trouvait un coffre militaire aux angles nets et rehaussés de cuivre ; son ancien placage en acajou étincelait en contraste avec le gris pâle des murs. Au bout de la pièce – en réalité deux chambres entre lesquelles on avait abattu la cloison –, on avait installé deux fauteuils confortables et une table basse sculptée. Daisy y avait mis une nappe et disposé deux assiettes de sandwichs au crabe, un bol de fruits et une bouteille d'eau.

— Je sais que vous n'avez pas l'habitude de déjeuner, dit-elle alors qu'il passait en revue ce qu'elle avait préparé, mais j'ai pensé que, si vous n'aviez vraiment pas faim, je mangerais ce qui resterait pour le dîner.

Il portait des chaussettes dépareillées. Elle trouva cela bizarrement rassurant.

Il fit une fois le tour de la pièce à pas lents, prenant la mesure du décor, de son contenu. Puis il s'arrêta et vint se planter devant elle.

— En fait, je… je voulais vous présenter mes excuses, dit-elle en serrant ses mains l'une contre l'autre devant elle. À propos de l'autre matin. C'était idiot. Plus qu'idiot même. Je ne peux pas vous expliquer mon comportement en dehors du fait que cela n'avait rien à voir avec vous.

Jones regardait ses pieds.

— Bon, allez. Asseyez-vous, dit-elle, à court d'inspiration, sinon je vais me sentir vraiment ridicule. Pire, je vais me mettre à parler pour ne rien dire. Je suis sûre que vous n'y tenez pas. C'est aussi agaçant que les larmes.

Jones se pencha vers les sandwichs.

— Vous savez, j'y ai à peine pensé, dit-il en lui glissant un regard en coulisse, avant de s'asseoir.

— En temps normal, je ne vous aurais pas proposé de déjeuner dans une chambre, mais c'est la seule pièce tranquille de la maison, dit-elle après qu'ils eurent commencé à manger. J'aurais voulu disposer la table sur la terrasse, près de la fresque, mais j'ai pensé que nous risquions d'avoir des éclaboussures de peinture ou de térébenthine sur nos sandwichs.

Elle s'était bel et bien mise à jacasser. On aurait dit qu'elle n'exerçait aucun contrôle sur les paroles qui sortaient de sa bouche.

— De plus, Ellie dort dans la pièce à côté.

Il hocha la tête, ne dévoilant rien de ses sentiments. Mais il paraissait détendu.

— Je suis étonné que vous ayez pris l'initiative sans moi, déclara-t-il finalement. À propos de la fresque, je veux dire.

— J'étais sûre que vous seriez content en la voyant. Si je vous avais demandé le feu vert, vous auriez trouvé toutes sortes de raisons pour tergiverser.

Il marqua une pause, son sandwich à mi-chemin de ses lèvres, puis baissa la main et la dévisagea. Intensément. Au point qu'elle sentit les picotements d'un début de rougissement.

— Vous êtes une drôle de personne, Daisy Parsons, dit-il sur un ton qui n'avait rien d'hostile.

Elle se détendit alors à son tour. Elle lui raconta l'histoire de chaque meuble, lui faisant part des décisions qui avaient motivé le choix de chaque peinture, de chaque tissu. Il se borna à hocher la tête, la bouche pleine, assimilant tout ce qu'elle disait sans vraiment réagir. Daisy lutta pour ne pas lui demander ce qu'il pensait, s'il était satisfait. Dans le cas contraire, s'imaginait-elle, il le lui aurait fait savoir.

Elle s'aperçut que, progressivement, elle embellissait certains de ses récits, racontait des blagues, déterminée à le dérider un peu. Cela lui faisait du bien d'être en bonne compagnie. D'avoir pour interlocuteur quelqu'un qui savait faire la différence entre Gavroche et Green Street. Un être capable de parler d'autre chose que de nuanciers ou de l'état du *bed and breakfast* voisin. Elle s'était même maquillée en l'honneur de sa visite. Il lui avait fallu quarante minutes pour mettre la main sur sa trousse de fards.

— S'ils nous ont fait parvenir le grand à un prix réduit, c'est parce qu'il prenait énormément de place et qu'ils l'auraient eu pendant trois ans sans jamais trouver le moyen de le ranger dans l'entrepôt.

Elle rit en se versant un autre verre d'eau.

— Avez-vous des nouvelles de Daniel ?

Elle sursauta, rougit.

— Pardon, enchaîna-t-il. Je n'aurais pas dû vous poser la question. Ce ne sont pas mes affaires.

Daisy leva les yeux vers lui, puis reposa la bouteille.

— Oui, dit-elle. J'ai eu des nouvelles. Mais ça ne change pas grand-chose.

Ils restèrent silencieux un moment, Jones examinant attentivement le coin de la table.

— Pourquoi tenez-vous tant à le savoir ? demanda-t-elle.

L'espace de quelques secondes, l'air dans la pièce devint comme un vide que la réponse de Jones, elle le comprit, devait soudain à tout prix combler.

— J'ai rencontré l'un de ses vieux amis, qui voulait lui parler de quelque chose... (Il leva les yeux vers elle.) J'ai pensé que vous aviez peut-être une adresse.

— Non, répondit Daisy, se sentant inexplicablement d'humeur revêche. Je n'ai pas son adresse.

— Bon. Pas de problème, alors, dit-il, la bouche enfouie dans son col. Ils n'ont qu'à se débrouiller tout seuls.

— Oui.

Daisy resta assise là une minute, à se demander pourquoi elle se sentait désarçonnée à ce point. Par la fenêtre ouverte, elle entendit qu'on l'appelait.

C'était la voix d'Aidan. Probablement un problème de choix de peinture.

— Je ferais mieux d'aller voir ce qu'il veut, dit-elle, presque reconnaissante de cette interruption... J'en ai pour un instant. Prenez des fruits. S'il vous plaît.

Lorsqu'elle revint quelques instants plus tard, elle s'immobilisa sur le seuil en voyant Ellie dans les bras de Jones. Les joues rougies par le sommeil, elle était assise contre lui et clignait des yeux. En la voyant, Jones parut mal à l'aise et fit mine de lui tendre le bébé.

— Elle s'est réveillée pendant que vous étiez partie, expliqua-t-il, légèrement sur la défensive. Je ne voulais pas la laisser pleurer.

— Vous avez bien fait, le rassura Daisy, les yeux rivés sur lui.

C'était la première fois qu'elle voyait son bébé dans les bras d'un homme, et cela la fit tressaillir en pinçant des cordes qu'elle n'avait pas encore découvertes en elle.

— Merci.

— C'est une petite âme docile, n'est-ce pas ?

Jones s'approcha d'elle et lui remit l'enfant en se débrouillant pour entremêler ses bras avec les membres d'Ellie.

— D'autant plus que je n'en ai pas l'habitude. Des bébés, je veux dire.

— Je ne sais pas, répondit Daisy en toute honnêteté. Mrs Bernard et moi sommes les seules à la prendre dans nos bras.

— Je n'en avais jamais tenu un auparavant.

— Moi non plus. Jusqu'à ce que j'en aie un, je veux dire.

Il considérait Ellie comme si c'était la toute première fois qu'il voyait un bébé. Soudain conscient du regard de Daisy posé sur lui, il effleura la tête d'Ellie, puis battit en retraite.

— Alors, au revoir, dit-il à l'enfant. Je crois que je ferais mieux de m'en aller.

Il jeta un coup d'œil vers la porte.

— Les gens du bureau vont se demander où je suis passé. Merci pour le déjeuner.

— Pas de quoi, répondit Daisy en réajustant la position de Ellie sur sa hanche.

Il prit la direction de la porte.

— Ça commence à avoir de l'allure, dit-il en s'arrêtant à mi-chemin pour lui faire face. Vous avez fait du bon travail.

Il se força à sourire bien qu'il parût étrangement malheureux.

Il a les mêmes ongles que Daniel, pensa Daisy.

— Écoutez, dit-il brusquement, la semaine prochaine, vous devriez venir à Londres. J'ai besoin de vous parler des dispositions prises pour l'inauguration de l'hôtel dans un endroit où j'ai tous mes dossiers et mes affaires autour de moi. Et puis j'ai pensé que, tant que nous y étions, nous pourrions nous rendre chez ce fameux brocanteur dont vous m'avez parlé. Pour le mobilier d'extérieur.

Il pencha la tête de côté.

— Êtes-vous libre pour venir à Londres ? Je vous invite à déjeuner. Ou à dîner. Ou encore dans mon club. Comme ça, vous pourrez voir à quoi ça ressemble.

— Je sais à quoi ça ressemble, répondit-elle. J'y suis déjà allée.

Elle sourit. Un sourire de la Daisy d'antan. Puis elle ajouta :

— Mais oui. C'est une très bonne idée. Dites-moi le jour qui vous convient.

Pete Sheraton portait le genre de chemises qu'arboraient les opérateurs en Bourse dans les années quatre-vingt : à rayures voyantes, col blanc et manchettes blanches amidonnées. C'était un symbole de richesse évocateur de tractations effectuées dans des pièces enfumées, le genre de tenue qui avait toujours incité Hal à se demander si Pete n'était pas moins satisfait de son rôle de directeur d'une banque provinciale (dont le personnel se composait de trois caissiers, d'un gérant en formation et de Mr Mills, qui faisait le ménage le mardi et le jeudi) qu'il n'était prêt à l'admettre.

Les manchettes qui dirigèrent Hal dans le bureau de Sheraton, cet après-midi-là, étaient ornées de deux minuscules femmes nues à peine visibles.

— Une idée de ma femme, commenta-t-il en y jetant un coup d'œil alors que Hal s'asseyait en face de lui. Elle dit que cela m'empêche de prendre trop au sérieux mon rôle de gérant de banque.

Hal sourit. Il essaya d'avaler sa salive.

Pete et lui se connaissaient depuis des années. Ils s'étaient rencontrés lorsque Veronica Sheraton avait passé commande à Hal d'un cadre pour un portrait du couple, à l'occasion du quarantième anniversaire de Pete. C'était une œuvre franchement affligeante, montrant Veronica en robe longue à manches bouffantes dans un flou artistique, et Pete, derrière elle, nettement plus grand que sa taille normale, avec un teint couleur de caramel brûlé.

Leurs regards s'étaient croisés au moment de l'« inauguration » du tableau, et l'un de ces liens naturels et particuliers s'était aussitôt formé entre les deux hommes.

— Tu n'es pas venu prendre rendez-vous pour une partie de squash, si je comprends bien ?

Hal prit une profonde inspiration.

— Malheureusement, pas cette fois-ci, Pete. Je… je suis venu te voir parce que je veux fermer ma boîte.

Le visage de Pete se décomposa.

— Oh, mon Dieu ! Oh, mon Dieu, je suis désolé, mon vieux. Ce n'est pas de chance.

Hal aurait souhaité que Pete ait l'air un peu plus objectif en la circonstance. Soudain, il regretta de ne pas avoir affaire à un banquier vieux jeu, froid et raide comme la justice.

— Tu es absolument décidé ? Tu as parlé à ton comptable et tout ça, je veux dire ?

Hal déglutit.

— Pas pour l'informer du dernier verdict, non, mais disons que personne ne sera surpris dès lors que l'on saura où j'en suis réduit.

— Eh bien, je savais que tu n'étais pas en position de racheter des affaires et de faire des acquisitions… mais tout de même…

Pete tendit le bras vers son tiroir.

— Voudrais-tu boire quelque chose ?

— Non. Mieux vaut que je garde la tête claire. J'ai des tas de coups de fil à passer cet après-midi.

— Bon, écoute, ne t'inquiète de rien en ce qui me concerne. Dis-moi ce que je peux faire pour toi. Si tu envisages un emprunt, je suis sûr de pouvoir t'obtenir un tarif préférentiel.

— Je pense que nous en sommes au-delà des prêts.

— C'est vraiment dommage, tout de même, quand tu penses à tout l'argent…

Hal fronça les sourcils.

— Enfin bref, tu sais ce que tu as à faire.

Pete se leva et contourna son bureau.

— Mais écoute-moi bien, Hal : ne prend pas de décision hâtive ce soir. Surtout si tu ne t'es pas encore entretenu avec ton comptable. Pourquoi ne prends-tu pas le temps de réfléchir un peu ? Reviens me voir demain. On ne sait jamais.

— Rien ne va changer, Pete.

— Peu importe. Prends le temps de réfléchir. Tout va bien entre Camille et toi ? Bon, bon… Et la petite Katie ? C'est ça qui compte, n'est-ce pas ?

Pete glissa un bras autour des épaules de Hal, puis il se tourna vers son bureau.

— Oh, j'ai failli oublier. Écoute, je sais que ce n'est probablement pas le moment, mais aurais-tu la gentillesse de donner ça à ta femme ? Cela fait des siècles que ce dossier traîne sur mon bureau. J'avais l'intention de te le remettre à l'occasion de notre prochaine partie de squash. Je sais que ce n'est pas vraiment réglo, mais c'est toi…

Hal lui tendit une enveloppe renforcée.

— De quoi s'agit-il ?

— De la copie en braille de son nouveau carnet de chèques.

— Mais elle en a déjà un.

— Pas pour le nouveau compte.

— Quel nouveau compte ?

Pete le dévisagea.

— Celui… J'ai pensé que vous aviez dû toucher une assurance ou quelque chose comme ça. C'est pour cela que j'étais un peu étonné quand tu m'as parlé de ton affaire.

Planté au milieu de la pièce, Hal secoua la tête.

— Elle a de l'argent ?

— Je pensais que tu étais au courant.

Hal avait la bouche toute sèche, un tintement perçant vibrant dans sa tête tel un écho de l'année précédente.

— Combien ?

Pete paraissait anxieux.

— Écoute, Hal, j'en ai probablement déjà trop dit. J'ai juste pensé qu'avec la cécité de Camille et tout ça… Enfin, c'est toi qui gères ses finances en temps normal.

Hal regardait fixement l'enveloppe devant lui. Il avait l'impression que quelqu'un avait lentement vidé l'air de ses poumons.

— Un compte à part ? Combien ?

— Je ne peux pas te le dire.

— C'est moi, Pete.

— Et c'est mon boulot, Hal. Écoute, rentre à la maison, parle avec ta femme. Je suis sûr qu'il y a une explication évidente.

Il entreprit d'entraîner Hal, presque physiquement, en direction de la porte.

Ce dernier traversa la pièce en vacillant.

— Pete ?

Pete jeta un coup d'œil dans le bureau d'accueil par la porte ouverte, puis reporta son regard sur son ami. Il prit une feuille de papier, y griffonna un chiffre et le mit sous le nez de Hal.

— C'est à peu près ça, d'accord ? À présent, rentre chez toi, Hal. Je ne peux rien te dire de plus.

Chapitre 16

Il n'était pas difficile de déterminer d'où venait l'argent. Ils s'étaient tous demandé comment Lottie allait répartir les bénéfices d'Arcadia. Ce qui le hantait, lui nouait l'estomac comme s'il souffrait d'une intoxication alimentaire et donnait l'impression de manger de la cendre, c'était qu'elle avait tout gardé secret, caché, en assistant sans mot dire à l'effondrement de son affaire. Qu'elle l'avait même réconforté alors que, tout du long, elle détenait les moyens nécessaires pour redresser la situation, la seule chose en laquelle soi-disant elle croyait. Le seul projet qu'il était capable de mener à bien. Avec un peu de temps. Et de chance. Le fait qu'elle lui eût menti à nouveau le rendait malade. C'était pire que la découverte de son infidélité parce que, cette fois-ci, il s'était autorisé à lui faire confiance à nouveau ; il s'était forcé à surmonter sa peur et sa méfiance en se livrant tout entier à elle. Il ne pouvait pas mettre cela sur le compte de son abattement, du sentiment d'insécurité de Camille. Non, il était question de l'opinion qu'elle avait de lui. Si elle avait voulu qu'il fût au courant, elle lui en aurait parlé. C'était une réalité indéniable qu'il ressassait, heure après heure, dans la fébrilité, une réalité qui l'empêchait de la mettre devant le fait accompli, d'exiger d'elle des réponses. Si elle avait tenu à ce qu'il le sache, elle l'aurait mis dans la confidence. Seigneur, quel fieffé imbécile il avait été !

Elle s'était montrée réservée ces derniers temps à son égard, une méfiance nouvelle s'imprimant sur son visage. Dans l'impossibilité de voir l'expression des autres, elle n'avait jamais songé à dissimuler la sienne. Il l'avait observée, tout juste capable de cacher sa frustration et sa fureur.

— Est-ce que tu tiens le coup ? lui demandait-elle, faisant incontestablement référence à son affaire sur le point de péricliter.

Avait-il besoin d'un câlin ? D'un baiser ? Tous ces petits riens censés lui faire avaler des couleuvres. Il considérait sa mine, où se lisaient l'incertitude et un soupçon de culpabilité, en se demandant comment elle osait encore lui adresser la parole.

— Ça va, répondait-il.

Puis, après avoir tourné la tête vers lui en un geste hésitant, elle emmenait Katie se promener ou continuait à préparer le dîner.

Ce que tout cela sous-entendait était pire encore. Car l'argent et sa décision de lui en cacher l'existence ne pouvaient signifier qu'une seule chose. Certes, ils avaient vécu une année difficile, et la situation demeurait artificielle, bancale. Il se rendait compte qu'il l'avait rejetée à tort. Mais il estimait qu'elle aurait pu lui faire savoir que les choses en étaient arrivées là.

Cependant, quel indice aurait-il pu espérer ? Cette femme lui avait été infidèle alors qu'il était sur les genoux, que son affaire était sur le point de sombrer, qu'il parvenait à peine à maintenir le cap. Son aveu avait été si inattendu que, le matin où elle s'était confiée à lui, il avait éprouvé une douleur foudroyante dans la poitrine, si violente qu'un bref instant, il s'était demandé s'il n'allait pas mourir. Elle ne lui avait pas fourni davantage d'indices à ce moment-là.

Et pourtant, il l'aimait encore. Au cours des dernières semaines, il avait senti renaître une certaine aisance dans leur relation, comme si quelque chose de précieux était en train de se restaurer entre eux. S'il n'était pas parvenu à lui pardonner, il commençait à entrevoir l'éventualité d'une plus grande indulgence à son égard et l'espoir que les liens du mariage puissent se renforcer avec le temps, conformément aux clichés de ce fichu conseiller.

À condition d'être honnête.

Elle avait hoché la tête en entendant cela. Elle lui avait pris la main et l'avait serrée dans la sienne. Cela avait été leur ultime séance.

Hal se glissa plus loin vers le bord du lit, vaguement conscient du document plastifié en braille, brillant, comme radioactif, dans la poche de sa veste, de l'aube qui éclairait leur chambre, laissant présager une autre journée de farouche indécision et de terreur, une autre nuit perdu dans ses pensées.

La main de Camille, en plein sommeil, glissa le long de son flanc et tomba inutilement près d'elle.

À partir de maintenant, annonça-t-on, le train se dirigeait uniquement vers Liverpool Street. On le répéta pour faire bonne mesure. Appuyée contre la fenêtre, Daisy regardait les plats marécages de la Lee Valley céder peu à peu la place aux faubourgs crasseux et sans attraits de l'East London. Après avoir passé deux mois dans le petit monde d'Arcadia House et de Merham, elle se sentait étrangement provinciale, presque inquiète à l'idée de regagner la ville. Londres lui semblait inextricablement liée à Daniel. À Merham, elle était en sécurité, loin du passé et de tout ce qui y était associé. Seulement, lorsque le train avait pris la direction de la ville, elle s'était rendu compte que la maison lui avait offert une plus grande paix de l'esprit qu'elle ne l'aurait jamais cru possible.

Lottie lui aurait asséné qu'elle était ridicule.

— Vous allez passer une bonne journée, avait-elle dit en enfournant une cuillerée de porridge sucré dans la bouche grande ouverte d'Ellie. Ça vous fera du bien de sortir un peu d'ici. Vous trouverez peut-être même le temps de renouer avec vos amies.

Daisy n'arrivait à penser à aucune d'elles. Elle avait toujours considéré que ses préférences allaient plutôt vers la gent masculine, tout en sachant pertinemment que c'était le genre de choses que les filles disaient lorsque leur compagnon trouvait d'autres filles un peu trop séduisantes. Peut-être aurait-elle dû faire davantage d'efforts, car il n'y avait guère que sa sœur (« As-tu appelé l'organisme chargé des pensions alimentaires ? »), Camille (« Je ne sens pour ainsi dire aucune vergeture. Tout va bien. »), et maintenant Lottie, qui, depuis qu'elle lui en avait révélé un peu plus de son passé, s'était détendue avec elle, sa nature farouche et ses opinions austères le plus souvent tempérées par l'humour.

— J'espère que vous allez mettre une tenue un peu élégante, lui avait-elle dit alors que Daisy montait se changer. Il ne faut pas que vous ayez l'air d'un sac de pommes de terre. Il va peut-être vous emmener dans un endroit chic.

— Ce n'est pas un rendez-vous galant, avait-elle répondu.

— Mais pas loin, avait rétorqué Lottie. J'en tirerais le

meilleur possible si j'étais vous. De plus, qu'avez-vous à lui reprocher ? Il n'est pas marié, il est plutôt bel homme. Et il a de l'argent, à l'évidence. Allez, mettez ce haut qui laisse entrevoir votre soutien-gorge.

— Je sors à peine d'une longue relation. La dernière chose qu'il me faut, c'est un autre homme.

Elle s'était arrêtée au milieu de l'escalier en s'efforçant de dissimuler la rougeur qui lui montait aux joues

— Pourquoi ?

— Tout le monde le sait. On ne passe pas d'une relation à une autre sans transition.

— Pourquoi pas ?

— Parce que… enfin, vous comprenez. Je ne suis peut-être pas prête.

— Et comment le saurez-vous ?

— Je ne sais pas… Mais lorsque l'on est sous le coup d'une déception sentimentale, on est supposé attendre un moment. Un an peut-être. Le temps de rebondir. Après cela, le bagage émotionnel est moins lourd.

— Bagage émotionnel ?

— On ne peut pas imaginer s'engager du jour au lendemain avec quelqu'un d'autre. Il faut d'abord tourner la page sur la relation précédente. Attendre qu'elle soit close.

— Close ?

Lottie avait répété lentement cet adjectif qui lui semblait étranger.

— Close comment ? Qui dit ça ?

— Je ne sais pas. Tout le monde. Les magazines. La télévision. Les conseillers conjugaux.

— Il ne faut pas les écouter. Êtes-vous donc incapable de vous faire une opinion par vous-même ?

—Si. Je pense juste qu'il serait préférable pour moi d'attendre un peu. Je ne suis pas prête à laisser quelqu'un d'autre entrer dans ma vie.

Lottie avait agité les mains.

—Vous, les jeunes femmes, vous êtes tellement difficiles. Il faut que ce soit le bon moment. Il faut ceci, cela. Pas étonnant que vous soyez si nombreuses à vous retrouver toutes seules.

—Écoutez, rien de tout cela n'a quoi que ce soit à voir avec moi, de toute façon.

—Ah non ?

Daisy avait regardé Lottie dans le blanc des yeux.

—À cause d'Ellie. Et Daniel... Il est juste pour elle que j'accorde à son père un peu de temps pour revenir. Afin qu'elle ait la possibilité de grandir auprès de lui.

—Ah oui ? Et combien de temps comptez-vous lui donner ?

Daisy avait haussé les épaules.

—Et combien de bons partis allez-vous repousser en attendant ?

—Allons, madame Ber... Lottie, cela ne fait que quelques mois. Et on ne peut pas dire que les bons partis se soient bousculés à ma porte.

—Il faut que vous alliez de l'avant, avait repris Lottie d'un ton véhément. Inutile de se cramponner au passé, bébé ou pas. Il faut que vous refassiez votre vie.

—C'est le père d'Ellie.

—Il n'est pas là, avait souligné Lottie en reniflant. Et s'il n'est pas là, il renonce à tous ses droits vis-à-vis de vous deux.

Daisy s'était brusquement rendu compte que Lottie ne lui avait jamais dit qui était le père de Camille.

—Vous êtes plus coriace que moi.

— Pas coriace, avait répondu Lottie en se dirigeant vers la cuisine, le visage à nouveau renfrogné. Juste réaliste…

Daisy détourna son regard de la fenêtre du train, se pencha et frotta son pied chaussé d'une sandale derrière la jambe. Elle ne voulait pas d'un autre homme. Elle se sentait encore trop vulnérable, trop fragile, les nerfs à vif. La pensée que quiconque puisse voir son corps après la naissance d'Ellie la remplissait d'horreur. La perspective d'être abandonnée à nouveau était insoutenable. Et puis il y avait Daniel. Elle devait lui laisser la porte ouverte.

Pour Ellie.

S'il se décidait un jour à en profiter.

— Camille ?

— Oh, salut, maman.

— Je fais un saut au supermarché à l'heure du déjeuner. Avec la petite Ellie. As-tu besoin de quelque chose ?

— Non. Nous avons tout ce qu'il nous faut. Hal est-il là ?

— Oui. Il est dehors. Il boit une tasse de thé. Veux-tu que j'aille le chercher ?

— Non, non… Maman, est-ce qu'il va bien à ton avis ?

— Est-ce qu'il va bien ? Pourquoi me demandes-tu ça ? Que lui arrive-t-il ?

— Rien, rien… enfin je pense. C'est juste que… je le trouve un peu bizarre ces temps-ci.

— Qu'entends-tu par là ?

Camille ne répondit pas tout de suite.

— Il m'ignore, dit-elle enfin. Il se replie sur lui-même. Il ne veut pas me parler.

— Il est en train de perdre son affaire. Il est normal qu'il ne se sente pas bien dans sa peau.

— Je sais… je sais… C'est juste…

— Quoi ?

— Eh bien, nous savions que les choses allaient mal tourner. Nous étions conscients qu'il allait devoir fermer boutique. Malgré cela, tout allait pour le mieux entre nous. Il y avait des années que cela n'avait pas été aussi bien.

Sa mère marqua un temps d'arrêt.

— Avec moi, en tout cas, il est des plus aimable. Ce n'est pas… Me cacherais-tu quelque chose, par hasard ?

— Que veux-tu dire ?

— Ce qui s'est passé auparavant. Entre vous. Ça n'a pas recommencé…

— Non, maman, bien sûr que non. Je ne ferais rien qui risque… Tout va bien *a priori* entre nous. Le passé est le passé. Je suis juste inquiète parce que Hal… n'est plus tout à fait lui-même. Bon, laissons tomber. Oublie ce que je t'ai dit.

— As-tu essayé de lui en parler ?

— Laisse tomber, maman. Tu as raison. Il est probablement perturbé à cause de son affaire. Je vais lui lâcher du lest. Écoute, je ferais mieux d'y aller. Je dois retirer l'application à base d'algues de Lynda Potter.

Lottie jeta un coup d'œil à son sac, rassurée tout à coup à l'idée qu'elle avait fait pour le mieux. Elle attendrait pour parler à Camille de l'argent jusqu'à ce qu'elle en eût vraiment besoin, quand elle se confierait de nouveau à elle. Il semblait que le moment viendrait plus tôt que Lottie l'avait espéré.

— Sais-tu ce dont il a besoin ?

— Quoi donc ?

— Fermer définitivement sa boîte. Ça lui fera du bien.

Dix-huit emballages de pastilles à la menthe vides jonchaient le plancher de la voiture de Jones. Il était difficile de tous les compter sans manœuvrer trop ostensiblement : la plupart étaient partiellement cachés par d'autres détritus – cartes routières, adresses gribouillées, vieux reçus de postes d'essence.

Daisy eut pourtant le temps de les localiser tous étant donné que, pendant les dix-sept premières minutes du trajet, tandis qu'ils avançaient à la vitesse d'un escargot dans la circulation de la ville, Jones n'avait cessé de hurler au téléphone, d'un ton furibard de surcroît.

— Eh bien, dites-lui qu'il peut envoyer qui cela lui chante. Tout le personnel de la cuisine a reçu la formation requise pour éviter toute contamination. Nous avons des dossiers sur les températures de livraison, de stockage, sur la qualité des produits, sur tout ce qui a à voir avec cette fichue réception. S'il tient à faire appel à un préposé du service de contrôle de la sécurité alimentaire, dites-lui que j'ai dix-huit fichues portions surgelées individuelles dans ces congélateurs – une pour chacun des plats que nous servons. On peut très bien les envoyer dans un laboratoire pour qu'elles y soient analysées. (Il désigna la boîte à gants à Daisy en lui faisant signe de l'ouvrir.) Il n'y a pas un seul paragraphe de ce cours d'hygiène alimentaire que mon personnel ne connaisse pas par cœur. Bon, il dit qu'il a pris du canard. Du canard, c'est bien ça ?

Comme Daisy ouvrait la boîte à gants, plusieurs cassettes tombèrent, ainsi qu'un portefeuille, un sachet de pastilles à la menthe et divers cordons électriques non identifiés. Elle plongea la main dans le capharnaüm restant, fouillant le tout et extirpant divers éléments afin de les exposer à l'examen de Jones.

— Non, non, c'est faux. Deux membres de mon personnel affirment qu'il a mangé des huîtres. Attendez une minute.

Il s'interrompit pour agiter la main en direction de la boîte à gants.

— *Des comprimés pour le mal de tête*, articula-t-il. Vous êtes toujours là. Oui, oui, c'est ce qu'il a mangé. Non, vous ne m'écoutez pas. Écoutez-moi donc. Il a mangé des huîtres et, si vous jetez un coup d'œil à sa note au bar, vous verrez qu'il a bu au moins trois apéritifs. Oui, c'est ça. J'ai les reçus de la caisse.

Il prit le sachet dans la main de Daisy, troua l'emballage en aluminium à bulles et engloutit le tout directement.

— Intoxication alimentaire mes fesses. Il ne savait même pas qu'il n'est pas recommandé de boire d'alcool quand on prend des médicaments. L'abruti !

Par la fenêtre du côté passager, Daisy regardait la circulation dense, en s'efforçant de lutter contre l'agacement qu'avait provoqué l'accueil désinvolte de Jones, qui lui avait serré la main tel un mime – un agacement intensifié par les trois conversations téléphoniques qu'il avait eues coup sur coup depuis qu'ils étaient montés dans la voiture.

— Désolé, avait-il dit initialement, je suis à vous tout de suite.

Mais il avait manqué à sa parole.

— Je n'en ai rien à cirer, hurla-t-il.

Daisy ferma les yeux. Jones était un homme imposant et, venant de lui, dans l'espace confiné de la voiture, l'effet de ses jurons était désagréablement amplifié.

— Dites-lui d'envoyer son foutu…

À ce stade, il s'interrompit et surprit l'expression peinée de Daisy.

— Dites-lui de m'envoyer ses avocats, l'inspection du travail, qui il voudra. Je lui collerai aussitôt un procès sur le dos pour diffamation. Oui. C'est ça. Tous les reçus qu'ils voudront voir. Ils savent où me trouver.

Il enfonça un bouton sur le tableau de bord, puis arracha l'écouteur de son oreille.

— Merde. (Il pinça les lèvres.) Et merde. Quel saligaud ! Un fichu voyageur de commerce résolu à essayer d'obtenir des dommages et intérêts. Ça ne va pas plus loin que ça. Il mange des foutues huîtres, il boit comme un trou, après quoi, le lendemain matin, il se demande pourquoi il a des maux d'estomac. Il faut bien évidemment que ce soit ma faute. Qu'il nous envoie l'inspection du travail et ferme mon établissement pour nous torpiller tous jusqu'à la fin des temps. Bon sang, ils me tapent vraiment sur les nerfs !

— Cela ne fait aucun doute, commenta Daisy.

Il n'avait même pas eu l'air de remarquer sa présence. Il avait fait davantage de bruit que d'habitude et s'était montré plus animé que toutes les fois où ils s'étaient vus depuis leur rencontre, mais rien de tout cela n'avait quoi que ce soit à voir avec elle. Elle était là, sans doute plus attirante qu'elle ne l'avait jamais été depuis la naissance d'Ellie, arborant une jupe et un tee-shirt neufs, la peau étincelante sous l'effet du gommage de Camille à base de sel, les jambes lisses grâce à la cire de cette tortionnaire. Si elle ne ressemblait pas exactement à la Daisy d'antan, au moins elle était une version relativement rajeunie de la nouvelle. Et qu'avait-il remarqué exactement en regardant ses longues jambes brunies ? Qu'elle avait posé les pieds sur les notes indiquant le chemin à prendre pour se rendre à la brocante.

— C'est sa petite amie qui lui a donné l'idée, dit Jones en mettant son clignotant à droite tout en se penchant sur le volant. Elle était déjà venue chez nous pour tâter le terrain. Elle se serait foulé la cheville dans les toilettes. Je crois bien que c'était ça, la dernière fois. Aucun rapport médical, bien évidemment. Je l'aurais fichue à la porte si elle avait fait partie du club. Mais je n'étais pas là ce soir-là.

— Oh !

— C'est aux Américains qu'on doit ça. Cette fichue manie des procès fait partie de leur culture. Tout le monde veut quelque chose pour rien. C'est toujours la faute de quelqu'un d'autre. Bon Dieu !

Il abattit son poing sur le volant, ce qui fit sursauter Daisy.

— En tout cas, si cette crapule remet les pieds chez nous, il peut être sûr qu'il aura droit à une intoxication alimentaire. Quelle heure est-il ?

— Pardon ?

— Eldridge Street, Minerva Street… C'est quelque part par là. Quelle heure est-il ?

Daisy regarda sa montre.

— Matériaux de récupération. Nous y sommes. Espèce de petit… Bon, où vais-je trouver à me garer maintenant ?

La bonne humeur de Daisy, au cours de la dernière heure, s'était dissipée plus vite que les remèdes de Jones contre les maux de tête. Perdant finalement patience, elle s'extirpa de la Saab et pénétra dans le site du lieu d'exposition, où la fraîcheur apportée par le système de climatisation était déjà annihilée par la torpeur de l'été citadin.

Daisy n'avait pas l'habitude qu'on l'ignore. Daniel s'était toujours donné la peine de lui dire qu'elle était jolie, lui offrant des suggestions sur la manière de se vêtir, lui touchant les cheveux, la tenant par la main. Il prenait soin d'elle lorsqu'ils sortaient, s'assurant qu'elle avait assez chaud, qu'elle avait suffisamment à manger, à boire, qu'elle était contente. Mais il est vrai qu'elle n'avait pas affaire à un rendez-vous galant. Et Daniel n'était pas resté au moment important pour s'assurer que tout allait bien pour elle.

Les hommes!

Daisy s'aperçut qu'elle avait silencieusement eu recours à un juron digne de ceux de Jones, après quoi elle s'en voulut de devenir ce genre de femme amère, ennemie jurée des hommes, à l'esprit tordu, qu'elle avait toujours méprisée.

Le site était énorme, délabré, avec des piles de bois entassées sur d'immenses étagères de stockage, des pierres formant des tours instables, des statues de cimetière portant leur regard au-delà d'elle sans la voir. Par-delà l'entrée en fer ondulé, la circulation londonienne grouillait, crachant des fumées violentes et des coups de Klaxon furieux dans l'air brumeux. En temps ordinaire, une expédition dans un tel lieu lui aurait procuré un sentiment d'anticipation et de plaisir digne d'une starlette au premier rang d'un défilé de haute couture. Seulement, son enthousiasme avait été gâché par l'humeur exécrable de Jones. Elle n'avait jamais été capable de se dissocier de l'humeur des hommes. Elle s'était efforcée d'extirper Daniel de sa mauvaise humeur, s'en voulant de ne pas réussir et finissant par y succomber elle aussi. Quant à lui, paradoxalement, il n'était jamais affecté par la sienne.

—Je n'ai pas pu trouver un parcmètre. La voiture est garée sur une double ligne jaune.

Jones passa les grilles dans sa direction en tapotant ses poches. Des ondes de mécontentement émanaient de lui.

Je ne vais pas lui parler, pensa Daisy, furieuse, *jusqu'à ce qu'il sorte de sa mauvaise humeur et m'adresse aimablement la parole.*

Elle se détourna et commença à prendre la direction de la section des fenêtres et des vitres, les bras croisés sur sa poitrine, la tête enfoncée dans les épaules. Quelques mètres plus loin, elle entendit la sonnerie de son mobile résonner dans le site et sa réponse explosive. Le seul autre occupant visible des lieux, un homme d'âge moyen, portant de fines lunettes et une veste en tweed, se retourna pour voir d'où venait la source du bruit. Elle prit un air furieux, comme si elle n'avait rien à voir avec le coupable.

Elle continua à marcher jusqu'à ce qu'elle atteignît la zone couverte, aussi loin de sa voix que possible, remarquant à peine les appareils sanitaires, les miroirs gravés autour d'elle, s'en voulant terriblement de s'être laissé perturber à ce point par le manque d'attention de Jones. Elle sentit qu'il n'y avait rien à tirer de lui tant il était ignorant et mal élevé, sachant qu'elle était secrètement influencée par le profond sentiment de supériorité des gens du sud de l'Angleterre, comme sa sœur l'aurait fait. Peu importait combien d'argent vous aviez si vous n'étiez pas capable de vous comporter convenablement en société. « Regarde Aristote Onassis, aurait dit Julia. Ne rote-t-il pas et ne pète-t-il pas comme un terrassier ? »

Tous les hommes riches? songea Daisy, qui n'avait pas l'habitude de modifier son comportement pour s'adapter aux autres. C'était difficile à dire : Jones était le premier homme vraiment riche qu'elle eût connu.

Elle s'arrêta devant un petit vitrail sur lequel était incrusté un chérubin tout sourire. Elle adorait les vitraux.

On en trouvait difficilement, mais c'était presque toujours un élément de décor digne d'intérêt. Oubliant momentanément sa déconvenue, elle se demanda où elle pourrait le loger, passant mentalement en revue une succession de portes, les fenêtres de la salle à manger, les paravents extérieurs. Il lui fallut plusieurs minutes pour se rendre compte qu'elle le voulait pour elle, et non pas pour Arcadia. Elle ne s'était pas acheté grand-chose, à part des articles de toilette et de la nourriture, depuis des mois. Naguère, elle pensait que les achats étaient aussi essentiels pour son bien-être que la nourriture et l'air.

Elle se pencha et examina le vitrail, plissant les yeux pour le voir convenablement dans la faible lueur du hangar. Il était en parfait état : pas de segments brisés, le plomb était intact. Ce qui était tout à fait inhabituel pour une pièce de cette taille. Elle s'agenouilla et chercha l'étiquette indiquant le prix. Une fois qu'elle l'eut trouvé, elle se redressa, puis replaça délicatement le vitrail sur le cadre qui le soutenait.

— Désolé, lança une voix derrière elle.

Daisy fit volte-face. Jones se tenait à l'entrée de la zone couverte, son portable à la main.

— On ne veut pas me laisser tranquille ce matin.

— C'est ce que je vois.

— Qu'est-ce que c'est que ça ?

— Quoi donc ?

— Ce que vous étiez en train d'examiner.

— Oh, juste un vitrail. Ça n'ira pas à Arcadia.

Il baissa les yeux.

— Quelle heure est-il, en fait ?

Daisy soupira, consulta sa montre.

— Midi cinq. Pourquoi ?

— Pas d'importance. C'est juste que je ne voulais pas être en retard pour le déjeuner. J'ai réservé une table.

— Mais le club vous appartient.

— Oui.

Il fixa le sol un moment, puis jeta des coups d'œil autour de lui tandis que ses yeux s'accoutumaient à la pénombre.

— Excusez-moi tout de même pour la journée. Et tout le reste. Vous n'auriez pas dû avoir à écouter tout ça.

— Non, fit Daisy.

Puis elle se leva et se dirigea vers la lumière.

Ce fut un bref répit, Jones s'étant apparemment rendu compte qu'elle n'allait pas l'attendre.

— Êtes-vous fâchée ?

Il marchait un demi-pas derrière elle en s'efforçant de la saisir par le coude. Daisy s'arrêta.

— Oh, ne faites pas ça. N'ayez pas cette attitude toute féminine. Je n'ai pas le temps de vous poser vingt questions pour déterminer ce qui ne va pas.

Daisy se sentit rougir de fureur, d'autant plus qu'elle se pensait ridicule.

— Laissons tomber, voulez-vous ?

Elle continua à marcher, une boule lui montant inexplicablement dans la gorge.

— Quoi donc ?

Elle n'était pas très sûre de la réponse.

— Allons, Daisy…

Elle lui fit face, furibonde.

— Écoutez, Jones, rien ne me forçait à venir ici aujourd'hui. J'aurais pu rester à la maison, au soleil, travailler, jouer avec ma fille et passer une bonne journée. Vous dites vous-même que je n'ai pas de temps à perdre, non ? Mais j'ai pensé que nous ferions des achats intéressants et que nous aurions un déjeuner agréable. J'ai pensé que cela risquait d'être… utile pour vous et moi. Je n'imaginais pas que je passerais ma journée dans un chantier surchauffé rempli de ferraille à écouter fulminer un dingo ignorant.

Il fallait reconnaître que ses propos ne lui avaient pas paru aussi durs dans son esprit.

Il y eut un bref silence. Daisy songea au fait, temporairement occulté, qu'il était son patron.

— Alors, Daisy… (Il se dressa de toute sa taille devant elle.) Vous vous efforcez toujours d'épargner mes sentiments, hein ?

Elle leva les yeux vers lui.

— On fait une trêve ? Si j'éteins mon portable ?

Elle n'était pas du genre rancunière. Pas en temps normal, en tout cas.

— Êtes-vous sûre que vous n'en avez pas un autre caché dans votre veste ?

— Pour qui me prenez-vous ?

Il plongea la main dans la poche intérieure de sa veste et en sortit un second portable. Qu'il éteignit.

— Maudits Gallois, dit-elle en le regardant droit dans les yeux.

— Maudites femmes, riposta-t-il en lui tendant le bras.

À partir de ce moment-là, l'humeur de Jones s'allégea considérablement, ce qui eut un effet similaire sur la sienne. De plus en plus détendu, il accorda toute son attention à ses suggestions, n'offrant guère de résistance, même quand ses choix étaient fantaisistes, et sortant sa carte de crédit encore et encore sans sourciller.

— Êtes-vous sûr que cela ne vous ennuie pas de dépenser tout ça ? demanda-t-elle alors qu'il venait d'accepter d'acheter une armoire à pharmacie, à l'évidence trop chère de l'avis de Daisy, pour mettre dans l'une des chambres. Cet endroit est loin d'être bon marché.

— Disons que j'apprécie cette journée plus que je ne l'aurais pensé, dit-il.

Il s'abstint de lui redemander l'heure.

Quelques instants avant leur départ, peut-être contaminée par l'insouciance apparente de Jones à l'égard de sa carte de crédit, Daisy prit une décision à propos du vitrail. Il était trop cher. Elle n'avait même pas de maison pour l'y installer. Seulement, elle le voulait et savait pertinemment que, si elle ne l'achetait pas, cela la hanterait pendant des mois. Avec ce même sentiment de regret que ses amies se souvenant de relations perdues, elle repensa au chandelier vénitien qu'elle avait perdu à une vente aux enchères. Elle s'approcha de Jones, à la caisse, où il organisait les livraisons.

— J'en ai pour une minute, dit-elle en désignant l'entrepôt. Je veux acheter quelque chose pour moi.

Elle faillit éclater en sanglots quand on lui annonça que le vitrail avait été vendu. Elle aurait dû se douter qu'il aurait fallu l'acheter dès l'instant où elle l'avait vu : toute bonne marchandise devait être réservée sur-le-champ. Si elle n'était pas capable d'en estimer la valeur immédiatement, avec suffisamment de clarté pour prendre une décision, elle ne la méritait pas.

Elle regarda le chérubin, le désirant plus encore maintenant qu'il n'y avait aucune chance qu'il lui appartienne.

Elle avait récupéré un canapé un jour. Elle s'était débrouillée pour retrouver le marchand à cause duquel il lui avait filé sous le nez, alors qu'elle errait chez un brocanteur, et lui avait proposé de le lui racheter. Il lui avait fait payer près du double du prix d'origine, et bien qu'elle n'en eût que faire sur le moment tant elle tenait à l'avoir, au fil des mois, elle en était venue à se rendre compte que ce prix avait, en un sens, tout gâché pour elle. Quand elle le regardait, elle ne voyait plus un vieux meuble récupéré à la force du poignet, mais la somme exagérée qu'elle avait été contrainte de payer.

— Tout va bien ? demanda Jones, qui se tenait près d'une rangée de portes à décaper. Vous avez eu ce que vous vouliez ?

— Non, répondit Daisy en s'adossant nonchalamment contre un panneau en verre dépoli.

Elle était déterminée à ne pas se plaindre. Elle n'allait pas en faire tout un plat.

— J'ai raté le coche, dit-elle, avant de glapir et de s'affaler sur le côté, tandis qu'avec un terrible craquement, le verre se brisait sous elle.

Ils passèrent deux heures et quarante minutes aux urgences, où on lui fit douze points de suture, avant de lui donner une écharpe en gaze et plusieurs tasses de thé sucré provenant d'une machine.

— Je ne pense pas que nous déjeunerons, dit Jones en l'aidant à remonter en voiture, mais il me semble que quelques verres bien tassés s'imposent.

Il déposa une plaquette d'analgésiques dans sa main intacte.

— Et vous pouvez boire même en prenant ces comprimés. C'est la première chose que j'ai vérifiée.

Daisy resta assise en silence sur le siège du passager, sa tenue flambant neuve maculée de sang, se sentant impuissante, confuse et plus ébranlée qu'elle n'était prête à l'admettre. Jones s'était montré étonnamment conciliant tout du long : il lui avait patiemment tenu compagnie dans une succession de salles d'attente tandis que des infirmières chargées du triage, puis des médecins avaient épongé le sang et rendu à son bras un aspect qui ne différait guère de celui d'une poupée de chiffon. Il s'était absenté à deux reprises pour aller passer des coups de fil dehors, dont un à Lottie, lui expliqua-t-il dans la voiture, pour annoncer qu'elle rentrerait plus tard que prévu.

— Était-elle fâchée ? demanda Daisy en considérant avec horreur les taches de sang déjà brunies sur le cuir clair de son siège.

— Pas le moins du monde. Le bébé va bien. Elle a dit qu'elle allait l'emmener chez elle parce qu'elle a promis de prendre son repas avec son mari ce soir. Et vous ne serez pas en mesure de conduire.

— Mr Bernard va être content.

— Écoutez, c'est un accident. Cela arrive à tout le monde. Ne vous faites pas de souci.

Il s'était comporté ainsi tout l'après-midi, calme, rassurant, comme s'il avait tout le temps et aucun tracas. La situation les avait contraints bizarrement à une certaine intimité : elle avait dû prendre appui sur lui, après quoi il était resté assis près d'elle sur les chaises en plastique du couloir de l'hôpital. Il lui avait parlé d'une voix douce et grave, à croire qu'elle était malade en plus d'être blessée. Périodiquement, elle s'était même demandé si c'était vraiment la même personne que celle qui était venue la chercher à la gare de Liverpool Street le matin même.

— Ai-je gâché votre journée ?

Il rit et secoua la tête sans quitter la route des yeux.

Daisy cessa de parler en s'efforçant d'ignorer la douleur lancinante qui lui taraudait le bras.

L'humeur de Jones s'assombrit lorsqu'ils atteignirent les Red Rooms, entre autres parce qu'il n'y avait personne à la réception pour les accueillir à leur arrivée. Une faute digne d'un renvoi, lui expliqua-t-il plus tard, lorsqu'elle lui demanda où était le problème.

— Les gens qui viennent ici devraient être accueillis comme de vieux amis. Je paie mon personnel pour connaître les noms, les visages. Et non pas pour traîner à l'heure du déjeuner.

Il avait tenu son bras valide tandis qu'ils montaient une succession de marches en bois, passant devant des bars où les gens bavardaient sous des ventilateurs vrombissants, tendant subrepticement le cou en quête de nouveaux venus susceptibles d'être plus notables qu'eux-mêmes, agitant la main ou adressant des salutations par trop chaleureuses dans la direction de Jones. Dans d'autres circonstances, elle aurait trouvé amusant de se frotter à ces gens-là. Mais lorsque Jones lui annonça qu'il avait fait installer une table sur la terrasse pour eux deux, elle se sentit soulagée, tremblant à la pensée de ses vêtements tachés de sang, de son écharpe, et redoutant de devoir s'exposer aux regards critiques de la clientèle des bars londoniens.

Tout à coup, être de retour lui parut accablant. Elle se sentait intimidée par le grondement sourd de la circulation de Soho, les échos des travaux, les gens qui criaient et qui braillaient. Elle se sentait terrassée par la hauteur des bâtiments. Elle avait oublié comment marcher dans une foule et s'aperçut qu'elle hésitait, plongeant dans la mauvaise direction. Elle éprouva soudain une envie douloureuse, inattendue, de voir sa fille, un malaise profond lorsqu'elle se mit à calculer le nombre de kilomètres qui les séparaient l'une de l'autre. Pis, elle ne cessait de voir des hommes qui ressemblaient à Daniel – et, par l'effet d'un réflexe des plus inconfortable, son estomac se serrait.

Jones l'avait suppliée de lui accorder cinq minutes pour s'occuper de certaines de ses affaires. La fille qui lui apporta un verre, une beauté amazonienne au teint foncé et aux longs cheveux noirs artistiquement remontés en un chignon, la considéra d'un œil inquisiteur.

— Je suis passée à travers une porte, murmura Daisy en esquissant un sourire.

— Oh, fit la fille, que cela n'intéressait guère.

Elle repartit d'une démarche désinvolte, laissant Daisy avec le sentiment ridicule d'avoir dû fournir une explication.

— Jones, je suis vraiment désolée, mais je crois que je voudrais rentrer à la maison, dit-elle lorsqu'il réapparut finalement sur la terrasse. Pourriez-vous me conduire à Liverpool Street ?

Il fronça les sourcils et s'assit lentement face à elle.

— Vous ne vous sentez pas bien ?

— Juste un peu chancelante. Je crois que je serai mieux de retour à...

Elle laissa sa phrase en suspens en se rendant compte de la manière dont elle avait fait allusion à l'hôtel.

— Mangez d'abord quelque chose. Vous n'avez rien avalé de la journée. C'est probablement la raison pour laquelle vous n'êtes pas dans votre assiette.

C'était un ordre.

Elle le gratifia d'un demi-sourire en levant la main pour protéger ses yeux de la lumière.

— Comme vous voudrez.

Elle commanda un steak et dut attendre, mal à l'aise, lorsqu'il lui prit son assiette et découpa des morceaux qu'elle pourrait piquer avec une seule main.

— Je me sens ridicule, disait-elle périodiquement.

— Mangez un peu. Vous vous sentirez mieux.

Et lui ne mangea rien, marmonnant quelque chose, non sans embarras, à propos des quelques kilos qu'il essayait de perdre.

— Je passe ma vie à recevoir, voyez-vous, ajouta-t-il en jetant un regard à son estomac. Il semble que je ne parvienne plus à brûler les calories comme avant.

— C'est une question d'âge, commenta Daisy en engloutissant son deuxième spritz.

— Alors, vous allez un peu mieux à présent ?

Ils parlèrent de la fresque, des visages que Hal avait méticuleusement mis au jour. Lottie continuait à voir ce travail de restauration d'un œil sombre, lui expliqua Daisy. Cependant, ayant finalement accepté qu'elle n'aurait pas gain de cause, elle avait commencé, de mauvaise grâce, à identifier certains des personnages. L'un d'eux, Stephen Meeker, vivait à quelques kilomètres de là, dans une cabane, sur une plage de galets. (Ils n'étaient pas amis, avait-elle précisé, mais il avait été très gentil avec elle lorsque Camille était née.) La veille, elle lui avait montré qui était Adeline, et Daisy était restée plantée devant elle, émerveillée par cette femme, le regard rivé sur ce qui ressemblait à une poupée, sentant les décennies s'atténuer, rendant scandaleux un comportement qui était devenu la norme désormais. Elle avait également identifié Frances. Mais son visage avait été partiellement effacé. Daisy se demanda s'ils auraient la chance de trouver une photographie d'elle quelque part, dans les archives de quelque artiste, par exemple, afin de la réintégrer dans le giron pictural de ses amis.

— Cela ne semble pas juste que, parmi tous ces gens, elle soit absente de la fresque, dit-elle.

— Peut-être était-ce son souhait, rétorqua Jones.

Elle s'abstint de lui parler de la veille au soir, lorsqu'en jetant un coup d'œil par la fenêtre, elle avait surpris Lottie debout, immobile devant la fresque, perdue dans un monde invisible. Elle avait lentement levé la main, comme pour effleurer quelque chose. Ensuite, brusquement, comme si elle se réprimandait elle-même, elle s'en était détournée avant de s'éloigner à grandes enjambées.

Jones lui fit part de ses plans pour l'inauguration de l'hôtel, lui montra plusieurs dossiers contenant des photographies et toutes sortes de détails préalables à un tel événement. Dans presque tous les cas, remarqua-t-elle, il était en compagnie de grandes femmes très « glamour ».

— Je veux organiser les choses un peu différemment, cette fois-ci, de façon que la réception reflète en quelque sorte la maison. Mais je n'arrive pas encore à déterminer quoi.

— Comptez-vous convier une foule de célébrités ? demanda Daisy, se sentant curieusement envahie.

— Il y en aura quelques-unes, mais je ne veux pas de la réception chic habituelle. Tout l'intérêt de cet hôtel est précisément qu'il doit être différent, un peu au-dessus de tout ça, si vous voulez, conclut-il maladroitement.

— Je me demande si certains d'entre eux sont encore vivants, dit Daisy en regardant fixement le dossier.

— Qui ça ?

— Les gens qui figurent sur la fresque de Frances. Nous savons que ce n'est pas le cas d'Adeline et de Frances. Mais si elle a été peinte dans les années 1950, il y a de bonnes chances que bon nombre d'entre eux soient encore de ce monde.

— Et alors ?

— Nous les trouvons et nous les réunissons. Dans votre hôtel. Pour l'inauguration. Ne pensez-vous pas que ce serait une formidable accroche publicitaire ? Voyons, si ces gens-là étaient *les enfants terribles* de leur époque, à en croire Lottie, ce serait fabuleux pour la presse. Vous avez une photographie de la fresque, là… Je pense que ce serait génial.

— S'ils sont encore vivants.

— Je ne vais certainement pas me donner la peine de les inviter dans le cas contraire. De plus, cela pourrait aider à amadouer certains habitants de Merham, dans la mesure où il s'agit d'une référence à leur histoire.

— Cela pourrait marcher, je suppose. Je vais demander à Carol de s'en occuper.

Daisy leva les yeux.

— Qui est Carol ?

— C'est elle qui se charge de planifier mes réceptions. Elle est dans les relations publiques et organise toutes mes fêtes.

Il fronça les sourcils.

— Où est le problème ?

Daisy prit son verre et but une grande gorgée.

— Je crois que je préférerais m'en occuper moi-même.

— Vous ?

— C'était notre idée, au fond. Et c'est nous qui avons découvert la fresque. J'ai le sentiment d'y être attachée.

— Mais où trouverez-vous le temps de tout faire ?

— Il suffit de passer quelques coups de téléphone. Écoutez, Jones. (Presque inconsciemment, elle tendit la main vers lui sur la table.) Je pense que cette fresque est vraiment spéciale. C'est peut-être même quelque chose d'important. Ne croyez-vous pas qu'il vaudrait mieux garder la chose secrète, pour le moment tout au moins ? Vous aurez plus de presse si vous ne lâchez pas les informations bribe par bribe. Et vous savez comment sont les gens des relations publiques. Ils sont incapables de la boucler. Je suis sûre que votre Carol fait un excellent travail, mais si nous gardons le sujet de la fresque entre nous pour l'heure, simplement jusqu'au moment où la restauration sera finie, l'impact en sera d'autant plus grand quand elle sera dévoilée.

Daisy avait toujours pensé qu'il avait les yeux noirs. Elle se rendait compte à présent qu'ils étaient d'un bleu très, très foncé.

— Si vous pensez que ça ne vous donnera pas une trop grande surcharge de travail, accepta-t-il, allez-y. Dites-leur que je les logerai, que je paierai leur transport. Mais ne vous enthousiasmez pas trop vite. Certains sont peut-être trop fragiles, malades ou séniles.

— Ils ne sont guère plus âgés que Lottie.

— Oui.

Ils se sourirent. Un sourire complice. Et, durant ce moment, Daisy découvrit qu'elle se sentait beaucoup mieux. Elle y mit fin parce qu'il lui semblait ne pas devoir se comporter ainsi.

Il allait la raccompagner à Merham. Inutile de protester, insista-t-il. Cela ne lui prendrait qu'une heure ou deux, maintenant que l'heure de pointe était passée. En outre, il voulait voir la fresque.

— Mais il fera trop sombre, souligna Daisy, qui avait tellement bu que son bras ne lui faisait plus mal. Vous ne verrez pas grand-chose.

— Dans ce cas, nous allumerons toutes les lumières, suggéra-t-il en disparaissant dans son bureau. Accordez-moi cinq minutes.

Daisy resta assise sur la terrasse illuminée, son cardigan sur les épaules, en prêtant une oreille distraite au bruit distant des festivités et de la circulation en contrebas. Elle se sentait moins déplacée maintenant. Elle était plus à son aise en présence de Jones et n'éprouvait plus le besoin de lui prouver sans arrêt quelque chose, de le convaincre qu'il ne discernait pas le bon côté de sa personnalité. C'était différent ici, en le voyant dans son propre environnement, évoluant avec aisance au milieu d'une mer de visages pleins de déférence, de gens avides de lui plaire. C'était terrible comme le pouvoir pouvait rendre les gens séduisants, observa-t-elle, tout en luttant contre l'excitation secrète à la perspective qu'ils allaient se retrouver tous les deux seuls dans la maison.

Elle sortit son portable de son sac pour prendre des nouvelles d'Ellie et jura entre ses dents lorsqu'elle s'aperçut que la batterie était à plat. Elle ne s'en servait pour ainsi dire jamais à Merham : il ne fonctionnait sans doute plus depuis des semaines.

— Vous avez fini ?

La serveuse récupéra les verres vides sur la table.

— Oui, merci.

Peut-être était-ce l'alcool ou les attentions de Jones, mais Daisy se sentait moins impressionnée par la jeune femme maintenant.

— Jones m'a priée de vous dire qu'il sera là dans cinq minutes. Il est coincé au téléphone.

Daisy hocha la tête d'un air compréhensif en se demandant si, lorsqu'il aurait fini, elle pourrait lui emprunter son portable pour appeler Lottie.

— Le repas vous a plu ?

— C'était très bon. Merci.

Daisy prit avec les doigts un ultime morceau de tarte au chocolat dans son assiette à dessert.

— Jones a l'air d'aller mieux. Seigneur, il était d'une humeur de chien ce matin.

La jeune femme était en train d'empiler les assiettes avec la rapidité et le talent de quelqu'un dont c'était devenu la deuxième nature. Elle glissa les serviettes de table dans les verres et les posa en équilibre sur le tout.

— C'est bien qu'il ait trouvé de quoi se distraire aujourd'hui.

— Comment ? Pourquoi ?

— Sa femme. Son ex-femme, pardon. Elle s'est remariée, à midi, je crois. Ça l'a mis dans tous ses états.

La tarte au chocolat s'était logée dans son palais.

— Oh, désolée ! Vous ne sortez pas avec lui, si ?

Daisy déglutit et sourit à la serveuse, qui la considérait d'un air inquiet.

— Oh, bien sûr que non ! Je m'occupe juste de la décoration de son nouvel établissement.

— Celui qui se trouve au bord de la mer. Merveilleux. Je suis impatiente de voir ça.

La jeune fille se pencha tout en jetant un coup d'œil en direction de la porte.

— Nous l'aimons tous énormément, ce cher homme, mais c'est un coureur de jupons comme pas deux. Je suis prête à parier qu'il a dû coucher avec au moins la moitié des filles de ce club.

Jones cessa d'essayer de lui faire la conversation peu après Colchester. Il lui demanda si elle était fatiguée, et comme elle répondit par l'affirmative, il suggéra de la laisser dormir si elle le souhaitait. Daisy détourna son visage de lui et regarda la route éclairée au sodium défiler rapidement sous ses yeux. Elle se demandait comment loger tant d'émotions conflictuelles dans sa petite cervelle si lasse.

Elle aimait bien Jones. Elle se rendait compte qu'elle l'avait probablement su dès le moment où il était venu la chercher et lui avait mis les nerfs en boule en ne lui prêtant aucune attention. Elle avait commencé à le reconnaître lorsqu'il avait manifesté une tendresse et une sollicitude inhabituelles quand elle s'était coupé le bras. Il avait blêmi en voyant à quel point elle saignait. Et l'empressement avec lequel il avait appelé le personnel du dépôt-vente et l'avait conduite à l'hôpital lui avait donné un sentiment de protection qui lui avait fait défaut depuis le départ de Daniel (elle éprouvait un grand besoin de se sentir protégée). Cependant, la remarque de la serveuse à propos du remariage de son ex-femme l'avait frappée avec la force d'une masse. Elle était jalouse. Jalouse de son ex-compagne parce qu'elle avait été mariée avec lui. Jalouse de toute personne encore capable de l'ébranler à ce point… Et puis la serveuse avait mentionné les autres filles.

Daisy glissa plus bas sur son siège, se sentant à la fois furieuse et abattue.

C'était inapproprié. Il était inapproprié. Pourquoi s'accrocher à quelqu'un qui, selon la formule éloquente de la serveuse, était un coureur de jupons ? Daisy le regarda à la dérobée. Elle connaissait ce genre d'homme.

Julia les qualifiait d'« accidents de voiture » : étonnamment séduisants, mais il ne fallait surtout pas s'engager avec eux ; passez votre chemin et remerciez Dieu de ne pas être restée coincée au milieu. En imaginant qu'elle eût voulu avoir une histoire avec lui, ce qui n'était évidemment pas son intention, Jones ne ferait pas l'affaire, même pour se remettre de sa déception amoureuse. Son mode de vie, son histoire : tout indiquait des infidélités en série et un refus d'engagement.

Daisy frissonna, comme si elle redoutait qu'il puisse lire dans ses pensées. Car tout cela était fondé sur l'idée qu'il l'aimait bien – ce dont, franchement, elle n'était pas sûre. Il appréciait sa compagnie, ça oui, et ses idées, mais il y avait un fossé génétique entre elle et la serveuse, ces filles bronzées aux jambes bien galbées qui peuplaient son monde.

— Vous avez assez chaud ? Ma veste est sur la banquette arrière si vous en avez besoin.

— Ça va, répondit-elle sèchement.

En dépit de l'heure tardive et de la douleur qui s'était réveillée, elle regrettait de ne pas avoir pris le train.

Je ne peux pas faire ça, pensa-t-elle en se mordant la lèvre. *Je ne peux pas me laisser aller à éprouver quoi que ce soit. C'est trop douloureux, trop compliqué.*

Elle avait été sur la voie de la guérison, jusqu'à ce qu'elle passe du temps avec Jones. À présent, elle se sentait à nouveau vulnérable.

— Une pastille à la menthe ? demanda-t-il.

Elle secoua la tête et, finalement, il la laissa tranquille.

Ils arrivèrent à Arcadia à 9 h 45. Les pneus crissèrent dans l'allée, rendant le silence encore plus audible lorsque la voiture s'immobilisa. Le ciel était dégagé, et Daisy inspira l'air salé et pur tout en écoutant les grondements distants de la mer.

Elle sentit plutôt qu'elle ne vit Jones la regarder. Ayant à l'évidence décidé de ne rien dire, il sortit du véhicule.

Daisy se démena elle-même pour ouvrir sa portière, son incapacité physique la menant dangereusement près des larmes. Elle était résolue à ne pas pleurer devant lui. Il ne manquerait plus que ça.

Mrs Bernard avait laissé quelques lampes allumées pour rendre la maison plus accueillante ; elles jetaient des lueurs jaunes sur le gravier. Daisy leva les yeux vers les fenêtres, sentant intensément qu'elle était sur le point de passer encore une autre nuit seule.

— Est-ce que ça va ? demanda Jones, près d'elle.

Une humeur plus contemplative avait remplacé son enjouement. Il avait l'air d'être sur le point de dire quelque chose de grave, pensa-t-elle.

— Ça va bien, répondit-elle en sortant les jambes de la voiture tout en maintenant son bras contre sa poitrine d'un geste protecteur. Je peux me débrouiller.

— Quand Mrs Bernard ramènera-t-elle le bébé ?

— De bonne heure demain matin.

— Voulez-vous que j'aille la chercher ? J'en ai pour cinq minutes.

— Non. Rentrez. On a probablement besoin de vous à Londres.

Il la regarda avec insistance et elle rougit du ton qu'elle avait employé, se félicitant que, dans l'allée mal éclairée, il ne se fût probablement aperçu de rien.

— Merci quand même, dit-elle en se forçant à sourire. Désolée… désolée pour tout.

— Ça a été un plaisir. Vraiment.

Il se tenait devant elle, sa présence trop imposante pour qu'elle puisse passer à côté de lui. Elle contemplait ses chaussures en espérant qu'il allait s'en aller. Mais il avait l'air de répugner à partir.

— Je vous ai contrariée, dit-il.

— Non, répondit-elle avec trop d'empressement. Pas du tout.

— Vous en êtes sûre ?

— Je suis juste fatiguée. Et j'ai mal au bras.

— Ça va aller toute seule ?

Elle leva les yeux vers lui un instant.

— Oh oui.

Ils se tenaient à quelques mètres l'un de l'autre – Jones, mal à l'aise, faisant passer ses clés de voiture d'une main dans l'autre.

Pourquoi ne partez-vous pas ? avait-elle envie de crier.

— Oh, vous avez laissé quelque chose dans le coffre.

— Quoi donc ?

— Venez.

Il fit le tour de la voiture et le coffre s'ouvrit, accompagné du bip de la commande automatique.

Daisy le rejoignit, son cardigan sur les épaules. L'écharpe lui frottait la nuque et elle leva sa main valide pour tâcher d'ajuster le nœud. Quand elle eut fini, Jones regardait toujours dans le coffre. Elle suivit son regard.

Là, sur une grande couverture grise, se trouvait le vitrail, à peine visible dans l'ombre projetée par le hayon du coffre.

Elle resta immobile.

— Je vous ai vue le regarder.

Jones avait l'air gêné à présent.

— J'ai pensé… j'ai pensé qu'il ressemblait un peu à votre petite fille.

Daisy perçut le bruissement de la brise dans les pins d'Écosse et le doux chuchotement des herbes sur la dune… Ces sons étaient presque couverts par les sifflements qui résonnaient dans ses oreilles.

— C'est une manière de vous remercier, dit-il d'un ton bourru en continuant à regarder dans le coffre. Pour ce que vous avez fait. La maison et tout ça.

Puis il releva la tête et la dévisagea. Et Daisy, tenant son sac dans sa main valide, cessa d'écouter. Elle vit deux yeux sombres, mélancoliques, et un visage dont le manque de finesse était remplacé par une douce expression.

— Je l'adore, dit-elle à voix basse.

Sans le quitter des yeux, elle fit un pas vers lui, levant presque involontairement son bras en écharpe, la poitrine serrée. Et s'arrêta au moment où la porte d'entrée s'ouvrait à toute volée, projetant un arc de lumière qui les enveloppa.

Daisy se retourna, battant des paupières, tandis que ses yeux s'accommodaient à la silhouette qui se détachait dans l'embrasure de la porte, une silhouette qui n'aurait pas dû être là et ne semblait pas être celle de Lottie Bernard. Elle ferma les yeux et les rouvrit.

— Salut, Daise, dit Daniel.

Chapitre 17

— Elle a vraiment pris l'initiative, cette fois-ci.

Lottie était en train de construire une tour de briques pour Ellie en jetant un regard aux deux silhouettes sur la terrasse. Elle se tourna vers Aidan, puis se redressa.

— Qui ça ?

Elle avait oublié tout le temps que l'on passait à se mettre à genoux par terre, puis à se relever avec les enfants en bas âge. Elle n'avait pas le souvenir d'avoir ressenti tant de douleurs lorsque Camille était petite. Ni même avec Katie.

— La dame du bout de la rue, Mrs Jambières ou je ne sais quoi. Vous avez vu ça ?

Il s'approcha du tapis et lui tendit le journal local en lui désignant la page du courrier.

Recherchons toute personne sensée pour prendre part à un piquet de grève à l'hôtel, afin d'empêcher ce Jones de servir de l'alcool.

— Comment ?

Lottie étudia l'annonce tout en tendant distraitement des briques de couleurs à Ellie.

— Quelle sotte ! dit-elle. Comme si quelques retraités décrépits et armés de pancartes allaient changer quoi que ce soit à la situation. Elle devrait aller voir un psychiatre.

Aidan prit son thé sur le comptoir, ses doigts couverts de plâtre apparemment insensibles à la chaleur de la tasse.

— Votre gaillard ne va pas avoir bonne presse, en tout cas. Se démener contre une bande de rebelles aux cheveux teints en bleu, ce n'est pas tout à fait l'image qu'il voulait donner.

— C'est ridicule, commenta Lottie d'un ton dédaigneux en lui rendant le journal. Comme si l'on en avait quoi que ce soit à faire de quelques gin-tonics.

En se penchant en arrière, il surprit Daisy dehors en compagnie d'un inconnu.

— Hé, hé, fit-il, notre Daisy a embauché un nouveau pour la relève de la nuit.

— Vous n'avez donc rien de mieux à faire ? lança Lottie d'un ton brusque.

— C'est une question d'opinion, dit-il, attendant juste assez longtemps pour agacer Lottie, avant de s'en aller d'un pas nonchalant.

C'était le père de l'enfant. Cela ne faisait aucun doute. Elle l'avait su dès qu'il était apparu à la porte, la veille au soir, ses cheveux foncés, ses yeux d'un brun profond, semblables à ceux d'Ellie.

— Oui ? avait-elle demandé, sachant pertinemment ce qu'il était sur le point de dire.

— Daisy Parsons est-elle là ?

Il tenait un petit sac de voyage contre lui. Présomptueux de sa part, étant donné les circonstances, avait pensé Lottie.

— Je suis Daniel.

Elle l'avait regardé d'un air délibérément morne.

— Daniel Wiener… Le père d'Ellie.

— Elle est sortie, avait répondu Lottie tout en prenant note de son regard las, de ses vêtements à la mode.

— Puis-je entrer ? J'arrive de Londres par le train. Je ne pense pas qu'il y ait un pub dans le coin où je puisse attendre.

Elle l'avait laissé entrer sans un mot.

Cela ne la regardait pas, bien sûr. Ce n'était pas à elle de dire à Daisy ce qu'il convenait de faire. Mais, si elle avait été à sa place, elle lui aurait dit de mettre les bouts. Lottie serrait les poings, consciente qu'elle éprouvait une fureur injustifiée contre cet homme, au nom de Daisy. Qu'il puisse la laisser seule avec le bébé faire face à tout, puis s'imaginer qu'il pouvait revenir tranquillement dans sa vie comme s'il ne s'était rien passé… Daisy s'en était bien sortie. C'était évident aux yeux de tous. Elle jeta un coup d'œil au bébé, qui rongeait un coin de brique en bois d'un air méditatif, puis son regard se porta dehors, sur la terrasse, où se tenaient leurs deux silhouettes, raides, à plusieurs mètres l'une de l'autre – elle, apparemment absorbée par l'horizon lointain, lui, par ses chaussures.

Je devrais te souhaiter de vivre avec ton père, Ellie, dit-elle pour elle-même. *Moi plus que quiconque.*

Daisy était assise sur un banc, sous la fresque, dans l'espace laissé entre plusieurs pots contenant des pinceaux de tailles différentes, alors que Daniel, tournant le dos à la mer, observait la maison. Elle n'arrêtait pas de lui jeter des regards à la dérobée, s'efforçant d'évaluer l'effet qu'il avait sur elle tout en redoutant qu'il la surprenne.

— Tu as fait un travail superbe, dit-il. Je n'aurais pas reconnu les lieux.

— Nous avons travaillé d'arrache-pied. Toute l'équipe, Lottie, Jones et moi…

— C'était gentil de sa part de te raccompagner de Londres.

— Oui, très gentil, acquiesça-t-elle en buvant une gorgée de thé.

— Que t'est-il arrivé au bras ? demanda-t-il. Je voulais te poser la question hier soir, mais…

— Je me suis coupée.

Il blêmit. Elle saisit le cours de ses pensées un instant plus tard.

— Oh non ! Ne t'imagine pas que… Je suis passée à travers une porte vitrée.

Elle se sentit vaguement agacée à l'idée qu'il puisse encore s'imaginer indispensable à son existence.

— Est-ce que ça te fait mal ?

— Un peu, mais on m'a prescrit des comprimés contre la douleur.

— Bon. C'est bien. Pas ton bras, je veux dire. Les médicaments.

Leurs rapports avaient été moins tendus au départ. En le voyant, la veille au soir, elle avait cru, un bref instant, qu'elle allait s'évanouir. Puis, tandis que Jones déchargeait discrètement le vitrail avant de prendre congé, elle était entrée dans la maison et, cramponnée à la rampe de l'escalier, elle avait éclaté en sanglots sans pouvoir se retenir. Daniel l'avait prise dans ses bras en s'excusant, ses propres larmes se mêlant aux siennes, et elle avait pleuré de plus belle, choquée par le fait que son corps contre le sien puisse lui paraître aussi familier et étranger à la fois.

Elle s'attendait si peu à sa venue qu'elle n'avait pas eu le temps de déterminer les sentiments que cela lui inspirerait. La soirée passée en compagnie de Jones avait tout remis sur le tapis, et puis, brusquement, voilà qu'elle était confrontée à Daniel, dont l'absence avait marqué presque chaque minute des derniers mois, dont la présence ravivait tant d'émotions conflictuelles qu'elle était incapable de faire autre chose que de le regarder et de pleurer.

— Je suis tellement désolé, Daise, avait-il dit en serrant ses mains dans les siennes. Tellement désolé, si tu savais…

Un moment plus tard, elle s'était ressaisie et avait servi deux grands verres de vin d'une seule main. Elle avait allumé une cigarette, remarquant au passage son air surpris et les efforts qu'il déployait pour dissimuler son étonnement. Et puis elle s'était assise et l'avait regardé sans trop savoir quoi lui dire.

Il n'avait pas changé au premier abord : la même coupe de cheveux, le même pantalon et les tennis qu'il portait le week-end avant son départ. Il avait toujours la même manie : il se passait régulièrement la main sur le sommet de la tête, comme pour s'assurer qu'elle était encore là.

Mais, en y regardant de plus près, il semblait différent, plus âgé peut-être. Plus las, certainement. Elle s'était demandé si elle lui faisait la même impression.

— Est-ce que tu vas mieux ? l'avait-elle interrogé.

Une question qu'elle pouvait poser sans prendre de risques.

— Je suis moins… confus, si c'est ce que tu veux dire.

Daisy avait avalé une grande gorgée de vin. Il avait un goût acide : elle avait déjà trop bu ce soir.

— Où habites-tu ?

— Chez mon frère, Paul.

Elle avait hoché la tête.

Pas un instant il n'avait détourné le regard. Il paraissait anxieux et ne cessait de cligner des paupières. La pénombre laissait entrevoir des cernes profonds sous ses yeux.

— J'ignorais que tu vivais sur place ici, avait-il dit. Maman avait l'impression que tu logeais chez quelqu'un en ville.

— Qui donc ? avait-elle demandé d'un ton sec, au bord de la colère. J'ai été obligée de quitter l'appartement.

— J'y suis allé, avait-il répondu. Quelqu'un d'autre l'occupe.

— Je n'avais pas de quoi payer le loyer.

— Il y avait de l'argent sur le compte, Daise.

— Pas assez pour tenir le coup tout le temps où tu es parti. Ni pour subvenir à mes besoins. Pas si l'on prend en ligne de compte l'augmentation de loyer que Mr Springfield m'imposait.

Daniel avait baissé la tête.

— Tu as l'air en forme, avait-il dit d'un ton plein d'espoir.

Elle avait allongé les jambes, frottant une tache de sang bruni sur son genou gauche.

— Je le suis davantage que lorsque tu es parti, je suppose. Mais il est vrai que je venais juste d'accoucher.

Il y avait eu un long silence. Lourd de complications.

Elle avait considéré son épaisse tignasse brune en pensant aux innombrables fois où elle avait pleuré en se réveillant parce qu'elle ne pouvait plus y plonger les doigts, restant là, au lit, à se souvenir de l'effet que cela faisait. Elle n'avait pas la moindre envie de la toucher dorénavant. Une fureur glaciale l'habitait. Et, en deçà, intimement mêlée à cette rage, la peur qu'il ne s'en allât de nouveau.

— Je suis désolé, Daise. Je… je ne sais pas ce qui m'a pris.

Il s'était avancé sur son siège comme s'il s'apprêtait à faire un discours.

— On m'a prescrit des antidépresseurs, avait-il ajouté. Ça m'a un peu aidé dans le sens où je n'ai plus l'impression que tout est désespéré, comme avant. Mais je ne veux pas en prendre trop longtemps. Je n'aime pas l'idée de dépendance.

Il avait bu une gorgée de vin.

— J'ai aussi vu une psychiatre pendant quelque temps. Elle était un tantinet baba cool.

Il avait levé rapidement les yeux vers elle pour évaluer sa réaction à cette blague qu'ils partageaient depuis longtemps.

— Alors, qu'a-t-elle pensé ? De toi, je veux dire.

— Ça ne s'est pas vraiment passé comme ça. Elle me posait des tas de questions et s'attendait, en quelque sorte, à ce que je détermine les réponses.

— Ça me paraît un bon moyen de gagner sa vie. Et tu as trouvé des réponses ?

— À certaines choses, je crois.

Il ne s'était pas davantage étendu.

Daisy était trop fatiguée pour chercher à approfondir ce que cela pouvait vouloir signifier.

— Bon. Est-ce que tu comptes passer la nuit ici ?

— Si tu n'y vois pas d'inconvénient.

Elle avait inhalé une longue bouffée avant d'écraser sa cigarette dans le cendrier.

— Je ne sais pas quoi te dire, Dan. Je suis éreintée et tout est si soudain. Je n'arrive pas à y voir clair... Nous parlerons demain matin.

Il avait hoché la tête en continuant à la dévisager.

— Tu peux dormir dans la suite Woolf. Il y a une couette encore dans son emballage. Tu n'as qu'à la prendre.

L'éventualité qu'il puisse aller passer la nuit ailleurs ne les avait effleurés ni l'un ni l'autre.

— Où est-elle ? avait-il demandé alors qu'elle s'apprêtait à quitter la pièce.

Oh, finalement, tu t'intéresses à elle, hein ? avait-elle pensé.

— Elle sera de retour de bonne heure demain matin.

Elle n'avait pas fermé l'œil de la nuit. Comment aurait-il pu en être autrement alors qu'elle le savait couché, éveillé sans doute lui aussi, de l'autre côté du mur ? À un moment donné, elle s'était reproché sa réaction à son égard, le fait qu'elle ait efficacement saboté ce qui aurait pu être de merveilleuses retrouvailles. Elle n'aurait rien dû dire ce soir, se bornant à l'attirer contre elle, à l'aimer, à faire renaître leur intimité. À d'autres moments, elle s'était demandé pourquoi elle l'avait autorisé à rester. La colère, froide, dure, au tréfonds d'elle-même, avait fait sporadiquement jaillir des questions telle de la bile. Où était-il ? Pourquoi ne lui avait-il pas téléphoné ? Pourquoi lui avait-il fallu près d'une heure avant de lui demander où était sa fille ?

Elle s'était levée à 6 heures, les yeux vitreux, avec un mal de crâne, et s'était aspergé le visage d'eau froide. Elle aurait voulu qu'Ellie soit là ; cela lui aurait donné une raison de se concentrer, une série de choses pratiques à faire. À défaut, elle avait évolué silencieusement dans la maison, consciente de sa familiarité, du sentiment de sécurité qu'elle lui avait procuré jusqu'à maintenant. À présent, elle ne pourrait plus y penser sans songer à la présence de Daniel. Les zones qu'il n'avait pas infestées jusqu'à maintenant portaient désormais son empreinte. Il lui avait fallu plusieurs minutes pour comprendre que, si elle était tellement ébranlée, c'était parce qu'elle s'attendait à ce qu'il s'en aille de nouveau.

Il s'était réveillé après l'arrivée de Lottie. Elle avait tendu l'enfant, qui ne semblait pas troublée le moins du monde par la soirée inhabituelle qu'elle avait passée sans sa mère, et lui avait demandé si tout allait bien.

— Très bien, avait répliqué Daisy en enfouissant son visage dans le cou d'Ellie. (Elle avait une odeur différente : celle d'une autre maison.) Merci de l'avoir gardée.

— Elle a été très sage.

Lottie l'avait observée un moment, levant un sourcil à la vue de son bras.

— Je vais faire du thé, avait-elle annoncé avant de disparaître dans la cuisine.

Quelques minutes plus tard, Daniel était descendu, les yeux rougis, le teint gris témoignant d'une nuit tout aussi agitée que la sienne. Il s'était immobilisé, un pied reposant sur la marche derrière lui, en découvrant Daisy et Ellie dans l'entrée.

Daisy avait senti son cœur chavirer en le voyant. Elle s'était demandé à plusieurs reprises si, la veille au soir, elle n'avait pas vu une apparition.

— Elle… elle est tellement grande, avait-il chuchoté.

Daisy avait retenu la réponse sarcastique qu'elle avait sur le bout de la langue.

Il avait lentement descendu les marches et s'était approché d'elles, sans quitter sa fille des yeux.

— Bonjour, mon cœur ! s'était-il exclamé.

Et sa voix s'était brisée.

Avec l'infaillible aptitude d'un enfant à désamorcer une situation critique, Ellie lui avait à peine accordé un regard et s'était empressée de tapoter à plusieurs reprises le nez de sa mère tout en croassant à son adresse.

— Puis-je la prendre dans mes bras ?

Tout en essayant de parer aux pires assauts de sa fille, Daisy avait regardé les larmes qui emplissaient les yeux de Daniel, remarquant le regret à vif sur son visage. Et elle s'était demandé pourquoi, à ce moment auquel elle pensait depuis des mois, qu'elle avait attendu presque physiquement tout ce temps-là, l'instinct qui la dominait l'avait incitée à serrer sa fille contre elle. À ne la céder à personne.

— Tiens, avait-elle finalement dit en lui tendant Ellie.

— Salut, Ellie ! Comme tu es belle !

Il l'avait prise dans ses bras lentement, avec des gestes hésitants, comme quelqu'un qui n'en avait pas l'habitude. Daisy avait lutté contre l'envie de lui dire qu'Ellie n'aimait pas être tenue de cette manière, s'efforçant d'ignorer les bras de sa fille tendus vers elle.

— Tu m'as manqué, avait susurré David. Oh, ma chérie, comme tu as manqué à ton papa.

Submergée par un flot d'émotions contradictoires, et déterminée à n'en rien laisser paraître devant Daniel, elle s'était éloignée à grands pas pour se diriger vers la cuisine.

— Du thé ? avait demandé Lottie sans lever les yeux.

— S'il vous plaît.

— Et… lui ?

Daisy avait regardé le dos de Lottie, en quête de la théière et de sachets de thé.

— Daniel. Oui, il prend du thé aussi. Avec du lait. Sans sucre.

Avec du lait, sans sucre, avait-elle pensé en se cramponnant des deux mains au plan de travail pour les empêcher de trembler. *Je connais ses préférences mieux encore que les miennes.*

— Vous voulez que je le lui apporte ? Quand il en aura fini avec le bébé ?

Il y avait un certain agacement dans le ton de Lottie. Daisy la connaissait suffisamment maintenant pour le percevoir. Mais elle ne lui en avait pas voulu pour autant.

— Merci. Je vais aller boire le mien sur la terrasse.

Il était réapparu onze minutes plus tard. Daisy n'avait pas pu s'empêcher de les compter, calculant le temps durant lequel il tiendrait le coup avec sa fille, avant que les braillements de frustration ou une crise de larmes le perturbent au point qu'il la lui rende. Il avait résisté plus longtemps qu'elle ne s'y était attendue…

— Ton amie l'a emmenée en haut. Elle dit qu'elle a besoin d'une sieste.

Il avait apporté son thé dehors et se tenait debout à côté d'elle, contemplant la mer en contrebas.

— Lottie s'occupe d'elle pour moi pendant que je travaille.

— C'est un arrangement commode.

— Non, Daniel. C'est un arrangement nécessaire. Le patron ne tenait pas trop à ce que j'essaie de traiter avec les responsables de l'urbanisme et tous ces gens-là avec un bébé sur la hanche.

Elle était toujours là : cette colère bouillonnante, sous-jacente, prête à se déverser sur lui, à le brûler ! Daisy s'était frotté le front, la fatigue la rendant à la fois irritable et confuse.

Daniel était resté silencieux quelques minutes en sirotant son thé. Le parfum du jasmin en pleine floraison, qu'une faible brise charriait dans leur direction, était presque suffocant.

— Je ne m'attendais pas à être reçu les bras grands ouverts, avait-il dit. Je suis conscient de ce que j'ai fait.

« Tu n'as pas la moindre idée de ce que tu as fait ! » avait-elle été sur le point de crier.

— Je n'ai vraiment pas envie de parler de tout cela alors que je suis censée travailler, avait-elle répondu à la place. Si tu peux passer encore une nuit ici, nous en parlerons ce soir.

— Je n'ai aucun autre endroit où aller, avait-il répliqué en souriant, comme pour s'en excuser.

Elle lui avait rendu son sourire. Mais ses dernières paroles ne l'avaient guère rassurée.

La journée se passa sans anicroche et Daisy se félicita des multiples diversions que lui procurait son travail, entre les poignées de porte mal posées, les fenêtres qui refusaient de se fermer, ces agaçantes banalités qui lui restituaient une sensation de normalité et d'équilibre. Daniel se rendit en ville à pied, censément pour acheter un journal, mais surtout, comme elle le soupçonnait, parce qu'il trouvait la situation aussi pénible qu'elle. Aidan et Trevor l'observaient d'un œil intéressé : un drame domestique de proportions épiques se déroulait sous leurs yeux, détournant leur attention des matchs d'ouverture d'un tournoi de football à la radio.

Lottie se borna à regarder sans rien dire.

Ce matin-là, elle avait suggéré de céder la garde quotidienne d'Ellie à Daniel « tant qu'il était là ». Elle avait proposé de lui indiquer comment s'y prendre pour préparer ses repas, l'attacher sur sa chaise haute, lui avait montré la manière dont elle aimait avoir sa couverture calée sous son menton quand elle dormait. « Elle n'aime pas qu'on tourne en rond autour d'elle. Ça la perturbe. » Quelque chose dans l'expression de Lottie, lorsqu'elle avait dit ça, avait persuadé Daisy, à cet instant, que ce n'était peut-être pas une bonne idée de laisser Daniel prendre l'initiative, pas si elle-même tenait tant à ce qu'il revienne.

Camille apparut à l'heure du déjeuner et, après une conversation rapide avec sa mère, elle demanda discrètement à Daisy si « ça allait ».

— Passez chez nous ce soir, si vous voulez. Je vous ferai un massage de la tête ou un autre traitement du même style. Maman s'occupera d'Ellie. C'est excellent contre le stress.

S'il s'était agi de quelqu'un d'autre, Daisy l'aurait envoyé promener. Ayant grandi à Londres, elle avait acquis un sens naturel de l'anonymat, une horreur de la promiscuité de la vie au village, et le fait que le retour de Daniel autorisât apparemment tout le monde à exprimer son avis l'offusquait. Mais Camille paraissait indifférente aux ragots : sans doute entendait-elle tant d'histoires sensationnelles chaque jour, à son travail, qu'elle s'était habituée aux plaisirs que cela pouvait procurer. Elle voulait juste qu'elle se sente mieux, pensa Daisy d'un air songeur. Ou peut-être avait-elle envie de compagnie.

— N'oubliez pas de venir, dit Camille en s'éloignant avec Rollo. Pour être honnête, quand Katie sort avec ses amies, je ne suis pas fâchée d'avoir quelqu'un à qui parler. Hal semble préférer ses dames peintes à moi, ces temps-ci.

Elle l'avait dit sur le ton de la plaisanterie, mais son expression était sérieuse.

Hal était apparemment le seul à n'en avoir rien à faire de la situation sentimentale de Daisy. Probablement parce qu'il était trop absorbé par la fresque, aux trois quarts décapée à présent. Il était tout à son travail, répondait par monosyllabes. Il ne prenait même plus le temps de déjeuner, acceptant les sandwichs de sa femme sans les démonstrations affectives qu'il manifestait auparavant. La moitié du temps, il oubliait de les manger.

Jones n'appelait pas.

Elle s'en abstint, elle aussi. Elle n'aurait pas su quoi lui dire.

Daniel était toujours là. Le deuxième soir, ils ne parlèrent pas. À croire qu'ils n'avaient pensé pratiquement qu'à cela toute la journée, l'un et l'autre, et qu'une fois seuls dans la maison, ils étaient trop éreintés à force d'avoir passé et repassé mentalement leurs arguments. Ils mangèrent, écoutèrent la radio et allèrent se coucher.

Le troisième soir, Ellie pleura presque sans discontinuer, victime de quelque grogne indéterminée ou d'une dent qui poussait. Daisy la promena au premier étage. Dans leur maison de Primrose Hill, les pleurs d'Ellie, qui avaient toujours fait vibrer en elle une corde invisible sur le point de rompre, ne lui inspiraient que la crainte de déranger tout le monde – les voisins d'au-dessus et d'en dessous, les gens qui passaient dans la rue, Daniel.

À Arcadia, dit-elle tendrement à sa fille, *personne ne peut t'entendre brailler.*

Elle arpentait les couloirs, les sanglots d'Ellie s'amenuisant chaque fois qu'elle changeait de pièce, en s'efforçant de ne pas penser trop fort à la réaction de Daniel en bas. N'était-ce pas, après tout, ce qui avait provoqué son départ : le bruit, le chaos, l'imprévisibilité du quotidien ? Elle s'attendait à moitié à ce qu'il soit parti lorsqu'elle descendit l'escalier sur la pointe des pieds.

Mais il lisait le journal.

— Est-ce qu'elle va bien ? demanda-t-il, se détendant ostensiblement lorsqu'elle hocha la tête. J'ai préféré… ne pas m'en mêler.

— Elle pique des petites colères comme ça de temps en temps, dit-elle en tendant le bras vers son verre de vin et en s'asseyant lourdement à côté de lui. Il faut bien qu'elle se dépense un peu avant de se rendormir.

— J'ai raté tellement de choses. Je suis tellement en retard sur toi pour ce qui concerne ses besoins.

— Ce n'est pas une science nucléaire.

— Ça pourrait aussi bien l'être, mais j'apprendrai, Daise.

Elle alla se coucher quelques instants plus tard.

Au moment de quitter la pièce, elle dut lutter contre l'envie inattendue de lui déposer un baiser sur la joue.

— Julia ?

— Bonjour, ma chérie. Ça roule ? Comment va mon adorable bébé ?

— Daniel est revenu.

Il y eut un bref silence.

— Julia ?

— Je vois. Quand ce miracle a-t-il eu lieu ?

— Il y a deux jours. Je l'ai trouvé à la porte.

— Et tu l'as laissé entrer ?

— Je pouvais difficilement lui dire de prendre le train pour rentrer chez lui. Il était près de 22 heures.

Le grognement de sa sœur indiqua à Daisy ce qu'elle-même aurait fait à sa place.

— J'espère que vous n'avez pas…

— L'hôtel comporte huit suites, Julia.

— Eh bien, c'est déjà quelque chose, je suppose. Attends une seconde…

Daisy l'entendit poser la main sur le combiné, puis un cri étouffé lui parvint :

— Don ? Peux-tu baisser le feu sous les pommes de terre, chéri ? Je suis au téléphone.

— Écoute. Je ne vais pas te monopoliser longtemps. Je voulais juste que tu le saches.

— Il est de retour pour de bon ?

— Comment ça ? Daniel ? Je n'en sais rien. Il ne m'a rien dit.

— Évidemment que non. Ce serait ridicule de s'attendre à ce qu'il te fasse part de ses projets.

— Ce n'est pas ça, Ju. Nous n'en avons pas encore parlé. Il n'a pas encore été question de tout ce qui s'est passé entre nous.

— C'est commode pour lui.

— Ce n'est pas nécessairement sa faute.

— Quand cesseras-tu de le défendre ?

— Je ne le défends pas. Vraiment. Je crois que j'ai juste envie de voir… ce qui se produira lorsque nous serons de nouveau ensemble. Si cela peut encore marcher. Ensuite, nous passerons aux conversations sérieuses.

— T'a-t-il proposé de l'argent ?

— Comment ?

— Il est logé et nourri. Car je suppose qu'il n'a pas d'autre endroit où aller.

— Il n'est pas…

— Il habite dans un hôtel de luxe. Il occupe une suite. Gratuitement.

— Oh, Julia, lâche-lui un peu de lest.

— Non, Daisy, c'est hors de question. Pourquoi lui lâcherais-je du lest après ce qu'il t'a fait endurer, à toi et à ton enfant ? Il est nul, à mon avis.

Daisy ricana sans pouvoir se retenir.

— Évite, en tout cas, de le laisser reprendre les choses en main, Daisy. Tu t'es très bien débrouillée sans lui, souviens-t'en. Il ne faut pas que tu l'oublies. Tu t'en es sortie toute seule.

Est-ce vraiment le cas ? pensa Daisy après coup.

Elle s'était sentie moins impuissante, incontestablement. Elle était parvenue à imposer sa routine à Ellie plutôt que l'inverse. Elle avait redécouvert quelque chose en elle, quelque chose de meilleur que la Daisy qu'elle était avant, se disait-elle à l'occasion. En rénovant Arcadia, elle avait accompli une tâche grandiose dont elle ne se serait jamais sentie capable. Mais elle avait éprouvé un grand sentiment de solitude. Or, la solitude n'était pas un état qu'elle appréciait naturellement.

— Tu as changé, avait dit Daniel, au moment où elle s'y attendait le moins, alors qu'il la regardait travailler.

— En quel sens ? avait-elle demandé d'un ton circonspect.

D'après Daniel, jusqu'à présent, tous les changements survenus chez elle n'avaient fait qu'empirer les choses.

— Tu es moins fragile. Moins vulnérable. Tu sembles plus à même d'affronter les choses d'une manière générale.

Daisy avait regardé dehors, où Lottie était en train de souffler sur un moulinet en aluminium, faisant pousser des cris de joie à Ellie.

— Je suis une mère, avait-elle répondu.

Le quatrième jour, Carol, la responsable des relations publiques, fit son apparition, s'extasiant devant la beauté de la maison, prenant des photos au Polaroid de chaque chambre, faisant grincer Daisy des dents et incitant Lottie à lever les sourcils en accents circonflexes.

— Jones m'a fait part de votre idée. Une très, *très* bonne idée, dit-elle sur un ton de conspirateur. Ça fera un superbe article pour l'une des revues de décoration. Je pense à *Interiors*. Ou peut-être *Homes & Gardens*.

Agacée à l'idée que Jones eût confié son projet à cette femme, Daisy n'en était pas moins excitée à la perspective que ses talents puissent être reconnus par la presse.

— Jusqu'à ce moment-là, cependant, motus et bouche cousue, ajouta Carol en posant théâtralement un doigt sur ses lèvres. Tout est dans la nouveauté.

Elle songeait à faire une entorse à l'une de ses règles d'or personnelles, ajouta-t-elle, en organisant une partie à thème : une journée de villégiature au bord de la mer dans les années cinquante. Ils pourraient se montrer *merveilleusement vulgaires* avec ânes, cornets de glace et cartes postales comiques à l'appui. Elle n'avait pas eu l'air d'entendre lorsque Daisy lui avait précisé que la maison ne datait pas des années cinquante.

— Jones va-t-il revenir ? Avant l'inauguration ? demanda Daisy en raccompagnant Carol à sa voiture de sport.

Elle s'émerveillait, en son for intérieur, à l'idée qu'une femme ayant passé la cinquantaine puisse encore se sentir à l'aise dans une voiture japonaise à deux sièges.

— Il avait l'intention de venir nous rejoindre cet après-midi, précisa Carol en appuyant sur une touche de son portable pour vérifier ses messages. Mais vous savez comme il est.

Elle leva les yeux au ciel, une manie qui semblait commune à toutes les collègues de travail de Jones du sexe féminin.

— Ravie d'avoir fait votre connaissance, Daisy. Je suis absolument enchantée à l'idée que nous allons travailler ensemble. Ça sera une réception merveilleuse.

— J'en suis sûre, répondit Daisy. Alors à bientôt.

Dès lors, d'autres personnes commencèrent à envahir son territoire. Il y eut un jeune photographe à la mine solennelle, qui lui expliqua qu'il se chargeait de toutes les brochures de

Jones et qui rendit les ouvriers fous en les bannissant des chambres tout en leur empruntant leurs câbles électriques pour ses lampes à arc. Puis ce fut au tour du chef, venu du club londonien de Jones pour jeter un coup d'œil aux cuisines. Il mangea trois paquets de morceaux de porc croustillants pour son déjeuner. Suivit un responsable de l'urbanisme, qui débarqua sans prévenir et repartit sans avoir vérifié quoi que ce fût apparemment. Sans oublier Mr Bernard, qui apparut un soir pour voir si Hal serait disposé à venir boire un verre avec lui. Il frappa à la porte grande ouverte et patienta tandis que tout le monde entrait et sortait comme dans un moulin.

— Lottie n'est pas là, monsieur Bernard, lui dit Daisy lorsqu'elle s'aperçut de sa présence. Elle a emmené Ellie en ville. Voudriez-vous entrer ?

— Je le sais, ma chère, et je ne veux pas vous déranger, répondit-il. Je me demandais juste si mon gendre était là.

— Il est derrière la maison, dit-elle. Entrez donc.

— Si je ne dérange personne. C'est très gentil à vous.

Il paraissait un peu mal à l'aise, même en marchant dans la maison, le regard toujours fixé devant lui comme s'il redoutait d'avoir l'air curieux.

— Tout se passe bien ? se contenta-t-il de demander.

Il hocha la tête, ravi, quand Daisy lui répondit par l'affirmative.

— Vous faites du bon travail. Même si je n'y connais pas grand-chose.

— Merci, répliqua Daisy. Je suis contente que certaines personnes aient cette impression.

— Ne prêtez aucune attention à Sylvia Rowan, ajouta-t-il alors qu'elle le conduisait sur la terrasse. Sa famille a toujours eu une dent contre Lottie. C'est probablement à cause d'elle, tous ces tracas qu'elle a causés, plus que toute autre chose. Les rancunes ont la vie dure par ici.

Il lui tapota le bras et se dirigea vers Hal, qui était en train de nettoyer ses pinceaux. Daisy le suivit des yeux, se souvenant de la soirée où Lottie lui avait parlé de la naissance de Camille. Avec son dos légèrement voûté, portant col et cravate en plein cœur de l'été, Joe n'avait pas vraiment le profil du chevalier en armure étincelante.

Plusieurs minutes plus tard, alors que Daisy accrochait une série de vieilles photographies dans le hall avant de les changer de place, il réapparut sur le seuil.

— Il est un peu occupé ce soir. Une autre fois, peut-être, dit-il. Vous avez un programme serré, il me semble. Je ne veux pas m'immiscer.

Il avait la mine de quelqu'un habitué à des déceptions depuis de nombreuses années. Il acceptait celle-ci comme les autres.

— Il n'est pas obligé de travailler tard si vous avez prévu quelque chose, lui dit Daisy.

— Non. Pour être honnête, Lottie voulait que je lui parle.

Daisy attendit.

— Oh, il n'y a pas de quoi s'inquiéter. Ne nous faisons pas de soucis, ajouta-t-il en regagnant sa voiture tout en agitant une main près de sa tête. C'est probablement à cause de son affaire, qu'il est sur le point de fermer. Je crois qu'il le prend très mal. Je voulais juste m'assurer qu'il tenait le coup, vous comprenez. Bref, je ferais mieux d'y aller. À bientôt, Daisy.

Elle agita la main à son tour alors qu'il descendait l'allée.

Pour finir, elle se rendit chez Camille. Elle expliqua à Daniel qu'elle avait un rendez-vous, ce qui était partiellement vrai, et qu'il allait devoir garder Ellie, ce qui fit blêmir Lottie. Puis elle parcourut la brève distance qui la séparait de la maison de Camille. Tandis qu'elle marchait, sans se presser, dans les rues de Merham baignées de soleil, se frayant un chemin entre des parents épuisés et de petits enfants vacillant sur des bicyclettes instables, elle se rendit compte qu'en dehors de son expédition à Londres, elle avait à peine quitté la maison et ses jardins depuis des semaines. Daniel n'avait pas paru aussi effrayé qu'elle s'y était attendue. Il avait eu l'air plutôt content, comme si la permission de garder son propre enfant était un privilège, telle une médaille d'honneur parce qu'il s'était bien tenu. Elle lui donnerait jusqu'à 21 heures avant de téléphoner ; à ce stade, elle s'attendait à ce qu'il la supplie de revenir.

Camille et Hal habitaient une grande maison jumelée, dotée de généreuses fenêtres et d'une entrée style années trente, à travers laquelle elle distinguait tout juste la silhouette de Rollo, qui aboyait joyeusement. Elle entendit, puis vit Camille s'acheminer dans le couloir avec une aisance surprenante.

— C'est Daisy, cria-t-elle pour lui épargner l'indignité d'avoir à demander.

— Vous arrivez à point nommé. Je viens juste d'ouvrir une bouteille de vin. Êtes-vous venue pour une tête complète ?

— Pardon ?

— Le massage.

Elle referma la porte soigneusement derrière Daisy et repartit dans le couloir en sens inverse en laissant sa main gauche traîner le long du mur.

— Oh, si vous voulez, dit Daisy, qui était juste venue pour profiter de sa compagnie.

La maison était mieux décorée qu'elle ne s'y était attendue. Quoique, *a posteriori*, elle ne sût pas très bien ce à quoi elle s'était attendue. En tout cas, pas à cette légèreté, à cette atmosphère aérée. Peut-être pas non plus à trouver des tableaux accrochés au mur. Certainement pas à la centaine de photographies émaillant les surfaces, toutes dans des cadres anciens en argent orné. On y voyait Hal et Camille marchant en montagne, en compagnie de Katie, juchée sur un poney, endimanchés tous les trois en prévision de quelque festivité. Sur le manteau de la cheminée trônait une grande photo de Camille et de Hal le jour de leur mariage. La manière dont il la regardait, ce mélange de fierté et de tendresse qui émanait de son jeune visage, incita Daisy à se sentir nostalgique un bref instant.

— Ces photos sont très belles, dit-elle.

— La petite aquarelle est un portrait de moi. C'est maman qui l'a faite, croyez-le ou non, quand j'étais bébé. C'est dommage qu'elle ne peigne plus. Je pense que ça lui ferait du bien d'avoir un hobby.

— Elle est ravissante. Et les photographies ?

— Êtes-vous en train de regarder la photo du mariage ?

Camille paraissait à même de se rendre compte où se trouvait Daisy d'après la direction de sa voix. Elle s'approcha de la cheminée et se saisit du cliché.

— C'est ma préférée, dit-elle. Ce fut une merveilleuse journée.

— Comment le savez-vous ? demanda Daisy sans pouvoir se retenir. Ce que représente la photo, je veux dire.

Camille reposa le cadre en s'assurant que sa base était bien à l'écart du bord.

— Grâce à Katie, principalement. Elle adore les photos. Elle me raconte tout ce qu'elles représentent. Je pourrais vous décrire la plupart de nos albums aussi.

Elle marqua une pause, un demi-sourire flottant sur ses lèvres.

— Ne vous inquiétez pas. Je ne vous ferai pas ce coup-là. Venez à la cuisine. J'ai conservé mon vieux fauteuil de soins. Katie aime bien s'y asseoir.

Camille et elle se connaissaient à peine, pas comme des amies qui se racontent toutes leurs histoires, partagent leurs goûts et leurs aversions en une sorte de sténo émotionnelle. À dire vrai, Camille était d'une nature trop réservée pour Daisy. Elle se sentait mieux en compagnie de gens qui s'ouvraient à elle, qui déballaient leurs émotions, comme c'était le cas de Daniel. Pourtant, quelque chose chez la fille de Lottie semblait la mettre à l'aise. Elle ne se sentait pas en compétition avec elle, comme cela lui arrivait souvent, secrètement, avec d'autres femmes séduisantes. Et cela n'avait rien à voir avec la cécité de Camille. Il émanait juste de sa personne quelque chose qui lui donnait la sensation d'être acceptée, une sorte de sérénité. Une bonté intrinsèque qui réussissait à ne pas vous soulever le cœur, sans mettre Daisy mal à l'aise sous prétexte qu'elle ne pouvait pas en offrir autant.

À moins que ça ne soit seulement à cause du massage : les pressions alternées du pouce et des doigts sur sa tête et son cou, soulageant ses pensées en même temps que ses tensions physiques. Ici, elle n'avait pas à songer à Daniel. Elle n'avait pas à songer du tout.

— Vous êtes très douée, dit-elle d'un ton rêveur. J'ai l'impression que je pourrais m'endormir.

— Vous ne seriez pas la première. (Camille but une gorgée de vin.) J'ai dû arrêter de masser les hommes, en revanche. Cela a parfois sur eux un tout autre effet.

— Oh… Ce n'est pas le genre de réputation que l'on souhaite quand on est masseuse.

— Ils pensent que, lorsqu'on ne voit pas, on ne s'aperçoit de rien. Mais je m'en rends compte, vous savez. Rien qu'à leur respiration.

Elle posa une main sur sa poitrine et imita le son de plus en plus rapide inspiré par le désir.

— Vraiment ? Oh, mon Dieu. Que faisiez-vous alors ?

— J'appelais Rollo pour qu'il sorte de dessous la table. Un bon vieux chien qui empeste me permettait généralement d'obtenir le résultat escompté.

Elles rirent à l'unisson.

— Votre père est venu à la maison aujourd'hui.

— Ah bon ! Pour quoi faire ?

— Inviter Hal à prendre un verre. (Les mains de Camille s'immobilisèrent.) Je crois que Hal voulait continuer à travailler sur la fresque. Il est… terriblement consciencieux.

— Papa a invité Hal à venir boire un verre ?

— C'est ce qu'il m'a dit. Oh, ai-je fait une gaffe ?

— Non, ne vous inquiétez pas.

La voix de Camille avait pris une intonation dure.

— Ce n'est pas papa. C'est maman qui se mêle une fois de plus de ce qui ne la regarde pas.

Le plaisir brumeux des dernières minutes s'évapora.

— C'était peut-être vraiment juste pour boire un verre, suggéra Daisy.

— Non, Daisy, avec maman, ce n'est jamais *juste ça.* Elle veut savoir ce qui ne tourne pas rond chez Hal, pourquoi il prend si mal la fermeture de son affaire.

— Oh !

— Elle l'a harcelé pour qu'il ferme boutique, et maintenant elle continue à l'asticoter parce qu'il ne supporte pas la situation comme elle estime qu'il le devrait.

— Je suis sûre qu'elle fait ça avec les meilleures intentions du monde, répliqua Daisy d'une voix faible.

— J'en suis convaincue. Mais elle n'arrive pas à laisser Hal et moi régler nos affaires tout seuls.

Elle soupira, exaspérée.

— Parce que vous êtes enfant unique ?

— Oui. Cela n'arrange rien. Je crois que papa aurait voulu d'autres enfants, mais maman a beaucoup souffert au moment de ma naissance et ça l'a découragée. Il n'y avait pas de médicaments adéquats à l'époque.

— Aïe, fit Daisy en pensant à sa propre péridurale. Je suis désolée si j'ai dit ce qu'il ne fallait pas. Je crois que j'aurais mieux fait de tenir ma langue.

— Oh, ne vous inquiétez pas, Daisy. Ce n'est pas la première fois. Et ça ne sera certainement pas la dernière. C'est ce qui arrive quand on habite si près de chez ses parents, je suppose. Hal et moi aurions sans doute mieux fait de déménager lorsque nous nous sommes mariés, mais nous ne l'avons pas fait, et puis avec Katie et tout ça… J'avais besoin d'aide.

— Je comprends. Je ne sais pas ce que j'aurais fait moi-même sans votre mère.

Les mains de Camille s'étaient remises en mouvement, par pressions douces, répétitives.

— Vous êtes assez tendue, n'est-ce pas ? dit-elle. Il n'y a rien de surprenant à cela. Avec l'ouverture de l'hôtel qui approche et tout le reste. Je ne sais pas comment vous avez fait pour vous en sortir.

— Ce n'est pas encore chose faite.

— Est-ce plus facile maintenant que le père d'Ellie est revenu ?

C'était subtil. Daisy se demanda si Lottie n'avait pas envoyé Camille s'informer sur leur relation, à eux aussi.

— Pas vraiment, pour être honnête. Il nous a quittées quand Ellie n'avait que quelques mois. Je suppose que Lottie vous l'a dit. Je ne suis pas encore habituée à ce qu'il soit de retour.

— Alors, vous êtes de nouveau ensemble ?

— Je ne sais pas. Il est ici, de toute manière.

— Vous n'avez pas l'air convaincue.

— Je ne le suis pas. À vrai dire, je n'arrive pas trop à déterminer ce que je ressens.

Elle fut reconnaissante à Camille de ne pas essayer de lui proposer une solution, une marche à suivre. Julia était incapable d'entendre parler d'un problème sans se sentir obligée de le régler, et elle s'offensait le plus souvent un tantinet lorsque Daisy ne prenait pas ses recommandations à cœur.

— Si Hal vous faisait quelque chose de vraiment mal, s'il vous quittait pour de bon par exemple, pensez-vous que vous seriez en mesure de renouer avec lui ? De l'accueillir de nouveau à bras ouverts ?

Les mains de Camille s'immobilisèrent, ses paumes reposant sur le front de Daisy.

— Hal ne fait jamais rien de mal, dit-elle d'un ton sans appel. Mais je suppose que, si cela arrivait, avec un enfant et tout ça, tout dépendrait en définitive de ce qui nous rendrait le plus heureux. Si tout le monde est appelé à être plus heureux ensemble, même si c'est difficile, alors cela vaut sans doute la peine de lutter.

Daisy sentit les mains de Camille bouger, comme si elle avait changé de position.

— Je ne sais pas, poursuivit-elle. Quand on est jeunes, on se dit qu'on ne supportera pas le moindre écart, pas vrai ? On sc dit que, si la relation n'est pas assez passionnelle ou s'il vous déçoit, on prendra tout bonnement la poudre d'escampette pour aller trouver quelqu'un d'autre. Et puis, à mesure que l'on grandit, l'idée de devoir tout recommencer de zéro... paraît intolérable. À vrai dire, je crois que je supporterais passablement de choses avant de tout démolir. La famille, je veux dire. Peut-être finit-on par s'habituer aux compromis.

On aurait dit qu'elle parlait pour elle-même.

Elle marqua une pause. Quand elle reprit la parole, sa voix avait un tout autre timbre.

— Cela dit, s'il est impossible de rendre quelqu'un heureux, quoi qu'on fasse, je suppose qu'il vaut mieux s'avouer vaincu...

Lottie posa son sac sur la chaise de l'entrée et constata avec agacement que le manteau de Joe pendait au portemanteau.

— Je croyais que tu étais sorti boire un verre, cria-t-elle en entendant la radio dans le salon. Joe apparut et embrassa sa femme sur la joue.

— Il n'a pas voulu venir.

— Pourquoi ? Il ne peut pas passer *tout* son temps à travailler sur cette fresque.

Joe saisit le manteau de sa femme par les épaules pour l'aider à l'enlever.

— Impossible de le convaincre de venir, chérie. On peut conduire un cheval à l'abreuvoir...

— Oui, eh bien, quelque chose ne tourne pas rond chez lui. Je le trouve bizarre depuis des jours. Et le petit ami de Daisy traîne toute la journée en se tournant les pouces comme s'il était chez lui.

Joe tint la porte du salon ouverte pour sa femme. Elle sentit qu'il avait envie de la prendre par les épaules. Elle lui avait dit, des mois plus tôt, que cela la rendait toujours mal à l'aise.

— C'est le père de l'enfant, ma chérie.

— Eh bien, c'est un peu tard pour qu'il s'en rende compte.

— C'est à Daisy de décider. Oublions ça un moment, veux-tu ?

Lottie le dévisagea intensément. Il baissa les yeux, puis les releva.

— Cette histoire de maison… Je… Ça ne me plaît pas, Lottie. Cela remue beaucoup trop de choses. Et ça te contrarie.

— Pas du tout.

— Tu affrontes Sylvia Rowan alors que tu as passé Dieu sait combien d'années à les éviter, tous autant qu'ils sont.

— Ce n'est pas moi qui lui ai demandé de semer la zizanie.

— Et toute cette histoire de fresque. Ce n'est pas que ça m'ennuie, ma chérie, tu le sais. Je ne t'ai jamais reproché d'aller là-bas. Mais tu n'es plus toi-même depuis quelques semaines. Ça ne me plaît pas de te voir te mettre ainsi dans tous tes états.

— Je ne suis pas dans tous mes états. C'est toi qui me provoques à force de parler de tout ça. Je vais très bien.

— Bon. Quoi qu'il en soit, je voulais juste que nous ayons une petite discussion. À propos de ce qui se passera après.

Lottie s'assit.

— Après quoi ? demanda-t-elle d'un air soupçonneux.

— L'hôtel et tout ça. Après l'inauguration. Parce que Daisy retournera à Londres, n'est-ce pas ? Avec son compagnon ou sans lui. Et l'on n'aura plus besoin de toi là-bas.

Lottie le considéra d'un air interdit. Elle n'avait pas pensé à ce que serait la vie après l'ouverture de l'hôtel. Un frisson la parcourut. Elle n'avait jamais songé à ce qu'elle ferait sans Arcadia.

— Lottie ?

— Quoi donc ?

Elle vit sa vie future se déployer devant elle : les dîners dansants de la Table Ronde, les commérages avec les voisins, les interminables soirées dans cette maison…

— Je suis allé chercher des brochures.

— Que dis-tu ?

— Je suis allé nous chercher des brochures. J'ai pensé que nous pourrions profiter de l'occasion pour faire quelque chose de différent, tu vois ?

— Par exemple ?

— J'ai pensé que nous pourrions faire une croisière ou…

— J'ai horreur des croisières.

— Tu n'en as jamais fait. Écoute, nous pouvons même envisager un voyage autour du monde. En nous arrêtant dans tout un tas d'endroits, tu comprends ? Découvrir certains sites. On ne peut pas dire que nous ayons jamais été très loin, et nous n'aurons plus de responsabilités, dorénavant.

Il s'abstint de parler de deuxième lune de miel, mais Lottie sentit ces mots flotter dans l'air et cela la fit réagir.

— Ah ! c'est du Joe Bernard tout craché !

— Comment ?

— Plus de responsabilités, en effet. Et qui va s'occuper de Katie pendant que Camille est au travail ? Et qui va aider Camille ?

— Hal l'aidera.

Lottie ricana.

— Ils s'entendent très bien maintenant, ma chérie. Regarde comme il était avec elle à propos de cette affaire de fresque. On aurait dit un couple de tourtereaux. Tu me l'as dit toi-même.

— Eh bien, cela prouve que tu ne sais pas grand-chose. Parce qu'ils ne vont pas bien du tout. À mon avis, il est à deux doigts de la quitter de nouveau. Et c'est précisément la raison pour laquelle je voulais que tu ailles prendre un verre avec lui, ce soir, pour déterminer ce qui se passe dans sa tête de linotte. Mais non, tu es trop occupé à penser à des croisières et à des choses de ce genre.

— Lottie…

— Je vais prendre un bain, Joe. Je ne veux plus parler de tout ça.

Elle monta l'escalier d'un pas lourd pour gagner leur chambre en se demandant pourquoi les larmes lui venaient si facilement aux yeux.

C'était la deuxième fois cette semaine.

Le bruit de l'eau qui coulait avait émoussé son ouïe, de sorte qu'elle n'entendit pas les pas de Joe lorsqu'il monta l'escalier. Son apparition inattendue sur le seuil de la salle de bains la fit sursauter.

— J'aimerais bien que tu ne débarques pas ainsi sans prévenir, glapit-elle, une main sur sa poitrine, furieuse d'avoir été prise ainsi au dépourvu.

Joe fut momentanément paralysé par le visage inondé de larmes de sa femme.

— Il est rare que je ne sois pas du même avis que toi, Lottie, mais je vais te dire une chose.

Lottie dévisagea son mari, remarquant au passage qu'il se tenait plus droit qu'à son habitude et qu'une légère nuance d'autorité perçait dans sa voix.

— Je vais faire un voyage. Après l'inauguration de l'hôtel. Je vais réserver un billet et faire le tour du monde. Je ne suis plus tout jeune et je ne veux pas devenir vieux avec le sentiment que je n'ai rien vu, rien accompli. (Il marqua une pause.)

Que tu viennes avec moi ou pas. À l'évidence, je préférerais que tu m'accompagnes. Mais, rien que pour une fois, je vais faire quelque chose que j'ai envie de faire.

Il poussa un soupir, comme si son bref discours lui avait demandé un terrible effort.

— C'est tout ce que j'ai à dire, acheva-t-il, se retournant vers la porte et laissant sa femme muette derrière lui. Appelle-moi quand tu voudras que je mette les côtelettes sur le gril.

Le cinquième jour, Daniel et Daisy parlèrent. Ils emmenèrent Ellie en promenade sur la plage, en l'arrimant fermement dans sa poussette et en l'emmitouflant dans une couverture en coton, bien que la soirée fût douce et qu'il n'y eût pas de vent. Daisy avait dit à Daniel qu'elle avait de la peine à penser logiquement dans l'enceinte d'Arcadia. Elle la considérait non pas comme une maison ni un hôtel, mais plutôt comme une liste de problèmes à régler : un loquet de fenêtre mal ajusté, un plancher branlant, une prise défectueuse, sans parler de la date de l'inauguration qui approchait à grands pas. Dehors, à l'air frais, elle parvenait peu à peu à s'éclaircir l'esprit.

Voilà ce que je voulais, pensa-t-elle en voyant Daniel, Ellie et elle-même comme avec un œil étranger. *Un couple jeune et beau en compagnie de leur magnifique bébé. Une famille, étroitement unie, harmonieuse, se suffisant à elle-même.*

Elle avait hésité avant de prendre le bras de Daniel. Il l'avait serrée contre lui de sorte qu'elle avait la main toute chaude.

Et puis il s'était mis à parler.

La première fois qu'il avait compris que quelque chose n'allait pas, c'était lorsque l'un de ses anciens collègues, transporté de joie et d'orgueil, lui avait montré une photographie de son bébé. Daniel s'était rendu compte que, non seulement il n'avait pas de photo d'Ellie sur lui, mais qu'en plus, à l'évidence, il ne ressentait pas le dixième de ce qu'éprouvait son ami.

Il avait finalement admis, non sans peine, qu'il se sentait coincé. Pris au piège dans une situation qu'il n'avait pas demandée, sa ravissante petite amie disparue, remplacée par un « tas » larmoyant – il n'avait pas employé le mot « tas », mais Daisy savait à quoi s'en tenir – et un bébé brailleur. Il semblait qu'il n'y eût plus ni beauté ni ordre dans sa vie, alors que ces deux éléments lui étaient aussi indispensables que l'air qu'il respirait. Ne lui était-il pas arrivé d'être incapable de fermer l'œil parce qu'une cimaise avait été posée légèrement de guingois ? En se réveillant à 4 heures du matin, Daisy l'avait trouvé en train de la retirer du mur méticuleusement pour la remettre droite à l'aide de deux niveaux à bulle et de plusieurs bouts de ficelle.

Or, les bébés n'en avaient que faire de l'ordre. Peu leur importait si leur puanteur, leurs bruits, leurs couches polluaient le petit havre de paix de Daniel. Ils se fichaient que leurs exigences arrachent leur mère à d'autres, plus grands, de plus forts, qui avaient tout autant besoin d'elles. Peu leur importait à quelle heure ils vous réveillaient et ils se moquaient pas mal que vous ayez besoin de quatre heures de sommeil d'affilée juste pour être en mesure de gagner votre vie.

— Le problème, vois-tu, Daise, c'est qu'on n'a pas le droit de se plaindre. On est censé tout accepter et croire tout le monde quand on vous dit que « ça devient de plus en plus facile avec le temps », même lorsque l'on a l'impression que ça ne fait qu'empirer. On est supposé aimer les bébés aveuglément alors que l'on a en face de soi ces trolls plutôt laids et piailleurs, et l'on n'arrive tout bonnement pas à croire qu'ils puissent avoir quoi que ce soit à voir avec soi. Si j'avais dit… si j'avais dit ce que j'avais en tête au cours de ces premières semaines… la vérité, on m'aurait probablement arrêté.

C'était la barboteuse qui avait eu raison de lui. Il était entré un beau matin en titubant dans le salon, délirant à moitié, faute de sommeil, et il avait trébuché sur une barboteuse toute mouillée, abandonnée là, qui avait fait un bruit de clapotement. Il s'était assis, son pied souillé reposant sur le tapis naguère immaculé, et il avait compris qu'il ne tiendrait pas le coup un instant de plus.

— Mais pourquoi ne m'as-tu rien dit ? Pourquoi as-tu tout gardé pour toi ?

— Parce que j'avais l'impression que tu ne le supporterais pas. Tu arrivais à peine à tenir le coup toi-même. Comment aurais-tu pu admettre que le père de ton enfant te dise que sa naissance avait été une grave erreur ?

— J'aurais toléré cela beaucoup mieux que ta disparition.

Ils s'assirent sur la dune. Ellie s'était endormie dans son landau. Daniel se pencha et cala la couverture plus étroitement sous son menton.

— Je le sais maintenant. J'ai compris des tas de choses.

Elle eut l'impression de l'avoir retrouvé, la terrible vérité des propos qu'il tenait éveillant en elle une sorte de douceur. Parce qu'il aimait Ellie maintenant. C'était évident dans tout ce qu'il faisait.

— J'ai besoin de savoir si nous pouvons tenter notre chance à nouveau, dit-il en lui prenant la main. J'ai besoin de savoir si tu comptes me laisser revenir. Si nous pouvons admettre que le passé est le passé. Tu m'as vraiment manqué, Daise. Et elle m'a manqué aussi.

Sur la plage, un chien noir à poils longs courait dans un sens, puis dans un autre en décrivant des cercles, tout excité.

Il bondissait et se contorsionnait en l'air pour attraper les bouts de bois flotté que son maître lui lançait.

Son manège dessinait de longues arabesques sur le sable. Elle s'appuya contre Daniel et il la prit par la taille.

— Tu cadres encore, lui dit-il à l'oreille. Dans mes bras.

Daisy s'inclina davantage vers Daniel en s'efforçant de garder la tête claire et de se concentrer sur la sensation d'être à nouveau proche de lui. Tout en s'évertuant à ne pas prêter attention aux complications.

— Rentrons, Daisy, dit-il.

Jones observa le jeune couple avec une poussette qui remontait à pas lents le sentier de la plage, l'homme tenant sa petite amie par les épaules en un geste protecteur, le bébé invisible, plongé dans le sommeil, le soleil couchant faisant étinceler les roues de la voiture d'enfant.

Il resta assis là quelques minutes dans son véhicule, en attendant qu'ils disparaissent de sa vue, puis il fit demi-tour. Il lui faudrait deux heures pour regagner Londres. Certains penseraient sûrement que c'était de la folie de venir jusqu'ici pour repartir sans même prendre le temps de se dégourdir les jambes. Mais il avait manqué le rendez-vous avec Carol, se dit-il en sortant de l'allée d'Arcadia House pour prendre la direction de la gare, les yeux rivés sur la route devant lui sans ciller. Cela n'aurait servi à rien de s'attarder plus longtemps. C'était l'unique raison pour laquelle il était venu, après tout.

— C'est souvent difficile après la naissance d'un enfant.

— Cela nous prendra sans doute du temps de nous réhabituer l'un à l'autre.

— Oui.

Ils gisaient côte à côte, tous les deux réveillés et fixant un point dans l'obscurité.

—Nous sommes probablement un peu nerveux. Les derniers jours ont été étranges.

Daniel tendit un bras vers elle et elle posa la tête sur sa poitrine.

—Tu sais quoi, Daniel ? Nous ne devrions pas en parler autant, à mon avis. Du coup, cela devient un problème...

—Oh ! comme tu voudras.

—Mais tu as raison. Je crois que je suis un peu nerveuse.

Il lui prit la main et elle resta là, ses doigts entrelacés avec les siens, en s'efforçant de ne pas penser trop fort à la demi-heure qui venait de s'écouler. Elle avait envie d'aller chercher quelque chose à boire, mais elle savait qu'il avait besoin d'être rassuré par sa présence, qu'il interpréterait mal cette absence momentanée.

—En fait... Daise ?

—Oui ?

—Il y a une chose dont il faut que je te parle. Maintenant que nous sommes honnêtes l'un envers l'autre.

Pour Dieu savait quelle raison, une vision de Jones surgit dans son esprit, aussi fragile et opaque qu'un vitrail.

—Entendu, dit-elle en s'efforçant de ne pas laisser paraître à quel point elle était sur ses gardes.

—Il me semble que nous devons être totalement francs l'un envers l'autre si nous voulons oublier le passé.

Elle s'abstint de répondre, consciente des vaines tentatives qu'il faisait pour paraître désinvolte et sentant grandir en elle un sentiment de nostalgie, tel le sifflement lointain d'un train à l'approche.

—À propos de ce qui s'est passé lorsque nous étions séparés.

— Il ne s'est rien passé, répondit Daisy avec trop d'empressement.

Elle l'entendit déglutir.

— C'est peut-être ce que tu aimerais croire, mais ce n'est pas la vérité.

— Selon qui ?

Lottie, à tous les coups. Elle savait que, de l'avis de Lottie, ils auraient tort de se remettre ensemble.

— C'était juste un baiser, dit-il. Rien d'important. J'étais au fond du gouffre, je ne savais pas encore si j'allais revenir.

Daisy lui lâcha la main et se dressa sur un coude.

— Qu'est-ce que tu dis ?

— Rien qu'un baiser, Daise, mais j'estime que je dois être honnête envers toi.

— Tu as embrassé quelqu'un d'autre ?

— Pendant que nous étions séparés.

— Attends ! Tu étais censé faire une dépression nerveuse parce que tu ne supportais pas le bébé, et non pas fricoter quelque part dans le nord de Londres.

— Ça ne s'est pas passé comme ça, Daise…

— Ça ne s'est pas passé comme ça ? Et pendant que j'avais ta mère au téléphone me disant que tu étais quasiment sur le point de te jeter sous un bus, mal au point de ne pas pouvoir me parler, tu bécotais Dieu sait qui ? Qui était-ce, Dan ?

— Écoute, Daise, tu ne crois pas que tu dramatises ? Ce n'était qu'un baiser.

— Non, je ne dramatise pas.

Elle écarta la couette d'un grand geste et sortit du lit, refusant d'admettre que la véhémence de sa réaction puisse être liée à sa propre culpabilité.

— Je vais dormir dans l'autre chambre. Ne me suis pas et ne te mets pas à déambuler dans les couloirs, siffla-t-elle. Tu réveillerais le bébé.

Chapitre 18

Le bungalow, revêtu de planches blanchies par les intempéries et entouré d'un jardinet parsemé de sculptures rouillées, se dressait sur une plage de galets, à une trentaine de mètres environ d'un groupe de maisons similaires.

— Ça me plaît de vivre ainsi, dit Stephen Meeker tandis qu'ils regardaient par la fenêtre qui donnait sur le littoral à perte de vue. Les gens n'ont pas de prétextes pour passer à l'improviste. J'ai horreur de ça, quand ils s'estiment en droit de le faire. Comme si l'on devrait être reconnaissant de toute interruption des journées monotones, sous le prétexte que l'on est à la retraite.

Ils s'assirent pour prendre le thé dans un salon à peine décoré, bien que les murs fussent ornés de peintures dont la qualité détonnait avec le mobilier et les fauteuils autour d'eux. Dehors, la mer, étincelante sous un ciel d'août, était vide, familles et vacanciers ayant tendance à rester plus haut sur la rive, sur la petite étendue de plage de sable de Merham. C'était la deuxième fois cette semaine que Daisy avait brisé la monotonie de sa journée, mais il l'avait bien accueillie, en partie grâce à la sélection de magazines qu'elle lui avait apportés en cadeau, mais aussi parce que l'époque dont elle voulait lui parler était, selon lui, l'une des rares périodes de sa vie où il avait été heureux.

— Julian était très amusant, dit-il. Terriblement capricieux, surtout lorsqu'il s'agissait d'argent, mais il avait l'art de collectionner les gens, tout comme il collectionnait les œuvres artistiques. Il était comme sa femme, en ce sens. Un vrai couple de pies.

Il avait aimé Julian depuis toujours, précisa-t-il avec un ravissement qui cadrait mal avec l'image du vieil homme tout raidi qu'elle avait sous les yeux.

Dans les années soixante, lorsque Julian et Adeline avaient divorcé, les deux hommes s'étaient installés ensemble dans une petite maison à Bayswater.

— Nous continuions à dire aux gens que nous étions frères. Ça ne m'a jamais gêné. Julian faisait beaucoup plus cas de ce genre de choses que moi.

Plusieurs toiles qui ornaient les murs lui avaient été offertes par Julian. L'une d'entre elles, au moins, était de Frances, qui avait acquis tardivement une certaine notoriété après qu'une historienne d'art l'eut prise sous son aile.

Daisy, qui avait été secrètement abasourdie en voyant les signatures sur les autres toiles, nota avec consternation les angles tachés, le papier rebiquant sous l'effet de l'air salé.

— Ne devraient-elles pas être… dans un coffre, quelque part ? demanda-t-elle avec tact.

— Il n'y aurait personne pour les regarder dans ce cas, répondit-il. Non, ma chère, elles resteront ici avec moi, dans ma petite cabane, jusqu'à ce que je casse ma pipe. Une charmante lady, cette Frances. Un terrible gâchis, toute cette histoire.

Il s'était animé lorsqu'elle lui avait montré des Polaroid de la fresque presque achevée, admirant non sans nostalgie sa beauté d'antan et lui précisant les noms de ceux dont il se souvenait.

— Julian ne sera pas disponible pour la réception, lui dit-il tristement. Inutile de le contacter, ma chère. Il vit dans une maison de retraite à Hampstead Garden Suburb. Il est complètement gaga.

La dernière fois qu'il avait eu des nouvelles de Minette, elle vivait au sein d'une communauté, dans le Wiltshire. George occupait d'éminentes fonctions dans le domaine de l'économie, à Oxford. Il avait épousé une vicomtesse ou quelque chose d'approchant. Terriblement snob.

— Oh, et voilà le jeune homme de Lottie. À moins qu'il n'eût été celui de sa sœur. Je ne m'en souviens plus. « Le roi de l'ananas », comme l'appelait George. Je me souviendrai de son nom si vous me donnez une seconde.

Daisy avait été choquée de voir Lottie en déesse exotique et aux cheveux longs telle qu'elle était représentée sur la fresque.

— Elle était jolie, en ce temps-là, même si sa beauté n'avait rien de conventionnel. Elle avait du tempérament, mais je pense que certains hommes trouvent cela attirant. Pour tout vous dire, je crois qu'aucun d'entre nous n'a été surpris d'apprendre qu'elle avait eu des ennuis.

Il posa sa tasse et gloussa.

— Julian disait toujours qu'elle « pétait plus haut que son cul ». Vous voyez ce que je veux dire ? ajouta-t-il en se penchant vers elle d'un air de conspirateur.

Daisy regagna Arcadia House en marchant lentement le long de la plage, sa tête nue chauffée par le soleil de midi, ses pieds, comme les vagues, s'écartant de la trajectoire prévue. La matinée lui avait offert une agréable diversion, loin de l'atmosphère de plus en plus tendue de la maison. L'hôtel était pour ainsi dire fini. Les chambres avaient recouvré leur splendeur dépouillée d'antan, le mobilier récemment livré ayant été disposé, puis redisposé, jusqu'à ce que l'effet esthétique fût satisfaisant. L'édifice bourdonnait presque à présent, comme s'il attendait sa nouvelle vie, un afflux de nouveaux visiteurs.

De sorte que, parmi tous les gens qui avaient participé à sa restauration, on aurait pu s'attendre à un air d'excitation, un sentiment d'accomplissement à mesure que le travail s'achevait. Or, Daisy s'était rarement sentie aussi malheureuse. Daniel lui avait à peine adressé la parole au cours des quarante-huit dernières heures. Une fois la fresque finie, Hal avait disparu sans dire un mot. Lottie, de mauvaise humeur, était nerveuse, comme un chien aux aguets à l'approche d'un orage. Et pendant tout ce temps-là, du dehors montaient les grondements lointains de dissentiment venant du village. Le journal local avait désormais promu en première page ce qu'il appelait « la querelle de l'hôtel des Red Rooms », que plusieurs périodiques nationaux avaient repris, publiant des articles à propos de l'histoire typique de villageois courageux luttant contre un bouleversement imminent de leur monde, le tout illustré par des photographies des membres féminins des Red Rooms les plus mal fagotées. Daisy avait téléphoné à plusieurs reprises au bureau de Jones, regrettant à moitié de ne pas avoir le cran de s'adresser directement à lui.

Non que la clientèle londonienne de Jones leur facilitât les choses.

Quelques-uns de ses compagnons de beuverie les plus proches, dont deux acteurs, étaient venus pour leur « apporter leur soutien ». Lorsqu'ils s'étaient aperçus que, non seulement l'hôtel n'était pas encore prêt pour les loger, mais qu'en plus le bar de Jones n'avait pas encore été approvisionné, l'un des décorateurs les avait envoyés au Riviera, d'où, quelques heures plus tard, Sylvia Rowan les avait chassés à cause de ce qu'elle avait décrit plus tard, au bénéfice de la presse, d'« un comportement obscène et scandaleux » à l'encontre de l'une des serveuses. La serveuse en question, qui semblait moins perturbée, avait vendu son histoire à l'un des journaux à sensation, puis elle s'était empressée de donner sa démission sous prétexte qu'elle avait empoché davantage d'argent grâce à cette transaction que le salaire versé par les Rowan pour toute une année. Ce même journal avait publié une photo de Jones à l'occasion de l'ouverture d'un bar à Londres. La femme qui se tenait à côté de lui se cramponnait à son bras telle une serre.

Daisy s'arrêta pour reprendre son souffle et contempla l'arc bleu pâle de la mer. Avec un pincement au cœur, elle se rendit compte que ce ne serait bientôt plus « sa » vue. Qu'elle devrait retourner, avec son magnifique bébé, dans les fumées et le vacarme de la ville.

Londres ne m'a pas manqué, pensa-t-elle. *Pas autant que je l'aurais cru, en tout cas.*

La ville restait inextricablement mêlée au malheur, aux mauvais pressentiments. Une peau dont elle s'était presque débarrassée. Mais vivre à Merham ? Elle envisageait déjà le moment où les limites sur le plan social deviendraient étouffantes, où l'intérêt que lui portaient des habitants du voisinage lui ferait l'effet d'une intrusion. Merham était toujours lié à son propre passé et elle avait besoin de regarder devant elle, d'aller de l'avant.

Elle songea soudain à Lottie, puis elle se décida à regagner la maison. Elle envisagerait son départ après avoir organisé la réception, décida-t-elle.

C'était un moyen assez efficace de ne pas avoir à penser à ce qui l'attendait ensuite.

Elle avait trouvé Daniel dans la salle de bains Sitwell, en compagnie de l'un des ouvriers. Il maintenait un carreau contre le mur, posé sur un bout de papier foncé. L'ouvrier, Nev, un jeune homme aux boucles dignes d'un Titien, considérait d'un air découragé un pot de jointoiement blanc. Elle s'arrêta sur le seuil.

— Que faites-vous ? demanda-t-elle d'un ton aussi neutre que possible.

Daniel leva les yeux.

— Oh, salut. Nous mettons du jointoiement entre ces carreaux. Je leur ai dit qu'il fallait qu'il soit noir.

— Et pour quelle raison ?

Daisy resta immobile tandis que le regard de Nev passait de l'un à l'autre. Daniel se redressa et posa le carreau soigneusement derrière lui.

— En raison des plans d'origine. On avait dit qu'il faudrait du jointoiement noir pour ces carreaux de forme particulière. Nous étions d'accord sur le fait que cela ferait meilleur effet, t'en souviens-tu ?

Daisy serra les dents. Elle s'était toujours rangée à son avis, elle avait toujours capitulé face à son point de vue.

— Les plans en question ont été changés depuis longtemps, et je pense qu'il serait préférable pour tout le monde si tu ne te mêlais pas de choses qui ne te concernent plus. Ne trouves-tu pas ?

— J'essayais de me rendre utile, Daise, dit-il en jetant un coup d'œil à Nev. C'est ridicule que je reste assis les bras croisés, jour après jour, sans rien à faire. Je voulais juste donner un coup de main.

— Eh bien, abstiens-toi de le faire désormais, lâcha Daisy d'un ton sec.

— Je pensais que nous étions censés former une équipe.

— Doux Jésus ! Moi aussi.

Daniel paraissait déconcerté. C'était la deuxième mutinerie de Daisy au cours des derniers jours, et cela balayait à l'évidence d'autres certitudes.

— Je ne peux pas m'excuser *ad vitam*. Si nous voulons que les travaux avancent, il va falloir que nous séparions ce qui s'est passé entre nous et ce chantier. Ce n'est pas si simple.

— Allons, Daisy…

Elle prit une profonde inspiration.

— L'entreprise dont tu faisais partie a cessé d'exister.

Daniel fronça les sourcils.

— Comment ?

— Wiener et Parsons. J'ai liquidé l'affaire quand j'ai accepté ce chantier. Elle n'existe plus. Je travaille en solo, Daniel.

Il y eut un long silence. Nev se mit à siffler nerveusement en examinant la peinture séchée sur ses mains. Dehors, on était en train de démanteler un échafaudage, des piliers tombant régulièrement par terre avec un fracas étouffé.

Daniel remua la tête dans un sens, puis dans l'autre, avant de la dévisager, sa bouche ne formant plus qu'une fine ligne sinistre. Il s'essuya les mains sur son jeans.

— Tu sais quoi, Daise ? Je crois que tu t'es parfaitement bien fait comprendre.

Assise dans la vieille Ford toute cabossée, Camille prêtait attention aux rumeurs de Merham en plein été telles qu'elles s'infiltraient par la fenêtre du côté du siège passager, auxquelles se mêlait le bavardage de Katie, à l'arrière, qu'elle n'écoutait que distraitement. Les odeurs d'essence et de goudron chaud montaient par vagues de la route. Rollo était installé par terre, entre ses genoux – son moyen de transport préféré –, et Hal, à côté d'elle, était immobile au point que le vieil intérieur en cuir de la voiture ne protestait même pas ; son silence la glaçait jusqu'aux os. Il allait falloir qu'elle lui dise pour son travail. Plus que trois semaines, avait précisé Kay, et moins d'un mois de paie en indemnités. Personne ne s'était proposé pour acheter l'affaire et, si désolée fût-elle, elle ne l'était pas suffisamment pour garder l'institut de beauté ouvert.

Camille sentit le poids de tout cela telle une pierre froide au creux de son estomac. Elle aurait pu supporter l'idée qu'ils allaient devoir se démener pour joindre les deux bouts. Elle finirait par retrouver du travail, et lui aussi.

Leurs maigres économies, ainsi que l'argent de la fresque, leur permettraient de tenir le coup un moment. Mais il s'était montré si difficile ces derniers temps, si renfermé. La question la plus innocente était accueillie par un déni farouche ou une remarque mordante, sarcastique, si bien qu'elle se sentait au mieux inutile, au pire, stupide.

Pour la bonne raison qu'elle n'arrivait pas à comprendre ce qui se passait.

Elle savait ce que son affaire représentait pour lui et se rendait compte à quel point il lui serait pénible de mettre la clé sous la porte. Mais elle avait pensé, espéré qu'il se reposerait un peu sur elle, qu'ils pourraient supporter cette épreuve ensemble. À la place, il lui avait vraiment donné le sentiment d'être superflue. Un sentiment contre lequel elle avait lutté toute sa vie, depuis les années d'école, où elle était restée dans les coulisses à broder les tenues des équipes de netball. Parce que sa mère avait insisté pour qu'elle soit incluse dans tout, jusqu'à maintenant, alors qu'elle se voyait dans l'obligation de demander aux vendeuses, dans les magasins, si les vêtements que Katie avait choisis pour elle lui allaient ou, comme cela avait été le cas à l'occasion, s'ils auraient mieux convenu à quelqu'un de dix ans son aînée. Sans oublier les accessoires qu'elle ajoutait à son insu.

La voiture s'arrêta. Elle entendit Katie ouvrir prestement la portière avant de lui plaquer un baiser rapide et froid sur la joue.

— Au revoir, maman.

Elle se pencha en arrière, tâtonnant l'endroit où s'était trouvée Katie, trop tard pour rattraper sa fille, rapide comme l'éclair, déjà sortie pour remonter l'allée de la maison de sa camarade d'école.

— Bonjour, Katie. Entre donc. Elle est dans sa chambre.

Elle entendit Michelle à sa porte, puis un bruit de clés impatient dans la main de Hal alors qu'elle s'approchait de la voiture.

— Bonjour, Camille. Je voulais juste venir te saluer. Je suis désolée de t'avoir ratée à l'école la semaine dernière. J'étais en cours de formation.

Elle lui effleura l'épaule. La voix de Michelle était à la hauteur de son oreille. Elle devait être accroupie près de la voiture. Elle sentait vaguement la vanille.

— Dans un bel endroit au moins ?

— Le Lake District. Il a plu tous les jours. Dave m'a dit qu'il avait fait un temps magnifique ici.

Camille sourit, consciente que Hal n'avait pas dit un mot ne serait-ce que pour saluer Michelle. Elle perçut une interrogation dans le silence de celle-ci, qu'elle essaya de combler.

—Nous allons faire les magasins.

—Pour t'acheter quelque chose de joli ?

—Juste pour m'acheter une nouvelle robe. Pour l'inauguration de l'hôtel. Hal a travaillé là-bas, ainsi que maman…

—Je suis impatiente d'aller le visiter. Je ne comprends pas pourquoi tout le monde monte sur ses grands chevaux. La moitié d'entre eux n'y mettra jamais les pieds de toute façon, railla Michelle. Cela dit, la maman de Dave s'y oppose farouchement. Elle dit que, si on laisse venir les Londoniens, encore un peu et nous aurons des demandeurs d'asile… Quelle sotte !

—Ils finiront par s'y habituer.

—Tu as raison. Il vaut mieux que j'y aille. Comme tu as de la chance ! Jamais je n'obtiendrai de Dave qu'il vienne faire les magasins avec moi…

Elle laissa sa phrase en suspens, mal à l'aise, se souvenant de la raison pour laquelle Hal l'accompagnait sans doute.

—Oh, Hal vient avec moi, mais il le tolère tout juste, plaisanta Camille. Je vais être obligée de l'inviter à déjeuner ensuite. Et de m'aplatir devant lui.

Ils se séparèrent après s'être mis d'accord pour prendre Katie à 18 heures et s'être promis de boire un café ensemble plus tard dans la semaine.

Camille entendit sa voix comme si elle était loin d'elle. Elle sourit en percevant les bruits de pas de Michelle s'éloignant dans l'allée. Et puis, comme Hal redémarrait, elle tendit la main et immobilisa la sienne.

— Bon, dit-elle, brisant le silence. Ça ne peut plus durer comme ça. As-tu l'intention de me quitter ?

Elle n'avait pas souhaité lui poser la question, ne sachant même pas que c'était ce qu'elle voulait lui demander.

Elle sentit qu'il se tournait vers elle. Cette fois-ci, le siège grinça.

— Ai-je l'intention, moi, de te quitter ?

— Tu n'es pas à prendre avec des pincettes, Hal. Je ne peux pas continuer comme ça. J'ignore ce que j'ai fait de mal et je ne sais pas ce qui te tracasse. Je ne peux plus continuer à me soumettre à tes humeurs et à tout faire pour arranger les choses.

— Tu essaies, toi, de tout faire pour arranger les choses ?

— Eh bien, je n'y réussis pas très bien apparemment. Pour l'amour du ciel, je te demande juste de me parler. Quoi que tu aies à me dire. Nous nous étions promis de laisser tout cela derrière nous, non ? D'être honnêtes l'un envers l'autre.

— Alors, tu es prête à être parfaitement honnête avec moi ?

Camille retira sa main.

— Évidemment que oui.

— Même à propos de ton compte en banque ?

— Quel compte en banque ?

— Le nouveau.

— Je n'ai pas de nouveau compte. Et je ne vois pas le rapport !

Elle attendit qu'il dise quelque chose.

— Oh, pour l'amour du ciel, Hal, je n'ai pas la moindre idée de ce à quoi tu fais allusion. Tu vois les imprimés de tous mes relevés bancaires, voyons. Tu es au courant de ma situation. Tu serais le premier informé si j'en ouvrais un autre.

Son silence avait une autre sonorité, cette fois, inexplicablement.

— Oh, mon Dieu, dit-il au bout d'un instant

— Oh, mon Dieu quoi, Hal ? De quoi parles-tu ?

— Lottie. C'est ta mère.

— Comment cela, ma mère ?

— Elle a ouvert un compte à ton nom. Elle t'a donné deux cent mille livres.

Camille se tourna si brusquement que Rollo poussa un glapissement.

— Comment ?

— Grâce à la vente d'Arcadia. Elle a ouvert ce compte à ton nom et j'ai pensé… Oh, mon Dieu, Camille, j'ai pensé…

Il se mit à rire. Elle le sentit trembler, envoyant de minuscules vibrations rythmiques dans la voiture. On aurait presque dit qu'il était en pleurs.

— Deux cent mille livres ? Mais pourquoi ne m'en a-t-elle rien dit ?

— C'est évident, voyons. Elle pense que notre couple ne va pas tenir longtemps. Elle veut être certaine que tu sois en sécurité, même si je passe à la trappe. Le mari inutile qui n'est même pas capable de faire marcher son affaire… Comment est-il censé prendre soin de sa petite fille ?

Il avait un ton terriblement amer. Mais il y avait un fond de vérité, si biscornu fût-il, dans ses propos.

Elle secoua la tête, qu'elle tenait à deux mains, en pensant à ce qu'il avait pu imaginer, qu'ils avaient été si près de…

— Mais elle… l'argent… Oh, Hal, je suis vraiment désolée !

Sous ses pieds, Rollo geignit pour qu'on le laisse sortir. Hal glissa un bras autour de ses épaules, la serrant contre lui, son autre bras complétant son étreinte. Elle sentit son souffle contre son oreille.

— Non, chérie, c'est moi qui suis désolé. Vraiment désolé. J'aurais dû te parler. J'ai été tellement stupide…

Ils restèrent ainsi enlacés un moment, ignorant l'un et l'autre les regards curieux des passants, et celui interrogateur et peut-être rassuré de Katie, ainsi que de son amie Jennifer, les deux fillettes les observant depuis une fenêtre à l'étage, dont elles finirent par s'écarter, lassées de les épier.

Lentement, à contrecœur, Camille s'éloigna, sentant le début de la transpiration à l'endroit où leurs corps étaient restés soudés fermement l'un à l'autre.

— Tu veux toujours aller faire du shopping ?

Hal lui pressa la main comme s'il répugnait à la laisser échapper à son étreinte. Camille écarta une mèche de cheveux de son visage et la cala derrière son oreille.

— Non. Conduis-moi à Arcadia House, Hal. J'en ai assez de tout ça.

Daisy passa en revue les murs et le plancher du grand salon, le bar, les suites et les cuisines. Après quoi, elle vérifia chaque lot de rideaux, s'assurant qu'ils étaient pendus convenablement, qu'ils tombaient harmonieusement sans faire de plis, ainsi que les éclairages pour être sûre que tous fonctionnaient, qu'il ne manquait pas une seule ampoule. Puis elle établit une liste des tâches qui restaient à accomplir, celles qui avaient été mal exécutées, des articles livrés et de ceux qu'il convenait de renvoyer à l'expéditeur. Elle travaillait lentement, méthodiquement, profitant de la fraîcheur agréable des ventilateurs – ils avaient décidé de ne pas installer l'air conditionné – et de la brise, qui soufflait librement à travers les nombreuses fenêtres ouvertes. Une sorte de paix intérieure émanait de l'ordre, de la routine. Elle comprenait un peu mieux le besoin farouche que Daniel avait de voir des choses harmonieuses et équilibrées autour de lui.

Il lui avait préparé une tasse de thé et ils avaient été aimables l'un envers l'autre, se débrouillant pour discuter de la préférence d'Ellie pour le pain blanc plutôt que le pain bis, ainsi que de la meilleure méthode pour peler le raisin, sans référence aucune à l'échange de propos qu'ils avaient eus au préalable. Il avait emmené sa fille en ville, réussissant à prendre son sac de couches sans qu'on le lui demande, ainsi que son eau et quelques biscuits. Il avait même pris l'initiative de la badigeonner de crème solaire. Ellie avait poussé des cris perçants à son adresse, puis elle avait rongé voracement un bâtonnet en bois garni de clochettes, et il lui avait fait la causette avec aisance tout en s'accroupissant pour l'attacher avec dextérité dans sa poussette.

Une relation est en train de s'établir entre eux, avait pensé Daisy en les observant depuis la porte, se demandant pourquoi le bonheur que cela lui procurait paraissait si compliqué.

—Où vont-ils? s'était informée Lottie, qui trouvait apparemment moins facile de renoncer à sa tâche.

—Juste en ville.

—Il ne faut pas qu'il l'emmène dans le parc. Il y a des chiens partout.

—Daniel la protégera.

—C'est stupide, tous ces gens qui laissent courir leur chien en tous sens sans le tenir en laisse. Quand il y a des enfants autour. Je ne vois pas pourquoi ils les emmènent en vacances.

Elle n'était plus elle-même depuis quelques jours. Elle avait parlé à Daisy d'un ton sec quand cette dernière l'avait interrogée à propos de la fresque, avide de comprendre le symbolisme des tenues, leur signification. Daisy s'était abstenue de lui faire part de ce que Stephen Meeker lui avait révélé à propos de la tentation et de l'Ancien Testament. L'image avait été judicieusement choisie, lui avait-il dit, dès lors qu'on savait qu'elle avait tenté de séduire le père de famille chez qui elle avait trouvé refuge. Il lui avait également précisé que, parmi ses vieilles photos, il y en avait une de Lottie jeune fille, enceinte jusqu'aux dents, dormant à demi-nue sur un sol en pierre.

— Vous vouliez encadrer certains de ces vieux clichés et autres souvenirs ? demanda Lottie en lui tendant la boîte qu'elle tenait sous son bras.

— Juste les photos dont vous êtes décidée à vous séparer. Je ne veux pas de celles auxquelles vous êtes attachée.

Lottie haussa les épaules comme si c'était un concept qui lui était étranger.

— Je vais aller les trier en haut, où je serai plus tranquille.

Elle recala la boîte sous son bras et Daisy entendit ses pas résonner dans le couloir. Puis elle se retourna lorsque Aidan, dans le hall d'entrée, cria son nom.

— Il y a quelqu'un pour vous, dit-il, deux clous calés à la commissure des lèvres, les mains profondément enfoncées dans son tablier en suède.

Comme elle passait devant lui, il haussa un sourcil et son cœur chavira à l'idée qu'il puisse s'agir de Jones.

Elle leva presque inconsciemment la main pour tâcher d'écarter ses cheveux de son visage.

Mais ce n'était pas Jones.

Sylvia Rowan en personne se tenait sur le seuil, sa veste et ses jambières de couleurs vives contrastant avec les tons pâles qui l'entouraient. À ses pieds, son chien au regard morne bavait désagréablement.

—J'ai dit à votre ouvrier qu'il ferait mieux d'interrompre ce qu'il fait, dit-elle, souriant à la manière d'une duchesse saluant la foule.

—Je vous demande pardon ?

—Vos ouvriers. Il faut qu'ils cessent le travail.

—Je crois que c'est à moi d'en juger…

Sylvia Rowan l'interrompit en lui brandissant un bout de papier sous le nez.

—Un ordre de protection du site. Votre hôtel fait désormais partie des monuments classés et va être soumis à une vérification en urgence. Cela signifie qu'il est effectivement classé pour les six mois à venir et qu'il faut interrompre les travaux sur-le-champ.

—Comment ?

—C'est pour vous empêcher de l'endommager davantage. C'est la loi qui veut ça.

—Mais le travail est pratiquement fini.

—Eh bien, vous serez obligée de faire rétrospectivement une demande d'autorisation auprès des services de l'urbanisme. Et de modifier tout ce qui ne leur convient pas. Ce mur bizarre, par exemple. Ou certaines de ces fenêtres.

Daisy pensa avec horreur à tous les clients déjà inscrits pour loger à l'hôtel, à la perspective de les voir décharger leurs bagages au son des engins de démolition.

—Mais je n'ai fait aucune demande pour que ce bâtiment soit classé, Jones non plus. Le fait qu'il ne le soit pas est l'un des éléments qui l'ont attiré de prime abord.

—N'importe qui peut faire une demande de ce type, ma chère. D'ailleurs, c'est vous qui m'en avez donné l'idée lorsque, à l'occasion de la réunion, vous nous avez expliqué ce que vous entrepreniez ici. Quoi qu'il en soit, c'est dans notre intérêt à tous de préserver notre héritage architectural, non ? Tenez, voici le document. Je vous suggère de téléphoner à votre patron pour lui dire de remettre l'inauguration à plus tard.

Elle jeta un coup d'œil au bras bandé de Daisy.

— Et je téléphonerai à l'inspection du travail, tant qu'à faire, ajouta-t-elle avant de s'en aller.

— Quelle peau de vache ! commenta Aidan. Je m'étonne qu'elle n'ait pas dévoré votre bébé.

— Oh et puis flûte, s'exclama Daisy en parcourant la myriade de clauses figurant sur le document qu'elle avait sous les yeux.

— Écoutez, Aidan, faites-moi une faveur.

— Quoi donc ?

— Téléphonez à Jones. Dites-lui que je suis sortie. Et faites-lui passer le message.

— Allons, Daisy. Ce n'est pas mon travail.

— S'il vous plaît, supplia-t-elle en essayant de prendre un air attendrissant.

Aidan leva un sourcil.

— Une dispute d'amoureux, hein ?

Elle avait trop besoin qu'il obtempère pour l'injurier.

Elle n'avait pas regardé ces photographies depuis la mort d'Adeline. Le fait qu'elle ait contemplé le couvercle de la boîte pendant près de dix minutes laissait supposer qu'elle éprouvait une certaine réticence à le faire. Tout remuer une fois de plus. N'était-ce pas l'expression que Joe avait employée ?

Les souvenirs d'Arcadia House, de l'été qu'elle avait passé là, comme les autres, étincelles brillantes tournant en orbite autour d'un soleil paré de plumes de paon. C'était plus facile de ne pas s'y replonger, pensa-t-elle en soupirant, sa main reposant sur le couvercle. Il était préférable de ne pas réveiller de vieux sentiments enfouis depuis longtemps et pour le mieux. Elle s'était révélée très douée pour garder les choses ensevelies dans l'oubli. À présent, Daisy voulait tout faire resurgir, de la même manière qu'elle avait mis au jour la fresque. Et, dans un moment de faiblesse, alors qu'elle avait été distraite par Camille et Hal, la perspective de croisières et le meilleur moyen de les éviter, elle avait promis d'exhumer ces fichus souvenirs. Daisy voulait faire encadrer autant de photographies et d'esquisses que possible pour décorer le mur faisant face au bar : un rappel en images des invités qui hantaient jadis les lieux, partie intégrante de la grande tradition des retraites d'artistes.

Retraite d'artistes ! pensa sournoisement Lottie en ouvrant la boîte. En dehors de Frances, on ne pouvait pas vraiment dire qu'il y avait eu des artistes parmi eux.

Non, se réprimanda-t-elle en se souvenant d'Ada Clayton.

Leurs talents avaient résidé dans leur aptitude à se réinventer eux-mêmes. C'était du camouflage, certes habile, une manière de créer des gens qui n'existaient pas.

Elle s'émerveilla à l'idée que le simple fait de retirer le couvercle d'une boîte puisse lui donner le vertige comme si elle se tenait au bord d'un précipice.

Ridicule vieille femme, se dit-elle. *Ce ne sont que des photographies.*

Mais sa main tremblait lorsqu'elle s'en saisit.

La première photo, légèrement teintée de sépia par le temps, représentait Adeline en tenue de raja du Rajasthan, les yeux brillants sous son turban, sa silhouette garçonne prise dans une veste en soie d'homme. Frances était assise à côté d'elle, sereine, mais une vague lucidité, émanant de son regard, témoignait peut-être d'une conscience terrible de sa destinée, même à cette époque. Lottie posa le cliché sur le parquet en bois que l'on venait d'astiquer. La photo suivante montrait Adeline et Julian, riant de Dieu sait quoi, suivis de Stephen et d'un homme qu'elle ne reconnut pas. Puis il y avait un dessin au fusain, probablement de Frances, représentant un canot retourné.

Ainsi qu'un autre, craquelé et jauni à l'endroit où il avait été plié, de George endormi dans l'herbe. Elle les disposa toutes en rangées bien nettes sur le sol. Il y avait l'une de ses toiles, représentant la maison française. Elle était tellement avancée dans sa grossesse à ce stade qu'elle pouvait maintenir sa boîte de peinture en équilibre sur son ventre.

Elle trouva ensuite une autre photographie d'elle-même, regardant de côté, sous un rideau de cheveux noirs parsemé de boutons de roses, comme si elle était quelque délice comestible.

Elle considéra longuement cette image d'elle jeune fille, sentant une tristesse indélébile l'envahir telle une vague déferlante. Elle releva la tête et regarda vers la fenêtre, clignant des paupières pour réprimer ses larmes, avant de se replonger dans l'examen de la boîte.

Qu'elle referma rapidement. Trop tard pour avoir manqué les longs membres agiles, les cheveux châtains trop longs, auxquels le soleil avait donné des reflets métalliques.

Elle laissa ses mains reposer sur le couvercle, attentive aux pulsations irrégulières de son cœur, détournant les yeux du coffret comme si le simple fait de le regarder pouvait imprimer en elle l'image qu'elle n'avait pas voulu voir.

Elle n'avait pas de pensées en tête, rien que des images, aussi instantanées et aléatoires que celles contenues dans la boîte.

Elle resta là, silencieuse, sans bouger. Puis, comme si elle émergeait d'un rêve, elle posa la boîte par terre, à côté d'elle, et considéra les clichés et les dessins disposés sur le parquet. Elle allait tout donner à Daisy. Elle en ferait ce qu'elle voudrait. Après tout, dans une semaine, elle ne reviendrait plus ici.

Lottie s'était habituée à la population d'ouvriers et de décorateurs qui surgissaient sans prévenir dans divers endroits de la maison, si bien qu'elle leva à peine les yeux quand la porte s'ouvrit. Elle s'était mise à genoux dans l'intention de ramasser les photos et de les remettre dans la boîte.

— Maman ?

Lottie jeta un coup d'œil vers la porte pour se retrouver face à la gueule réjouie de Rollo.

— Bonjour, ma chérie.

Elle renifla et s'essuya le visage.

— Laisse-moi juste le temps de me redresser, veux-tu ?

Elle se pencha en avant avec raideur pour pouvoir prendre appui sur le bras d'un fauteuil.

— Qu'est-ce qui t'a pris, maman ?

Lottie était sur le point de se relever, mais, à la place, elle retomba lourdement sur ses talons. Le visage de sa fille était tendu, rigide, comme si elle faisait un terrible effort intérieur.

— Camille ?

— L'argent, maman. Qu'est-ce qui t'a pris, pour l'amour du ciel ?

Camille avança d'un pas, de sorte qu'elle posa le pied sur deux photographies.

Lottie voulut protester, mais sa phrase lui resta coincée dans la gorge. La main de Camille tremblait au bout de la laisse de son chien.

— Je ne me suis jamais disputée avec toi, maman. Tu sais que j'ai toujours été reconnaissante pour tout ce que tu as fait pour moi, Katie et tout ça. Mais c'en est trop, cette fois-ci, tu comprends ? Cette affaire d'argent, c'est trop.

— J'étais sur le point de te mettre au courant, ma chérie.

Le ton de Camille était glacial.

— Mais tu ne l'as pas fait. Tu t'es tout simplement immiscée dans mes affaires en essayant d'organiser ma vie, comme toujours.

— Ce n'est pas…

— Juste ? Vrai ? Tu voulais parler de la vérité. Tu as passé toute ma vie à me dire que je pouvais me débrouiller toute seule, comme n'importe quel voyant, et pendant tout ce temps-là, tu ne l'as jamais cru. Pendant tout ce temps-là, tu prévoyais des filets de sécurité pour moi.

— Cela n'a rien à voir avec ta cécité.

— Ben voyons !

— N'importe quelle mère en aurait fait autant

— Non, maman, non.

Camille s'avança dans la pièce, laissant Rollo regarder les photographies avec anxiété.

— Une mère peut prendre des dispositions dans son testament. Elle peut parler ouvertement de ces choses-là en famille. Tu n'avais pas à détourner secrètement une somme d'argent parce que tu pensais être la seule capable de prendre soin de moi.

— Oh, et si je voulais simplement m'assurer que tu t'en sortes au cas où Hal prendrait la poudre d'escampette ?

— Hal est là ! s'exclama Camille, laissant exploser sa frustration.

— Si l'on peut dire.

— Tout va bien entre nous. Nous nous arrangeons pour que cela fonctionne. En tout cas, nous étions sur la bonne voie, jusqu'à ce que tu viennes mettre ton nez dans nos affaires. Qu'a-t-il ressenti, à ton avis ? Il a cru que j'avais l'intention de m'en aller et il a failli partir le premier. (Elle poussa un profond soupir.) Seigneur, si tu accordais ne serait-ce que la moitié de ton attention à ton propre couple au lieu de t'occuper de tous les autres, ta famille serait nettement plus heureuse. Pourquoi ne te concentres-tu pas sur papa pour changer, hein, au lieu de te comporter comme s'il n'existait pas ?

Lottie prit son visage entre ses mains. Quand elle recommença à parler, sa voix était étouffée.

— Je suis désolée, dit-elle à voix basse. Je voulais juste m'assurer que tu sois à l'abri du besoin, que tu sois indépendante.

— Au cas où Hal me quitterait, précisément. Parce que, même si c'est *moi* qui ai eu une liaison, qui ai mis notre mariage en péril, tu continues à ne pas lui faire suffisamment confiance pour admettre qu'il restera avec moi.

— Pourquoi penses-tu une chose pareille ?

— Parce que, quelque part au fond de toi, maman, tu estimes que je ne suis pas digne que l'on reste avec moi.

— C'est faux.

Lottie releva brusquement la tête.

— Tu n'arrives pas à croire que quelqu'un puisse vouloir d'une aveugle comme compagne. Tu penses qu'en définitive, Hal finira par se lasser.

— Non.

— Alors, qu'est-ce que c'est, maman ?

— Camille, chérie, tout ce que j'ai jamais désiré pour toi, c'est un peu d'indépendance.

— En quoi cet argent me rendra-t-il indépendante ?

— Il te donnera la liberté.

— Et si je ne veux pas être libre ? Je ne vois pas ce qu'il y a de mal à être mariée !

Lottie leva les yeux vers sa fille.

— Il n'y a rien de mal, rien du tout. Tant que… (Elle chercha ses mots) Tant qu'on se lie à quelqu'un par amour.

Daisy était assise à côté du téléphone, consciente de la présence ombrageuse de Daniel. Il n'était pas venu déjeuner et écoutait à présent la radio dans sa chambre après avoir dit courtoisement à Daisy qu'il avait juste envie d'être un peu seul. Elle soupçonnait qu'il avait besoin d'un peu de répit, loin de l'atmosphère agitée de la maison, de la poudrière d'émotions qu'avait engendrée la reprise de leur relation. Elle ne lui en voulait pas ; elle aurait pu en dire autant.

Elle n'aurait jamais pensé qu'elle faisait partie de ces gens qui cherchaient refuge dans leur travail, mais il n'empêche qu'elle était en train de passer en revue les noms que Stephen lui avait donnés, heureuse d'avoir cette distraction. La liste n'était pas très longue. Ce ne serait pas la grande réunion qu'elle avait envisagée à l'origine.

George Bern s'était excusé, mais lui avait fait dire, par l'intermédiaire de sa secrétaire, que sa femme et lui étaient déjà pris pour le week-end. L'artiste Minette Charlerois, une femme divorcée du nom de Irene Darling et Stephen avaient tous accepté de venir, ainsi que, par l'entremise de Minette, plusieurs artistes de cette époque, qui n'apparaissaient pas sur la fresque, mais qui avaient apparemment séjourné dans la maison durant son âge d'or dans les années cinquante. Elle n'en avait pas parlé à Lottie, l'ayant entendue s'exclamer qu'elle n'aimait pas les réceptions de toute façon. Il ne manquait plus qu'une seule personne non identifiée sur la fresque.

Daisy alluma une cigarette en se jurant d'arrêter après l'inauguration, puis s'étouffa à moitié lorsque, en dépit de la connexion internationale, on lui répondit plus rapidement qu'elle ne s'y était attendue.

— *Hola*, fit-elle, et elle se détendit dès qu'elle perçut un accent britannique.

Elle vérifia qu'elle avait affaire à la bonne personne et se lança dans le discours qu'elle connaissait désormais par cœur à propos de la réception destinée à célébrer l'ouverture de l'hôtel.

Son interlocuteur était très courtois. Il attendit qu'elle ait fini avant de lui dire qu'il était flatté que l'on se souvienne de lui, mais qu'il ne pensait pas pouvoir venir.

— Ça n'a été qu'une très brève période de mon existence.

— Mais vous avez épousé quelqu'un de Merham, n'est-ce pas ? demanda Daisy en parcourant ses notes. Cela fait de vous un élément important. Nous avons mis au jour la fresque et vous y figurez.

— Comment ?

— La fresque. Peinte par Frances Delahaye. Vous l'avez connue.

Il marqua un temps d'arrêt.

— Oui, oui. Je me souviens de Frances.

Daisy pressa son oreille contre le combiné en faisant des gestes en l'air.

— Il faut absolument que vous revoyiez la fresque. Elle a été restaurée et ce sera le point de mire de la réception. Ce serait tellement merveilleux si nous réussissions à réunir tous les sujets… Je vous en prie. Je vous envoie de quoi payer le voyage et tout le reste. Vous pouvez venir avec votre femme et vos enfants. Ils seront certainement ravis eux aussi. Et pourquoi pas vos petits-enfants. Nous couvririons les frais pour tout le monde.

J'arrangerai ça avec Jones plus tard, pensa-t-elle en faisant la grimace.

—Allons, monsieur Bancroft. Ce n'est qu'une seule journée de votre vie. Une seule journée.

Il y eut un long silence.

—Je vais y réfléchir. Mais si je viens, je serai seul, mademoiselle Parsons. Mon épouse, Celia, est morte il y a quelque temps déjà.

Il s'interrompit, s'éclaircissant la voix discrètement.

—Et nous n'avons jamais eu d'enfants.

Chapitre 19

Sept jours avant l'inauguration d'Arcadia, Camille et Hal décidèrent de mettre leur maison en vente. Elle était trop grande pour trois, et il n'y avait guère de chances qu'ils aient d'autres enfants. (Quoique ce ne serait pas une catastrophe, souligna Hal en serrant sa femme dans ses bras.) Ils se mirent en quête d'un logement plus petit, proche de l'école de Katie, comportant de préférence un atelier ou un double garage afin que Hal puisse continuer son affaire de restauration tout en prenant un autre travail, jusqu'à ce que le climat économique lui permette de se lancer à nouveau. Ils prirent rendez-vous dans une agence immobilière, évitant tacitement celle qui employait Michael Bryant. Ils dirent à Katie qu'elle pourrait choisir tout l'ameublement de sa nouvelle chambre et que, oui, bien évidemment, il y aurait toujours de la place pour Rollo. Après quoi, ils donnèrent des instructions à la banque pour fermer le compte ouvert par Lottie et lui restituer l'argent.

Lottie téléphona à deux reprises. Chaque fois, Camille laissa le répondeur prendre le message.

Le sixième jour avant l'ouverture de l'hôtel, les préposés du Patrimoine national chargés de l'urbanisme débarquèrent pour déterminer s'il convenait de classer l'édifice en urgence. Jones, mis au courant, arriva avec son avocat, muni d'une demande de permis d'exonération, qui, dit-il, avait été adressée au secrétaire d'État au moment de l'achat, et serait acceptée, selon des sources bien informées, le protégeant ainsi des dommages financiers liés à cette éventuelle procédure en urgence. En dépit de cela, indiqua l'avocat, ils ne voyaient pas d'inconvénient à ce que les préposés en question examinent de près le travail qui avait été effectué, établissent un calendrier pour les réparations envisageables et s'entretiennent longuement avec Daisy, qui avait en sa possession tous les documents et informations appropriés relatifs à la restauration et à l'état du bâtiment avant le début des travaux.

Daisy n'avait pour ainsi dire rien entendu de tout cela, sans parler de le comprendre. Elle s'était bornée à dévisager Jones. Il ne lui avait adressé la parole qu'à deux reprises : la première fois pour la saluer, la deuxième pour lui dire au revoir. Et à l'une et l'autre de ces occasions, il avait évité son regard.

Le cinquième jour avant l'inauguration, Camille se rendit chez ses parents à une heure où elle savait que sa mère serait absente. Elle trouva son père en train de feuilleter des brochures de vacances. Elle se sentait nerveuse, redoutant que sa mère ne lui eût répété les terribles propos qu'elle lui avait tenus concernant leur couple, mais son père était d'une humeur étonnamment guillerette. Il pensait se rendre à Kota Kinabalu, lui expliqua-t-il, avant de lui lire la description figurant dans un guide de voyages. Il n'avait pas la moindre idée de l'endroit où cela se trouvait, si ce n'était qu'il était situé en Orient. Le nom lui plaisait, voilà tout. Tout comme l'idée de rentrer chez lui en disant : « Je reviens de Kota Kinabalu. »

— Ça leur clouera le bec, au club de golf. Qu'en dis-tu ? C'est tout de même plus exaltant que Romney Marsh.

Camille, surprise, lui demanda si Lottie prévoyait de l'accompagner.

— Je ne l'ai pas encore convaincue, ma chérie. Tu connais ta mère.

Cédant à une impulsion, elle le serra dans ses bras si fort qu'il lui tapota la tête en lui demandant ce qu'il lui prenait.

— Rien, papa, répliqua-t-elle. C'est juste que je t'aime.

— Plus vite cet hôtel sera ouvert, mieux ce sera. J'ai l'impression que tout le monde s'excite pour pas grand-chose ces jours-ci.

Le quatrième jour avant l'inauguration, Stephen Meeker fit son apparition sous le vaste porche blanc d'Arcadia House, s'éventant avec son chapeau de paille, pour annoncer qu'il avait pris la liberté de parler avec l'un de ses amis de Cork Street, extrêmement intéressé par la fresque. Celui-ci pourrait-il venir à l'inauguration, peut-être en compagnie d'un autre ami du *Daily Telegraph* spécialisé dans le domaine de l'art ? Daisy lui répondit par l'affirmative et le convia à voir la fresque en privé avant le grand jour. Stephen la considéra un long moment, observant Julian ainsi que la représentation de lui-même jeune homme. Il remarqua que la fresque était assez différente du souvenir qu'il en avait gardé. Puis il posa sa main osseuse sur le bras de Daisy alors qu'il prenait congé en lui disant :

— Ne faites jamais ce que vous vous sentez obligée de faire. Faites ce que vous avez vraiment envie de faire. Ainsi, vous n'aurez pas de regrets. Parce que, lorsque vous aurez atteint l'âge que j'ai aujourd'hui, mon Dieu, vous verrez que toutes ces fichues choses vous pèsent.

Trois jours avant l'ouverture, Carol arriva en compagnie de Jones pour passer en revue la liste des célébrités invitées, vérifier l'état des cuisines, du parking, des locaux pour les musiciens, s'exclamant sur la magnificence d'à peu près tout, d'une manière qui poussa Daisy à s'empresser de mener ses ultimes instructions à bien. Jones lui dit qu'il était content sur un ton qui l'incita à se demander si c'était vraiment le cas. Il réunit le personnel du nouveau bar et de la cuisine, et lui adressa un bref discours, sans trop de conviction. Il eut un entretien avec trois femmes de ménage, puis il partit si vite que Carol le traita de misérable bougre, non sans attendrissement. Julia téléphona peu après pour dire que Don et elle viendraient à la réception. Daisy voulait-elle qu'elle lui apporte quelque chose à se mettre sur le dos ? Elle imaginait qu'il n'y avait pas beaucoup de choix dans cette petite ville. Contrairement à l'*Essex,* pensa Daisy, consciente des sous-titres en italique. Non, assura-t-elle, elle pouvait se débrouiller toute seule, merci.

— Va-t-il revenir ? Pour l'inauguration, je veux dire, demanda Julia avant de raccrocher.

— Il n'est pas parti, rétorqua Daisy, exaspérée.

— Pas encore, commenta sa sœur.

Deux jours avant l'inauguration, le journal local fit paraître un article à propos de la fresque, avec une photographie vraisemblablement fournie par l'un des ouvriers, de l'avis de Daisy. Lottie, qui avait été à cran toute la semaine, blâma Sylvia Rowan, et il ne fut guère facile de la convaincre de ne pas aller affronter cette dernière elle-même.

— Qu'est-ce que ça peut faire ? dit Daisy, l'installant sur la terrasse avec une tasse de thé en s'efforçant de paraître plus calme qu'elle ne l'était en réalité. Ce n'est que la feuille de chou locale.

— La question n'est pas là, riposta Lottie d'un ton revêche. Je ne tiens pas à ce que l'on parle de ça partout. Pas plus que je n'apprécie que tout le monde regarde la fresque, sachant que j'y figure.

Daisy résolut de ne rien lui dire à propos du journaliste du *Daily Telegraph*.

À Merham même, selon les « services d'intelligence » locaux, la société de Tempérance, l'association des gérantes de pension, et les membres restants de l'église adventiste du septième jour se préparaient à faire un piquet de grève à l'occasion de l'ouverture de l'hôtel, encouragés par plusieurs journalistes et un cameraman des actualités du journal télévisé.

Daisy essaya d'appeler le bureau de Jones, pour l'en avertir, mais la secrétaire lui passa Carol.

— Oh, ne vous inquiétez pas, lui dit celle-ci d'un ton dédaigneux. Nous les inviterons à boire un verre et à se faire photographier. Ça marche à tous les coups ! Un peu de charme suffira à les désarmer. À défaut, nous les expédierons derrière la haie !

Lorsque Daisy se promena en ville avec Ellie, un peu plus tard dans l'après-midi, un groupe de vieilles dames interrompirent leur conversation en la voyant passer et la dévisagèrent comme si quelque chose de désagréable s'était incrusté sous ses chaussures. Quand elle entra chez le marchand de journaux, ce dernier contourna son comptoir pour lui serrer la main.

— Je vous félicite, dit-il, jetant des coups d'œil autour de lui, à croire qu'il redoutait d'être entendu. Les affaires engendrent d'autres affaires. C'est ce que tous ces gens-là ne comprennent pas. Une fois que vous êtes lancés, ils vous oublient. Ils ont passé tellement d'années à s'opposer à tout qu'ils ne savent plus quoi faire d'autre.

La veille de l'inauguration, une fois les ouvriers et le personnel des cuisines partis, alors que Jones, lui aussi, avait quitté les lieux avec Carol dans sa ridicule voiture de sport, Daisy emmena Ellie au premier prendre un bain. Lottie s'attarda. Puis, dans la maison silencieuse, elle inspecta les chambres les unes après les autres. Une personne plus sentimentale affirmerait qu'elle leur faisait ses adieux. Lottie se dit qu'elle souhaitait simplement vérifier que chaque chose était à sa place. Daisy était très occupée entre le bébé, l'inauguration et ce gaillard inutile qu'était son compagnon, et Jones n'avait pas trop l'air de savoir ce qu'il faisait, de sorte qu'il était nécessaire que quelqu'un supervisât la situation. Elle l'avait énoncé à deux reprises, comme si cela pouvait rendre son argument plus convaincant.

Elle entra dans chaque chambre, où elle déambula à loisir, se souvenant de l'aspect qu'elles avaient auparavant grâce aux photographies de groupes, désormais encadrées et accrochées aux murs, et qu'à l'occasion elle s'autorisait à contempler. Les visages, figés par le temps, lui rendaient son regard avec leurs sourires ternes d'étrangers. Ce n'étaient plus vraiment des gens réels, se dit-elle. Ils étaient juste là pour la décoration intérieure, afin d'ajouter un air d'authenticité au terrain de jeux de quelque richard en bordure de mer.

Elle garda le salon pour la fin, ses pieds résonnant sur le parquet refait à neuf. Elle s'assit dans la position où elle était, près d'un demi-siècle plus tôt, lorsque, pour la première fois, elle avait posé son regard sur Adeline, calme, féline, sur le canapé. La maison, dépouillée, blanche, grandiose, ne lui faisait plus l'effet d'être Arcadia. Les chambres avaient cessé d'être les témoins muets de ses secrets. Les parquets cirés et les fleurs fraîchement coupées avaient émoussé les anciennes odeurs de sel, les possibilités d'antan. Les meubles de cuisine étincelants, les tapisseries immaculées et les murs pâles, impeccables, avaient en un sens détourné l'objectif initial, l'esprit des lieux.

Mais en quoi serais-je habilitée à dire quoi que ce soit? pensa Lottie en jetant des regards autour d'elle.

Il y avait toujours eu trop de souffrance dans cette demeure, après tout. Trop de secrets. Son avenir appartenait à d'autres désormais. Elle considéra la pièce, et son regard se posa sur une photographie de Celia dans une jupe d'un rouge flamboyant assorti aux tapisseries. Elle se souvenait d'un regard qui en savait trop, croisant le sien avec espièglerie, d'une silhouette toujours sur le point de battre en retraite.

Mon histoire, tout comme ces photographies: rien que de la décoration d'intérieur.

Quelques minutes plus tard, Daisy surgit de la salle de bains avec une Ellie enveloppée de serviettes et se dirigea vers la cuisine pour lui préparer son lait. Elle s'arrêta à mi-chemin de l'escalier, jeta un coup d'œil dans le salon, puis se retourna lentement et remonta les marches en tâchant de réprimer les protestations d'Ellie.

Lottie était assise dans le salon, les yeux fixés sur un point, profondément absorbée dans ses rêveries. Elle paraissait diminuée, fragile et très seule.

La veille de l'inauguration, Jones couvrit les tours de papier en équilibre précaire posées sur son bureau et ferma la porte pour ne pas avoir à entendre les éclats de rire bruyants provenant des bars des Red Rooms.

Puis il but un fond de café, fouilla dans ses carnets et composa le numéro de son ex-femme, à son travail. Alex parut surprise de l'entendre, supposant sans doute, tout comme lui, qu'une fois qu'elle serait remariée, la nature intime de leur amitié aurait changé.

Il la laissa parler de sa lune de miel. Elle se borna, avec tact, à évoquer la beauté de l'île, ses coups de soleil, la couleur inimaginable de la mer. Elle lui donna ses nouveaux numéros de téléphone, sachant qu'il y avait peu de chance qu'il appelât chez elle. Puis elle lui demanda si tout allait bien.

— Oui. Je vais bien… Non, non, en fait, je ne vais pas bien.

— Puis-je t'aider ?

— C'est un peu… compliqué.

Elle attendit.

— Je ne sais pas si tu es la personne la mieux indiquée pour discuter de tout ça.

— Oh ! s'exclama-t-elle d'un ton prudent.

— Tu me connais, Alex. Je n'ai jamais très bien su m'exprimer.

— C'est le moins que l'on puisse dire.

— Écoute… laissons tomber.

— Allons, Jones. Maintenant que tu as commencé…

Il soupira.

— C'est juste… Je crois que je me suis attaché à quelqu'un. Qui était célibataire, mais qui ne l'est plus maintenant.

Il y eut un silence à l'autre bout du fil.

— Je ne lui ai rien dit. Quand j'aurais dû le faire. Et je ne sais plus comment m'y prendre à présent.

— Elle était célibataire ?

— Oui… enfin oui et non. Je me suis rendu compte de ce que je ressens pour elle, mais il est trop tard désormais pour lui faire part de mes sentiments.

—Trop tard ?

—Enfin, je ne sais pas. Qu'en penses-tu ? Crois-tu que ce soit juste de dire quelque chose ? Dans les circonstances ?

Encore un long silence.

—Alex ?

—Jones. Je ne sais pas quoi te dire.

—Je suis désolé. Je n'aurais pas dû t'appeler.

—Non, non. C'est bien que nous parlions de ces choses-là. Mais… je suis mariée maintenant.

—Je le sais.

—Et je ne pense pas qu'il soit… disons… approprié que tu éprouves des sentiments pour moi. Tu sais ce que Nigel pense de…

—Comment ?

—Je suis flattée. Honnêtement. Mais…

—Non, non, Alex. Je ne parle pas de toi. Oh, mon Dieu, qu'ai-je dit ?

Le silence, cette fois-ci, était embarrassé.

—Ah ! je suis désolé. Je m'exprime mal. Comme d'habitude.

Son éclat de rire fut rapide et délibérément léger.

—Oh, ne t'inquiète pas, Jones, je suis soulagée. J'avais mal compris.

Elle parlait comme une maîtresse d'école primaire, d'un ton à la fois ferme et enjoué.

—Alors, qui est cette dernière conquête ?

—Justement. Elle n'est pas comme les autres.

—Dans quel sens ? Blonde, pour changer ? Originaire de quelque endroit exotique ? Elle a plus de vingt ans ?

—Il s'agit d'une personne avec laquelle je travaille. Elle est décoratrice.

— Ça change des serveuses, je suppose.

— Et je crois qu'elle m'aime bien.

— Tu crois ? Tu n'as pas encore couché avec elle ?

— C'est juste que le père de son enfant a refait surface.

Il y eut une courte pause.

— Son enfant ?

— Oui, elle a un bébé.

— Elle a un bébé ? Tu es amoureux d'une femme qui a un bébé ?

— Je n'ai pas dit que j'étais amoureux. Et tu n'es pas obligée de me parler sur ce ton-là.

— Après tout ce que tu m'as dit à propos des enfants ? Comment veux-tu que je réagisse ?

Il s'adossa à son fauteuil.

— Je n'arrive pas à le croire.

La voix à l'autre bout du fil était tendue, exaspérée.

— Alex, je suis désolé. Je ne voulais pas t'offenser.

— Tu ne m'as pas offensée. Je suis mariée maintenant. Tu ne peux plus m'offenser. Je suis loin de là. Très loin de là.

— J'avais juste besoin de conseils, et tu es la seule personne que je connaisse…

— Non, Jones, tu voulais quelqu'un qui te rassure parce que tu es amoureux, pour la première fois, d'une personne qui ne te convient pas. Eh bien, je ne suis plus la personne indiquée pour cela, comme tu l'as dit. Ce n'est pas juste de me poser la question, à moi. Bon ! Il faut que j'y aille. J'ai un rendez-vous.

Le jour de l'inauguration, Daisy se réveilla à une heure normalement associée au sommeil et resta couchée un long moment à regarder l'aube s'infiltrer entre les rideaux en lin cousus à la main. À 7 heures, elle se leva, se rendit dans la salle de bains et pleura approximativement dix minutes en prenant soin de ne pas réveiller Ellie, étouffant ses sanglots dans une serviette en coton égyptien. Puis elle s'aspergea le visage d'eau froide, enfila sa robe de chambre, prit l'appareil de surveillance-bébé et se rendit à pas feutrés dans la chambre de Daniel.

La pièce était obscure et silencieuse. Il dormait. Une forme sentant la moiteur sous la couette.

— Dan ? chuchota-t-elle. Daniel ?

Il se réveilla en sursaut, se tourna pour lui faire face, les yeux à demi fermés. Il se redressa partiellement et, peut-être par habitude, écarta la couette pour l'inciter à se joindre à lui.

Face à ce geste inconscient, Daisy sentit sa gorge se serrer.

— Il faut que nous parlions.

Il se frotta les yeux.

— Maintenant ?

— Il n'y aura pas d'autre moment. Il faut que je fasse mes bagages aujourd'hui. Et toi aussi.

Son regard alla se perdre un instant à mi-distance.

— Puis-je avoir un café d'abord ? dit-il d'une voix alanguie par le sommeil.

Elle hocha la tête, détournant les yeux presque timidement lorsqu'il sortit du lit pour enfiler un caleçon – sa vue, son odeur, si familières et étranges à la fois, comme lorsque l'on voit une partie de son propre corps sous un angle inhabituel.

Il prépara un café pour eux deux et lui apporta le sien sur le canapé, où elle s'était assise. Il avait les cheveux en broussaille comme un petit garçon. Daisy l'observa, l'estomac retourné, les mots tels de la bile dans sa bouche.

Pour finir, il s'assit.

La regarda.

— Ça ne va pas marcher, Dan, dit-elle.

À un moment donné, alors qu'il l'enlaçait, elle pensa à quel point c'était bizarre qu'il la réconforte alors qu'elle était en train de lui dire qu'elle ne l'aimait plus. Il lui déposa un baiser sur le sommet du crâne. Son odeur et son contact la rassurèrent encore, bizarrement.

— Je suis désolée, dit-elle, la tête enfouie contre sa poitrine.

— C'est à cause de la fille que j'ai embrassée, n'est-ce pas ?

— Pas du tout.

— Si, c'est ça. Je savais que je n'aurais pas dû t'en parler. Cela faisait partie du passé. J'essayais d'être honnête.

— Ce n'est pas la fille. Vraiment.

— Je t'aime toujours, Daise.

Elle leva les yeux vers lui.

— Moi aussi. Je t'aime toujours. Mais je ne suis pas amoureuse de toi.

— Il est trop tôt pour prendre une décision.

— Non, Dan, il n'est pas trop tôt. Je crois que j'ai pris ma décision avant même que tu reviennes. Écoute, j'ai essayé de me persuader que tout était encore là, intact, que cela valait la peine de sauver la situation – à cause d'Ellie. Mais ce n'est pas le cas. Je ne suis vraiment plus amoureuse de toi.

Il lui lâcha les mains et s'écarta d'elle, identifiant certains accents déterminés, inhabituels dans sa voix, quelque chose d'irréversible.

— Nous sommes restés ensemble si longtemps. Nous avons eu un enfant. Nous ne pouvons pas balayer tout ça d'un revers de la main, répondit-il d'un ton presque suppliant.

Daisy secoua la tête.

— Ce n'est pas ce que je fais. Mais nous ne pouvons pas revenir en arrière. Je suis différente. Je suis devenue quelqu'un d'autre…

— Mais j'aime celle que tu es devenue.

— Je ne veux plus de cette relation, dit-elle d'un ton plus ferme. Il est hors de question que les choses reprennent telles qu'elles étaient, que je redevienne ce que j'étais. J'ai fait des choix que je n'aurais jamais cru pouvoir faire. Je suis plus forte. J'ai besoin de quelqu'un…

— De plus fort ?

— Quelqu'un sur qui je puisse compter. Quelqu'un qui ne disparaîtra pas à la première incartade. Si tant est que j'aie vraiment besoin de quelqu'un.

Daniel prit sa tête entre ses mains.

— Daisy, je t'ai dit que j'étais désolé. J'ai commis une erreur. Une erreur. Et je fais tout ce que je peux pour rectifier le tir.

— J'en suis parfaitement consciente. Mais je ne peux pas lutter contre ce que j'éprouve. Et je n'ai pas cessé de t'observer en essayant de te percer à jour et de déterminer si tu allais partir de nouveau.

— Ce n'est pas juste.

— C'est pourtant ce que je ressens. Écoute… peut-être que, si Ellie n'était pas née, cela se serait produit de toute façon. Nous serions devenus des gens différents, quoi qu'il en soit. Je n'en sais rien. Je pense juste que le moment est venu pour nous deux de lâcher prise.

Il y eut un long silence. Des claquements de portière dehors et des bruits de pas précipités en bas annonçaient le début d'une journée de travail.

Un long gémissement s'éleva de l'appareil de surveillance du bébé, Ellie se réveillait.

— Je n'ai pas l'intention de disparaître à nouveau, dit Daniel en la regardant bien en face.

Sa voix recelait un vague défi.

— Je ne m'attends pas à ce que ce soit le cas.

— Je veux avoir un droit de visite. Je veux être son père.

La perspective d'une vie passée à remettre son précieux enfant à son père pendant les vacances avait hanté Daisy. Rien qu'à cette pensée, les larmes lui venaient aux yeux. C'était la seule chose qui avait failli épargner cette conversation à Daniel.

— Je le sais, Dan. Nous prendrons les dispositions qui conviennent.

Il faisait déjà lourd ce matin-là. L'air avait cet immobilisme qui s'apparente à une menace, étouffant les bruits produits par le personnel de la cuisine, qui entamait son travail, ainsi que ceux des femmes de ménage, qui ciraient les parquets et passaient l'aspirateur dans les chambres du bas. Daisy courait en tous sens sous les ventilateurs vrombissants, peaufinant l'agencement des meubles, supervisant le polissage des robinets et des poignées de porte. Elle avait mis un short et un chemisier souple en prévision de la chaleur qui ne manquerait pas de devenir de plus en plus insoutenable au fil de la journée.

Elle continuait à opérer les changements de dernière minute en s'efforçant de sublimer son travail, pour essayer de ne pas penser.

Des camionnettes arrivaient les unes après les autres et déversaient dans l'allée leurs contenus – bouquets de fleurs, nourriture, alcool –, avant de disparaître avec des grincements de leviers de vitesses en expédiant des jets de gravier sous le soleil aveuglant. Carol, dont la robe pendait, toute prête, dans la suite Bell, dirigeait les opérations : un dictateur en tenue haute couture, sa voix rauque, cajoleuse, criant des ordres autant que des encouragements, faisant écho dans les jardins.

Lottie était arrivée à 9 heures pour prendre Ellie. Elle n'irait pas à la réception (« Je ne les supporte pas. ») et avait proposé de garder le bébé chez elle.

— En revanche, Camille a l'intention de venir, ainsi que Hal et Katie. Et Mr Bernard, dit Daisy. Ellie sera parfaitement contente avec vous. Allez-y. Vous en avez tant fait ici.

Lottie secoua la tête sans mot dire. Elle était pâle et son mordant habituel était atténué par quelque combat intérieur tacite.

— Bonne chance, dit-elle à Daisy.

Son regard croisa le sien avec une rare intensité, comme s'il s'agissait de quelque chose de plus important que quelques heures de séparation.

— Il y aura toujours un verre pour vous si vous changez d'avis, cria Daisy.

La silhouette, poussant résolument la poussette dans l'allée, ne se retourna pas.

Une main en visière pour se protéger les yeux du soleil, Daisy les suivit du regard jusqu'à ce qu'elles disparaissent toutes les deux. Elle s'efforçait de se persuader qu'étant donné la réaction incontestablement ambivalente de Lottie face à la fresque et son attitude acrimonieuse vis-à-vis de tout le reste, c'était peut-être une bonne chose qu'elle ne soit pas présente à la réception.

Daniel monta à l'étage, à l'abri du bruit et de l'activité impitoyables qui concouraient à renforcer le sentiment qu'il était la cinquième roue du carrosse. Il souhaitait trouver refuge dans la chambre qui contenait ses affaires. Il avait décidé de ne pas rester pour la réception. Même s'il lui avait été possible de passer du temps avec Daisy aujourd'hui, ce serait trop compliqué, trop humiliant d'expliquer sa présence à ces gens qu'il considérait jadis comme autant de contacts. Il avait besoin d'être seul, d'accepter sa peine, de penser à ce qui s'était passé et à ce qu'il allait faire ensuite. Et peut-être aussi de prendre une bonne cuite, une fois qu'il serait rentré chez lui.

Il marchait dans le couloir tout en composant le numéro de téléphone de son frère sur son portable. Il laissa un message sur son répondeur pour lui dire de s'attendre à son retour ce soir-là. Il s'arrêta sur le seuil, en pleine phrase. Aidan était juchée sur un escabeau, au milieu de la pièce, sous le ventilateur.

— Salut, fit-il en s'emparant d'un tournevis calé dans sa ceinture.

Daniel hocha la tête en guise de bonjour. Il était habitué au va-et-vient inévitable d'un chantier, mais, à cet instant précis, cela ne rendait pas la présence d'Aidan plus facile à supporter. Il prit son fourre-tout et entreprit de rassembler ses habits, les pliant avant de les jeter au fond du sac.

— Pourriez-vous me rendre un service ? Actionnez cet interrupteur. Pas tout de suite. Quand je vous le dirai.

Aidan se tenait en équilibre précaire tandis qu'il remettait habilement une pièce en place.

— Maintenant.

En serrant les dents, Daniel traversa la pièce, actionna l'interrupteur, et le ventilateur se mit en marche docilement, rafraîchissant la pièce avec un doux fredonnement.

— Votre femme dit qu'il fait trop de bruit. J'ai l'impression qu'il fonctionne normalement.

— Ce n'est pas ma femme.

Il n'avait pas apporté grand-chose. Il lui fallut si peu de temps pour faire ses bagages que c'en était presque pathétique.

— Vous vous êtes disputés ?

— Non, répondit Daniel, s'obligeant à garder un ton calme en dépit de ce qu'il ressentait. Nous nous sommes séparés. Je m'en vais.

Aidan se frotta les mains l'une contre l'autre et descendit de l'escabeau.

— J'en suis désolé, surtout que vous êtes le père de la petite et tout ça.

Daniel haussa les épaules.

— Et vous veniez à peine de vous réconcilier, non ?

Daniel regrettait déjà d'avoir parlé. Il se pencha et jeta un coup d'œil sous le lit en quête de chaussettes oubliées.

— Tout de même, fit la voix d'Aidan d'en haut, je ne vous blâme pas.

— Pardon ?

C'était difficile de l'entendre de dessous le couvre-lit.

— Aucun homme n'apprécie qu'un autre passe la nuit avec sa femme, pas vrai ? Même si c'est le patron. Vous voyez ce que je veux dire... Non, je dirais qu'en fin de compte, vous avez bien fait de prendre cette initiative.

Daniel resta immobile, l'oreille collée contre le parquet. Il cilla à plusieurs reprises, puis se redressa.

— Pardon, dit-il avec une courtoisie feinte, malveillante. Pourriez-vous répéter ce que vous venez de dire ?

Aidan passa à l'échelon inférieur de l'escabeau et, voyant l'expression de Daniel, il détourna le regard.

— Le patron. Il a dormi ici avec Daisy... Je pensais que... c'était ça qui... Oh, et puis flûte. Oubliez ce que je vous ai dit.

— Jones ? Jones logeait ici avec Daisy ? Ici ?

— J'ai probablement mal interprété la situation.

Daniel considéra l'expression embarrassée d'Aidan, puis il sourit. Un sourire tendu, compréhensif.

— Ça ne fait aucun doute, dit-il en s'emparant de son sac. Excusez-moi, ajouta-t-il en contournant le contremaître.

Malgré l'élégance que requérait la situation, il ne fallait généralement à Camille que quelques minutes pour s'habiller. Elle passait sa garde-robe en revue à tâtons, son toucher intensément accoutumé aux tissus, qui lui permettaient de reconnaître tel ou tel vêtement. Elle sortait l'article choisi, l'enfilait et, après s'être rapidement brossé les cheveux et avoir mis du rouge à lèvres, elle était prête. C'était presque indécent, commentait Kay, une esthéticienne comme elle consacrant si peu de temps à s'apprêter. Leur réputation en prenait un coup !

Ce jour-là, toutefois, il y avait déjà quarante minutes qu'elle se préparait et ils étaient tellement en retard que Hal arpentait leur chambre.

— Laisse-moi te donner un coup de main, suggérait-il périodiquement.

— Non, répondait Camille d'un ton sec.

Et avec un soupir aussi bruyant et sincère que ceux de Rollo, il se remettait à faire les cent pas.

C'était en partie à cause de Katie, qui avait insisté pour aider sa mère à choisir sa tenue. En dépit de l'agacement à peine dissimulé de celle-ci, elle avait entassé tant d'habits sur leur lit que Camille, dont les placards étaient rangés selon un ordre quasi militaire, n'arrivait plus à s'y retrouver. À cause de ses cheveux également, qui, pour Dieu seul savait quelle raison, avaient décidé de se dresser sur sa tête de part et d'autre de la raie. Mais aussi, et surtout, parce qu'elle savait que sa mère avait toutes les chances d'être présente à la réception. Or, elle n'était pas certaine d'avoir envie de la voir, et cela la rendait irascible et incapable de prendre une décision, si banale fût-elle.

— Voudrais-tu que je sorte tes souliers, maman ? demanda Katie.

Camille entendit le bruit des boîtes à chaussures, toutes soigneusement étiquetées en braille, s'effondrer en un tas désordonné.

— Non, chérie. Pas tant que je n'aurais pas décidé de ce que je vais mettre.

— Allons, mon cœur. Laisse-moi t'aider, intervint Hal.

— Non, papa. Maman tenait à ce que ce soit moi.

— Bon sang ! Je ne veux pas que vous m'aidiez, ni l'un ni l'autre, s'écria Camille. Je n'ai même pas envie d'aller à cette fichue réception.

Hal s'assit près d'elle à ce moment et l'attira contre lui. Et en un sens, la pensée que, même après tout ça, son mari eût encore la capacité de comprendre, mais aussi de lui pardonner, fit que Camille se sentit un tout petit peu mieux.

Ils partirent un peu après 14 heures, Camille soupçonnant Katie de l'avoir attifée Dieu savait comment tout en faisant confiance à Hal pour ne pas la laisser sortir dans une tenue trop provocante. Ils avaient décidé de se rendre à Arcadia à pied, Hal ayant estimé que l'allée avait toutes les chances d'être bloquée par les voitures des visiteurs et qu'il fallait profiter d'une belle journée comme celle-là. Camille n'était pas convaincue. En sentant la sueur de Katie qui la tenait par la main, Camille glissa l'autre sur le harnais de Rollo pour qu'il l'aide à se frayer un chemin dans la foule le cas échéant.

— J'aurais dû mettre de la crème solaire à Katie, dit-elle.

— C'est déjà fait, répondit Hal.

— Je ne suis pas certaine d'avoir fermé la porte de derrière, ajouta-t-elle quelques instants plus tard.

— Katie s'en est chargée.

À mi-chemin du parc, Camille s'arrêta.

— Hal, je ne suis pas sûre d'être d'humeur à aller à cette réception. Il va y avoir tout un tas de gens en train de bavasser et je crois que cette chaleur va me donner mal à la tête. Quant à ce pauvre vieux Rollo, il va bouillir !

Hal prit sa femme par les épaules. Il lui parla à voix basse de manière que Katie ne puisse pas les entendre.

— Elle ne viendra probablement pas, dit-il. Ton père m'a dit qu'à son avis, elle ne se donnerait pas cette peine. Tu sais comment elle est. Allez, viens. En outre, Daisy s'en ira probablement juste après et il faut bien que tu lui dises au revoir, non ?

— Ce qu'elle a dit à propos de papa, Hal…

La voix de Camille se brisa sous l'effet de l'émotion.

— Je savais que ce n'était pas un couple idéal, mais comment a-t-elle osé dire qu'elle ne l'avait jamais aimé ? Comment a-t-elle pu lui faire une chose pareille ?

Hal lui prit la main et la serra, un geste évocateur de réconfort et d'une certaine futilité. Ils se remirent en marche en direction de l'hôtel, Katie faisant des bonds devant eux.

Daisy était dehors, devant la cuisine, au milieu d'un groupe d'hommes et de femmes âgés, tout sourires face au quatrième photographe les faisant poser selon un arrangement différent. De temps à autre, elle chuchotait dans l'oreille des plus fragiles d'entre eux pour leur demander s'ils tenaient le coup, s'ils avaient besoin de quelque chose à boire ou bien d'un siège pour se reposer. Autour d'eux, les sous-chefs, tout de blanc vêtus, couraient en tous sens, armés de plats cliquetants et de casseroles métalliques, ou disposaient des petits fours sur d'immenses assiettes. Julia croisa son regard au-dessus de la foule ; Daisy lui sourit, regrettant que cela lui demande un tel effort. Tout se passait bien – vraiment bien. La journaliste d'*Interiors* avait déjà annoncé qu'elle ferait un article de quatre pages sur la maison, dans lequel Daisy occuperait une place majeure en sa qualité de décoratrice.

Plusieurs personnes lui avaient demandé son numéro et elle regretta de ne pas avoir de cartes de visite. Elle avait été si occupée – elle avait à peine eu le temps de penser à Daniel. Elle avait juste été consciente d'un sentiment de gratitude fugitif à la pensée qu'il avait décidé de ne pas rester.

Elle apercevait Jones périodiquement dans les pièces bondées, toujours en pleine conversation, toujours entouré d'une multitude de gens. L'hôte dans une série de pièces qu'il connaissait à peine !

Daisy se sentait misérable. C'était toujours la partie la plus difficile d'un travail. La vision qu'elle avait cherché à créer, pour laquelle elle avait passé des nuits blanches, sur laquelle elle avait travaillé d'arrache-pied avec de la poussière dans les cheveux, les ongles couverts de peinture. Cette vision s'était finalement réalisée, teintée de douleur et drapée d'épuisement. Et puis, une fois que tout était parfait, il fallait y renoncer. Sauf que, cette fois-ci, c'était encore plus dur de lâcher prise. Cette fois-ci, Daisy avait trouvé là une maison, un refuge pour les premiers mois de sa fille. Et puis il y avait des gens avec lesquels elle s'était liée et qu'elle ne reverrait sans doute jamais en dépit des meilleures promesses.

Et où allait-elle aller ? Weybridge ?

De l'autre côté de la terrasse, Julia la gratifiait d'un sourire rayonnant sous ses cheveux parfaitement figés : fière, bien intentionnée, se méprenant complètement sur la personne que Daisy savait qu'elle était désormais.

Je pensais avoir réussi, se dit-elle dans un éclair de lucidité. *En fait, je n'ai rien du tout.*

En arrivant à Merham, elle avait une maison, un travail, sa fille. À présent, elle allait devoir accepter de tout perdre – même sa fille, partiellement.

— Haut les cœurs, ma chérie !

Carol apparut à sa hauteur, son éternelle bouteille de champagne à la main, remplissant les verres, posant pour les photographes, s'exclamant que tout était parfait, riant des villageois psalmodiant dans l'allée. Elle leur avait fait porter un plateau de rafraîchissements en s'assurant que les journalistes l'avaient vue faire.

— Pourquoi n'allez-vous pas voir ces dames ? Bougez-vous un peu. Je m'occupe de tout ici.

Son sourire était gentil ; son ton, péremptoire.

Daisy hocha la tête et elle se fraya un chemin parmi les groupes bavardant ici et là en direction des toilettes. Elle passa à côté de Jones, en train de parler, si près qu'elle sentit les notes mentholées de son haleine. Elle avait la tête baissée, de sorte qu'elle ne pouvait être sûre de rien, mais elle avait l'impression qu'il ne l'avait même pas remarquée.

Il ne s'était pas attendu à s'amuser, mais Hal confia à Camille, à plusieurs reprises, qu'il passait un moment très agréable. Des tas de gens l'avaient cherché dans la foule et félicité pour la fresque, y compris le vieux Stephen Meeker, qui lui avait demandé de lui rendre visite plus tard, dans la semaine, afin de jeter un coup d'œil à quelques fauteuils Arts and Crafts qui avaient besoin d'être réparés. Jones lui avait dit qu'il lui accorderait une prime, en plus du chèque.

— Ça fait toute la différence, avait-il ajouté, l'air sérieux. Nous devrons parler d'autres travaux que je souhaiterais vous confier.

Il avait rencontré plusieurs hommes d'affaires de la région, astucieusement invités par Carol, qui ne semblaient guère s'intéresser à la fresque, mais qui estimaient que le nouvel hôtel était « idéal ». Il attirerait en ville des gens bien, avaient-ils affirmé. En repensant aux commentaires de Sylvia Rowan, Hal s'était retenu de pouffer de rire. Camille était superbe, comme il le lui dit. Il la surprenait à tout instant en conversation avec des gens, ses cheveux lumineux sous le soleil, le visage détendu, heureux, et son cœur sentimental et ridicule se serrait de gratitude à la pensée qu'ils avaient survécu. Quant à Katie, elle entrait et sortait de la maison en flèche, en compagnie d'autres enfants, pareils à des moineaux aux couleurs vives tourbillonnant autour de haies.

— Merci, avait dit Hal, attrapant Daisy au vol alors qu'elle sortait des toilettes. Pour le travail, je veux dire. Pour tout.

Elle avait hoché la tête en guise de réponse, comme si elle n'était qu'à demi consciente de sa présence, son regard parcourant apparemment la pièce à la recherche de quelque chose ou de quelqu'un d'autre.

C'était un grand jour pour elle, se dit-il en se détournant. Le genre de jour où il serait grossier de s'offenser de quoi que ce soit. S'il avait appris une chose, c'était de ne pas chercher de significations là où il n'y en avait pas.

Il accepta deux coupes de champagne que lui proposait un serveur et retourna dans la clarté du soleil, le cœur vibrant au son d'un quartette de jazz à cordes, éprouvant, pour la première fois depuis des mois, une véritable sensation d'aise et de satisfaction. Katie passa devant lui en poussant des cris, tiraillant prestement la jambe de son pantalon, et il continua son chemin en quête de sa femme sur la terrasse.

Une légère tape sur son épaule interrompit ses recherches.

— Hal.

En se retournant, il découvrit sa belle-mère, se tenant immobile derrière une poussette. Elle portait son joli chemisier en soie grise, unique concession à la réception. Ses yeux écarquillés, dont émanait une prudence inhabituelle, plongèrent dans les siens presque comme si elle était sur le point de l'accuser de quelque chose.

— Lottie, fit-il d'un ton neutre, sa bonne humeur se dissipant aussitôt.

— Je ne reste pas.

Il attendit.

— Je suis juste venue vous dire que j'étais désolée.

Elle n'était pas elle-même. On aurait dit qu'elle avait été dépossédée de son armure.

— Je n'aurais pas dû vous harceler comme je l'ai fait. Et j'aurais dû vous parler de l'argent.

— Laissez tomber, dit-il. Ça n'a pas d'importance.

— Si, c'est important. J'ai eu tort. Je l'ai fait avec les meilleures intentions du monde, mais j'ai eu tort. Je voulais que vous le sachiez, Camille et vous, dit-elle d'une voix tendue.

Hal, qui s'était récemment senti moins que charitable à l'égard de sa belle-mère, se rendit compte tout à coup qu'il espérait un commentaire acerbe, quelque observation mordante venant d'elle pour rompre le silence. Mais elle ne dit rien, son regard toujours plongé dans le sien en quête d'une réaction.

— Allons la chercher, dit-il en se rapprochant d'elle, le bras tendu.

Lottie le retint d'un geste de la main.

— J'ai dit des choses terribles, avoua-t-elle en avalant sa salive.

— C'est ce qui arrive quand on a mal, répondit-il.

Elle le regarda, et il lui sembla qu'ils se comprenaient. Finalement, elle saisit le bras qu'il lui offrait et ils traversèrent la terrasse.

Il avait été tellement préoccupé qu'il n'avait même pas remarqué sa présence. Carol leva les yeux vers lui, un regard espiègle, entendu, sous sa frange coupée net comme une lame de rasoir, et sourit de son sourire professionnel à la foule de gens devant eux.

— Je ne sais pas ce qui vous retient, murmura-t-elle.

Jones arracha son regard de la terrasse et cilla avec insistance.

— Comment ?

— Vous avez tous les deux l'air tristes comme la pluie. Elle me fait l'effet d'une fille intelligente, bénie soit-elle. Où est le problème ?

Jones poussa un profond soupir et considéra tristement son verre vide.

— Je ne veux pas briser une famille.

— Y a-t-il une famille ?

Le barman s'efforçait d'attirer son attention pour tâcher de déterminer s'ils devaient commencer à remplir les coupes de champagne en prévision de son discours. Jones s'essuya le front, lui adressa un hochement de tête, puis il se tourna de nouveau vers sa voisine.

— Je ne vais pas le faire, Carol. Je m'y suis mal pris chaque fois. En laissant les autres ramasser les morceaux. Mais cette fois-ci, je vais m'en abstenir.

— Vous avez perdu votre cran ?

— J'ai acquis une conscience.

— Jones en chevalier à l'armure étincelante. Maintenant, je sais que vous êtes fichu pour de bon…

Jones prit un verre sur le plateau devant lui et y déposa celui qu'il tenait à la main.

— Vous devez avoir raison.

Il se tourna vers ses invités en faisant signe à l'orchestre de baisser le volume. Et marmonna si bas que Carol elle-même dut tendre l'oreille pour l'entendre.

— C'est l'impression que ça donne, en tout cas.

Daniel était assis sur les marches derrière la cuisine, à demi dissimulé par les amoncellements de caisses. Il posa son verre vide sur une pile d'autres verres, dans l'herbe ombragée, près de lui. Au-dessus de sa tête, le soleil avait entamé sa longue descente paisible vers l'ouest, mais de la cuisine derrière lui émanaient des cliquetis et des fredonnements qui couvraient le bruit de la musique, un occasionnel juron ou une consigne criée témoignant du niveau frénétique d'activité qui régnait à l'intérieur. Il savait que les autres trouvaient bizarre qu'il soit resté assis là, tout seul, l'après-midi entier, même si personne n'avait eu le cran de le lui dire en face. Mais il n'en avait strictement rien à faire.

Il restait simplement ici, apercevant Jones de temps à autre sur la terrasse lorsqu'il s'aventurait au-delà du portail, serrant des mains, hochant la tête avec ce sourire feint et stupide figé sur son visage. Il demeura là, attendant que le serveur apparaisse avec un autre verre, et se remit à ruminer le passé.

Joe était dehors avec Camille et Katie, à l'abri sous un chapeau à large bord. Il avait dit à Jones, Daisy, Camille et plusieurs autres personnes que c'était vraiment « une magnifique réception » et qu'à son avis, personne n'avait jamais vu la vieille maison aussi belle. Il semblait plus enthousiaste à son égard maintenant qu'il savait que l'influence qu'elle avait sur sa famille touchait à sa fin.

— Dis ça à la bande de Sylvia Rowan, lui suggéra Camille, encore perturbée par les psalmodies provenant de l'autre côté du mur.

— Certaines personnes n'arrivent pas à admettre que le passé est le passé, hein, chérie ? répondit son père.

Camille, très sensible aux intonations des voix, crut détecter quelque chose de particulier dans la sienne.

Cela fut confirmé lorsque Hal les rejoignit, posa une main sous son coude et lui annonça avec tact que sa mère était là.

— Tu ne m'en as rien dit, lança-t-elle à son père d'un ton accusateur.

— Ta mère m'a expliqué ce qu'elle avait fait avec l'argent, rétorqua Joe. Nous sommes tous d'accord sur le fait que c'était une erreur. Mais il faut que tu comprennes qu'elle a agi pour ton bien.

— Mais ce n'est que la moitié du problème, papa, renchérit Camille, se rendant compte, alors qu'elle parlait, qu'elle n'avait aucune envie de lui dire ce qu'était l'autre moitié.

— Je t'en prie, Camille, ma chérie. J'ai présenté mes excuses à Hal et j'aimerais en faire autant avec toi.

Camille perçut la souffrance dans la voix de sa mère et souhaita, tel un enfant, pouvoir oublier ce qu'elle avait entendu.

— Acceptes-tu au moins de me parler ?

— Ma chérie ? reprit Hal d'un ton doux, insistant. Lottie est vraiment désolée. À propos de tout.

— Allons, Camille, intervint son père avec une intonation qui lui rappelait son enfance. Ta mère a eu le courage de te présenter des excuses. Le moins que tu puisses faire, c'est avoir l'obligeance de l'écouter.

Camille soupçonnait qu'on l'avait prise de vitesse. Sa tête résonnait des bavardages et des tintements de verre provenant de la foule d'invités.

— Emmène-moi dans la maison à travers toute cette cohue. Nous trouverons un endroit tranquille. Mais, avant toute chose, il faut que je déniche un bol d'eau pour Rollo.

Contrairement à son habitude, sa mère ne lui prit pas le coude. Camille sentit sa main froide et sèche se glisser dans la sienne, comme si elle-même cherchait à être réconfortée. Attristée par ce geste, Camille réagit en la pressant.

Rollo avançait sous son harnais comme s'il s'efforçait de déterminer le passage le moins encombré d'obstacles à travers la foule. Camille sentit son anxiété et prononça son nom d'une voix douce pour essayer de le rassurer. Il n'aimait pas les fêtes. Un peu comme Lottie. Elle serra leurs deux mains l'une contre l'autre, consciente que, d'une certaine manière, elles avaient toutes les deux besoin d'être rassurées.

— Dirige-toi vers les cuisines, dit-elle à sa mère.

Presque à mi-chemin de la terrasse – c'était difficile de juger avec tous ces gens –, une main sur son bras arrêta Camille. Des effluves floraux : Daisy.

— Il fait tellement chaud. Je crois que je vais fondre. J'ai été obligée de confier Ellie au personnel du bar à l'intérieur.

— J'irai la prendre dans un moment, intervint Lottie, un peu sur la défensive. Je voulais juste dire un mot à Camille.

— Entendu, acquiesça Daisy, qui n'avait pas l'air d'écouter. Puis-je vous accaparer cinq minutes, Lottie ? Je voudrais que vous rencontriez quelqu'un.

Camille sentit qu'elles se remettaient en route. La voix de Daisy baissa diplomatiquement de sorte que Camille dut tendre l'oreille pour entendre ce qu'elle disait.

— Il dit qu'il est veuf et qu'il n'a pas d'enfants, et je pense qu'il se sent un peu seul. Je n'ai pas l'impression qu'il s'amuse beaucoup.

— Qu'est-ce qui vous fait croire que ça lui fera du bien que je lui parle ?

Camille savait que sa mère voulait se retrouver seule avec elle.

— Est-ce que tout le monde a un verre ?

Une voix grave de femme. Que Camille ne reconnut pas.

— Jones va faire son discours dans une minute.

— Il figure sur la fresque, dit Daisy. Je ne sais pas, Lottie. J'ai pensé que vous vous connaissiez peut-être.

Camille, sur le point de protester en disant que Rollo avait vraiment besoin de boire, sentit sa mère s'immobiliser brusquement. Un petit son presque inaudible monta du fond de sa gorge. Sa main, dans celle de Camille, se mit à trembler. D'abord faiblement, puis de manière incontrôlable, si bien que Camille, choquée, lâcha le harnais de Rollo pour reprendre la main de sa mère dans les siennes.

— Maman ?

Il n'y eut pas de réponse.

Camille, sentant la panique la gagner, la main de sa mère tremblant toujours dans la sienne, fit volte-face.

— Maman ? Maman ? Daisy ? Que se passe-t-il ?

Elle entendit Daisy se pencher vers elle. Un chuchotement pressant. Lottie allait-elle bien ? Toujours pas de réponse.

Camille entendit un bruit de pas approcher lentement. La main de sa mère tremblait si fort.

— Maman ?

— Lottie ?

Une voix d'homme âgé.

Sa voix, quand elle eut retrouvé l'usage de la parole, était un murmure perplexe.

— Guy ?

Katie avait renversé du jus d'orange sur sa robe. Accroupi devant elle, Hal essayait de réparer les dégâts avec une serviette en papier en lui disant, comme il l'avait fait des milliers de fois, qu'il était temps qu'elle se calme, qu'elle cesse de tout faire à la va-vite et qu'elle se souvienne qu'elle était en compagnie. Soudain, quelque changement étrange dans l'atmosphère attira son attention vers l'extrémité de la terrasse. Cela ne tenait pas au minuscule nuage gris qui, dans un ciel bleu à l'infini, avait réussi à se diriger vers le soleil, jetant une ombre momentanée sur les festivités. Ce n'était pas non plus le brouhaha des conversations, s'amenuisant peu à peu alors que Jones se levait et se préparait à faire son discours. À quelques mètres de la fresque, près d'une Camille visiblement incertaine, cramponnée à son bras, Lottie se tenait devant un homme âgé. Ils se regardaient sans parler, leurs visages débordant d'émotion. Hal, que cette vision rendait perplexe, considéra intensément le vieil homme inconnu, Camille à côté de lui, reproduisant inconsciemment sa posture, les jambes raides. Puis, comme si c'était la première fois, il porta son regard sur les traits grossiers de son beau-père, qui observait lui-même la scène, blême, silencieux, depuis la porte du salon, un verre dans chaque main, immobile.

Et alors, il comprit.

Et, pour la première fois de sa vie, Hal remercia Dieu que sa femme fût aveugle. Il comprit aussi qu'en dépit de tous les conseils conjugaux et les consignes suggérées par le monde entier, en dépit des couples sauvés et des mariages restaurés, il y avait des moments dans la vie où garder un secret, taire la vérité à son conjoint, était la meilleure chose à faire.

Elle avait regardé les deux personnes âgées descendre discrètement les marches en pierre qui conduisaient à la plage. Se touchant à peine, timidement, se tenant tous les deux très droits, comme s'ils s'attendaient à recevoir quelque coup, ils marchaient d'un pas prudent, parfaitement à l'unisson, tels des vétérans réunis après une longue guerre. Mais, au moment où elle s'était retournée, sur le point d'essayer de faire part à Camille de ce qu'elle voyait, de lui décrire quelque chose à propos de leurs expressions, Hal l'avait emmenée et Carol lui avait glissé un verre dans la main.

— Ne bougez pas d'ici, ma chérie, lui ordonna-t-elle. Jones va sûrement parler de vous.

Et puis Daisy les avait momentanément oubliés, son attention accaparée par lui, son visage buriné, sa carrure imposante qui lui faisait toujours penser à l'un de ces ours russes, forcés, contre leur volonté, à distraire le public. En écoutant sa voix impérieuse se répercuter dans la soirée naissante, son léger accent gallois compensant son ton bourru par des inflexions mélodieuses, Daisy fut soudain accablée par la peur d'avoir découvert trop tard ce qu'elle voulait. De ne plus être en mesure de se protéger. Si inapproprié, si dangereux que ce fût, même si le moment était mal choisi, elle préférait qu'il soit *son* erreur à elle plutôt que celle de quelqu'un d'autre.

Elle le regarda faire des gestes en direction de la maison, entendit les rires courtois des gens de part et d'autre, tout sourire, avides d'approuver, prêts à admirer. Elle considéra la demeure, l'édifice qu'elle connaissait mieux qu'elle ne se connaissait elle-même, ainsi que la vue en contrebas, l'arc bleu brillant. Elle l'entendit mentionner son nom, suivi d'une volée d'applaudissements polis. Et puis, finalement, son regard rencontra le sien. Et durant cette fraction de seconde, alors que le nuage s'écartait du soleil, qui inonda de nouveau l'espace de lumière, elle essaya de lui communiquer tout ce qu'elle avait appris, tout ce qu'elle savait.

Quand il eut achevé son discours, alors que les gens se détournaient, reprenant leurs verres et leurs conversations interrompues, elle le regarda descendre du muret en pierre et marcher lentement vers elle, sans la quitter des yeux, comme pour lui prouver qu'il avait compris.

Soudain, il s'arrêta, horrifié. Daniel, surgissant de derrière une haie de troènes, sans le moindre avertissement, mais en poussant un terrible cri de guerre étranglé, abattit son poing sur le visage de Jones.

Chapitre 20

Le son de la radio s'infiltrait d'en haut, traversant la porte de la chambre, flottant jusqu'en bas de l'escalier, où Camille et Hal se tenaient face à face, pour la troisième fois au cours des dernières heures qui venaient de s'écouler, l'indécision se lisant sur leurs visages.

Il avait passé toute la soirée à l'étage depuis son retour à la maison, les épaules raides, muet, sans réagir à leurs faibles demandes étouffées quant à la manière dont il se sentait ni aux questions plus pénibles et tacites à propos du spectacle dont ils venaient d'être témoins. Il avait dit qu'il ne voulait pas de thé, merci. Pas plus qu'il n'avait besoin de compagnie. Il allait monter écouter la radio. Désolé s'il donnait l'impression d'être inhospitalier, mais c'était comme ça. S'ils tenaient vraiment à rester en bas, ils étaient les bienvenus. Qu'ils fassent comme chez eux, bien entendu.

Il ne s'était rien produit d'autre depuis trois heures, au cours desquelles ils avaient parlé à voix basse, répondant habilement aux questions de Katie, qui, épuisée, était vautrée devant la télévision avec Rollo, si ce n'était qu'ils avaient tenté à maintes reprises de retrouver la trace de Lottie. En vain.

— Va-t-elle le quitter, Hal ? Penses-tu que c'est ça ? Va-t-elle abandonner papa ?

L'expression auparavant détendue, rayonnante de Camille avait cédé la place à une sombre anxiété. Hal lui lissa les cheveux pour dégager son front chaud, puis il jeta un coup d'œil en haut de l'escalier.

— Je n'en sais rien, chérie.

Il avait dit à Camille l'essentiel de ce qu'il savait en lui tenant les mains, comme quelqu'un chargé d'annoncer une mauvaise nouvelle. Que l'homme ressemblait à une version plus âgée de celui de la fresque ; que le regard qu'ils avaient échangé avait dissipé toute incertitude qu'il aurait pu encore avoir sur ce que cela signifiait. Il s'était donné du mal pour lui communiquer la façon dont le vieil homme avait tendu la main pour toucher le visage de Lottie et dont elle l'avait laissé faire en restant plantée là, comme quelqu'un attendant une bénédiction. Camille avait écouté, pleuré, l'obligeant à lui décrire la fresque encore et encore, à la disséquer en quête de symbolisme, bâtissant lentement une image qui pût rendre compte de l'attitude de sa mère et qui, loin d'être inexplicable, était quelque chose qu'ils auraient dû comprendre depuis longtemps.

À plusieurs reprises, Hal s'était maudit pour le rôle qu'il avait involontairement joué dans la révélation de l'histoire de Lottie, s'en voulant de l'avoir ressuscitée.

— J'aurais dû laisser cette peinture comme elle était, avait-il dit. Si je n'avais pas exhumé tout ça, elle ne serait peut-être pas partie.

La réponse de Camille avait été résignée.

— Il y a des années qu'elle est partie, avait-elle admis à contrecœur.

À neuf heures et demie, alors que le crépuscule avait abdiqué au profit d'un ciel noir d'encre et que Katie s'était endormie sur le canapé, qu'ils avaient appelé tous les gens qu'ils connaissaient, essayé le numéro du portable de Daisy pour la septième fois et envisagé de contacter la police – avant de décider qu'il ne valait mieux pas –, Camille se tourna vers son mari, ses yeux sans vie emplis d'une ferveur amère.

— Va la chercher, Hal. Elle lui a déjà fait subir assez de choses. Elle lui doit au moins d'avoir la décence de lui donner une explication.

Daisy attendit plusieurs minutes que la machine recrache sa monnaie, puis, consciente des regards las des gens autour d'elle, elle y renonça et emporta les deux tasses de café en plastique près de Jones. Cela faisait près de trois heures qu'ils étaient aux urgences. Leur admission précipitée par une infirmière de triage leur avait donné à tort l'espoir de voir rapidement un médecin, ce qui leur aurait permis de repartir aussitôt.

— Il n'en est pas question, avait dit l'infirmière en leur désignant le service de radiographie.

Ils allaient d'abord faire une radio de son nez, ainsi que de sa tête, après quoi il leur faudrait attendre l'avis du médecin spécialiste.

— En temps normal, nous vous laisserions rentrer chez vous, mais vous avez reçu un sale coup, avait-elle ajouté d'un ton enjoué en emplissant ses narines ensanglantées de bandes de gaze et de sérum physiologique. Il ne faudrait pas que des bouts de cartilage se promènent là-dedans, hein ?

— Désolée, dit Daisy pour la quinzième fois depuis qu'ils étaient arrivés alors qu'ils gagnaient d'un pas traînant un autre service de l'hôpital.

Elle ne savait pas quoi dire d'autre.

Cela avait été plus facile sur le moment, lorsqu'elle l'avait aidé à se relever, sous le choc face à l'état d'ébriété et à la rage de Daniel, et tenté, désespérément, d'éponger le sang qui dégoulinait sur sa chemise. Puis elle avait pris les choses en main, puisant dans les réserves de coton qu'elle avait pour Ellie, criant pour qu'on déplace les voitures, ainsi que les protestataires, afin qu'elle puisse le conduire à l'hôpital, repoussant Sylvia Rowan, qui s'était jetée sur elle telle une harpie pour s'écrier d'un ton triomphant :

— Eh bien voilà, vous voyez bien. L'alcool a déjà commencé à faire des ravages. Vous ne vous en tirerez pas comme ça. Je ferai en sorte qu'on vous retire votre licence. J'ai des témoins.

— Oh, allez vous faire voir, vieille bique ! avait riposté Daisy en entraînant Jones jusqu'à sa voiture.

Il était sonné à ce moment-là. Peut-être s'était-il cogné la tête en tombant. Il avait suivi Daisy presque docilement, obéissant à ses consignes pressantes lui indiquant de s'asseoir, de tenir ça contre son nez et de rester éveillé. À présent, toutefois, il était peut-être trop éveillé, ravivé par du mauvais café et l'atmosphère aseptisée de l'hôpital, ses yeux encore assombris par la douleur qui lui taraudait la tête et brillant au-dessus d'un pansement chirurgical, sa chemise maculée de sang, tel un sinistre souvenir du rôle qu'elle avait joué dans les événements de la journée.

— Je suis tellement désolée, dit-elle en lui tendant son café.

Il avait encore plus mauvaise mine que lorsqu'elle l'avait quitté quelques instants plus tôt.

— Cessez de vous excuser, dit-il d'une voix lasse.

— Elle n'obtiendra pas gain de cause, n'est-ce pas ? Elle ne peut pas faire retirer votre licence ?

— Sylvia Rowan ? Le cadet de mes soucis.

Il fit la grimace en buvant une gorgée de café.

« Qu'est-ce que cela veut dire ? » avait-elle envie de demander. Mais son comportement et le fait qu'il arrivait à peine à parler la dissuadèrent d'essayer de tirer autre chose de lui.

Et tandis qu'ils restaient assis là, sur leurs chaises en plastique, sous l'éclairage fluorescent, le temps parut s'arrêter, puis perdre tout sens. Les hommes souffrant de blessures liées à un excès d'alcool, telles qu'on les désignait sur la brochure, ne faisaient manifestement pas partie des priorités. Ils attendirent avec les autres blessés du samedi soir, momentanément tirés de leur torpeur, un bref instant, par l'arrivée de quelque nouveau désastre franchissant en boitant les portes électroniques chuintantes, les accidentés du jardinage, les brûlés du bricolage cédant le pas aux têtes ensanglantées dues aux coups de poing d'une soirée de week-end. Vers 20 heures, l'un des membres du personnel du bar fit son apparition avec Ellie, s'excusant en leur disant que l'on n'arrivait pas à mettre la main sur Lottie et qu'il n'y avait personne d'autre pour garder la petite. Daisy prit son enfant ensommeillé, grognon, dans ses bras, sans oser croiser le regard de Jones. Perturbée, désorientée, Ellie pleurait en luttant contre le sommeil, et il fallut à Daisy d'innombrables allées et venues entre le service des urgences et celui spécialisé dans les fractures avant qu'elle s'assoupisse finalement dans sa poussette.

— Rentrez chez vous, Daisy, suggéra Jones en frottant la bosse qu'il avait sur la tête.

— Non, répondit-elle d'un ton ferme.

Elle ne pouvait pas faire ça. C'était sa faute, après tout.

À onze heures et quart, alors que l'écran indiquant le temps d'attente laissait supposer que Jones aurait dû être soigné près d'une demi-heure plus tôt, un coup de tonnerre annonça l'arrivée d'un puissant orage. Le bruit arracha les blessés en transit à leurs rêveries, le flash blanc d'un éclair provoquant des murmures. Après une brève pause, telle une inspiration, le ciel de la nuit s'ouvrit, laissant son déluge se déverser en trombes. On l'entendait à travers les portes vitrées. L'eau pénétrait dans les lieux par le biais des semelles de chaussures, striant le sol en linoléum brillant de boue et de cirage. Daisy, qui s'était presque assoupie, observa la scène autour d'elle, sentant quelque chose céder dans le changement d'atmosphère et se demandant si, dans l'état de fatigue extrême où elle se trouvait, cela n'avait pas la qualité surréaliste d'un rêve.

L'effet de l'orage fut d'autant plus manifeste, près de vingt minutes plus tard, lorsqu'un infirmier vint annoncer à Jones que son temps d'attente avait des chances d'être rallongé, car on venait d'apprendre qu'il y avait eu un important carambolage dans Colchester Road. L'interne risquait d'être pris quelque temps.

— Est-ce que je peux rentrer chez moi, dans ce cas ? demanda Jones aussi intelligiblement que possible.

L'infirmier, un jeune homme à l'air blasé de quelqu'un qu'on aurait impitoyablement privé d'idéalisme et d'innocence, considéra Daisy et le bébé.

— Si vous pouvez le supporter, il vaut mieux que vous attendiez. Si l'on peut vous soigner ce soir, vous courrez nettement moins de risques d'avoir le nez de travers.

— Déjà de travers, bredouilla Jones.

Mais il répondit qu'il resterait.

— Rentrez chez vous, répéta-t-il à Daisy alors que l'infirmier s'éloignait.

— Non, répondit-elle.

— Pour l'amour du ciel, Daisy ! C'est ridicule que vous et le bébé passiez la nuit ici. Ramenez-la à la maison. Si vous êtes vraiment inquiète à ce point, je vous passerai un coup de fil plus tard, d'accord ?

Jones ne lui avait pas demandé ce qui avait incité Daniel à le frapper. À l'évidence, il savait que c'était à cause d'elle. Sa grande réception avait dégénéré en farce par sa faute. Daisy avait donné à une Sylvia Rowan aussi grotesque que vindicative les armes nécessaires à la poursuite de son combat. Tous ces efforts, tous ces mois de travail sapés par un stupide malentendu.

Daisy était trop fatiguée. Elle considéra les traits tirés, inquiétants de Jones, les ombres de son visage mises en relief par l'éclairage impitoyable des plafonniers, et sentit ses yeux la picoter comme s'ils étaient pleins de sable. Elle se pencha, ramassa son sac, se leva et défit le frein de la poussette.

— Je pensais qu'il était parti, vous savez, dit-elle, à peine consciente de ses propos.

— Comment ?

— Daniel. Il m'avait dit qu'il s'en allait.

— Pour aller où ?

— À la maison.

Elle s'aperçut que son ton était monté d'un cran. Un tremblement plaintif, lourd de frustration et de chagrin. Et avant qu'il ait le temps de la voir perdre son sang-froid, avant d'être réduite, une fois de plus, à la fille qu'elle n'avait jamais voulu être, Daisy se retourna et poussa sa fille hors de la salle d'attente.

Il vivait en Espagne. Il avait pris sa retraite quelques années plus tôt, après avoir autorisé la direction de ce qui avait été jadis la compagnie d'importation de fruits de son père à racheter sa part. Il s'était retiré au bon moment : le marché avait été progressivement accaparé par une ou deux multinationales. Il ne restait plus guère de place pour les affaires familiales telles que la sienne. Son travail ne lui manquait pas.

Il habitait une grande maison blanche, probablement trop grande pour lui, mais il bénéficiait de l'aide d'une gentille fille du coin, qui venait y travailler deux fois par semaine, en amenant à l'occasion ses deux garçons, à sa demande, afin qu'ils profitent de la piscine. Il ne pensait pas qu'il rentrerait en Angleterre. Il avait trop l'habitude du soleil.

Sa mère, dit-il en baissant le ton, était morte d'un cancer assez jeune. Son père ne s'en était jamais remis et il avait été tué dans un incendie provoqué par une friteuse, quelques années plus tard. Une mort stupide, banale pour un homme comme lui, mais il n'était pas de ceux qui pouvaient se débrouiller seuls. Pas comme Guy lui-même. Il en avait l'habitude. Il pensait même, parfois, que ce genre d'existence lui convenait.

Il n'avait aucun projet arrêté, mais beaucoup d'argent. Une poignée de bons amis. Ce n'était pas trop mal pour un homme de son âge.

Lottie écouta son récit dans tous ses détails, bien qu'elle n'enregistrât pas grand-chose. Elle ne parvenait pas à détourner son regard de lui, traduisant en pensée le jeune homme qu'elle avait connu en ce vieil homme si rapidement qu'elle avait déjà de la peine à se l'imaginer dans sa jeunesse.

Elle nota la mélancolie si peu familière de son ton en soupçonnant, en sachant même qu'elle faisait écho à la sienne.

Il ne lui vint pas à l'esprit de se préoccuper de sa propre apparence, de ses cheveux grisonnants, de sa taille épaissie, de la peau translucide et parcheminée de ses mains. Cela n'avait jamais eu d'importance, après tout.

Il fit un signe en direction de la maison derrière eux. La musique s'était tue et l'on n'entendait plus que des bruits de ménage, des chaises que l'on traînait sur le sol et des nettoyeurs industriels se répercutant dans la baie.

—Alors, c'est ta fille.

Il y eut un bref silence avant que Lottie réponde :

—Oui, c'est Camille.

—Joe est un brave homme.

—Oui, fit Lottie en se mordant la lèvre.

—Sylvia m'a écrit. Elle m'a dit que tu l'avais épousé.

—Et d'autres choses encore. Probablement qu'il méritait mieux que ça.

Ils sourirent tous les deux.

Lottie détourna les yeux.

—C'est vrai, tu sais.

L'interrogation se lisait sur le visage de Guy. Elle s'immobilisa, surprise qu'il puisse encore y avoir quelque chose de familier dans la manière dont il leva un sourcil, dans la jeunesse encore perceptible à travers son expression.

—Toutes ces années, je lui en ai voulu, dit-elle dans un moment d'inattention.

—À Joe ?

—Parce qu'il n'était pas toi, précisa-t-elle d'une voix un peu rauque.

—Je sais. Celia ne pouvait pas s'en empêcher, mais...

Il s'interrompit, hésitant, peut-être de peur de se montrer déloyal.

Il avait toujours ses poils blancs entre les sourcils. Ils étaient plus difficiles à repérer parmi les gris, mais elle arrivait juste à les distinguer.

— Elle t'a écrit, tu sais. Plusieurs fois. Après ton départ. Mais elle n'a jamais envoyé ses lettres. Je pense que tout cela lui pesait plus que nous nous en rendions compte... Et je suppose que je n'étais pas très compréhensif.

Il se tourna vers elle.

— J'ai toujours ces lettres à la maison. Je ne les ai jamais ouvertes. Je pourrai te les envoyer si tu veux.

Elle ne sut que répondre. Elle n'était pas sûre d'être prête à entendre la voix de Celia. De l'être un jour.

— Toi, tu n'as jamais écrit, dit-elle.

— Je pensais que tu ne voulais pas de moi. Que tu avais changé d'avis.

— Comment as-tu pu penser une chose pareille ?

Elle était redevenue une jeune fille, le visage empourpré par l'injustice désespérée de leur amour.

Il baissa les yeux, puis les leva vers les nuages d'orage qui s'amoncelaient à l'horizon.

— Eh bien, j'ai tout compris après. J'ai fini par comprendre des tas de choses.

Il reporta son regard sur elle.

— Mais à ce stade, j'ai appris que tu avais épousé Joe.

Plusieurs personnes passèrent à côté d'eux sans se presser, éclairées par le soleil couchant, leurs membres souples, rosis par le soleil et leur alanguissement témoignant d'une rare combinaison alliant la plage anglaise à une vague de chaleur. Guy et Lottie s'assirent l'un à côté de l'autre, les regardant en silence, considérant leurs ombres allongées, écoutant le va-et-vient des vagues sur les galets. Au loin, à l'horizon, une lumière scintilla.

— Quel gâchis, Guy. Quel gâchis nous avons fait de toutes ces années !

Il tendit la main, la posa sur la sienne et la serra. La sensation lui coupa le souffle. Lorsqu'il reprit la parole, ce fut sans la moindre hésitation.

— Il n'est jamais trop tard, Lottie.

Ils contemplèrent la mer, le temps qu'il fallut au soleil pour disparaître finalement derrière eux, sentant l'air du soir se rafraîchir, conscients qu'il y avait trop de questions, trop de réponses inadéquates. Suffisamment vieux pour admettre que certaines choses n'avaient pas besoin d'être expliquées.

Pour finir, Lottie se tourna vers lui, vers ce visage qu'elle avait aimé, le tracé des rides lui révélant presque tout ce qu'elle avait besoin de savoir à propos de l'amour et de sa perte.

— Est-ce vrai que vous n'avez jamais eu d'enfants ? demanda-t-elle.

Après cela, au moins l'un des vacanciers, qui revenaient lentement par petits groupes le long du sentier longeant la plage, rentra chez lui en se disant qu'il était rare de voir une vieille femme, la tête dans ses mains, pleurant avec un abandon à vous fendre le cœur, comme une jeune fille.

Daisy avait roulé des kilomètres sous le ciel obscur, guidée par l'éclairage au sodium des autoroutes à quatre voies, et par les phares de sa petite voiture sur les plus petites routes qui serpentaient dans la campagne, jetant de temps à autre un regard, sans réfléchir, dans le rétroviseur, sur son bébé, qui dormait derrière elle. Elle conduisait lentement, méthodiquement à cause de la pluie, sans penser à sa destination. Elle s'était arrêtée une fois pour prendre de l'essence et boire une tasse de café âcre, qui lui avait brûlé la langue, la laissant nerveuse plutôt que ragaillardie.

Elle ne voulait pas retourner à Arcadia. Elle avait déjà le sentiment que l'endroit appartenait à quelqu'un d'autre, qu'il accueillerait déjà ses premiers visiteurs, résonnant du brouhaha et des bruits d'autres gens. Elle ne voulait pas retourner là-bas avec son bébé et avoir à s'expliquer à propos de Jones, de Daniel et de son rôle dans tout ce fatras ridicule.

Elle pleura un peu aussi, principalement de fatigue – elle avait à peine dormi depuis trente-six heures –, mais aussi à cause de la déception que lui avait causée la fin de la réception, sans parler du choc à retardement que provoque toute exposition à la violence. Et parce qu'elle avait à nouveau perdu l'homme qui comptait le plus pour elle : son visage ensanglanté, sa tristesse, le sabotage involontaire et ridicule de cette journée si importante pour lui concourant à éliminer toute chance qu'elle aurait pu avoir de lui exprimer ses sentiments.

Elle arrêta la voiture en douceur sur une aire de stationnement tapissée de gravier, écoutant le tambourinement de la pluie sur le toit et le grincement des essuie-glaces sur le pare-brise. En contrebas, dans l'obscurité teintée de cobalt, elle distinguait la courbe de la côte et, loin dans la mer, la faible lueur de l'aube.

Elle posa ses mains sur le volant et y laissa tomber sa tête comme si quelque poids énorme faisait pression sur elle. Ils étaient restés assis là toutes ces heures et ils avaient à peine parlé. Elle avait été suffisamment proche de lui pour sentir lorsqu'il bougeait à côté d'elle, pour que leurs mains s'effleurent, pour que sa tête retombe involontairement sur son épaule au moment où elle avait failli s'endormir. Et pourtant, ils n'avaient pas échangé deux mots, sauf quand elle lui avait demandé comment il buvait son café ou lorsqu'il lui avait répété, encore et encore, qu'elle devait rentrer chez elle.

J'étais tellement près, pensa-t-elle. *Assez près pour le toucher. Pour l'entendre respirer. Je ne serai plus jamais aussi proche de lui.*

Elle resta assise, immobile. Puis elle releva la tête, se souvenant de quelque chose que Camille avait dit. Assez près pour l'entendre respirer. Pour sentir la rapidité des battements de cœur accélérés par le désir, le besoin.

Elle poussa un long soupir. Puis, soudain galvanisée, elle remit le contact, jeta un coup d'œil derrière elle et fit faire demi-tour à la voiture, ses pneus mouillés crissant sur le gravier.

Il y avait trois ambulances devant l'entrée des urgences, garées n'importe comment, entourées de gens tournoyant en tous sens, vêtus de vestes fluorescentes et qui déposaient prudemment leurs charges dans des fauteuils roulants, sur des brancards, ou les menaient dans le bâtiment, tête baissée, en pleine délibération. Une sirène, que l'on avait oublié d'arrêter, produisait un bruit assourdissant, à peine étouffé par la pluie toujours torrentielle et le grondement de son moteur. Elle contourna les ambulances en essayant de trouver une place pour se garer, jetant un coup d'œil dans le rétroviseur pour s'assurer que son enfant n'avait pas bronché. Ellie dormait toujours, insensible au bruit, épuisée par les événements de la journée.

Et puis, comme elle restait assise là, dans la lumière bleue, paralysée par son inaptitude à penser logiquement et par le fait même qu'elle était revenue, elle regarda à travers le pare-brise flou. Elle le vit, une haute silhouette légèrement voûtée, marchant résolument sous la pluie en direction de la station de taxis. Elle attendit une fraction de seconde pour être sûre.

Puis elle ouvrit sa portière en grand et, sans se préoccuper de la pluie ni du vacarme des sirènes, elle traversa l'avant-cour, glissant à demi, trébuchant de temps à autre, jusqu'au moment où elle pila juste devant lui.

Jones s'arrêta net. Il plissa les yeux, s'efforçant apparemment de déterminer si c'était bien elle. Il leva inconsciemment une main vers l'immense pansement blanc en travers de son visage.

—Vous n'êtes plus mon patron, Jones, cria-t-elle pour couvrir le bruit des sirènes, frissonnant dans sa robe de soirée toute froissée. Vous ne pouvez plus me dire ce que je dois ou ne dois pas faire. Ce n'est pas à vous de me dire de rentrer chez moi.

Elle avait un ton plus brusque qu'elle ne l'aurait souhaité.

Il avait l'air au bout du rouleau, le teint blême.

—Je suis désolé, dit-il d'une voix meurtrie et rauque. J'aurais dû… Ce n'était pas comme ça que je voulais être… Pas comme ça que je voulais qu'on me voie. Affalé par terre après avoir reçu un poing dans la figure…

—Chut. Taisez-vous juste une minute. Je ne veux pas parler de ça. J'ai conduit toute la nuit et j'ai besoin de vous dire quelque chose. Et, si je m'interromps maintenant, ça ne sortira pas.

Elle délirait presque sous l'effet de la fatigue, la pluie tambourinant dans ses oreilles, coulant en larmes froides sur son visage.

—Je sais que vous m'aimez bien, cria-t-elle. Je ne sais pas si vous vous en rendez déjà compte, mais vous m'aimez bien. Parce qu'en dehors du fait que nous ne cessons de nous blesser l'un l'autre physiquement et que nous nous disputons beaucoup, sans parler de votre licence, que je vous ai fait perdre – ce pour quoi je suis vraiment, *vraiment* désolée –, nous nous faisons du bien l'un à l'autre. Nous formons une bonne équipe.

Il tenta de parler à nouveau, mais elle le fit taire d'un geste, son cœur battant dans le creux de sa gorge. Elle ne se souciait plus de son apparence. Elle frotta ses yeux larmoyants en essayant d'ordonner ses pensées.

— Écoutez. Je sais que j'ai un lourd passé. Je sais que quelqu'un comme moi ne cadre probablement pas avec votre style de vie, avec un bébé et tout le reste. Mais, vous aussi, vous traînez quelques casseroles. Vous avez une ex-femme sur laquelle, à l'évidence, vous n'arrivez pas à faire une croix, et tout un tas de femmes avec lesquelles vous avez couché et qui travaillent encore pour vous – ce qui, si vous voulez mon avis, dépasse un peu les bornes. En plus, vous êtes un tantinet misogyne, ce qui ne me plaît pas beaucoup.

Il fronçait les sourcils, à présent, s'efforçant de comprendre, une main en visière au-dessus de ses yeux pour la voir malgré le déluge.

— Je suis trop fatiguée, Jones. Je n'arrive pas à m'exprimer comme je le voudrais. Mais j'ai tout compris. Oui, les cygnes s'accouplent pour la vie. Mais ils ne sont pas la seule espèce après tout. Pas vrai ? Et comment savent-ils à qui ils ont affaire puisqu'ils se ressemblent tous ?

La sirène s'était tue. Peut-être l'ambulance était-elle partie. Et soudain, il n'y eut plus qu'eux deux, au milieu du parking, dans la froide lumière de l'aube, avec pour seul bruit la pluie qui continuait à tomber autour d'eux. Elle était tout près de lui à présent. Elle voyait ses yeux braqués sur les siens, son visage peiné sur lequel se lisait peut-être une lueur de compréhension.

— Je ne peux pas continuer comme ça, Jones, dit-elle, sa voix se brisant. J'ai un bébé dans la voiture, je suis trop fatiguée pour parler et je n'arrive pas à expliquer ce que je ressens.

Sur ce, avant qu'elle puisse changer d'avis, elle leva les mains, prit son visage avec précaution entre ses paumes humides et posa sa bouche sur la sienne.

Il inclina la tête, et elle éprouva un élan de gratitude au contact de ses lèvres tandis qu'il l'attirait contre lui avec une sorte de soulagement. Elle se détendit, la tension se dissipant peu à peu, consciente que ce qu'ils faisaient était juste. Sachant qu'elle avait eu raison d'agir ainsi. Elle sentit l'odeur d'hôpital qui émanait de sa peau, et cela lui donna envie de le protéger, comme si elle voulait l'étreindre tout entier, le faire venir à elle.

Et puis, brusquement, sans avertissement, il la repoussa, la tenant presque à bout de bras.

— Qu'est-ce qu'il y a ? demanda Daisy.

Je ne pourrai pas le supporter, pensa-t-elle. *Pas après tout ça. Pas après tout ce qui s'est passé.*

Jones soupira en levant les yeux au ciel. Puis il prit l'une de ses mains entre les siennes. Elles étaient plus douces qu'elle ne s'y était attendue.

— Désolé, grommela-t-il en s'excusant d'un sourire. Vous ne pouvez pas savoir à quel point je suis désolé, Daisy. Mais je n'arrive pas à embrasser et à respirer en même temps.

La grande maison blanche était aussi immobile et muette qu'elle l'avait été le jour où Daisy était arrivée, les effectifs du personnel, réduits au minimum, dormant dans leurs logements au-dessus des garages, les voitures silencieuses sur le gravier. Par les fenêtres, les cuisines tranquilles montraient leurs surfaces étincelantes. Les cliquetis des ustensiles et des plateaux s'étaient tus. En dehors de leurs pas crissant sur le gravier, les seuls sons qui se faisaient entendre étaient des chants d'oiseaux, le doux murmure de la brise dans les pins et, quelque part en contrebas, le clapotis de la marée basse.

Jones tendit à Daisy les clés de la porte de derrière. Elle les tripota sous la nouvelle lumière, hébétée par le manque de sommeil, pour tâcher de trouver la bonne. Il esquissa un geste tout en gardant un œil vigilant sur le bébé endormi dans ses bras. Daisy se démenait avec la serrure, mais finalement la maison en plein sommeil les laissa entrer.

— Votre chambre, chuchota-t-il.

Ils avancèrent sur la pointe des pieds le long du couloir, jusqu'à l'escalier de service, qu'ils commencèrent à monter, se cognant doucement ce faisant, tels des ivrognes rentrant chez eux après une longue nuit.

Les bagages de Daisy étaient faits : plusieurs sacs et des cartons bien ordonnés. Il ne restait plus en vue que le petit lit d'enfant et divers vêtements de la veille, ce qui prouvait que ce lieu avait été quelque chose de plus permanent qu'une chambre d'hôtel. Vingt-quatre heures plus tôt, la vision de ces bagages avait fait paniquer Daisy, et elle s'était sentie très seule. À présent, elle faisait naître en elle une lueur d'excitation, la promesse d'une nouvelle vie, d'opportunités à venir se révélant avec prudence sous ses yeux.

Elle referma la porte discrètement et considéra l'homme qui se tenait devant elle. Jones traversa la pièce à pas lents, chuchotant quelque chose à l'adresse d'une Ellie épuisée, qu'il tenait tout contre sa poitrine. Il la déposa délicatement dans son lit en prenant soin de ne pas la perturber, écartant ses mains avec douceur de ses membres fragiles. Puis Daisy couvrit son enfant d'un plaid. Ellie remua à peine.

— C'est tout ce qu'il lui faut ? murmura-t-il.

Daisy hocha la tête. Ils restèrent là quelques secondes à regarder l'enfant endormie, puis elle lui prit la main et l'attira vers le lit, qu'elle n'avait pas fait le matin précédent.

Jones s'assit, ôta sa veste, révélant sa chemise maculée de sang et froissée par la pluie, puis il enleva ses chaussures. Daisy, à côté de lui, fit glisser sa robe de soirée chiffonnée d'une seule main au-dessus de sa tête, sans plus se préoccuper d'exposer ainsi des rondeurs ou des vergetures, même dans la lumière crue du matin. Elle la remplaça par un vieux tee-shirt et se mit au lit, les couvertures susurrant contre ses jambes nues.

La fenêtre était ouverte, laissant pénétrer les odeurs chaudes et salées de ce matin d'été, les rideaux se balançant langoureusement dans la brise.

Jones s'assit à son tour, face à elle, les yeux assombris par le manque de sommeil, sa mâchoire grise faute d'un coup de rasoir. Pourtant, toutes les tensions semblaient s'être estompées de son front. Il la dévisagea sans ciller, le regard adouci, levant la main pour la faire glisser sur sa peau nue.

— Vous êtes superbe, dit-il sous son pansement de gaze.

— Pas vous.

Ils se sourirent. Des sourires las, alanguis.

Il leva un doigt et le posa sur les lèvres de Daisy. Elle ne détacha pas son regard du sien et leva à son tour sa main bandée pour effleurer son visage, s'offrant le luxe du contact dont elle avait envie depuis si longtemps. Avec une douceur infinie, elle posa le bout de son doigt sur son nez endolori.

— Est-ce que ça fait mal ? murmura-t-elle.

— Rien ne fait mal, répondit-il. Absolument rien.

Et, avec un profond soupir de satisfaction, il l'attira à lui, l'enveloppant tout entière, enfouissant sa tête dans cet endroit frais et tendre entre son cou et son épaule. Elle sentit ses cheveux doux et son menton rugueux contre elle, le contact de ses lèvres, et huma l'odeur à peine perceptible d'un antiseptique sur sa peau. L'espace d'une seconde, elle reconnut la lueur du désir. Et, l'instant d'après, elle se sentit submergée par quelque chose de plus agréable encore, une attente sereine, un sentiment profond et joyeux de sécurité. Elle se pelotonna contre lui, sentant le poids de son bras et de sa jambe entremêlés aux siens, ses membres déjà alourdis par le sommeil, dans lequel il n'allait pas tarder à sombrer. Et puis, finalement, pressée contre les battements réguliers de son cœur, elle s'endormit.

La pluie s'était abattue sur Merham. Elle avait laissé les trottoirs tout argentés, baignés par les premières lueurs du jour de nuances orangées et d'un bleu phosphorescent.

L'eau clapotait sous les pas réguliers de Hal tandis qu'il approchait du portail avec sa compagne.

Ce fut Rollo qui les aperçut le premier sur la route. Par la fenêtre, Hal le vit bondir de dessous la table basse et se ruer vers la porte en aboyant. Camille, tirée brusquement d'un sommeil léger, se leva avec peine du canapé pour le suivre, trébuchant en tâchant d'atteindre sa canne et de déterminer où elle était. Mais Rollo n'avait pas été le plus alerte de tous. Quand Hal parvint à la hauteur du portail, son beau-père avait déjà descendu la moitié de l'escalier.

Il franchit le seuil de la maison et s'engagea dans l'allée du pas rapide d'un homme ayant la moitié de son âge, dépassa Hal, qui dut s'écarter, pour rejoindre sa femme, qui paraissait à bout de forces. Il y eut un bref silence.

Près de la porte d'entrée, les oreilles bourdonnant de chants d'oiseaux, Hal prit Camille dans ses bras, heureux, après cette interminable nuit, de la sentir là, tout simplement. Il répondit à la question qu'elle lui chuchota à l'oreille par un hochement de tête.

Puis Camille recula d'un pas tout en pressant sa main dans la sienne.

—Nous allons y aller maintenant, papa, s'écria-t-elle, à moins que tu ne tiennes à ce que nous restions.

—Comme tu voudras, ma chérie, répliqua-t-il d'une voix grave, contenue.

Camille fit mine de partir, mais Hal la retint. Ils restèrent ainsi sur le seuil, à attendre, à écouter. Joe, à plusieurs mètres de là, faisait face à sa femme tel un vieux boxeur professionnel. Hal remarqua que ses mains, derrière son dos, tremblaient.

—Tu dois avoir envie d'une tasse de thé, dit-il.

—Non, répondit Lottie en écartant ses cheveux de son visage. Je viens juste d'en boire une au café. Avec Hal.

Elle jeta un coup d'œil par-dessus son épaule et aperçut les deux valises dans l'entrée.

—Qu'est-ce que c'est que ça ? demanda-t-elle.

Joe ferma les yeux un bref instant. Soupira. Comme si cela lui demandait un effort.

—Tu ne m'as jamais regardé comme ça. Même en quarante ans de mariage.

Lottie se planta en face de lui.

—Je te regarde maintenant, non ?

Ils se dévisagèrent un bon moment. Puis Lottie fit deux pas en avant et lui prit la main.

—Je songe à me remettre à la peinture. Je crois que ça me fera plaisir.

Joe fronça les sourcils en la considérant comme si elle n'avait plus toute sa tête.

Lottie jeta un coup d'œil à leurs mains jointes.

— Cette histoire de croisière que tu as concoctée… Tu ne vas pas me faire jouer au bridge, si ? J'ai horreur du bridge. Mais ça ne m'ennuie pas d'essayer de me remettre à la peinture.

Joe la regarda, les yeux légèrement écarquillés.

— Tu sais que jamais je ne…

Sa voix se brisa et il se détourna d'eux une minute, la tête rentrée dans les épaules. Lottie baissa le nez. Hal, se sentant tout à coup dans la peau d'un intrus, détourna le regard, sa main se refermant sur celle de Camille.

Joe parut se ressaisir. Il hésita, leva les yeux vers sa femme, puis s'avança, d'un ou deux pas seulement, et lui enlaça les épaules. Elle se rapprocha de lui. Un geste infime, certes, mais ils n'en marchèrent pas moins ensemble, sans se presser, en direction de la maison.

Il était temps de le rendre heureux, avait-elle dit à Hal lorsqu'il l'avait trouvée près des cabanes de plage, assise seule dans la faible clarté de l'aube. Il avait été suffisant pour elle de savoir que Guy l'avait aimée, qu'ils auraient pu vivre ensemble.

— Je ne comprends pas, avait dit Hal. C'était l'amour de votre vie. Moi-même, je m'en suis rendu compte.

— C'est vrai. Mais je peux le laisser partir maintenant, avait-elle simplement répondu.

Et bien qu'il fût généralement à même de tout décrire à son épouse aveugle, Hal dut se donner beaucoup de peine pour parvenir à lui communiquer le soulagement qu'il avait lu sur le visage de Lottie, la manière dont son expression, assombrie par des années de frustration et de chagrin réprimés, s'était soudain éclairée.

— Assise là, à parler avec lui, je me suis rendu compte de toutes ces années perdues. Je rêvais de quelqu'un d'autre qui n'était pas là alors que j'aurais dû aimer Joe. C'est un homme bon, vous voyez.

Dehors, deux pêcheurs de homards avaient déchargé leurs bateaux, hissant leur prise par-dessus bord avec une aisance née de l'habitude. Le long de la rive, les premiers promeneurs de chiens laissaient des méandres dans le sable. Une histoire temporaire.

— Il le savait. Il a toujours su. Mais il ne m'en a jamais voulu.

Elle avait regardé son gendre à ce moment-là, puis s'était levée, repoussant d'une main ses cheveux grisonnants, arborant un vague sourire puéril, hésitant.

— Je pense qu'il est temps que Joe ait une véritable épouse, vous ne croyez pas ?

Épilogue

J'ai dû rester à l'hôpital quelque temps après ça. Je ne sais plus combien de semaines. Ils n'appelaient pas ça un hôpital, bien entendu, pas tant qu'ils essayaient de me convaincre d'y aller. Ils disaient juste que ce serait une petite visite chez moi, en Angleterre, et que cela me donnerait la chance de passer un peu de temps avec maman.

Ce "petit séjour" était censé me faire du bien, vois-tu. Beaucoup de filles avaient le même problème que moi, même si personne n'en parlait jamais. Ils savaient que je n'avais jamais aimé vivre sous les tropiques, et que, s'il n'y avait pas eu Guy, je serais rentrée à la maison.

J'avais voulu ce bébé, vois-tu. Je l'avais voulu de tout mon cœur. Je rêvais qu'il était en moi. Parfois, quand je posais la main sur la peau nue de mon ventre, j'arrivais même à entendre palpiter son cœur. Je lui parlais, en silence, essayant de lui donner vie par ma volonté. Bien que je n'en aie jamais parlé à personne. Je savais d'avance ce que les gens diraient.

Guy et moi n'abordions jamais le sujet. Il a toujours su adopter le comportement qui convenait, comme le disait maman.

Parfois, moins on prête d'attention à quelque chose, mieux c'est. Cela cause moins de torts.
Mais il est vrai que maman faisait toujours comme si de rien n'était. Elle n'en parlait jamais non plus. À croire que je l'avais embarrassée.
Quand je suis sortie de l'hôpital, tout le monde a fait comme si je n'y avais jamais séjourné. Ils ont tous continué à vivre leur vie, me laissant à mes rêveries. Je ne leur ai jamais parlé de rien. Je voyais bien, à leur expression, qu'ils ne croyaient pas la moitié de ce que je disais. Pourquoi m'auraient-ils crue ?
Mais on ne peut pas échapper à son passé, si ? De la même façon qu'on ne peut se soustraire à son sort. Ce ne fut plus jamais pareil entre Guy et moi après ça. On aurait dit qu'il portait ce lourd secret, comme s'il pourrissait en lui. Il ne pouvait jamais me regarder sans en sentir l'odeur, sans voir la tache qui colorait sa réaction. Il en était aussi plein que, moi, j'étais vide.
J'ai épluché dix-huit pommes le jour où je te l'ai dit. Dix-huit pommes.
Et le résultat était toujours le même.

Aubin
IMPRIMEUR

Achevé d'imprimer en août 2020
par Aubin Imprimeur à Ligugé
N° d'impression 2007.0058
Dépôt légal, septembre 2020
Imprimé en France
38122112-1